시핑 뉴스

THE SHIPPING NEWS
by Annie Proulx

잘못된 책은 구입하신 서점에서 교환해드립니다.
기타 교환 문의 031) 955-2661, 3580

세계문학전집
179

The Shipping News : Annie Proulx

시핑 뉴스

애니 프루 장편소설

민승남 옮김

문학동네

일러두기

1. 번역 대본으로는 *The Shipping News*(Annie Proulx, Scribner, 1999)를 사용했다.
2. 주석은 모두 옮긴이주다.
3. 본문 중 고딕체는 원서에서 이탤릭체나 대문자로 강조한 부분이다.

차례

존, 길리스, 모건에게

"보통 크기의 매듭인 교차점 여덟 개짜리 매듭의 경우 밧줄을 256가지 방식으로 '위와 아래'로 배치할 수 있으며 (…) 이 '위와 아래' 배치 방식 중 하나만 달라져도 전혀 다른 매듭이 되거나 아예 매듭이 만들어지지 않을 수 있다."

__『애슐리 매듭서』 중에서

1
코일

코일Quoyle: 밧줄 한 사리coil.
"플랑드르 사리는 홑겹의 밧줄을 나선형으로 말아놓은 것이다.
필요할 때 디딜 수 있도록 갑판 위에 놓는다."
—『애슐리 매듭서』 중에서

브루클린에서 태어나 뉴욕 북부의 황량한 동네들을 전전하며 자라난 우리의 코일, 여기 그의 인생 몇 년을 소개한다.

피부는 두드러기로 뒤덮이고 배는 요란하게 꾸르륵거리며 경련을 일으켜도 용케 유년을 견뎌냈고, 주립대학에선 손으로 턱을 감싸쥐고 미소와 침묵으로 고통을 감추며 살았다. 비틀비틀 이십 고개를 넘어 삼십대로 접어들면서 삶에서 감정을 배제하는 법을 터득하였으며 아무것도 기대하지 않게 되었다. 그는 엄청난 대식가로, 햄 너클*과 버터 구이 감자를 즐겼다.

* 돼지 무릎 부위로 만든, 족발 비슷한 요리.

그가 거친 직업들: 자동판매기용 사탕 배달원, 편의점 야간 근무 점원, 삼류 신문기자. 그리고 서른여섯 살이 되던 해에 사별하고 슬픔과 좌절된 사랑을 가슴 가득 안은 채 그의 조상들을 낳은 바위섬, 그동안 가본 적도 없고 가볼 생각도 안 했던 뉴펀들랜드를 향해 인생의 뱃머리를 돌렸다.

물의 땅. 그러나 코일은 물을 무서워했고 수영도 못했다. 어린 시절 그의 아버지는 죽을힘을 다해 매달리는 그를 수영장으로, 개울로, 호수로, 바다로 던져넣었다. 그래서 그는 소금물과 물풀의 맛을 안다.

아버지는 개헤엄을 배우는 데 실패한 막내아들의 모습에서 마치 악성 세포가 폭발적으로 증가하듯 다른 실패들이 증식하는 것을 보았다. 말을 똑똑히 하는 것도 실패, 바른 자세로 앉는 것도 실패, 아침에 일어나는 것도 실패, 태도도 실패, 야망도 능력도 실패, 사실상 모든 것이 실패. 그것은 아버지 자신의 실패였다.

코일은 비척걸음을 걸었고, 키는 또래 아이들보다 머리통 하나가 더 컸으며, 얼뜨기였다. 코일 자신도 그걸 알고 있었다. "아, 이 멀대." 아버지는 말했다. 그러나 아버지도 난쟁이는 아니었다. 그리고 형 딕, 아버지의 사랑을 독차지하던 딕은 코일이 방에만 들어오면 헛구역질을 하며 욕지거리를 해댔다. "뚱땡이, 코찔찔이, 못난 돼지 새끼, 혹멧돼지, 바보 멍청이, 악취 폭탄, 방귀 뚱보, 기름덩어리." 그러면서 코일이 양손으로 머리를 감싸고 리놀륨 바닥에 웅크리고 앉아 훌쩍거릴 때까지 마구 주먹질과 발길질을 했다. 그 모든 구박은 코일의 최악의 실패인 비정상적인 외모에서 비롯된 것이었다.

거대하고 축축한 빵덩어리 같은 몸. 여섯 살 때 몸무게가 팔십 파운드였다. 열여섯이 되자 아예 살 속에 파묻힌 꼴이 되고 말았다. 겨울 멜론 같은 머리통에 목은 아예 없고 불그스레한 머리카락은 주름 장식 같았다. 게다가 이목구비는 오종종하게 몰려 있었다. 비닐 빛깔의 눈동자, 얼굴 밑에서 마치 괴상한 선반이 툭 튀어나온 것처럼 흉측한 턱.

재를 덮은 석탄불에서 이따금 불꽃이 일듯, 그가 잉태되는 순간 비정상적인 유전자가 돌연 빛을 발하여 거인의 턱이 만들어진 것인지도 모른다. 코일은 이미 어린 나이에 사람들의 호기심어린 시선을 피하는 법을 터득했다. 미소 짓기, 시선 아래로 내리깔기, 재빨리 오른손으로 턱 가리기.

처음 자의식에 눈떴을 때 그는 자신을 멀리에 있는 존재라고 여겼다. 가족들은 근경에 있었고 자신만 저 끝 원경에 있었다. 열네 살이 될 때까지 그는 자신이 바뀐 아이일 거라는, 어딘가에 자신의 진짜 가족이 코일 가문의 아이를 대신 키우며 자신을 그리워하고 있을 거라는 생각을 품고 살았다. 그러던 어느 날 소풍 사진들을 보관한 상자를 뒤지다가 우연히 아버지의 형제자매들이 배 난간에서 찍은 사진을 보게 되었다. 사진 속의 한 소녀는 형제자매와 좀 떨어져, 마치 남쪽으로 천 마일은 떨어진 목적지 항구가 보이기라도 하는 듯 눈을 가늘게 뜬 채 바다를 바라보고 있었다. 코일은 사진 속의 인물들에서 자신과 똑같은 머리카락과 팔다리를 보았다. 줄어든 스웨터를 입고 손을 사타구니에 대고 선 교활해 보이는 뚱보, 바로 그의 아버지였다. 사진 뒷면에는 푸른색 연필로 이렇게 쓰여 있었다. '고향을 떠나며, 1946년.'

코일은 대학에서 알아듣지도 못하는 강의를 들었고, 그 누구와도 말을 하지 않고 황급히 걸어다녔으며, 주말이면 꼬박꼬박 구박을 받으러 집에 갔다. 그러다 결국 대학을 중퇴하고서 손으로 턱을 가리고 일자리를 찾아나섰다.

고독한 코일에겐 모든 것이 불투명하기만 했다. 먼 옛날 북극의 어스름 속을 항해하던 뱃사람들이 '바다의 허파'라고 불렀던 무정형의 것, 공기가 물로 녹아들고 액체가 고체가 되고 고체가 녹아 사라지고 하늘이 얼어붙고 빛과 어둠이 뒤섞이는 안개 속의 반쯤 녹은 부빙처럼 그의 생각도 그렇게 뒤엉켜 있었다.

그는 기름기 많은 소시송과 빵을 먹다가 삼류 신문사로 흘러들게 되었다. 이스트를 넣지 않고 자체 발효로 부풀린 빵, 파트리지의 야외 오븐에서 구운 그 빵은 훌륭했다. 파트리지네 마당에선 늘 탄 옥수숫가루 냄새, 잔디 깎는 냄새, 빵 굽는 냄새가 풍겼다.

소시송과 빵, 와인, 파트리지의 이야기. 그런 것들 때문에 코일은 관료주의의 탱탱한 가슴에 입을 갖다댈 수도 있는 직업을 가질 기회를 잃고 말았다. 혼자 힘으로 슈퍼마켓 체인 농산품 지배인이라는 정상의 자리까지 오른 아버지는 자신의 경력을 예로 들며 한바탕 설교를 늘어놓곤 했다. "나는 맨 처음 여기 왔을 때 석공 밑에서 모래 수레를 끌었다" 같은 말들. 아버지는 비즈니스 세계의 비밀스러움을 동경했다. 왼팔로 서류를 가리고 서명하는 사람들, 불투명한 유리 칸막이 너머에서 이루어지는 회의와 잠긴 서류 가방들.

그러나 파트리지는 기름을 질질 흘리며 말했다. "엿이나 먹으라지!" 그는 자주색 토마토를 얇게 썰었다. 화제를 바꿔 자기가 가본 스트러밴이며 사우스앰보이, 클라크포크 얘기를 신이 나서 떠들어댔다. 클락포크에서는 비중격만곡증이 있는 남자와 당구를 쳤다고 했다. 캥거루 가죽 장갑을 끼고서. 코일은 정원용 의자에 앉아 손으로 턱을 감싸쥐고 조용히 귀를 기울였다. 그의 면접용 양복에는 올리브유가 묻어 있었고 다이아몬드 무늬 넥타이엔 토마토 씨가 하나 붙어 있었다.

코일과 파트리지는 뉴욕 모킹버그의 어느 빨래방에서 처음 만났다. 빅맨 셔츠들이 세탁조에서 도는 동안 코일은 웅크리고 앉은 채 신문을 펴 들고 구인 광고란에 동그라미를 치고 있었다. 파트리지가 요즘엔 직장 구하기가 힘들다고 말을 걸어왔다. 코일은 그렇다고 대꾸했다. 이어 파트리지가 가뭄에 관한 얘기를 꺼냈고 코일은 고개를 끄덕였다. 파트리지는 사우어크라우트 공장들이 문을 닫은 이야기로 넘어갔다. 코일은 건조기에서 더듬더듬 셔츠들을 꺼냈다. 셔츠와 함께 뜨거운 동전들과 볼펜들이 바닥에 우수수 떨어졌다. 셔츠들에 잉크 얼룩이 묻어 있었다.

"못 입게 됐네." 코일이 말했다.

"아니, 뜨거운 소금과 탤컴파우더로 얼룩을 문질러봐요. 그다음에 표백제를 한 컵 넣어서 다시 빨면 괜찮을 거예요." 파트리지가 말했다.

코일은 그러마고 했다. 그의 목소리가 떨리고 있었다. 파트리지는 덩치 큰 남자의 흐리멍덩한 눈이 눈물을 머금으며 커지는 걸 보고 깜짝 놀랐다. 외로움에 지친 코일은 사교적이 되기를, 자신도 다른 사람들에게 즐거운 벗이 될 수 있음을 알게 되기를 간절히 원했다.

건조기들이 신음소리를 내며 돌아갔다.

"언제 한번 놀러와요, 밤에." 파트리지가 꼬깃꼬깃한 영수증 뒷면에 비뚜름하게 주소와 전화번호를 쓰면서 말했다. 그도 친구가 많지 않았다.

바로 이튿날 저녁, 코일은 종이봉투 몇 개를 꼭 쥐고 파트리지의 집 앞에 서 있었다. 텅 빈 골목이 황혼빛에 흠뻑 젖어 있었다. 금도금한 시간. 종이봉투 속에는 스웨덴제 수입 크래커 한 꾸러미, 레드 와인, 로제 와인, 화이트 와인, 은박지로 세모나게 포장한 수입 치즈가 들어 있었다. 파트리지네 집에서 신나는 음악이 흘러나왔고, 코일은 짜릿한 기쁨을 느꼈다.

코일, 파트리지, 머컬리아는 한동안 친구로 지냈다. 그들의 차이점: 파트리지, 작달막한 흑인, 인생의 비탈을 가로질러 쉼없이 여행하는 자, 밤새워 떠드는 이야기꾼. 머컬리아, 파트리지의 두번째 아내, 검은 수면 위의 갈색 깃털 색깔, 정열적인 지성. 코일, 거구의 백인, 목적지도 없이 비칠비칠 걸어가는 사내.

파트리지에겐 앞날을 내다보는 눈이 있었다. 마치 느슨한 뇌의 전선들이 순간적으로 접속되듯 앞으로 일어날 일들의 순간순간을 포착했다. 그는 양막을 쓰고 태어났으며,* 세 살 때 구상번개가 화재 비상구로 통통 튀어내려가는 걸 목격했고, 처남이 말벌에 쏘이기 전날엔 울퉁불퉁한 오이 꿈을 꾸기도 했다. 그는 자신의 행운을 굳게 믿고 있었다. 그는 담배 연기로 완벽한 동그라미를 그릴 수 있었다. 그리고 철 따라 이동하는 여새들도 늘 그의 마당에 앉아 쉬어 갔다.

다시 파트리지네 집 뒷마당, 우스꽝스러운 사진을 찍기 위해 사람 양복을 입혀놓은 개 꼴로 앉아 있는 코일을 바라보며 파트리지가 한 가지 생각을 해냈다.

"우리 신문사 사장 에드 펀치가 싸구려 기자를 찾고 있어. 여름방학이 끝나서 아르바이트생들이 다 학교로 돌아갔거든. 순 쓰레기 같은 신문이지만 몇 달 몸담고 있으면서 더 나은 직장을 구해보는 것도 괜찮을 거야. 알 게 뭐야, 신문기자 노릇이 자네 적성에 맞을지."

코일은 손으로 턱을 감싸쥔 채 고개를 끄덕였다. 파트리지가 다리에서 뛰어내리라고 하면 난간에 기대는 시늉이라도 하리라. 친구의 충고가 아닌가!

"머컬리아! 당신 몫으로 발꿈치 부분을 남겨뒀어. 제일 맛좋은 부위라구. 어서 이리 나와."

머컬리아는 펜 뚜껑을 닫았다. 동양산 카펫에서 먼지가 풀풀 일도록

* 아기가 양막을 쓰고 태어나는 것은 매우 희귀한 경우로 행운의 상징으로 여겨진다.

거실 의자 주위를 뛰어다니며, 손톱을 물어뜯으며, 믿기 어려운 계산을 척척 해내는 영재들에게 넌더리를 내면서.

에드 펀치는 입안에서 웅얼거리듯이 말했다. 말을 하면서 코일을 꼼꼼히 뜯어보았다. 말 등에 덮는 담요만한 싸구려 트위드재킷, 정기적으로 회전 숫돌에 가는 듯한 손톱. 그는 코일에게서 복종의 냄새를 맡았다. 시키는 대로 말은 잘 듣겠군.

코일의 시선은 벽에 걸린 얼룩진 판화를 훑고 있었다. 입자가 거친 얼굴, 유리알 같은 눈, 빳빳한 목깃 위를 덮은 머리카락. 저 흠집 난 액자 속의 인물이 펀치의 조부일까? 그는 조상들에 대해 궁금해졌다.

"우리 신문은 가족 신문일세. 이 지역에서 일어나는 즐거운 이야기들을 싣지." 〈모킹버그 레코드〉는 이 지역 사업가들에게 아첨하는 내용의 일화와 서민적 인물들에 대한 소개를 주로 싣고, 퍼즐과 콘테스트, 기사 공급업체를 통해 받은 칼럼, 특집 기사, 만화 등으로 얄팍한 두께를 보충했다. 언제나 '당신은 아침부터 술을 마십니까?' 따위의 자가 진단 문항도 실려 있다.

펀치는 중대한 결정이라도 내리듯 한숨을 내쉬었다. "지방자치 담당 앨 캐털록을 보조하게. 앨이 자네를 교육시킬 걸세. 그에게 일을 달라고 하게."

봉급은 비참할 정도였지만 코일은 알지 못했다.

앨 캐털록, 짧고 억센 수염이 난 롤빵 같은 얼굴, 번지르르한 말솜씨, 그가 손톱 끝으로 업무 목록을 짚어나갔다. 그의 시선이 못을 박는 망치처럼 코일의 턱에 날아가 박혔다가 떨어졌다.

"좋아, 자네의 첫 업무로 도시계획위원회 회의가 좋겠군. 초등학교에서 열리고 있네. 당장 오늘밤부터 가봐. 학생 의자에 앉아서 귀에 들리는 걸 죄다 적어 타이핑하게. 단 오백 단어 이내로. 녹음기를 들고 가도 좋아. 내일 오전에 보여주게. 저 검둥이 편집자 새끼한테 가져가기 전에 나한테 먼저 보여주고." 그 검둥이 편집자 새끼가 바로 파트리지였다.

코일은 회의실 뒷전에 앉아 열심히 메모했다. 회의가 끝나자 집으로 가서 부엌 테이블에 앉아 밤새 수정을 해가며 원고를 타이핑했다. 날이 밝자 눈가에 다크서클이 생겼지만 커피로 기운을 차리고 신문사로 출근했다. 그러곤 앨 캐털록이 출근하기를 기다렸다.

늘 제일 먼저 출근하는 에드 펀치가 바위틈으로 사라지는 뱀장어처럼 자기 방으로 미끄러져 들어갔다. 그 뒤를 이어 아침 출근 행렬이 시작되었다. 특집 담당이 코코넛 도넛이 든 봉지를 흔들며 나타났고 머리카락에서 윤기가 자르르 흐르는 키 큰 중국인 여자, 팔이 마치 굵은 밧줄 같은 나이 지긋한 배달 담당, 레이아웃을 담당하고 있는 두 여자, 땀자국으로 겨드랑이가 얼룩덜룩한 어제 셔츠를 그대로 입고 온 사진 편집자가 뒤를 이었다. 코일은 자기 책상에서 손으로 턱을 잡고 고개를 숙인 채 원고를 교정하는 시늉을 했다. 원고는 총 열한 페이지였다.

열시가 다 되어 파트리지가 출근했다. 빨간색 멜빵과 리넨 셔츠 차림이었다. 그는 고개를 까딱하고 가벼운 걸음으로 편집실을 가로질러 가서 펀치의 방에 고개를 빠끔 들이밀고는 코일에게 눈을 찡긋하고 자기 책상 컴퓨터 앞에 앉았다.

파트리지는 아는 것도 많았다. 젖은 밧줄이 더 큰 무게를 지탱한다는 것, 찐 달걀이 날달걀보다 더 잘 도는 이유 등등. 그는 눈을 반쯤 감고 고개를 뒤로 젖히고서 약간 신들린 상태로, 옛 선인들이 『일리아스』를 외웠듯 야구 기록을 줄줄이 읊었다. 그는 지미 브레슬린*을 본받아 틀에 박힌 정형을 깨며 진부한 원고들을 고쳤다. 그는 이렇게 한탄하곤 했다. "옛날 기자들은 다 어디로 간 거지? 손톱을 물어뜯으며 밤새 일에 매달리던 신랄한 술꾼들. 그 사람들이야말로 글이란 걸 쓸 줄 알았는데."

코일은 파트리지에게 원고를 들고 갔다. "앨이 아직 출근을 안 해서." 그는 열한 페이지의 종이를 반듯하게 맞추며 말을 이었다. "그래서 자네에게 보여야겠다고 생각했지."

그의 친구는 웃지 않았다. 공은 공, 사는 사니까. 잠시 원고를 읽더니 형광등 불빛 쪽으로 고개를 들었다. "에드나가 이걸 봤다면 갈기갈기 찢어버렸을 거야. 앨이 봤다면 펀치에게 당장 자네를 내보내라고 했겠지. 다시 써야겠어. 자, 앉아봐. 뭐가 잘못됐는지 말해줄 테니까. 기자는 아무나 할 수 있는 거라고 하는데, 자네를 시험 케이스로 삼아

---

* 육하원칙에 입각한 고전적 저널리즘에서 벗어나 다양한 서사 기법을 지향한 1960년대 뉴저널리즘 계열의 대표적 언론인.

야겠군."

코일이 예상했던 대로였다.

"우선 전문前文. 젠장!" 파트리지는 고음으로 노래하듯 원고를 읽어 내려갔다.

어젯밤 파인아이 도시계획위원회는 파인아이시市 토지 사용 제한법 개정안을 수정, 도심 지역을 제외한 모든 택지의 최소 부지 면적을 칠 에이커로 늘리는 안을 큰 표 차로 의결했다.

"시멘트를 읽는 것 같잖아. 너무 길어. 너무너무너무 길다구. 장황하고. 흥미를 끌 만한 내용이 없어. 인용도 없고. 진부해." 파트리지의 연필이 원고 위를 부지런히 오가며 열심히 글을 수정했다. "단어도 문장도 짤막하게, 뚝뚝 잘라버려. 여길 보라구, 여길. 여기 이 밑에 자네의 관점이 있잖아. 이게 뉴스야. 이걸 위로 올려."

파트리지가 대수술을 감행했다. 코일은 아무것도 이해하지 못하는 채로 쩔쩔매며 열심히 들여다보고만 있었다.

"좋아, 이렇게 해봐."

파인아이 도시계획위원회 위원 제니스 폭슬리는 화요일 밤 늦게까지 진행된 격앙된 회의 도중 위원직을 사임했다. "나는 여기 이렇게 앉아서 이 도시의 가난한 시민들이 불이익을 당하는 것을 지켜볼 수 없습니다." 폭슬리의 말이다.

폭슬리가 사임하기 직전, 위원회는 9 대 1의 표 차로 새로운 토지 사용 제한법을 통과시켰다. 새 법은 최소 택지 면적을 칠 에이커로 제한한다.

"여전히 글이 산뜻하지 못하고 스타일도 없고 또 너무 길지만 방향은 정확해. 감잡았어? 뉴스가 뭔지 좀 알겠어? 전문이 노리는 게 뭐지? 자, 다시 한번 해봐. 멋들어지게!"

파트리지의 불은 그를 끓게 하지 못했다. 코일은 육 개월이 지나도록 뉴스에 대한 감을 잡지 못했고 글에도 소질이 없었다. 동사의 경우 열몇 개 빼고는 사용을 꺼렸고, 수동형에서 실수를 저지르는 데는 도사였다. 그가 '머치 주지사는 일학년생 킴벌리 플러드에 의해 꽃다발에게 건네졌다'라고 써서 건네면 기사 다듬는 성깔 사나운 여자 에드나는 벌떡 일어나 고래고래 소리를 질러댔다. "이 뇌 없는 멍청이. 도대체 어떻게 주지사가 건네져?" 코일, 요즘 언론에 종사하는 반半문맹자들의 또다른 표본. 그런 것들은 모조리 끌어다가 벽 앞에 줄세워야 한다!

그래도 코일은 회의 내내 펜을 끼적거렸다. 그래야 어딘가에 속한 기분이 들었다. 에드나의 고함도, 파트리지의 잔소리도 그를 아프게 하진 않았다. 아버지의 지칠 줄 모르는 꾸중을 들으며 잔혹한 형 밑에서 자랐으니까. 기사 맨 끝에 인쇄된 자기 이름을 보면 짜릿한 기쁨을 느꼈다. 불규칙한 근무시간은 오히려 자기 시간을 마음대로 주무른다는 환상을 품게 했다. 병 재활용에 관한 사소한 조례의 내용을 두고 옥신각신하는 걸 지켜보다가 자정에 귀가하노라면 권력의 경첩 핀이 된 기분이었다. 그리고 일상생활을 신문 헤드라인처럼 생각하는 버릇도 생겼다. 한 남자, 보통 걸음으로 주차장 가로질러가. 여자들, 비 이야기 나눠. 빈방에서 전화벨 울려.

파트리지는 어떻게든 그를 키워보려고 애썼다. "코일, 일어나지 않은 일도 뉴스가 될 수 있어."

"그렇군." 코일은 이해하는 척했다. 호주머니에 손을 찌르고.

"여기 이 '카운티 공동 보조 운송 대책 회의'에 관한 기사를 보자구. 한 달 전, 버글할로시만 참여하면 네 개 시에서 공동으로 밴 서비스를 시작하기로 했지. 그런데 자넨 어젯밤 회의에 대한 이 기사에서 버글할로가 참여하지 않기로 했다는 내용을 맨 끝에 사소한 일처럼 써놨어. 지금 차가 없거나 한 대밖에 없어서 그 빌어먹을 밴 서비스를 기다리는 노인들과 통근자들이 얼마나 많은지 알아? 그런데 밴 서비스는 시행하지 못하게 됐어. 코일, 그것도 뉴스야, 뉴스. 자네의 모조*를 발휘하라구." 그러곤 잠시 후 목소리를 바꿔 금요일 저녁에 그리스식 절임 생선과 고추 꼬치 요리를 할 건데 오겠느냐고 물었다.

코일은 모조가 무슨 뜻일까 궁금해하면서 그러겠다고 대답했다.

늦은 봄, 에드 펀치가 자기 방으로 부르더니 해고를 통보했다. 그는 황폐한 얼굴을 하고 코일의 귀 옆쪽을 보며 말했다. "일시적인 해고라고 할 수 있네. 나중에 경기가 좋아지면……"

---

* mojo. 부두교의 부적. 일반적으로 마력을 의미한다.

코일은 파트타임으로 택시 운전을 했다.

파트리지는 해고 이유를 알았다. 그는 코일에게 커다란 앞치마를 입히고 숟가락과 겨자 그릇을 건넸다. "대학에서 아르바이트생들이 돌아왔어. 그래서 자네 자리를 차지한 거야. 애통해할 것 없어. 좋아, 고기에 겨자를 발라. 안으로 스며들게."

그해 8월, 파트리지는 피클이 들어간 러시아식 비프스튜에 딜을 잘라 넣으며 말했다. "펀치가 다시 와달라는데. 다시 일하고 싶으면 월요일 아침부터 출근하래."

펀치는 크게 선심이라도 쓰는 것처럼 굴었다. 마지못해 코일을 다시 받아들이는 척했다. 그것도 임시직으로.

펀치가 코일을 다시 부른 건 말수 적은 코일이 주위 사람들을 말하도록 한다는 점 때문이었다. 그건 인생이라는 게임에서 그가 가진 유일한 기술이었다. 그의 경청하는 자세가, 아부 섞인 끄덕거림이 사람들에게서 의견과 회고, 이론, 추측, 설명, 개요와 해설을 끌어냈다. 처음 만나는 사람들도 그에게 자신의 인생 이야기를 털어놨다.

그러다가 다시 해고, 세차원, 복직.

해고, 택시 기사, 복직.

그는 카운티 내 지역들을 돌아다니며 하수위원회, 도로위원회의 논쟁을 듣고 다리 보수 예산에 관한 기사를 썼다. 지역 당국의 작은 결정들이 그에겐 심오하고 중대한 일처럼 여겨졌다. 인간의 저열함을 가르쳐주는 신문기자라는 직업, 문명의 부식된 본질을 드러내는 그 직업에서 코일은 질서 있는 진보라는 자기만의 환상을 만들어갔다. 와해와 질시의 분위기 속에서 합리적인 타협을 꿈꾸었다.

코일과 파트리지는 송어찜과 마늘로 양념한 새우를 먹었다. 머컬리아는 그 자리에 없었다. 코일은 회향 샐러드를 버무렸다. 그가 떨어진 새우를 집으려고 몸을 구부렸을 때 파트리지가 나이프로 와인 병을 두드리며 말했다.

"뉴스가 있어. 머컬리아와 나에 대한."

코일은 씩 웃었다. 아기를 가졌군. 내가 대부가 되어줘야지.

"우린 캘리포니아로 떠날 거야. 금요일 밤에."

"뭐라구?" 코일이 물었다.

"왜 가느냐, 재료 때문이지. 와인, 잘 익은 토마티요, 아보카도." 파트리지는 그렇게 말하고는 퓌메블랑 와인을 따르며 사실은 채소가 아니라 사랑 때문이라고 했다.

"코일, 중요한 건 사랑이야. 사랑은 인생의 엔진과도 같지."

머컬리아가 논문을 때려치우고 육체노동을 시작했다는 거였다. 여행, 카우보이 부츠, 돈, 쉭쉭거리는 에어브레이크 소리, 트럭 운전석에 설치된 네 개의 스피커, 카세트에서 흘러나오는 업타운 현악사중주단의 음악. 머컬리아는 장거리 트럭 운전 학원에 등록하여 수석 졸업했다. 그리고 소살리토에 있는 '오버랜드 운수회사'에 취직했다는 것이다.

"머컬리아는 미국 최초의 흑인 여성 트럭 운전사지." 파트리지는 눈물을 감추려고 눈을 깜박이며 말했다. "벌써 아파트를 구했어. 그녀가 본 세번째 집이야." 주방에 프랑스식 창이 나 있고 뜰에는 근사한 대나무 차양이 있는 곳이라고 했다. 기도용 무릎 방석만한 허브 정원이 있는데 거기서 무릎 꿇고 기도를 올릴 거라고 했다.

"머컬리아는 뉴올리언스까지 뛸 거야. 나도 따라갈 거고. 그녀가 기사식당에서 음식을 사먹지 않도록 훈제 오리고기 샌드위치와 사철쑥을 곁들인 닭가슴살 도시락을 싸줄 생각이야. 난 머컬리아가 그런 싸구려 식당에 드나드는 게 싫어. 뜰에 사철쑥을 키울 거야. 거기서 일자리도 구할 수 있어. 편집자는 어디나 귀하지. 어딜 가도 직장을 구할 수 있어."

코일은 축하한다고 말하고 싶었지만 친구의 손을 잡고 속절없이 흔들어대기만 했고, 손을 놓을 수가 없었다.

"이봐, 언제 한번 놀러와." 파트리지가 말했다. "연락 자주 하자고." 그들은 차마 손을 놓지 못하고 깊은 우물에서 물을 퍼올리듯 공중에서 맞잡은 손으로 펌프질을 해댔다.

코일은 황폐한 모킹버그에 그대로 남았다. 제삼의 죽음을 맞고 있는 고장. 이백여 년 세월을 산림지에서 농경지로, 기계 부품과 타이어 공장 노동자의 도시로 비틀거리며 걸어온 곳. 오랜 불경기가 시가지를 비우고 쇼핑센터들을 없앴다. 매물로 나온 공장들. 슬럼가, 주머니에 총을 지닌 청년들, 지루한 정치 논쟁, 성난 입, 깨진 신념. 이 고장 사람들은 어디로 떠나는 걸까? 캘리포니아로?

코일은 'A&B 식료품점'에서 식료품을 사고, 'D&G 편의점'에서 연료를 사고, 차에 기름을 넣거나 수리할 일이 생기면 'R&R 카센터'로 끌고 갔다. 신문사에선 열심히 기사를 쓰고 임대한 트레일러에선 텔레비전을 보며 지냈다. 이따금 사랑을 꿈꾸기도 했다. 왜 안 되겠는가? 자유국가인데. 그러다가 에드 펀치에게 해고당하면 체리 아이스크림과 라비올리 통조림을 폭식했다.

코일은 시대와 동떨어져 살았다. 자신은 신문기자라고 굳게 믿었으나 신문이라곤 〈모킹버그 레코드〉밖에 읽지 않아 테러리즘과 기후변화, 정부의 붕괴, 화학물질 유출, 전염병, 불경기와 망하는 은행, 부유물 쓰레기, 오존층 파괴 등에 전혀 관심 두지 않고 살아갈 수 있었다. 화산 폭발, 지진, 허리케인, 종교 사기, 불량 자동차, 과학적 사기꾼, 대학살과 연쇄살인, 암 급증, 에이즈, 산림 파괴, 비행기 폭파 같은 사건들은 여자 머리핀이나 캐니언즈, 장미꽃 무늬를 수놓은 가터벨트만큼이나 그와 거리가 멀었다. 과학 저널들은 돌연변이 바이러스니, 죽음 직전에 생명을 구하는 의료 기계니, 파리가 진공청소기로 빨려들어가듯 은하계가 보이지 않는 거대 인력체를 향해 흘러가는 현상의 발견이니 떠들어댔지만 그건 타인의 인생이었다. 코일은 자신의 인생이 시작되길 기다리고 있었다.

그에게는 트레일러 안을 돌아다니며 소리 내어 자문하는 습관이 생겼다. "누가 알아?" 그가 말했다. "누가 아냐고." 그건 아무도 모르는 일이었다. 앞날에 어떤 일이 닥칠지 그 누가 알겠는가.

모로 세워진 상태로 빙글빙글 돌고 있는 동전은 앞면으로도, 뒷면으로도 넘어질 수 있으니까.

2
사랑매듭

그 옛날 상사병에 걸린 뱃사람은 낚싯줄로 느슨하게 '진정한 연인 매듭'을 만들어
사랑하는 이에게 보냈다.
매듭이 느슨한 상태로 되돌아오면 그 관계는 제자리걸음,
단단하게 묶여서 돌아오면 사랑이 맺어지는 것,
매듭이 뒤집혀서 돌아오면 배를 타고 떠나라는 무언의 충고였다고 한다.

그러다가 어느 모임에서 페틀 베어를 만났다. 가냘프고 촉촉하고 뜨거운 여자. 그녀가 코일에게 윙크를 보냈다. 덩치 큰 남자들이 흔히 그러듯, 코일도 아담한 여자를 좋아했다. 그들은 다과 테이블 앞에 나란히 서 있었다. 사르르 감기는 회색 눈, 고불거리는 연갈색 머리카락. 형광등 불빛 아래서 그녀는 밀랍처럼 창백해 보였다. 눈꺼풀은 거무스름한 색조로 빛났다. 장밋빛 스웨터에 든 금속사 가닥이 발하는 약한 섬광이 그녀에게 희미한 빛을 던져주고 있었다. 사과술로 촉촉하게 젖은 진춧빛 입술로 그녀가 미소 지었다. 코일의 손이 얼른 턱으로 올라갔다. 그녀가 설탕 입힌 눈과 아몬드 입이 달린 쿠키를 집었다. 그리고 코일을 빤히 쳐다보며 초승달 모양으로 베어물었다. 순간, 보이지 않는 손이 코일의 꼬불꼬불한 창자를 휘저었다. 그의 셔츠 속에서 꾸르륵꾸르륵 소리가 났다.

"어때요?" 여자가 빠른 어조로 말했다. "나랑 결혼하고 싶죠, 안 그래요? 나랑 결혼하고 싶지 않아요?" 그녀가 버릇처럼 하는 농담이었다. 그녀는 상대가 재치 있는 농담으로 응수해오기를 기다렸다. 말을 하면서 그녀는 요염한 모습으로 돌변했다. 물에 뛰어든 다이버가 수면으로 솟구쳐오르는 찰나의 순간 부서지지 않은 물의 막을 쓰고 크롬처럼 반짝이듯 그녀는 에로티시즘에 흠뻑 젖어 있었다.

"그래요." 코일은 진심으로 대답했다. 여자는 그걸 농담으로 받아들였다. 깔깔 웃으며 날카로운 손톱이 달린 손가락으로 그의 손을 꼬옥 잡았다. 그러곤 마치 검안사가 환자의 눈에서 결함을 찾듯 코일의 눈을 찬찬히 들여다보았다. 옆에 있던 여자가 그들을 보고 얼굴을 찡그렸다.

"우리 여기서 나가요." 그녀가 속삭였다. "한잔하자고요. 일곱시 이십오분이군요. 열시 전에 당신과 섹스를 할 수 있을 것 같은데 당신은 어때요?"

섹스가 끝난 후 그녀가 말했다. "오, 세상에! 당신 것처럼 큰 물건은 처음이에요."

따스한 입이 차가운 숟가락을 덥히듯, 페틀은 코일을 흥분시켰다. 그는 더러운 빨랫감과 빈 라비올리 깡통이 흐트러져 있는 트레일러에서 비칠거리며 나와, 고통스러운 사랑에게 갔다. 그의 심장에 '페틀 베어'라는 영구적인 문신이 새겨졌다.

한 달간 뜨겁고 행복했다. 그리고 육 년이나 되는 고통의 세월이 이어졌다.

페틀 베어는 갈망을 먹고 사는 여자였지만 결혼 후 코일에 대한 갈망은 사라졌다. 고무장갑을 뒤집듯 갈망이 혐오로 바뀐 것이다. 시대를 잘 타고 남자로 태어났더라면 칭기즈 칸이 되었을 여자. 도시들을 불태우고, 포로들을 잡아들이고, 영토를 돌다보면 말이 녹초가 될 정도로 광활한 땅을 지배해야 성이 찰 텐데, 겨우 섹스의 희열로 만족해야 하다니. 사는 게 그런 거지, 그녀는 혼자 탄식하곤 했다. 제길.

페틀은 낮에는 '노던 보안회사'에 다니며 도난경보기를 팔고, 밤이면 처음 만난 남자의 방에서든 지린내나는 화장실에서든 청소 도구 보관실에서든 가리지 않고 섹스를 즐겼다. 그녀는 모르는 남자들과 어디든 갔다. 비행기를 타고 먼 도시들의 나이트클럽에 갔다. 포테이토칩 봉지로 만든 가면을 쓰고 포르노 비디오를 찍기도 했다. 부엌에서 쓰는 과도로 아이라인 펜슬을 깎는 바람에, 코일이 샌드위치 치즈에 초록 줄무늬가 생기는 걸 보고 고개를 갸웃거리는 상황이 연출되기도 했다.

페틀이 지긋지긋해하는 건 남편의 흉측한 턱이 아니라 그녀가 화를 내거나 고통을 주기를 기다리기라도 하듯 움씰거리며 우물쭈물하는 태도였다. 그녀는 침대에서 그의 덩치와 그 뜨거운 등짝을 견딜 수가 없었다. 애석하게도 코일의 근사한 물건은 그런 몸에 달려 있었다. 옆 베개에서 씨근덕거리는 해마. 반면에 그녀는 많은 수학자들을 매료시키는 신기한 등식으로 남아 있었다.

"미안해." 코일이 웅얼거렸다. 그의 털북숭이 다리가 페틀의 허벅지를 스쳤다. 어둠 속에서 애원하는 그의 손길이 그녀의 팔을 더듬었다.

페틀은 몸서리치며 그 손을 뿌리쳤다.

"이러지 좀 마!"

그녀가 '뚱땡이'라는 말을 입에 담진 않았지만 그의 귀에는 똑똑히 들렸다. 페틀은 남편을 도무지 견딜 수 없었다. 지옥에나 떨어져버렸으면. 코일이 그녀를 정신없이 사랑하듯 그녀도 그에 대한 혐오를 주체하지 못했다.

입이 굳어버린 코일은 굵은 쇠밧줄이 몸을 칭칭 감아오는 듯한 기분을 느꼈다. 결혼할 때 무엇을 기대했던가? 부모님과 같은 할인매장 인생이 아니라 파트리지네 뒤뜰 같은 삶—친구들, 그릴에서 피어오르는 연기, 애정, 무언의 대화. 그러나 그의 결혼생활에 그런 건 없었다. 그가 나무라면 아내는 그의 옆구리에 접붙인 가시투성이 나뭇가지 같은 존재로 바람이 불 때마다 흔들리며 상처투성이 나무껍질에 도리깨질을 해댔다.

그가 가진 거라곤 허상뿐이었다.

버니가 태어나고 나흘 뒤, 베이비시터—팔뚝이 굵어서 소매 달린 옷은 못 입는 무섭 부인—가 들어와 텔레비전 앞에 자리를 잡았고, 페틀은 축 늘어진 배와 젖이 불어 찔끔찔끔 새는 가슴 부분의 얼룩이 잘 드러나지 않는 드레스를 걸쳐 입고 무언가를 찾아 나섰다. 그것이 일상의 풍경이 되었다. 그러다가 다음해에 선샤인을 갖게 되자 뱃속의 이물질이 세상 밖으로 나올 때까지 신경질을 부렸다.

코일의 고인 웅덩이 같은 인생에 격랑이 일었다. 그가 아이들을 챙겨야 했기 때문에 어떤 때는 취재하러 나가면서 선샤인은 등에 업고, 엄지손가락을 빨아대는 버니는 바짓가랑이에 매달고 갔다. 그의 차 안에는 신문, 아기용 손싸개, 찢어진 봉투, 치발기 따위가 어지럽게 흩어져 있었다. 뒷좌석엔 짓밟힌 치약 용기에서 나온 치약이 딱딱하게 굳어 있었고, 빈 음료수 깡통들도 데굴데굴 굴러다녔다.

코일은 저녁 때 자신의 셋집으로 퇴근했다. 페틀은 대개 집에 없었고, 무섭 부인만 텔레비전의 전자적 색깔과 가상의 삶에 홀려 근무시간이 지난 줄도 모르고 멍하니 앉아 담배를 피우고 있었다. 그녀 주위엔 머리칼 없는 인형들이 어질러져 있었다. 개수대엔 설거지 접시가 위태롭게 쌓여 있었지만, 자기는 엄연히 애 보는 사람이지 가정부가 아니라며 손도 까딱하지 않았다.

코일은 수건과 전기 코드가 한데 뒤엉킨 욕실에 들렀다가, 아이들 방으로 가서 가로등 불빛이 새어들지 않도록 창가리개를 내리고 아이들에게 이불을 덮어주었다. 아기용 침대 두 개가 마치 새둥지처럼 옹색하게 붙어 있었다. 코일은 하품을 하며 접시를 몇 개 닦아놓고 꼬질꼬질한 이불 속으로 들어가 자곤 했다. 집안일을 하다가 들키면 그가 자신을 책망하기라도 한 것처럼 발칵 성을 내기 때문에 페틀 몰래 해야 했다.

어느 날은 그녀가 앨라배마의 몽고메리에서 전화를 걸어왔다.

"자기, 나 지금 앨라배마에 와 있어. 그런데 앨라배마 슬래머를 만들 줄 아는 사람이 아무도 없지 뭐야, 바텐더조차도." 술집의 웅성거림과 웃음소리가 희미하게 들려왔다. "그러니까 지금 부엌으로 가서 냉장고

위를 찾아봐. 내가 『미스터 보스턴』을 두는 데 말이야. 여긴 옛날에 나온 책밖에 없어. 앨라배마 슬래머 만드는 법 좀 찾아봐줘. 기다릴게."

"그냥 집으로 오지 그래." 코일이 처량한 목소리로 애원했다. "내가 만들어줄게." 페틀은 아무 대꾸도 없었다. 그 침묵은 코일이 책을 가져와서 칵테일 레시피를 읽어줄 때까지 이어졌다. 페틀이 그의 품에 안겼던 한 달이라는 짧은 사랑의 기간, 그녀의 뜨거운 실크 슬립에 대한 기억이 괴롭힘에 시달린 새처럼 그의 마음속을 스쳐 날아갔다.

"고마워." 페틀은 그 말만 던지고 찰칵 전화를 끊었다.

웃지 못할 에피소드도 많았다. 페틀은 가끔씩 제 딸들을 알아보지 못하는 것처럼 행동했다.

"욕실에 있는 저애는 누구지? 샤워하러 들어갔더니 웬 애가 변기에 앉아 있지 뭐야. 쟤 누구야?" 텔레비전에서 와아 하는 웃음소리가 터져나왔다.

"버니잖아." 코일은 말했다. "우리 딸 버니." 코일은 아내가 농담하는 걸 안다는 표시를 하려고 억지로 미소를 짜냈다. 그도 농담에 웃을 줄은 아니까. 아무렴.

"어머, 난 몰라봤어." 페틀은 호들갑을 떨며 화장실에 대고 외쳤다. "버니, 너 진짜 버니니?"

"응." 적대적인 목소리.

"애가 하나 더 있잖아, 그렇지? 그건 그렇고, 난 어디 좀 가. 월요일까지, 어쩌면 더 오래 걸릴지도 모르고."

그녀는 남편이 자기를 끔찍하게 사랑한다는 게 유감스러웠지만, 그게 현실이었다.

"다 소용없어." 그녀가 말했다. "당신도 새 여자를 찾아봐. 여자는 많으니까."

"내겐 당신뿐이야." 코일이 말했다. 처량하게. 애원하듯. 자신의 소맷부리를 핥으며.

"우리에게 남은 건 이혼뿐이야." 페틀이 말했다. 코일은 페틀을 끌어내리고 있었다. 페틀은 코일을 밀어올리고 있었다.

"안 돼." 코일이 신음하듯 내뱉었다. "이혼만은 안 돼."

"이혼은 곧 당신 장례식이지." 페틀은 그렇게 쏘아붙였다. 일요일의 햇살 아래 은빛으로 빛나는 아이리스. 그녀의 초록색 코트가 담쟁이덩굴 같았다.

어느 날 밤 코일은 침대에서 낱말 맞히기를 하고 있었는데 페틀이 들어오는 소리, 시끄럽게 떠드는 소리가 들려왔다. 냉장고 문 여닫는 소리, 보드카 병 부딪치는 소리, 텔레비전 소리, 이어 거실에 있는 소파 침대가 삐걱, 삐걱, 삐걱거리는 소리, 낯선 남자의 신음소리. 코일이 결혼생활을 유지하기 위해 입은 무관심의 갑옷은 튼튼하지 못했다. 현관문 닫히는 소리, 자동차 떠나는 소리가 들린 뒤에도 코일은 그대로 똑바로 누워 있었다. 가슴이 들썩거릴 때마다 그 위에 놓인 신문이 바스락 소리를 냈고, 눈물이 귓속으로 흘러들어갔다. 다른 방에서 이루어진 타인들의 행위가 어떻게 이런 끔찍한 고통을 줄 수 있단 말인가! 남자, 상심하여 죽어. 그의 손이 침대 밑에 놓인 땅콩 깡통으로 향했다.

이튿날 아침, 페틀이 노려보고 있었지만 코일은 묵묵히 주스 병을 들고 부엌 안을 비칠비칠 돌아다녔다. 식탁에 앉아 주스를 마시는 손이 떨렸다. 입 가장자리에 땅콩 소금이 하얗게 남아 있었다. 페틀이 앉아 있던 의자가 바닥 긁는 소리를 냈다. 이어 그녀의 젖은 머리 냄새. 다시금 눈물이 고였다. 청승 떨고 있네, 저 눈 좀 봐, 하고 페틀은 생각했다.

"제발 좀 어른답게 굴어!" 페틀이 말했다. 그녀는 커피잔을 식탁에 두고 문을 쾅 닫고 나가버렸다.

코일은 고통이란 모름지기 속으로 조용히 삭여야 한다고 믿었고, 그게 상대를 자극할 수 있다는 사실을 알지 못했다. 그는 자신의 감정을 죽이고 밝게 행동하려고 애썼다. 사랑의 시험. 고통이 클수록 사랑의 증거는 확실해진다. 지금 이 고통을 참으면 결국 좋은 날이 오리라. 언젠가는 반드시.

그러나 상황은 금속 상자의 여섯 면처럼 그를 옥죄어왔다.

3
교살매듭

"교살매듭은 밧줄 사리를 단단하게 묶어주는 역할을 한다.
(…) 우선 느슨하게 맸다가 단단히 죈다."
—『애슐리 매듭서』 중에서

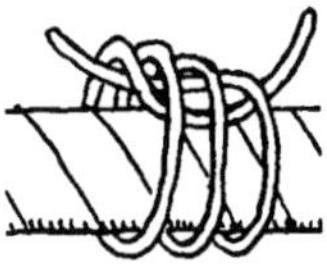

그러던 어느 해 갑작스럽게 파국이 닥쳐왔다. 전화선 너머의 목소리들, 우지끈 소리를 내며 찌그러지는 차체, 화염.

파국의 발단은 부모님이 장식했다. 먼저 아버지가 간암 선고를 받았다. 몸속에 미친 세포들이 퍼지기 시작한 것이다. 그리고 한 달 후, 어머니 뇌에 종양이 거머리처럼 달라붙었고 그 바람에 생각이 한쪽으로만 몰리기 시작했다. 아버지는 발전소 탓을 했다. 북쪽 발전소에서 지글거리며 내려오는 뱀장어만큼 굵은 전선들이 집에서 이백 야드쯤 떨어진 지점을 지나고 있었던 것이다.

코일의 부모는 알면서도 속아주는 의사들에게 바르비투르산염 처방전을 얻어 약을 모으기 시작했다. 충분한 양이 모이자 아버지가 내용을 부르고 어머니가 타이핑을 해서 유서를 만들었다. 존엄사협회 회보에 실린 내용을 그대로 베낀 개인의 선택과 자기해방에 대한 선언, 그리고 시체를 화장해서 뿌리라는 내용이었다.

봄이었다. 흠뻑 젖은 대지, 흙냄새. 나뭇가지를 흔드는 바람이 부싯돌을 그을 때 나는 초록빛 기운을 풍겼다. 도랑엔 머위가 자라고, 정원에선 튤립이 바람에 흔들리며 요란하게 토닥거렸다. 사선으로 내리긋는 빗줄기. 시곗바늘은 투명한 저녁을 향해 돌진했다. 하늘은 새하얀 손에 든 카드들처럼 잔물결을 이루었다.

아버지는 온수기를 껐다. 어머니는 마지막으로 정원에 물을 주었다. 그리고 사일런트나이트 허브티와 함께 알록달록한 캡슐들을 삼켰다.

아버지는 기력이 다해가는 몽롱한 상태에서 신문사로 전화를 걸어 코일의 자동응답기에 메시지를 남겼다. "아비다. 네 형은 전화가 없어서 너한테 걸었다. 음. 네 어머니와 나는 이만 떠날 때가 된 것 같다. 우린 떠나기로 했다. 식탁 위에 유서가 있다. 거기 장의사와 화장에 대한 내용과 그 밖의 것들이 모두 있어. 이제 넌 스스로 앞길을 헤쳐나가야 한다. 나도 이 나라에 온 후로 험한 세상을 혼자 힘으로 헤쳐왔지. 누구한테 땡전 한푼 받은 적 없다. 다른 사람 같았으면 모든 걸 포기하고 부랑자가 되었겠지만 난 그러지 않았다. 땀흘려 일했어. 석공 밑에서 모래 수레를 끌면서 너와 네 형을 위해 정말이지 열심히 살았다. 너희는 주어진 기회를 살리지 못했지만. 나 자신을 위해 산 인생은 거의 없었지. 형과 애그니스 햄 고모에게 알려라. 고모의 주소는 식탁 위에 있다. 나머지 형제들은 어디에 살고 있는지 모르겠구나. 연락이 끊긴 지가……" 삐이 하는 신호음. 메시지 용량이 다 찬 것이다.

'개인적 매력 교회' 중위인 딕에겐 전화가 있었고 코일은 그 번호를 알았다. 수화기를 통해 형의 가증스러운 음성이 들려오자 코일은 창자가 오그라드는 듯했다. 아데노이드 비대증에 걸려 씨근덕거리는 콧소리. 형은 이단의 의식엔 참석할 수 없다고 했다.

"난 장례식 따위 엉터리 미신을 믿지 않아." 그가 말했다. "우리 교단에선 칵테일파티를 연다구. 게다가 자살한 사람들의 장례식에 어떤 목사가 와주겠냐?"

"스타인 목사님이 존엄사협회 소속이야. 형도 꼭 와야 해. 지하실 치우는 거라도 도와줘. 아버지가 지하실에 묵은 잡지를 사 톤쯤은 모아두셨어. 형, 난 부모님 시신 옮기는 걸 지켜봐야 한다구." 코일은 울먹였다.

"야, 뚱땡이, 부모님이 뭐라도 남기셨냐?"

코일은 그 말이 무슨 뜻인지 알았다.

"아니. 집은 저당이 잔뜩 잡혀 있어. 저축해놓은 돈도 다 쓰셨어. 아마 그게 주된 이유였던 것 같아. 두 분이 존엄한 죽음을 믿으셨다는 건 나도 알지만, 어쨌든 돈을 다 써버리신 거지. 슈퍼마켓 체인은 부도가 났고 아버지 연금도 중단됐어. 계속 사셨다면 돈을 벌러 나서야 했을 거야. 세븐일레븐 점원 같은 거라도. 난 어머니도 연금을 받으시는 줄 알았는데 아니었어."

"너 지금 농담하냐? 옛날보다 더 멍청이가 됐군. 이봐, 구토 봉지, 혹시 뭐라도 나오는 게 있으면 내 몫은 보내라. 내 주소 알지?" 형은 전화를 끊었다.

코일의 손이 턱으로 올라갔다.

아버지의 여동생 애그니스 햄도 장례식에 오지 않았다. 통신판매로 구입한 장비로 자신의 이름과 주소를 볼록하게 박은 청색 종이에 짤막한 사연만 적어 보냈다.

장례식엔 참석 못하겠구나. 다음달 십이일경에 가마. 유서대로 네 아버지 유골도 처리하고 너와 네 가족도 만날 생각이다. 자세한 얘기는 만나서 하자. 사랑하는 고모, 애그니스 햄.

그러나 고모가 도착했을 즈음, 코일은 부모를 한꺼번에 잃은 것도 모자라 바람난 아내에게 버림받은 남편에 홀아비 신세까지 되어 있었다.

"펫, 우리 얘기 좀 해." 코일이 눈물 젖은 목소리로 애원했다. 페틀에게 새 남자가 생긴 걸 알게 된 것이다. 이번에 눈이 맞은 남자는 신문에 나오는 오늘의 운세를 믿고 차 범퍼에 부적을 붙이고 다니는 실직한 부동산 중개인이었다. 페틀은 그와 살면서 집에는 옷가지를 챙길 때만 가끔씩 들렀다. 코일은 연하장 감성으로 웅얼거렸다. 페틀은 그를 외면하고 침실 거울에 비친 제 얼굴만 들여다보고 있었다.

"펫이라고 부르지 마. 페틀이라는 멍청한 이름을 가진 것만으로도 지긋지긋하니까. 차라리 아이언이나 스파이크가 낫지."

"아이언 베어?" 코일은 이를 드러내고 미소를 지었다. 그냥 입만 벌린 걸 수도 있고.

"잔머리 쓰지 마, 코일. 모든 게 그저 재미있고 신기한 척하지 말라구. 나 좀 가만 내버려둬." 페틀은 옷을 팔에 걸치고 홱 돌아섰다. 옷걸이들이 말린 거위의 목과 대가리처럼 보였다. "우리 결혼은 장난이었어. 난 애초에 결혼 같은 건 관심도 없었어. 그리고 누구의 엄마가 되고 싶지도 않았다고. 전부 다 실수였어. 진심이야."

어느 날 그녀는 사라졌고, 직장에 출근도 하지 않았다. 그녀의 직장 상사에게서 전화가 왔다. 리키 머시기라는 사람이었다.

"예, 흠, 정말 걱정되네요. 페틀이 나한테 아무 말도 없이 사라질 리가 없는데." 말투로 보아 페틀과 잠자리를 한 게 분명했다. 그에게도 헛된 희망을 심어준 모양이었다.

그런 일이 있고 며칠 후, 에드 펀치가 코일의 책상을 지나치면서 자기 방으로 오라고 고갯짓을 했다. 나쁜 소식을 전할 때는 늘 그런 식이었다.

"자네를 내보내야겠어." 펀치는 비열한 눈빛으로 입술을 핥으며 말했다.

코일의 눈길이 벽에 걸린 판화로 갔다. 머리카락이 덥수룩하게 덮인 목덜미 부분에 새겨진 서명이 그제야 눈에 들어왔다. 호레이스 그릴리.

"경기 침체야. 이젠 우리가 얼마나 더 버틸 수 있을지도 모르겠어. 그래서 감원중이네. 이번엔 다시 부르기 힘들 거야."

그날 저녁 여섯시 반, 코일은 자기 집 뒷문을 열었다. 무섭 부인이 식탁에 앉아 봉투 뒷면에 무언가를 쓰고 있었다. 얼룩덜룩한 팔이 마치 시체의 허벅지 같았다.

"아, 왔군요!" 그녀가 외쳤다. "그러잖아도 이렇게 편지를 쓸 필요가 없게 빨리 들어왔으면 했수. 손이 쑤셔서 말이우. 저녁때 침 맞으러 가는 날이거든. 침은 효과가 있지. 베어 부인이 애기 아빠한테 월급을 받으라더군. 칠 주 치니까 삼-공-팔-공 달러네. 지금 수표로 주면 좋겠는데. 나도 여기저기 돈 갚을 데 천지라서."

"페틀이 전화했나요?" 코일이 물었다. "언제 들어온답니까? 직장에서도 궁금하다며 전화가 왔었는데." 다른 방에서 텔레비전 소리가 흘러나왔다. 고조되는 마라카스 소리, 봉고 드럼 소리.

"전화가 아니고 아까 왔었수. 두 시간쯤 전에 갑자기 들이닥쳐서 옷가지를 몽땅 싸더니 애기 아빠한테 전할 말을 한 무더기 쏟아놓고 애들을 데리고 떠났어요, 같이 온 남자랑. 빨간색 지오 자동차를 모는 남자 있잖수, 왜. 그 남자랑 플로리다로 간다고 합디다. 거기 가서 서류를 보내겠대요. 직장도 버리고 떠났어요. 회사에 전화를 걸더니만 '리키, 나 그만둬요' 하더라니까. 여기 서서 다 들었어요. 애기 아빠한테 당장 내 봉급을 주라고 전하랬수."

"무슨 소린지 모르겠군요." 코일의 입안엔 차가운 핫도그가 가득 들어 있었다. "페틀이 애들을 데려갔다고요? 애들을 데려갈 사람이 아닌데." 집 나간 엄마, 자식 유괴해.

"글쎄, 그렇기는 한데, 그래도 엄마가 애들을 데려갔어요. 내가 제대로 들은 건지는 모르겠는데 코네티컷에 있는 어떤 사람들한테 아이들을 맡긴다는 것 같았수. 아이들이 그 작은 차에 타고는 어찌나 좋아하던지. 생전 어딜 놀러가본 적이 없는 아이들이니. 아주 신바람이 났지. 어쨌든 수표에 대해서는 확실하게 말하고 갔어요. 내 수표." 그녀의 우람한 팔뚝이 자주색과 금색 반점이 박힌 트위드코트의 돌먼슬리브 안으로 쏙 들어갔다.

"지금 제 통장에는 십이 달러 정도밖에 없어요. 한 시간 전에 해고됐거든요. 아주머니 봉급은 원래 집사람이 내기로 돼 있었어요. 정말 삼-공-팔-공이 맞는다면 예금 증서를 현금으로 바꿔야 해요. 내일에나 될 거예요. 걱정하지 마세요. 꼭 드릴 테니까." 그는 쪼글쪼글해진 핫도그를 계속 우물거렸다. 한심한 꼴이었다.

"애기 엄마도 늘 그 소리였수." 무섭 부인이 불쾌한 듯 말했다. "그러니 견뎠던 거지. 돈도 못 받는데 일할 맛이 나겠어?"

코일은 잠자코 고개만 끄덕였다. 그녀가 나가자 그는 주 경찰서에 전화를 걸었다.

"제 아내가. 아이들을 되찾고 싶습니다." 코일은 수화기 저편의 기계적인 목소리에게 말했다. "내 딸들, 버니 코일과 선샤인 코일. 버니는 여섯 살이고 선샤인은 네 살 반이에요." 그 아이들은 그의 딸이었다. 붉은 머리카락, 젖은 개의 몸뚱이에 붙은 잔디 부스러기 같은 주근깨. 선샤인은 오렌지빛 곱슬머리의 꼬마 미녀였다. 버니는 예쁘진 않지만 똑똑했다. 아빠의 흐리멍덩한 눈동자와 붉은 눈썹을 그대로 빼닮았고, 왼쪽 눈썹은 식료품점 카트에서 떨어져 생긴 흉터 때문에 비뚤어지고 톱니 자국이 나 있다. 그리고 짧게 친 곱슬머리. 두 아이 다 뼈대가 굵었다.

"애들이 꼭 궤짝으로 만든 가구처럼 생겼지 뭐야." 페틀은 농담이랍시고 그렇게 지껄이기도 했다. 버니와 선샤인은 어린이집에서 버릇없는 말썽쟁이로 찍혀 차례로 쫓겨났다. 꼬집고 밀고 소리지르고 대들기 일쑤라는 것이다. 무섭 부인의 관점에서는, 배고프다고 징징거려서 텔레비전도 제대로 못 보게 하는 망나니들이었다.

그러나 코일은 페틀이 임신했다고 난리를 부리며 핸드백을 단검처럼 바닥에 내던지고 발길질을 해대면서 유산시키겠다고 나설 때부터 아이들을 사랑했다. 처음엔 버니를, 그리고 선샤인을. 아이들이 세상에 태어나면 덤으로 얻은 시간 동안 자신의 곁에 있다가 어느 날 끔찍한 사건으로 아빠를 충격에 빠뜨릴 것이라는 공포를 안고 그들을 사랑했다. 그러나 끔찍한 사건의 주인공이 페틀일 줄은 상상도 못했다. 그녀에게는 이미 당할 만큼 당했다고 생각했으니까.

검정과 흰색 체크무늬 바지 정장 차림의 고모는 소파에 앉아 코일이 울고 짜는 소리를 들었다. 그녀는 한 번도 사용한 적 없는 주전자에 차를 끓였다. 붉은 머리칼에 드문드문 백발이 섞인 꼿꼿한 여성. 실내 사격연습장의 표적을 연상시키는 옆모습. 목에는 황갈색 사마귀 하나. 그녀는 주전자 속의 차를 저어 잔에 따르고 우유를 조금 부었다. 소파 팔걸이에 걸쳐놓은 그녀의 코트가 마치 와인 병의 라벨을 보여주는 웨이터 같았다.

“마셔라. 차는 좋은 거야. 기운을 차리게 해주지. 정말이야.” 고모의 목소리엔 질주하는 차의 창문 틈새에서 나는 휘파람소리 같은 고주파음이 들어 있었다. 양재용 인체 모형처럼 부위별로 나뉜 몸뚱이.

“저는 아내가 어떤 무시무시한 힘에 휘둘리고 있었다는 것밖엔 그녀에 대해 아는 게 없었어요.” 그가 말했다. “그녀는 자기 식대로 인생을 살아야 했지요. 그녀는 그 말을 수도 없이 했어요.” 너저분한 방안엔 그를 비난하는 반사체反射體들이 가득했다. 찻주전자, 사진, 결혼 반지, 잡지 표지, 숟가락, 텔레비전 화면.

“차 좀 마셔.”

“아내를 탓하는 사람도 있겠지만 저는 그녀가 사랑에 굶주렸던 거라고 생각해요. 늘 사랑에 허기졌던 거지요. 그래서 그런 행동을 했던 거예요. 그녀는 가슴 깊은 곳에서 자신을 좋게 생각하지 않았어요. 그녀가 한 일들은 잠시나마 그녀를 안심시켜줬죠. 전 그녀에게 늘 부족한 존재였어요.”

조카는 그런 뻔한 속임수를 믿는단 말인가? 고모는 기가 막혔다. ‘사랑에 굶주린 페틀’은 조카 자신의 창조물인 듯했다. 고모는 사진 속 페틀의 냉담한 눈과 요염한 포즈만 봐도 하이힐 신은 잡년임을 알 수 있었다. 사진 옆에는 코일이 물잔에 꽂아놓은 장미 한 송이가 있었다.

코일은 수화기를 귀에 댄 채 헐떡거렸다. 사별의 물결이 부서진 선체로 쏟아져들어오는 바닷물처럼 밀려들었다. 페틀이 타고 나간 빨간색 지오가 고속도로에서 벗어나 야생화로 수놓인 언덕을 구르다가 화염에 휩싸였다고 했다. 부동산 중개인의 가슴에선 연기가 뭉클뭉클 피어올랐고 페틀의 머리털은 몽땅 타버렸다. 그리고 목뼈가 부러졌다.

차 안에 있던 신문 스크랩들이 바람에 날려 고속도로에 어지럽게 흩어졌다. 텍사스의 거대한 알, 바이올리니스트 야샤 하이페츠를 모방하는 현상, 호박만큼 큰 순무, 열무만큼 작은 호박에 관한 기사들.

경찰이 불에 탄 점성술 잡지들과 옷가지를 헤치다가 구천 달러가 넘는 현금이 빼곡히 들어 있는 페틀의 지갑을 발견했다. 그녀의 수첩에는 사고 당일 아침 코네티컷 베이컨폴스에서 브루스 커드라는 사람을 만나기로 약속한 기록이 있었다. '개인 서비스료'로 칠천 달러를 교환한 영수증도 발견되었다. 경찰은 그녀가 브루스 커드라는 자에게 아이들을 판 것 같다고 말했다.

코일은 거실에 앉아 붉은 손가락으로 얼굴을 가리고 엉엉 울며 아이들만 무사하다면 페틀을 용서할 수 있다고 웅얼거렸다.

인간은 슬플 때 왜 우는 걸까, 하고 고모는 생각했다. 개, 사슴, 새는 눈물을 보이지 않고 조용히 고통을 삭인다. 동물들의 무언의 고통. 그건 아마도 생존 기술이리라.

"참 속도 좋구나." 고모가 말했다. "다른 사람 같았으면 자식을 팔아먹었다며 처참한 시체에다 저주를 퍼부었을 텐데." 우유는 상하기 직전이었다. 젖은 커피 스푼이 마구 드나든 설탕통엔 황갈색 덩어리들이 져 있었다.

"믿을 수가 없어요. 그 사람이 애들을 팔다니. 도저히 믿을 수가."

코일은 그러면서 엉엉 소리 내어 울었다. 그의 허벅지가 테이블에 부딪혔다. 소파가 삐걱거렸다.

"네 처 짓이 아닌지도 모르지. 누가 알아?" 고모는 조카를 위로했다. "넌 정말 착해. 시안 코일을 닮았어. 네 할아버지 말이야. 가여운 분이지. 난 그분을 뵌 적이 없어. 내가 태어나기 전에 세상을 뜨셨으니까. 하지만 사진은 여러 번 봤지. 죽은 사람 이빨을 줄에 매달아 목에 걸고 있더군. 치통이 사라지라고 말야. 거기 사람들은 그렇게 믿었거든. 그분은 정말 착했대. 늘 웃으며 노래를 불렀다더구나. 농담을 곧이곧대로 믿어서 사람들이 놀려먹곤 했대."

"어리석었나보군요." 코일은 찻잔에 대고 흐느끼며 말했다.

"글쎄, 그랬을지도 모르지만 그런 얘긴 처음 듣는구나. 그분은 얼음 속으로 들어가면서 '천당에서 만나요' 하고 외쳤대."

"그 얘긴 저도 들었어요." 코일이 말했다. "할아버지 어렸을 때 얘기잖아요." 코일은 빨갛게 부은 코를 하고 입속에서 찝찔한 눈물을 음미했다.

"열두 살이었는데 물범을 잡았지. 그분은 어떤 남자 못지않게 물범 사냥을 잘했단다. 그러다 발작을 일으켜 얼음물에 빠져 죽었지. 1927년의 일이란다."

"아버지가 할아버지 얘기를 가끔 하셨어요. 하지만 열두 살이었다는 건 도저히 이해가 안 돼요. 열두 살에 돌아가셨다는 얘긴 못 들었어요. 열두 살에 익사했다면 우리 할아버지가 될 수 없죠."

"그건 네가 뉴펀들랜드인들을 몰라서 그래. 그분이 열두 살이긴 했지만 네 아버지의 아버지였던 건 사실이야. 하지만 내 아버진 아니지. 우리 어머니, 그러니까 네 할머니 애디는 시안의 누이였는데 그가 죽자 형제인 터비와 살았단다. 그마저 익사하자 내 아버지인 코키 햄과 다시 결혼했지. 그래서 내가 태어난 코일곶에서 몇 년 살다가 캐츠포로 이사했어. 우리가 고향을 뜬 건 1946년에 아버지가 돌아가시고……"

"역시 익사였겠죠." 코일은 무심결에 듣고 있었다. 그는 종이 냅킨에 코를 풀었다. 그걸 접어서 찻잔 받침 가장자리에 놓았다.

"아니. 그후에 악취나는 캐츠포 항구로 갔는데 사람들이 우리를 천대했지. 눈썹에 자줏빛 습진이 난 못된 여자애가 있었는데 우리에게 돌을 던졌어. 그리고 우린 미국으로 건너왔지." 고모는 갑자기 노래를 불렀다. "'테라 노바는 슬프다네, 떠나가는 이들 때문에.' 그 구절밖에 기억이 안 나."

코일은 근친상간을 하고 물범 사냥을 하다가 발작을 일으켜 죽었다는 어린 할아버지가 혐오스러웠지만 그래도 어쩔 수 없었다. 알려지지 않은 가족의 미스터리.

경찰이 들이닥쳤을 때, 꼬질꼬질한 팬티 차림의 사진사는 전화기에 대고 욕지거리를 퍼붓고 있었다. 벌거숭이가 된 코일의 딸들은 부엌 바닥에 식기세척제를 엎지르고 그 위에서 미끄럼을 타고 있었다.

"코일 씨, 따님들이 성적 학대는 당하지 않은 게 분명합니다." 수화기의 목소리가 말했다. 코일은 그 목소리의 주인이 남자인지 여자인지도 구분하지 못했다. "비디오카메라가 한 대 있었습니다. 빈 필름통이 여기저기 흩어져 있었지만 카메라는 고장이었어요. 그는 카메라를 산

상점에 전화를 걸어 점원에게 호통치고 있었던 거지요. 아동학대 전문 소아과의사가 따님들을 검진했습니다. 옷을 벗기고 손톱, 발톱을 자른 것 외에 다른 신체적 행위는 없었다는 것이 의사 소견입니다. 하지만 이상한 짓을 하려고 했던 건 분명합니다."

코일은 아무 말도 하지 못했다.

"따님들은 지금 사회복지과에서 베일리 부인의 보호를 받고 있습니다." 완곡한 목소리. "그곳 위치를 아세요?"

선사인은 초콜릿 범벅을 한 채 연달아 돌아가는 플라스틱 장치들을 작동시키는 핸들을 움직이고 있었다. 버니는 보랏빛 눈꺼풀 속의 눈알을 굴리며 의자에서 자고 있었다. 코일은 아이들을 데리고 나와 차에 태운 다음, 뜨거운 품에 꽉 끌어안고 사랑한다고 웅얼거렸다.

"애들이 내 동생 피니와 패니를 참 많이 닮았구나." 고모가 요란하게 고개를 끄덕이며 말했다. "아주 똑같아. 피니는 지금 뉴질랜드에 있지. 해양생물학자인데 상어에 대해선 모르는 게 없단다. 그런데 올봄에 엉덩이뼈가 부러졌어. 패니는 사우디아라비아에 살아. 매 부리는 사람과 결혼했지. 거기선 얼굴에 검은 천을 쓰고 다녀야 한다더라. 이리 오렴, 귀여운 아가들아, 고모할머니 안아줘야지." 그녀가 말했다.

그러나 아이들은 코일에게 달려가 추락하는 사람이 창틀에 매달리듯, 전기 입자가 호를 그리며 간극을 연결하여 회로를 형성하듯 아빠를 붙잡고 늘어졌다. 아이들에게서는 금잔화와 수레박하 향이 섞인 시에라 프리 주방용 세제 냄새가 났다. 아이들을 바라보는 고모의 표정이 불가해했다. 아마도 갈망이리라.

코일은 고난 속에서도 용감한 여성을 알아보았다. 하나밖에 없는 여자 친척.

"우리 곁에 있어주세요." 그가 말했다. "저는 앞으로 어떻게 살아야 할지 모르겠어요." 코일은 고모가 고개를 저으며 안 된다고, 돌아가야 한다고, 잠시밖에 머물 수 없다고 말하기를 기다렸다.

뜻밖에도 고모는 고개를 끄덕였다. "며칠이면 돼. 정리하는 데." 그녀는 웨이터가 맛난 요리를 앞에 가져다놓은 듯 손바닥을 마주 비비며 말했다. "이렇게 한번 생각해보렴. 모든 걸 새롭게 시작할 기회가 온 거라고 말이야. 새로운 터전, 새로운 사람들, 새로운 풍경. 새 출발을 하는 거야. 넌 새롭게 출발해서 무엇이든 될 수 있어. 나도 그럴 생각이다."

그러곤 문득 생각난 듯 덧붙였다. "워런을 만나고 싶지 않니? 지금 차 안에서 지난날의 영광을 꿈꾸고 있지."

코일은 고모의 늙은 남편을 기대했지만 나가보니 무너진 얼굴과 검은 속눈썹을 가진 개였다. 고모가 차 뒷문을 열자 워런이 으르렁거렸다.

"겁낼 거 없어." 고모가 말했다. "워런은 이제 아무도 못 무니까. 이 년 전에 이빨이 몽땅 뽑혔거든."

4
조난

"조난. 재난에 의해 강제로 배에서 벗어나다."
—『항해 사전』 중에서

코일의 안색은 썩은 진줏빛이었다. 그는 뉴펀들랜드를 향해 요동치며 달리는 연락선 좌석에 쐐기처럼 박혀 있었고, 뺨 아래 받친 바람막이 재킷의 팔꿈치는 잘근잘근 씹혀서 흠씬 젖어 있었다.

젖은 바다 냄새, 페인트 냄새, 커피향. 선내 방송 스피커의 시끄러운 잡음도, 영화관의 총성도 피할 도리가 없었다. 승객들이 위스키를 마시고 휘청거리며 〈내겐 일 달러 더〉라는 노래를 불러댔다.

버니와 선샤인은 맞은편 좌석에 선 채로 유리창 너머 오락실을 구경하고 있었다. 진홍색 절연 벽, 옛날 밸런타인데이 카드에 등장하는 아기 천사 같은 머리와 어깨가 비치는 천장. 아이들은 오락실에서 들리는 뽀글뽀글 물거품 이는 소리 같은 음향을 동경하고 있었다.

코일 옆엔 고모의 뜨개질 실타래가 놓여 있었다. 뜨개바늘이 그의 허벅지를 콕콕 찔렀지만 뱃멀미로 속이 울렁거려 죽을 지경이라 거기 신경쓸 겨를이 없었다. 새로운 출발의 기회인 뉴펀들랜드를 향해 달리고는 있었지만.

고모가 일을 잘 처리해주었다. 모킹버그에서 코일에게 남은 건? 실직, 떠난 아내, 자살한 부모. 그리고 아내가 들어놓은 '사고사와 장애에 대비한 보험'이 있었다. 배우자 앞으로 삼만 달러, 아이들 앞으로 각각 일만 달러씩 나왔다. 코일은 미처 보험 생각을 하지 못했으나 고모는 즉시 생각해냈다. 아이들은 잠이 들고 코일과 고모는 식탁에 앉아 있었다. 큼직한 자주색 원피스 차림의 고모는 차에 위스키를 한 방울 넣어 마셨다. 코일은 오발틴 코코아를 마셨다. 고모가 잠이 잘 올 거라며 푸른색 수면제를 건넸다. 코일은 당황했으나 받아서 삼켰다. 속살이 드러나도록 물어뜯은 손톱.

"새로운 곳으로 가서 새로운 인생을 시작하는 것도 괜찮아." 고모가 말했다. "너뿐만 아니라 아이들을 위해서도. 과거를 극복하는 데 도움이 될 거야. 가까운 사람이 죽으면 그 슬픔을 잊는 데 일 년 열두 달은 걸린다고들 하지. 맞는 말이야. 사는 곳을 옮겨보면 도움이 될 거야. 그러기에 고향보다 더 좋은 곳이 어디 있겠니? 신문사 친구들에게 수소문해보렴. 거기에 일자리가 있을지도 몰라. 그냥 여행 삼아 다녀와도 아이들에겐 좋은 경험이 될 테고. 새로운 세상을 구경시켜주는 거지.” 고모는 주근깨투성이의 늙은 손으로 코일의 팔을 토닥이며 말을 이었다. “그리고 솔직히 말해서, 네가 함께 가준다면 내게도 큰 도움이 될 거야. 우린 틀림없이 좋은 팀이 될 거다.”

고모는 팔꿈치로 식탁을 짚고 턱을 괴었다. “사람은 나이가 들수록 고향에 이끌리는 법이지. 젊었을 땐 다시는 뉴펀들랜드를 찾고 싶지 않았는데 요 몇 년 새에 고향에 돌아가고 싶은 향수병이 생겼어. 고향으로 돌아가서 인생을 마감하고 싶은 원시적인 충동 같은 거겠지. 그건 새 출발이기도 해. 내 작은 사업체도 그곳으로 옮길 거야. 너도 거기서 일자리를 구하지 못하란 법은 없잖아.”

코일은 파트리지에게 전화를 걸어 말해야겠다고 생각했다. 그러나 그는 슬픔으로 인한 무기력증에 짓눌려 있었다. 그래서 전화를 걸 수가 없었다. 지금은.

그는 어두운 자줏빛 악몽에서 허우적대다가 한밤중에 깨어났다. 페틀이 빵 트럭에 타고 있었다. 트럭 운전사는 뚱뚱한 대머리였는데 콧물이 질질 흐르고 손은 말로 형언할 수 없는 물질로 뒤덮여 있었다. 코일은 트럭의 안팎을 동시에 볼 수 있었다. 남자가 페틀의 옷 속을 더듬으며 그녀의 연갈색 머리를 향해 고개를 숙였다. 그러는 동안 트럭은 고속도로를 위태위태하게 달리고 있었다. 난간도 없는 다리 위를 아슬아슬하게 달리기도 했다. 코일은 불안한 마음으로 트럭을 따라 날아갔다. 헤드라이트 불빛 덩어리들이 깜박거리며 가까워졌다. 어떤 비극이 닥칠지 아는 (그리고 자기 아버지의 모습으로 변신한 트럭 운전사가 그 일을 당하기를 바라는) 코일은 페틀을 빵 트럭에서 빼내려고 안간힘을 썼지만 손이 닿지 않았고 고통스러운 마비가 왔다. 이제 헤드라이트 불빛이 가까이에 있었다. 그는 페틀에게 죽음이 임박했다고 외쳤지만 목소리가 나오지 않았다. 침대 시트를 잡아당기며 잠에서 깨어났다.

코일은 거실에 나가 무릎에 책을 올려놓고 남은 밤을 꼬박 새웠다. 눈은 활자를 따라 움직였지만 머릿속에 아무것도 들어오지 않았다. 고모님 말씀이 옳아. 여기서 벗어나야 해.

파트리지의 전화번호를 알아내는 데 족히 반시간은 걸렸다.

"이런! 그러잖아도 며칠 전에 자네 생각을 했는데." 전화선을 통해 들려오는 파트리지의 목소리는 힘이 넘쳤다. "도대체 우리 코일군에게 무슨 일이 난 건가 궁금했지. 언제쯤 놀러올 거야? 나 신문사 그만둔 건 알아? 그만뒀어." 머컬리아가 혼자 도로 위에 있다는 생각 때문에 그도 트럭 운전 학원에 다녔다는 것이다.

"이제 우리 부부는 한 팀이야. 이 년 전에 집도 샀어. 곧 트럭을 사서 독립할 생각이야. 트럭이 근사해. 이층 침대에, 미니 주방에. 에어컨까지 있지. 우린 높은 트럭에 앉아서 아래 승용차들을 내려다봐. 신문사 다닐 때보다 세 배는 더 벌어. 신문사 일에 대한 미련은 눈곱만큼도 없어. 그래, 자네는 어떻게 지냈나? 아직도 펀치 밑에서 일해?"

짝사랑에 빠진 얘기부터 악몽 얘기, 고모와 식탁에 지도를 한가득 펼쳐놓고 들여다본다는 얘기까지 하는 데 겨우 십 분이나 십일 분밖에 안 걸렸다.

"코일, 이 개자식. 롤러코스터 같은 삶을 살고 있잖아. 그동안 산전수전 다 겪었어. 그래도 아이들은 있구만. 그래, 난 신문사를 떠났지만 아직 연줄은 좀 남아 있어. 내가 좀 알아볼게. 자네가 가려는 곳에서 가까운 도시들이 어디어디라고?"

거기엔 킬릭클로라는 이상한 이름의 도시 하나뿐이었다.

이틀 뒤, 파트리지에게서 전화가 왔다. 코일의 밥줄을 이어주게 된 것이 마냥 기쁜 모양이었다. 그에게 코일은 펄프 공장에서 나오는 거대한 신문 인쇄용지 뭉치를 연상시켰다. 비어 있고 결함투성이인. 그러나 파트리지는 그 막연함 너머로 먼 곳의 자동차 휠캡에서 반사되는 빛 같은 섬광을 포착했다. 그것은 코일의 인생에도 찬란한 빛을 발할 기회가 있다는 의미였다. 행복? 행운? 명예와 부? 또 누가 알아? 파트리지는 생각했다. 그는 인생의 감칠맛을 실컷 향유했기에 코일에게도 그 맛을 음미할 기회가 주어지기를 바랐다.

"옛날 연줄이 아직도 쓸모가 있다니 놀랍지 뭐야! 거기도 신문사가 한 군데 있어. 주간 신문. 마침 사람을 찾고 있더라고. 관심 있으면 내가 소개해줄게. 해운란을 담당할 기자를 찾는대. 거기가 해안 도시인가봐. 이왕이면 해운업에 연고가 있는 사람을 찾는다는데. 코일, 무슨 연고라도 있어?"

"우리 할아버지가 물범잡이였어."

"어이쿠. 자넨 엉뚱한 소리 하는 데는 뭐 있다니까. 아무튼 일이 잘 풀렸으니, 이주 신청도 하고 취업 허가도 받아야지. 그쪽 친구들과 직접 만나서 잘 얘기해봐. 편집국장 이름이 터시어스 카드야. 연필 준비됐어? 전화번호 받아 적어봐."

코일은 번호를 받아 적었다.

"좋아, 행운을 빌어. 어떻게 됐는지 알려줘. 그리고 말야, 언제라도 우리 곁으로 오고 싶으면 주저 말고 와. 여긴 돈 벌기는 그만이야."

그러나 코일의 마음은 이미 북쪽에 가 있었다. 그에겐 버팀목이 필요했다.

한 달 뒤, 코일 일가는 스테이션왜건을 타고 떠났다. 코일은 자동차 사이드미러로 셋집의 마지막 모습을, 텅 빈 포치와 개나리 덩굴, 이웃집 빨랫줄에서 물결치는 살색 슬립들을 보았다.

코일과 고모가 앞좌석에, 아이들은 뒷좌석에, 늙은 워런은 어떤 때는 짐칸에, 어떤 때는 버니와 선샤인 사이로 어설프게 기어올라가서 앉았다. 아이들은 워런에게 냅킨으로 만든 모자를 씌워주고 털북숭이 목에 고모의 스카프를 매어주기도 했다. 고모의 눈을 피해 몰래 감자튀김을 먹이기도 했다.

뉴욕과 버몬트를 가로지르고 메인의 벌목 숲들을 구불구불 올라 무려 천오백 마일을 달렸다. 삼차선 고속도로를 달려 뉴브런즈윅과 노바스코샤를 가로질렀다. 중앙 차로에서 말썽이 생기자 고모는 주먹을 꽉 쥐었다. 노스시드니에서는 저녁으로 기름기 많은 생선을 먹었고 아무도 신경쓰는 사람이 없었다. 쌀쌀한 아침이 되어서야 포르토바스크로 향하는 연락선에 올랐다. 마침내.

코일은 좌석에서 뱃멀미에 시달리고 있었고, 고모는 갑판을 거닐다가 이따금 걸음을 멈추고 몸서리치는 바다 위 난간에 몸을 기댔다. 다리를 벌리고 뒷짐을 진 채 서서 바람을 맞기도 했다. 머리엔 바부시카를 썼고, 이지적인 작은 눈을 가진 얼굴은 돌처럼 무표정했다.

그녀는 벙거지 모자를 쓴 남자와 날씨 얘기를 했다. 그들은 한참이나 대화를 나누었다. 어떤 사람이 비틀걸음으로 지나치며 "오늘은 바다가 거칠어요, 음" 했다. 그녀는 화물칸의 스테이션왜건에서 흔들리고 있을 워런이 걱정되었다. 이게 무슨 일인가 싶겠지. 배를 타본 적이 없으니. 홀로 낯선 차 안에서 세상의 종말을 맞고 있다고 생각할지도 모른다. 그러나 벙거지 모자의 남자는 말했다. "걱정 마슈, 개는 항해하는 내내 잘 테니까. 개들은 다 그래요."

고모는 눈을 들어 저 앞의 푸른 땅을 바라보았다. 거의 오십 년 만에 보는 고향땅이었다. 자기도 모르게 눈물이 고였다.

"고향에 오는 거유, 응?" 벙거지 모자가 말했다. "아무렴, 고향은 그런 거지."

육천 마일이나 되는 해안에 둘러싸인 자욱한 안개 속의 바위섬. 주름진 수면 밑의 암초들, 얼음딱지로 뒤덮인 절벽들 사이를 누비고 다니는 배들. 툰드라와 불모지, 사람들이 베어 가는 왜소한 가문비나무의 땅.

얼마나 많은 사람들이 그녀처럼 배 난간에 기대어 바다 한가운데의 바위섬을 바라보며 이곳에 왔을까. 바이킹, 바스크족, 프랑스인, 영국인, 스페인인, 포르투갈인. 황금의 도시들을 기대하며 스파이스제도를 찾아 표류하던 배들, 물고기떼가 그 배들의 속도를 늦추던 시절에 대구떼에 이끌려 이곳으로 온 사람들. 망지기는 바다쇠오리구이와 풀로 엮은 컵에 가득한 달콤한 딸기를 꿈꾸었지만, 눈에 보이는 건 주름진 물결과 배 난간을 따라 깜박이는 불빛뿐이었다. 있는 것이라곤 얼음의 도시들뿐. 흰 보석 속의 푸른 보석처럼 연청색 핵이 박힌 빙산들. 사람들은 거기서 아몬드향이 난다고 했다. 그녀도 어린 시절 그 쓴 냄새를 맡은 적이 있었다.

섬에 내렸던 사람들이 벌레에 물려 몸에 피딱지가 앉아서 돌아왔다. 섬 안엔 온통 물, 물뿐이라고 그들은 말했다. 늪과 습지 그리고 강들, 새들이 쇳소리로 울어대는 연못들. 곶들을 돌아 천천히 나아가는 배들. 망지기의 눈에 안개에 싸인 순록떼의 모습이 들어왔다.

나중에 사람들은 이곳이 악령의 땅임을 알게 되었다. 봄이면 먹을 것이 없어서 얼굴은 해골이 되고 몸은 뼈만 앙상했다. 살아남기 위해, 어려운 시절을 헤쳐나가기 위해 얼마나 필사적이어야 했던가. 연금술사 같은 바다는 어부들을 젖은 시체로 만들었고 배들을 대구떼 틈에서 표류하다가 난파당해 기슭으로 밀려올라오게 했다. 그녀는 어른들이 들려준 이야기들을 기억하고 있었다. 남은 가족이 밀가루 부스러기로 연명할 수 있도록 자신과 맏이를 쏜 아버지 이야기, 부빙 위에 여럿이 웅크리고 있다가 얼음이 가라앉기 시작하면 무게를 줄이기 위해 한 사람이 바다로 뛰어들어야 했던 물범잡이들 이야기, 약품을 구하기 위해 폭풍우를 뚫고 항해했으나 고통에 몸부림치는 환자를 구하기엔 늘 너무 늦고 말았던 이야기.

그녀는 어려서 이 물의 땅을 떠났지만 모든 기억이 한꺼번에 밀려들었다. 최면을 거는 듯한 파도, 피와 악천후와 소금의 냄새, 생선 대가리, 가문비나무 타는 연기, 악취나는 겨드랑이, 쉿쉿거리는 성난 파도 속에서 덜거덕거리는 동글동글한 바위들, 물새, 수프에 적신 빵의 크래커 같은 맛, 처마밑 침실.

그러나 이제 어려운 시절은 지나갔다고들 했다. 실직 보험과 섬 앞바다에서 석유가 날 것이라는 뜨거운 희망이 무자비한 운명의 힘을 꺾었다. 이제 온통 발전, 소유, 밀치락달치락뿐이었다. 사람들 말이 그랬다.

그녀는 열다섯 살에 코일곶을 떴고 열일곱 살에 가족과 함께 미국으로 건너갔다. 고립과 무지, 낡은 커튼으로 만든 바지, 이가 몽땅 빠진 합죽이 입, 왜곡된 생각, 투박한 손, 절망으로부터 벗어나기 위해 외항들에서, 섬들에서, 숨겨진 만灣들에서 뉴펀들랜드를 떠나는 인파에 섞여서.

그녀의 아버지 해럴드 햄은 그들이 고향을 뜨기 한 달 전에 갈고리를 고정해둔 매듭이 풀리는 바람에 죽었다. 배에서 못이 든 드럼통을 부리다가 사고를 당한 것이다. 밧줄 매듭이 풀려 드럼통 하나가 굴러떨어지면서 쇠테로 그의 목덜미를 쳤는데 척추골이 탈구되고 척추가 바스러졌다. 몸이 마비되어 말도 못하고 부두에서 숨이 다해가던 아버지. 아내와 자식들이 찾아와서 그의 옆에 엎드려 '아버지, 아버지' 하고 간청하듯 불러댔을 때 그의 멎어가던 뇌에선 어떤 생각들이 오갔을지 그 누가 알겠는가? 그의 삶에서 아버지라는 자리가 위대한 것이었던 듯, 모두 그의 이름을 부르지 않고 아버지라고만 했다. 울면서. 자기밖에 모르던 오빠 가이까지도.

상을 당한 조카와 함께 가이의 유골을 들고 이렇게 다시 돌아오게 되다니, 참 묘한 일이다. 가이를 화장한 뒤, 그녀는 흐느끼는 코일에게서 유골 상자를 받아 들고는 자신이 머물고 있는 손님방으로 옮겼다. 그리고 가이를 슈퍼마켓 비닐봉지에 쏟아 꽁꽁 묶어서 쓰레기통에 던져버리는 생각을 하며 뜬눈으로 밤을 지새웠다.

그러나 그저 생각뿐이었다.

이 섬이 더 많이 변했을까, 내가 더 많이 변했을까? 정말 억센 땅이야. 그녀는 부르르 몸서리를 쳤다. 이제 좀 나아졌겠지. 그녀는 배 난간에 기대어 과거의 비탈에서 코를 훌쩍이는 검은 대서양을 바라보았다.

5
가지매듭

"가지매듭은 홈이 파이지 않은 빗자루의 손잡이 부분을 미끄럽지 않게 해준다."
—『애슐리 매듭서』 중에서

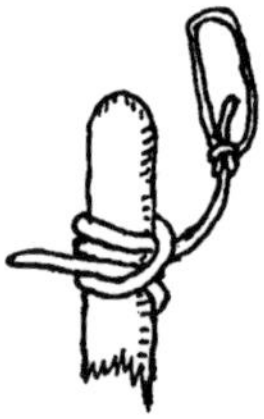

좌석 뒤 바닥에서 워런이 으르렁거렸다. 코일은 트럭 바큇자국이 난 고속도로를 타고 그레이트노던반도 서해안을 달렸다. 도로는 벨아일 해협의 거친 파도와 푸른 멜론 같은 산 사이로 이어져 있었다. 해협 건너편에는 음산한 래브라도가 있었다. 대상隊商처럼 떼 지어 동쪽으로 달리는 트럭들의 스테인리스 강철 운전석에 안개가 방울방울 맺혀 있었다. 코일은 잔뜩 찌푸린 하늘이 왠지 낯익었다. 한번쯤 이곳을 꿈꾸었다가 깜빡 잊고 지내기라도 한 듯했다.

차는 균열된 땅 위를 굴러갔다. 바람에 시달린 가문비나무. 화산재 성분으로 반들거리는 갈라진 절벽. 바다 위 암벽 선반에 바다오리가 낳아놓은 알이 보였다. 항구들은 아직 얼음에 갇혀 있었다. 자연 그대로의 화강암으로 이루어진 검은 해안에서 묘비 같은 집들이 은광석을 모아놓은 듯 반짝였다.

고모가 행운을 비는 표시로 집게손가락 위에 가운뎃손가락을 포개며 코일곶에 우리집이 있다고 말했다. 어쨌거나 곶은 아직 지도상에 남아 있었다. 사십사 년이나 비워둔 집. 그녀는 코웃음을 치며 집이 여태 남아 있을 리가 없다고 말했지만 속으로는 그래도 남은 게 있을 거라고, 이렇게 다시 돌아온 자신을 세월이 저버리진 않으리라고 믿었다. 코일은 아한대의 공기를 음미하려는 듯 입을 벌린 채 차를 몰며 고모의 이야기를 들었다.

하얀 감옥 같은 수평선의 빙산들. 구겨지고 주름진 바다라는 푸르고 거대한 피륙.

"저기 봐," 고모가 말했다. "고기잡이배들이야." 저멀리 고기잡이배들이 조그맣게 떠 있었다. 파도가 곶에 부딪혔다. 부서지는 물결.

"난파된 고기잡이배에서 살던 사람이 있었지." 고모가 말했다. "대니 뭐라는 노인이었는데, 폭풍우가 미치지 못하는 해안까지 배를 끌어올려서 수리했단다. 거기에 작은 굴뚝을 세우고 돌로 가장자리를 장식한 길도 만들었지. 거기서 몇 년을 살았는데, 어느 날 배 앞에 앉아서 그물을 고치다가 썩은 선체가 무너져 목숨을 잃고 말았어."

절벽 밑과 '벌목금지'라는 팻말이 붙은 가문비나무숲을 지나 동으로 달리다보니 고속도로가 이차선 도로로 좁아졌다. 코일은 길가에 드문드문 모텔이 나타날 때마다 자고 가기라도 할 것처럼 찬찬히 살펴보았다.

고모가 지도 위의 코일곶에 동그라미를 쳤다. 코일곶은 오말루어만 서쪽 끝에 구부러진 엄지손가락 형상을 하고 바다로 뻗어 있었다. 지금은 무너졌는지, 파손됐는지, 불에 탔는지, 아니면 산산조각이 났는지 알 수 없지만 아무튼 거기 집이 있었다. 옛날에.

지도상의 오말루어만은 바닷물이 담긴 연청색 플라스크 병 모양이었다. 병 주둥이를 통해 배들이 만으로 들어가는 것처럼 보였다. 만 동쪽 해안에는 플라워색이라는 이름의 작은 만이 위치하고, 거기서 삼 마일쯤 더 내려가면 킬릭클로가 있었으며, 더 안쪽으로는 작은 만들이 너저분하게 흩어져 있었다. 고모는 킬릭클로 안내책자를 찾으려고 팬케이크 모양의 검정 핸드백을 뒤졌다. 그러곤 킬릭클로의 관광 명소, 정부 관할 부두와 수산물 가공 시설과 화물 터미널과 레스토랑에 관한 통계자료를 큰 소리로 읽었다. 인구 이천 명. 잠재력 무궁무진함.

"네가 일하게 될 직장이 플라워색만에 있지, 응? 코일곶 바로 건너편이야. 물길로 이 마일쯤. 육로로는 꽤 멀지. 전엔 매일 아침저녁으로 캡사이즈만과 킬릭클로를 오가는 연락선이 있었지. 지금은 아마 없을 거야. 하지만 모터보트만 있으면 너 혼자서도 다닐 수 있어."

"코일곶까지는 어떻게 가죠?" 코일이 물었다.

고모는 고속도로에서 갈라지는 도로가 있고, 지도상에는 점선으로 표시돼 있다고 대답했다. 코일은 점선으로 표시된 도로들이 영 탐탁지 않았다. 끝도 없이 이어지는 자갈과 진흙투성이의 울퉁불퉁한 길.

그들은 갈림길을 놓치고 가솔린펌프가 보이는 곳까지 달렸다. 이그

네 상점IGS STORE. 집안에 가게가 딸려 있었다. 어두운 실내. 카운터 너머로 보이는 부엌 스토브 위에서 찻주전자가 김을 토해내고 있었다. 버니는 텔레비전 웃음소리를 들었다.

코일은 주인이 나타나기를 기다리며 곰발 방한화를 살펴보았다. 가게 안을 한 바퀴 돌며 집에서 만든 선반, 가죽 벗기는 칼이 든 열린 상자, 그물 수선할 때 쓰는 바늘, 고깔 모양으로 감아놓은 낚싯줄, 고무장갑, 통조림 고기, 탐험 비디오테이프를 구경했다. 버니는 냉동고 문 너머로 아이스크림 통 주위에 새하얀 성에가 오톨도톨 앉은 내부를 들여다보았다.

프랑스인 자전거 제조업자의 이름이 수놓인 모자 아래로 풀잎 같은 머리카락이 삐져나온 남자 하나가 무언가를 질겅질겅 씹으며 부엌에서 나왔다. 뒤틀린 칙칙한 모직 바지. 고모가 그와 얘기했다. 코일은 아이들 앞에서 물범가죽 모자 모델이 되었다가 아이들이 빨래집게로 만든 인형을 고르는 걸 거들었다. 잉크로 그려진 얼굴들이 웃고 있었다.

"캡사이즈만으로 가는 길을 좀 알려주시겠어요?"

웃음기 없는 얼굴. 입안의 것을 다 삼킨 뒤에야 나온 대답.

"한참 지나쳤수다. 큰길에서 새어나가는 길이라. 왔던 길로 되돌아가다보면 오른쪽으로 있을 거요. 요즘은 왕래가 뜸해서." 그가 고개를 돌렸다. 사내의 털북숭이 목 위로 솟은 울대가 마치 이상한 성기처럼 보였다.

코일은 만화책 코너에서 갱 하나가 밧줄에 묶인 여자에게 레이저 총을 쏘는 그림을 자세히 들여다보았다. 갱단은 하나같이 녹색 양복을 입는다. 그는 인형값을 치렀다. 가게 주인이 차가운 동전 몇 개를 떨어뜨렸다.

고속도로를 세 번이나 오르내린 뒤에야 하늘을 향해 구불구불 이어진 좁은 길을 발견했다.

"고모님, 이 길로는 못 가겠는데요. 이 길을 따라가봐야 아무 곳도 안 나올 거예요."

"저기 자동차 바퀴자국이 있잖아." 고모는 스파이크타이어 자국을 가리켰다. 코일은 진창길로 들어섰다. 진흙을 튀기며 달렸다. 바퀴자국이 보이지 않았다. 여기서 돌아갔을 거야, 코일은 자기도 이쯤에서 돌아가 내일 다시 시도하고픈 유혹을 느끼며 생각했다. 아니면 바닥 모를 수렁으로 떨어졌거나.

버니가 운전석 뒤쪽을 발로 찼다. "언제 도착해, 아빠? 자꾸 가기만 하는 거 지겨워. 빨리 도착하고 싶어. 빨리 수영복 입고 해변에서 놀고 싶어."

"나두." 이제 선샤인까지 합세해 박자에 맞춰 발길질을 해댔다.

"추워서 안 돼. 지금은 북극곰밖에 수영을 못한단다. 물가에서 돌팔매질은 할 수 있지. 고모님, 지도에는 이 도로가 몇 마일이라고 나와 있어요?" 종일 운전대를 잡고 있었더니 손이 아팠다.

고모는 한참 동안 지도에 대고 숨결을 뿜었다. "큰길에서 캡사이즈만까지 십칠 마일이구나."

"이런 길로 십칠 마일이나요!"

고모는 못 들은 척 말을 이었다. "거기서 십일 마일을 더 가야 코일 곶이 나와. 집 말이야. 아직 있는지 모르겠지만. 지도에 도로 표시가 있구나. 옛날엔 도로가 없었는데. 사람들 다니는 길만 있었지. 그때는 차 있는 사람도 없었으니까. 다들 배로 다녔지. 승용차도 트럭도 없었어. 우리가 지나온 고속도로도 다 새로 만든 거야." 그러나 수평선에 굵직굵직하게 새겨진 바위의 서명은 옛날 그대로였고 앞으로도 변하지 않을 것이다.

"기껏 캡사이즈만까지 가서는, 거기서부터 차에서 내려 십일 마일을 걸어야 하는 건 아닌지 모르겠네요." 코일의 나일론 셔츠 소매가 운전대에 스치며 사각사각 소리를 냈다.

"그럴 수도 있지. 그럼 다시 돌아와야지, 뭐." 고모는 멍한 표정이었다. 그녀의 마음속에서 캡사이즈만이 푸른 환영으로 되살아나는 모양이었다.

코일은 도로와 전쟁을 치렀다. 외딴 시골길에서 자동차 고장나. 어느새 땅거미가 내려 운전하기가 더 어려워졌다. 그들은 이제 절벽 가장자리에 있었다. 저 아래 캡사이즈만에는 버려진 집들이 비스듬히 서 있었다. 이울어가는 빛. 길은 계속 이어져서 저멀리로 사라졌다.

코일은 갓길에 차를 대고 이곳을 지나간 차가 있을까 생각했다. 바윗길에서 흔들리며 달리는 금속. 황폐한 작은 만으로 내려가는 옆길도 가파르고 바위투성이였다. 도로라기보다는 물이 마른 좁은 계곡에 가까웠다.

"오늘밤 안으론 곶까지 못 가겠어요. 이제 어두워져서 더는 못 달려요."

"그럼 고속도로로 다시 돌아가겠다는 거니, 응?" 고모가 격앙된 목소리로 외쳤다. 새 출발이 코앞에 있는데!

"그래요, 텔레비전이랑 침대에서 먹을 수 있는 햄버거랑 감자튀김이 있는 모텔에 빨리 가고 싶어요. 손잡이를 돌리면 불이 점점 어두워지는 그런 데요. 그걸로 침대에 누워서 텔레비전을 껐다 켰다도 할 수 있다고요." 버니가 말했다.

"나도 침대에서 프라이드치킨 먹고 싶어." 선샤인도 말했다.

"아니," 코일이 말했다. "우린 바로 여기서 잘 거야. 텐트가 있으니까 그걸 차 옆에 치고 잘 생각이다." 그러면서 코일은 고모를 바라보았다. 그건 애초에 고모의 아이디어였다. 고모는 핸드백에 몸을 구부리고 열심히 무언가를 찾고 있었다. 그녀의 늙은 머리카락이 잔뜩 찌부러지고 눌려 있었다.

"에어매트리스도 있고 슬리핑백도 있어. 에어매트리스에 공기를 넣어서, 뒷좌석을 접고 그 위에 깐 다음, 슬리핑백을 놓으면 안락한 침대 두 개가 나오지. 고모님이 하나를 쓰시고 너희 둘이 나머지 하나에서 같이 자면 돼. 아빠는 에어매트리스가 필요 없어. 텐트 바닥에서 슬리핑백 속에 들어가 자면 되니까." 코일은 질문에 차근차근 대답하듯 말했다.

"난 배고파 죽겠단 말이야." 버니가 징징댔다. "아빠, 미워! 아빤 바보야!" 아이는 앞으로 몸을 기울여 코일의 뒤통수를 때렸다.

"그만!" 격노한 고모가 버니에게 호통쳤다. "자리에 똑바로 앉아, 꼬마 아가씨. 다시 한번 아빠를 그렇게 부르면 엉덩이를 아프게 때려

줄 거야." 고모의 심장에서 피가 끓어올랐다.

버니는 이내 우거지상이 되었다. "페틀이 아빠는 바보라고 그랬단 말이에요." 버니는 모두가 미웠다.

"사람은 누구나 바보스러울 때가 있는 거야." 코일은 온화하게 말하고는 뒤에 앉아 있는 딸에게 좌석 사이로 붉은 손을 내밀었다. 고모에게 꾸중들은 걸 위로하려는 거였다. 개가 그의 손가락을 핥았다. 일이 잘못되어가고 있다는 익숙한 예감이 엄습했다.

"어이구, 다신 못하겠다." 고모가 턱을 치켜들고 고개를 이리저리 돌리며 말했다. "차에서 자는 거 말이다. 목에 용접을 한 것 같구나. 버니는 달걀거품기처럼 조용히도 자더구나."

그들은 자욱한 안개 속에서, 정적 속에서 걸어다녔다. 차가 소금기로 덮여 반짝거렸다. 코일은 눈을 가늘게 뜨고 길을 바라보았다. 길은 구부러져서 해안선에서 비스듬히 멀어지며 안개 속으로 사라졌다. 도로 상태가 좋아 보였다. 어제보다는 나았다.

고모는 찰싹찰싹 모기를 때려잡으며 머리에 스카프를 두르고 턱밑에서 동여맸다. 코일은 쓴 커피와 맑은 날씨 생각이 간절했다. 그러나 그가 바라는 건 늘 이루어지지 않았다. 그는 축축한 텐트를 접었다.

버니는 코일이 텐트와 슬리핑백을 차에 던지는 소리에 눈을 떴으나 차가 출발하자 도로 잠 속으로 빠져들었다. 푸른 구슬 목걸이의 양끝을 꼭 잡고 있는데도 자꾸만자꾸만 구슬이 빠져나갔다.

차 안에서 사람 머리카락 냄새가 났다. 안개 속에 호弧가 나타났고, 그 위로 희미한 무지갯빛 호가 또 그려졌다.

"안개 무지개구나." 고모가 말했다. 스테이션왜건의 엔진 소리가 지독하게 요란했다.

갑자기 고른 자갈길이 나타났다.

"보세요, 길이 좋은데요." 코일이 말했다. 그 길은 굽이치며 이어졌다. 그들은 맥주색 물이 흐르는 개울에 놓인 콘크리트 다리를 건넜다.

"세상에, 길이 참 좋구나." 고모가 말했다. "그런데 왜 이런 길을 만들었을꼬?"

"모르죠." 코일은 속도를 높였다.

"분명 이유가 있을 거야. 어쩌면 킬릭클로에서 캡사이즈만까지 연락선을 타고 건너와서 이 길을 따라 코일곶까지 차로 가는지도 몰라. 하느님은 이유를 아시겠지. 어쩌면 거기 주립 공원이 있을지도 몰라. 큰 호텔이 생겼는지도 모르고." 고모가 말했다. "그런데 도대체 캡사이즈만에서 어떻게들 올라올까? 길이 모두 물에 잠겼는데. 캡사이즈만은 폐허가 됐고."

도로 중앙선에 풀이 무성했다. 지하 하수관이 끊긴 곳에는 웅덩이가, 진흙투성이 갓길에는 냄비만한 발굽이 보였다.

"이 멋진 길에 차가 안 다닌 지 꽤 오래된 것 같군요."

코일은 브레이크를 밟았다. 그 바람에 의자 등받이에 곤두박질친 워런이 깨갱거렸다. 무스moose의 옆모습이 어렴풋이 나타났던 것이다. 무스 은신처 침범.

여덟시가 조금 지나서야 마지막 모퉁이를 돌았다. 콘크리트 건물 옆의 아스팔트로 포장된 주차장에서 길은 끝났다. 사방이 황무지였다.

코일과 고모는 차에서 내렸다. 건물 모서리에서 스스로 날을 가는 바람 소리와 들썩이는 파도 소리를 빼면 정적뿐이었다. 고모는 금이 간 벽과 처마밑 창을 가리켰다. 그들은 문들을 열어보았다. 철제문이었고, 잠겨 있었다.

"무슨 건물인지 통 모르겠구나." 고모가 말했다. "뭐하던 곳이었는지."

"어떻게 생각해야 할지 모르겠네요." 코일이 말했다. "아무튼 여기가 끝이에요. 게다가 다시 바람이 불기 시작해요."

"이 건물은 도로에 딸린 게 분명해." 고모가 말했다. "내 가방 속에 티백이 몇 개 있는데 안에 들어가서 물 끓일 그릇을 찾을 수 있으면 좋겠구나. 잠시 쉬면서 생각 좀 해보자. 애들이 마신 음료수 깡통을 잔으로 쓰면 될 거야. 커피 가져오는 걸 잊다니 나도 참."

"저한테 캠핑용 프라이팬이 있어요." 코일이 말했다. "한 번도 사용한 적은 없지만. 슬리핑백에 있어요. 밤새 그 위에서 잤죠."

"그럼 어디 한번 해볼까?" 고모는 이끼로 장식된 죽은 가문비나무의 가지들을 주워모으며 그 가지들을 불쏘시개 가지, 이끼를 할아버지 콧수염이라고 불렀다. 그녀는 건물이 바람을 막아주는 곳에 가지를 쌓았다.

코일이 차에서 물병을 들고 왔다. 십오 분쯤 후에 그들은 음료수 깡통에 담긴, 연기 냄새와 오렌지에이드향이 나는 뜨거운 차를 마셨다. 고모는 스웨터 소매를 손까지 끌어내려 뜨거운 깡통을 들고 있었다. 그들의 눈앞에서 안개가 몸서리를 쳤다. 고모의 바짓가랑이가 바람에 펄럭였다. 황톳빛 광채가 갈가리 찢긴 안개를 가득 채우면서 만이 모습을 드러냈다가 다시 사라졌다.

"아!" 고모가 소용돌이치는 안개 속을 가리키며 외쳤다. "그 집이 보였어. 낡은 창, 쌍둥이 굴뚝. 옛날 그대로야. 저기! 내가 봤다니까!"

코일의 눈에는 소용돌이치는 안개밖에 안 보였다.

"바로 저기. 작은 만 다음에 집이 있잖아." 고모는 벌떡 일어나서 걸어갔다.

버니가 슬리핑백을 뒤집어쓴 채 차에서 내려 비틀비틀 걸어 나왔다. "여기야?" 콘크리트 벽을 바라보며 물었다. "끔찍해. 창문도 없잖아. 내 방은 어디야? 나도 음료수 줘, 응? 아빠, 음료수 깡통에서 연기가 나. 아빠 입에서도. 어떻게 한 거야?"

삼십 분 뒤, 그들은 집을 향해 출발했다. 고모는 선샤인을, 코일은 버니를 목말 태우고 개는 맨 뒤에서 절룩거리며 좇아갔다. 바람이 안개 밑으로 들어가 안개를 걷어올렸다. 언뜻언뜻 보이는 잔물결 이는 만. 고모가 철제 손에 시가를 든 실내 사격연습장 표적 같은 팔을 들어 만을 가리켰다. 그곳엔 조개잡이 배 한 척이 해협을 향해 나아가고 있었는데, 배가 지나간 자국이 치마 밖으로 드러난 속치맛단 같았다.

버니는 수풀을 헤치고 뚜벅뚜벅 걸어가는 아빠의 어깨에 올라타 아빠의 턱밑을 양손으로 꽉 움켜쥐었다. 집은 초록 풀물색이었고 안개 속에 비스듬히 서 있었다. 버니는 무릎을 잡은 아빠의 손과 머리 냄새,

몸무게가 일 톤은 나가겠구나, 아빠 목 좀 조르지 마라 따위의 잔소리를 견디고 있었다. 아빠가 요동치는 난쟁이 자작나무의 바다를 헤치고 성큼성큼 발걸음을 옮길 때마다 집이 흔들리는 듯했다. 그 초록의 물결에 버니는 토할 것만 같았다.

"좀 얌전히 있어." 코일이 버니의 손가락을 느슨하게 풀며 말했다. 지난 육 년 동안 멀리 떠나는 배 같은 버니와 항구 같은 코일의 사이는 점점 멀어져만 갔다. "거의 다 왔어, 거의 다 왔어." 아빠가 헉헉대며 말했다. 말馬의 처지를 가련히 여기면서.

코일은 버니를 땅에 내려놓았다. 버니와 선샤인은 바위를 오르락내리락 뛰어다녔다. 집이 그들의 목소리를 공허하고 낯선 메아리로 돌려주었다.

그 음산한 집은 바위 위에 서 있었다. 특이하게도 창문 양옆에 작은 창문이 하나씩 더 달려 있었다. 마치 어른이 양옆에 아이 하나씩을 세우고 아이들 어깨에 팔을 두른 듯한 형상이었다. 문 위에는 부채꼴 모양의 채광창이 있었다. 유리는 절반 정도가 깨지고 없었다. 페인트칠은 너덜너덜하게 벗어졌고 지붕엔 여기저기 구멍이 나 있었다. 만의 물결이 쉴새없이 넘실댔다.

"아직도 그대로 서 있다니, 기적이야! 지붕 선이 자로 잰 듯 반듯하구나." 고모가 몸을 떨며 말했다.

"안에 들어가보죠." 코일이 말했다. "밖에서 보기엔 바닥이 지하실로 무너져내린 것 같은데."

고모는 웃으며 쾌활하게 대꾸했다. "그렇지 않을걸. 이 집엔 지하실이 없거든." 집은 바위에 고정된 쇠고리들에 케이블로 단단히 묶여 있었다. 줄무늬를 이룬 녹 자국들, 마치 계단처럼 바위를 V자로 파서 만든 디딤대, 아이 하나가 숨을 수 있을 만큼 깊게 갈라진 틈새들. 끊긴 철사들이 빳빳이 곤두서 있는 케이블.

"바위 위가 아주 평평하지는 않아." 고모의 말이 기둥에 맨 띠처럼 휘날렸다. "내가 태어나기 전 일이지만, 폭풍이 불면 집이 거대한 흔들의자처럼 흔들거렸다지 뭐니. 여자들은 무서워서 속이 울렁거렸대. 케이블로 묶은 뒤로는 흔들리지 않게 됐는데 대신 케이블 사이로 부는 바람의 노랫소리는 잊을 수가 없어. 오, 겨울 폭풍 때 소리가 기억나. 꼭 신음소리 같았지." 집이 바람의 화관을 쓰고 있으니까. "캡사이즈 만으로 이사하게 돼서 기뻤던 이유 가운데 하나였어. 캡사이즈엔 가게가 하나 있었는데 그건 굉장한 일이었어. 하지만 우린 다시 캐츠포로 이사했고, 일 년 뒤에는 미국으로 떠났지." 고모는 흥분을 가라앉히기 위해 혼잣말처럼 중얼거렸다.

녹슨 못들, 일층 창문에 댄 널빤지들. 코일은 창문에 댄 널빤지 밑으로 손가락을 넣어 떼어보았다. 마치 세상의 가장자리를 잡아당기는 듯했다.

"차에 망치가 있어요." 그가 말했다. "좌석 밑에요. 지렛대도 있을 거예요. 제가 가서 가져오죠. 먹을 것도요. 소풍 나온 기분을 내며 아침을 먹을 수 있을 거예요."

고모는 수백 가지 기억을 떠올리고 있었다. "난 여기서 태어났어," 그녀가 말했다. "바로 이 집에서." 여기서 많은 일이 일어났다.

"나도." 선샤인이 손에 앉은 모기를 입김으로 불며 말했다. 버니가 그 손을 찰싹 때렸다. 필요 이상으로 세게.

"아냐, 넌 뉴욕 모킹버그에서 태어났어. 저기 연기가 나." 버니가 만 건너편을 바라보며 말했다. "불이 났나봐."

"킬릭클로의 집들 굴뚝에서 나는 연기란다. 아침을 짓는 거야. 오트밀 죽과 핫케이크. 저기 만 한가운데에 고깃배가 떠 있는 거 보이지? 움직이지?"

"나도 보고 싶어." 선샤인이 소리쳤다. "난 안 보여. 안 보인단 말이야."

"자꾸 징징거리면 엉덩이를 때려줄 테다." 고모가 말했다. 바람을 맞아 붉게 상기된 얼굴.

코일은 자신을 외면하고 답을 알려주지 않는 수학 선생에게 "모르겠어요"라고 외치던 기억이 났다.* 안개가 걷혀 햇살이 가득한 바다는 푸른 네온등 같았다.

세월과 부식시키는 힘을 지닌 악천후로 단단해진 널빤지가 못을 꽉 움켜쥐고 있었다. 못이 울부짖으며 빠져나왔다. 현관문의 걸쇠를 비틀어 떼어내도 문이 안 열려서 문틈에 타이어 레버를 집어넣어 억지로 열었다.

열린 문으로 쏟아져들어오는 직사각형의 눈부신 햇살을 제외하면

---

* 'I can't see it.'은 선샤인의 말처럼 '안 보인다'는 의미로도, 코일의 말처럼 '모른다'는 의미로도 쓰인다.

집안은 캄캄했다. 널빤지들이 바위에 떨어지는 소리의 울림. 유리창을 통해 들어온 빛의 박편들이 노란 범포 조각처럼 먼지투성이 바닥에 내려앉았다. 아이들은 저희들만 어두운 집안으로 들어가기가 겁이 나는지 달려들어갔다가 나왔고, 밖에서 널빤지를 떼어내던 코일이 "후우 후우 후우" 하는 귀신 같은 웃음소리와 신음소리를 내자 날카롭게 비명을 질렀다.

얼마 후 고모가 집안에 있는 깔때기 모양의 계단을 올라갔고, 코일은 마룻널을 점검하며 조심하시라고, 조심하시라고 거듭 일렀다. 공기 중에 먼지가 가득해 모두들 재채기를 해댔다. 냉기, 곰팡내. 경첩이 느슨해져서 기울어진 문. 계단은 수없이 밟고 오르내려 오목하게 패어 있었다. 벽에서 훌러덩 벗겨진 벽지. 다락방의 깃털 침대에선 깃털이 빠져나와 있고 침대보는 얼룩덜룩했다. 아이들은 이 방 저 방으로 뛰어다녔다. 처음 만들었을 때부터 초라하고 끔찍했을 방들.

"내겐 일 달러 더!" 버니가 노래를 불러대며 모래가 지분거리는 바닥에서 맴을 돌았다. 창밖엔 시원한 바다의 평원이 펼쳐져 있었다.

코일은 밖으로 나갔다. 코끝에 스치는 바람이 갈증날 때 마시는 샘물처럼 달았다. 고모가 기침을 해대며 울먹이다시피 말했다.

"테이블, 축복받은 테이블이 그대로 있어. 의자와 스토브도 그대로야. 어머, 세상에! 빗자루도 옛날 걸어두던 벽에 그대로 걸려 있어." 그러면서 비의 나무 손잡이를 잡았다. 비를 묶은 매듭이 썩어 끊어지면서 손엔 손잡이만 남았다. 스토브 관도 녹이 잔뜩 슬었고 테이블 다리도 망가졌고 의자도 정상이 아니었다.

"어머니가 늘 말씀하신 대로 대청소를 해야겠어."

이제 그녀는 방마다 돌며 깨진 유릿조각을 뱉어내는 사진 액자들을 돌려놓았다. 흰 헝겊 띠로 손목이 묶이고 눈을 반쯤 뜬 죽은 여자의 기념사진을 들어올렸다. 그 쇠약한 시체는 식탁 위에 누워 있었고 관이 벽에 기대어 세워져 있었다.

"엘티 아주머니야. 결핵으로 죽었지." 이번엔 암탉을 쥐고 있는 뚱뚱한 여자의 사진을 들었다.

"핑키 아주머니군. 너무 뚱뚱해서 요강을 침대 위에 올려놓고 소변을 보셨지."

네모난 방들, 높다란 천장. 지붕의 무수하게 반짝이는 구멍들에서 빛이 물처럼 새어들어왔다. 바로 이 침실. 고모는 이 침실 천장이 갈라진 모양새를 세상 그 무엇보다 잘 알고 있었다. 그녀는 더이상 보고 있을 수가 없었다. 다시 아래층으로 내려가서 페인트를 흘린 의자를 만졌고, 의자 앞다리들의 동그란 발받침이 너덜너덜해진 걸 보았다. 그녀의 발아래 비스듬히 내려앉은 마룻널은 나무가 맨살처럼 노출되어 있었다. 문이 닫히지 않게 괴어놓은, 파도에 동글동글하게 깎인 돌이 보였다. 집을 안전하게 지켜달라는 뜻으로 철사에 매달아놓은 행운석 세 개도.

한 시간 뒤, 코일은 집밖에서 불을 피우고 고모는 식료품 상자에서 달걀과 찌부러진 빵 봉지, 버터, 잼을 꺼냈다. 선샤인은 고모를 밀치며 음식 봉지들을 집어들었다. 선샤인이 버터 봉지를 풀고 고모는 나이프 대신 나뭇조각으로 버터를 발랐다. 그리고 냄비 속에서 몸서리치는 달걀들을 휘저었다. 빵 껍질은 늙은 개의 몫이었다. 버니는 물가에 서서 바다로 돌팔매질을 했다. 점박이 돌을 던질 때마다 바다가 포말 이는 입술을 벌려 냉큼 집어삼켰다.

모두들 불가에 모여 앉았다. 고모는 하늘로 녹아드는 연기를 바라보며 돌제단의 제물이 뿜어내는 독한 연기를 생각했다. 버니와 선샤인은 아빠에게 기대앉았다. 버니는 얇게 자른 빵을 동그랗게 말아서 먹었는데 빵 끝에 매달린 잼이 오븐 토스터의 눈 같았다. 버니는 연기의 소용돌이를 바라보았다.

"아빠. 연기는 왜 비비 꼬여?"

코일은 빵을 뜯어 위에 달걀을 조금 얹고는 선샤인의 입에 넣어주며 말했다. "노랑 닭이 괴물의 동굴로 들어갑니다." 아이들은 다시 일어나서 바위에 집을 고정시킨 녹슨 케이블들을 폴짝폴짝 뛰어넘었다.

버니가 돌 두 개를 딱딱 치며 숨이 턱까지 차서 소리쳤다. "아빠, 페틀은 이제 우리랑 안 살 거야?"

코일은 말문이 막혔다. 페틀은 떠났다고, 영원히 잠들었다고 설명해줬는데. 슬픔을 삼키며 장의사가 준 『사랑하는 사람을 죽음으로 잃은 어린이들을 위한 책』도 읽어줬는데.

"그래, 버니. 엄마는 잠들었어. 천당에 있지. 전에도 말했지?" 그는 아이들을 장례식에 데려가지 않았고 그 말을 입에 담지도 않았다. 죽음.

"그럼 다시는 못 깨어나?"

"그래. 엄마는 영원히 잠들었어. 깨어나지 못해."

"아빠가 우는 거 봤어. 냉장고에 머리를 대고 울었지?"

"그래." 코일이 대답했다.

"그치만 난 안 울었어. 엄마가 다시 돌아올 줄 알았거든. 엄마가 푸른 구슬 목걸이를 내게 줄 거라고 생각했어."

"아니, 엄마는 돌아오지 않아." 코일은 그 푸른 구슬 목걸이를 이미 처분해버렸다. 페틀의 장신구들과 번쩍번쩍 요란한 옷가지들, 모조 다이아몬드로 뒤덮인 우스꽝스러운 벨벳 모자, 노란 타이츠, 붉은색 가짜 여우털 코트, 반쯤 쓴 트레조르 향수까지 몽땅 기부했다.

"난 잠들어도 다시 깨어나는데." 버니는 그렇게 말하고 집을 돌아 걸어갔다.

그녀는 홀로 집 뒤로 돌아갔다. 바위 발치에 제대로 자라지 못한 나무들이 몰려 있었다. 수지樹脂와 소금 냄새. 집 뒤편에는 선반처럼 튀어나온 바위가 하나 있었다. 물줄기가 구멍 속으로 떨어졌다. 집 뒤편은 햇살을 받지 못해 암녹색으로 뒤덮여 있었다. 위를 올려다보니 벽이 금세라도 무너져내릴 듯했다. 다시 돌아섰다. 수풀이 담요 밑의 다리처럼 움직였다. 저쪽에 이상한 흰 개 한 마리가 보였다. 털은 마구 뒤엉키고 어딘가 기형적이었다. 눈은 젖은 딸기처럼 반짝거렸다. 그놈이 우뚝 서서 그녀를 쳐다보았다. 벌어진 검은 입, 빳빳한 털로 채워진 듯한 이빨. 놈은 연기처럼 사라졌다.

그녀는 선 채로 비명을 질렀다. 코일이 달려오자 울부짖으며 그의 품안으로 뛰어들었다. 코일이 삼십 분이나 막대기로 수풀을 헤치며 찾아다녔지만 개는 흔적도 보이지 않았다. 옛날에는 우편배달 썰매도 개가 끌었고 땔나무도 개가 운반해서 집집마다 개를 키웠다고 고모가 말했다. 그 개들의 후손이 들개 무리가 되었을 것이다. 워런은 성의 없이 킁킁대기만 할 뿐 그 냄새를 맡으려 들지 않았다.

"이제 혼자 돌아다니지 말아야겠어요. 함께 있어야지."

고모가 코일을 향해 인상을 썼다. 뭐라고? 저앤 신경과민이야.

그녀는 만을 내려다보았다. 해안선, 피오르, 매끄럽고 부드러운 수면 위에 높이 솟은 절벽들. 그 위를 옛날의 그 새들이 신호탄처럼 날카로운 울음소리로 공기를 찢어발기며 날아다녔다. 어둑해지는 수평선.

반쯤은 폐허가 된 채 혼자 외로이 서 있는 코일 가문의 옛 보금자리. 지난 세대의 고달픈 삶들에 연마된 벽과 문. 고모는 찡한 아픔을 느꼈다. 이제 다시는 그 무엇도 우리를 이곳에서 몰아내지 못하리라.

6
배와 배 사이에서

오, 배를 묶고 짐을 꾸리세
떠나세, 자니, 배를 떠나세!
꽃피는 부두에 배를 정박하세
이제 우리는 배를 떠날 때!
—옛 노래

모닥불이 꺼져갔다. 도미노처럼 쓰러진 숯들이 마지막 열기를 발산하고 있었다. 버니는 코일의 재킷 겨드랑이 아래 찰싹 붙어 누워 있었다. 선샤인은 불 건너편에 쪼그리고 앉은 채 조약돌을 쌓았다. 코일은 선샤인이 돌에게 중얼거리는 소리를 들었다. "아가, 일어나. 팬케이크 줄까?" 돌탑은 자꾸 무너져서 사층 이상 쌓지 못했다.

고모는 손가락을 꼽다가 새까맣게 탄 막대기로 바위에 선들을 그렸다. 코일은 이 집에서는 살 수 없다고 말했다. 오래는. 아니, 살 수 있어. 고모가 무언가를 향해 덤벼들듯 말했다. 하지만 쉽진 않겠지. 코일은 설령 이 집이 새집이라 하더라도 종일 길에서 시간을 허비하며 출퇴근을 할 순 없다고 말했다. 이곳으로 오는 길의 초입은 정말이지 끔찍했다.

"배를 마련하렴." 고모는 무역풍을 가르며 달리는 거대한 범선을 떠올리기라도 하듯 꿈꾸는 어조로 말했다. "배만 있으면 도로로 다닐 필요가 없으니까."

"폭풍엔 어쩌고요? 겨울엔요?" 코일은 자신의 멍청한 목소리를 들었다. 그는 배를 갖고 싶지 않았다. 물은 생각도 하기 싫었다. 수영을 못한다는 사실이, 결국 수영을 배우지 못했다는 사실이 못내 수치스러웠다.

"뉴펀들랜드에선 만을 건너지 못할 정도의 폭풍은 드물어." 고모가 말했다. "그리고 겨울엔 설상차雪上車를 타면 돼." 고모의 손에 들린 막대기가 바위 위에서 득득 긁는 소리를 냈다.

"그래도 육로가 나을 거예요." 코일은 컵에 커피를 콸콸 따르는 상상에 빠져들었다.

"아무튼 당분간은, 적어도 두세 달 정도는 이 집에서 살 수 없어. 이 집을 수리하는 동안 네가 다닐 신문사가 있는 킬릭클로에 임시 거처를 얻을 수 있을 거다. 이따 오후에 그곳으로 가서 모텔에 묵으며 셋집을 구하고 이 집을 수리할 목수들을 찾아보자. 집에서 애들을 돌볼 사람이나 유치원도 알아보자. 알다시피 나도 일을 시작해야 하니까. 가게 자리를 알아봐야 해. 바람이 거세지는구나." 꺼져가는 모닥불에서 불똥이 분수처럼 솟아올랐다.

"그런데 고모님이 하시는 일이 뭐죠? 그걸 모른다는 말을 하기가 민망하네요. 여태껏 그걸 여쭤볼 생각을 못한 게요." 독가스 같은 슬픔을 호흡하며 살다가 아무것도 모르는 채 얼떨결에 뜻밖의 여행을 하게 되었으니까. 얼른 산소를 마시고 싶어서.

"그럴 수밖에 없는 상황이었지. 이해한다." 고모는 말했다. "천갈이 일이야." 고모는 그러면서 노란 굳은살이 박인 손가락을 펴 보였다. "천과 도구들을 화물 편으로 부쳤다. 다음주쯤 도착할 거야. 집에 온 김에 어디어디를 수리해야 할지 적어가야겠다. 지붕은 새로 얹어야겠고 굴뚝은 보수를 해야겠구나. 종이 좀 있니?" 고모는 코일이 종이 한 상자를 갖고 온 걸 알고 있었다.

"차에 있어요. 가서 제 수첩을 갖고 올게요. 버니야, 여기 앉아라. 아빠 자리 따뜻하게 해놔."

"앞좌석에 크래커가 남아 있는지 보렴. 그걸 먹이면 버니가 기운이 날 거야." 버니가 우거지상을 했다. 예쁜 표정도 있는데, 하고 고모는 생각했다. 바람이 거세졌다. 바다 가장자리에 걸린 두루마리 모양 구름. 어두운 트위드 천 같은 흑과 백의 파도.

"보자." 고모가 말했다. 그녀가 모닥불에 새로 나무를 던지자 돌풍 아래로 불꽃이 일었다. "창유리, 단열, 벽지 뜯어내기, 새 벽판, 문짝, 폭풍에 대비한 덧문, 굴뚝 수리도 해야 하고 스토브 관, 샘에서 물을 끌어올 새 파이프도. 그런데 애들이 옥외 변소를 쓸 수 있을까?" 코일은 아이들의 작은 엉덩이가 시끄러운 옥외 변소에 쭈그려앉아야 하는 게 싫었다. 자신의 털북숭이 엉덩이도.

"위층 바닥도 새로 깔아야겠어. 부엌바닥은 아직 쓸 만한 것 같더구나." 코일은 더이상 참지 못하고 어디 다른 곳에, 리비에라 같은 멋진 곳에 새로 집을 짓는 게 더 싸게 먹히겠다고 투덜댔다. 이 집을 고치려면 보험금과 고모의 재산을 다 합쳐도 모자랄 것 같다면서.

"그럭저럭 될 거야. 하지만 네 말도 옳아." 고모가 말했다. "아까 봤던 그 정체 모를 건물의 주차장에서부터 집까지 진입로를 만들어야 할 거야. 어쩌면 주에서 어떻게 해줄지도 모르지. 하지만 결국 우리가 비용을 물어야 할걸. 배를 사는 비용보다 훨씬 많이 들 수도 있어." 고모는 일어나서 검정 모직 코트를 몸에 두르고 목까지 단추를 채웠다. "굉장히 추워지는구나. 이것 보렴." 그녀는 팔을 내밀었다. 눈발이 내려앉았다. "지금 가는 게 좋겠다. 여긴 눈보라를 피하기에 적당한 장소가 못 돼. 나는 잘 알지."

"5월인데요?" 코일이 말했다. "고모님, 잠깐만요."

"여긴 아무때나 눈보라가 치지. 이곳 날씨는 종잡을 수가 없어."

코일은 눈을 들어 먼 곳을 응시했다. 얇은 무명천을 눈에 댄 듯 만이 뿌연 빛깔로 보였다. 얼굴에 눈발이 바늘처럼 날아와 꽂혔다.

"믿을 수가 없군요." 그가 말했다. 하지만 그가 원하던 것이었다. 폭풍과 위험. 힘겨운 일들. 기진맥진.

나오는 길에 바람이 사정없이 차를 뒤흔들었다. 잔뜩 찌푸린 하늘에서 어둠이 배어나오고 눈발이 차 앞유리에 체크 표시를 했다. 고속도로 노면에는 벌써 눈의 막이 깔려 있었다. 코일은 다시 '이그네 상점'으로 들어갔다.

"커피 한잔 마셔야겠어요." 그가 고모에게 말했다. "고모님도 드시겠어요?"

“큰 건물과 주차장이 있더군요.”

“아, 그래요. 장갑 공장이었지. 몇 년 전에 문을 닫았소.” 가게 주인은 귀 모양으로 접은 손잡이가 달린 종이컵 두 개를 건넸다.

날카로운 비명을 내지르는 바람. 물결치는 쓴 커피.

“고약한 날씨요.” 가게 주인은 문간에서 커피잔을 들고 몸의 균형을 잡고 있는 코일에게 말했다.

코일은 바람을 피하려고 잔뜩 허리를 굽혔다. 하늘이 쩍쩍 갈라지면서 미친듯 포효했다. 가솔린펌프 위에 달린, 얇고 동그란 금속판에 페인트칠을 한 간판이 떨어져 가게 위로 날아갔다. 가게 주인이 밖으로 나왔고 문이 그의 손에서 뒤틀린 채 마구 날뛰었다. 바람이 코일을 가솔린펌프에 내동댕이쳤다. 차창 뒤로 고모의 겁에 질린 얼굴. 동쪽에서 눈보라를 실은 돌풍이 몰아쳤다.

코일은 억지로 차문을 열었다. 커피잔은 이미 떨어뜨리고 없었다. “이것 좀 보세요! 이것 보시라구요.” 그는 소리쳤다. “이런 눈보라를 뚫고 킬릭클로까지 이십 마일을 달릴 수는 없어요.”

“오다가 모텔 못 봤니?”

“봤어요. 블러디뱅크스에서요.” 코일은 녹은 눈이 방울방울 맺힌 손으로 지도를 더듬었다. “보이세요? 자그마치 삼십육 마일이나 되돌아가야 해요.” 차가 요동을 쳤다.

“혼자 문짝과 씨름하는 저 사람 먼저 도와주자.” 고모가 말했다. “저 사람한테 물어보면 돼. 혹시 저 사람이 이 근처 모텔을 알지도 모르잖니."

코일은 좌석 밑에서 망치를 꺼내들었다. 가게 주인이 대못을 박는 동안 두 사람은 바람을 피해 몸을 숙인 채 날뛰는 문짝을 붙들었다.

가게 주인은 그들에게 눈길도 제대로 주지 않았다. 코일은 그가 지붕이 날아갈지도 모른다는 생각에 골몰해 있으리라 생각했다. 하지만 그가 소리쳐 대답했다. 티클 모텔. 동쪽으로 육 마일. 문짝이 떨어진 게 올해 들어 벌써 세번째라니까. 하지만 간판이 떨어지긴 처음이에요. 오전 내내 눈이 올 거요. 남자는 차를 몰고 떠나는 코일 일행에게 외쳤다. 옆으로 휘몰아치는 눈보라 속에서 손을 흔들어주었다.

미끄러운 노면. 시계視界는 자동차 후드에 달린 장식물까지밖에 미치지 못했고 그 이상은 보이지 않았다. 모든 게 소용돌이치는 눈발에 파묻혔다. 속도계 바늘은 십오를 가리켰지만 차는 정신없이 미끄러지고 덜컹거렸다. 고모는 손가락을 쫙 펴서 계기반에 붙이고 이리저리 기댔다. 그렇게 해서 차의 균형을 잡을 수 있기라도 하듯.

"아빠, 우리 지금 무서운 거야?" 선샤인이 물었다.

"아니야, 아가. 이건 모험이야." 아이들을 겁쟁이로 키우고 싶진 않았다. 고모는 코웃음을 쳤다. 코일은 백미러를 힐끗 보았다. 워런의 노란 눈동자와 마주쳤다. 코일은 윙크를 보냈다. 기운내, 워런.

티클 모텔, 바 & 레스토랑이라는 네온사인이 반짝이는 주차장으로 들어가 트럭, 승용차, 장거리 화물 트럭, 소택지 전용차, 사륜구동 픽업,

제설차, 설상차 사이로 누비고 다녔다. 주차장은 만차였다.

모텔 종업원이 충혈된 눈을 약솜으로 문지르며 말했다. "신혼부부용 스위트룸밖에 안 남았습니다. 폭풍 때문에 지나던 차들이 몰려든데다가 오늘밤에 다트 게임 결승전이 열리거든요. 브라이언 멀로니 수상께서도 작년에 이 방에서 묵으셨지요. 침대가 둘, 간이침대가 둘인 아주 큰 방입니다. 경호원들은 간이침대에서 잤죠. 하룻밤에 백십 달러 되겠습니다." 코일에겐 선택의 여지가 없었다. 종업원은 코일에게 '999'라는 번호가 새겨진 열쇠를 건넸다. 현금출납기 옆에 태엽을 감는 펭귄 인형 바구니가 있어서 코일은 아이들에게 하나씩 사주었다. 버니는 로비에서 벗어나기도 전에 펭귄 날개를 부러뜨렸다. 카펫 위에 젖은 발자국이 길을 이루고 있었다.

999호실은 고속도로에서 십 피트쯤 떨어져 있고 전면에 판유리를 끼운 창이 있었다. 주차장으로 들어오는 차의 헤드라이트 불빛이 방 안까지 새어들어와 기름에 동동 띄운 달걀노른자처럼 벽 위로 미끄러졌다.

안에서 문을 닫는데 손잡이가 쑥 뽑혀, 조심스럽게 제자리에 끼웠다. 프런트에서 나사못을 가져와 고쳐야겠군. 모두들 방안을 둘러보았다. 침대 하나는 라운드 소파였다. 카펫 위에는 진흙 발자국이 찍혀 있었다.

"옷장도 없네." 고모가 한마디했다. "멀로니 수상께선 양복을 입은 채로 주무신 모양이지." 비좁은 화장실에 변기와 샤워 시설이 옹색하게 들어 있었다. 텔레비전 옆 세면대에는 수도꼭지가 하나뿐이었고, 나머지 하나가 있던 자리에는 구멍만 뚫려 있었다. 텔레비전에 연결된 전선이 바닥에 늘어져 있었다. 텔레비전 윗부분은 모닥불에 녹기라도 한 것처럼 보였다.

"신경쓰지 마라. 그래도 차에서 자는 것보단 나으니까." 고모가 하품을 하며 전등 스위치를 찾았다. 스위치를 켜니 음울한 자줏빛이 방안을 감쌌다.

코일이 먼저 샤워를 했다. 깨진 타일 바닥에서 솟은 탁한 물이 화장실 문 밑으로 스며나가 카펫을 적셨다. 냉수를 틀면 천장 스프링클러가 샜다. 문짝의 옷걸이가 떨어져나가서 하는 수 없이 변기 뚜껑 위에 옷을 놓았더니, 곧 바닥으로 미끄러졌다. 변기 옆에 걸린 성경책 알맹이가 금세라도 떨어질 듯 빠져나와 있었다. 코일은 이튿날 저녁에야 레위기 한 페이지를 등짝에 붙이고 돌아다녔다는 걸 알았다.

방안이 후끈후끈했다.

"자동온도조절기 좀 보렴." 고모가 말했다. "그러면 그렇지." 자동온도조절기의 옆구리가 전투용 곤봉에라도 얻어맞은 듯 푹 들어가 있었다.

코일은 전화 수화기를 들었지만 먹통이었다.

"그래도 저녁은 먹을 수 있겠지." 고모가 말했다. "식당이 있으니까. 저녁 잘 먹고 푹 자고 일어나면 못할 일이 없지."

남자들로 북적거리는 식당에는 빨간 전구를 켜놓아, 마치 사람들이 산 채로 오븐 안에서 구워지고 있는 것처럼 보였다. 코일에겐 끔찍하게 느껴지는 커피를 다른 테이블 사람들은 웃으며 마셨다. 한 시간 만에 나온 식사, 짜증내는 아이들, 하품하는 늙은 고모, 거기다 양 무릎에 타르타르소스까지 흘린 코일은 도무지 웃을 수가 없었다. 페틀이라면 테이블을 뒤집어엎고 나가버렸을 것이다. 페틀, 또 그녀 생각이었다. 입에 붙은 노래 구절처럼, 어릴 적에 암송한 시구처럼. 레코드판 바늘이 튀듯.

"고마워요." 코일은 롤빵으로 그의 접시를 닦는 웨이트리스에게 그렇게 중얼거렸다. 그는 찻잔 받침 밑에 이 달러짜리 지폐를 놓았다.

양쪽 방에서 아이들의 아우성, 쿵쿵거리는 소리가 들려왔다. 제설차가 침대 위에 걸린 예수님 사진을 흔들었다. 창틀 아귀가 제대로 맞지 않아 바람의 비명소리가 귀를 찢을 것 같았다. 코일이 방문을 닫자 다시 손잡이가 쑥 뽑혔다. 순간 문 바깥쪽에서 탁 소리가 나더니 바깥쪽 손잡이도 빠져버렸다.

"우와, 꼭 전쟁 난 것 같아." 버니가 베니어판 벽이 흔들리는 걸 바라보며 말했다. 고모는 누군가 두 발로 벽을 차고 있다고 생각했다. 침대 커버를 뒤집어보니 조각조각 기운 자국이 있었다. 워런은 변기에 고인 물을 날름날름 핥았다.

"차에서 자는 것보다 조금은 낫군." 고모가 다시 말했다. "훨씬 따뜻하고."

"아빠, 옛날얘기 해줘." 버니가 말했다. "아빠 얘기 들은 지 백년은 됐단 말이야."

선샤인은 아빠에게 달려들어 아빠의 셔츠를 움켜쥐고 무릎 위에 달랑 올라앉아 엄지손가락을 입안에 넣고 아빠 가슴에 기댔다. 아빠의 거친 숨소리, 심장 고동 소리, 뱃속에서 꾸르륵거리는 소리.

"아직 안 돼, 아직. 먼저 이부터 닦아야지. 세수도 하고." 코일이 말하자 고모가 나섰다.

"그리고 기도하고."

"난 기도 못해." 선샤인이 징징거렸다.

"그래 됐다." 코일은 침대 옆 의자에 앉았다.

"자, 무슨 얘기를 할까? 도끼와 나무 얘기를 해줄게."

"싫어, 아빠! 도끼와 나무 얘긴 싫어. 재밌는 얘기로 해줘."

"무슨 얘기?" 코일은 이야기 밑천이 떨어진 듯 절망적으로 말했다.

"무스." 버니가 대답했다. "무스와 길. 긴 길."

"그리고 개. 워런 같은 개."

"멋진 개, 아빠. 회색 개."

그래서 코일은 옛날이야기를 하기 시작했다. "옛날에 무스 한 마리가 살았단다. 쓴 이파리들과 가시투성이 덤불만 있는 돌산에서 사는 그 무스는 깡마르고 외롭고 몹시 불쌍했어. 어느 날 빨간 자동차가 지나갔어. 자동차 뒷좌석에는 금귀고리를 한 회색 집시 개가 타고 있었지."

악몽을 꾼 버니가 한밤중에 일어나 흐느꼈다. 코일은 아이를 품에 안고 달랬다. "그냥 꿈이야, 꿈. 실제가 아니란다."

"애한테 귀신이 붙었구나." 고모가 웅얼거렸다. 코일은 계속 아이를 안고 달랬다. 그에게도 귀신이 붙었다. 밤이면 페틀의 망령이 집요하게 그를 괴롭혔다.

침대 밑에서 자던 워런이 방귀를 뀌었다. 고약한 냄새. 개가 뀐 방귀,

일가족 넷 쓰러뜨려.

눈보라 속의 아침. 벽 건너편에서 우렁차게 코고는 소리. 코일은 옷을 차려입고 문으로 갔다. 하지만 문손잡이를 찾을 수가 없었다. 침대 밑, 욕실, 짐 속, 성경책이 가득 든 서랍까지 샅샅이 찾아보고, 아이들이 침대에서 갖고 놀다가 잠들었는지도 모른다는 생각에 아이들을 깨워보았지만, 손잡이는 없었다. 밖의 주의를 끌어볼까 해서 문을 쾅쾅 두드리자 옆방에서 욕설이 들려왔다. "조용히 해, 씨발. 안 그러면 패죽일 거야." 고모는 전화가 연결되길 바라며 수화기를 흔들어보았다. 먹통이었다. 전화번호부는 1972년 온타리오주 판이었다. 그나마 찢겨나간 페이지가 많았다.

"눈이 아파." 버니가 말했다. 두 아이 다 눈이 충혈되고 눈곱이 잔뜩 끼어 있었다.

그렇게 한 시간 동안 갇혀서 약해지는 눈보라와 설상차들을 바라보다가 문을 두드리며 "여보세요, 여보세요" 하고 소리를 질렀다. 아이들에게 사준 플라스틱 펭귄은 두 개 다 부서졌다. 코일은 문을 부숴버리고 싶었다. 고모가 베갯잇에 도와주세요. 999호실에 갇혔어요. 전화 고장이라고 써서 창에 매달았다.

프런트 담당 직원이 문을 열어주었다. 그는 자동차의 빨간 꼬리등 같은 눈으로 코일 일행을 바라보았다.

"비상벨을 누르면 금방 달려올 텐데요." 그는 천장 바로 밑의 스위치를 가리킨 후 팔을 뻗어 스위치를 눌렀다. 따르릉 소리가 건물 전체에 퍼지고 옆방에서 벽 두드리는 소리까지 합세해 모텔 건물 전체가 진동했다. 모텔 종업원은 기적을 본 텔레비전 배우처럼 눈을 비벼댔다.

폭풍은 이튿날까지 계속되고 바람은 비명을 내지르며 고속도로를 질주했다.

"난 폭풍을 좋아하지만 이건 좀 심하구나." 샹들리에에 머리를 부딪힌 고모의 한쪽 귀 위로 머리칼이 쏟아져내렸다. "이 모텔에서 나가기만 하면 착하게 살란다. 교회에도 꼬박꼬박 나가고 일주일에 두 번씩 빵을 굽고 설거지도 안 미루고. 맨다리로 외출도 안 하고. 그러니 제발 여기서 빠져나갈 수만 있기를. 폭풍이 어떤 건지 까맣게 잊고 있었는데 이제야 생각이 났어."

밤이 되자 눈보라가 빗줄기로 바뀌었다. 남쪽으로부터 크림이 가득한 우유 냄새를 풍기는 따뜻한 바람이 불어왔다.

7
개미 버드

*뉴펀들랜드에서 참솜털오리를 '개미 버드'*라고 부르는 이유는*
참솜털오리가 떼 지어 모여서 우는 습성을 지니고 있기 때문이다.
이 명칭은 항해와도 관련이 있는데, 옛날 해상에서 배 두 척이 우연히 만나면
돛의 활대를 돌리고 큰 소리로 소식을 주고받았다고 한다.
서로 가까이 만나기 위해 바람 부는 방향으로 가는 배는 큰 돛대의 맨 아래 활대를,
반대 방향으로 가는 배는 앞 돛대의 맨 아래 활대를 돌렸다고 하는데
이것이 바로 배들 간의 사교적 만남이다.

비옷을 입은 여자가 아이의 손목을 잡고 길을 따라 걸어오고 있었다. 코일의 스테이션왜건이 정면으로 다가서자 여자는 젖은 차를 바라보았다. 외지인. 코일이 손을 조금 들어 보였지만 그녀는 이미 시선을 떨어뜨린 뒤였다. 아이의 납작한 얼굴. 빨간 장화. 그들은 그렇게 지나쳐 갔다.

플라워색만으로 가는 길은 킬릭클로에서 위로 뻗어올라 언덕을 넘은 뒤, 집들과 해안으로 끌어올린 몇 척의 배를 향해 가파른 내리막 경사를 이루고 있었다. 생선 말리는 시렁, 옛날에 염장 대구를 만들 때

* gammy bird. '사교 새'라는 의미.

썼던 껍질 벗긴 가문비나무로 만든 높은 대臺. 코일은 흰색과 빨간색으로 칠한 집 앞을 지나갔다. 한가운데에 있는 문. 드문드문 나타나는 부두와 창고. 그물의 베일을 쓴 곱사등 바위들.

저기가 그 신문사임이 분명했다. 문 위에 비바람에 시달린 티크목 판자가 붙어 있었다. 꽥꽥 우는 참솜털오리 그림 위에 '개미 버드'라고 적혀 있었다. 그 건물 앞에는 트럭 두 대가 세워져 있었는데, 최신 모델의 녹슨 닷지와 오래되긴 했지만 반짝거리는 도요타였다.

안에서 호통 소리가 들렸다. 안으로부터 문이 거칠게 열렸다. 남자 하나가 나와 도요타에 올라탔다. 자동차 배기관이 부르르 떨렸다. 엔진이 숨막히는 소리를 내더니 민망했던지 조용해졌다. 남자가 코일을 보았다. 트럭에서 내려 손을 내밀며 다가왔다. 남자의 뺨은 여드름 자국투성이였다.

"보다시피," 그가 말했다. "빠져나갈 수 없을 때가 가끔 있지. 난 터트 카드요. 우라질 편집장에, 교열 담당에, 정리 기자에, 식자공에, 광고 편집에, 발송 및 배달 책임에, 눈 치우는 일까지 맡고 있지. 형씨는 일본제 왼발잡이용 장화 상점 광고를 네 페이지에 걸쳐 실을 거물급 광고주거나 아니면 우리가 목을 빼고 기다리던 코일 씨가 분명한데. 어느 쪽이오?" 불평이 가득한 목소리. 오래전에 그에게 악마가 붙어 가슴속에 근질거림과 짜증이 가득찬 탓이다. 그의 가운데 이름 첫 글자는 X. 얼굴은 마치 포크로 찍어놓은 코티지치즈 같았다.

"코일입니다."

"그럼 들어와요, 코일. 우리 도적단을 소개해줄 테니. 그중에서도 최악은 염병할 넛빔과 사람 목을 졸라대는 그 작자의 두 손이지. 잭 버깃 사장님께서는 지금쯤 집에서 뼈만 앙상한 가슴속에 근사하게 모인 가래를 뱉어내는 주문을 외우고 계실 거요. 벌써 일주일째 그러고 있지." 무대에서 열변을 토하는 듯했다.

"여기가 바로 편집실이라는 데요." 카드가 냉소적으로 말했다. "저기가 빌리 프리티." 그러면서 경계표라도 가리키듯 손가락을 들었다. "노련한 늙은 어부지." 빌리 프리티는 작달막한 칠십대 후반의 노인이었다. 그가 등지고 앉은 벽은 곤충 날개 색깔의 방수포로 덮여 있었다. 그의 얼굴: 부채꼴의 선들이 새겨진 목판. 처진 눈 속의 푸른 눈동자, 무거운 눈꺼풀. 빈정대는 듯한 엷은 미소가 뺨을 위로 밀어올리고, 코에서 윗입술 사이의 가느다란 인중은 마치 흉터처럼 보였다. 무성한 눈썹, 위로 말듯이 빗어올린 골동품 시계 색깔의 머리.

그가 테이블에 상체를 기대자 테이블이 흔들거렸다. 테이블 위는 마치 교회 바자회장 같았다. 바구니, 나무로 깎은 나비, 싸구려 나일론으로 만든 아기 부츠.

"빌리 프리티는 가정면을 담당하지. 통신원을 수백 명이나 거느리고 있다오. 보다시피 우편으로 선물도 많이 받지. 그의 추종자들이 보내는 것들이오."

"어떤 오말루어 사람이 물새알 갖다준 거 생각나? 물새알에 멋진 풍경을 그린 거. 책상 위에 두고 퇴근했는데 그 악취가 한 일 년은 갔지." 빌리 프리티가 다이아몬드 무늬 스웨터에 손을 문지르며 말했다. 스웨터의 팔꿈치 부분에는 수선 자국이 보이고 옷 군데군데 허연 풀자국과 종잇조각들이 붙어 있었다. "오말루어? 오말루어만의 오말루어 말인가요?"

"그래, 오말루어. 거구에 멍청하고, 볼품없고, 어리석고, 얼뜬 인간들이지. 만 건너편에도 그런 인간들이 한 무더기 살았어." 그러면서 코일곶을 가리켰다. "그래서 그들 이름을 그대로 따서 곶 이름을 붙였지." 그는 코일에게 눈을 찡긋해 보였다. 코일은 웃어야 할지 말아야 할지 난감했다. 결국 웃어 보였다.

창가 자리에 앉은 남자는 라디오를 듣고 있었다. 버터색 머리카락을 귀 뒤로 넘긴 모습. 꽉 감은 눈. 콧수염. 책상 위에 수입 대추야자가 한 통 놓여 있었다. 남자는 자리에서 일어나 코일에게 손을 내밀었다. 어색한 동작. 격자무늬 나비넥타이에 추레한 스웨터 차림. 납작하게 퍼진 코를 통해 영국인의 억양이 걸러져 나왔다.

"넛빔이오." 그가 말했다. "북극의 넛빔." 그는 해묵은 전쟁영화 속 배우를 흉내내며 코일에게 약식 거수경례를 붙였다.

"B. 뷰필드 넛빔." 터트 카드가 말했다. "일 년 전에 반기지도 않는 뉴펀들랜드 해변에 떠밀려 올라와 여기 눌러앉은 가련하고 추한 영국인이지. 자기가 외신부장이라고 착각하고 있다오. 라디오에서 기사를 훔쳐 영국 상류층 스타일로 고쳐 쓰지."

"그걸 지독한 사생아 카드가 말도 안 되게 제멋대로 고쳐놓는다오. 저 더러운 시궁창 생쥐가 방금 전에도 그런 짓을 해놓았지."

넛빔의 기사는 편두통에 시달리는 것처럼 웅웅대는 단파 라디오에서 나왔다. 수신 상태가 좋을 때는 테너음처럼 듣기 좋지만 상태가 나쁘면 마치 개가 으르렁대는 소리 같았다. 넛빔은 책상에 엎드려 수신기를 귀에 바짝 대고 멀리서 외치는 외국인의 목소리를 들으며 조금씩 정보를 수집해 그날 기분에 따라 기사를 만들었다. 라디오 음량 조절

버튼이 떨어져나간 탓에, 소리를 높이고 낮출 때마다 구멍 속에 식사용 나이프 끝을 집어넣어 돌렸다. 그의 자리에선 라디오 냄새—먼지, 열기, 금속, 나무, 전기, 시간의 냄새가 났다.

"그거야 자네가 표절 시비에 휘말리지 않게 해주기 위해서지, 이 사람아!"

넛빔은 쓴웃음을 지었다. "이제 평정을 되찾으셨군, 이 뉴펀들랜드 쇠똥구리 같으니라고." 그러곤 코일 쪽으로 몸을 기울이며 말을 이었다. "그럼, 표절 시비에 휘말릴 일은 없지. 문장마다 오자투성이라 기사를 쓴 사람도 그게 자기 글인지 몰라볼 정도니까. 어느 정도인지 내가 직접 보여드리지." 넛빔은 서류철을 뒤져 너덜너덜한 종이 한 장을 꺼냈다.

"저 인간의 말도 안 되는 작품을 잘 봐요. 우선 내가 써서 넘긴 기사를 읽어드리지. Burmese sawmill owners and the Rangoon Development Corporation met in Tokyo Tuesday to consider a joint approach to marketing tropical hardwoods, both locally and for export(버마 제재업자들과 랑군 개발협회는 화요일 도쿄에서 만나 내수 및 수출용 열대활엽수재의 마케팅에 공동 노력하는 방안을 협의했다). 이걸 저 인간이 대체 어떻게 찍어냈는지 아시오? Burnoosed sawbill awnings and the Ranger Development Competition met Wednesday near Tokyo to mark up topical hairwood." 그는 삐걱거리는 의자 등받이로 몸을 젖혔다. 들고 있던 종이는 쓰레기통 속으로 던졌다.

터트 카드는 머리를 긁적거리고는 손톱 밑을 살폈다. "어차피 훔쳐서 꾸민 기사였는데 뭐."

"코일, 웃는 거 보니까 재미있어하는 것 같은데." 넛빔이 말했다. "손으로 가리고 웃을 것 없어요. 다 보이니까. 아무튼 당신도 한번 당해봐요. 내가 그걸 읽어준 건 당신이 앞으로 어떤 일을 당하게 될지 미리 알아두라는 뜻이오. plywood(합판)가 playwool로, fisherman(어부)이 figbun으로, Hibernia(아일랜드인)가 hernia로 둔갑할 거요. 바로 이런 자에게 잭 버깃이 우리 기사를 맡긴다오. 왜냐고 묻고 싶겠지? 나도 무수한 밤을 잠 못 이루고 뒤척이며 그런 의문에 빠졌었소. 잭 말은 카드의 오자가 신문에 유머를 가미한다는군. 그게 낱말 맞히기보다 낫다는 거요."

편집실 한쪽 끝에 합판으로 막아놓은 공간이 있었다.

"저기가 잭의 사무실이오." 카드가 말했다. "코일, 당신의 아담한 자리는 바로 저기." 카드가 당당하게 팔을 들어 자리를 가리켰다. 책상, 합판으로 상판을 댄 반 토막짜리 서류 캐비닛, 1983년판 온타리오주 전화번호부, 팔걸이가 하나뿐인 회전의자. 책상 옆엔 1930년대에 호텔 로비에서 흔히 볼 수 있었던 스탠드가 하나 서 있었는데 두툼한 빨간 전선이 마치 쥐꼬리 같고 플러그는 야구공만큼이나 컸다.

"저는 무슨 일을 하지요?" 코일이 물었다. "버깃 사장님께서 어떤 일을 시키라고 하시던가요?"

"아, 그건 그분이 직접 말씀하실 거요. 그분이 나타날 때까지 자리에 얌전히 앉아서 기다리고 있으면 돼요. 그러면 그분이 불러서 얘기할 거요. 아침마다 출근해서 기다리면 어느 화창한 날에 그분이 나타나셔서 모든 걸 얘기할 테니, 그동안 지난 신문이나 훑어봐요. '개미 버드'지에 익숙해지도록. 차를 몰고 다니며 이곳 지리도 익히고요." 카드는 자기 자리로 가서 컴퓨터에 매달렸다.

"난 좀 나가봐야겠어." 빌리 프리티가 말했다. "아이티로 수출할 바닷가재 더듬이로 만든 부적 팔찌 제조업자를 취재하러. 카드, 자네 트럭 좀 빌려주겠나? 내 차는 배기 밸브가 안 좋아서 새 부품이 도착하기를 기다리는 중이거든."

"그놈의 트럭은 왜 맨날 고장이에요? 내 차도 오늘은 시동이 시원치 않아요. 어디서 서버릴지 모른다구요."

빌리는 넛빔 쪽을 돌아보았다.

"난 오늘 자전거 타고 왔어요. 자전거를 빌려드릴게요."

"그 고물 자전거를 타느니 차라리 걷지." 빌리는 헛기침을 하면서 코일을 흘낏 훔쳐보았다. 그러나 코일은 창 쪽으로 고개를 돌려 외면했다. 이런 문제에 끼어들기엔 아직 너무 신참이니까.

"아, 좋아, 걸어가겠어. 십팔 마일 거리밖에 안 되니까."

잠시 후, 그가 밖에서 욕지거리를 해대며 철렁거리는 자전거에 올라타는 소리가 들렸다.

그리고 삼십 분쯤 뒤, 터트 카드가 트럭의 시동을 걸고 유유히 사라졌다.

"술독에 빠지러 가는 거야." 넛빔이 유쾌하게 말했다. "오늘도 복권 한 장 사고 잔뜩 퍼마시겠지. 저놈의 트럭은 제 주인 뜻대로 시동이 걸렸다 안 걸렸다 한다니까."

코일은 턱에 손을 대고 씨익 웃었다.

그날 종일, 그리고 그 주 내내 코일은 묵은 전화번호부와 개미 버드 뭉치를 뒤적이며 소일했다.

개미 버드는 얇은 종이에 인쇄된 44면짜리 타블로이드 신문이었다. 지면은 6단에 헤드라인 활자의 최대 크기는 36포인트로 대체로 무난하고 활자체는 굵직하면서도 생소한 산세리프체였다. 기사는 얼마 안 되고 광고가 어마어마하게 많았다.

코일은 이렇게 광고가 많은 신문은 처음 봤다. 면마다 층층으로 광고가 빽빽하게 들어찼고 가운데 항아리 모양의 좁은 공간에 기사가 비집고 들어가 있었다. 중앙에 문구 몇 줄만 있는 조악한 광고들. '1월까지는 돈 안 받습니다!' '할부 구입시 계약금 없음!' '무이자!' 이 간곡한 권고 문구들은 비닐 벽널, 고무도장, 생명보험, 포크음악 축제, 은행 서비스, 밧줄 사다리, 화물 포장용 망, 선박용 철물, 선내 세탁소, 뱃전에 설치하여 보트를 달아매는 기둥, 스노볼 라운지에서의 록음악 축제, 시계, 땔나무, 납세 신고 서비스, 플로어 잭, 꽃, 트럭 소음기, 묘석, 보일러, 놋쇠 압정, 머리 세팅기, 조깅복, 설상차, 정상급 아코디언 연주자 아서와 함께하는 실플리퍼 라운지에서의 파티, 중고 설상차, 프라이드치킨, 빙어 낚시 대회, 티셔츠, 석유 굴착 장치 정비, 가스 바비큐 그릴, 비엔나소시지, 구스만까지의 비행편, 중국 음식점 특별 요리, 건화물 운송 서비스, 노스선셋 라운지의 와인을 곁들인 폭찹 스페셜, 어부 재교육 프로그램, VCR 수선, 중장비 훈련생 모집, 타이어, 라이플총, 이인용 소파, 냉동 옥수수, 분말 젤리, 데미 아저씨네 술집, 등유

랜턴, 선체 보수, 갑판 해치, 티백, 맥주, 대패질, 자석 빗자루, 보청기 등의 광고를 위해 새로 생겨난 신조어 같았다.

코일은 광고면을 어림잡아 계산해봤다. 개미 버드는 분명 돈벌이가 괜찮았다. 광고 영업 담당자의 수완이 대단한 모양이었다.

"버깃 사장님께서 직접 광고를 맡나요?" 넛빔에게 물었다.

"아니, 터트 카드. 믿기 어렵겠지만, 편집장의 업무 중 하나요." 그러면서 콧수염 속에서 키득키득 웃었다. "보다시피 조잡하지."

코일은 계속 신문을 뒤적거렸다. 그러다가 일면에 실린 자동차 사고 사진을 보고 움찔했다. 매호마다 성범죄 기사가 서너 꼭지는 등장했다. 부빙 위의 북극곰들. 해운란은 간단해 보였다. 항구에 들고나는 배의 목록이 전부였다.

베니 퍼지와 어도니스 콜라드라는 얼룩진 사진 속 두 인물이 진행하는 '배고픈 남자들'이라는 음식점 소개 기사가 있었다. 퍼지의 얼굴은 남은 살을 대충 뭉쳐놓은 형상이었다. 콜라드는 눈까지 푹 덮이는 모자를 쓰고 있었다. 코일은 기사를 읽으며 몸서리를 쳤다.

패스트푸드를 먹으러 어디로 갈까 결정해야 한다면? '그러지스 코드 홈'에 가는 것도 나쁘지 않을 것이다. 칸막이 좌석이고 앞쪽엔 전면 유리창이 있다. 고속도로를 달리는 트럭을 바라보며 식사를 즐길 수 있는 것이다! 우리도 그랬다. 우리는 '생선튀김 세트'를 주문했는데 생선튀김 세 쪽에 양배추 샐러드, 푸짐한 감자튀김이 나왔다. 오 달러 칠십 센트에 말이다. 음료는 별도였다. 원래 '생선튀김 세트'에는 디너용 롤빵이 나오게 되어 있었으나 우린 얇게 썬 빵을 먹었다. 생선튀김은 매우 바삭바삭하고 맛있었다. 그리고 레몬즙이 나 타르타르소스 중 한 가지를 선택할 수 있었다. 우리는 둘 다 타르타르소스를 골랐다. 카운터에 앉아 먹을 수도 있다.

빌리 프리티의 '가정면'은 시, 아기 사진, 후크트 러그 도안 따위로 채워져 있었다. 매호마다 양철 깡통으로 새장 만드는 법, 마분지로 도끼 집 만드는 법, 못 쓰는 포크로 베이컨 뒤집개 만드는 법 등을 소개하는 박스 기사도 있었다. 또 댐퍼데블 빵, 큰바다가슴새 튀김, 층층나무 열매로 빚은 술, 완두콩과 청어알 따위의 조리법도 나왔다.

코일 생각엔 독자들이 신문을 펴자마자 제일 먼저 읽는 코너는 '스크런천'*이라는 비방에 가까운 가십 기사일 것 같았다. 법정 소식, 멀리 사는 친척들이 보낸 편지 발췌, 감옥행이 마땅한 깡패들에 관한 노골적인 암시 등 다양한 가십거리가 적나라하게 파헤쳐져 있었다. 코일은 일찍이 이만한 가십 기사를 읽어본 적이 없었다. 필자명은 주니어 서그였다.

한 우편배달부가 킬릭클로 항구에 우편물을 버린 혐의로 사십오일 구금형을 선고받았다. 그는 배달할 우편물이 너무 많다며 필요한 사람들은 직접 가져가라고 말했다. 이런 때 수영 잘하는 사람은 도움이 될 것이다. 가련한 터지 부인이 지난 화요일에 한 관광객이 모

---

* 뉴펀들랜드에서 바삭하게 튀긴 돼지고기 지방, 혹은 파티 후에 남은 음식 찌꺼기를 일컫는다.

는 고급 세단에 치였다. 부인은 현재 입원 치료중인데 상태가 크게 나아지지 않고 있다. 들리는 말로는 그 관광객의 차도 상태가 좋지 않다고 한다. 기마 경관들이 이른아침 시빈섬의 핀홀시푸드 수산물 가공공장에서 발생한 화재 사건을 조사중이다. 그들이 그 섬의 특정 만에 거주하는 특정 인물에게 그 화재 사건에 대해 어떻게 생각하는지 물어볼지도 모른다. 설상차 사고가 칠십팔 세 노인 릭 퍼프의 생명을 앗아갔다. 그 부인의 말을 그대로 옮기면, 퍼프는 '진탕 퍼마시고' 돌아오다가 설상차가 얼음 속으로 빠져 사고를 당했다. 퍼프 노인은 유명한 아코디언 연주자로, 대학에서 나온 사람들이 그의 사진을 찍어가기도 했다. 또 1970년대에는 딸들을 성폭행한 혐의로 사 년간 복역했다. 그 딸들은 아버지의 죽음을 애도하지 않을 것 같다. 기쁜 소식! 페빈 머시의 개 '바이터'가 지난주 차이니스힐에서 눈사태로 실종됐다. 외신 보도에 따르면 납치범들이 인질로 잡고 있는 시칠리아 사업가의 왼쪽 귀를 잘라 가족에게 보냈다고 한다. 외국인들이 사는 모습은 놀라울 따름이다!

사설은 소방 호스가 물을 뿜듯 주州 정치 풍토에 대해 맹렬한 비난을 퍼붓고 있었다. 욕설이 난무하는 장광설. 개미 버드는 통렬하다. 핏발 선 빈틈없는 눈으로 인생을 똑바로 응시하고 있다. 작지만 강경한 신문이었다. 코일은 불안해졌다. 운동장에서 사람들이 생소한 경기를 벌이고 있는 걸 멀뚱히 구경하고 있는 기분이었다. 모킹버그 레코드와는 성격이 전혀 달랐다. 이런 신문의 기사는 어떻게 써야 할지 통 감이 잡히지 않았다.

개미 버드에서의 두번째 월요일 아침, 잭 버깃의 방문이 입을 벌리고 있었다. 안에서 버깃이 귀 뒤에 담배 한 개비를 꽂고 나무의자 등받이에 기대앉아 전화기에 대고 '흐음' 소리를 냈다. 코일과 눈이 마주치자 오른손으로 들어오라고 손짓을 했다.

코일이 앉은 의자 끄트머리의 지저깨비가 그의 허벅지로 파고들었다. 그는 손으로 턱을 가리고 있었다. 칸막이 너머로 넛빔의 라디오가 웅얼거리는 소리, 컴퓨터 자판 두드리는 소리, 빌리 프리티가 잉크병에 담갔다 뺀 펜촉을 긁적거리는 소리가 들려왔다.

잭 버깃은 신문 발행인다운 용모는 아니었다. 구릿빛 이마를 지닌 작달막한 남자. 나이는 마흔다섯에서 아흔다섯 사이로 보였다. 짧고 억센 수염이 난 턱, 축 늘어진 목, 깔쭉깔쭉한 흰머리. 줄담배로 누렇게 변한 손가락. 비늘 묻은 작업복 바지를 입고서 빨간색 밑창을 댄 가죽장화를 책상 위에 올려놓고 있었다.

"아, 예! 아, 예!" 그는 사람을 깜짝 놀라게 하는 우렁찬 목소리로 그렇게 말하고는 수화기를 내려놓았다. 그러고는 담뱃불을 붙였다.

"코일!" 코일은 그가 내민 손을 잡고 흔들었다. 마치 뜨거운 냄비를 들 때 쓰는 가죽장갑을 잡고 흔드는 기분이었다.

"잔뜩 흐린 날씨에 빗줄기는 오락가락하고, 우린 여기 개미 버드 본부에 앉아 있네. 코일, 이제 자넨 여기서 우리와 함께 일하게 됐어. 잘 나가는 신문이지. 이제부터 자네에게 내가 어떻게 이 일을 시작하게 됐는지 말해주겠네. 궁금증을 풀어주지. 내가 저널리즘을 전공한 사람이 아니란 것쯤은 한눈에 알아봤을 테니까." 그는 입 양쪽 귀퉁이로 담배 연기를 뿜어내며 뱃사람이 하늘의 별을 보듯 천장을 올려다보았다.

"내 고조부께선 이곳에서 살아남기 위해 식인까지 했지. 우린 처음 바로 이곳 플라워색만에 정착했네. 이젠 몇 집 안 남았어. 버깃 일가는 이 바다에서 고기도 잡고, 물범도 잡고, 멀리 고기잡이를 나가기도 하고, 살기 위해 할 수 있는 건 다 했어. 고기잡이는 그런대로 먹고살 만하네. 내가 어렸을 때만 해도 전부 연안어업이었지. 집집마다 고깃배와 그물을 갖고 있었어. 고기를 찾아내는 것도 재주지. 옛말에도 있듯이 고기는 방울을 달고 다니지 않으니까. 빌리 프리티는 고기 찾는 데 선수라네. 물속을 자기 침대 매트리스 속처럼 샅샅이 알거든. 이 연안에 있는 암초란 암초는 모조리 다 알지.

그렇게 죽어라고 일하면서 살아왔어. 찔끔찔끔 새우잠을 자가면서 밤엔 횃불을 켜놓고 고기를 잡았네. 손이며 손목이며 종기투성이였지만 그래도 일손을 멈추지 않았어. 난 일단 비법을 안 뒤부터는 종기로 고생하지 않았지. 월요일에 손톱을 깎으면 종기가 안 생기거든. 요즘은 모두들 그렇게 하지! 자네 이곳 사람들의 생선 배 가르는 솜씨가 얼마나 비호 같은지 아나? 아마 모를 거야. 일 분에 서른 마리는 보통이지. 생각해보게. 일 분에 생선 서른 마리의 배를 갈라 다듬는 거야. 우리 누이는 잠자면서도 할 수 있지." 그는 그쯤에서 말을 끊고 담배 한 개비를 더 꺼내 불을 붙이고는 연기를 뿜었다.

코일은 미끌거리는 생선 더미에 묻혀 생선 배 가르기 선수들과 보조를 맞추려고 분투하는 자신을 상상했다. 페틀이 백금 비늘 달린 긴 드레스를 입고서 헤엄쳐 왔다. 은빛 팔과 흰 입술.

"고된 생활이었지만 그래도 만족감이 있었네. 하지만 정말 힘들었지. 지긋지긋하게 힘들었어. 그 시절 이야기를 들으면 하룻밤새에 머리털이 새파랗게 변할걸. 난 그 이야기들을 할 수 있는 사람이지. 그땐 저 내키는 대로 하며 살 수 있는 거친 무법지대가 있었지. 자네도 알겠군. 하지만 이제 다 변했어. 이 우라질 땅이 고생을 견디다못해 두 손 쳐들고 캐나다에 합쳐지면서 우리가 무얼 얻었는지 아나? 더디긴 했지만 확실하게 정부를 얻었지, 그럼! 조이 스몰우드는 이렇게 말했지. '소년들이여, 배를 세우고 물고기 건조대를 불태워라. 그리고 고기잡이는 잊어라. 뉴펀들랜드의 모든 남자들에겐 직업이 두 가지씩 주어질 것이다.'" 그는 코일에게 이빨 네 개를 드러내 보이며 쓴웃음을 지었다. 그러곤 또 담뱃불을 붙였다.

"난 순진하게 그들을 믿었지. 처음 십여 년은 그런대로 좋았네. 나는 그들이 전기와 도로, 전화, 라디오를 들여오길 원했어. 의료시설, 우편서비스도 원했고, 자식들에게 훌륭한 교육도 시키고 싶었지. 그중 일부가 들어오긴 했지. 하지만 직업은 들어오지 않았어.

고기잡이는 내리막길로 들어섰고 그렇게 사십 년이 지나자 완전히 끝장났지. 망할 놈의 캐나다 정부가 온갖 나라에 어업 허가를 내주면서 정작 우리한테는 고기잡이를 금지시켰어. 빌어먹을 외국 트롤어선들. 고기는 그것들이 다 잡아갔지. 그러더니 이제 넌더리나는 그린피스가 물범 사냥을 금지시키려 하고 있어. 그때 나는 생각했지. 좋다, 이제 더이상 고기잡이를 못한다면 정부 계획대로 다른 일거리를 잡자. 그래서 킬릭클로에 있는 캐나다 인력사무소로 찾아가서 말했지. '이봐요, 난 직업을 원하오. 내게 어떤 일자리를 주겠소?'

그랬더니 거기서 묻더군. '뭘 할 줄 아십니까?'

그래서 대답했지. '고기잡이도 하고, 겨울에는 나무 베는 일을 하오.'

'아니, 아니. 우린 어부는 필요 없습니다. 쓸모 있는 기술을 익히게 해드리죠.' 마침 정부에서는 뉴펀들랜드에 산업을 들여오고 있었거든. 모두에게 일자리를 주려고 말이야. 사무소에서는 나를 고슬로 항구에 있는 빌어먹을 제혁 공장에 집어넣었어. 공장이 본격 가동을 시작하지 않아서 직공이라야 열에서 열다섯 명 정도였지. 거기서 배운 기술이라고는, 아르헨티난가 어디서 들여온 악취나는 가죽을 큰 통에 던져 넣는 게 고작이었어. 그렇게 나흘 동안 꼬박 그 일만 했는데 닷새째 되던 날 가죽이 동나더니 더이상 들어오지도 않더군. 그래서 우린 옹기종기 모여 서 있거나 공장 바닥이나 쓸면서 시간을 보냈지. 두서너 달 뒤에 제혁 공장은 망해 자빠졌어. 나는 할 수 없이 집으로 돌아가서 버틸 수 있을 때까지 고기잡이를 했지. 그러다가 다시 캐나다 인력사무소를 찾았어.

'어떻게 좀 해주쇼.' 가서 말했지. '난 다른 직업이 필요하오.'

그들이 묻더군. '뭘 할 줄 아십니까?'

'고기도 잡고, 나무도 베고, 종일 큰 통에 가죽을 던져 넣을 수도 있고, 비질도 하오.'

'아니, 아니. 기술을 익히도록 해드리겠습니다. 뉴펀들랜드의 산업화를 위해.' 그들은 나를 세인트존스로 보냈어. 거기 기계류를 생산하기 위해 새로 지은 큰 공장이 있었지. 사료 공장에서 쓰는 기계, 돌이나 땅콩 부수는 기계, 다이아몬드 드릴, 연마기 등등 온갖 기계를 다

말이야. 우라지게 큰 공장이었어. 평생 그렇게 큰 데는 처음 봤다니까. 오백만 달러를 쏟아부어 지었으니 그럴 만도 하지. 그런데 공장 안에는 아무도 없었어. 나는 그곳에서 방을 구해 고약한 빈대와 함께 잤지. 그러면서 기다렸어. 쫄쫄 굶어가면서 우라질 공장이 문을 열기를 기다렸지만 그 개놈의 공장은 열리지 않았어. 말짱 헛수고였던 거지. 그래서 다시 집으로 돌아와 내내 고기만 잡았네.

가을이 오자 다시 사무소 문을 두드렸어. '살기가 점점 더 어렵소. 일거리를 주시오.' 그때까지도 난 그들이 산업화인지 뭔지로 내게 뭔가를 줄 수 있으리라 믿었거든. 사무소 직원이 냉큼 대꾸하더군. '잭, 요즘은 어디나 다 그래요. 하지만 자리를 주선해드리죠. 하이펜빌에 있는 서드 공장에 넣어줄게요. 골판지를 만드는 곳이죠.' 그 정신병원 같은 공장도 석 달 만에 문을 닫았지. 사무소에선 내 경력으로 보아 버드윙에 있는 새 정유 공장이나 에덴펄즈의 발전소에서 좋은 조건으로 일할 수 있을 거라더군. 정유소는 아직 가동을 안 하고 있으니까 에덴펄즈에 보낼, 이 마일 길이는 되는 구직신청서를 작성하게 하더니 연락이 올 때까지 집에서 기다리래. 아직도 연락이 없어. 가동은 했지만 자리가 별로 없다나. 그래서 고기나 잡으며 기다렸지. 어려운 시절이었어. 마누라는 아프고 똥구멍이 찢어지게 가난했어. 최악이었어. 그때 맏아들을 잃었지. 그래서 난 다시 사무소로 찾아갔네.

'이보시오들, 난 못 살겠다고요. 일자리 좀 주시오.' 그랬더니 내게 안성맞춤인 일자리가 있다는 거야. 고생 끝에 낙이라더니. 오말루어만 건너에 있는 장갑 공장이었지! 코일, 자네 집 바로 근처에 있네. 거기서 가죽장갑을 만든다고 하더군. 정부가 나를 위해 특별히 공장을 지어준 것처럼 생색을 내더라니까. 제혁 공장에서 일한 경력이 있으니 나한테 딱 맞는 일이라나 뭐라나. 나는 얼떨결에 제혁업계의 명인이 됐지. 직공장職工長을 맡을 수 있을 것 같더군. 어찌 기쁘지 않을 수 있었겠나! 연락선이 개통됐고 첫날부터 일할 사람들이 떼거리로 몰려왔어. 공장에 도착해서 안으로 들어가보니 사람들이 제법 많고 깔끔한 구내식당까지 있더군. 염색용 스테인리스 통, 재봉 기계, 재단 테이블. 없는 건 단 두 가지, 장갑을 만들 줄 아는 기술자와 가죽이었지. 내가 몇 년 전에 일했던 그 제혁 공장에서 가죽을 공급받을 계획이었는데, 그 공장이 문을 닫은 걸 캐나다 인력사무소에서도 장갑 공장을 지은 사람들도 까맣게 몰랐던 거야. 바로 그렇게 됐던 거지.

그래서 도로 만을 건너 돌아온 것이 새로 생긴 연락선의 두번째이자 마지막 운항이 됐네. 난 생각하고 또 생각했어. 저 염병할 공장에 가죽이 없다는 걸 진작 알았더라면 이런 헛수고는 하지 않았을 텐데. 그런데 그런 일들을 어떻게 알지? 그래, 신문이야! 지역 신문이 없어서 그런 거야. 세인트존스에 하나 있는 〈시 라이언Sea Lion〉이라는 정부 대변지가 전부였으니까. 난 신문에 대해서는 깜깜이고 학교에서 까막눈이나 겨우 면한 수준이었지만 가죽도 기술자도 없이 장갑 공장을 여는 사람들도 있는데 까짓것 안 될 게 뭐냐고 생각했지.

그래서 사무소에 가서 말했네. '신문을 내고 싶소. 나 좀 도와주겠소?'

'직원을 몇 명이나 채용하실 겁니까?' 난 대충 대답했지. '오십 명쯤. 일단 정상 가동하면 말이오. 우선 훈련 기간을 가져야지.' 그랬더니 먹혀들더군. 작성해오라고 서류를 몇 상자씩 내미는데 젠장, 골치가 딱

딱 아프더라고. 그래서 고기잡이하고 있는 빌리 프리티를 불러들였지. 빌리는 공무원 뺨치게 글도 잘 읽고 글씨도 잘 쓰니까. 우린 서류 작업을 끝냈어.

사무소에서 나를 토론토로 보내주더군. 신문에 대해 배우라고 말이야. 돈까지 줘서, 젠장! 토론토에서 사 주인가 오 주를 신문의 공정성과 진실성, 뉴저널리즘, 기자 윤리, 공동체를 위한 서비스 등등에 대해 떠들어대는 걸 들어야 했지. 나중엔 발작을 일으킬 것 같았어. 절반도 못 알아들었으니까. 결국 이 작은 신문사를 운영하며 모든 걸 터득했지. 개미 버드를 운영한 지도 올해로 칠 년째네. 발행 부수는 만삼천 부에 육박하고 매년 증가 추세지. 왜냐하면 난 독자들이 읽고 싶어하는 게 뭔지 아니까. 거기에 대해선 이론의 여지가 없네.

제일 먼저 빌리를, 다음으로 터트 카드를 채용했네. 쓸 만한 친구들이지. 토론토에 가면 웃고 떠들고 남자들이나 쳐다보며 사는 여자들이 태반이라네. 일도 안 하고 빈둥거리면서 말이야. 빌리는 여자들을 겨냥해서 어떤 기사를 써야 할지 알아. 그는 늙은 총각인데 요리를 기가 막히게 잘한다네. 우리 마누라도 혹시 필요할 때가 있을까 해서 빌리의 요리란을 보지. 난 독자들이 무엇을 원하고 기대하는지 알고 그걸 던져주네. 그게 잘 먹혀들고 있고. 그러니 저널리즘 이론이 어쩌구저쩌구하는 흰소리는 아예 말게."

그는 담뱃불을 붙이기 위해 말을 멈췄다. 그러곤 이제 다리가 저리다못해 감각조차 없는 코일을 쳐다보았다. 코일은 손으로 턱을 감싸쥔 채 천천히 고개를 끄덕였다.

"잘 알겠습니다, 사장님. 최선을 다하겠습니다."

"잭이라고 부르게. 자, 이제부터 신문에 대해 설명하지. 우선 내가 총연출자이며 대장이야. 빌리 프리티가 가정면과 가십난을 맡고 있어. 주니어 서그가 바로 그라는 걸 소문내면 안 되네. 빌리는 지역 뉴스 중 주의회와 교육도 담당하지. 캐나다는 세계 어느 국가보다 큰 정부를 갖고 있다네. 인구의 절반 가까이가 정부를 위해 일하니까. 나머지 반도 그 영향력 아래 있고. 우리 지역에서는 해안을 오르내리며 매일 한시도 빠짐없이 회의를 열지. 빌리는 범죄 기사도 일부 담당하네. 전보다 범죄가 늘었어. 전에는 장난이나 신나는 놀이로 여겨졌던 것이 요즘엔 기물 파손이나 폭행으로 불리니까. 빌리 프리티, 그는 개미 버드를 시작할 때부터 나와 함께 일해왔네."

"저는 모킹버그 레코드에서 지방자치 담당이었습니다." 코일이 꽉 잠긴 목소리로 말했다.

"그건 빌리 담당이라고 방금 말했잖나. 다음, 넛빔은 외신과 주 뉴스, 국내 뉴스를 담당하고 있어. 라디오에서 뉴스를 듣고 기사를 꾸민다네. 성범죄도 담당하고. 쩔쩔매고 있지. 성범죄 관련 뉴스는 매주 두세 편씩 싣는데 일면에 큰 것 하나를 싣고 나머지는 내지에 실어. 넛빔은 스포츠도 담당하고 여백을 채우는 자잘한 기사와 특집 기사도 맡고 있지만 우리 신문은 특집면에 큰 비중을 안 두지. 넛빔은 이곳에서 일한 지 일고여덟 달 됐고 완벽하다고는 말 못하겠네. 어쨌거나 임시직이니까. 넛빔, 들었지?"

"그럼요." 밖에서 넛빔이 대꾸했다.

"터트 카드는 내가 자리를 비울 때 내 직무를 대행하네. 편집장이면서 많은 일을 처리하지. 기사 할당, 조판, 대지 작업, 미스키만에 있는 인쇄소까지의 운반, 우편 발송, 배달, 그리고 시간이 남으면 지역 뉴스도 좀 쓰고. 여기 온 지 이삼 년 됐네. 터트 카드와 오자에 대한 불만은 많이 듣지만 오자는 개미 버드의 일부지.

그는 광고도 담당하고 고기잡이 소식도 전해. 내가 제일 관심 갖는 부분은 그거라네. 난 아직 고기잡이에 종사하고 있으니까.

이제 자네가 할 일을 말하겠네. 이 지역 자동차 사고를 담당하게. 기사를 쓰고 사진을 찍으라구. 우리는 매주 일면에 자동차 사고 사진을 싣네. 실제로 사고가 나든 안 나든 상관없이. 그건 우리의 편집 방침이고 예외는 없네. 터트에게 자동차 사고 사진이 한 묶음 있어. 사고가 일어나지 않으면 그중에서 하나 골라서 싣지. 하지만 보통은 쓸 만한 사진이 두세 장씩은 나온다네. 술꾼들이 꾸준히 공급해주지. 터트가 카메라 있는 곳을 가르쳐줄 텐데, 찍고 나서 필름을 그에게 주면 집에서 현상해 올 거야.

그리고 해운 소식을 담당하게. 항무관에게 가서 목록을 얻어 오면 돼. 킬릭클로에 들어오고 나가는 배들의 목록 말이야. 매년 느는 추세지. 이쪽엔 내가 육감 같은 걸 갖고 있으니 즉흥적으로 할 걸세. 그럼 잘해보게."

"전화로도 말씀드렸다시피 저는 배에는 경험이 없습니다." 코일이 주저하며 말했다. 자동차 사고라니! 피와 죽어가는 사람들 생각만 해도 혼이 빠지는 것 같았다.

"독자들에게 그걸 들키고 싶지 않으면 죽어라고 배워. 자네 몸속엔 뱃사람의 피가 흐르고 있어. 잔소리 말고 맡게. 그리고 터트 카드의 지시에 따라 다른 쪽도 보충해주고."

코일은 뻣뻣한 미소를 지으며 일어섰다. 그가 문고리를 잡는 순간 잭 버깃이 다시 입을 열었다.

"한 가지 더 있어. 코일, 난 농담을 즐기지 않네. 특히 뉴펀들랜드나 뉴펀들랜드인에 대한 농담은 절대 듣고 싶지 않아. 명심하게. 난 뉴펀들랜드 농담은 질색이야."

코일은 잭의 방에서 나왔다. 자동차 사고라니! 그는 너덜너덜한 전화번호부를 바라보았다.

"코일!" 넛빔이 속삭였다. "어이, 코일, 우는 건 아니지, 응? 미국으로 달아날 생각을 하고 있는 건 아니겠지? 코일, 우린 자네를 믿어. 자넨 우리에게 카고 컬트* 대상이야."

잭 버깃이 유리문 밖으로 고개를 내밀었다.

"빌리! 엘비스가 아직 새끼 안 낳았나?"

"지난주에 낳았어. 세 마리. 세 마리 다 발만 흰 검둥이야."

"그럼 강아지 한 마리만 줘." 그러곤 문이 닫혔다.

* cargo cult. 조상의 영혼이 배나 비행기로 돌아와 백인들에게서 해방시켜준다는 신앙.

8
풀매듭

"큰 배에서는 그다지 필요 없지만 작은 배, 특히 뒤집히기 쉬운 갑판 없는 작은 배에서는 급히 밧줄을 풀어야 할 경우가 종종 생긴다. 이때 한쪽 끝을 당기면 스르르 풀리는 풀매듭은 필수적이다."
—『애슐리 매듭서』 중에서

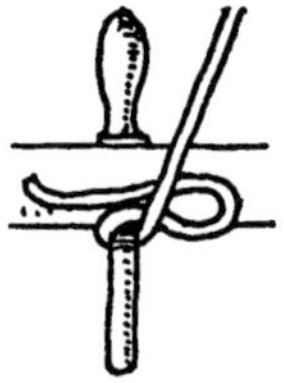

"아무래도 그 직장에 못 다니겠어요." 코일이 웅얼거렸다. 그는 자신이 이륙하자마자 활주로에 추락한 여객기의 승객 같은 신세가 된 건 아닌가 생각하며 킬릭클로의 '시앵커' 술집에서 눅눅한 팝콘 한 봉지를 안주로 맥주 두 병을 비우고 모텔로 돌아온 참이었다.

고모가 그를 올려다보았다. 그녀는 둥근 침대에 앉아 앙고라 털실로 기계처럼 빠르게 뜨개질을 하고 있었고, 그녀의 발치에 엎드린 워렌은 주홍색 테를 두른 듯한 눈알만 움직였다. 버니는 눈물로 얼룩진 얼굴을 하고 쿠션이 찢어진 의자에 앉아 있었다. 그 의자는 방구석을 향해 놓여 있었다. 선샤인이 울부짖으며 아빠에게 달려들었다.

"아빠, 버니가 물었어. 내 다리를 물었어." 그러면서 허벅지에 두 군데나 난 반원 모양 잇자국을 보여주었다.

"선샤인이 먼저 시작했단 말이야!" 버니가 베토벤처럼 얼굴을 찡그리며 소리쳤다.

"이 나쁜 물기 대장!" 선샤인이 외쳤다.

"제발 좀 조용히 해라." 고모가 나섰다. "조카, 어떻게 대책을 세워야지 이대로는 안 되겠어. 이애들을 어디로든 내보내야겠어. 집에서 살면 엄격한 보모를 들여서 애들이 서로 물고 꼬집는 대신 감자밭 잡초 뽑기나 청소, 설거지, 유리창 닦는 일이라도 시킬 수 있을 텐데. 애들이 여기선 우리에 갇힌 사자 꼴이야. 워런도 운동 부족으로 반송장이고."

"아빠, 워런이 어쨌는지 알아?" 선샤인이 말했다. "아빠 침대 밑에다 토했어."

"워런은 지금 정상이 아니야. 그건 확실해." 고모가 웅얼거렸다. "그런데 직장이 어떻다고?" 날카로운 목소리.

"그 직장에 못 다니겠다고요. 그런 신문은 처음 봐요. 사장이 정신이 좀 이상한 사람 같아요. 잭 버깃이라는 사람인데 아직 이곳 지리도 모르고 사람들도 잘 모르는 저한테 자동차 사고를 담당하래요. 저는 자동차 사고는 못해요. 고모님도 이유를 아시잖아요. 그 일이 떠올라서요. 자동차 사고에 해운 소식이라니. 그리고 그 집으로 들어가는 것도 안 될 것 같아요. 그 길로 다니다가는 스테이션왜건이 일주일도 못 견딜 거예요. 게다가 그 먼 거리를 어떻게 출퇴근해요? 튼튼한 사륜구동 트럭을 산다고 해도 몇 시간씩 운전하고 다녀야 하잖아요. 여기 킬릭 클로에 집을 얻는 건 어떻겠어요?"

고모는 맹렬하게 뜨개바늘을 놀렸다. 그녀의 손가락 사이에서 털실이 바르르 경련을 일으켰다.

"직장에 못 다니긴 왜 못 다녀. 그리고 끔찍한 기억엔 정면으로 맞서야 해. 피해갈 수도, 잊을 수도 없으니까. 그런 일일수록 빨리 극복해야 그만큼 빨리 '그래, 그런 일이 있었지. 하지만 나로서도 어쩔 수가 없었어'라고 말할 수 있고 그만큼 빨리 정상 궤도를 찾을 수 있는 거야. 넌 자식까지 딸린 몸이야. 그러니 어서 잊고 새 출발 해야지. 아무리 끔찍한 일도 마음만 먹으면 다 극복할 수 있어."

어련하려고요, 당연히 극복할 수 있겠지요. 코일은 속으로 고모의 싸구려 철학에 냉소했다. 고모는 그가 어떤 일을 겪어왔는지, 또 지금 어떤 일을 겪고 있는지 모른다.

"일주일 내내 저애들을 끌고 택시를 타고 킬릭클로를 돌아다녀봤다. 집이나 아파트, 하다못해 셋방이라도 구해보려고. 게다가 난 내 일도 하루빨리 시작해야 해. 매일 밤 그 말을 했는데. 넌 정신이 딴 데 가 있어." 고모는 잠시 말을 멈추고 조카가 도대체 얼마나 오래 죽은 여자의 무덤에서 뒹굴 건가 생각했다. "정신 똑바로 차리고 힘을 합쳐 시작해야지."

"고모님 말씀이 옳아요. 고모님께 모든 일을 떠맡겨서 죄송해요." 그는 여기까지 왔고 돌아갈 곳도 없었다.

"나도 별로 해놓은 건 없어. 스펙 할머니 집에 작고 어두운 방이 하나 있어. 정부에서 시트를 새로 바꾸고 여인숙 간판을 걸라고 했다더구나. 숙박료는 싸지만 이 구질구질한 모텔방보다도 못해. 하지만 킬릭클로를 다 다녀봐도 한 사람 묵을 방밖엔 없어. 킬릭클로에 방이 모자라나봐. 도시가 갑자기 발전하기 시작했거든." 그녀는 뜨개질과 보조라도 맞추려는 듯 점점 말이 빨라졌다가 잠깐씩 멈췄다.

"내가 말했던 대로 하는 거야. 배를 마련하자. 삼십 분이면 만을 건널 수 있어. 옛집을 수리해서 쓸 수 있는데 굳이 돈을 낭비해가면서 셋집을 얻는 건 바보짓이야. 오늘 목수 한 사람과 얘기해봤어. 데니스 버깃이라는 사람인데 킬럭클로에 살아. 일거리가 많지 않대. 당장이라도 일을 시작할 수 있다더라. 내일 그 사람 부인이 애들을 봐주겠다니까 난 데니스를 데리고 집에 가서 같이 둘러보면서 우선 견적이나 뽑아볼 생각이야. 부인 이름이 비티야. 집에서 탁아소를 운영해볼 생각을 하고 있대. 여기 와서 들어본 말 중에 제일 반가운 소리지. 저 두 아이가 비티의 첫번째이자 최고의 고객이 될 거야." 고모는 고갯짓으로 아이들을 가리켰다.

버니는 벽을 차면서 계속 훌쩍거리고 있었다.

코일의 귀에는 '배'라는 말밖에 안 들어왔다. "고모님, 전 배에 대해서는 전혀 몰라요. 배는 비싸요. 불편하고요. 위험하기도 하죠. 그리고 배를 댈 선착장 같은 것도 있어야 하잖아요. 배는 싫어요."

"맞는 말이야. 여기서 하룻밤에 백 달러도 넘게 내면서 계속 묵을 생각이라면. 목수가 이틀만 손보면 되는데." 고모가 소리쳤다. 눈이 이글거렸다.

코일은 텔레비전이 고장인 걸 깜빡 잊고 전원 버튼을 눌렀다.

"아빠, 텔레비전이 안 나와." 선샤인이 흐느끼며 말했다.

"난 여기 싫어." 버니도 낡은 신발로 벽을 차며 징징거렸다. "난 배 타고 싶어. 고모가 태어난 초록 집을 고쳐서 내 방을 갖고 싶어. 아빠,

나 거기 가면 청소도 할게. 시키는 거 다 할게."

"저녁이나 먹으러 가자." 코일이 웅얼거렸다. "지금 당장은 결정할 수 없구나."

"오늘밤엔 식당에 못 들어가. 컬링 선수권대회 만찬이 있대. 차우더 요리가 준비됐으니 직접 가져다가 객실에서 먹으란다."

"난 고기 먹고 싶어." 버니가 말했다. "고기로 만든 차우더 먹을래."

"거 참 안됐구나. 그건 메뉴에 없으니." 고모가 가혹하게 대꾸하고는 혼잣말로 웅얼거렸다. 생선을 먹든지 아니면 굶어죽든지.

빨간 셔츠, 흰 넥타이 차림의 터트 카드가 전화통에 매달려 있었다. 빌리 프리티도 전화통을 붙잡고 웃으며 코일의 귀엔 외국어처럼 생소한 말을 지껄여댔다. 요란한 빗소리. 점묘화 같은 바다. 편집실 구석에서 웅웅거리는 가스히터.

코일은 넛빔을 보면서 말했다. "혹시 데니스 버깃이라는 사람이 잭과 무슨 관계가 있나요? 목수인데, 우리 고모님이 그 사람한테 집수리를 맡기려나봐요. 어떻게든 해결책을 찾아야지 안 되겠어요. 지금 묵는 모텔에선 더이상 못 버티겠어요. 코일곶까지의 도로는 엉망이고 킬릭클로엔 셋방이 없고. 도대체 어떡해야 좋을지 모르겠어요. 난 배를 사느니 차라리 미국으로 돌아가겠어요."

넛빔은 충격을 받은 척 턱을 당기고 양손을 쳐들었다. "배가 싫다고? 배 타는 것도 재밌는데. 해안과 만만 우글우글하고 도로는 거의 없는 이런 데서는 배가 실용적이지. 내가 여기까지 흘러온 게 바로 그것 때문 아닌가, 배 말이야. 내 배 보로고브*호. 좀 약하고 처량한 데가 있어서 그런 이름을 붙였지." 넛빔의 덧없는 이야기. 말하는 사람이야 입에 거품을 물고 열변을 토하지만 듣는 사람은 자고 일어나면 말짱 잊어버리고, 넛빔은 또다른 사람을 붙잡고 열심히 떠들어댄다.

코일의 수첩은 그의 머그잔에 비스듬히 기대어 있고 수동 타자기엔 트럭 사고에 관한 기사를 반쯤 타이핑한 종이가 꽂혀 있었다. 코일 빼고는 모두 컴퓨터를 갖고 있었다.

"내가 사주면 그때 갖게 되겠지." 잭 버깃의 말이었다. 고약한 말투는 아니었다.

"데니스는 잭의 막내아들이라네." 터트 카드가 몸을 기울이며 말참견을 했다. 그가 입을 열자 고약한 입냄새가 코를 찔렀다. "데니스는 아버지와 사이가 안 좋다네. 전엔 잭이 무척 애지중지했었는데. 불쌍한 제슨이 죽고 나서는 더. 지금은 안 그래. 데니스가 자네 일을 맡으면 잭이 고깝게 여길지도 몰라. 안 그럴지도 모르지만." 전화벨이 장난감 호각 소리처럼 울렸다.

"잭 전화야." 늘 모르는 게 없는 카드가 그렇게 말하며 수화기를 들었다.

"개미 버드입니다. 예, 예, 알겠습니다, 대장." 그는 전화를 찰칵 끊고 회전의자를 돌려 비 내리는 바다를 응시하며 웃었다. "빌리! 이번엔 뭔지 알아요? 양쪽 귀가 다 아파서 집에 있대요. '내일이나 모레까지

* 루이스 캐럴의 『거울 나라의 앨리스』에 등장하는 가냘프고 초라한 허구의 새.

못 볼 거야' 하더라구요."

"난 이번엔 갈비뼈에 금이 갔다고 할 줄 알았는데." 넛빔이 나섰다. "귀 아픈 것도 괜찮지. 아직 한 번도 안 써먹은 거니까." 다시 전화벨 소리.

"개미 버드입니다. 네, 네, 알겠습니다. 댁 번호가 어떻게 되죠? 잠깐만요. 넛빔, 포핸즈만에 있는 마커스의 어빙 주유소에 불이 났다네, 알았나?"

"코일, 자네는 배 안 사나?" 빌리 프리티가 큰 소리로 물었다. 그의 책상 위엔 세탁물 바구니 두 개가 놓여 있었다. 플라스틱 바구니 하나, 풀로 엮어 만든 바구니 하나.

코일은 못 들은 체했다. 하지만 라디오까지 밀어놓고 그를 뚫어져라 바라보고 있는 옆자리의 넛빔을 피할 도리는 없었다. 주름진 얼굴의 넛빔이 손가락으로 책상을 톡톡 치며 박자를 맞췄다. 그는 브라질 바이아에 머물 때 북, 원추형 금속악기, 손가락 심벌즈, 레피케 드럼으로 구성된 아포셰와 블로코 아프로 음악에 심취했었다. 넛빔은 달의 주기에 영향을 받았다. 그에겐 늑대인간의 기질이 엿보였다. 보름달이 뜨면 잔뜩 흥분해서 혼자 씨부렁거리다가 스타라이트 라운지에서 춤을 추거나 싸움질을 벌인 뒤 천천히 명상에 빠져들었다.

바이아에 가기 전엔 브라질 헤시피에서 〈런던 타임스〉 기자 출신 술고래를 도와 여러 나라 말로 된 네 페이지짜리 신문을 만들었다고 했다.

"배를 갖고 싶다는 생각을 갖게 된 곳이 바로 거기였지." 넛빔이 책상 위의 대추야자 통을 뒤적이며 말했다. "매일 바닷가에서 배들과 물을 보며 지냈으니까. 발사나무 같은 가느다란 통나무 대여섯 개를 나무못으로 연결하고 섬유 밧줄로 묶어서 만든 '잔가다'라는 작은 고깃배는 진짜 기발한 작품이지. 바람의 힘으로 달리고 노로 방향을 잡는 배야. 예전에는 배를 만들 때 못과 나사를 써서 완력으로 만드는 게 아니라 탄력성을 이용해 묶는 방식을 썼다네. 멀리서 보면 어부가 그냥 물위에 서 있는 것처럼 보였다니까. 사실 그랬지. 파도가 배 위로 올라와서 발목까지 찼으니까." 넛빔은 자리에서 일어나더니 서성거리며 턱을 치켜들고 천장을 바라보았다.

빌리가 끼어들었다. "옛날엔 코마틱, 그러니까 눈썰매도 그렇게 만들었지. 못 같은 건 아예 쓰지도 않았어. 힘줄이나 생가죽으로 묶어서 만들었다구."

넛빔은 빌리를 싹 무시하고 말을 계속했다. "난 그 배들이 좋았지만 그냥 구경만 할 수밖에 없었지. 물침대에 누워 빗으로 연주나 하면서 럼주만 마셔대던 더러운 타임스 술고래와 싸운 뒤 텍사스 휴스턴으로 날아갔어. 왜냐고 묻지는 마. 휴스턴에 도착해 자전거를 한 대 사서 여행을 시작했어. 자전거로 로스앤젤레스까지 달렸지. 오토바이가 아니고 자전거로. 세상에서 제일 끔찍한 여행이었어. 스콧과 함께 남극에 갔던 앱슬리 체리개러드도 상상조차 못할 여행. 난 모래 폭풍, 살인적인 폭염, 갈증, 살을 에는 바람, 깔아뭉갤 듯이 달려드는 난폭한 트럭, 자전거 고장, 한파, 폭우와 홍수, 늑대, 목장주들이 경비행기에서 뿌려대는 가루 폭탄을 견뎌야 했지. 코일, 그 모든 시련을 견디게 해준 힘이 무엇이었는지 아나? 바로 배였어. 차가운 수면 위를 조용하고 경쾌하게 미끄러져가는 돛단배. 배에 대한 갈망은 커져만 갔어. 엉덩이뼈에 붙어버리다시피 한 지긋지긋한 자전거 안장에서 벗어나기만 하면 배를 한 척 마련해서 바다로 나가리라. 그 배에서 영원히 떠나지 않으리라 결심했지."

다시 전화벨 소리.

"개미 버드입니다! 네. 네. 잭, 지금 있습니다. 아니요, 넛빔은 방금 화재 사건 취재 나갔습니다. 마커스의 어빙 주유소요. 포핸즈만요. 모르겠어요. 전화로 번호만 받아 적었어요. 네, 알겠습니다. 곧 들어올 겁니다. 코일, 잭이 바꿔달래."

"이번주에는 무슨 기사 쓰나?" 수화기 저쪽에서 잭의 목소리가 총알처럼 튀어나와 코일의 귀에 박혔다.

"네, 트럭 사고요. 방금 끝냈습니다."

"사고가 어떻게 났는데?"

"세미트레일러가 데졸레이션 쪽으로 내려가다가 커브길에서 굴렀어요. 새 설상차들을 싣고 있었는데 절반가량이 바다에 빠져서 항구에 있는 배란 배는 다 동원해 쇠갈고리로 끌어올렸습니다. 운전사는 뛰어내려서 인명 피해는 없었습니다."

"해운 기사도 잊지 말게." 전화가 끊겼다.

"넛빔! 불이 다 꺼져버리기 전에 빨리 나가는 게 좋을 거야. 꾸물거리다간 좋은 사진 놓쳐. 카메라 챙기고. 사진 찍으려면 필요할 테니까." 심술궂은 빈정거림.

"아담하고 멋진 놈으로 하나 마련하지 그러나." 빌리 프리티가 코일에게 말을 걸었다. "요샌 모양새 보고 배를 고르니까. 주말엔 그걸 타고 나가 낚시도 하고 관광객들 사진 모델도 하고. 배에 탄 자네 모습,

아주 멋질 거야."

넛빔은 아직 나갈 준비가 되어 있지 않았다. "그래서 말이야, 코일. 난 다시 런던으로 돌아가서 굶주리며 살았지. 그래도 음악 테이프 소장품은 지킬 수 있었으니까. 하지만 난 배를 갖고 싶었어. 그래서 절망했지. 자넨 '배는 물'이라는 등식이 성립한다고 생각하겠지? 아니, '배는 돈'이야. 사실 물은 꼭 필요하지도 않아. 그러니까 뒤뜰에 내팽개쳐져 있는 배들이 그렇게 많은 거 아닌가. 난 돈이 없어서 절망적이었지. 꼬박 일 년을 배와 바다에 관한 책을 읽으며 보냈다네. 그러다가는 배 만드는 곳을 어정거리기 시작했지. 다니다보니 젊은이 둘이 노 젓는 배를 만들고 있더군. 주로 대패질을 많이 하는 것 같았어. 평소에 난 대패질을 좋아했지. 그래서 결심했네. 그래, 내 손으로 배를 만드는 거야. 그래서 그 배를 타고 대서양을 횡단하겠어."

"넛빔!" 카드가 고함을 질렀다.

"엉터리 식자나 치시지!" 넛빔은 그렇게 쏘아붙이고 재킷과 태머섄터*를 챙겨들고 나가면서 문을 쾅 닫았다.

"이런 우라질, 카메라를 두고 갔잖아. 코일, 잭이 해운 기사 잊지 말라더군. 항무관한테 가서 목록을 적어 와. 배 이름, 날짜, 국적만 적으면 돼. 전화로는 얘기 안 해줘. 직접 찾아가야 해."

"오후에나 가보려고 했는데 지금 가야겠군요." 코일이 말했다. "그런데 항무관 사무실이 어디죠?"

"공공 부두의 펴비네 항해용품점 옆에 있네. 이층이야."

---

* 스코틀랜드에서 쓰던 빵모자.

코일은 일어나서 재킷을 입었다. 자동차 사고 취재보다야 백번 낫지. 유리 파편, 뚝뚝 떨어지는 피, 부상자의 박살난 입속을 헤집는 앰뷸런스 구조대.

9
계선매듭

"이 매듭의 장점은 단단하게 매놓으면 말뚝에서 미끄러져내려가지 않는다는 것이다. 만조 때 종일 고된 고기잡이를 마친 뒤 말뚝의 매듭이 수면에서 사오 피트 아래에 있는 걸 발견한 사람은 이 매듭의 필요성을 깨달을 것이다."
—『애쉴리 매듭서』 중에서

코일은 적재용 트럭들과 윈치들을 요리조리 피하며 워프로路를 달렸다. 배들이 비에 젖어 반짝였다. 저 아래로 자동차들을 실은 빨간 난간을 가진 검은 연안 연락선과 래브라도 병원선이 보였다. 관용 부두에 정박해 있는 구조선의 오렌지색 옆구리도 눈에 띄었다. 작은 트롤어선 한 척이 수산물 가공공장으로 들어가고 있었다.

도로는 멀리서 바닥짐으로 싣고 온 동글동글한 푸른 돌로 포장되어 있었다. 기름냄새, 생선 비린내, 썩은 물 냄새가 뒤섞인 부두의 악취. 싸구려 식당들과 술집들 너머에 식료품점도 몇 군데 보였다. 그중 한 상점의 유리창 너머로 넛빔이 즐기는, 상표에 붉은 낙타와 유성이 그려진 사막대추라는 이름의 대추야자가 거대한 피라미드처럼 쌓여 있는 것도 눈에 들어왔다.

항무관 사무실은 모래투성이 목조 계단 꼭대기에 있었다.

항무관 디디 쇼블은 노란색 비옷을 입은 남자가 스테이션왜건에서 내리는 걸 내다보고 있었다. 남자가 젖은 자갈길에 수첩을 떨어뜨렸다. 힘은 세겠는데 어설퍼 보이는군. 쇼블도 한때 힘이 장사라고 소문이 자자했었다. 그는 스무 살 되던 해에 '손가락 클럽'이라는 이상한 단체를 만들었다. 회원 일곱 명이 모두 남자였는데 새끼손가락 하나로 에디 블런트네 지하실 대들보에 매달릴 수 있는 장사들이었다. 나이가 들면서 그가 자랑하던 육체의 힘은 우렁찬 목소리로 옮겨갔다. 이제 그는 '손가락 클럽'의 유일한 생존자였다. 그는 거기서 생각이 멈출 때가 많았다.

잠시 후 문을 열고 들어간 코일은 높이가 십이 피트 가까이 되는 전면 창을 바라보았다. 가랑비 내리는 항구. 전경에 공공 부두와 잔교가 있었고 그 뒤로 안개의 엄지손가락으로 쓱쓱 문지른 듯한 음울한 만이 자리하고 있었다.

삐걱 소리. 나무로 만든 회전의자가 빙그르르 돌더니 항무관의 무시무시한 얼굴이 코일을 향했다.

"폭풍우 때 보면 장관이지. 거대한 구름덩어리가 산 어깨 위로 굴러다니거든. 황혼이 질 때면 날아가는 새떼에 불이 붙은 것 같고. 뉴펀들랜드에서 이만큼 전망 좋은 창도 없지." 동굴 속에서 울리는 듯 우렁우렁한 목소리.

"그렇겠군요." 코일은 바닥에 물방울을 뚝뚝 흘리며 대답했다. 그러곤 구석에 있는 코트 걸이를 발견했다.

모진 풍파와 세월의 더께로 두꺼워진 디디 쇼블의 피부는 여기저기 균열이 간 아스팔트 같았다. 그 균열투성이 표면을 뚫고 올라온 그루터기 같은 수염. 눈꺼풀이 늘어져서 세모꼴이 된 눈. 억센 눈썹. 땀구멍이 커져서 모래로 뒤덮인 듯한 코. 어깨솔기가 터진 재킷.

"저는 코일입니다. 개미 버드에 새로 왔죠. 해운 기삿거리를 얻으러 왔습니다. 도움 말씀 주시면 감사하겠습니다. 해운에 관한 것도 좋고 다른 것도 좋습니다."

항무관은 헛기침으로 목청을 가다듬었다. 코일의 머릿속을 스치는 헤드라인, 인간이 악어 흉내내. 항무관은 자리에서 일어나 절룩거리며 카운터 뒤로 갔다. 창문을 통해 들어온 서늘한 빛이 침대 시트만한 그림 위로 떨어졌다. 배 한 척이 파도에 휘말려 아우성치는 그림. 그 옆에는 그보다 작은 배가 이미 파도에 잠겨 있었다. 갑판을 달리는 사람들. 그들의 입이 비명으로 벌어져 있었다.

항무관은 속지를 끼웠다 뺐다 할 수 있는 노트를 꺼내 엄지손가락으로 몇 장 훌훌 넘기고는 코일에게 건넸다. 표지에 '입항'이라고 쓰여 있는 그 노트에선 금전상의 득실, 화물, 장거리 항해가 느껴졌고 열대지방의 냄새가 났다.

항무관의 눈길이 코일의 시선을 따라갔다.

"훌륭한 그림이지! 퀸메리호가 경호함 쿠라코아호에 부딪혀 침몰시키는 장면이라네. 그러니까 1942년의 일이지. 아일랜드 해안에서 이십 마일이나 떨어진 지점이었는데 날씨가 화창해서 아주 잘 보였어. 여객선에서 군수송선으로 개조된 퀸메리호는 팔만 톤급이었고 침몰된 순양함은 겨우 사천오백 톤급이었지. 삶은 당근 자르듯 반 토막을 내놨다니까."

코일은 손에 쥐가 나도록 열심히 베껴 적었지만 지금까지 적은 배들은 몇 주 전에 입항한 것이었다.

"이 배들이 아직 정박해 있다는 걸 어떻게 확인하죠?"

항무관은 다른 노트를 꺼내 코일 앞으로 내밀었다. 합판으로 된 표지에 너울거리는 글씨체로 '출항'이라고 찍혀 있었다.

"하하, 컴퓨터 한 대 장만하셔야겠네요. 이걸 다 손으로 적으려면 꽤 힘들겠어요."

항무관은 카운터 뒤편의 후미진 자리를 가리켰다. 컴퓨터 모니터가 끓고 있는 우유처럼 보였다. 항무관이 자판을 두드리자 감청색 글씨로 배 이름, 톤수, 소유자명, 국적, 화물, 입항일과 출항일, 직전 기항지, 다음 기항지, 항해 기간, 선원 수, 선장 이름 및 생년월일과 사회보장번호가 떴다. 다시 자판을 두드리자 프린터가 움직였다. 항무관은 프린터가 플라스틱 용기에 뱉어낸 종이를 떼어내 코일에게 건네주었다. 해운 기사가 완성된 셈이었다.

항무관은 의치가 뿌리까지 드러나도록 씩 웃어 보였다. "우리가 이중으로 업무를 처리한다는 걸 이제야 알겠지. 폭풍으로 전기가 나가는 사태에 대비해서 따로 장부를 써놔야 한다네. 차 한잔 들게. 이런 날엔 차만한 게 없지."

"아, 고맙습니다." 코일이 의자 끄트머리에 앉아서 말했다. 창문 위로 빗물이 실개천을 이루며 흘러내렸다.

"내려가." 항무관이 의자 위에 앉아 있는 고양이를 밀어내며 말했다. "이곳엔 여러 종류의 배가 정박해 있네. 오말루어만은 해안선까지 파도가 거세지. 정부는 이 년 전 이 항구를 확장하는 데 천칠백만 달러를 쏟아부었네. 부두를 새로 만들고 컨테이너 터미널도 새로 지었어. 올해 들어 유람선이 열여섯 척 들어왔네. 기껏해야 하루이틀 머물지만 부두에 발을 들여놓았다 하면 돈을 물쓰듯 하지."

"이 일을 얼마나 오래 하셨나요?"

"그거야 '이 일'이라는 게 뭘 의미하느냐에 따라 다르지. 난 열세 살 때부터 바다에 나갔다네. 도널 아저씨의 육십 톤짜리 스쿠너* 갑판에서 일했어. 해안을 따라 오르내리면서 말이야. 그때 힘이 많이 세졌지. 아저씨가 잘 먹여줬거든. 일도 고되게 시키고. 그러다 한동안 벨아일 연안에서 작은 배를 타고 구식 고기잡이를 했지. 다음엔 연안 연락선에서 일했네. 그러다가 상선대에 들어갔지. 2차세계대전 때는 캐나다 해군 대위로 복무했어. 전쟁이 끝나니 해안경비대에 배치됐고 1963년에 킬릭클로 항무관으로 여기 왔네. 삼십 년 됐지. 내년에 정년퇴직이야. 일흔이면 아직 팔팔한데 억지로 밀어내는군. 은퇴하면 밴조나 배울까 해. 줄만 끊어놓지 않는다면 말이야. 난 가끔 내 힘이 얼마나 센지 모를 때가 있거든. 자넨 어떤가?" 그는 장작 타는 소리를 내며 손가락 관절을 꺾었다. 그의 새끼손가락은 마치 파스닙** 같았다.

---

* 돛대가 두 개 이상인 범선.

** 미나릿과 식물로 설탕당근이라고도 하며 인삼처럼 생긴 곧은 뿌리가 있다.

"저요? 저는 그냥 신문사에서 일합니다."

"여기 사람인 것 같긴 한데 말씨가 다르군."

"원래 제 고향은 코일곶인데 자라기는 미국에서 자랐어요. 그러니까 타지인인 셈이죠." 코일의 손이 턱으로 올라갔다.

항무관은 곁눈질로 코일을 살폈다.

"그래, 그렇다면 사연이 있겠군. 어째서 그런 먼 땅에서 자랐으며, 왜 다시 돌아오게 됐는지." 디디 쇼블은 지금도 사람들의 시선을 끄는 묘기를 보여줄 수 있었다.

코일은 찻잔과 찻잔 받침을 부딪쳐 달가닥거리는 소리를 내며 더듬거렸다. "저는…… 아, 얘길 하자면 너무 복잡해요." 그는 말꼬리를 흐렸다. 그리고 펜으로 수첩을 톡톡 쳤다. 화제를 바꿨다.

"저기 있는 저 배는 뭔가요?" 그러면서 손가락으로 창밖을 가리켰다.

항무관은 의자 밑에서 쌍안경을 꺼내 만을 내다보았다.

"아, 폴라그라인더호 말이군. 검증을 거친 배지. 생선이랑 일본 식도락가들이 좋아하는 성게알을 실으러 여기 정기적으로 온다네. 1970년인가 71년에 노던델리커시 회사가 주문해서 코펜하겐에서 만들어진 냉동선이지. 자네 수산물 가공공장에서 성게알 포장하는 거 본 적 있나?"

"아뇨." 코일은 일렁이는 물속의 녹색 바늘꽂이들을 상상했다.

"아름다워, 정말 아름다워! 나무 쟁반에 담는데 근사하다구. 일본인들은 그걸 대단한 별미로 여겨서 한 쟁반에 백 달러씩이나 척척 내고 사간다네. 쟁반에 퀼트처럼 무늬를 맞춰서 담는다니까. 그걸 '우미'라고들 부르지. 날것을 그냥 먹어. 몬트리올에 가면 그런 걸 파는 초밥집이 있어. 나도 먹어봤네. 사실 난 안 먹어본 게 없어. 버펄로, 초콜릿을 입힌 개미, 날로 먹는 성게알. 무쇠 위장을 갖고 있거든."

코일은 조금 비위가 상해서 차를 홀짝거렸다.

"자, 이 쌍안경으로 보게. 저 배는 이물머리가 처음 만들어질 때부터 알뿌리 모양이었지. 악틱인사이저호라는 자매선도 있다네. 냉동선이고 화물창고가 넷, 방수 격실들이 있지. 배 중앙에 해도실과 조타실이 있고 최신 전자 항해 장치도 갖추었지. 당시로선 획기적인 자동 설비였다네. 여러 차례 폭풍을 만나 항해 장치를 갈고 선교에서도 온도를 읽을 수 있는 전자 온도계로 바꾼 것 외엔 원상태 그대로지. 저 배를 만들 때 스칸디나비아 가구가 유행했는데 티크나무가 다 거기로 갔지. 자네 〈노르웨이산 가구〉라는 노래 아나?" 항무관은 우렁찬 베이스음으로 몇 소절을 불렀다. "폴라그라인더호는 반들거리는 티크로 가구를 다 맞췄지. 그리고 배 안에는 수영장 대신 사우나 시설이 있다네. 이런 바다에서는 사우나가 훨씬 쓸모 있지, 안 그런가? 벽화엔 스키 경주, 순록, 북극광 같은 것들도 그려져 있고. 자네도 그 배에 대해 들었을 텐데."

"아뇨. 그 배에 무슨 특별한 사연이라도 있나요?"

"아버지와 아들 사이를 갈라놓은 배 아닌가! 잭과 그의 막내아들 데니스 말일세."

"데니스?" 코일이 물었다. "그는 우리집을 수리할 사람인데요. 코일곶에 있는."

"나도 그 집에 가본 적이 있을걸." 디디 쇼블이 중립적인 목소리로 말했다. "어렸을 때. 아주, 아주, 아주 오래전 일이지. 이제 데니스는 훌륭한 목수야. 고기잡이보다 목수 일을 더 잘하니까. 잭에겐 다행스러운 일이지. 그 집안 남자들이 바다에서 당한 일들을 생각하면 말이야. 잭은 바다에서 살다시피 하면서도 그걸 병적으로 두려워한다네. 그래서 아들들을 어부로 만들고 싶어하지 않았지. 하지만 어디 피를 속일 수 있나. 아들 둘이 다 바다에 미쳤어. 잭은 아들들에게 입이 닳도록 말했지. 고기잡이 인생은 고달프기 짝이 없으며 결국 남는 건 망가진 몸과 가난뿐이라고. 얼음장처럼 찬 소용돌이에 혼자 빠져 죽기 십상이라고. 그런데 맏아들 제슨이 그 꼴을 당하고 만 거야. 배기뱅스에서 고기를 가득 싣고 돌아오다가 폭풍우에 배가 뒤집혔어. 보통의 강풍쯤으로 예상했는데 갑작스럽게 폭풍이 불어닥친 거지. 이곳 해안의 우빙雨氷은 끔찍해. 아름다울수록 위험하다네. 차 더 들게." 항무관은 코일의 잔에 검은 차를 가득 따랐다. 코일의 혀는 고양이 혀처럼 까끌거렸다.

"그래서 데니스는 세인트존스의 유명한 목수 밑으로 들어갔지. 그 목수 이름이 아마 브라이언 코커리일걸. 아무튼 그 사람 밑에서 목수 일을 기초부터 끝까지 배웠어. 그러고 나서 어쨌는 줄 아나? 첫 직장으로 폴라그라인더호의 목수가 된 걸세! 폴라그라인더호는 캐나다 연해와 유럽을 오가고, 일본에 두 번 다녀왔고, 해안을 따라 뉴욕까지 내려가기도 했지. 데니스는 아버지 잭과 형 제슨처럼 배와 바다를 미치도록 좋아했어. 그는 그 어떤 직업보다 고기잡이를 좋아했지만 잭은 아들의 말을 들으려고도 하지 않았다네.

잭이 얼마나 노발대발했는지. 충격적이었어. 그는 데니스가 목수 일을 하면 육지에서 안전하게 살 수 있으리라 믿었네. 하나 남은 아들마

저 잃을까봐 두려웠던 거야. 우리는 이따금 자신이 두려워하는 것에 대해 무턱대고 화를 내지. 어쨌든 잭의 생각은 옳았네. 그는 바다가 버깃 집안 남자들을 점찍어놓고 있다는 걸 잘 알고 있었어.

그러다가 겨울 폭풍이 닥쳐왔어. 재수없게도 폴라그라인더호는 폭풍에 갇혔다네. 세인트존스 남동쪽 이백 마일 지점이었지. 2월의 폭풍은 말할 수 없이 사납다네. 차가운 파도가 사십 피트 높이까지 일고 허리케인의 위력을 지닌 강풍이 오십 노트로 불지. 코일 기자, 바다에서 폭풍을 만난 적 있나?"

"아뇨." 코일이 말했다. "원치 않는 바이기도 하고요."

"한번 당해보면 평생 못 잊지. 귀신 곡소리 같은 바람의 울부짖음, 흰 거품을 문 산더미 같은 파도, 신음하는 불쌍한 배. 바람소리만 들어도 그 악몽이 떠올라. 폭풍은 언제 만나도 끔찍하지만 그땐 특히 한겨울이라 날씨가 어찌나 추웠던지 배 난간이며 로프, 쇠사슬이 꽁꽁 얼어붙어서 배가 얼음을 수천 파운드씩 운반하는 꼴이었다니까. 게다가 눈보라가 거세서 이 방 창으로 바깥 거리가 보이지 않을 정도였지. 북서쪽 집들의 측면에는 눈이 일 피트 가까이 쇠처럼 단단하게 얼어붙었고."

코일은 차가 식는 줄도 모르고 열심히 듣고 있었다. 늙은 항무관은 어깨를 웅크리고 이빨 틈새로 말을 뱉어냈다. 그의 시커먼 입속에서 과거가 부글부글 넘쳐나왔다.

"배들은 안전한 항구를 찾았고, 캐나다 연해에서 유럽까지 북대서양 전체에서 조난 신호가 쏟아졌지. 어떤 화학제품 운반선은 선교가 무너지면서 그 위에서 지휘하던 선장이 익사했네. 철광석을 싣고 가던 화물선은 고스란히 가라앉았어. 어떤 불가리아 선미 트롤선은 두 동강이 나서 선원이 모두 죽었고. 항구에 닻을 내리고 정박중이던 배들도 파도에 밀려 서로 충돌했을 정도니까. 정말 지독한 폭풍이었지. 안전한 데라곤 없었어. 폴라그라인더호도 파도와 씨름하고 있었지. 선장은 폭풍이 지나가길 기다리며 바람을 피해 최저 속도로 달렸어. 언제 한번 데니스한테 직접 들어보라구. 그때 얘기를 들으면 피가 얼어붙을 테니까. 조타실 창문을 강타하는 바람. 끝도 없는 바다. 모두들 밤새 한 가지 생각밖에 못하지. 배가 아침까지 버틸 수 있을까? 그들은 끔찍한 밤을 겨우 넘겼어. 하지만 날이 밝자 달라진 건 사정없이 덮치는 무시무시한 파도와 사나운 바다의 분노를 두 눈으로 똑똑히 볼 수 있다는 것뿐이었지.

동이 트고 얼마 되지 않아 대서양 절반이 모여 이룬 듯한 거대한 물기둥이 몰려왔어. 그러곤 귀를 찢는 듯한 폭발음. 데니스는 그때 배가 빙산에 부딪혔거나 아니면 배 안에서 뭔가 폭발한 줄 알았다더군. 한동안은 귀가 다 멍멍할 정도였다니까. 그런데 알고 보니 파도가 덮친 거였어. 그 충격으로 폴라그라인더호의 강철 선체 한가운데에 금이 갔지. 우현에서 좌현까지 일 인치 정도의 폭으로 갈라진 거야. 그래서 모두들 우르르 몰려들어 갈라진 틈을 메울 시멘트를 섞으랴 목재로 떠받치랴 우왕좌왕했지만 물은 계속 쏟아져들어와 화물 창고에 가득찼지. 선원들은 허리께까지 물에 잠긴 채 허우적거리며 움직였어."

항무관은 차를 한 모금 들이켰다.

"바닷물이 걷잡을 수 없이 쏟아져들어와 배가 가라앉기 시작했어. 선장은 결국 배를 포기하기로 했지. 거친 바다에 조그만 구명보트들이 떠 있는 걸 상상해봐! 그때 스물일곱 명이 익사했지. 그런데 두 가지 신기한 일이 생겼다네. 첫째, 자네도 보았다시피 폴라그라인더호는 침몰되지 않았어. 옆으로 기운 채 버둥거리고 있었지. 선장은 배가 아직 떠 있는 걸 보고 배로 돌아갔네. 이튿날 인양선이 달려가 배를 끌어왔지."

"데니스는요?"

마침 전화벨이 울리자 늙은 항무관은 해도실로 들어가 쩌렁쩌렁 울리는 목소리로 전화를 받았다. 그러더니 문간에 모습을 나타냈다.

"이쯤에서 끝내야겠네. 허가도 없이 이백 마일 해역 안에 들어와서 소형 그물이 달린 트롤어망으로 고기를 잡고 있는 러시아 트롤선을 잡았어. 한 번 걸린 적이 있는 배지. 선장도 그때 그자고. 해안경비대가 그자를 이리 데려오고 있네. 난 서류 작업을 좀 해야겠어. 다음주에 또 와서 차나 한잔 같이 하세."

코일은 부두를 따라 걸으며 폴라그라인더호를 다시 한번 자세히 보고 싶어 고개를 길게 뺐지만 빗줄기에 가려 보이지 않았다. 선원들이 입는 모직 재킷에 플라스틱 샌들을 신은 남자가 커디네 항해용품점에 진열된 고무장화를 바라보고 있었다. 비에 젖은 붉은 발가락. 코일이 지나치자 무슨 말인가를 웅얼댔다. 주류판매점, 선박용 철물점. 수산물 가공공장을 향해 나아가는 긴 배에서 노란 방수복 차림의 형상이 배 난간에 기대어 자동차용 휘발유 색깔 같은 수면에 비가 떨어지는 모습을 바라보고 있었다.

부두 끄트머리엔 궤짝들이 있었고 쓰레기 냄새가 풍겼다. 궤짝 옆에 작은 배 한 척이 끌어올려져 있었고 크레파스로 '배 팝니다'라고 써놓은 판자가 기대어져 있었다. 코일은 그 배를 바라보았다. 뒤집힌 배 바닥 위로 빗물이 흘러 자갈 바닥에 뚝뚝 떨어졌다.

"백 달러만 내슈." 한 남자가 양손을 주머니에 찌른 채 문틀에 기대서 있었다. "내 아들놈이 만든 밴데 지금은 떠나고 없다우. 복권에 당첨돼서 오백 달러가 생기자 육지로 떠났수. 뱀소굴로 들어간 거지." 사내는 킬킬 웃었다. "우라질 놈의 행운을 찾아서."

"그냥 보는 겁니다." 하지만 백 달러면 비싼 건 아니었다. 물건도 괜찮아 보였다. 그만하면 튼튼해 보였다. 흰색과 회색으로 페인트칠도 되었고 아직 새것 같았다. 그래도 뭔가 문제가 있는 배겠지. 코일은 손가락을 구부려 배 옆구리를 툭툭 쳐보았다.

"그럼 말이지, 오십 달러만 내슈."

"배가 새나요?" 코일이 물었다.

"아니! 안 새지. 얼마나 튼튼한데. 내 아들놈이 만들었는데 떠나버려서 파는 거요. 잘 떠났지, 뭐. 이 물건도 내 눈앞에서 치우고 싶어. 태워버릴 참이었수." 사내는 코일을 꿰뚫어보며 영리하게 말했다. "이걸 보면 마음이 안 좋아서. 아들 생각이 나서."

"아니, 아니, 태우지 마세요. 오십 달러면 잘못 살 수가 없겠죠, 안 그래요?" 코일은 남자에게 오십 달러를 주고 봉투 뒷면에 휘갈겨 쓴 영수증을 받았다. 지금 보니 거친 옷감으로 만들어진 남자의 재킷은 너덜너덜한데다 옆구리에 얼룩이 묻어 있었다.

"트레일러 있수?" 사내가 배를 가리키며 허공에서 손으로 굴리는 시늉을 해 보였다.

"아뇨. 그럼 저걸 어떻게 집까지 운반하죠?"

"커디네 상점에서 빌리면 된다우. 값이 우라지게 비싸서 그렇지. 아니면 트럭에 싣든지."

"트럭도 없어요. 스테이션왜건밖에는." 코일은 쓸모 있는 물건을 지녀본 적이 없었다.

"그것도 괜찮수, 너무 빨리 몰지만 않는다면 말이야. 위에 매달면 앞뒤로 좀 튀어나오겠지만 괜찮을 거유."

"그런데 이 배는 어떤 종류인가요?"

"그냥 쾌속정이우. 모터만 달면 잘 나갈 거야. 곧 소나기가 지나갈 테니 해안을 따라 신나게 달려보슈." 사내는 신나서 열성적으로 떠들어댔다.

결국 코일은 트레일러를 빌렸고, 배를 판 남자 외에 대여섯이 더 모여 배를 트레일러에 실었다. 그들이 남자의 어깨를 툭툭 치며 낄낄거리는 걸 코일은 못 본 체했다. 그리고 개미 버드로 돌아왔다. 아무렴 어때, 오십 달러면 네 사람 저녁값도 안 되는데. 도로를 가로지르는 억수 같은 빗줄기. 트레일러에 실린 배가 덜컹거렸다.

그녀가 보였다. 녹색 비옷을 입은 키 큰 여자. 비옷 모자를 벗어젖힌 채 여느 때처럼 길을 따라 절도 있게 걸어오고 있었다. 차분하고 잘생긴 얼굴. 땋아서 둘둘 말아올린 불그스름한 머리. 그 머리가 젖어 있었다. 그녀는 혼자였다. 그녀가 코일을 정면으로 바라보았다. 둘은 누가 먼저랄 것도 없이 손을 흔들었다. 코일은 그녀가 마라톤 선수처럼 튼튼한 두 다리를 가졌으리라 생각했다.

어슬렁어슬렁 편집실로 들어가 자리에 앉았다. 편집실엔 넛빔과 터트 카드뿐이었다. 넛빔은 느슨한 분위기를 틈타 라디오에 귀를 댄 채 반쯤 잠들어 있고 카드는 전화를 받으며 컴퓨터 자판을 두드리고 있었다. 코일은 넛빔에게 무슨 말인가를 하려다가 그만두고 해운 기사에 매달렸다. 따분한 일이다.

금주 입항 선박

피싱그라운즈에서 온 벨라호, 캐나다 선박

몬트리올에서 온 페어웰호, 캐나다 선박

미저리만에서 온 폭스파이어호, 캐나다 선박

피싱그라운즈에서 온 미나투마루 54호, 일본 선박

피싱그라운즈에서 온 페스카메스카호, 포르투갈 선박

하이시즈에서 온 포르토산토호, 파나마 선박

피싱그라운즈에서 온 조크호, 러시아 선박

하이시즈에서 온 지구라트잽호, 미국 선박 등등

네시가 되자 코일은, 수화기를 젖은 귀에 댄 채 어깨를 웅크리고 컴퓨터 자판을 치고 있는 터트 카드에게 해운 기사를 내밀었다. 목덜미가 뻣뻣했다.

밖에서 자동차문 닫는 소리가 요란하더니 빌리 프리티의 목소리가 커졌다 작아졌다 하며 들려왔다. 넛빔이 얼른 똑바로 앉았다.

"사장님과 빌리 프리티가 자동차 사고 현장에 갔다가 돌아오는 거야. 자네가 나간 사이에 무스와 충돌 사고가 있었거든. 사람 둘과 무스가 죽었지."

이번에도 다행히 모면했군. 코일은 속으로 안도했다.

"현장 사진이 부족한데 모든 각도에서 사진을 찍어 왔으면 좋겠군." 터트 카드가 코일이 건네준 해운 기사를 쳐내려가며 말했다.

한참이 지나도 문이 열리지 않았다. 빌리의 목소리도 들리지 않았다. 코일은 그들이 자신이 사온 배를 구경하고 있음을 직감했다. 그래, 난 모험을 한 거야. 그는 빙긋이 웃으며 속으로 그 배를 충동구매하게 된 경위와 이제 새롭게 태어난 기분이라는 것, 가문의 전통을 이어받아 바다로 나갈 마음의 준비가 되었다는 이야기를 들려주는 연습을 했다.

문이 열렸다. 빌리 프리티가 황급히 들어오더니 코일 쪽은 보지도 않고 바로 자기 자리로 갔다. 잭 버깃은 머리에 빗방울을 방울방울 매단 채 편집실을 가로질러 자기 방 쪽으로 성큼성큼 걸어갔다. 그러다 갑자기 코일의 책상 앞에 멈추더니 입에 담배 연기를 가득 물고 한심하다는 듯이 말했다. "도대체 저 물건은 왜 산 거야?"

"모두들 배를 사라고 독촉했잖아요! 물건도 좋아 보이고 값도 괜찮은 것 같아서 샀어요. 이제 출퇴근 시간을 줄일 수 있게 됐어요. 쾌속선이거든요."

"저건 똥배야! 깜깜한 밤에 몰래 내다버리는 게 상책이라구." 그러고는 자기 방으로 들어갔다. 곧이어 웅얼거리는 소리, 성냥 긋는 소리, 책상서랍 여닫는 소리가 들려왔다. 넛빔과 터트 카드는 창가로 가서 코일의 배를 내다보았다.

"도대체 왜 저러는 거예요?" 코일은 어깨를 추켜올리며 말했다. "저 배에 무슨 문제라도 있나요? 모두들 배를 사라 사라 해서 샀더니만 이제 와서 배를 샀다고 탓하다니."

"내가 알려주지." 빌리 프리티가 말했다. "내가 사라는 배는 칠 마력 엔진에 선체는 아담하면서도 튼튼하고, 뱃전이 알맞게 튀어나오고, 너무 움푹 들어가지 않고, 뱃머리가 물에 잠겨도 잘 버티는 십육 피트짜리 작은 배야. 자네가 산 물건은 물이 잔잔할 때도 해안에서 십 피트밖에 못 나가는 기울어진 못난이 배라구. 선체는 일렁이는 바다처럼 울퉁불퉁하고 모터 칸도 없고 모양도 볼품없어. 바다에 나가면 기우뚱거리다가 가라앉고 말 거야."

넛빔은 아무 말이 없었지만, 고급스럽게 포장된 선물상자를 뜯어보니 싸구려 양말짝이 들어 있는 걸 발견한 사람 같은 표정으로 코일을 바라보았다. 빌리 프리티가 다시 입을 열었다.

"저 배는 리더 가우치의 멍청한 아들놈 작품이지. 놈은 그 배를 만들고 한 달쯤 후에 줄행랑을 쳤어. 아무짝에도 쓸모없는 배야. 그냥 쓸모없는 정도가 아니라 보기만 해도 치가 떨리는 물건이라구. 아니, 어떻게 뱃머리에 S자 곡선이 들어간 배를 만들 수가 있다지? 난 저런 배는 처음 봤다니까. 여기선 저런 엉터리 배를 만드는 사람은 없어. 리더는 그 배를 태워버린다고 했었는데 안 태우고 팔아먹다니! 내 말대로 하게. 아담하고 작은 배로 마련해. 아니면 모터 달린 도리선이나 쾌속선도 괜찮고. 저 배는 돌을 가득 채워서 바다 밑으로나 보내버려. 너니백만에 가서 세그 디스멀이나 앨빈 야크 같은 사람들한테 부탁하면 작고 멋진 놈으로 하나 만들어줄 거야. 물에 잘 뜨고 양끝의 균형이 맞는 배로 말이야."

북을 치는 듯한 빗소리. 멍청한 남자, 또 멍청한 짓 저질러.

10
넛빔의 항해

"항해, 배를 타고 바다로 나가거나 돌아오는 것.
보험증권에서는 항구에서 항구로 이동하는 것을 항해로 정의함."
—『항해 사전』 중에서

모텔방에 돌아온 코일은 모직 코트 차림의 고모를 보았다. 유리 눈을 가진 양철 얼굴의 옆모습. 창가 바닥에 침대 시트로 싸서 그물실로 묶은 뭉치가 있었다.

"애들은 어디 갔어요?" 코일이 말했다. "저건 뭐죠?"

"오늘밤 데니스와 비티의 집에서 자기로 했어. 그냥 거기 두는 게 낫겠다고 생각했지. 아침에 보니까 잘 놀아서. 저건 워런이야." 고모는 침대 시트로 싼 걸 가리켰다. "낮에 침대 밑에서 발만 밖으로 뻗고서 죽었어. 혼자. 와보니까 죽어 있더라." 고모는 울지 않았지만 목소리에 힘이 없었다. 코일은 고모의 검은 어깨를 토닥거렸다. 손에 빳빳한 어깨심이 느껴졌다. 고모의 코트 소매에 개털이 묻어 있었다. 코트 속 어딘가에 꼭꼭 숨은 고모.

"애들이 비티네 집에서 노는 걸 좋아해. 그 집 애들과 구슬 개수 맞히기도 하고 색깔놀이도 하고 잘 놀아. 그 집에도 같은 또래 애들이 있거든. 그애들이 선샤인과 버니에게 자고 가라고 졸라대는 바람에, 너도 반대할 것 같지 않아서 그냥 두고 왔어. 애들한테 워런을 보내야 한다는 얘길 했는데 못 알아듣는 눈치야. 선샤인은 아직 너무 어리니까. 버니는 워런이 언제쯤 돌아오는지 묻더라. 네가 나중에 잘 설명해줘." 알파벳을 외는 듯한 단조로운 말투. 신음소리와 침묵의 중간쯤이랄까.

"불쌍한 워런. 정말 안됐어요." 코일은 가슴이 아팠다. 의자에 웅크리고 앉아 맥주병을 땄다. 모두의 잠을 깨우는 버니의 악몽이 생각났다. 버니는 악몽에 시달릴 때면 온몸이 땀투성이가 되고 동공은 빌리 프리티의 책상 위에 놓인 잉크병처럼 흔들린다. 한밤중에 데니스와 비티를 깨우는 일이 없기를.

"데니스가 집수리에 대해선 뭐라고 하던가요?" 지친 목소리.

"글쎄," 고모는 코트와 부츠를 벗으며 대꾸했다. "믿거나 말거나인데 조수를 쓰면 이 주일 내로 들어가 살 수 있다더군. 그래서 모텔 프런트 직원을 설득해서 여기 묵는 동안 문 저편에 있는 유명한 독신자용 방을 덤으로 쓸 수 있게 됐어. 자, 봐라." 그러면서 문을 열고 싱글 침대와 작은 주방이 딸린 공간을 보여주었다. "넌 여기서 자면 돼. 난 그대로 방에서 애들과 함께 자고. 프라이버시와 공간이 조금은 더 확보된 셈이지. 아침엔 커피도 끓이고 간단한 식사도 만들 수 있어. 이제 아래층 식당에 내려가서 체질을 시험할 필요도 없고. 내일은 시장을 좀 봐와야겠다." 고모는 위스키병을 꺼내 잔에 조금 따랐다.

"집수리 얘긴데, 주말에 네가 좀 도와주면 일이 훨씬 수월하겠다더라. 불편이야 하겠지만 그럭저럭 들어가 살 수는 있을 거야. 여기보단 낫겠지. 살면서 가을까지 천천히 손을 보면 돼. 데니스 말로는 발전기 좀 손보고, 가스스토브와 프로판가스 통 두어 개를 사야 할 거래. 장갑 공장에서 집까지 길을 닦을 불도저를 갖고 있는 사람을 소개해준댔어. 당장 내일이라도 시작할 수 있대. 그래서 해달라고 했지. 하지만 우선적으로 할 일은 말뚝을 박아 배를 댈 선착장을 만드는 거야. 그래야 데니스가 배로 자재를 실어나를 수 있지. 전문적으로 선착장 만드는 일을 했던 사람이 있다더라. 이름을 들었는데 잊었어. 지금은 은퇴했지만 이런 작은 일은 맡을 수 있다더구나. 힘쓰는 일을 도울 장정들만 있으면 며칠이면 끝난대. 데니스 말로는 육지로 돌아서 다니는 것보다는 배가 훨씬 빠를 거라는데."

코일은 고개를 끄덕였지만 의욕이 없는 얼굴이었다. 고모는 한숨을 쉬며 늙은 육신을 벗어던지고 젊은 뼈다귀만 남는다면 내가 직접 나서서 해치울 텐데 하고 생각했다. 자신이라면 새 직장 일에도 열성적으로 매달리고, 배도 몰고, 집도 수리하고, 부정한 아내를 잃은 슬픔 따위는 훌훌 털어버릴 것 같았다. 그녀는 종이 뭉치를 꺼냈다. 집수리 스케치들과 목록들, 비용을 기둥 모양으로 계산해내려간 것들이었다. 테이블 위에 종이를 펼치는 고모의 손. 일자로 바투 자른 손톱과 짤막한 손가락.

"내 계산기를 찾았더라면 좋았을 텐데." 고모가 말했다. "데니스가 다 계산했는데 중간에 자꾸 셈이 틀려서 세 번씩이나 새로 했거든. 난 이제 셈 같은 건 못하겠어. 하루에 열 번씩만 셈을 하면 머리가 안 굳는다는 말도 있지만 그럼 은행원들은 다 천재라는 얘긴데 그건 말도 안 되지. 세상에 은행원들만큼 우둔한 사람들도 없으니까." 코일은 의자를 돌리고 관심을 보이는 척했다. 그 남자, 곶에 있는 옛집에 열의 안 보여.

"단열재 설치가 제일 큰 문제야. 그 집에 살려면 낡은 벽토와 욋가지를 다 뜯어내는 건 좋은 생각이 아니야. 영원히 일이 안 끝날 거고 숨막혀 죽기 십상이지. 그래서 데니스가 아이디어를 냈어. 방마다 기존의 벽에 새로 샛기둥을 박고 그 위에 단열재를 붙이고 벽판으로 마감하는 거지. 두 집을 이어 지을 때 하는 것처럼 말이야. 게다가 난 비닐 벽널은 질색이니까. 데니스가 이러더라. '비닐 벽널을 대면 얼마나 따뜻한데요. 페인트칠할 필요도 없고 쉽게 구입할 수 있고 참 편리해요.' 그래서 내가 말했지. 내 관에는 그걸 안 쓰겠다고."

고모는 두 모금에 위스키 잔을 비웠다. 잔에 든 얼음 한 조각이 달그락달그락 소리를 냈다. 코일은 고모가 또 한 잔 따르는 걸 보고 놀랐다. 개를 잃은 슬픔 때문이리라.

"워런은 어쩌실 거예요?"

"땅에 묻을 순 없지." 그녀가 말했다. "온통 바위뿐이니까. 바다에 장사 지낼 거야. 간단히 명복도 빌어주고. 내가 직접 차를 몰고 나가서 적당한 장소를 찾을 작정이야. 바다에 띄워야지. 불쌍한 워런. 여기 와서 고생만 하다 죽었어. 외출 한번 제대로 못해보고 바닷가 산책도 못했어. 개들은 바닷가 산책을 무척 좋아하는데."

"고모님, 저 오늘 배 샀어요. 모터가 달려 있었으면 좋았을 걸 그랬네요. 그럼 워런을 바다로 싣고 나갈 수 있을 텐데. 배 조종만 배우면 말이에요."

"설마!"

"정말이에요. 하지만 잭 버깃 말이 아무 값어치도 없는 배래요. 싸긴 해요. 오십 달러 줬으니까 거저 얻은 셈이죠. 물건이야 어떻든 싸니까요. 트레일러도 빌렸어요. 이제 모터만 장만하면 돼요. 이 배로 조종법은 배울 수 있을 거예요."

고모는 주차장을 내다보았다. "여기선 안 보이네." 고모가 말했다. "아무튼 잘했다. 데니스와 몇 번 같이 나가 그 사람 하는 걸 보고 배우면 될 거야."

"오늘 데니스에 대한 얘기를 들었어요. 듣다 말긴 했지만."

노크 소리가 들렸다. 특이한 리듬을 탄 노크 소리. 드럼 연주자가 팽팽한 가죽을 두드리는 듯한 그런 리듬. 저 소리를 어디서 들었더라? 넛빔!

"계십니까? 계십니까?"

넛빔은 긴 다리를 벌렸다 모았다 하며 방을 가로질러 걸어와 고모와 악수를 나누고 '뱅 뒤 프랑스 레제르브 드 테르 뇌브'라는 상표가 붙은 갈색 와인병을 내밀었다. 그러곤 코일과 악수를 나눈 뒤 신기한 구경이라도 하듯 미소 띤 얼굴로 사방을 두리번거렸다. 넛빔은 워런 옆에 놓인 의자에 무릎이 거의 어깨 높이까지 올라오도록 다리를 꼬고 앉았다. 시트로 싼 시체를 흘낏 보았다.

"내 배 얘기를 계속하러 왔어. 신문사에선 말하기가 곤란해서. 그리고 자네가 산 배에 대해서도 해줄 말이 있고. 버깃 사장은 혹평을 했지만 조심해서 쓰면 괜찮을 거야. 여긴 도무지 속마음을 털어놓을 사람이 없어. 난 여기 온 뒤로 누구와 얘기를 나눠본 적이 없다네. 벌써 팔 개월짼데 대화다운 대화를 해본 적이 없어. 그래서 생각했지. 저녁 먹고 슬슬 코일한테나 가봐야겠다. 가서 고모님도 만나뵙고. 그런데 성함이……"

"햄이에요." 고모가 말했다. "애그니스 햄."

"만나서 반갑습니다, 햄 여사님. 아시다시피 우리 인생의 비극 가운데 하나는 배경음악이 없다는 거지요. 제 테이프를 몇 개 가져왔습니다. 예멘의 양철깡통 음악과 알제리의 라이 음악, 시 낭송 테이프 몇 개지만. 카세트 플레이어는 있겠죠? 없다고요? 아하, 후진 모텔이군요, 그렇죠? 그럼 언제 저희 집에 와서 들어보세요. 집이 누추하긴 하지만. 트레일러에서 살거든요. 그래도 꼭 오셔야 합니다. 제 카레 요리 맛을 보여드리지요. 저는 이곳 테이프도 몇 개 갖고 있어요. 제가 조난당했던 플라이바이나이트에 턱 음악을 아주 잘하는 괴상한 젊은이가 있었는데 제가 직접 녹음했지요. 턱 음악은 악기 없이 무슨 소린지 알아들을 수도 없는 콧노래를 불러대는 거지요. 담배 경매인처럼요. 왱이-우들-우들-우들-왱이-두들-아!"

고모가 일어섰다. "신사분들, 난 오늘 길고 고된 하루를 보냈고 지금 배가 고파 죽을 지경이에요. 티클 모텔의 단 하나뿐인 식당으로 내려가서 대구 볼때기 요리나 먹는 게 어때요, 넛빔 씨?" 그러면서 넛빔의 납작한 코가 타고난 것인지 아니면 눌려서 그런 건지 궁금증을 느꼈다.

"아, 저는 저녁 먹었습니다. 카레로요. 하지만 같이 내려가죠. 식사하시는 동안 저는 얘기나 하죠. 맥주를 한잔하든지요."

코일은 볼로냐소시지 튀김을 주문했다. 이 식당 메뉴 중 그가 아직 맛보지 않은 유일한 요리였다. 그는 매일 밤 다른 테이블 손님들이 그 요리를 게걸스럽게 먹는 걸 바라보며 저것이 이 모텔 식당의 특별 요리인가보다 했었다. 요리 접시를 받아보니 두툼한 볼로냐소시지와 감자튀김, 그레이비소스, 통조림 순무, 통조림 깍지콩이 수북이 쌓여 있었다. 전부 전자레인지에 데운 것들이었다. 혀를 델 정도로 뜨겁고 무척 짰다. 고모는 턱을 손에 괴고 있어 넛빔의 이야기를 듣고 있는 것처럼 보였다.

"그래서 배 만드는 공장을 기웃거리거나 조선공들이 모이는 술집에 가서 술잔을 기울이며 그들 이야기를 귀담아듣고 이것저것 묻기도 했지요. 난 사실 배에 대해선 문외한이었고 내 손으로 만들어본 것이라곤 숙부네 토스터를 올려놓을 선반밖에 없었어요. 항해를 해본 적도 없었고요. 여행을 할 때면 늘 비행기로 다녔으니까. 하지만 그들의 말을 열심히 듣고 결심을 굳혔지요. 그래, 배를 만들자.

마침내 어떤 배를 만들 것인지 생각해냈지요. 합판으로 만드는 개량식 중국 정크! 사각형 세로돛에 가로로 대나무 살을 댄 배 말입니다. 중국인들은 항해술이 세계 어느 나라보다 뛰어났지요. 그들은 나침반과 수밀격벽과 선미 키와 세계에서 가장 효과적인 돛을 발명해냈거든요. 정크는 무려 오천여 년 전에 만들어진 옛날 배지만 항해에 매우 적합하고 특히 긴 항해에 잘 견딘답니다. 그리고 난 원래부터 중국 시인들에게 심취해 있었지요."

"음식이 너무 짜네요." 코일이 웨이트리스를 불러 정중하게 말했다. "미안하지만 맥주 한 잔 가져다주겠어요?"

고개를 숙인 고모의 불그레한 얼굴, 꽉 다문 입가에 괄호 모양이 그려져 있었다. 넛빔의 말을 듣고 있는 것인지 히말라야 위를 날고 있는 것인지 도무지 알 수 없었다.

넛빔은 라거 맥주를 다 들이켜고는 한 잔 더 가져오라는 신호를 보냈다. 웨이트리스가 거기 서 있었다면. "그때 난 본인들밖에 이해 못하는 비평을 싣는 어떤 고상한 잡지에 서평을 쓰고 있었지요. 지독한 독설을 잔뜩 늘어놓았어요. 그러면서 숙부님에게 빌붙어 양 목살로 끓인 묽은 수프로 연명하면서 근근이 돈을 모아 선박 디자이너에게 정크 모형도를 의뢰했어요. 아주 간단해서 집에서 내 손으로 0.5인치 두께의 선박용 합판을 써서 만들 수 있었지요.

아, 햄 여사님! 여사님께서도 제 작품을 보셨어야 했는데. 볼품없었지요. 전체 길이 이십팔 피트에 흘수* 오 피트, 그리고 돛이 하나뿐이었어요. 그래도 삼백오십 제곱피트 돛이었답니다. 선미에 돛을 조절하는 키도 달았지요. 육중하고 느린 배였어요. 정말이지 아주 볼품없었답니다. 거기에 우중충한 갈색 페인트칠을 해서 더 볼썽사납게 만들어버렸어요. 매트리스 대신 스펀지 고무를 썼고 슬리핑백도 넣었지요. 나무 상자로 의자와 식탁을 삼았고요. 그게 다였어요. 처음엔 해안 근처를 슬슬 다녀봤는데 막상 타보니 어찌나 편안하고 잘 움직이는지 저도 놀랐어요. 특히 돛은 경이로울 정도였지요. 내가 어떻게 이런 물건을 만들었나, 신기하다는 생각까지 들었다니까요."

고모는 찻잔을 비우고 주전자를 흔들어 반잔을 더 따랐다. 입에 뻐다

* 배가 물에 잠기는 깊이.

귀를 문 개처럼 으르렁거리는 넛빔의 이야기를 중단시킬 수는 없었다.

"소더비 경매장에서 일하는 친구가 하나 있는데 어느 날 골동품 항해용품을 대량으로 경매한다고 하더군요. 그래서 슬슬 가봤지요. 그저 구경삼아서. 기껏해야 바다코끼리 엄니로 만든 세공품이나 타이태닉호 구명보트에서 나온 이름표, 폴리네시아 야자수 잎에 그린 해도, 골동품 지도 따위겠지 하면서 말이죠. 그런데 경매품 목록에 눈길을 끄는 물건이 하나 있었어요. 마카오에서 온 대나무 살을 댄 정크 돛이었지요. 보관 상태도 좋았어요. 그걸 새것보다 낮은 금액에 낙찰해서 샀으니 작은 기적인 셈이었죠.

그러곤 정크 돛의 경이로운 공기역학을 배웠어요. 이 돛은 평평한 곡선을 이룹니다. 갈대나 범포에 접는 부채처럼 가로로 살을 대어 만들기 때문에 접고 펼 수 있지요. 접고 펴는 게 간단해서 단 몇 초밖에 안 걸려요. 스테이,* 슈라우드** 같은 것도 없고요. 재료를 촘촘히 엮어 만든 거라 조절도 쉽죠. 사람들 말이 돛의 반이 구멍나도 돛이 펴진다더군요. 중국인들은 그걸 '바람의 소리를 듣는 귀'라고 불렀대요. 옛날엔 정크를 타다가 난파당하면 갈대 돛을 둘둘 말아서 구명보트로 사용했다더군요. 내가 산 돛은 훌륭한 물건이었지요.

그래서 그해 여름에 무작정 항해를 시작했답니다. 대서양 횡단 항해를요. 떠나지 않고는 못 배길 때가 있잖아요. 동양의 라면이라는 것과 말린 버섯, 말린 새우로 연명했어요. 배에 찻잔만한 소형 스토브가 있

* 돛대를 받쳐주는 굵은 밧줄.

** 돛의 꼭대기에서 양 뱃전에 매어 돛을 꼿꼿이 서게 하는 밧줄.

었죠. 그런 걸 본 적이 있을 거예요. 항해 육십칠 일 만에 플라이바이나이트에 닿았어요. 제 계획은 세계일주를 하는 겁니다."

"그런데 아직 여기에 있네요. 다음 항해 비용을 모으는 건가요?" 고모가 물었다.

"그렇기도 하고, 배 수리도 하고 있습니다. 원래는 세인트로렌스를 지나 몬트리올로 올라가려고 했는데 그만 폭풍을 만나 표류하고 말았답니다. 뉴펀들랜드에 올 생각은 전혀 없었어요. 재수가 없어서 최악의 장소로 밀려온 겁니다. 가엾은 보로고브호는 암초투성이 바다를 겨우 헤쳐가다가 플라이바이나이트에서 바닥에 구멍이 났어요. 거긴 이상한 고장이죠. 바로 거기서 턱 음악도 듣게 됐지요."

"제가 함께 가서 워런을 처리해드릴게요." 고모가 냅킨을 밧줄처럼 비비 꼬는 걸 보고 코일이 속삭였다.

"아냐, 아냐. 넛빔 씨와 같이 있어. 나 혼자 하는 게 낫겠어. 혼자 하고 싶어." 고모는 그렇게 대꾸하고 일어나서 나갔다.

"오늘 낮에 고모님 개가 죽었거든요." 코일이 설명했다.

넛빔은 손을 흔들어 맥주를 더 주문했다.

"내가 사는 거야." 그러면서 한차례 심호흡을 했다. 그가 플라이바이나이트 얘기를 계속하기 전에 코일이 얼른 화제를 돌렸다.

"아까 데니스 버깃이 폴라그라인더호에서 조난당한 얘기를 들었어요. 항무관 쇼블 씨한테서요. 그분 이야기 솜씨가 보통이 아니던데요."

"아, 그거. 대단하지, 음. 소름이 오싹 끼치지. 난 책만 보면 가슴이 뛴다니까. 그 양반 섬뜩한 데가 있어. 사람 마음을 꿰뚫어본다니까."

"책요? 책 얘기는 없었는데요. 데니스가 그 배에서 일하겠다고 했을 때 노발대발했다는 것밖에는. 그냥 폭풍우와 배를 포기한 얘기만 들었어요. 바다 이야기. 전화가 와서 도중에 얘기가 중단됐거든요."

"이런, 잭 얘기가 클라이맥스인데. 좋아!" 넛빔은 상체를 뒤로 젖히고 웨이트리스가 언제나 맥주를 가져올까 두리번거렸다. 그러나 맥주는 이미 그의 앞에 놓여 있었다.

"내가 들은 얘기를 해주지. 구조대는 결국 데니스와 몇몇 실종자들을 포기했지. 고무 구명보트 두 척을 구조했고 구명정도 한 척을 제외하고 모두 구조했어. 여섯 사람이 플라스틱 끈으로 한데 묶여 있었다고. 하지만 데니스를 비롯한 네 명은 끝내 찾을 수 없었어. 비행기, 해안경비대, 고기잡이배들까지 동원돼서 일주일 동안 수색 작업을 하다가 결국 포기했지. 그동안 잭은 뜬눈으로 밤을 지새우며 해안경비대가 정박해 있는 부두에 나가 서서 담배를 피우며 전갈을 기다렸어. 부인은 집에서 기다리고. 난 그때 여기 없었으니까 다 들은 얘기야. 빌리와 터트 카드, 그리고 데니스 본인에게 들었지. 구조대가 잭에게 수색 작업을 그만 중단하겠다고 했지만 잭은 귀담아듣는 것 같지 않았어. 석상처럼 우두커니 서 있었다고 하더군. 그러다가 돌아서며—자네도 잭이 홱 돌아서는 거 알지—혼자 중얼거리더래. '그앤 살아 있어'라고 말이야.

잭은 미스키만에 사는 형 윌리엄에게 가서 말했대. '그앤 살아 있어. 난 그애가 지금 어디 있는지 알아. 내가 직접 그애를 찾아 나서야겠어.' 당시 윌리엄은 튼튼한 새 주낙어선을 갖고 있었지. 하지만 먼바다로 나가는 걸 두려워했어. 폭풍이 지나간 지 일주일이 지났는데도 바다는 아직 거칠었거든. 그렇다고 싫다는 말을 한 건 아니고 잠시 망설

였을 뿐인데 잭은 홱 돌아서서 가버렸지. 그길로 플라워색만으로 가서 사람들을 모아 자신의 고깃배를 물에서 끌어올려 트레일러에 싣고 남쪽 해안으로 갔지. 밤새 차를 몰고 아울볼까지 달려가서 연료통을 가득 실은 배를 바다에 띄우고 혼자 데니스를 찾으러 나섰다네.

그리고 결국 찾아냈지. 데니스가 있는 곳을 어떻게 알았는지는 한마디로 불가사의야. 잭은 데니스와 다른 실종자 하나를 구해냈어. 데니스는 양팔이 부러졌고 다른 실종자는 의식이 없었지. 그 둘을 어떻게 배로 옮겼을까? 듣기로는 아울볼에 닿을 때까지 잭은 입을 꾹 다물고 있었대. 그러더니 '너 다시 한번 배를 탔다가는 내 손으로 물에 빠뜨려 죽일 테다'라고 했다더군. 하지만 데니스는 팔 깁스를 풀자마자 아내와 오징어잡이를 나갔지. 잭은 아들에게 주먹을 흔들어 보였고 그뒤로는 부자가 말도 안 하고 지내."

"그게 얼마나 오래된 일이죠?" 코일은 맥주잔의 거품을 빙글빙글 돌려 맥주에 소용돌이가 이는 것을 보면서 물었다.

"오래전 일이지. 아주 오래전. 내가 여기 오기 전에."

해안을 따라 달리던 고모는 바람이 휩쓸고 간 해변을 바라보았다. 괜찮은 장소였다. 그녀는 모래언덕에 차를 세우고 물가를 바라보았다. 조수가 밀려들었다. 바다 테두리에 걸린 태양. 생기를 잃은 광선이 젖은 돌멩이들을 금빛으로 물들이고 있었다. 옥수수알처럼 노오란 하늘 아래서 흰 거품을 문 파도가 해변에 부서졌다.

물마루에 귤빛 줄무늬가 그려진 파도가 연신 밀려왔다가 구르는 조약돌에 부서지며 뒷걸음질쳤다. 고모는 코일의 스테이션왜건 뒷문을 열어 죽은 개를 꺼냈다.

해변에 밀려올라온 해초의 띠를 밟고 단단한 모래밭에 들어섰다. 물가의 해초들이 신경질적인 파도 위에서 바다로 쭉 몸을 뻗었다가 편안히 힘을 뺐다가 다시 흘러들어왔다. 고모는 워런을 조약돌 위에 살며시 내려놓았다. 밀려온 물결이 시트를 적셨다.

"워런, 넌 좋은 개였어." 고모가 말했다. "영리하고 말썽을 부리지도 않았지. 사람들이 네 이빨을 몽땅 뽑았을 때 난 가슴이 아팠어. 하지만 안 그랬으면 어떻게 됐을지 너도 알잖니. 하하. 넌 사람을 몇 번 물었으니까, 안 그래? 이빨을 뽑히고 나서 오랫동안 뼈다귀를 마다했지. 땅에 묻어주지 못해서 미안하다만 지금은 형편이 좋질 않아. 집으로 이사할 때까지만 기다려줬으면 좋았으련만. 네가 아이린과 만나지 못한 것도 아쉬워. 널 알았다면 좋아했을 텐데." 그러면서 고모는 아이린 워런을 생각했다. 그녀가 너무도 그리웠다. 앞으로도 영원히 그리울 터였다.

고모는 손수건에 코를 풀며 어둑어둑해지는 바닷가에 서서 파도가 밀려들면 몇 걸음 뒤로 물러서기를 반복했다. 워런은 해안을 따라 서쪽으로 둥둥 떠내려가다가 조금씩 해안을 벗어나 보이지 않는 격랑에 휘말렸다. 바다는 때리면 소리를 낼 것 같았다. 워런이 그 바다 위를 미끄러져갔다. 보이지 않는 곳으로, 저무는 태양 속으로 유유히 사라져갔다.

옛날 서부영화에 나오는 총잡이처럼.

만 아래쪽에서는 코일이 넛빔의 지칠 줄 모르는 이야기를 듣는 동안, 터트 카드의 황혼이 럼주 잔에서 지고 있었다.

11
시체 머리카락으로 만든 브로치

19세기의 보석 세공인들은 시체 머리카락으로 기념품을 만들었다.
긴 머리카락을 엮어 아라베스크식 장미무늬나 이름 머리글자, 노래하는 새,
나비 모양의 장신구를 만든 것이다.

금요일 아침, 고모는 집을 향해 출발했다. 그녀는 새로 산 트럭을 몰았다. 은색 지붕을 얹은 짙은 감색 픽업으로, 넓은 조수석과 CD플레이어와 크롬 발판이 달려 있었다.

"우린 트럭이 필요해. 여기선 트럭이 있어야 해. 가게에 다닐 때 몰아야지. 넌 배로 다니고 나는 트럭을 몰고. 길도 닦았고 선착장도 만들었으니까. 위층 방들은 수리가 끝났어. 옥외 화장실도 있고. 당분간은. 부엌까지 물도 끌어왔어. 새로 산 검은 플라스틱 관으로. 나중에 욕실까지 연결할 거야. 데니스가 이번주에 지붕을 손보겠대. 날씨가 변덕을 부리지만 않는다면 말이야. 하지만 이제 들어가 살 만은 해. 이 끔찍한 모텔에서 벗어날 수 있게 된 거지. 난 식료품과 등유 램프 좀 사야겠다. 넌 아이들을 데리고 배도 실어서 내일 아침에 건너오렴."

고모는 어느 때보다 활기찬 몸짓과 표정으로 떠들다가 갑자기 성난 말의 고삐를 잡듯 주먹을 쥐었다. 어서 가고 싶어 마음이 급한 모양이었다.

고모 혼자 집에 있었다. 이 방 저 방에서 그녀의 발걸음 소리가 울렸고 식탁엔 식기와 숟가락들이 놓여 있었다. 이젠 그녀의 집이었다. 찻주전자에서 물이 웅장하게 끓었다. 이층. 하지만 계단을 올라 그 방으로 들어가는 것이 그녀에겐 시궁창과 카르스트 구멍, 곤두박질쳐 떨어지기 전까지는 보이지 않는 심연 천지의 위험지대를 탐험하는 것 같았다.

오빠의 유골이 담긴 상자는 방 한쪽 구석에 놓여 있었다.

"좋아." 그녀는 유골 상자를 집어들며 말했다. 그걸 가지고 계단을 내려가 밖으로 나갔다. 화창한 날씨. 갈매기로 수놓인 바다가 햇살 아래 반짝거렸다. 그녀의 그림자가 너울너울 따라나섰다. 그녀는 새로 지은 옥외 화장실로 가서 유골을 변기 구멍에 쏟아부었다. 그러곤 치마를 걷어올리고서 변기에 앉았다. 오줌이 튀었다. 오빠의 유골 위에 그녀와 오빠의 아들과 손녀들이 매일 배설물을 쏟아놓게 된 것을 아는 사람은 그녀뿐이었다.

토요일 아침, 코일과 그의 딸들이 집을 향해 달렸다. 자동차 뒷좌석엔 여행가방이 쌓여 있고 빌린 트레일러에선 쾌속선이 흔들거렸다. 장갑 공장의 주차장에서부터 집까지 불도저가 길을 닦아놓았다. 새로 깐 자갈 위로 바퀴가 굴러갔다. 포크처럼 끝이 갈라지거나 톱니 모양을 한 구름. 과즙 색깔 바다. 구름 사이로 달리는 태양이 낚싯줄에 걸린 무지개송어를 연상시켰다.

"사다리 집이네." 선샤인이 건축용 발판을 보고 말했다.

"아빠, 난 새집이 될 줄 알았어." 버니가 말했다. "데니스 아저씨가 새집으로 만들어주는 줄 알았다구. 그런데 똑같잖아. 거지같은 집이야. 아빠, 난 초록색 집 싫어." 버니는 코일을 노려보았다. 아빠가 속이기라도 했나?

"데니스 아저씨는 집안을 고친 거야. 그리고 나중에 다른 색으로 칠하면 돼. 우선 구멍난 곳과 약한 데를 고치고서 말이야."

"아빠, 빨강, 빨강으로 칠하자."

"글쎄, 고모님 말씀부터 들어보고. 여긴 고모님 집이라고 할 수 있으니까. 고모님은 빨간색을 안 좋아하실지도 몰라."

"그럼 고모할머니도 빨강으로 칠하지, 뭐." 버니가 그렇게 말하고 하이에나처럼 웃었다.

코일은 고모의 트럭 옆에 차를 세웠다. 트레일러와 배는 일요일에 처리해야지. 지붕 위의 데니스 버깃이 공중에 지붕널을 던지고 있었다. 고모가 문을 열고 나오며 큰 소리로 외쳤다. "안녀엉!"

매끈해진 벽과 천장, 흙손 자국이 남아 있는 이음매 마감재, 새 창틀, 아직 가격표가 붙어 있는 얼룩진 창유리. 나무 냄새. 벽에 기대어 세워진 매트리스들. 아이들 방. 버니가 제 머리 위에 동그랗게 말린 대팻밥을 얹어놓고는 소리쳤다.

"아빠, 아빠, 내 곱슬머리 봐. 아빠, 내 곱슬머리 보라구. 아빠! 나 곱슬머리 됐다!" 금세라도 눈물을 쏟을 듯이 째지는 소리. 코일은 아이의 셔츠에 붙은 치즈 조각을 떼어주었다.

부엌에 들어서자 고모가 싱크대 물도 틀어 보이고 가스스토브도 켜 보였다.

"대구 스튜를 맛있게 만들었어." 그녀가 말했다. "데니스가 집에서 비티가 구운 빵을 가져왔구나. 그릇과 숟가락, 버터와 식료품도 장만했고. 상하기 쉬운 건 아이스박스에 넣어 보관하면 돼. 얼음을 좀 사오렴. 가스냉장고는 언제쯤 들여올 수 있을지 모르겠다. 조카, 당분간 에어매트리스와 슬리핑백에서 자야 할 거야. 아이들은 침대가 있으니까 됐고."

코일과 버니는 널빤지와 톱질할 때 받치는 나무토막으로 테이블을 만들었다.

"아휴, 무거워라." 버니가 널빤지 한쪽 끝을 끌어당기며 헉헉대면서 지친 시늉을 했다.

"그래, 우리 딸 아주 힘이 센걸." 코일의 튼실하고 못생기고 산만한 딸은 판자나 돌, 상자에 관련된 일에는 큰 도움이 되었다. 부엌일이라면 먹는 것 빼고는 전혀 관심이 없었지만.

지붕에서 내려온 데니스가 코일에게 씨익 웃어 보였다. 수평선으로 휙 시선을 던져 하늘을 보는 것 외엔 책 버깃을 닮은 구석이라곤 없었다.

"빵이 참 맛있네요." 코일이 빵 한 조각을 입에 넣으며 말했다.

"아, 그래요? 비티는 매일 빵을 굽죠. 일요일만 빼고 매일."

"생선도 맛있고." 고모가 한마디했다. "이제 깍지콩과 샐러드만 있으면 되겠어."

"이제 곧 빙어떼가 몰려와요. 그걸 텃밭에 묻으세요. 빙어는 좋은 퇴비가 되니까요." 데니스가 말했다.

오후에 코일과 버니는 울퉁불퉁한 이음매 마감재가 매끄러워질 때까지 젖은 스펀지로 문질렀다. 버니가 아주 열심이었다. 사방팔방 참견을 해서 그렇지, 제법 도움이 되었다. 지붕 위에서는 데니스가 망치질을 했다. 고모는 창틀을 사포로 문지르고 초벌칠을 했다.

오후 늦게 코일은 데니스와 함께 새로 만든 선착장으로 나갔다. 가는 길에 고모의 정원을 지났다. 정원의 둥근 돌 윗부분에 이끼가 낀 모습이 마치 사람 얼굴 위의 머리카락 같았다. 이끼 낀 땅에 검은 점이 박힌 돌멩이, 조개껍데기, 산호 조각, 동물의 머리통 모양을 한 흰 돌이 흩어져 있었다.

새로 만든 선착장에 사용된 목재는 수지를 함유하고 있어서 향기가 좋았다. 선착장 아래에서 파도가 찰싹찰싹 부딪혔다. 엉겨 굳어진 물거품.

"이제 배를 여기 가져다 매세요, 할 수 있겠죠? 못 쓰는 타이어를 두어 개 구해다가 대면 배에 상처가 나는 걸 막을 수 있어요." 데니스가 말했다.

데니스는 계선 밧줄을 풀고 배에 올라 수면을 흔들며 황혼 속을 휘잉 달려갔다. 곶의 등대들이 깜박이기 시작했다. 코일은 창문으로 오렌지색 램프 불빛이 새어나오는 바위 위의 집을 향해 걸었다. 걷다가 돌아서니 데니스가 지나간 뱃자국이 흰 머리카락처럼 보였다.

고모가 부엌에서 카드를 섞어 돌렸다.

"내가 어렸을 때는 매일 밤 카드놀이를 했지." 그녀가 말했다. "옛날 카드놀이라 지금은 아무도 몰라. 프렌치보스턴, 유커, 잼본, 스캣, 올포즈. 난 다 알지."

탁, 탁, 카드 소리.

"자, 지금부터 올포즈를 하는 거야. 패 돌리는 사람이 뒤집는 잭은 일 점으로 친다. 시작하자, 클럽이 으뜸패야."

하지만 아이들은 무슨 소린지 알아듣지 못해 카드를 놔버렸다. 코일도 책이나 읽고 싶어했다. 고모는 피가 끓었다.

"끝없는 청승!" 하긴 무얼 기대했더란 말인가? 옛날의 행복했던 저녁 시간을 재현하는 것? 고모는 속으로 쓴웃음을 지었다.

어둑한 방에서 코일은 딸들에게 이야기를 들려주었다. 탐험가 고양이들이 신천지를 발견한 이야기, 새들이 카드놀이를 하다가 바람이 불어 카드가 날아간 이야기, 소녀 해적단과 숨겨진 보물 이야기.

다시 아래층으로 내려오니 고모가 식탁에 앉아 있었다. 마침내 집에 돌아온 고모. 그녀의 위스키 잔이 비어 있었다.

"조용하군요." 코일이 귀기울이며 말했다.

"바다의 소리가 들리잖아." 문을 여닫는 듯한 소리. 그리고 케이블의 희미한 노랫소리.

코일은 빈방에서 잠이 깼다. 어스레한 빛. 쿵쿵 소리. 그의 심장이 내는 고동소리. 코일은 방 한가운데에 있는 슬리핑백에 누워 있었다. 옆에는 양초가 세워져 있었다. 왁스 냄새. 옆에 펼쳐놓은 책 냄새. 마룻바닥 틈새에서 나는 먼지 냄새. 창문을 비추는 회색빛. 다시 쿵쿵 소리. 그리고 꽉대기 유리창을 두드리는 그림자. 새였다.

코일은 일어나서 그쪽으로 갔다. 고모와 아이들까지 깨우기 전에 새를 쫓아버려야겠다. 저 새는 바다와 바위와 하늘이라는 폐쇄된 공간에서 도망쳐나와 코일의 빈방이라는 광막한 공간으로 들어오고 싶어하는 듯했다. 바닥을 밟는 그의 발이 내는 속삭임. 유리창 너머로 우유처럼 뿌연 바다가 누워 있었다. 어슴푸레한 하늘. 그 하늘에 마구 휘갈겨진 구름. 텅 빈 만, 저 먼 기슭은 안개에 싸여 있었다. 코일은 옷을 걸치고 아래층으로 내려갔다.

문지방에 매듭을 지어놓은 풀이 세 뭉치 놓여 있었다. 선샤인의 작품이었다. 코일은 집이 정박해 있는 거대한 바위 뒤를 돌아 수풀 속으로 들어갔다. 입김이 차가운 원뿔을 만들었다.

바다 쪽으로 비스듬히 희미한 오솔길이 나 있었다. 새 선착장 북쪽의 해안으로 이어지는 길인 듯했다. 그 길을 밟아내려갔다. 백 피트쯤 가자 길이 가파르고 축축해졌다. 코일은 야생 안젤리카와 층층나무 덤불로 미끄러졌다. 오리나무 가지 끝에 매듭이 지어진 걸 보지 못한 것이다.

가문비나무숲으로 들어섰다. 나뭇가지엔 이끼가 돈을무늬처럼 끼어 있고 어치들이 펄럭거렸다. 이제 오솔길은 젖은 바위로 가득 메워진 개울 바닥으로 이어졌다. 폭포가 펑펑한 바다로 떨어져내렸다. 코일은 발이 걸려 비틀거리다가 알렉산더풀을 움켜쥐었다. 손에 그 향기가 남았다.

주변이 온통 검은 파리와 모기의 온상이었다. 코일은 파란 플라스틱 고리를 발견하고 주워들었다. 몇 피트 더 가니 더러운 기저귀가 보였다. '5점 팝시클 피트'*라는 글씨가 찍힌 나무 막대도 보였다. 코일은 찢어진 비닐봉지를 발견하고 거기에 쓰레기를 주워 담았다. 깡통, 아기 이유식 병, 슈퍼마켓 육류 포장용기, 실직자들을 감언이설로 꾀는 찢어진 전단.

……여러분 중에는 패션 머천다이징의 모든 교육과정을 이수할 자신이 없는 분도 계실 것입니다. 그런 분을 위해 쉬운 방법을 한 가지 권해드립니다. 우선 교육과정의 제1단계를 시도해보는 것입니다. 그러면 장기적인 시간을 투입하지 않고도 기회를……

플라스틱 끈, 펼쳐진 두루마리 화장지 심, 분홍색 탐폰.

등뒤에서 땅이 꺼질 듯한 한숨소리가 들렸다. 절망 혹은 격노의 한숨. 코일은 힐끗 돌아봤다. 백 피트쯤 떨어진 곳에 지느러미와 반짝이는 등이 보였다. 밍크고래 한 마리가 스윽 솟구쳤다가 우윳빛 수면 아

* '팝시클'은 막대 아이스크림 상표명이며 아이스크림을 먹은 후 점수가 찍힌 나무 막대를 모아 응모하면 상품을 주는 판촉 행사를 벌였다.

래로 미끄러져내려갔다. 코일은 고래가 사라진 곳을 계속 바라봤다. 고래가 다시 모습을 보이더니 한숨소리와 함께 물속으로 사라졌다. 수면 오십 피트 상공에서 안개가 어지러이 움직였다.

저 아래 바위에 매듭 같은 물체가 눈에 띄었다. 그 물체는 바위틈에 끼어 있었다. 코일은 이리저리 움직여보다가 힘주어 빼냈다. 손바닥 위에 올려놓고 보니 철사를 나선형과 고리 모양으로 구부려서 만든 정교한 매듭이었다. 억지로 바위에서 떼어낸 부분의 철사가 그만 끊어져버렸다. 뒤집어서 보니 녹슨 고정 핀이 달려 있었다. 다시 이리저리 돌려가면서 자세히 살펴보자 두 쌍의 날개와 주름진 가슴을 지닌 아름다운 곤충 모양이었다. 그건 철사가 아니라 사람의 머리카락이었다. 누르스름한 색깔, 녹슨 색깔이 줄무늬를 이룬 잿빛 머리카락. 시체의 머리카락이었다. 저 초록색 집에서 살던 코일 집안 사람의 것이리라. 코일은 불쾌한 마음에 그 브로치를 고동치는 바다에 던져버렸다.

길을 되짚어 집으로 올라가는데 가문비나무숲에서 요란한 모터 소리가 들려왔다. 배 한 척이 해변 쪽으로 방향을 돌리고 있었다. 처음엔 데니스려니 했으나 페인트칠이 너덜너덜한 낡고 지저분한 배였다. 배의 선미에 앉은 남자가 모터를 끄고 프로펠러를 올렸다. 배는 안개 속에 둥둥 떠 있었다. 남자는 고개를 숙인 채였다. 그루터기 같은 흰 수염과 벌어진 입. 보풀투성이 실로 투박하게 짠 재킷. 늙었지만 강인해 보였다. 그가 한 줄로 엮인 고둥 통발을 들어올렸다. 통발은 비어 있었다. 남자는 프로펠러를 내리고 미끈거리는 밧줄을 자꾸자꾸 끌어당겼다. 엔진이 귀에 거슬리는 비명을 내질렀다. 그리고 남자와 배는 이내 안개 속에 묻혀버렸다. 남쪽 장갑 공장과 폐허가 된 캡사이즈만으로 모터 소리가 멀어져갔다.

코일은 네발로 기다시피 하여 길을 올랐다. 도끼와 톱만 있다면 경사가 가파른 곳에 튼튼한 디딤판을 만들어놓고 젖은 곳, 자갈, 이끼 위로 다리도 놓을 수 있을 텐데. 그러면 바다까지 멋진 산책로가 되리라. 그만의 길.

"갈매기들이 아빠를 물어간 줄 알았어." 커피 향기, 아이들 떠드는 소리. 다림질한 청바지를 입고 머리에 스카프를 맨 고모가 선샤인이 먹을 토스트에 버터를 발랐다.

"데니스가 트럭을 타고 왔었어. 장인이랑 나무를 베러 가야 한대. 이제 곧 날씨가 나빠질 테니 너더러 직접 나머지 지붕널을 대라고 하더라. 하루는 걸릴 거래. 하루 하고 반나절쯤. 허리에 차는 연장벨트를 놓고 갔어. 네가 연장을 갖고 있는지 모르겠다면서. 플라스틱 덮개 밑에 지붕널이 오륙 제곱피트 남아 있대. 그는 언제 돌아오게 될지 모르겠다더구나. 한 수요일쯤? 데니스가 아이들에게 무얼 가져다주었는지 보렴."

손으로 직접 깎아서 만든 손잡이가 달린 작은 망치 두 개가 식탁 위에 놓여 있었다. 손잡이 모가지 부분에 하나는 빨간 줄무늬, 하나는 푸른 줄무늬 페인트칠이 되어 있었다.

하지만 코일은 악취나는 검은 날갯죽지에 감싸인 기분이었다. 그는 지붕 위에 올라가본 적도, 지붕널을 박아본 적도 없었다. 그는 잔 받침에 질질 흘려가며 커피를 따랐다. 데니스의 아내가 구운 빵으로 만든 토스트는 마다했다.

코일은 사닥다리 발치에서 위를 올려다보았다. 높은 집이었다. 얼마나 높은지는 그도 몰랐다. 지붕 경사도 가팔랐다. 뉴펀들랜드의 집은 모두 지붕이 평평한데 유독 코일네 지붕만 가팔랐다.

코일은 심호흡을 하고 사다리를 오르기 시작했다.

그의 무게에 눌려 알루미늄 사다리가 삐걱거리며 흔들렸다. 코일은 사다리를 꽉 잡고 천천히 올라갔다. 지붕 가장자리에 이르자 아래를 내려다보았다. 집을 품고 있는 바위가 돌비늘로 지독히도 반짝였다. 눈을 들어 지붕을 보았다. 스테이플러로 고정된 루핑 위에 새 지붕널이 반쯤 깔려 있고 지붕널 위에 버팀목이 박혀 있었다. 버팀목 위에 쪼그리고 앉아서 지붕널을 박는 건가? 버팀목 위에 올라가는 게 제일 어려울 것 같았다. 그는 천천히 다시 땅으로 내려왔다. 부엌에서 선샤인이 깔깔거리는 소리가 들렸다. 그리고 작은 망치를 탕탕 두드리는 소리. 그의 발아래엔 행복의 세계가 있다!

코일은 데니스의 연장벨트를 허리에 찼다. 지붕용 못이 가득 들어 있어 제법 묵직했다. 사다리를 오르는데 망치가 자꾸 다리를 때렸다. 중간쯤 올라가서야 지붕널을 안 가져온 게 생각나, 도로 내려가 석 장을 들고 왔다.

이제 한 손엔 지붕널을 들고 한 손으로만 사다리에 올랐다. 사다리 꼭대기에서 지붕으로 건너가는 순간이 제일 끔찍했다. 사다리가 지붕보다 몇 단 더 높아 옆으로 해서 지붕을 디딘 뒤 깊은 공기를 아래 두고 기어올랐다.

버팀목 위에 어설프게 쭈그리고 앉은 코일은 데니스가 일하기 편하도록 지붕널을 층층으로 박아놓은 걸 발견하곤 버팀목의 위치를 변경했다. 저 아래 안개 위로 솟은 가문비나무 꼭대기가 마치 얼룩 같았다. 바다의 느린 맥박 소리도 들렸다. 코일은 잠시 가만히 앉아 있었다. 생각했던 것만큼 끔찍하진 않았다.

코일은 꽁무니에 지붕널을 쌓아놓았다. 그중 한 장을 집어 데니스가 마지막으로 박은 지붕널에서 오 인치 정도 밖으로 나오도록 천천히 들이밀었다. 연장 벨트에서 못 몇 개를 꺼내고 엉덩이 아래 가죽고리에 매달린 망치를 조심스럽게 빼냈다. 지붕널을 박았다. 세번째 망치질을 하는데 무언가 미끄러지는 소리가 들렸다. 돌아보니 꽁무니에 쌓아놓은 지붕널 두 장이 미끄러져내려가고 있었다. 손에 든 망치로 얼른 막았다. 그리고 두번째, 세번째 판자를 박았다. 좀 어설프고 조마조마해서 그렇지, 어려운 일은 아니었다.

코일은 반 스퀘어 분량의 지붕널을 어깨에 지고 다시 사다리를 올랐다. 이제 제법 익숙해져서 지붕 위에서 엉금엉금 기지도 않았다. 지붕널을 지붕마루에 올려놓고 못질을 시작했다. 못을 박다가 바다에 시선을 주고 수평선의 유조선을 보기도 했다. 멀리서 본 유조선의 모습은 마치 둥둥 떠다니는 물뱀 같았다.

이제 그는 마지막 줄을 박았다. 지붕마루에 걸터앉을 수 있어서 일이 한결 수월했다. 못이 판자에 쑥쑥 잘 들어갔다.

"아빠, 안녕."

버니의 목소리에, 땅을 향해 가던 시선이 위에서 우뚝 멈췄다. 버니는 지붕보다 높은 사다리에 서서 지붕에 한 발을 내디디려 하고 있었다. 한 손엔 빨간 줄무늬 망치를 들고서. 순간 코일에게는 버니가 지붕에 올라 가파른 지붕 위를 마치 평지처럼 걸으려다 비명을 지르며 팔랑개비처럼 아래로 떨어지는 장면이 생생히 그려졌다.

"아빠, 내가 도와줄게." 아이가 지붕 쪽으로 발을 뻗었다.

"오, 아가야. 거기서 그냥 기다려." 코일의 목소리는 낮으면서도 긴박했다. "움직이지 마. 아빠가 갈 테니까. 꼭 붙잡아. 지붕으로 올라오면 안 돼. 아빠가 간다." 최면을 거는 듯한 목소리. 아빠는 공포어린 눈길로 아이를 그 자리에 붙박아놓고 우라지게 가파른 지붕을 하필이면 위험한 데로만 골라 힘겹게 내려가서 아이의 팔을 움켜쥐었다. 그 바람에 아이의 손에 들린 망치가 떨어졌다. "움직이지 마. 움직이지 마. 움직이지 마." 그는 줄무늬 망치가 바위에 떨어지는 소리를 들으며 계속 웅얼거렸다. 그는 사다리 난간 위에 안전하게 서 있었고 버니는 아빠의 가슴과 사다리 사이에 끼어 있었다.

"아빠, 답답해 죽겠어!"

코일은 왼팔로 딸의 허리를 감고 나머지 손으로 사다리 단을 짚으며 후들후들 떨리는 다리로 사다리를 내려갔다. 그가 어찌나 떠는지 사다리도 덩달아 흔들렸다. 그는 아이가 떨어지지 않은 걸 믿을 수가 없었다. 아주 잠깐이었지만 연신 허공을 향해 팔을 뻗으며 아이의 비명으로 얼룩진 죽음을 몇 차례나 겪었으니까.

12
선미파

"매듭이 미끄러져내려가지 않게 하려면 마찰이 필요하고 마찰에는 압력이 요구된다.
이 압력과, 매듭에서 압력이 발생되는 부분을 죔이라고 한다.
매듭의 안정성은 오로지 그 죔에 달려 있다고 볼 수 있다."
—『애슐리 매듭서』 중에서

이건 마치 거울 문자를 쓰는 꼴이었다. 코일은 사이드미러에 비친 트레일러를 보면서 조종하고 있어서 거꾸로 조금만 움직여도 트레일러가 반대 방향으로 갔다. 그가 트레일러를 선착장에 대는 모습은 마치 잭나이프를 칼집에 넣으려고 계속 접었다 폈다 하며 씨름하는 것 같았고, 트레일러는 두 차례나 새로 만든 선착장에 부딪혔다. 넌더리가 날 무렵에야 트레일러가 똑바로 물속에 들어갔다. 이런 일에도 요령이 필요한 것이다.

코일은 스테이션왜건에서 내려 트레일러를 보았다. 트레일러 바퀴가 물에 잠겨 있고 트레일러에 실린 배는 반듯하게 균형을 잡고 있었다. 배를 내리려고 트레일러를 기울이는 장치에 손을 대는데 배를 묶어놓을 밧줄이 생각났다. 배가 물에 둥둥 떠내려가는 걸 지켜보는 것도 재미있겠지.

가까스로 뱃머리와 배꼬리에 밧줄을 부착하고 트레일러를 기울였다. 배가 물위로 미끄러져내려갔다. 윈치 줄을 느슨하게 하고 선착장으로 기어가서 배를 잡아맸다. 두 사람 손이 필요한 일이었다. 다시 트레일러로 가서 기울어진 걸 똑바로 해놓고 케이블을 감아올렸다. 오십 달러짜리 배가 물에 떴다.

배에 타서야 염병할 모터에 생각이 미쳤다. 스테이션왜건에 두고 내린 것이다. 모터를 가져와서 뱃전에 한쪽 발로 버티고 서다가 배로 넘어지고 말았다. 그는 뗏목에서부터 초대형 유조선까지 배란 배는 모조리 저주했다.

코일은 뱃머리가 새 사냥개의 코처럼 쳐들리도록 모터를 놓았음을 깨닫지 못했다. 그는 빨간 연료 깡통을 따서 연료를 채웠다.

모터를 당기자 무리 없이 돌아갔다. 코일, 그가 배꼬리에 앉아 있다. 그의 배. 모터가 돌아가고, 키 손잡이를 잡은 그의 손가락에서 결혼반지가 반짝인다. 데니스가 하던 대로 후진 기어를 넣고 조심스럽게 속도를 올렸다. 배꼬리가 선착장 쪽으로 돌았다. 선착장을 벗어날 때까지 전진과 후진을 되풀이하다가 전진 기어로 바꿨다. 모터의 낮은 신음소리와 함께 배가 해변과 나란히 달렸다. 너무 빨랐다. 속도를 낮추자 이번엔 배가 기우뚱거렸다. 다시 속도를 내는데 갑자기 앞쪽에 암초들이 나타났다. 본능적으로 키를 해변 쪽으로 돌리자 배는 오말루어만 쪽으로 돌았다. 수면이 소용돌이를 일으켰다. 마치 유리 화살 위를 달리는 듯했다.

코일은 키를 움직여 구불구불 달렸다. 속도도 좀 내보았다. 그는 픽업 화물칸에 탄 개처럼 웃었다. 내가 왜 배를 겁냈지?

육지에서 바다 쪽으로 산들바람이 불어와 잔잔한 파도가 배 아랫부분을 찰싹찰싹 때렸다. 급회전을 하자 배가 미끄러지는 기분이 들었다. 다시 속도를 늦췄다. 선미파船尾波가 우르르 일어나 선미판을 넘어 들어오더니 그의 발목을 감아 돌다가 배 안에 퍼졌다. 코일은 다시 속도를 올렸다. 하지만 배의 움직임이 아까보다 굼뜬 것 같았다. 배 안의 물이 코일이 앉아 있는 배꼬리 쪽으로 몰렸다. 코일은 물을 퍼낼 그릇을 찾아보았지만 아무것도 없었다. 조심조심 선착장 쪽으로 방향을 돌렸다. 물이 차서 균형을 잃은 탓에 배가 말을 잘 듣지 않았다. 하지만 나아가긴 했다. 선착장에서 이백 피트밖에 떨어지지 않은 곳에서 익사할 리는 없었다.

코일은 선착장으로 접근하면서 다시 속도를 늦춰봤다. 아니나 다를까, 다시 선미파가 선미판을 넘어들어왔다. 그러나 이젠 모터를 끄고 배를 선착장으로 밀어붙일 수 있을 만큼 가까이 왔다. 코일은 계선 밧줄을 선착장의 말뚝에 던지고 물을 퍼낼 커피 깡통을 가지러 집으로 향했다.

다시 바다로 나와 선미파에 주의하면서 속도 조절판을 조심스럽게 시험해봤다. 속도를 늦출 때 물이 들어오지 않게 하는 방법을 알아내야겠다.

"물론 방법이야 있지." 넛빔이 말했다. "자네 배는 선미판이 너무 낮아. 자네에게 필요한 건 모터 칸이야. 모터 앞쪽에 있는 배 옆구리만큼 높고 양쪽에 배수 구멍이 있는 칸막이 말이야. 한 시간이면 만들지. 저런 배를 등록시켜주다니 기가 막히는군."

"등록 안 했는데요." 코일이 대꾸했다.

"그럼 당장 해안경비대에 달려가서 등록부터 해." 넛빔이 말했다. "등록도 안 된데다 모터 칸도, 제대로 된 등도, 부력 장치도 없는 배를 몰고 다니다 걸리면 벌금을 톡톡히 물게 될 테니까. 그래도 닻은 있겠지?"

"아뇨."

"노는? 물 퍼낼 도구는? 조난신호기는? 모터에 안전 체인은?"

"없어요, 없어. 그냥 한번 띄워본 거라고요."

토요일에 데니스와 코일은 배를 물에서 끌어냈다. 버니는 선착장 위에서 돌팔매질을 하고 있었다.

"저 배는 불량품이에요." 데니스가 충고했다. "태워버리고 새로 하나 만드는 게 나아요."

"그럴 만한 여유가 없어요. 모터 칸을 설치할 수 없을까요? 지난주에 타봤는데 제법 잘 나가더라고요. 물이 들어오기 전까지는 괜찮았어요. 그냥 만만 건너다닐 거니까."

"그렇다면 해드리죠. 단, 바다가 잔잔한 날에만 띄워야 해요. 파도가 거친 날에는 고모님 트럭을 같이 타든지 왜건을 몰고 다녀요. 당신이 재수없이 걸려든 거예요."

코일은 자기 배를 바라보았다.

"봐요." 데니스가 말했다. "그냥 널빤지 몇 개를 붙여놓은 꼴이잖아요. 저런 배를 만든 인간은 붙잡아다가 혼을 내줘야 해."

코일의 손이 슬며시 턱으로 올라갔다.

"아빠, 나 배 타고 싶어." 버니가 조약돌 위에 쭈그리고 앉아 막대기로 모래를 파며 소리쳤다.

데니스는 아이가 욕설이라도 지껄인 듯 끌끌 혀를 찼다.

"앨빈 야크를 만나봐요. 그는 배를 잘 만드니까. 나도 해줄 수 있지만 그에게 맡기는 편이 빠르고 비용도 덜 먹힐 거예요. 내가 칸막이는 해주죠. 저 물건을 만지는 건 체면이 안 서는 일이지만. 앨빈을 만나보는 게 좋을 거예요. 여기서 살려면 제대로 된 배가 필요하니까. 그건 확실해요."

버니가 엄지와 검지 끝을 꼭 붙이고 집으로 달려왔다.

"고모할머니, 세상에서 제일 큰 건 하늘이에요. 그럼 제일 작은 건 뭐게요?"

"글쎄, 잘 모르겠구나, 아가야. 뭐지?"

"이거요." 버니는 모래 한 알이 놓인 손가락을 내밀었다.

"나도 볼래." 선샤인이 달려들며 내뿜은 숨결로 모래알이 날아가버렸다.

"안 돼, 그러면 안 돼." 버니가 주먹을 말아 쥐자 고모가 말렸다. "모래알은 수없이 많아. 얼마든지 가질 수 있어."

13
네덜란드식 삭안

"삭안은 여행가방의 임시 손잡이를 만들 때에도 매우 유용하다."
—『애슐리 매듭서』 중에서

"이보게, 여기 부두에 구경거리가 생겼네." 격앙된 목소리가 전화선을 타고 날아와 코일의 귀에 꽂혔다. "이런 데서는 여간해서 보기 힘든 물건이야. 사악한 냄새를 풍기는 놈이지. 나라면 세상 대구를 다 잡을 수 있대도 저 배로 바다에 나가진 않을 거야. 직접 와서 보는 게 좋을 걸세. 저런 물건은 다시 보기 어려울 테니까."

"뭔데 그러십니까, 쇼블 씨? 스페인 무적함대의 기함이라도 나타난 건가요?"

"그건 아니네만 필기도구와 카메라를 챙겨 가지고 오게. 입출항 시간이나 적는 것보단 훨씬 건질 게 많을 테니까." 전화가 끊겼다.

코일은 달갑지 않았다. 돌풍을 동반한 장대비가 창과 지붕을 무서운 기세로 두드려대고 있었다. 바람이 날뛰며 세상을 뒤흔들었다. 이런 때는 그저 책상에 팔꿈치를 괴고 느긋하게 앉아 넛빔이 라디오에서 베낀 로스앤젤레스의 사건 기사나 정리하는 게 최고였다. 술집 불량배들이 한 노인의 옷을 홀랑 벗겨 눈을 가린 채 복잡한 고속도로 한가운데로 밀었다는 기사였다. 그 노인은 병원에서 친척 문병을 하고 근처 술집에 들러 맥주를 마시다가 머리통에 푸른색 페인트를 칠한 불량배 다섯 명에게 붙잡혔다고 했다. 터트 카드는 그 사건이 실성한 미국 사회의 단면을 보여준다고 말했다. 해외에서 벌어지는 미친 짓거리들. 개미 버드 독자들이 제일 재미있어하는 내용이었다. 코일은 항무관에게 전화를 걸었다.

"쇼블 씨, 전 지금 하고 있는 일을 중단하고 싶지 않은데요."

"아, 이 사람아, 히틀러의 배야. 히틀러를 위해 만들어진 유람선이라고. 네덜란드 배지. 자넨 그런 배 못 봤을 거야. 지금 배 주인이 타고 있네. 신문사에서 취재하는 걸 환영한대."

"세상에. 삼십 분 내로 가죠."

빌리 프리티가 호기심어린 눈초리로 바라보며 속삭였다. "뭔데 그래, 응?"

"공공 부두에 히틀러 소유였던 네덜란드 배가 들어와 있대요."

"그래?" 빌리가 말했다. "그럼 나도 가서 봐야지. 옛날엔 말이야, 독일 배들이 이 해안을 몰래 오르내렸어. 저 위 해협에서 어뢰로 연합군 배를 공격하기도 했지. 연합군한테 잠수함이 한 척 있었는데 독일 잠수함을 포획해서 세인트존스로 끌고 갔다네. 스파이들도 있었어. 아주 교활한 자들이었지! 여자도 한 명 있었는데 낡은 진흙색 코트 차림으로 자전거를 타고 달리던 모습이 지금도 눈에 선해. 그 여자는 일주일에 한 번씩 러프숍 항구에서 킬릭클로까지 삐걱거리는 고물 자전거를 타고 해안을 따라 올라왔다가 연락선을 타고 다시 러프숍 항구로 내려갔지. 그때 그 여자가 그런 행동에 대해 어떤 핑계를 댔었는지 지금은 잊었지만 아무튼 독일 스파이였던 게 탄로났어. 자전거를 타고 해안을 달리면서 연합군측 전함 수를 세어 근처에 숨어 있던 독일 잠수함에 무선 연락을 했던 거야."

"그럼 비옷 입고 따라오세요."

"나중에 그녀가 총살당했다는 얘기를 들었어. 언제부턴가 나타나지 않더라고. 러프숍 항구에서 잡혀 처형당했다는 거야. 여자는 미친듯이 비명을 지르며 자전거로 도망쳤고 군인들이 기관차처럼 뒤를 쫓았대."

코일은 입 가장자리로 쯥 소리를 냈다. 빌리 프리티의 말을 한마디도 믿지 않는 것이다.

스테이션왜건 바닥에 구멍이 나서 더러운 빗물이 간헐적으로 솟아올랐다. 코일은 새삼 고모의 새 픽업이 부러웠다. 그에겐 새 트럭을 장만할 여유가 없었다. 눈 깜짝할 사이에 보험금이 사라져가는 게 놀라울 따름이었다. 고모는 그 많은 돈이 다 어디서 난 걸까? 고모는 집 수리비를 혼자 부담했고 본인 몫의 식비까지 내고 있었다. 코일은 길 닦는 비용과 선착장 만드는 비용을 부담했다. 그리고 아이들의 침대와 옷가지, 모텔 숙박비, 스테이션왜건 기름값. 변속기 교체비도.

"방수화를 신을 걸 그랬어." 빌리 프리티가 투덜거렸다. "자네 차 밑바닥이 반이나 뚫린 줄은 몰랐지."

코일은 초록색 비옷을 입고 걸어가는 꼿꼿하고 우아한 여자에게 흙탕물을 튀기지 않으려고 속도를 늦췄다. 맙소사, 매일 비가 오는 건가? 여자는 아이를 데리고 있었다. 그녀의 눈길이 곧장 코일에게로 날아왔다. 코일의 눈길도 그녀에게 날아가 박혔다.

"저 여자는 누구예요? 차를 몰고 나올 때마다 걸어가는 걸 본 것 같아요."

"웨이비. 웨이비 프라우즈. 아이를 학교 특수반에 데려갔다가 돌아오는 길이지. 이제 특수반 아이들이 꽤 된다네. 웨이비가 처음 시작했지. 아들이 정상이 아냐. 아이가 저렇게 된 것도 다 슬픔 때문이었어. 세븐시즈헥터호가 침몰됐을 때 웨이비가 저 아이를 임신중이었거든. 웨이비의 남편이 그 배에 탔다가 익사했어. 웨이비 모자를 집에까지 태워다주세나."

"우리와 방향이 다른데요."

"돌아가도 오래 걸리진 않아. 빗줄기가 쇠막대기 같잖아." 빌리가 말했다.

코일은 공동묘지 입구에서 차를 돌려 모자에게 달려갔다. 두 사람이 차에 타자 빌리가 모자를 소개했다. 웨이비 프라우즈와 아들 헤리. 여자는 옷이 젖은 걸 미안해하며 개미 버드에서 반 마일이 채 안 되는 거리에 있는 그녀의 작은 집에 도착할 때까지 조용히 침묵을 지켰다. 코일 쪽은 쳐다보지도 않았다. 그 작은 집 건너편 마당엔 환상적인 풍경이 펼쳐져 있었다. 페인트로 칠한 목상木像, 달리는 말, 바퀴 위에서 균형을 잡고 있는 개, 막대 위에 한 줄로 전시해놓은 크롬 휠캡. 마음의 동물원.

"마당이 멋지군요." 코일이 말했다.

"아버지 작품이에요." 웨이비 프라우즈가 그렇게 대꾸하고 차문을 닫았다.

다시 킬릭클로를 향해 물바다가 된 도로를 달렸다.

"웨이비의 아버지가 무스의 뿔로 만든 의자를 자네도 봤어야 하는 건데." 빌리가 말했다. "앉으면 편안하기도 하거니와 다른 사람 눈에는 겨드랑이에 황금 날개가 달린 것처럼 보인다니까."

"그 사람, 자세가 아주 좋더군요." 코일은 무심결에 그렇게 뱉어놓고 서둘러 그 멍청한 발언을 수습했다. "그러니까 제 말은, 걸음걸이가 보기 좋다는 거예요. 그러니까, 키가 크다는 거죠. 꽤 커 보이더군요." 남자, 멍청한 소리 지껄여. 코일은 젖은 돌과 생선 비린내와 파도 속에서 갑자기 나타난 그녀에 대한 관심을 스스로도 뭐라고 설명할 수가 없었다.

"크고 조용한 여자인지도 모르지."

"그게 무슨 뜻이죠?"

"우리 아버지께선 늘 그런 식으로 말씀하셨어."

"저기 있구만." 그들은 빗물이 흘러내리는 차 앞 유리로 밖을 내다보았다. 문제의 유람선은 부두에 정박된 그 어느 배보다 돋보였고, 이곳에 들어온 지 이 주일이나 되는 호주인 소유의 범선과 사관생도 훈련선 사이에 정박해 있었다. 위에서 내려다보니 양쪽 옆구리에 이상하고 거대한 구둣주걱이 달린 낮은 욕조처럼 보였다. 검정 비옷 차림의 선원이 선실 문 근처에서 허리를 굽히고 무언가를 하다가 배꼬리 쪽으로 빠르게 사라졌다.

"배 옆구리에 붙어 있는 것들은 뭐죠? 마치 작은 날개가 달린 거대한 풍뎅이 같은데요."

"측판이지. 배 밑바닥에 대는 중앙판과 같은 역할을 해. 범선에서는 중앙판을 올렸다 내렸다 하면서 보조 용골로 쓰지. 흘수선이 낮은 배로 바람을 맞으며 달릴 때면 중앙판의 덕을 톡톡히 본다네. 측판은 적재 공간을 차지하지 않아서 좋아. 보다시피 배의 내부에 있는 게 아니라 옆구리에 매달려 있으니까. 중앙판은 자리를 많이 차지하거든." 빌리의 깡마른 몸은 코일을 미끄러운 살덩어리처럼 보이게 했다.

유람선 선실에서 불빛이 새어나왔다. 코일과 빌리는 폭우 속에서도 그 배가 보물임을 한눈에 알아보았다.

"선체가 오크목 같군." 빌리 프리티가 말했다. "저것 좀 보게! 저 돛대를 좀 봐! 선실을 보라고! 갑판이 티크목이야. 평평하고 나지막하고 넓고. 내 생전에 저런 배는 처음이야. 저 둥그스름한 뱃머리를 좀 보라구. 둥근 에스키모 칼처럼 생겼어. 저 멋진 조각 보이지?" 정교하게 조각된 띠 모양의 마호가니에 금칠을 하고 그 위에 페인트 글씨로 배 이름을 써놓은 게 보였다. 터프베이비, 푸에르타 말라카. 선실 안에서 사람들 목소리가 희미하게 새어나왔다.

"배 이름을 왜 이따위로 지었는지 모르겠군." 빌리 프리티가 경사로를 올라가 물기로 반짝이는 갑판에 뛰어오르며 웅얼거렸다. 그러곤 냅다 소리를 질렀다. "이봐요, 터프베이비. 손님 왔소! 이리 좀 나와보시겠소?"

백발에 얼굴빛이 붉은 남자가 윗부분이 둥그런 쌍바라지 문을 열고 나왔다. 마드라스 무명 바지에 검은 에나멜가죽 혁대를 하고 그에 잘 어울리는 백구두를 신고 있었다. 코일은 배를 둘러봤다. 어디에나 빗물이 흘러내렸다. 똘똘 말린 밧줄도 젖었고 통풍구에서도 빗물이 뚝뚝 떨어지고 갑판 위에도 물이 흘렀다. 선실 문 옆에 밧줄로 임시 손잡이를 달아놓은 돼지가죽 여행가방이 비를 맞고 있었다.

"누구신가?" 남자의 눈에 핏발이 서 있었다.

"개미 버드라는 지역신문사에서 나왔습니다. 저희 독자들이 선생님의 배에 흥미를 느낄 것 같아서요. 저희는 킬릭클로 항구에 정박하는 특이한 배들을 작은 지면을 할애해 소개하고 있는데 이런 배는 처음입니다." 코일이 설명했다. 그가 발을 딛고 있는 이 배는 마치 평원처럼 느껴졌다. 코일은 상대의 비위를 맞추려고 상냥한 미소를 지어 보였지만, 터프베이비는 손님을 환영해주는 배가 아니었다.

"아하, 그 대단한 항무관! 그 사람 이름이 뭐였더라, 두들스였나 뭐였나? 아무튼 그 사람이 지역신문사에서 나올 거라나 어쩔 거라나 중얼대더니만." 남자는 거창한 한숨을 토해내며 과일 껍질을 까서 버리는 듯한 몸짓을 했다. "사랑하는 아내와 심하게 다투고 있었지만 쇼는 보여줄 수 있지. 세계적인 팝아티스트 앤디 워홀에서부터—그가 치명적인 수술을 받기 이 주 전에 말이오—런던 경찰청 사람들에 이르기까지 별별 사람들에게 다 이 배를 구경시키고 소개했소. 이 배는 어딜 가든, 프랑스 앙티브에서건 미국 보카러톤에서건 구경꾼들을 끌어모으거든. 워낙 진기한 배니까." 사내는 빗속으로 걸어나왔다.

"생김새는 전통적인 네덜란드 유람선이지만 하나하나 뜯어보면 호화롭기 그지없는 배라오. 아마 이만큼 잘 만든 유람선은 없을 거요. 우리가 맨 처음 이 배를 발견했을 당시만 해도 완전히 폐선이었다오. 이탈리아 라란치아타 공주의 소유로 이탈리아의 한 허름한 항구에 정박해 있었지. 어느 여름, 우리 부부는 안세도니아의 별장에 묵은 적이 있었는데 마침 옆에 라란치아타 공주의 별장이 있어서 함께 어울리게 됐고, 공주가 자기한테 히틀러 소유였던 네덜란드 유람선이 있는데 아주 넌더리가 난다고 합디다. 우린 귀가 솔깃해서 구경을 갔지요. 난 한눈에 이 배의 숨은 가치를 알아봤다오. 특별하고 진귀한 보물이라는 걸 분명히, 아주 분명히 느낄 수 있었소." 남자의 젖은 머리끝에서 빗방울이 뚝뚝 떨어져 셔츠를 적시고, 젖은 셔츠가 몸에 착 달라붙어 속살이 훤히 내비쳤다.

"배 바닥이 완전히 평평해서 아무 손상 없이 어디든 돌아다닐 수 있다오. 폭풍이 일거나 수리할 일이 생기면 그냥 해안으로 올라올 수도 있지. 오크목으로 만들어져서 무게도 사십 톤 가까이 나간다오. 엄청난 무게지. 물론 북해를 항해하기에 알맞게 만들어졌소. 뱃머리도 둥글고 부력도 아주 좋고. 아내는 이 배를 싫어하지만 난 이 배와 사랑에 빠졌다오."

빌리 프리티의 시선이 한동안 네모난 인조잔디에 머물렀다. 처음엔 현관 깔개려니 했는데 자세히 보니 개똥이 있었다.

"아내의 스패니얼 강아지가 용변 보는 데요. 편리한 장치라오. 강아지가 인조잔디 위에 변을 보면 즉시 배 밖으로 털어버려요. 가장자리에 끈 보이죠? 그걸 잡아당겨서 깨끗하게 처리하는 거요. 위대한 발명품이지. 이 설계는 15세기로 거슬러올라간다오. 용변깔개 말고 배 말이오. 렘브란트의 훌륭한 회화 작품에 등장하는 그런 배라오. 원래 왕가의 유람선으로 만들어졌소. 헨리 8세도 한 척 가졌었고 엘리자베스 1세에게도 있었지. 왕가의 유람선. 우리가 소유하기 전에 이 배의 이름은 '무릎'이라는 뜻의 '다스크니'호였소. 그리고 난 이 배를 사기 위해 사랑하는 아내 앞에서 한쪽 무릎을 꿇고 애걸해야 했지." 남자는 코일이 웃는 동안 잠시 말을 끊었다. "공주가 이 배를 샀을 때도 그 이름이었다고 하오. 전쟁이 끝난 뒤 어느 무식한 독일 사업가가 붙인 이름을 아무도 바꾸지 않았던 거지. 사랑스러운 내 아내는 이 배에 자기 이름을 붙여야 한다고 생각했지만 난 터프베이비라고 지었소. 이 배의 특성을 알고 나서 말이지. 이 배는 앞으로 백 년이 지나도 끄떡없을 거요. 하를럼에서 만든 배요. 구 년이나 걸려서. 아주, 아주 견고하지. 믿기 어려우리만치 육중한 배요. 칠 인치 두께 용골에 늑재는 가로 육 인지, 세로 십일 인치니까."

빌리 프리티는 휘파람소리를 내며 눈썹을 올렸다. 남자의 머리카락이 노란 두피에 착 달라붙어 있었다. 빌리와 코일의 모자챙에 매달린 빗방울이 마치 월장석 장식처럼 반짝거렸다. 코일은 수첩이 젖지 않도록 잔뜩 구부리고 메모를 했지만 소용없는 짓이었다.

"이건 정말 믿기 힘들겠지만 바닥 판자는 고급 오크목을 겹쳐 깔아서 두께가 2.5 인치나 된다오. 왜냐고? 그곳 바다는 모래톱투성이에 바닥 상태가 변화무쌍하고 수심이 얕거든. 믿을 수가 없지. 자위더르해海. 변덕스럽고 믿을 수 없는 바다지. 거기선 툭하면 배가 좌초한다오. 이 배는 갑판재도 견고하오. 믿거나 말거나지만, 당신들이 서 있는 이 갑판은 2차대전 이전에 버마에서 들여온 1.75인치 두께의 티크목이오! 요즘엔 떼돈을 줘도 이런 목재를 구할 수 없지. 완전히 씨가 말랐으니까." 자랑이 그칠 줄 몰랐다. 코일은 빌리가 주머니에 손을 쑤셔넣는 걸 보았다.

"이 치사한 인간아, 누구랑 얘기하고 있는 거야?" 선실 안에서 날카로운 고음이 날아왔다. 비에 흠뻑 젖은 남자는 못 들은 척 계속 지껄여댔다.

"선원은 넷이오. 외돛대 세로돛인데다가 돛의 크기가 이천 제곱피트나 돼서 돛을 올리려면 힘센 장정이 셋은 동원돼야 하니까. 선원들은 힘이 들어 탈장이나 장파열이 생기기 일쑤라오. 그래서 그만두거나 도망쳐버리지. 무게가 천 파운드라오. 돛 말이오. 무거우니까 느리긴 하지만 정말 튼튼하지." 그러곤 느닷없이 안에 대고 외쳤다. "신문기자들과 배 얘기 하고 있어!" 으르렁거리는 개처럼 코에 주름이 잡혔다.

"그럼 허리케인 밥을 만난 얘기나 해!"

빗줄기와 함께 말이 봇물처럼 쏟아졌다. 코일은 이제 젖은 수첩을 치우고 젖은 손을 젖은 턱에 대고 서 있었다. 백발 남자의 가슴털이 젖은 실크 셔츠 안에서 잿빛 밧줄처럼 보였다. 남자는 비는 안중에도 없는 듯했다. 남자의 손에 자줏빛 흉터들이 보였다. 약지에 방울토마토만한 루비 반지를 끼고 있었다. 입에서는 술냄새가 풍겼다.

"조각도 기가 막히지. 배의 곳곳에 조각을 안 한 데가 없다오. 뛰어난 조각가들이 꼬박 구 년 동안 조각한 거요. 동물이란 동물은 다 조각

돼 있소. 얼룩말, 무스, 공룡, 야생 소, 바다이구아나, 미국오소리. 이 배에 탔던 국제적인 야생 생물학자들이 직접 확인했다오. 새들도 있고. 더할 나위 없이 진기하지. 이 배는 히틀러를 위해 만들어졌지만 그는 이 배에 발도 들이지 못했다오. 네덜란드인들이 수천 가지도 넘는 이유를 대서 출항을 연기했던 거지. 네덜란드인의 위대한 저항정신 아니오?" 남자의 말이 쏟아지고 빗방울이 갑판에서 튀어올랐다.

"허리케인 밥을 만난 얘기를 하라니까!"

"사랑스러운 내 아내가 우리의 관심을 끌고 싶은 모양이군." 젖은 남자가 말했다. "선실로 들어와서 내부를 구경하시오. 혀를 내두를 거요. 외부 조각 못지않게 근사하니까." 그가 문을 열고 서서 빌리와 코일이 지나가도록 자신의 배를 들이밀었다. 코일은 두툼한 카펫 위를 비칠비칠 걸어갔다. 벽돌로 만든 벽난로에서 불이 활활 타오르고 마호가니 벽난로 선반엔 자개와 오팔과 벽옥으로 된 난초가 상감되어 있었다. 코일은 그걸 알아보지 못하고 램프의 녹청을 생각했다. 모든 것이 진귀해 보였다. 선실 안의 아름다움에는 무언가 거슬리는 것이 있었는데 그 정체는 알 수 없었다. 코일은 목재를 휘게 하는 바다의 습기와 부식력을 지닌 소금기를 생각했다. 선실에는 한 여자가 소파에 앉아 있었다. 음식 자국으로 얼룩진 목욕 가운 차림에 하수 거품 색깔 머리카락. 손엔 팔찌와 반지를 주렁주렁 껴서 움직일 때마다 짤랑거렸다. 발을 쭉 뻗고 있었는데 뭉툭한 발목은 자줏빛이었다. 'M'이라는 머리글자가 새겨진 유리잔을 들고 있었다. 첼로의 흐느끼는 선율이 극적인 분위기를 연출했다. 코일은 커피 테이블 위의 CD 케이스를 보았다. '공단 침대 시트 속에서 아침을'이라는 제목이었다. 여자는 유리잔을 내려놓았다. 촉촉하게 젖은 노란 입술.

"베이어닛, 이 양반들에게 허리케인 밥이 불었을 때 얘기를 들려줘." 여자는 코일이나 빌리 프리티에겐 눈길도 주지 않고 남편을 향해 말했다.

백발의 남자는 벽난로 선반 위에 있던 'J'라는 글자가 새겨진 유리잔을 집어들었다. 술잔 속의 얼음이 거의 다 녹았지만 그는 개의치 않고 주욱 들이켰다. "이 배는 들보가 육 피트 십일 인치에, 호가르스야흐트, 부이에르야흐트……"

"이 야흐트, 저 야흐트, 쓸데없는 소리 그만하고 허리케인 밥 얘기나 해. 아니면 내가 할 테니까."

남자는 잠자코 술을 마셨다. 그의 바짓단에서 물방울이 뚝뚝 떨어졌다.

빌리 프리티는 여자가 피를 부를까봐 살살 구슬렸다. "허리케인 밥이 불었을 때 무슨 일이 일어났죠? 궁금해 죽겠으니 얘기 좀 해주세요."

여자의 입이 열리긴 했지만 아무 소리도 나오지 않았다. 그저 남자를 바라볼 뿐이었다. 그는 한숨을 쉬고는 지겨운 노래를 흥얼거리듯 이야기했다.

"알았어, 알았다고. 빌어먹을 가정의 행복을 지키려면 어쩔 수 없지. 우린 바 항구 북쪽의 화이트크로 항구에 정박해 있었소. 미국 메인주에 있는 항구지. 포틀랜드 해안을 따라 올라가다 보면 있소. 미국엔 포틀랜드가 두 군데 있는데 하나는 서해안에 있다오. 브리티시컬럼비아 아래 오리건에. 아무튼 밥은 무시무시한 폭풍이었고 바다가 온통 미쳐 날뛰었소. 그때 우리 배의 정박 밧줄이 풀린 거요. 터프베이비가 어떤 밴지 직접 봐서 알 거요. 아주 육중하지. 아주 무거워. 벌을 내리기 위해 만들어진 배지. 그래! 우리 배가 열일곱 척의 배를 부숴서 성냥개비로 만들어놨소. 열일곱 척."

여자는 고개를 뒤로 젖히고 까악까악 소리를 냈다.

"거기서 그친 게 아니오. 우리 배의 밑바닥이 평평하잖소. 좌초에 대비해서 말이오. 터프베이비는 화이트크로 항구에 정박해 있던 쓸 만한 배를 모조리 불쏘시개로 만든 뒤에도 계속 해변 쪽으로 밀려갔다오. 마치 파성퇴처럼 달려가서 쾅!"

"쾅!" 여자도 따라서 장단을 맞추었다. 그녀의 가운 자락이 벌어지면서 무릎 위쪽에 난 멍자국이 보였다.

"터프베이비가 해변 별장들을 덮친 거요. 해변의 정육점이나 빵집 같은 가게가 아니라 국제적인 명성을 지닌 건축가들이 설계해서 지은 아름다운 별장들을 말이오."

"맞아. 맞아!" 여자는 서커스에서 불타는 굴렁쇠를 통과하는 개를 격려하듯 남편을 부추겼다.

"해변 별장 열두 채와 부두와 보트 창고들을 완전히 박살내고 말았소. 쾅!"

"쾅!" 여자가 또 맞장구를 쳤다.

"완전히 가루로 만든 거지. 동유럽의 어느 격전지에 대사로 파견됐던 윌키 프리츠체인지는 녹초가 된 몸을 이끌고 돌아와 잭과 대프니저솜 부부의 해변 별장 손님방에서 편안한 수면을 취하려다가 간신히 목숨을 건졌다오. 나중에 말하기를, 누가 대포를 쏘는 줄 알았다고 합디다. 그런데 기적 같은 일이 벌어졌소. 그 난리통에 터프베이비가 입은 손상은 겨우 측판에 금이 간 것뿐이었소. 그 외엔 함몰된 곳은커녕 긁힌 곳도 없었지."

여자는 입안 가득 술을 들이켜고 눈을 감은 채 고개를 끄덕였다. 그러나 이젠 지겨운 눈치였다. 신문기자들도 따분해진 것이다.

코일은 거대한 배가 마을로 뛰어들어 집과 부두를 부수는 광경을 그려보며 목청을 가다듬었다.

"그런데 킬릭클로에는 왜 오셨죠? 유람중이신가요?"

백발의 남자는 흥이 나서 계속 떠들고 싶어했다. "유람? 여기로 유람을 와? 지구상에서 제일 황량하고 형편없는 해안에? 야생마도 나를 이리로 끌고 오진 못할 거요. 차라리 쓰레기나 운반하는 짐배에 타고 파도가 거칠기로 악명 높은 티에라델푸에고를 돌지. 우린 천갈이를 하러 온 거요, 안 그래 여보?" 남자의 말투가 잔뜩 비틀리고 날카로워졌다. "사랑스러운 내 아내 실버가 하필이면 여기 사는 업자에게 맡겨야 한다고 우겨서 말이지. 요트 천갈이업자는 수천 명도 넘는데. 원래는 우리 여름 별장에서 칠 마일 거리도 안 되는 롱아일랜드에 살던 업자인데 이리로 이사를 왔다오. 그래서 이 버림받은 바위섬까지 달려온 거지. 식당을 새로 꾸미려고 바하마에서 여기까지 온 거요. 아니, 이런 데서 어떻게 살지? 천갈이용 가죽까지 우리가 가져왔다니까."

코일은 '실버'라는 금속성 이름을 부르는 남자의 말투로 보아 필시 '앨리스' '버니스' 같은 흔해빠진 이름을 개명한 것이리라 추측했다.

"요트 천갈이업이라고요? 전 그런 직업이 있는 줄도 몰랐네요."

"아, 물론이지. 생각해보시오. 요트 안에는 믿을 수 없을 정도로 기이하고 파격적인 공간들과 괴상망측하게 생긴 벤치의자들, 삼각 테이블들이 수두룩하잖소. 이런 특별한 요트는 식당만 새로 꾸며도 비용이 수천 달러는 들지. 전부 맞춤이니까. 인테리어는 배마다 다르오. 고급 요트는 가죽으로 벽이나 천장을 대지. 난 가죽 바닥도 봤다오. 실버, 당신 기억나? 비스킷 패러건의 요트였지, 응? 코르도바 가죽을 바닥에 깔았더군. 믿기 어려운 일이지. 그 위를 걸으면 넘어지기 일쑤라오."

"그 남자 이름이 뭔가요?" 코일이 물었다. "이 지방에 요트 천갈이 업자가 있다면 독자들이 흥미를 느낄 겁니다."

"남자가 아니에요. 애그니스. 애그니스 햄이에요. '햄 요트 인테리어 천갈이'. 따분한 여자지만 천갈이 솜씨는 그만이지." 여자가 웃으며 대답했다.

빌리 프리티가 나섰다. "취재에 응해주셔서 고맙습니다, 베이어닛과 실버……"

"멜빌이오. 허먼 멜빌의 그 멜빌." 남자는 술을 한 잔 더 따르고 몸을 떨었다. 어쩌면 몸이 젖어 있기 때문인지도 몰랐다. 코일과 빌리는 남자와 악수를 나누었다. 빌리 프리티는 여자의 차가운 손을 잡았다. 그들은 따뜻한 선실에서 비가 쏟아지는 바깥으로 나왔다. 문 옆에 있는 비에 젖은 여행가방은 아마도 못 쓰게 됐으리라.

선실 안에서 찢어질 듯한 여자 목소리가 들려왔다. 나가, 당장 나가란 말이야, 이 지긋지긋한 인간아. 다시 여행 가이드 노릇이나 해. 나가라구. 당장. 지금 당장.

14
웨이비

와이오밍에서는 딸을 낳으면 스카이라는 이름을,
뉴펀들랜드에서는 웨이비라는 이름을 많이 붙인다.

토요일 오후. 코일은 아이들 방에 페인트칠을 하느라 옷에 청록색 페인트가 튄 채로 찻잔과 젤리도넛 접시를 앞에 놓고 식탁에 앉아 있었다.

“고모님, 요트 천갈이 일을 하시더군요. 저는 소파 생각만 했어요.” 그가 차를 빨아들이며 말했다.

“우리 가게 간판 봤니?” 사포로 옷장을 문지르고 있는 고모의 팔뚝살이 요동쳤다.

버니와 선샤인은 식탁 밑에서 마분지 상자를 자동차 경주 트랙처럼 펼쳐놓고 자동차놀이를 하고 있었다. 버니가 도로에 블록 한 개를 놓으며 말했다. “이건 무스야. 아빠가 달려간다. 부웅부웅. 빵빵. 무스는 신경도 안 쓴다." 버니는 장난감 차로 나무 블록을 들이받았다.

"나도 할래!" 선샤인이 버니의 장난감에 손을 뻗었다.

"네 걸로 해. 이건 내 거란 말이야." 한바탕 쟁탈전이 벌어지더니 식탁 다리에 머리통을 박은 선샤인이 울부짖었다.

"울보!" 버니는 식탁 밑에서 기어나와 선샤인에게 블록과 자동차를 던졌다.

"그만, 어서!" 고모가 소리쳤다.

"진정해라, 버니." 코일은 선샤인을 안아 올려 무릎에 앉히고는 빨갛게 부어오른 이마를 살펴본 뒤, 그곳에 입을 맞추고 요람처럼 몸을 흔들었다. 저쪽 구석에서 버니가 세 사람을 죽일 듯이 노려보고 있었다. 코일은 아무렇지 않다는 듯 미소를 지었다. 하지만 아이들이 소리지르고 싸우는 것밖에 모른다는 생각이 들었다. 언제쯤이면 얌전해질까?

"지금은 가게 꼴이 엉망이지만 그래도 재봉틀은 들여놨지. 숙련된 조수 구하기가 얼마나 어려운지 몰라. 지금 여자 둘, 메이비스 뱅스 부인과 돈 버젤에게 기술을 가르치고 있어. 메이비스는 나이 많은 과부고, 돈은 이제 겨우 스물여섯 살이야. 대학도 나왔다더라. 그것도 장학생으로. 그런데 전공한 분야에 일거리가 전혀 없대. 그동안은 수산물 가공공장에서 럼피시 통조림 만드는 일을 했고 그 일마저 없을 때는 실직자 보험금으로 근근이 살았나봐. 럼피시 알이라는 게 있거든." 고모는 럼피시 알을 좋아하지 않았다.

"가게에 가본 게 아니고 어떤 배를 취재하러 나갔다가 고모님 단골 손님을 만났어요. 멜빌 부부요. 깜짝 놀랐어요. 고모님이 요트 천갈이

일을 하시리라곤 꿈에도 생각지 못했거든요."

"그랬군. 지금 장비가 도착하길 기다리고 있어. 열흘 전에 가게를 열었지. 내가 요트 천갈이 일을 시작한 건 내 친구가 죽고 나서야. 그러니까 1979년이구나. 우린 단순한 친구 이상이었지. 요새 쓰는 말로 '반려자'였어. 이름은 워런. 그 친구가 떠난 후 개를 한 마리 사서 워런이라고 불렀던 거야. 워런은 우체국에 다녔지. 개 말고." 그러면서 고모는 웃었다. 그녀의 얼굴에 알 수 없는 표정이 스쳐지나갔다. 세상에서 가장 사랑했던 여자. 아이린 워런. 코일이 그걸 이해할 수 있을까? 이해 못할 것이다.

"사실 전 그런 직업이 있는지도 몰랐어요. 차라리 고모님이 핵물리학자라고 했더라면 덜 놀랐을 거예요." 코일은 자신이 고모의 인생에 대해 거의 아는 게 없음을 깨달았다. 알고 싶어하지도 않았고.

"기자치고는 너무 잘 놀라는구나. 아주 단순하고 이치에 맞는 일인데. 난 바닷가에서 자라서 당연히 자동차보다는 배를 더 많이 봤지. 그 중에 요트는 없었지만 말이야. 미국에서 내 첫 직장은 코트 만드는 공장이었어. 거기서 재봉 일을 했지. 워런과 합치면서 하우스보트에 기거했는데 롱아일랜드 해안의 선착장들을 돌며 살았단다.

론리브룩 선착장 정박료가 싸서 거기에 제일 오래 있었어. 우린 늘 보던 배가 싫증이 나면 일요일에 다른 항구로 차를 몰고 가서 그곳의 배들을 보며 저녁을 먹었지. 그건 새를 구경하는 것처럼 일종의 취미였어. 워런은 이렇게 말하곤 했지. '배 구경하러 드라이브 나가지 않을래?' 우린 언젠가는 근사한 쌍돛대 범선을 갖고 싶어했지만 그 꿈은 이뤄지지 않았어. 그리고 난 워런과 함께 고향으로 돌아오고 싶은 소망을 품고 살았는데 그것도 결국 뜻대로 되지 않았지. 이번 귀향은 죽은 워런을 추모하는 뜻도 조금은 있어." 아니, 조금이 아니지.

"난 우리가 살던 하우스보트에 있는 낡은 의자를 천갈이했어. 모양은 좋은데 의자에 씌운 천이 겨자색인데다 가장자리 부분이 온통 낡고 해져서 말이야. 짙은 청색 바탕에 빨간색 무늬가 있는 고급 천을 끊어다가 원래 모양과 똑같이 만들었어. 바느질, 재단, 다림질로 완벽한 작품이 나왔지. 그리고 난 그 일이 재밌었어. 원래 바느질을 좋아했거든. 워런도 마음에 들어하더군. 그래서 가죽으로 하나 더 만들었어. 가죽 천갈이는 달랐어. 흔히 버건디라고 부르는 검붉은 가죽을 썼는데 가장자리 바느질이 제대로 되지 않아 울퉁불퉁했지. 그리고 술을 다는 데도 문제가 많았어. 아름다운 가죽을 망친 것 같아 속이 상했지. 내 눈에는 망친 것으로 보였으니까. 내가 그 일을 좋아한다는 걸 아는 워런이 권하더군. 가죽 천갈이를 정식으로 배워보는 게 어떻겠냐고.

『업홀스터리 리뷰』에 난 광고를 본 것도 워런이었어. 워런이 크리스마스 선물로 정기구독 신청을 해준 잡지였지. 워런은 읽는 걸 좋아해서 집안에 들어오는 건 뭐든 다 읽어치웠지. 치약 상자고 와인 상표고 할 것 없이 말이야. 우린 금요일 저녁식사 때 와인을 한 병씩 사곤 했거든. 우리 하우스보트엔 책이 가득했지. 아무튼 그 광고는 노스캐롤라이나의 어느 학교에서 여름 동안 '고급 천갈이 기술'이라는 강좌가 열린다는 내용이었어. 워런은 그곳으로 안내책자를 우송해달라는 편지를 보냈지. 난 비용도 너무 비싸고 여름 내내 혼자 지내고 싶지 않아 통 내키질 않았어. 팔 주 코스였거든. 하지만 워런은 말했지. '애그니스, 어쩌면 다시는 이런 기회가 오지 않을지도 몰라.' 결국 난 그곳으로 떠나게 됐지."

선샤인이 꼬물꼬물 코일의 품에서 빠져나가 블록을 집었다. 그러곤 식탁 밑에 깔려 있는 마분지 도로에 블록 하나를 올려놓으며 의기양양하게 언니를 올려다보았다. 버니는 다리를 흔들며 두 눈을 번갈아 감았다 떴다 하고 있었다. 그러자 선샤인과 아빠와 고모할머니가 멀어졌다 가까워졌다 했다. 계속 그 짓을 하고 있는데 시야 가장자리로 바깥 수풀을 홱 스쳐가는 형체가 보였다. 흰 물체! 이젠 사라져 보이지 않았다.

고모는 자신의 이야기를 계속 풀어나갔다. 낭만적으로. "팸리코사운드라는 작은 고장에 있는 대학에서 강좌가 열렸지. 전국 각지에서 오십 명가량의 수강생이 모였어. 아이오와시에서 왔다는 한 여자는 능라와 희귀한 천으로 박물관을 복원하는 일을 전문으로 하고 싶어했어. 인형 가구를 하는 사람도 있었어. 가구 디자이너였는데 경험 삼아 왔다고 계속 말했지. 나는 워런에게 오길 잘한 것 같다고 편지를 썼어. 그곳 사람들에게 나를 소개할 때는 이렇게 말했지. 전문 분야 같은 건 없고 가죽 만지는 일을 좋아해 기술을 좀 배워볼까 해서 왔다고."

고모는 이제 사포를 치우고 왁스 묻힌 걸레로 식탁을 싹싹 닦아냈다. 겁이 난 버니는 벽을 따라 게걸음으로 아빠에게 다가와 양손으로 아빠의 팔을 꽉 잡았다.

"이탈리아 가구 디자이너들과 함께 일하는 강사가 있었는데 코스 중간쯤에 내게 말하더군. '애그니스, 힘든 일거리가 하나 있는데 해보겠어요?' 그 학교 수위가 중고로 산 이십 피트짜리 소형 유리섬유 유람선의 천갈이를 맡게 된 거야. 배 주인이 원한 건 낮에는 소파로, 밤에는 침대로 쓰는 이상한 모양의 쿠션을 천갈이하고, 삼각형의 바를 검정 누비가죽으로 씌운 후 누비장식으로 배 이름을 꾸며달라는 거였지. 배 이름이 아마 '토르케마다'였을걸. 난 클래식한 다이아몬드 무늬 누비로 하고 위쪽 가장자리에는 볼록한 범퍼를 만들자고 권하면서 배 이름은 동판이나 나무에 새겨서 바의 뒤편에 걸라고 했지. 주인은 좋다고 하더군. 그 방법은 효과가 있었지. 나는 주인의 취향에 맞는 호화로운 스타일로 해줬어. 굴곡도 좀 넣고 가장자리는 소용돌이 무늬로 처리하고 주름도 예쁘게 잡아 넣고 말이야. 그건 예술이라고도 할 수 있었지. 내 실력 이상의 작품이 나온 거야. 정말 행운이었어." 고모는 깡통을 열었다. 노란 왁스. 살림살이와 산업의 냄새.

"강사가 내게 배 작업에 소질이 있다며 요트 천갈이 일을 하면 돈벌이가 괜찮을 거라고 권하더군. 직접 큰 배들도 구경해보고 그쪽 사람들도 만나보라는 거야." 고모는 남의 칭찬 한마디에 인생을 바꾼 것이다.

코일은 딸들과 함께 바닥에 앉아 블록놀이를 했다. 도로 위에 육교를 만들고 블록 차들과 요란한 기관차들로 붐비는 도시를 만들었다. 트럭이 지나가다가 육교를 부수면 참을성 있게 다시 지었다.

"아빠, 성 만들어줘. 길에 성을 만들어줘." 코일은 딸들이 하자는 대로 해주었다.

"버스를 타고 롱아일랜드로 돌아가면서 작은 사업을 구상했어. 간판 스케치도 해놓고. '햄 요트 천갈이'라는 글씨 밑에 전장범선이 그려진 걸로 말이야. 머슬 항구의 부둣가에 가게를 세낼 작정이었지. 필요한 장비 목록도 만들었어. 산업용 재봉틀, 단추 압착기, 패드를 댄 가대,

헌 천을 뜯어내는 용구인 징 뽑개와 끌, 새 천을 댈 때 쓰는 가죽 잡아당기는 기구와 끈 늘이는 기구. 난 우선은 자그마하게 시작하기로 했어. 가죽 사는 데 큰돈이 들지 않도록 그때그때 필요한 만큼만 사서 쓰자고 다짐했지."

점차 성이 완성되어갔다. 꽃과 버팀벽. 작은 천조각이 달린 고모의 머리핀을 깃발로 사용했다. 장난감 차들은 무서운 기세로 달리는 말로 바뀌었다. 버니와 선샤인은 혀와 입천장을 부딪쳐 다각다각 말굽소리를 냈다.

"난 집에 돌아오자마자 온통 들떠서 그런 이야기를 쏟아놓았고 워런은 식탁에 앉아 귀기울이며 고개를 끄덕였지. 그런데 워런은 무척 야위고 안색이 창백했어. 심한 두통에 시달리거나 중병에 걸린 사람처럼 말이야. 그래서 물었지, 몸이 안 좋은 거냐고. 오, 가련한 워런! 그제야 모든 걸 털어놓더군. '암이래. 암세포가 온몸에 퍼졌대. 앞으로 넉 달에서 여섯 달밖에 못 산대. 공부하는 널 걱정시키고 싶지 않아서 안 알렸어'라고."

고모는 삐걱 소리를 내며 의자에서 일어나 왁스 냄새가 섞이지 않은 신선한 공기를 마시기 위해 문 쪽으로 걸어갔다.

"결국 석 달밖에 살지 못했어. 가까스로 기운을 차리고 나서 내가 제일 먼저 한 일은 강아지를 사서 워런이라는 이름을 붙인 거였어." 하루에 아이린 워런의 이름을 오십 번씩 불러야만 예전의 행복을 다시 느낄 수 있었음을 조카에게 어찌 설명할 수 있을까? "워런은 강아지였을 때는 순했고 나중에 커서도 낯선 사람들만 물었지. 그리고 한참 뒤에 가게를 얻어 요트 천갈이를 시작했어. 워런, 나의 워런은 그 가게를 보지 못했지."

코일은 가슴에 블록을 쌓아놓고 바닥에 누워 있었다. 숨을 쉴 때마다 블록 더미가 오르락내리락했다.

"이건 배야." 선샤인이 말했다. "아빠는 물이고 이건 내 연락선이야. 아빠, 아빠는 물이야."

"그래, 정말 그런 것 같은데." 코일이 대꾸했다. 버니는 창가로 가서 창틀에 블록 두 개를 올려놓았다. 수풀을 들여다보았다.

"일을 시작한 지가 벌써 십삼 년이나 됐어. 네 부모가 세상을 떠났다는 소식을 듣고, 사실 난 네 어머닌 알지도 못하지만, 난 고향으로 돌아갈 때가 왔다고 생각했지. 안 그러면 영영 돌아가지 못할 것 같아서. 난 이제 늙어가고 있어, 아직은 실감이 안 되지만 말이야. 애들 수준으로 내려가면 안 돼." 블록 더미에 묻혀 바닥에 누워 있는 코일을 두고 하는 말이었다. "그러면 애들이 아빠를 존경하지 않아."

코일의 생각이 가슴 위의 배들과 요트 천갈이업 사이에서 떠돌았다. "고모님 가게에 있다는 그 여자 말이에요, 대학에서 뭘 전공했대요?" 그는 늘 아이들과 어울려 놀곤 했다. 버니와 블록을 쌓으며 처음 느꼈던 당혹스러운 즐거움! 그는 모래 파이에도 재미를 들였다.

"돈 말이니? 뱅스 부인은 대학은커녕 학교 문전에도 못 가봤으니까. 해상교통학. 등대와 신호 불빛에 관한 학문이래. 돈은 고도, 촉광, 섬광 신호, 명멸, 구명대 같은 것들에 대해 잘 알아. 종일 그런 얘기만 떠들어대서 아주 진저리가 난다니까. 안 그러면 잊어버린다나. 안 쓰면 잊어버리는 거니까. 그래서 지금 잊어가고 있지. 한밤중까지 바다가 시끄러울 정도로 배 교통량이 많아도 돈의 일자리는 없어. 그런데 왜, 돈한테 관심 있어?" 고모는 손바닥으로 왁스칠을 한 표면을 쓸어 보았다.

"아니에요." 코일이 대답했다. "알지도 못하는데 관심은 무슨 관심이 있겠어요. 그냥 궁금해서요."

파리 한 마리가 식탁 위를 기어가다가 멈춰서 앞다리로 주둥이를 닦더니 다시 절룩거리며 걷는데 뒷다리는 움직이는 다리라기보다는 미끄러짐을 막는 제동장치처럼 보였다. 고모는 걸레를 잡았다.

"다음주에 시간 나면 가게에 들르지 그래? 돈과 메이비스를 소개해 줄 테니까. 스키퍼윌 식당에 가서 식사도 하고."

"그러죠." 코일은 수풀 속을 뚫어지게 쳐다보는 버니에게로 시선을 옮겼다.

"버니, 뭐하니?" 버니의 험악한 눈빛.

"난 크면 빨간 통나무집에서 돼지를 키우며 살 거야. 베이컨을 만들려고 돼지를 죽이진 않을 거야. 베이컨은 돼지한테서 나오는 거래, 아빠. 비티가 그랬어. 데니스는 베이컨을 만들려고 돼지를 죽였어." 버니가 말했다.

"그게 정말이니?" 코일이 화들짝 놀라는 시늉을 하며 물었다.

화요일, 코일은 아직 기사를 시작도 못하고 있었다. 그는 유람선에 관한 메모가 적힌 빗물로 얼룩진 종이를 서류 더미 속으로 밀어넣었다. 시의회 결의안과 투표 내용, 회의록, 조례, 의제, 정치적인 미사여

구로 포장된 성명들을 기사화하는 데 익숙한 터라 갑자기 호화로운 터프베이비호를 소개하는 글을 쓰기가 쉽지 않았다. 멜빌 부부의 야만스러움을 어떻게 글로 옮기지? 그보다 버니가 더 걱정이었다. 밖에서 개가 부엌문을 긁고 있다고 난리를 떠니. 그는 서류를 뒤섞으며 시계를 보고 또 봤다. 시내에 가서 고모님 가게나 구경해야지. 고모에게 버니 문제를 상의하고 싶었다. 아이에게 문제가 있는 걸까? 게다가 만족할 줄 모르는 식욕의 소유자 코일은 몹시 배가 고팠다.

스테이션왜건에 시동을 걸며 키 큰 여자, 웨이비를 떠올렸다. 혹시 그녀가 보일까 해서 도로 양쪽을 둘러보았다. 그녀는 이따금 정오에 학교로 갔다. 아마도 아이들 점심 급식을 도우러 가는 것이리라. 그녀는 보이지 않았다. 그러나 언덕길을 올라 잭의 집이 보이는 곳에 이르자 그녀가 캔버스 천으로 만든 가방을 흔들며 길을 따라 걸어오는 게 보였다. 코일은 차를 세웠다. 그녀가 혼자인 게 기뻤다. 자신이 혼자인 것도.

책 때문에 학교에 가는 거였다. 일주일에 두 번 학교 도서관에서 일한다고 했다. 좀 쉰 듯한 목소리였다. 그녀는 발을 얌전히 모으고 똑바로 앉아 있었다. 그들은 서로의 손을, 저절로 눈이 가는 약지를 보았다. 둘 다 금반지를 끼고 있었다. 이제 서로에 대해 적어도 한 가지는 알게 되었다.

침묵, 바다가 산산이 부서졌다. 고깃배 한 척과 흔들리는 도리선, 뱃전에 엎드려 대구 그물을 손보는 어부들. 코일은 웨이비를 흘낏 훔쳐보았다. 파리한 입술, 목, 초록빛 유리와 흙빛의 중간 색깔을 띤 눈동자. 투박한 손. 젊어 보이진 않았다. 마흔이 다 되어가는 것 같았다. 그녀에게서는 시간 혹은 장소와의 조화가 느껴졌다. 그녀가 고개를 돌리자 둘의 눈길이 마주쳤다. 얼른 시선을 외면했다. 하지만 둘 다 기뻤다.

"제 딸도 이번 가을에 초등학교에 입학합니다. 버니. 이름이 버니죠. 작은 딸은 선샤인이고요. 제가 근무하는 동안 비티 버깃의 집에 맡겨 놓지요." 코일은 무슨 말인가를 해야 할 것 같았다. 그는 목청을 가다듬었다.

"얘기 들었어요." 그녀의 목소리는 너무나 조용했다. 마치 혼잣말을 하는 것처럼.

학교 진입로에서 그녀는 차문을 열고 내리며 무슨 말인가를 웅얼거리고는 성큼성큼 걸어갔다. 코일은 그녀의 말을 알아듣지 못했다. 고맙다는 말이었는지도, 언제 한번 차 대접을 하겠다는 말이었는지도 모른다. 웨이비는 팔을 흔들며 힘차게 걸었다. 잠시 멈추어 코트 주머니에서 구겨진 흰 휴지를 꺼내 코를 풀었다. 코일은 그때까지 멍하니 앉아 있었다. 그녀가 학교 계단을 뛰어올라가 문을 열고 사라질 때까지 그대로 지켜보았다. 도대체 내가 왜 이러는 걸까?

그냥 그녀의 걷는 모습을 보고 싶어서. 수마일을 걸어다니는 키 큰 여자. 하지만 페틀은 차를 탈 수 있으면 절대 걷지 않았다. 걷는 것보단 누워 있는 걸 좋아했다.

15
천갈이점

천갈이에 쓰이는 매듭에는 한매듭, 풀매듭, 두매듭, 술장식매듭이 있다.

고모의 가게는 워프로路 뒷골목에 있었다. 황토색 목조건물이고 나무 장식과 검은색 덧문이 달려 있었다. 코일은 부두와 가까우면서도 바람이 들지 않아 아늑한 그 가게 골목이 마음에 들었다. 낡은 창유리가 너울거렸다. 문을 열고 들어서자 종소리가 울렸다. 속을 넣은 방석 가장자리를 마무리하던 고모가 고개를 들었다. 굽은 바늘이 모슬린 천을 뚫고 들어가다가 멈추었다.

"왔구나." 고모는 그러면서 자기도 가게를 처음 구경하는 듯 휘둘러보았다.

에밀리 디킨슨 스타일로 머리를 가운데 가르마 타서 뒤로 묶은 여자가 재봉틀 앞에 앉아 있었다. 드르륵드르륵 천을 박던 재봉틀 바늘이 속도를 늦추자 모슬린 천이 테이블에서 미끄러져 떨어졌다. 여자가 보랏빛 입술 사이로 완벽한 치아를 드러내며 코일에게 미소 지었다. 그러다가 미소가 사라지면서 슬픔이 눈썹에서 입까지 내리덮었다. 그녀의 목에 자보* 같은 주름이 졌다.

"메이비스 뱅스 부인이야." 고모가 사회자라도 된 듯 말했다.

다른 테이블에서는 갈색 곱슬머리를 마치 헬멧처럼 두른 젊은 여자가 열심히 가죽을 자르고 있었다.

"저쪽은 돈 버젤." 고모가 말했다. 젊은 여자는 일에 열중해서 고개를 들지도, 가위질을 멈추지도 않았다. 가게에선 가죽과 염료, 녹말풀, 향수 냄새가 풍겼다. 향수 냄새는 뱅스 부인에게서 났다. 그녀는 양손을 맞잡고 코일을 빤히 쳐다보았다. 코일의 손이 무심결에 턱으로 올라갔다.

"아직은 이래." 고모가 말했다. "지금은 재봉틀 두 대에 재단 테이블이 하나뿐이지만 애초엔 재봉틀 여섯 대와 재단 테이블 두 개를 들여놓을 생각이었지. 롱아일랜드에선 그 정도 규모였거든. 다음주에 고기잡이 범선의 천갈이를 맡을 거야. 갑판 아래는 요트처럼 생긴 배지. 원래는 미국 서해안에서 연어잡이용 쌍돛대 범선으로 만들어졌는데 지금은 세인트존스에 사는 사람 소유야. 요 몇 년 사이 고기잡이 범선을 몇 척 봤어. 유지비가 적게 든다더군. 다시 조업용 범선의 시대가 오려나봐. 난 원치 않는 바이지만.

돈은 멜빌 부부의 요트 식당의자 등받이에 댈 가죽을 재단하고 있는

* 여성복 가슴 부분의 레이스 주름 장식.

중이야. 멜빌 부인의 눈동자 색깔에 맞춘 푸른색으로. 뉴욕에서 특별히 염색해 왔다더군. 메이비스는 스펀지 고무에 댈 안감을 박고 있고. 돈, 여긴 내 조카야. 내가 얘기했었지. 신문사에서 일하고 있어. 우린 길 건너 스키퍼윌 식당에 가서 점심 좀 먹어야겠다. 돈, 재단 다 끝내고 재봉틀에 저 푸른색 실 좀 꿰어줘. 멜빌 부인은 실까지 염색을 해 왔지."

고모는 검정 구두 뒷굽으로 또각또각 소리를 내며 밖으로 나갔다. 천천히 뒤따라 나가던 코일의 귀에 뱅스 부인이 돈에게 속닥거리는 소리가 들렸다. "네가 생각했던 타입은 아니지, 응?"

스키퍼윌 식당 환풍기가 뜨거운 기름과 음식 타는 냄새를 실은 바람을 뿜어냈다. 식당 안으로 들어가니 공기가 더 탁했다. 피 묻은 방수복과 장화 차림의 어부들이 감자튀김과 대구 요리에 코를 박고 있거나 티백 끈이 덜렁거리는 찻잔을 들고 차를 들이켜고 있었다. 담배 연기가 튀김기의 연기에 뒤섞였다. 웨이트리스가 주방에 대고 소리를 질러댔다. 윌 선장의 더러운 앞치마가 해안의 얼음처럼 이리 둥실 저리 둥실 떠다녔다.

"아, 애그니스, 오늘은 뭘로 하실래요?" 웨이트리스가 고모에게 환한 미소를 지으며 물었다.

"대구 스튜를 먹겠어요, 펄. 물론 차도 마시고. 여긴 내 조카예요, 신문사에서 일하죠."

"아 그래, 전에 본 적이 있어요. 빌리와 함께 와서 오징어버거를 먹었죠."

"그랬지요." 코일이 말했다. "맛있더군요."

"오징어버거는 윌 선장이 개발했죠. 오늘도 그걸로 하실 건가요?"

"그러죠." 코일이 말했다. "차도 한 잔 주세요. 크림을 넣어서요." 그는 윌 선장의 커피에 대해 알고 있었다. 묽으면서도 쓴, 엷은 대구 색깔의 커피.

코일은 냅킨을 부채 모양으로 접었다가 다시 펴서 삼각형 모양으로 접고 또 접었다. 그러면서 고모를 바라보았다.

"고모님, 상의드릴 게 있어요. 버니 문제예요." 그는 이 얘기를 꺼내기 위해 마음을 단단히 다져먹었다. 페틀은 버니가 '이상한 아이'라는 말을 골백번도 넘게 했었다. 그때마다 코일은 그렇지 않다고 우겼지만 좀 별난 건 사실이었다. 상태가 좀 이상했다. 버니는 주전자의 물 같았다. 부글부글 끓거나 주전자 바닥에 졸아붙기 직전의 상태처럼 요란을 떨었다. 그러다가도 가끔은 광물 성분 거품이 뜬 식은 물처럼 냉정해졌다.

"고모님은 그애가 정상이라고 생각하세요?"

고모는 차를 후후 불다가 코일을 쳐다보았다. 신중한 눈빛이었다. 그녀는 새로 나온 가죽을 살펴보듯 코일을 빤히 보았다.

"밤마다 악몽을 꾸고, 성질도 고약하고, 그리고……" 그는 입을 다물었다. 나쁘게만 말하고 있었으니까.

"글쎄," 고모가 말했다. "그애가 겪은 일을 생각해봐. 버니는 가족을 잃었어. 낯선 곳으로 이사했고. 낡은 집. 새로운 사람들. 할머니, 할아버지와 엄마가 죽었어. 그애가 그런 걸 다 이해하고 있는지조차도 모르겠어. 가끔 그 사람들이 아직 뉴욕에 살고 있다는 듯이 말하거든. 버니에겐 세상이 뒤바뀐 거야. 사실 우리 모두에게 그렇지."

코일은 거칠게 차를 들이켰다. "하지만 뭔가가 있어요." 그의 뱃속에서 기차 지나가는 소리가 났다. "어떻게 표현해야 좋을지 모르겠지만 애가 좀 이상한 건 사실이에요." 모킹버그 유치원에서 버니가 다른 아이들을 밀고 크레파스를 혼자만 차지하려고 했을 때 교사는 '인격장애'란 말을 썼다.

"무슨 말인지 예를 들어서 설명해봐."

코일의 가슴에 음울한 먹구름이 끼었다. "버니는 집 색깔을 싫어해요. 그 짙은 초록색을요." 그건 바보 같은 소리였다. 사실은 부엌에서 일어난 일 때문이었다. 다른 건 그냥 넘어갈 수 있었다. 마침 그때 대구 스튜와 오징어버거가 나왔다. 코일은 손목에 묶인 밧줄을 끊듯 오징어버거를 물어뜯었다.

"악몽만 해도 그래요. 그리고 아무 일 아닌 걸 갖고도 울고불고하잖아요. 예닐곱 살짜리는 그런 행동을 보일 수 없어요. 집에 이사온 첫날 개를 봤다고 난리쳤던 거 기억나세요? 눈이 빨간 흰 개를 봤다고 사색이 돼서 비명을 질러댔잖아요. 아무리 찾아봐도 개라고는 흔적도 없었는데 말예요." 코일의 목소리가 거칠어졌다. 이런 말을 한다는 것이 너무도 고역이었다. 그래도 힘겹게 말을 이어갔다.

"그럼, 물론 기억하지." 고모의 포크가 접시에 부딪히는 소리. 주방의 열기. 칼질하는 소리. 시끄러운 웃음소리. "몇 주 전에 흰 개 사건이 또 있었지. 정원 바위 위에 올려놓은 흰 돌멩이 기억나지? 얼핏 보면 꼭 개의 머리처럼 보이는 돌 말이야. 어느 날 버니가 소리소리 질러대며 문을 두드리더라고. 나는 무슨 끔찍한 일을 당했나 싶었지. 무슨 일이냐고 아무리 물어도 비명을 그쳐야 말이지. 한참 뒤에야 손을 펴 보이더라고. 손가락을 조금 베었더라. 사 분의 일 인치쯤 되게. 피가 한 방울 맺혔고. 반창고를 붙여줬더니 그제야 잠잠해졌어. 그런데 왜 다쳤는지는 한사코 말을 안 하더라고. 며칠 뒤에야 '개 얼굴 모양의 돌'을 버리다가 물렸다고 하더군. 그러면서 돌이 아니라 개가 손가락을 문 거래."

고모는 크게 걱정할 일은 아니라는 듯 웃어 보였다.

"바로 그거예요. 문제는 버니가 환상을 본다는 거예요." 코일은 오징어버거를 꿀꺽 삼켰다. 가슴이 답답했다. 고모는 심각한 문제를 아무 일 아닌 것처럼 흘려버리려 했다. 뒷자리의 손님들이 엿듣고 있었다. 코일은 그들의 관심을 느끼고 목소리를 낮췄다. "고모님, 저는 정말 걱정돼요. 진심이에요. 심각할 정도라니까요. 토요일 오전에 고모님은 화물을 찾으러 외출하셨죠? 우린 점심을 먹으러 집으로 갔고요. 저는 수프를 데우려는 참이었고 선샤인은 장화와 씨름하고 있었어요. 요즘은 자기 혼자 장화를 벗으려고 하잖아요. 버니는 수프와 함께 먹을 크래커를 꺼내고 있었죠. 그런데 크래커 상자 속의 종이가 바스락 소리를 내니까 갑자기 얼어붙더니 문 쪽을 보면서 외치기 시작했어요. 얼굴이 새파래져서요. '아빠, 개가 문을 긁고 있어. 문 잠가!' 어찌나 비명을 질러대던지 선샤인은 손에 장화를 쥔 채 숨을 죽였어요. 저는 문을 열어서 아무것도 없는 걸 확인시켜줬어야 했는데 그냥 문을 잠그고 말았어요. 왠지 아세요? 정말 밖에 누가 있는 것 같아서요. 버니의 공포가 그 정도로 컸다니까요."

"쯧쯧." 고모가 혀를 찼다.

"제가 문을 잠그자마자 비명을 그치더니 다시 크래커 상자를 집어서 크래커 두 개를 꺼내더군요. 아주 차분해져서 말예요. 그런데 그게 정상이에요? 말씀 좀 해보세요. 아무래도 소아정신과 의사를 찾아가보든지 해야겠어요."

"조카, 나라면 그렇게 서두르지 않겠어. 시간을 두고 기다려보겠어. 다른 가능성도 있을 수 있으니까. 내 생각에는 버니가 어떤 부분에 대해 우리보다 훨씬 민감해서 그런 것 같아. 우리가 알아보지 못하는 것들과 교감하는 거지. 여긴 그런 사람들이 있어." 그러면서 슬쩍 코일의 표정을 살폈다. 딸이 다른 사람들은 보지 못하는 초현실을 본다는 걸 어떻게 받아들이는지.

그러나 코일은 그런 신비한 능력을 믿지 않았다. 엄마를 잃은 상실감과 불우한 유년기, 아빠의 부족한 사랑이 버니를 망쳐놓은 게 아닐까 두려울 뿐이었다.

"느긋하게 기다려봐. 그냥 좀 지켜보자고. 9월에 학교에 들어가니까 아직 석 달쯤 남았어. 석 달이면 아이들에겐 긴 시간이지. 버니가 좀 별나다는 건 나도 인정해. 가끔 이상한 행동을 보인다고도 할 수 있겠지. 하지만 사실 인간은 다 이상한 구석이 있어. 겉으로 안 그런 척할 뿐이야. 인간은 성장하면서 자신의 이상한 면을 감추는 법을 배우게 되지. 버니는 아직 어려서 그걸 배우지 못했을 뿐이야."

코일은 한숨을 토해내며 손을 턱에 갖다댔다. 버니와는 전혀 상관없는 이야기를 나누고 있는 듯한 기분이었다. 하지만 버니가 아니면 누구? 햇살에 안개가 사그라지듯 대화도 그쯤에서 중단되었다.

고모는 생선을 먹었다. 접시 가장자리에 수북하게 발라놓은 가시. 웨이트리스는 그걸 악마의 손톱 부스러기라고 불렀다.

식사를 마치고 고모네 가게까지 걸었다. 골목길을 따라 걷노라니 끝으로 의자에 박힌 징을 뽑느라 구부리고 있는 뱅스 부인의 검은 머리가 보였다.

"얘기 잘해줬다. 안됐지만, 난 오늘 늦게까지 가게에서 일해야 해. 오늘밤까지 붙박이 의자의 징을 다 뽑아야 하거든. 다음주 화요일까지 끝내서 설치까지 해야 해. 그러니 오늘은 네가 애들을 데리러 가야겠다. 그리고 버니 문제는 너무 걱정 마. 아직 어린애잖니."

가이 오빠는 어리다고 봐주지 않았지. 처음 그 일이 있었을 때 애그니스도 버니 나이였는데.

"알았어요." 코일은 조금이나마 마음이 가벼워지는 것 같았다. 그래, 좀더 두고 보는 거야. 어떻게 될지 모르니까. "저녁 드시고 오실 거예요, 아니면 준비해놓을까요?"

"여기서 대충 때우지 뭐. 어서 가. 우유랑 아이스박스에 넣을 얼음이랑 좀 사야 할 거야. 그리고 아무 일 아닌 것 갖고 속 끓이지 마."

"알겠어요. 그럼 가볼게요." 코일은 아보카도 오일 비누 향기가 은은하게 풍기는 고모의 부드러운 뺨에 입을 맞췄다. 고모는 좋은 뜻으로 하는 얘기겠지만 그녀는 아이들에 대해서, 아이들의 고통에 대해서 전혀 모른다.

16
비티의 부엌

"주부에게 필요한 물건은 잡다하게 많지만
그중 대부분은 특수한 것이 아니라 일반적인 것이다."
—『애슐리 매듭서』 중에서

코일은 데니스와 비티의 집으로 아이들을 데리러 갈 때 멋진 시간을 맞이했다. 이때만 되면 그의 인생은 풍요로워지고 더욱 아버지다워지며, 주로 갈망의 감정인 진짜 속마음을 마음껏 드러낼 수 있었다.

바닷가 쪽으로 비스듬히 누운 언덕, 불규칙하게 늘어선 말뚝들, 그리고 길을 향해 큰 전망창이 난 데니스의 옅은 청록색 집. 코일은 셔츠 주머니에서 펜들을 빼서 자동차 계기반에 놓고 안으로 들어갔다. 펜이 방해가 되기 때문이었다. 문을 열면 바로 부엌이었다. 코일은 안으로 들어가서 아이들에게 갔다. 거실 벽엔 양치식물 덤불 속에 한가로이 앉은 체격 좋은 두 여자의 사진이 비딱하게 걸려 있고, 그 아래 표범 무늬 소파에 데니스가 구부정하게 앉아 텔레비전 어업 뉴스를 보고 있었다. 그의 양옆에는 손으로 뜬 무지개 모양과 사각 모양의 쿠션들이 놓여 있었다. 집에서 쉬는 목수.

집안은 후텁지근하고 빵 굽는 냄새가 났다. 코일은 이 숨막힐 듯한 빵 굽는 열기를 좋아했다. 텔레비전의 소음 너머로 들리는 대화 소리와 아이들의 깍깍 소리도 좋았다. 이따금 눈물이 핑 돌면서 데니스와 비티가 부모처럼 느껴지기도 했다. 데니스는 그와 동갑이고 비티는 그보다 어린데도 불구하고.

데니스는 텔레비전 화면에서 눈을 떼지 않은 채 부엌 쪽을 향해 소리쳤다.

"엄마, 우리 차 좀 끓여줘요."

수도꼭지가 주전자에 물을 쏟아냈다. 흰 스토브 위에서 자그마한 주전자가 김을 토했다. 비티는 손바닥을 세워 식탁을 쓸어내고 빵 한 덩어리를 꺼내놓았다. 데니스네 맏이인 위니가 접시를 무더기로 꺼냈다. 코일이 앉자마자 버니가 달려와 품에 뛰어들었다. 길고 위험한 항해에서 돌아온 아빠를 맞이하듯 뜨겁게 포옹하며 아빠 가슴에 코를 박았다. 버니에겐 아무 이상도 없다. 아주 정상이다. 선샤인은 머치 버깃과 거미놀이를 하고 있었다. 손가락으로 머치의 팔을 기어올라가며 입으로 간질간질 소리를 냈다.

코일은 아이들을 무릎에 앉힌 채 식탁에 앉아 노란 호로딸기 잼을 바른 빵을 먹으면서 고개를 끄덕이며 데니스와 비티의 이야기에 귀를 기울였다. 데니스는 찬찬히 그날의 뉴스를 들려주었고, 비티의 얘기는 자꾸만 샛길로 빠졌다.

식탁보에는 트럼펫과 비눗방울 무늬가 찍혀 있었다. 데니스는 친구

칼이 차를 몰고 가다가 언덕길에서 공사를 하느라 파놓은 구덩이에 처박혔다고 툴툴거렸다. 목이 부러지는 바람에 병원에 입원했다는 것이었다. 비티가 통조림 살구 접시를 아이들 앞에 놓았다. 버니는 숟가락을 들다가 그냥 내려놓았다.

"그 친구도 망조가 들었나봐. 팔 년인가 구 년 전에 심하게 놀란 적이 있는 친구지. 그 일로 한 달 사이에 머리가 하얗게 세었다니까. 형과 둘이서 콜드런 근처로 고기잡이를 나갔다가 흐늘흐늘한 것이 물에 누워 있는 걸 봤대. 찢어진 그물이 물에 떠 있는 것이려니 생각하고 지나가다가 갈고리로 한 번 쿡 찔러봤대. 그랬더니 어이쿠, 거대한 촉수가 쑥 튀어나오더니만……" 데니스는 팔을 머리 위로 올리고 손을 구부려 무시무시한 촉수 모양으로 만들었다. "순간적으로 팔을 홱 감더래. 그런 엄청난 힘은 난생처음 느껴봤다더군. 혼자가 아니어서 천만다행이었어. 형이 대구 다듬는 칼로 톱질하듯 촉수를 잘라냈으니까. 온통 근육과 빨판으로만 이루어진 촉수가 팔뚝을 어찌나 세게 휘감았던지 끔찍한 자국이 남았대. 가까스로 촉수를 잘라내고 모터를 돌리는데 금세라도 등뒤에서 다른 촉수가 덮칠 것 같아 심장이 입 밖으로 튀어나올 것 같았다더군. 결국 형제는 거기서 도망쳤어. 잘린 촉수는 대학에서 돈을 주고 사갔지. 그런데 이제 구덩이에 처박혀 목이 부러지다니, 이게 도대체 무슨 일이람!"

버니가 아빠 무릎에서 내려와 비티에게 뭐라고 속살거리고는 냉장고에서 베이컨을 꺼내 보여주었다. 데니스가 잡은 돼지에서 나온 문제의 베이컨이었다. 코일은 놀랍다는 표시로 눈을 동그랗게 뜨면서 눈썹을 올렸다. 하지만 계속 데니스의 얘기에 귀를 기울였다.

"난 아버지한테서는 고기잡이를 배우지 못했어. 아버진 고기잡이 일을 사랑했지만 그건 당신에게만 해당됐지. 우리를 바다에 나가지 못하게 막으려고 애쓰셨어. 그 결과 제슨은 고든 아저씨 패거리에 섞였고 난 바다를 그리워하게 됐지. 난 목수가 되고 싶은 생각도 있었지만 고기잡이도 하고 싶었어." 데니스가 꿈꾸듯 말을 이었다. "그럴 만도 하지. 고기잡이에는 말로는 설명할 수 없는 뭔가가 있거든. 그물을 끌어올릴 때면 선물상자를 푸는 기분이야. 그물에 뭐가 걸렸는지, 둑중개가 걸렸는지 돔발상어가 걸렸는지, 우리를 부자로 만들어줄 건지 가난뱅이로 만들 건지 끌어올려봐야 아는 일이거든. 그래서 난 고기잡이를 하고 싶었어. 사실 버깃 집안 사람들은 모두 타고난 뱃사람이야. 딸들도. 마지는 온타리오에서 요트 강사로 있고 에바도 유람선에서 사회복지사로 일하지. 아무도 우릴 배에서 떼어놓을 수 없어. 하지만 아버진 고집을 꺾지 않으셨지."

"그거야 자네를 위해서겠지."

"그래, 맞아. 아버진 뭔가를 아시는 것 같아. 버깃 집안과 바다의 숙명에 대해서 말이야. 타고난 선견지명이라고나 할까. 폴라그라인더호가 폭풍을 만났을 때 내가 어디에 있는지 아셨던 것처럼 제슨이 탄 배가 침몰했을 때도 미리 아셨어. 불쌍한 제슨 형이 죽은 때를 평생 잊지 못할 거야. 어머니는 형을 끔찍이 사랑하셨지. 형이 태어나던 날부터."

코일은 그게 어떤 건지 잘 알고 있었다.

"아버진 식탁에 앉아서 단파 라디오를 듣고 있다가 갑자기 벌떡 일어나셨어. 가족이 다 같이 있었지. 아버진 '제슨은 갔다' 그러시면서 길 건너에 있는 자신의 가게로 가셨어. 지금의 개미 버드 사무실 자리.

그러곤 밤새 혼자 그곳에 계셨어. 그날밤은 북극광이 보였는데 믿을 수 없을 만큼 아름다웠어. 찬란한 빛의 띠가 그물 모양으로 하늘에 걸렸지. 아침이 되자 배마다 집집마다 전선마다 은실 같은 게 걸려 있었어. 북극광의 영향 때문이었지. 하지만 어머니는 제슨이 육신을 떠나 하늘로 올라가면서 그렇게 해놓은 거라고 말씀하셨어."

"그 일이 있고 나서 신문사를 시작하신 거 맞지?"

"그렇다고 할 수 있지. 하지만 자네도 알다시피 개미 버드를 운영하는 사람은 아버지가 아니라 터트 카드야. 아버지가 시작하셨고 또 운영을 맡고 있긴 하지만 툭하면 전화를 걸어 아프다는 핑계를 대고 고기잡이를 나가시지. 그건 누구나 다 아는 일이야."

"내가 보기엔 터트 카드는 사장님 지시에 따라 움직일 뿐이야." 코일이 말했다. "결정권은 사장님이 쥐고 있고."

"버니, 살구 먹어." 비티가 빈 접시를 치우며 말했다.

버니가 코일의 귀에 대고 속삭였다. "아빠, 살구는 작은 엉덩이 같아. 꼬마 요정 엉덩이. 난 먹기 싫어." 버니가 우는 시늉을 했다.

그때 주름진 얼굴의 작달막한 남자가 문간으로 걸어들어와 문틀에 기대섰다. 연보랏빛 얼굴만 아니라면 꼭 물에 떠다니는 나무토막 같아 보였고, 팬케이크만한 히비스커스 꽃무늬가 찍힌 셔츠를 입고 있었다. 비티가 차 한 잔과 마가린을 두껍게 바른 빵을 건네자 노인은 한입에 먹어치웠다.

"앨프리드! 앨프리드 선장님, 들어와서 앉으세요. 이쪽은 코일, 신문사 기자예요. 애그니스 햄과 함께 코일곶의 옛집으로 돌아왔지요." 데니스가 말했다.

"그래? 코일 집안이라면 나도 잘 알지. 순 야만인들이었어. 옛날에는 말이야, 코일 집안 사람들이 어떤 남자의 귀에 못을 박아 나무에 매달고 날짐승이 피냄새를 맡고 몰려와 산 채로 뜯어먹도록 코를 잘랐다는 소문까지 돌았다니까. 이제 모두 사라졌지. 캡사이즈만에 사는 괴짜 놀런만 빼고 말이야. 코일 일가가 돌아오리라곤 꿈에도 생각지 못했는데 넷씩이나 돌아오다니. 그중 하나는 코일이 아니라 햄이고, 나머지 셋도 뉴펀들랜드 땅에는 처음 발을 들이는 거지만 말이야. 내가 만나러 온 코일은 꼬마 목수 아가씨지." 노인이 말했다.

그러자 데니스가 손짓으로 버니를 가리켰다.

"네가 망치를 들고 지붕으로 올라갔다는 그 꼬마 아가씨구나?"

"아빠를 도우려고 그랬어요." 버니가 웅얼거렸다.

"잘했다. 요즘은 아들이고 딸이고 아빠를 돕는 착한 애들이 드물지. 그래서 착한 꼬마 아가씨 주려고 선물을 하나 가져왔다." 노인은 버니에게 놋쇠로 만든 작은 직각자를 주었다. 눈금 표시가 닳긴 했지만 아직 보이긴 했다.

"이게 뭐하는 물건인지 궁금하지? 간단한 거야. 똑바로 선을 그리고 똑바로 자를 수 있게 도와주는 거지. 이것과 톱, 망치, 못 몇 개, 나무만 있으면 별별 걸 다 만들 수 있단다. 나도 네 나이 때 이걸 가졌었는데 처음 만든 게 뚜껑 달린 상자였어. 판자 여섯 개와 경첩용 가죽 두 조각으로. 그만하면 꼬마치고는 훌륭하지?"

"어쩔래, 버니?" 코일이 속삭였다.

"나도 뚜껑과 경첩이 달린 상자를 만들고 싶어."

코일만 빼고 모두가 웃었다. 코일은 창피해서 얼굴이 홍당무가 된 딸을 바라보았다.

"그럼 훌륭한 자를 주셔서 고맙습니다, 인사하고 그만 집으로 가자. 그래야 어서 저녁 먹고 만들기를 시작하지." 사람을 나무에 못박았다는 말을 버니도 들었을까?

차에 오르자 코일은 버니가 쥐고 있는 자를 바닥에 내려놓게 했다. 혹시 운수 사납게 길에 구덩이 같은 게 있을지도 모르니까.

17
해운 소식

“배의 사촌이란 배에서 인기 있는 사람을 일컬으며……”
—『항해 사전』 중에서

터프베이비호의 사진들이 코일의 책상 위에 놓여 있었다. 좀 어둡게 나오긴 했지만 신문에 실을 만은 했다. 터프베이비의 무시무시한 위력을 전달하기에 충분했다. 코일은 사진 한 장을 세워놓고 타자기에 종이를 끼웠다. 이제 기사를 쓸 수 있을 것 같았다.

킬릭클로에 온 킬러 요트

오십 년 전 히틀러를 위해 만들어졌다는 강력한 선박이 금주에 킬릭클로에 입항했다. ‘터프베이비’라는 이름의 이 호화 유람선에 히틀러는 발도 들이지 못했다지만, 이 배엔 그의 사악한 힘이 붙어 있는 듯하다. 터프베이비호의 현 소유주는 롱아일랜드에서 온 실버 멜빌과 베이어닛 멜빌 부부인데, 허리케인 밥이 불었을 때 미국 메인 주의 화이트크로 항구에서 터프베이비가 유람선들과 해변의 고급 별장들에 입힌 피해를 생생히 증언했다. 멜빌 씨는 "터프베이비는 열일곱 척의 배를 성냥개비로 만들어놓고 열두 채의 별장과 부두를 박살냈다"고 말했다.

타이핑 속도와 보조를 맞추어 머릿속에서 기사가 술술 나왔다. 좋은 기사가 탄생하리란 예감이 들었다. 배의 파괴력을 자랑스러워하는 멜빌의 심리가 잘 드러난 기사였다. 코일은 열한시쯤 기사를 끝내서 터트 카드의 책상에 던졌다. 파도를 헤아리며 소원들을 비는 카드.

"해운 소식Shipping news란에 나갈 거예요. 항구에 들어온 배에 대한 소개 기사죠."

"잭은 소개 기사 얘긴 없었는데, 자네한테 직접 지시했나?" 그의 폴리에스테르 바지 속의 음부가 드러나 보였다.

"흥미로운 배가 들어와서 특별히 소개하는 거예요."

"신게, 터트." 빌리 프리티가 구석자리에서 가십 칼럼을 입력하면서 끼어들었다.

"ATV 사건은 어쩌고? 그 기사는 어디 있나?"

"그건 안 썼어요." 코일이 말했다. "대단한 사건도 아니잖아요. 디돌롯 부인이 손목을 벤 것뿐인데."

터트 카드가 노려보았다. "잭이 지시한 일은 안 하고 엉뚱한 일을 해놨단 말이지. 좋아, 신자고. 잘하는 짓이야. 그러잖아도 잭이 펄펄 뛰는 걸 본 지 꽤 됐으니까. 그의 고기잡이 장화가 요리용 철판에 떨어져서 구이가 됐을 때 이후론 잠잠했지. 자네한테 충고 하나 하겠는데, 내일 아침에 출근할 때는 차 시동을 켜놓은 채로 들어와."

내가 무슨 짓을 한 거지, 하고 코일은 생각했다.

"이디스 디돌롯에 대해선 신경쓸 거 없어. 내가 가십 칼럼에 그녀가 손목을 삐어 노발대발한 이야기를 썼으니까." 빌리가 입고 있는 다이아몬드 무늬 스웨터 소맷부리가 너덜너덜했다. 그의 푸른 눈은 아직도 놀란 표정이었다.

"시간 한번 기가 막히게 맞춰서 왔군. 빌리는 전립선 검진을 받으러 병원에 갔고 잭은 이리로 오고 있네. 자넬 만나러." 터트 카드가 새로 나온 개미 버드를 거칠게 넘기며 험악한 눈초리를 보냈다. 넛빔은 자기 자리에서 파이프 담배를 피우고 있었다. 연기가 흰 공처럼 뭉쳐 위로 올라갔다. 창밖엔 안개가 끼어 있었고, 바람이 제법 불었지만 안개를 몰아갈 정도는 아니었다.

"왜요?" 코일이 걱정스럽게 물었다. "그 기사 때문에요?"

"그래. 그 히틀러의 요튼지 뭔지 때문에 자넨 경을 칠 거야." 터트 카드가 말했다. "잭은 뜻밖의 일을 싫어한다고. 얌전히 시키는 대로나 할 것이지."

부르릉 트럭 엔진 소리. 쾅 하고 차문 닫히는 소리. 코일은 진땀이 바짝 났다. 잭 버깃이 분명했다. 무시무시한 잭 버깃이 피 묻은 채찍과 불에 달군 쇠막대기를 들고 달려오는 것이리라. 기자, 폭행당해. 코일은 허둥거리다가 소매 끝으로 책상 위의 서류 상자를 툭 쳤고 서류들이 어지럽게 쏟아졌다. 넛빔은 코일을 외면한 채 수화기를 아래로 내려뜨리고는 꼬인 전화선을 풀었다. 그러는 사이 그가 물고 있던 파이프 담배가 춤을 추다가 불똥이 꺼지지 않은 재를 떨어뜨렸다.

잭 버깃이 성큼성큼 걸어들어와 활기찬 눈빛으로 편집실 안을 두리번거리다가 코일에게 시선을 꽂았다. 그는 손을 머리 위로 올려 파리를 잡듯 휘두르고는 유리 칸막이 너머로 사라졌다. 코일은 그 뒤를 따라갔다.

"좋아." 버깃이 말했다. "자네가 해운 소식 끄트머리에 단 짤막한 기사 얘긴데……"

"전 그 기사가 해운 소식에 활기를 줄 거라고 생각했습니다. 사장님, 항구에 특별한 배가 들어와서……"

"잭이라고 부르라니까."

"그런 기사를 계속 쓸 필요는 없습니다. 전 다만……" 기자, 신문 발행인의 발바닥 핥아.

"구멍 뚫린 그물로 고기라도 잡나? 횡설수설하기는." 잭은 잔뜩 움츠러들어 턱에 손을 대고 있는 코일을 빤히 쳐다보았다.

"어젯밤 히틀러의 배에 대한 문의 전화를 네 통이나 받았어. 독자들도 좋아하고, 내 아내도 좋아하고. 나도 직접 그 배를 구경하러 부두로 내려갔는데 사람들이 떼로 몰려와서 구경하고 있더군. 물론 자넨 배에 대해 쥐뿔도 모르지만 그래도 재미있었어. 그러니까 계속하게. 내가 원하는 기사가 바로 그런 거야. 이제부터 칼럼을 한 편 맡아, 알겠나? 해운 소식란에 항구에 들어온 배를 소개하는 칼럼을 쓰라고. 알았지?

매주 한 편씩이야. 킬릭클로 항구만이 아니라 해안을 오르내리면서 칼럼에 낼 만한 배를 찾아봐. 정기 여객선이든 유람선이든 상관없어. 당장 자네 컴퓨터를 주문해주지. 나가서 터트 카드한테 좀 보잔다고 하고."

그러나 굳이 전할 필요도 없었다. 터트 카드는 유리 칸막이 너머로 둘의 이야기를 죄다 엿듣고 있었으니까. 코일은 자리로 돌아가 앉았다. 날아갈 것 같은 기분이었다. 가슴이 뜨거워졌다. 넛빔이 머리 위로 양손을 깍지 껴 흔들어 보였다. 그의 입에서 파이프가 춤을 췄다. 코일은 타자기에 종이를 끼웠지만 일이 손에 잡히지 않았다. 서른여섯 살 먹도록 남에게 잘했다는 칭찬을 들어보기는 이번이 처음이었다.

창밖의 안개가 우유처럼 보였다.

18
바닷가재 파이

"바닷가재잡이 부표의 매듭은 (…) 목재에 묶기가 특히 좋다."
—『애슐리 매듭서』 중에서

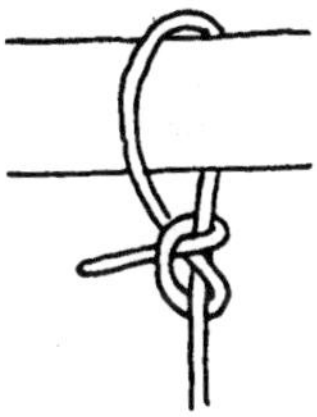

뒷좌석의 남자아이는 할말이 어찌나 많은지 아까부터 제 엄마밖에 못 알아듣는 어설픈 발음으로 주절주절 떠들어댔다. 코일은 헤리의 이야기에 모험이 가득한 걸 감지했다. 아이는 스웨터 소매의 푸른색 실, 황톳빛 물웅덩이에 떨어지는 빗방울, 티슈에 싼 쿠키 같은 사소한 것에도 아찔한 희열을 느끼는 것 같았다. 밝은 것에는 무조건 반응했다. 어부들이 끼고 있는 오렌지색 장갑에도 흥분했다. 색에 대한 감각이 예민한 듯했다.

"앙갑! 앙갑!"

버깃 부인의 정원에 핀 푸른 붓꽃을 보고는.

"꼬오!"

"시력은 문제가 없네요." 코일이 말했다.

그러자 웨이비가 헤리에 관해 이야기했다. 다운증후군이라고. 저 아이가 정상적인 삶을 살아가길 원한다고. 저 아이 잘못이 아니니까. 옛날처럼 골방에 가두거나 침을 흘리며 길거리를 떠돌게 하고 싶진 않다고. 방법이 있다고. 이 지방엔 헤리 말고도 다운증후군 아이들이 더 있다고. 그래서 동생 켄의 트럭을 타고 그런 집을 찾아다니며 부모들을 만났다고. 그들에게 방법이 있음을 설명했다고. "이 아이들은 배울 수 있어요. 가르칠 수 있어요." 그녀가 말했다.

열띠고 호소력 짙은 목소리. 열정에 불타는 웨이비. 그녀는 지역 도서관을 통해 다운증후군에 관한 책을 구했다. 학부모 모임도 만들었다. 세인트존스에서 전문가를 초빙해 강연도 들었다. 특수교육을 실시해달라는 탄원서도 냈다. 그리고 그 노력은 결실을 맺었다. 노네임만에 걷는 법을 배우지 못한 세 살짜리 여자아이가 있었다. 그 아이는 걷는 법을 배울 수 있었고 결국 배웠다. 우린 버림받은 아이들을 구제하고 그들에게 삶을 붙잡는 법을 가르쳐야 해요. 웨이비는 두 손을 굳게 맞쥐며 인간은 누구나 자신의 가능성을 붙잡을 수 있음을 보여주었다.

다른 그 무엇이 이런 열정을 일깨울 수 있으랴, 코일은 생각했다.

웨이비는 코일에게 도서관까지 태워다달라고 부탁했다. 도서관은 매주 화요일, 금요일 오후에만 문을 연다고 했다. "동생이 태워다주곤 했는데 지금은 고기잡이 나가고 없거든요. 책이 그리워요. 난 책 읽는 걸 무척 좋아하죠. 헤리에게도 읽어줘요. 못 알아들어도 그냥 읽어주고 또 읽어주죠. 아버지가 읽으실 책도 빌려와요. 아버지가 좋아하시는 책으로요. 등산, 탐사, 래브라도 여행."

금요일 아침, 코일은 유난히 차림새에 신경을 썼다. 제일 좋은 셔츠를 꺼내 입고 구두도 깨끗이 닦았다. 마음이 설레는 게 싫었다. 맙소사, 그냥 도서관까지 태워다주는 거잖아. 그래도 자꾸 설렜다.

도서관은 낡은 집을 개조한 것이었다. 네모진 방들, 강렬한 피스타치오색과 멜론색으로 페인트칠을 한 벽지. 벽을 빙 두른 투박한 책꽂이. 페인트칠한 테이블.

"아동 열람실도 있어요. 따님들에게 빌려다주면 좋아할지도 모르겠네요. 선샤인과 버니." 웨이비가 자신 없는 목소리로 아이들의 이름을 말했다. 그녀는 곱게 빗어 땋은 머리에 레이스 칼라가 달린 회색 원피스 차림이었다. 헤리는 벌써 책꽂이로 달려들어 마구잡이로 책을 빼서 팔랑팔랑 넘겼다.

코일은 거대하고 둔한 돼지 꼴이었다. 몸을 돌릴 때마다 튀어나온 책에 스웨터가 걸렸다. 그는 익살스러운 수필가들, 살인자들, 퍼플세이지의 카우보이들, 설교하는 박사들을 책꽂이에서 떨어뜨렸고 그들을 공중에서 잡거나 놓쳐버렸다. 멍청한 코일, 그는 북쪽 해안의 작은 도서관에서 얼굴을 붉히고 서 있었다. 하지만 여행서적 코너에서 에릭 뉴비와 에릭 핸슨, 레드먼드 오핸론과 윌프리드 세시저를 발견하고 한 아름 뽑아들었다.

돌아가는 길에 버니와 선샤인을 데리러 비티의 부엌으로 들어갔다. 아이들과 웨이비의 첫 대면이었다.

격식을 갖춘 소개. "이쪽은 헤리 프라우즈. 이쪽은 헤리의 엄마 웨이비." 웨이비는 아이들과 악수를 나누었다. 헤리도 양손으로 모두에게 악수를 청했다. 제 엄마와 코일에게까지도. 헤리의 손은 개 발바닥처럼 뜨거웠다.

"안녕," 웨이비가 상냥하게 인사했다. "만나서 반갑구나, 얘들아!"

웨이비가 차와 케이크를 대접하겠다고 해서 그녀의 집 앞에 차를 댔다. 선샤인과 버니는 마당의 동물원을 서로 보겠다고 차 안에서 싸웠다. 페인트칠한 개들과 수탉들, 은빛 거위들과 점박이 고양이들. 체크바지를 입은 남자 목상木像이 여자 목상의 손을 잡고 있었다. 풍향계는 노란색 도리선 모습이었다.

버니는 병뚜껑 목걸이를 건, 합판으로 만든 개를 뚫어지게 쳐다보았다. 개는 송곳니가 드러날 정도로 입을 쩍 벌리고 킁킁거리는 모습이었다.

버니가 갑자기 코일의 옷깃을 움켜쥐고 우는 소리로 말했다. "아빠, 저기 흰 개가 있어." 코일은 버니가 공기를 빨아들이는 소리를 들었다. "흰 개. 흰 개." 버니는 이상한 어조로 계속 그 말만 웅얼거렸다. 그제야 코일은 아이가 자기최면을 걸듯 공포를 유도하고 있음을 눈치챘다. 흰 개를 두려워하는 소녀, 가족을 혼란에 빠뜨려.

"버니, 저건 그냥 나무로 만든 가짜 개야. 나무로 만들어서 페인트를 칠한 거라고. 진짜 개가 아냐." 그러나 버니는 막무가내로 이빨을 딱딱 맞부딪치며 징징거렸다.

"차는 다음에 마셔야겠군요." 코일이 웨이비에게 말했다. 그러고는 버니에게 엄격한 시선을 보냈다. 화가 나기 직전이었다.

"아빠," 선샤인이 물었다. "저 집 아빠는 어딨어? 헤리와 웨이비 아줌마의 아빠."

주말이 되자 코일과 고모는 집을 손보고 페인트칠을 했다. 데니스는 부엌에 샛기둥 세우는 일을 시작했다. 사방이 톱밥투성이고 판자와 각목이 수북이 쌓여 있었다. 고모는 페인트를 칠할 찬장을 사포로 문질렀다.

코일은 바닷가로 이르는 자신만의 은밀한 오솔길의 덤불을 쳐내고, 책을 읽고, 딸들과 놀아주었다. 그러다가 선샤인의 얼굴에 스쳐지나가는 페틀의 모습을 보았다. 무뎌졌다고 생각했던 고통이 뜨겁게 분출했다. 마치 페틀이 진짜로 나타났다가 바람처럼 사라진 듯했다. 유전적인 측면에서 보면 당연한 일이기도 했다. 코일은 선샤인의 목덜미에 얼굴을 묻고 그 덧없는 환상을 조금이라도 더 붙잡고 싶어서 아이를 불렀지만 그냥 아이의 손을 잡고 흔들며 말했다. "안녕, 만나서 반가워요, 반가워요!" 그는 웨이비를, 키 큰 그녀를 생각했다. 아이와 함께 웃음을 터뜨렸다.

어느 토요일 아침, 코일은 배를 타고 노네임만으로 바닷가재잡이를 나갔다. 따라가겠다고 부두에서 날뛰는 버니를 뒤로하고.

"나도 갈 거야!"

"아빠가 먼저 다녀와서 태워줄게."

배가 언젠가는 가라앉고 말 거라는 사람들의 충고는 애써 무시했다. 돌아오는 길에 바다에 둥둥 떠다니는 작은 빙산을 지나쳤다. 아치와 동굴 모양 구멍이 숭숭 뚫린 얼음 조각에 호기심이 동했다. 그 빙산은 빙고장만큼 컸다.

"올해 들어 사백 개가 넘는 빙산이 뭍으로 올라왔대요." 그가 고모에게 말했다. 그는 빙산들에 대한 생각을 떨쳐버릴 수가 없었다. 평생 빙산을 보게 되리라곤 꿈도 꾸지 못했었다. "어디서 왔는지는 모르겠지만 어제 그런 발표가 있었어요."

"바닷가재는 잡았니?"

"러드 영한테 얻었어요. 많이 잡았다면서 막무가내로 바구니에 쏟아 놓지 뭐예요. 그것들이 제 목숨을 구해줄 구명용품이라도 되는 것처럼요. 돈을 주려고 해도 받아야 말이죠."

"곧 바닷가재 철이 끝날 거야. 제철에 실컷 먹어야지. 그쪽에서 준다면 받아도 돼. 나도 영 집안 사람들이 기억나는구나. 앞머리가 길어서 눈을 덮었지. 이곳 사람들이 누리는 제일 큰 혜택은 물고기야." 고모가 말했다. "대게 철이 될 때까지 기다려봐. 세상에서 대게 살처럼 맛있는 건 없으니까. 그건 그렇고, 저 가재들을 어떻게 요리해 먹지?"

"삶아 먹죠, 뭐."

"그것도 좋지. 맛좋은 바닷가재 차우더를 먹어본 지도 꽤 됐으니까. 다른 장점도 있지." 고모는 버니가 망치질을 하고 있는 방을 보면서 말을 이었다. "버니가 '붉은 거미'라고 비명을 질러대서 시리얼이나 먹여야 하는 상황은 피할 수 있을 테니. 아니면 삶아서 살을 발라내서 바닷가재 롤을 만들어 먹어도 되고 크림소스를 넣어 크레페를 만들어도 좋지."

코일의 입에 침이 가득 고였다. 맛있는 특별 요리들을 잔뜩 나열하고는 결국 제일 간단한 요리로 결정하는 것이 고모의 낡은 수법이었다. 파트리지 스타일이 아니었다.

"바닷가재 샐러드도 좋지만 저녁식사로는 좀 가볍지. 워런과 함께 롱아일랜드의 페어웨더 여인숙에서 살 때 우리가 어떻게 요리해 먹었는지 아니? 바닷가재 꼬리 살을 정종에 담갔다가 죽순과 마름을 넣어 요리한 다음, 다시 껍질 속에 넣어 굽는 거야. 그런 다음, 맛이 끝내주는 핫소스를 뿌려 먹었지. 하지만 여기선 그런 재료를 구할 수가 없어. 새우와 게살과 조개만 있으면 요리해서 바닷가재 속을 채워 먹으면 맛이 그만인데. 여기엔 화이트와인과 파르메산치즈를 넣어야 하지. 화이트와인과 파르메산치즈가 있으면 좋으련만."

"치즈는 제가 사온 게 있어요. 파르메산은 아니고 그냥 체더치즈지만요."

"그거면 돼. 바닷가재 파이를 만들자. 크림이 없지만 대신 우유를 쓰면 돼. 파이를 만들면 버니가 붉은 거미라고 난리 피울 일도 없고, 또 삶은 요리는 좀 싫증나니까 별미로 먹어보는 것도 좋을 거야. 사실 돈을 저녁식사에 초대했거든. 손님을 청했으니 특별 요리를 내야지. 여섯시까지 오라고 했으니까 시간은 충분해."

"누구요?"

"들었으면서. 돈을 초대했다고. 돈 버젤. 좋은 아가씨야. 만나서 얘기해보는 것도 좋을 거야." 일과 맹목적인 사랑밖에 모르는 조카를 위해.

거실에서는 망치질 소리가 요란하게 울려퍼졌다.

"버니," 코일이 소리쳐 물었다. "뭘 만드니? 또 상자 만드니?"

"텐트 만드는 거야." 성난 목소리.

"나무 텐트?"

"응. 그런데 문이 비뚤어졌어." 쾅 소리.

"너, 뭘 던진 거니?"

"문이 비뚤어졌단 말이야! 아까 배 태워준다고 해놓고선 안 태워줬잖아!"

코일이 일어섰다.

"깜빡 잊었구나. 좋아, 둘 다 외투 입어. 자, 가자."

하지만 버니는 문밖에서 새로운 놀이를 생각해냈다.

"땅에 누워봐, 이렇게."

선샤인은 언니가 시키는 대로 땅바닥에 큰대자로 누웠다.

"이제 집 꼭대기를 쳐다봐. 계속 쳐다봐. 그럼 되게 무서워. 집이 쓰러질 것 같아."

아이들의 시선이 폭풍에 휘어진 물막이 판자를 지나 검은 처마까지 올라갔다. 집 꼭대기 위엔 엷은 하늘, 그 하늘엔 구름이 대각선으로 흐르고 있었다. 아이들에겐, 구름은 제자리에 있는데 집이 앞으로 기울어지는 듯한 느낌이었다. 집이 점점 기울자 선샤인은 겁을 집어먹고 허둥지둥 일어나 도망쳤다. 버니는 좀더 오래 버텼지만 결국 일어나 안전한 곳으로 도망치기 시작했다.

코일은 아이들을 배에 나란히 앉혔다. 아이들은 뱃전을 꼭 붙잡았다. 배가 위잉 하고 달렸다. "빨리 달려, 아빠!" 선샤인이 외쳤다. 그러나 버니는 뱃머리 쪽에 이는 흰 포말만 바라보고 있었다. 포말 속에서 흰 개의 얼굴이 보였다. 번들거리는 눈과 거품을 문 주둥이. 물결이 우르르 일자 개도 함께 달려들었다. 버니는 뱃전을 꽉 움켜쥐고 비명을 질렀다. 코일은 배를 세웠다.

멈춘 배는 물위에서 파도에 부딪혀 이리저리 흔들렸다.

"물속에서 개를 봤어." 버니가 흐느끼며 말했다.

"물속에는 개가 없어. 그냥 물거품인데 네가 잘못 본 거야. 버니, 개는 물속에서 살 수 없어."

"데니스 아저씨가 그러는데 물개*도 있대."

"그건 다른 개야. 진짜 살아 있는 개는, 워런처럼……" 아니, 워런은 죽었지. "살아 있는 개는 물속에서 수영도 하고 죽은 오리를 사냥꾼에게 물어다주기도 한단다." 빌어먹을, 왜 자꾸 죽는 얘기가 나온담.

"개처럼 보였단 말이야. 흰 개. 그놈이 나한테 막 화를 냈어. 날 물려고 했어. 피가 나게." 이제 버니는 눈물까지 흘렸다.

"버니, 그건 진짜 개가 아냐. 그냥 상상 속의 개야. 진짜처럼 보여도 널 해치진 못해. 다시 개가 보이면 너한테 이렇게 말해. '이건 진짜 개인가, 상상 속의 개인가?' 그러면 진짜 개가 아니란 걸 알고 웃어넘기게 될 거야."

"그렇지만 아빠, 진짜 개였다구!"

---

* water dog. 물개 사냥개를 뜻함.

"물속에? 돌 속에? 합판 속에? 제발 좀 그만해라, 버니." 코일은 논리적인 설득으로 흰 개의 환상을 물리치려고 애썼다. 그리고 돌아올 때는 가능한 한 뱃머리에 물결이 일지 않도록 천천히 달렸다. 이제 흰 개라면 신물이 날 지경이었다.

오후에 고모가 파이를 만드는 동안 코일은 식탁을 차렸다.

"조카, 빨간 식탁보를 깔아. 층계 밑 서랍장에 있어. 셔츠도 좀 갈아입는 게 좋겠는데." 아직 환한 대낮인데도 고모는 유리 촛대에 흰색 초 두 개를 꽂았다. 이곳에선 밤 아홉시나 되어야 해가 졌다.

버니와 선샤인은 흰 스타킹을 신고 추수감사절에 입는 레이스칼라가 달린 벨벳 드레스로 잔뜩 멋을 부렸다. 선샤인은 버니의 검정 에나멜 가죽구두를 물려 신었지만 버니는 초라한 운동화밖에 없어서 입이 나왔다. 드레스도 너무 작아 겨드랑이가 꽉 끼고 치마도 껑충했다. 거기다 덥기까지 했다.

돈의 일제 차가 커브를 돌아 달려오는 소리가 들렸다. "오는구나. 버니와 선샤인은 지금부터 얌전히 굴어야 해, 알았지?" 고모가 두 아이에게 당부했다.

남자가 신어도 될 정도로 큰 흰색 하이힐을 신은 돈이 갈색 입술에 미소를 가득 머금고 계단을 올라왔다. 나일론 블라우스는 번쩍거리고 뒤쪽 치맛단은 축 늘어져 있었다. 병을 들고 있어서 와인을 가져온 것이려니 했는데 알고 보니 백포도 주스였다. 가격표가 그대로 보였다.

그녀의 구두 앞코가 보기 흉하게 튀어나와 있었다.

코일은 페틀을 생각했다. 가장자리 장식이 달린 드레스를 입은 페틀, 긴 다리를 뻗어 은구슬 장식이 있는 슬리퍼를 신고 트레조르 향수 냄새를 물씬물씬 풍기며 팔랑팔랑 다니다가 거울에, 토스터에, 유리잔에 비친 자기 모습을 할금할금 보면서 자신에게 넋을 빼앗긴 코일을 향해 손가락을 튕기던 페틀. 코일은 초라한 나방 같은 돈에게 강한 연민을 느꼈다.

지루한 대화. 돈은 맨바닥과 삭막한 창문을 근사하다고 칭찬했다. 선샤인은 꼬질꼬질한 곰인형과 장난감 차를 무릎 위에 쌓아놓고 "이건 곰이에요, 이건 차예요" 하고 설명했다. 손님이 장난감도 없는 나라에서 오기라도 한 듯이.

이윽고 고모가 향긋한 파이를 코일 앞에 탁 내려놓았다. "조카, 이걸 접시에 담아."

고모는 촛불을 켰다. 불빛은 식탁 위로 쏟아져들어오는 원통 모양의 햇살에 녹아 보이지 않았지만 양초 타는 냄새가 코끝에 스며들었다. 완두콩과 작은 양파를 넣은 샐러드 요리가 나왔다.

"저도 도울게요." 돈이 일어서며 말했다. 치마가 의자 다리에 걸려 엉거주춤한 자세였다. 그러나 딱히 할 만한 일이 없었다. 그녀의 목소리가 아무 장식도 없는 삭막한 식당 안에 메아리쳤다.

코일은 알루미늄 칼로 파이를 잘랐다. 버니가 타고 있는 촛불에 포크를 들이댔다.

"그러면 못써." 고모가 경고했다. 김이 모락모락 나는 바닷가재 파이 한 조각이 돈의 접시로 미끄러졌다.

"어머, 바닷가재인가요?" 돈이 물었다.

"그래요." 고모가 대답했다. "바닷가재 파이는 맛이 그만이지."

돈이 매우 상냥하게 말했다. "애그니스, 전 그냥 샐러드를 먹을게요. 바닷가재 요리를 안 좋아해요. 어렸을 때부터요. 점심 도시락으로 늘 바닷가재 샌드위치를 싸 갔거든요. 우린 그걸 도랑에 버리곤 했어요. 게도요. 커다란 거미 같잖아요!" 그러면서 억지웃음을 지어 보였다.

버니가 접시에 놓인 파이 껍질과 오렌지색 살을 내려다보았다. 코일은 아이가 비명을 질러댈 걸 예상하고 몸을 사렸지만 버니는 보란듯이 파이를 씹으며 말했다. "난 빨간 거미 고기가 좋아."

돈이 코일을 향해 말했다. 그녀는 지나칠 정도로 성의를 다해 말했다. 관심을 가장하며.

"그 사람들 애그니스에게 너무 심했어요." 그러나 사실 아무 관심도 없었다.

"어떤 사람들이요?" 코일이 턱에 한 손을 붙이고 물었다.

"히틀러 배의 주인들 말이에요. 그냥 몰래 도망쳐버렸어요."

"무슨 소리예요?" 코일이 고모를 돌아보며 물었다.

"사기를 당한 것 같아." 고모는 분노가 머리끝까지 치밀었다. "그 요트에 의자 두 개를 빼고 전부 천갈이해서 배달했는데 그냥 가버린 거야. 요트가 사라졌다고. 날이 어두워지자 이곳을 떠났어."

"요트 등록부를 보고 추적할 수 없을까요? 눈에 잘 띄는 배니까."

"그냥 좀 기다려볼래. 어쩌면 급한 사정이 생겨서 떠난 건지도 모르니까. 몸이 아프거나 사업상 중요한 일이 있거나. 그들은 석유 사업을 하고 있거든. 부인 혼자만 한다고 봐야지. 돈을 가진 쪽은 부인이거든. 아니면 뉴욕 미용실에 예약해놓은 걸 깜빡 잊었다가 갑자기 생각나서 급히 떠났는지도 몰라. 그들은 늘 그런 식이지. 내가 너한테 그런 말 안 했었니?"

"미국에서는 그 사람들 일을 안 맡으셨어요? 계약서에 그 사람들 주소가 있을지도 모르잖아요."

"몇 년 전에 소파 천갈이를 했지. 하지만 계약서는 아직 롱아일랜드에 있어. 창고에."

"거기 있는 짐은 다 가져오신 줄 알았는데요." 그제야 코일은 새삼 집안이 썰렁하다는 걸 느꼈다. 고모가 가져오겠다던 가구들이 아직 다 도착하지 않은 것이다. 벌써 두 달이나 지났는데.

돈은 버터가 묻어 번들거리는 코일의 입술을 보았다.

"시간이 걸려." 고모가 말했다. "로마는 하루아침에 이루어진 게 아니잖니."

바깥에선 거세진 바람이 케이블 사이에서 윙윙대는 소리가 들려왔다. 버니가 창가에 서 있었다.

"카드놀이 할 사람?" 고모가 노름꾼처럼 곁눈질하면서 손을 비벼대며 물었다.

"올포즈 할 줄 아세요?" 돈이 물었다.

"아하," 고모가 말했다. "돈은 그걸 알고 있군."

고모는 위스키 병을 둔 찬장을 흘낏거렸다. 위스키 병을 따게 될 수도 있었다.

19
버디호여 안녕

"러시아식 탈출법. 한 죄수가 (…) 간수에게 묶여 있다. 죄수는 탈출하기 위해 밧줄로 묶인 양손을 마주 비벼 밧줄 고리가 손꿈치 사이에 끼게 한다. 그다음 밧줄 고리를 손가락이 시작되는 부분까지 밀어내려서 한쪽 손끝으로 고리를 잡고 다른 손 손등으로 밀어넘기는 건 식은 죽 먹기. 죄수는 그렇게 손을 빼고 (…) 손등 위와 수갑매듭 아래로 밧줄을 푼다."

—『애슐리 매듭서』 중에서

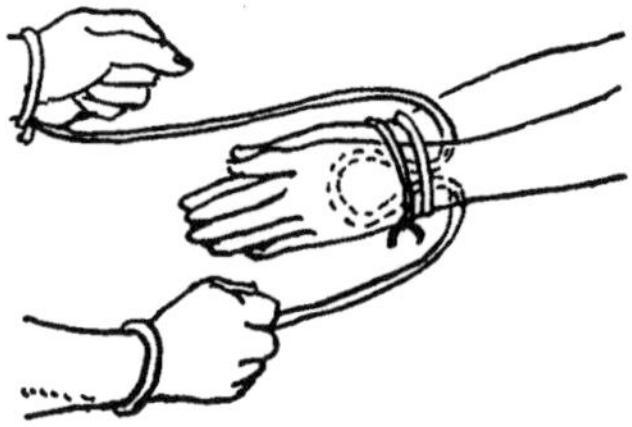

이따금 터트 카드는 편집실 사람들을 밖으로 내몰곤 했다. 두 날씨가 엎치락뒤치락하는 틈바구니에서 바람 한 점 없이 후텁지근한 정오. 모두 빌리의 트럭에 끼어 타고 피시앤드칩스를 먹으러 킬릭클로의 피셔맨스챈스로 향했다. 겨드랑이에 옴이 올라 양손으로 벅벅 긁어대는 터트 카드를 피해서 나온 것이었다.

그들은 더위에 축 늘어져서는 공공 부두에 앉아 스티로폼 용기에 든 도시락을 먹었다. 코일은 눈부신 햇살에 눈도 제대로 못 뜨고 입으로 숨을 쉬었다. 빌리 프리티가 가리키는 북동쪽 수평선에는 결혼반지에서 실크 스카프가 당겨져 나오듯 하나의 점에서 보랏빛 구름들이 뭉게뭉게 피어났지만, 남서쪽 하늘엔 마블링 예술가가 빛으로 소용돌이와 폭포와 날개 모양의 멋들어진 분수를 그려놓은 듯한 환상적인 그림이 펼쳐져 있었다.

넛빔이 말했다. "이번주엔 성범죄 관련 기사가 사상 최고야. 잭이 좋아하겠어. 일곱 건씩이나 되니까. 짐승 같은 아비가 제 자식에게 그 짓을 한 사건, 신부가 성가대 소년을 건드린 사건, 스트리빈스만에 사는 한 친절한 동네 아저씨가 동네 여자아이들을 주일학교까지 태워다주며 속옷을 벗으면 과자를 사주겠다고 꼬드긴 사건. 늘 일어나는 흔해 빠진 사건들이지. 그런데 좀 특이한 사건이 하나 있어. 뉴펀들랜드의 어두운 일면을 보여주는 사건이지. 미스키만에 있는 어떤 술집 경비원이 주정뱅이를 억지로 몰아냈는데 그 주정뱅이가 자기 트럭으로 달려가서 짐칸 아이스박스에 있던 톰코드를 들고 와서는 경비원의 바지를 다 찢어버리고 톰코드로 성폭행을 했다는 거야." 그러면서 넛빔은 웃지도 않았다.

"톰코드가 뭔데요?" 코일이 물었다.

빌리가 말뚝에 기대며 하품을 했다. "작은 대구. 대구에도 몇 가지 종류가 있지…… 어쨌거나 다 생선이야."

그는 몰려오는 구름을 바라보았다. 푸른 하늘에 덩굴손 같은 구름이 뱀처럼 기어가고 있었다.

"묘한 시기야, 묘한 날씨고. 월요일은 노오란 날이었지. 묵은 오줌이 든 요강처럼 하늘이 온통 칙칙한 노랑이었다구. 그러더니 어제는 푸른 안개가 자욱했어. 내 누이의 막내놈이 세인트존스에서 전화를 했는데 워터 스트리트에 난데없이 하늘에서 얼어죽은 오리들이 떨어졌다는 거야. 여덟 마린가 열 마리쯤 되는 오리가 깃털이 고스란히 붙은 채로 잠자듯 눈을 감고 죽어 있더래. 북극 얼음처럼 꽁꽁 얼어서. 그런 일이 일어날 때는 조심해야 돼. 어제 전화로 이상한 얘기를 들었지. 넛빔이 말한 톰코드 사건이 일어난 바로 그 미스키만에서 벌어진 일이야. 거기도 요상한 기운이 감돌고 있어. 거기서도 얼어죽은 오리가 떨어지는 사건이 없었더라면 그 얘기를 듣고 놀라지도 않았을 거야."

"얘기해줘요." 넛빔이 파이프 담배에 대고 기침을 하며 말했다.

"사실 사건이랄 것도 없지만 미스키만에 감도는 불길한 기운을 증명해주는 얘기지. 난 이제 거긴 절대 안 내려갈 거야. 경찰한테 들었는데, 세 아이를 둔 엄마가 철제 수건걸이를 들고 자기 할머니를 찾아가서 처참하게 때리고 집에 불을 질렀대. 경찰이 두 사람을 구해내긴 했는데, 그 불쌍한 노파는 가죽 벗긴 물범처럼 온몸이 피투성이에다 끔찍한 화상을 입었다더군. 그 집 부엌에서 자원봉사 소방대원들이 보물을 찾아냈대. 싱크대 밑 양동이 속에 삼백 달러 상당의 종교적인 보석이 들어 있었는데, 알고 보니 지난 일 년간 울워스마트에서 몰래 훔쳐온 보석들이더래. 할머니와 손녀딸은 서로 죄를 떠넘기고 있다지 뭔가!"

"이번주엔 자동차 사고 기사가 없어요." 코일은 여전히 페틀의 사고를 떨쳐내지 못하며 중얼거렸다. 산들바람이 바다에 물결을 일으키더니 잦아들었다.

"비가 내렸다 하면 꼭 홍수가 진다더니, 치 떨리는 성범죄가 왜 이렇게 많아. 그런데 굉장한 외신이 하나 들어왔어. 레즈비언 흡혈귀 재판이 끝났대. 오늘 아침에 라디오에서 들었지." 넛빔이 말했다.

"잘됐네요." 코일이 말했다. "어쩌면 잭이 자동차 사고 기사를 포기하고 대신 그걸 실을지도 모르니까. 사진은 있어요?"

"낡아빠진 라디오로 들은 건데 사진은 무슨 사진. 그리고 잭은 호주에서 일어난 사건 기사 때문에 자동차 사고를 포기하지는 않아. 자동차 사고 기사를 사진과 함께 일면에 싣는 건 움직일 수 없는 원칙이거든. 지금부터 다섯시까지 누가 사고를 내지 않으면 터트의 서류철에서 사진 하나를 골라 싣는 수밖에. 그런데 자넨 해운 기사와 배에 관한 칼럼도 써야 하잖아. 맞지?" 잘도 빠져나가는 넛빔.

"맞아요." 코일은 스티로폼 용기 뚜껑에 묻은 케첩을 핥은 다음, 냅킨을 비비꼬며 말했다. "화요일 오전에 퍼디션만에서 폭발한 배에 대해 썼어요."

빌리가 기지개를 켜며 하품을 했다. 그의 목살이 잠시 팽팽해졌다. "난 계절의 변화가 느껴져. 해가 짧아지고 있어. 날씨가 바뀐다는 건 더위가 물러간다는 거지. 게이즈섬에 가서 불쌍한 우리 아버지 산소를 돌볼 때가 왔어. 작년에도, 재작년에도 미뤘지." 슬픔어린 어조. 그는 마치 봉투 속에 존재하는 듯했다. 이따금 봉투가 열리고 납작해진 그가 테이블 위로 미끄러져 떨어졌다.

"더위라뇨?" 코일이 말했다. "오늘 처음으로 기온이 사십 도를 넘은 것 같은데. 화씨로. 비가 오다가 금세 눈보라로 바뀌잖아요. 그런데 게이즈섬이 어디예요?"

"게이즈섬이 어딘지도 모른단 말야?" 빌리가 잠시 웃었다. 그의 찌르는 듯 날카로운 푸른 시선. "해협에서 북동쪽으로 십오 마일 거리에 있어. 고래떼가 한꺼번에 섬 위로 올라온 적이 있어서 고래섬이라고도 하지만 내겐 게이즈섬이지. 원래는 그 이름이 아니었지만 말이야. 아름다운 곳이지. 이 고장의 명소야." 놀리는 말투였다.

"가보고 싶군요." 코일이 양배추 샐러드를 먹으며 말했다. "섬에 가본 적이 없거든요."

"이봐, 놀라지 마. 자넨 지금 섬에 있어. 지도를 보라구. 게이즈섬엔 나랑 같이 가지. 자네도 꼭 가봐야 할 곳이야. 그럼, 토요일 오전에 가세. 날씨만 좋으면 이번 토요일에 갈 거니까."

"고모님이 달리 계획하고 계신 일이 없으면 그렇게 하죠." 코일은 줄곧 만을 바라보고 있었다. 기다리는 배라도 있는 것처럼. "어제 만에 신문용지 운송선이 들어왔어요. 그 배에 대해 쓰려고 했죠." 구름이 몰려오면서 햇살이 점점 빛을 잃어갔다.

"나도 봤어. 무슨 문제가 있었다면서?"

"기관실에 불이 났대요. 원인은 밝혀지지 않았고요. 디디 쇼블 말이, 오 년 전이었다면 그런 배는 폭동이 일어나거나 식량이 바닥난 상태가 아니고는 킬릭클로항에 절대 들어오지 않았을 거라더군요. 하지만 이제 선박 수리용 부두, 장비, 트럭 터미널까지 갖춰놓아서 들어오는 거라고요. 부두를 확장할 계획이래요. 조선소 건설 얘기까지 나오나봐요."

"예전엔 이렇지 않았어." 빌리 프리티가 말했다. "킬릭클로엔 허물어져가는 부두 두어 군데와 가옥 스무 채가 전부였지. 2차세계대전 전까지 큰 항구는 아까 말한 바로 그 미스키만이었어. 그땐 미스키만도 대단했지. 대형 전함, 유조선, 화물선, 군대 수송선 등등 배란 배는 다 들어왔으니까. 전쟁이 끝나자 미스키만은 갑판에 쓰러졌고 킬릭클로가 일어나서 미스키만을 배 밖으로 걷어찼지. 자, 어떻게 된 건지 물어보게."

"어떻게 된 건데요?"

"무기 때문이야. 전쟁중에 미스키만은 무기 선적항이었거든. 바다에 빠뜨린 무기가 엄청나서 그후로는 겁이 나 아무도 미스키만에 닻을 내리지 못하게 된 거지. 무기와 케이블. 항구 바닥에 전신, 전화 케이블이 얼마나 복잡하게 헝클어져 있는지 고양이떼가 수천 개의 실꾸리를 풀어놓은 것 같다니까. 사실 그때부터 비운의 미스키만이 몰락하기 시작했지. '미스키만의 저주, 아직도 풀리지 않아' 어때? 아까 말한 수건걸이 사건 기사 제목으로 어울리지 않아?" 지워진 태양, 삼각파도, 거센 바람.

"저것 좀 봐." 빌리가 불에 탄 선체를 끌고 오는 예인선을 가리켰다. "저걸 뭐에 쓰려고 끌고 오는지 모르겠네. 자네가 칼럼에 썼다는 퍼디션만의 배가 바로 저거지? 자세한 얘기 좀 해줘봐, 코일."

탄내가 코끝에 스며들었다.

"여기 있어요." 코일이 주머니를 뒤적거렸다. "물론 아직 정리가 덜 됐지만." 지난 이틀간 그는 희생자의 친척과 목격자, 해안경비대, 전기공, 미스키만의 프로판가스 판매인을 대상으로 취재를 했다. 그는 기사를 꺼내 큰 소리로 읽었다.

버디호여 안녕

퍼디션만의 주민들은 화요일 아침을 잊지 못할 것이다. 새벽의 첫 햇살이 주낙어선 버디호의 선미를 물들일 무렵, 아직 많은 사람들이 잠들어 있었다.

버디호 선주 샘 놀리는 새 전구를 들고 배에 올랐다. 끊어진 전구를 교체할 작정이었다. 햇살이 조타실에 채 미치기도 전에 샘 놀리는 세상을 떠났고 버디호는 이쑤시개 모양으로 산산조각난 채 연기를 뿜어내며 항구를 떠돌았다.

무시무시한 폭발의 여파로 퍼디션만의 거의 모든 집의 유리창이 흔들렸고 폭음이 미스키만까지 들렸다고 한다. 파이널곶에서 고기잡이를 하던 어선이 바다를 가로지르는 불덩어리와 검은 연기를 목격했다.

경찰은 밤새 프로판가스가 누출돼 조타실에 차 있다가 샘 놀리가 새 전구를 끼우자 발화되어 폭발이 일어난 것으로 보고 있다.

문제의 주낙어선은 세상 빛을 본 지 채 이 주도 되지 않았다. 샘과 헬렌이 결혼하던 날 처음 띄운 배였다.

"저런." 빌리가 말했다.

"나쁘지 않아." 넛빔이 말했다. "잭이 좋아하겠군. 피와 배와 폭발." 넛빔은 그러면서 손목시계를 보았다. 모두들 일어섰다. 종이 한 장이 바람에 날려 부두를 따라 굴러가다가 바다로 떨어졌다.

빌리가 눈을 가늘게 뜨고 코일에게 말했다. "토요일 아침이야." 하늘의 푸른 균열 같은 눈. 그들은 터트 카드에게로, 답답한 사무실로 돌아갔다. 머리 위로 구름이 뭉쳐 모래밭에 새겨진 파도 자국 같은 섬세한 소용돌이무늬를 이루고 있었다.

빌리와 넛빔이 안으로 들어간 뒤에도 코일은 잠시 더 균열된 도로에서 있었다. 긴 수평선, 열렸다 닫혔다 다시 또 열렸다 하는 스윙도어처럼 움직이는 응고된 바다.

20
게이즈섬

"해적선과 그에 딸린 작은 보트. 포로 수가 많아 배에 다 태울 수 없었던 해적들은 배꼬리에 작은 보트를 매달아 포로들을 태웠다. 포로들이 지닌 날카로운 쇠붙이를 모두 빼앗고 밧줄 두 가닥을 겹쳐 보트를 단단히 묶었다. 밧줄 끝을 배꼬리의 링볼트에 소매듭으로 묶고 노 젓는 좌석들에 감아매기한 뒤 뱃머리 링볼트를 지나 해적선 갑판까지 닿게 한 것이다. 그러곤 도망칠 수 있으면 도망치라고 했다. 무슨 수로 도망을 치겠는가?"

—『애슐리 매듭서』 중에서

코일은 빌리 프리티의 고깃배에 타고 있었다. 노인은 민첩하게 배에 오른 뒤, 플라스틱 가방을 좌석 밑에 놓고 밧줄을 확 끌어당겼다. 엔진이 나팔소리를 냈다. 배는 요란한 엔진 소리를 뒤로 흘리며 달렸다. 빌리가 합판 상자를 뒤져 황갈색 플라스틱 기구를 꺼내 등에 받쳤다.

"아, 이건 내 등 친구야. 척추를 받쳐줘서 편안하거든."

딱히 할말이 없었다. 안개 낀 수평선. 진줏빛 하늘을 뚫고 새어나와

널리 퍼지는 노란 햇살. 바람이 코일의 입안을 가득 채우고 그의 머리카락을 때리며 갈라놓았다.

"저건 숫양 바위와 새끼양 바위야." 빌리가 해협 바로 너머에 있는 바위 두 개를 가리키며 말했다. 물결이 바위들을 씻어내리고 있었다.

"바위에 이름이 있다니 좋은데요." 코일이 말했다. "코일곶에도 바위가……"

"아, 빗 바위 말이군."

"맞아요, 끝이 뾰족뾰족한 톱니 모양으로 생겼죠."

"그 바위엔 뾰족한 끝이 열두 개지. 지금은 어떤지 모르지만 예전엔 그랬어. 옛날 유황 성냥처럼 생겼다고 해서 그런 이름을 붙인 거야. 그때는 성냥이 한 갑에 열두 개씩 들어 있었는데 밑동이 한데 붙은 빗 모양이었거든. 그걸 하나 떼어내면 유황냄새가 지독했지. 그래서 모두들 냄새 지독한 빗이라고 불렀어. 코일곶에는 알려진 암초나 바위가 거의 없다네. 빗 바위에서 북쪽으로 가다보면 롤빵이란 바위가 있는데 한 접시 가득 담아놓은 롤빵 같은 돌덩어리들이 물에 반쯤 잠겨 있어. 곶 끄트머리에는 썰매 끄는 개 바위가 있는데, 정면으로 다가가면서 보면 영락없이 큰 개 한 마리가 고개를 쳐들고 두리번거리는 모양새야. 사람들은 그놈이 난파선을 기다리다가 사람들이 빠지는 걸 보면 헤엄쳐 가서 냉큼 삼켜버린다고들 하지."

코일은 순간 버니를 생각했다. 버니는 못 보게 해야지.

빌리는 햇살에 눈이 부셔 모자를 푹 눌러썼다. "아직 놀런은 못 만났나?"

"언젠가 아침에 혼자 낡은 도리선을 타고 있는 걸 본 것 같아요."

"그럼 놀런이 맞아. 괴짜 늙은이야. 아직도 구식을 고집하며 살지. 실직 수당도 안 타먹고. 훌륭한 어부이긴 하지만 똥구멍이 찢어지게 가난해. 겨우겨우 혼자 입에 풀칠하고 사는 정도야. 아마 까막눈일걸. 자네 친척이니 자네가 한번 인사를 가야지."

"여기 친척이 살고 있는 줄은 몰랐어요. 고모님은 모두들 떠났다고 하셨거든요."

"그렇지 않아. 놀런이 시퍼렇게 살아 있지. 내가 듣기론 그 집이 자기 거라고 생각한다던데."

"어떤 집이요? 우리집이요? 곶에 있는 고모님 집 말이에요?"

"그래."

"이제야 그런 소리를 듣다니 기가 차네요." 코일이 웅얼댔다. "지금까지 아무도 그런 말 한 적 없어요. 그가 직접 찾아올 수도 있었잖아요, 안 그래요?"

"그건 놀런다운 행동이 아니지. 잘 한번 지켜보라구. 그는 옛날 코일 집안 사람들처럼 밤에만 살금살금 움직인다네. 사람들이 그러는데, 놀런한테서 시체 썩는 냄새가 난대. 죽은 부인의 시체와 자서 신성모독의 냄새가 몸에 밴 거라면서. 이제 그와 가까이할 여자는 없을 거야. 아무렴."

"세상에!" 코일은 몸서리를 쳤다. "그런데 옛날 코일 집안 사람들처럼이라뇨? 옛날 우리 집안 사람들이 어땠는데요?"

"모르는 게 나아. 오말루어만도 코일 집안을 빗대어 붙인 이름이야. 미치광이들이지. 코일 집안은 야만적이고 우둔한데다 근친상간자들에 살인자들이었어. 그중 절반은 야비한 인간들이었지. 자네가 개미 버드에 편지를 보냈을 때 잭이 어떤 반응을 보였는지 아나? 자네 연고지에 모조리 전화를 걸어서 자네 됨됨이를 물었다네. 새 이름을 가진 친구 있지? 그 친구가 잭을 안심시켰지. 자네는 아주 얌전한 사람이고 난동을 부리거나 사람을 죽이거나 한 일은 절대 없었다고 말이야."

"파트리지 말이군요." 코일이 말했다.

"우린 자네가 어떤 모습으로 나타날지 궁금해서 미칠 지경이었어. 거구의 난폭한 깡패를 상상했지. 거구인 건 사실이지만. 코일 집안이 저곳에 살기 시작한 지는 백 년 정도밖에 안 되네. 1880년인가 1890년경에 코일 씨들과 그들의 여자 쪽 친척들로 이루어진 남자 쉰 명이 저 초록 집을 밧줄로 묶어서 몇 마일이나 되는 얼음길을 건너 곶까지 끌고 갔어. 가문비나무 기둥으로 거대한 썰매 같은 걸 만들어 그 위에 싣고 간 거지."

빌리는 바다 쪽으로 방향을 잡고 해협을 빠져나갔다. 모자를 쓰고 나오는 걸 또 잊은 코일의 머리카락이 바람에 휘날렸다. 고깃배가 파도를 가르며 달렸다. 코일은 화창한 날 바다에 나가본 사람만이 느낄 수 있는 이름 모를 쾌감에 젖었다.

"이름 붙은 바위 얘기가 나와서 말인데, 뉴펀들랜드엔 그런 바위가 수천 마일에 걸쳐 흩어져 있어. 우선 뉴펀들랜드 자체가 바다 위의 거대한 바위이고, 그 주위에 흩어져 있는 섬들도 바위니까. 세인트존스에 있는 사슬 바위와 팬케이크 바위는 특히 유명한데 둘 다 깎아지른 듯 가파른 모양새로 솟아 있지. 또 뱃길에 방해가 되어 폭파시킨 바위도 있어. 세인트존스해협에 있던 멀린 바위와 루비 바윈데 백여 년 전에 폭파시켰어. 저 위 북쪽 해안에는 롱해리 바위가 있고, 해초가 제멋대로 엉겨붙은 미치광이 바위들도 있지.

보나비스타곶에는 올드해리 바위가 있다네. 두 길 아래 물속에 삼마일가량 뻗어 있고 그 맨 끝에 조그맣게 솟은 부분이 있어 그걸 영해리 바위라고 부르지. 노스브로드만에는 가마우지 바위와 지옥 바위가 있어. 가마우지는 고약한 냄새를 풍기는 검정 거위인데 죽은 물고기로 집을 짓는다고 해. 이곳에선 그랜드뱅크스 출신을 가마우지라고 불러. 저 아래 뷰린반도의 포천 출신은 허수아비라고 부르고." 빌리 프리티는 고개를 뒤로 젖히고 거칠지만 경쾌한 테너음으로 노래를 불렀다.

포천 허수아비들과 그랜드뱅크 가마우지들
모두모두 종이 자루에 쑤셔넣었지.
종이 자루가 찢어지자
그랜드뱅크 가마우지들이 악다구니를 해대네.

"자네 이 노래 들어본 적 없나? 다시 바위 얘기로 돌아가서, 샐비지항구에 크고 넓적한 바위가 하나 있는데 이름하여 빵덩어리 바위라네. 주방 바위라는 것도 있어. 펑크제도는 암초와 모래톱투성이의 바다지. 거기 클레오파트라 바위와 걸쇠 바위가 있다네. 포고제도의 바다도 바위투성이라 배들이 숱하게 난파됐어. 그곳에서 나고 자란 토박이들만 암초를 피해갈 수 있지. 보조돛 바위, 이빨 빠진 바위, 아일랜드 바위, 막사 바위, 사람들 엉덩이를 검사하고 싶어하는 검사관 바위.

아, 저길 봐. 저게 게이즈섬이야. 삼 년 만에 와보는군. 난 이곳에서 태어나 마흔 살까지 줄곧 살았다네. 젊었을 때 몇 년 화물선을 타고 떠

돈 적은 있지만 먼바다를 떠돌다가 두어 번 난파돼 고향 바다로 돌아오고 싶어졌지. 이 물에 친척들이 숱하게 빠져 죽었으니 편안하게 죽을 수 있을 것 같아서. 고향에 돌아온 뒤로는 연안에서 고기잡이를 했어. 잭 버깃은 플라워섁만 출신이지만 내 먼 친척뻘이지. 그의 어머니와 우리 어머니가 사촌간이거든. 그렇게 안 보이겠지만, 사실 우린 동갑내기일세. 일흔셋. 잭은 나이를 먹으면서 더 강해졌고 난 쭈그러들었지. 정부가 1960년에 우릴 게이즈섬에서 몰아냈네. 삼십 년 넘게 비워뒀는데도 아직 멀쩡하게 서 있는 집들이 간혹 보이지? 아직 끄떡없어 보여."

"곶에 있는 우리집도 그래요." 코일이 말했다. "사십 년이나 비어 있었는데도 상태가 양호한 편이죠."

"그보다 더 됐지."

게이즈섬은 깎아지른 듯한 절벽처럼 솟아 있었다. 그 무시무시한 섬에서 반 마일쯤 떨어진 곳에 수면 위로 울퉁불퉁 솟은 바위들이 포말에 씻기고 있었다.

"저게 고향 바위네. 저 바위를 보고 방향을 잡지." 빌리는 섬의 남쪽 끝으로 방향을 돌렸다.

그는 보이지 않는 모래톱과 암초들의 미로를 조심스럽게 헤쳐나갔다. 배는 붉은 절벽을 향해 나아가고 파도가 절벽 발치에 몸을 던졌다. 코일은 입안이 바짝 타들어갔다. 이제 배는 절벽에 부딪힌 파도가 만들어내는 포말이 이는 곳까지 접근했다. 절벽이 이십 피트 정도 앞으로 가까워졌는데도 입구 같은 건 보이지 않았다. 빌리는 그림자가 드리운 쪽으로 배를 몰았다. 옥색 수면 위로 솟은 절벽에 엔진 소리가 메아리쳐 실제보다 몇 배는 더 요란하게 울려퍼졌다.

어느새 그들은 좁은 해협에 들어와 있었다. 팔만 뻗으면 절벽에 닿을 수 있는 거리였다. 절벽이 점점 벌어지면서 해협이 넓어지기 시작했다. 왼쪽으로 굽은 수로를 따라 뭍의 테두리에 둘러싸인 만으로 들어섰다. 건물 대여섯 채, 하얀 집이 한 채, 뾰족탑이 기울어진 교회, 물막이 판자로 만든 경사로, 그리고 낡은 부두와 통나무집이 보였다. 코일은 게이즈섬이 이처럼 은밀한 곳에 있는 폐허일 줄은 상상도 못했었다. 이 섬의 황량함과 교묘하게 숨어 있는 좁은 해협이 짐승의 은신처를 연상시켰다.

"묘한 곳이군요." 코일이 말했다.

"게이즈섬일세. 킬릭클로에선 게이즈섬 사람에게 두 가지 특징이 있다고 하지. 물고기를 찾는 데는 귀신이라는 점과 뉴펀들랜드의 그 어느 곳 사람들보다 화산에 대해 잘 알고 있다는 점."

빌리는 배를 해변으로 붙인 뒤, 엔진을 끄고 모래밭으로 끌어올렸다. 프로펠러에서 뚝뚝 떨어지는 물방울 소리와 갈매기 울음소리만 들려올 뿐 사위는 고요했다. 빌리는 카악 하고 가래침을 뱉고는 해변에서 멀찌감치 떨어져 서 있는 집을 가리켰다.

"저게 우리집이었어."

원래는 빨간 페인트칠을 했던 집이 소금기에 칙칙한 분홍으로 변해 있었다. 담장도 허물어져 일부만 남았다. 빌리는 가방을 들고 배에서 뛰어내려 모래밭에 반달 모양 장홧굽 자국을 남기며 걸었다. 바위에 박힌 쇠기둥에 배를 묶었다. 코일도 어기적어기적 뒤를 따랐다. 고요. 저벅거리는 발소리와 바다의 웅얼거림만이 들려왔다.

"우리 아버지가 어렸을 때 이곳엔 다섯 가족이 살았어. 프리티, 풀, 숍, 필리, 커슬릿. 그들은 서로서로 혼사를 맺었다네. 친절하고 좋은 사람들이었지. 인정이 넘쳤어. 요즘은 여자고 남자고 다 저만 아는 세상이 되었지만."

빌리는 잡초 위로 허물어져 내린 담장을 다시 쌓으려고 들어올렸지만 손안에서 부서졌다. 하는 수 없이 허물어지지 않은 부분이나 깨끗이 치우고 바위로 괴었다.

두 사람은 게이즈 언덕으로 올라갔다. 절벽 가장자리에 있는 그 언덕은 한쪽에 가문비나무가 모여 서 있고 나지막한 돌담이 둘러쳐져 있었다. 언덕 위에 올라서니 컵 모양의 항구가 내려다보였고 반대편으로는 유럽이나 몬트리올을 향해 망망대해를 떠가는 배들이 조그맣게 보였다. 초록 바다. 북쪽으로는 빳빳하게 풀을 먹인 시트처럼 보이는 빙산이 둘. 그리고 킬릭클로가 뿜어내는 연기. 동쪽 저멀리엔 거즈를 말아놓은 듯한 모양의 검은 띠가 가물가물 눈에 들어왔다.

"여기서 보면 사방으로 멀리 있는 배까지 다 보이지. 여름엔 이곳에 소를 풀어놓곤 했다네. 뉴펀들랜드의 소들 중에 이보다 멋진 경치를 본 놈은 없을 거야."

두 사람은 이끼와 히스를 밟으며 묘지로 향했다. 뭉툭한 말뚝 울타리 안에 십자가와 나무 묘비들이 모여 있었는데 쓰러져 땅에 누운 것도 많았고 묘비에 새겨놓은 글씨는 차가운 빛에 바래고 있었다. 빌리 프리티가 한쪽 구석에 무릎을 꿇고 앉아 잡초를 뽑았다. 나무로 만든 묘비 꼭대기의 양 모서리가 돌로 만든 비석처럼 둥그스름하게 다듬어져 있었고 묘비의 페인트 글씨는 아직 읽을 만했다.

W. 프리티

1897년에 태어나 1934년에 잠들다.

인생의 거센 폭풍우 속에서 최선을 다한 그에게

주님께서 영면을 허락하시다.

"불쌍한 우리 아버지 묘일세. 내가 열다섯 살 때 돌아가셨지." 빌리 프리티는 무덤을 둘러싼 관 모양의 가두리에서 잡초를 뽑았다. 가두리에는 흑백의 다이아몬드 무늬로 페인트칠이 되어 있었는데 아직 깨끗해 보였다.

"지난번에 왔을 때 칠한 건데 다시 하는 거라네." 빌리는 가방을 열어 페인트통과 붓 두 자루를 꺼냈다.

코일은 문득 자신의 아버지가 생각났다. 고모가 아버지의 유골을 여전히 간직하고 있는지 궁금했다. 아직 아무런 의식도 치르지 않았다. 우리도 묘비를 세워야 할까? 그의 가슴에서 희미한 상실감이 고개를 들었다.

아버지의 모습이 떠올랐다. 아버지가 산책하면서 먹다가 뱉은 꽈리 껍질이 정원에서부터 잔디밭 가장자리를 따라 길을 이루었던 것도 생각났다. 아버지는 과일을 유난히 좋아했다. 코일은 아버지가 조금씩 깨물어 먹던, 크기도 모양도 무화과만한 자줏빛 도는 갈색 배를 떠올렸다. 집안엔 늘 과일향이 가득했고 재떨이마다 과일 껍질과 씨가 수북이 쌓여 있었다. 창틀엔 다 따먹은 포도송이와 암탉의 뇌 같은 복숭아 씨가, 자동차 계기반 위엔 바나나 껍질이 벗어놓은 장갑 모양으로 놓여 있었다. 지하실 작업대에도 수북이 쌓인 톱밥 위에 버찌 씨와 우주선처럼 길쭉한 흰 대추야자 씨가 은하수를 이루고 있었고, 냉장고엔 딸기가 가득했다. 6월이면 시골길에 차를 세워놓고 무릎으로 기어다니며 잡초 사이에서 산딸기를 따먹던 아버지. 속을 파먹은 벙거지 모양의 자몽 껍질, 금이 간 지구본 같은 귤껍질.

다른 아버지들은 아들을 데리고 낚시질이나 야영을 다녔지만 코일네 식구들은 블루베리를 따러 다녔다. 아버지가 코일 형제에게 플라스틱 통을 쥐여주고 따가운 햇살 속에 세워놓은 채 덤불 속으로 사라지면 형제는 화가 나서 툴툴거리곤 했다. 어느 날 형은 벌레에 물려 얼굴이 통통 부어올라서는 징징 울다가 블루베리를 열다섯 갠가 스무 개밖에 따지 못했다. 이윽고 아버지가 양손에 블루베리가 가득한 묵직한 양동이를 들고 다가오자 형은 코일을 손가락질하며 울기 시작했다. 코일이 자기 블루베리를 빼앗았다고. 거짓말쟁이. 코일은 반 쿼트는 족히 따서 블루베리 열매가 통 바닥을 완전히 덮고 있었다. 아버지는 블루베리 가지를 꺾어 코일을 때렸고 가지를 내려치자 블루베리가 우수수 떨어졌다. 집으로 돌아오는 길에 코일은 블루베리 틈바구니에서 초록빛 벌레, 노린재, 개미, 진디, 절룩거리는 거미가 기어나와 허둥거리는 모습을 지켜보았다. 블루베리 가지로 맞은 허벅지에서 불이 나는 듯했다.

아버지는 정원에서 소일하는 걸 좋아했다. 아버지가 괭이자루에 기대어 깍지콩 이랑을 내려다보며, '참 기름진 땅이다!' 하고 감탄하는 걸 얼마나 여러 번 보았던가! 그때 코일은 그걸 이민온 사람의 새 조국에 대한 애정쯤으로 여겼는데 이제 뉴펀들랜드에 와서 보니 소금물에 씻긴 바위땅에서 어린 시절을 보낸 사람의 당연한 감탄이었다. 아버지는 심토深土에 매료되었던 것이다. 농부가 되셨더라면 좋았을 것을. 이미 돌아가신 분에 대해 그런 생각을 하는 건 부질없는 짓이지만.

빌리 프리티가 코일의 마음을 읽기라도 한 것처럼 말했다. "원칙대로라면 우리 아버진 농부가 되었어야 했지. 농사일을 거들기 위해 온타리오로 향하던 원생이었거든."

"원생이라뇨?"

"보육원 원생 말일세. 고아나 부모가 있어도 키울 힘이 없는 아이들을 모아놓은 고아원 같은 곳. 영국과 스코틀랜드는 천여 명이나 되는 그런 아이들을 모조리 배에 태워 캐나다로 보냈지. 우리 아버지는 런던의 어느 인쇄업자 아들로 태어났는데 워낙 대가족이었고 열한 살 때 부친을 잃었어. 우리 아버지가 글을 읽고 쓸 수 있었던 건 인쇄업을 했던 할아버지의 영향이었지. 그때 아버진 성이 프리티가 아니었네. 원래 이름은 윌리엄 앵클이었어. 할머니는 대가족을 부양하기가 어려워 아버지를 수용 시설에 넣었다네. 그땐 영국 어디에나 그런 시설이 있었으니까. 아직도 그런지는 모르겠지만. 버나도 보육원, 시어스 보육원, 국립 어린이집, 페건 보육원, 영국 국교회 사무국, 쿼리어 보육원 등등. 우리 아버진 시어스 보육원 출신이지. 시어스 보육원 사람들이 아버지에게 화창한 과수원에서 빨간 사과를 따는 소년의 사진을 보여주며 이곳이 바로 캐나다인데 가고 싶지 않은지 물었대. 아버진 그 사과가 얼마나 탐스러워 보였는지 모른다고 입버릇처럼 말씀하시곤 했어. 그래서 가겠다고 했지.

며칠 후 아버진 아라마니아호를 타고 캐나다로 향했지. 그게 1909년의 일이었어. 아버진 작은 양철 트렁크를 들고 있었는데 그 안에는 옷 몇 벌과 성경책, 머리솔과 빗, 자필 서명을 한 시어스 목사의 사진이 들어 있었지. 아버진 내게 그 여행 얘기를 여러 번 들려주셨네. 배에는 삼백십사 명의 소년 소녀가 타고 있었는데 모두 농장 일을 하러 가는 거였지. 그중에는 서너 살밖에 안 된 어린애들도 수두룩했어. 그들은 앞으로 어떤 일이 닥칠지, 어디로 가고 있는지도 모르고 있었다네. 그들은 농장 노예가 되기 위해 배를 타고 외국으로 떠나는 어린 부랑아들일 뿐이었어. 아버진 아라마니아호에서 사귄 생존자들 몇 명과 계속 연락을 주고받으셨지."

"생존자라뇨?"

"배가 난파됐어. 그래서 아버지가 이곳으로 흘러들게 된 거야. 아까 오면서 바위 이름 얘기를 했었지? 바다엔 그런 바위 말고도 위험한 것들이 더 있어. 그것들은 한자리에 있지 않고 움직이거나 어느 날 갑자기 물속으로 사라지기 때문에 이름을 붙일 수도 없지." 빌리는 수평선의 빙산들을 가리키며 말했다. "알다시피 1909년에는 빙산 순찰대도, 레이더도, 기상 상태를 알려주는 팩시밀리 같은 것도 없었지. 그냥 무턱대고 빙산투성이 물길을 달리는 거야. 우리 아버지가 탄 배는, 삼 년 전 타이태닉호처럼 어느 쌀쌀한 6월의 어스름 속에서 빙산을 들이받고 말았네. 바로 게이즈섬 근처에서였지. 빙산 지도 같은 건 아예 없었으니까. 삼백십사 명 가운데서 스물네 명만이 구조됐어. 공식적으론 스물세 명. 그들이 구조될 수 있었던 건 조 숍이라는 청년이—나중엔 조 선장이라고 불렸는데, 그랜드뱅크스 최후의 스쿠너 어선의 대가 중 한 사람이라네—소를 얻으러 게이즈섬에 왔다가 불빛을 보고 얼음물에서 아이들이 지르는 비명 소리를 들은 덕이었어.

그는 동네를 뛰어다니며 배가 난파됐다고 소리소리 질렀어. 섬사람들은 배란 배는 모조리 띄워 구조를 시작했지. 과부가 둘 있었는데 노를 저어 가서 아이들 셋을 구했지. 그렇게 모두들 최선을 다했지만 이미 너무 늦은 뒤였다네. 얼음처럼 찬 바닷물 속에선 오래 견딜 수가 없지. 몸속 피가 얼어붙어서 온몸이 마비되고 집으로 옮겨졌을 즈음엔 죽어 있기 십상이었어.

몇 주 뒤에 원생을 가득 실은 또다른 배 한 척이 캐나다로 오다가 해안에 닻을 내리고 작은 보트를 섬으로 보냈네. 생존자들을 원래 목적지로 데려가기 위해서였지. 하지만 우리 아버진 이곳을 떠나고 싶지 않았어. 아버지는 프리티 씨네 집에 숨었고 동네 사람들은 생존자의 수를 잘못 셌다고, 스물네 명이 아니라 스물세 명이라고 그들을 속였지. 그렇게 가련한 윌리엄 앵글은 이 세상에 존재하지 않게 된 거야. 아버진 윌리엄 프리티로 이름을 바꾸고 이곳에서 새 삶을 시작했네. 그 삶이 그리 행복하지 않았다고 해도 아버진 불행하다는 생각은 안 하셨어.

다른 생존자들과 함께 떠났더라면 비참한 생활을 했을 게 뻔하니까. 말이 나왔으니 말인데, 캐나다는 그 불쌍한 원생들의 강제노동 위에 세워졌지. 그 아이들을 노예로 삼아 파리새끼만도 못한 취급을 하며 뼈빠지게 부려먹었으니까. 원생들은 굶주림과 외로움에 미쳐갔지. 아버진 생존자 중 세 소년과 편지 연락을 했다네. 그 편지 일부를 아직도 간직하고 있어. 아버지가 돌아가신 뒤에는 내가 보관하고 있지. 부모에게 버림받은 것도 모자라 바다에까지 빠지고, 얼음처럼 찬물에서 겨우 목숨을 건지고 보니 기다리고 있는 건 외롭고 혹독한 생활뿐이었어. 정말 불쌍한 인생들이었지."

코일은 어린 두 딸이 고아가 되어 얼음의 대륙을 건너 난폭한 농장주에게 끌려가는 상상을 하며 눈시울을 적셨다.

"프리티 씨네도, 섬 주민들도 넉넉하게 살았던 건 결코 아니었지만 그래도 소를 키울 수 있었고 딸기와 물고기와 감자가 있었어. 가을이면 킬릭클로에 가서 밀가루와 베이컨을 구해 왔고 어려울 때면 이웃끼리 서로 도우며 사이좋게 살았지. 모두 가난했고 무시무시한 바다는 남자들을 잡아먹었지만 요새 사람들은 이해 못하는 만족스러운 생활이었다네. 그땐 함께 뭉쳐서 살았지. 기쁠 때나 슬플 때나 서로 의지하고 나누면서 더불어 살았어. 사는 건 다 똑같지만 요즘처럼 제각각 살진 않았다구.

아버진 친구들에게서 매번 슬픈 편지를 받았지. 어떤 편지는 쓴 지 육 개월 만에 도착하기도 했어. 아버지가 그 편지를 큰 소리로 읽어주면 사람들은 눈물을 흘리며 들었지. 그들은 잔혹한 온타리오 농장주들을 혼내주고 싶은 마음이 간절했어. 게이즈섬 주민 중에 캐나다와의 합방에 찬성표를 던진 사람은 아무도 없었지! 아버지가 합방일까지 살아 계셨더라면 분명 팔에 검은 완장을 둘렀을 거야.

아버지와 편지 연락을 하던 친구 중에 루이스 손이라는 소년이 있었는데 그는 자기 침대를 가져본 적이 없었다네. 밤마다 곰팡내나는 건초 더미에서 잤고 신발이 없어서 발에 걸레 같은 천을 둘둘 감고 다녔어. 그리고 돼지 먹이로나 주는 감자 껍질과 딱딱한 빵 껍질로 연명했지. 툭하면 매질을 당해서 온몸에 노랑, 빨강, 초록, 파랑, 검정 무지개

피멍이 들었고. 같은 또래의 주인집 자식들이 학교에 다니고 파티를 즐기는 동안 그는 꼭두새벽부터 밤늦게까지 일해야 했지. 등허리까지 치렁치렁하게 긴 머리가 온통 뒤엉키는 통에 낫으로 머리카락을 잘라내야 했어. 그 꼴이 어땠겠나! 몸은 더럽고 이가 들끓었지. 그렇지만 그가 제일 견디기 힘들었던 건 고아라는 놀림이었어. 그런 놀림을 받을 때면 그는 사는 게 지옥이라고 느꼈지. 그러다가 끝내는 몇 푼 안 되는 임금까지 떼어먹히고 한겨울에 쫓겨나고 말았다네. 그때 그의 나이는 겨우 열세 살이었지. 거리를 떠돌다가 겨우 다른 농장으로 들어갔지만 거긴 더 고약했어. 몬트리올에 발을 내디딘 후 농장을 떠돈 몇 해 동안 그에게 따뜻한 말 한마디 건네주는 사람이 없었다네. 달리 기술이 없었던 그는 그렇게 비참한 노예로 살다가 갓 스물에 사고를 당해 죽었지. 그는 아버지에게 보낸 편지에서 오직 편지 쓰는 일만이 자신의 삶을 지탱해준다고 했어. 하다못해 편지 쓸 종이조차 몰래 훔쳐야 할 형편이었으니까. 그는 뉴펀들랜드로 도망칠 계획을 세웠지만 뜻을 이루기도 전에 죽고 말았다네.

다른 두 친구도 비참하긴 마찬가지였어. 한낮에 아버지가 발을 쭉 뻗고 편안히 소파 침대에 누워 잔혹한 캐나다 농장주들에게 노예로 팔려간 그 가련하고 외로운 소년들 이야기를 하시던 게 생생하게 기억나. 아버진 이렇게 말씀하셨지. '이런 아늑한 항구에서 사는 걸 축복으로 여겨야 한다.'

아버진 모든 자식들에게 글을 가르쳤지. 겨울이 와서 고기잡이가 끝나고 폭풍 때문에 섬에 갇히게 되면 아버진 저기 우리집 부엌에 학교를 여셨네. 그래서 이 섬의 아이들은 모두 글을 줄줄 읽고 글씨도 잘 쓰게 됐어. 아버진 돈이 좀 생기면 우리가 읽을 책을 주문해주시곤 했어. 내가 열두 살 때, 그러니까 1933년 11월의 일은 평생 잊지 못할 거야. 아버지가 결핵에 걸려 돌아가시기 일 년 전 일이지. 말도 못하게 어려운 시절이었어. 그때의 가난은 자넨 상상도 못할 걸세. 우편선이 아버지 앞으로 커다란 나무 상자를 배달했는데 뚜껑에 못을 쳐서 열어볼 수는 없었지만 끔찍하게 무거웠지. 아버진 크리스마스 때까지 상자를 열지 않겠다고 하셨어. 우린 그 안에 뭐가 들어 있을까 궁리하느라 밤잠을 설치곤 했지. 별별 걸 다 상상했지만 정작 상자 안에 든 건 짐작도 못했어. 크리스마스 날 우린 그 상자를 교회로 끌고 갔고 모두들 그 안에 뭐가 들었을까 궁금해서 목을 길게 빼고 지켜봤다네. 날카로운 비명소리를 내며 상자 뚜껑이 열렸는데 그 안엔 책이 가득 들어 있었어. 한 백 권은 됐을 거야. 어린이용 그림책들과 화산에 관한 빨간 표지로 된 커다란 책이 있었는데 그 책은 겨우내 섬사람들의 마음을 사로잡았지. 지질학 연구서라 내용이 꽤 알찼거든. 특히 그 책 마지막 장에 뉴펀들랜드의 고대 화산 활동에 관한 연구가 나왔는데 책에서 뉴펀들랜드라는 이름을 보기는 모두들 그때가 처음이었어. 그것이 우리 마음에 불을 질러 지적 혁명이 일어났지. 뉴펀들랜드가 책에 나온 것 말이야. 그동안 우린 세상과 동떨어져 살고 있다고 생각했거든. 쓸모가 없었던 건 요리책뿐이었지. 거기 나오는 요리법 중에 우리 찬장에 든 재료로 만들 수 있는 건 하나도 없었으니까.

아버지가 무슨 돈으로 그런 책을 샀는지, 아니면 선물로 받았는지는 아직도 몰라. 농장에서 일하던 아버지 친구들 중 나중에 토론토로 가서 엘리베이터 기사가 된 분이 있었어. 소포를 보낸 사람은 바로 그분이야. 모르긴 해도 책값은 아마 그분이 냈을걸."

나무 위에 새로 칠한 페인트가 반짝거렸다. 검은색으로 덧칠한 묘비 글씨도 더욱 선명해 보였다.

"다음에 여기 올 땐 살아서 걸어오게 될지 죽어서 오게 될지 모르겠어. 난 자식이 없어서 몇 년에 한 번이라도 찾아와 묘비의 페인트 글씨를 덧칠해줄 사람이 없으니까 돌에 깊숙이 새겨야겠지. 피붙이라곤 세인트존스에 사는 조카들이 다니까."

코일은 윌리엄 앵글에 대해 궁금한 게 있었다. "그런데 아버님께서 키 크고 조용한 여자에 대해 말했다는 건 무슨 뜻이죠? 전에 웨이비 프라우즈 얘기를 할 때 그러셨잖아요. 아버님이 그런 말씀을 하시곤 했다고요. 무슨 시나 속담처럼 말이에요."

"아, 그거! 그래. 아버진 세상 모든 남자의 가슴엔 네 종류의 여자가 있다고 하셨지. 초원의 아가씨, 악마의 연인, 용감한 여인, 키 크고 조용한 여인. 그냥 그렇게만 말씀하셔서 어떤 의미가 있는지는 모르겠어. 어디서 그 말을 인용하신 건지도 모르겠고."

"그럼 여태까지 한 번도 결혼한 적이 없으세요?"

"자네한테만 얘긴데, 난 은밀한 고민거리가 있어. 그걸 누구에게도 들키고 싶지 않다네."

코일의 손이 무심결에 턱으로 올라갔다.

"넛빔과 터트 카드가 섹스 얘기를 늘어놓으면 난 절반도 못 알아들어. 그게 어떤 건지 모르니까." 그가 알고 있는 건 여자는 이파리처럼 생겼고 남자가 그 속으로 들어간다는 정도였다.

빌리 프리티는 아래쪽 경사지를 가리켰다.

"저기 공동묘지가 또 있지. 오래된 자리야." 아래쪽 묘지는 해변의 조약돌로 둘려 있었다. 빌리와 코일은 그쪽으로 향했다. 수풀이 우거진 황무지. 오랫동안 사람 손길이 닿지 않아 대부분의 묘표가 풀숲에 묻히고 그나마 눈에 보이는 것들도 이끼가 잔뜩 끼어 있었다. 빌리의 빛나는 눈이 코일에게 꽂혔다. 기대감에 가득찬 눈빛이었다.

"공동묘지라는 걸 알아보지도 못하겠네요. 아주 오래됐나보군요."

"그럼. 꽤 됐지. 여기가 바로 코일네 묘지일세."

거울에 비친 제 모습을 보고 놀란 뱀처럼 코일이 입을 딱 벌리며 고개를 홱 젖히자 빌리는 만족해하는 기색이었다.

"수백 년 전에 코일 집안은 난파당했다고 거짓말을 하고 게이즈섬에 사악한 둥지를 틀었다네. 사실 그들은 배를 바위 뒤에 숨겨놓고 온 해적이었지. 어렸을 때 우린 그들이 보물을 숨겨놓았을 만한 장소를 파헤치고 다녔다네. 혹시 검은 상자가 있을까 해서 바위도 뒤집어보고."

"여기!" 코일은 머리카락이 곤두서는 것 같았다. 구불구불한 좁은 해협, 숨겨진 항구.

"저기 평평한 바위들이 깔려 있는 게 보이지? 바로 저 위에 자네 집이 서 있었다구. 코일 집안은 섬사람들에게 쫓겨나서 집을 끌고 얼음길을 건너 곶으로 떠난 거지. 나중에 섬에 정착한 사람들이 코일 집안을 몰아낸 거야. 그 결정적인 이유가 뭐였냐 하면 코일 집안 사람들이 오순절 예배에 참석하지 않으려 했기 때문이지. 당시 게이즈섬 사람들은 종교에 광신적이었는데 코일 집안은 그렇지 않았거든. 그래서 그들이 집을 끌고 고래고래 노래를 불러대며 곶으로 떠난 걸세."

"세상에!" 코일이 말했다. "우리 고모님도 다 아시나요?"

"당연하지. 그런 얘기 않던가?"

"과거에 대해선 입을 다물고 계세요." 코일은 그럴 만도 하다고 생각하며 머리를 흔들었다.

"진실은 밝혀져야지." 빌리가 말했다. "이곳엔 난파선에 의지해서 살아가는 사람이 많았다네. 난파선을 발견하면 달려가서 사람들을 구하고 배에 있는 물건을 모조리 끌어왔어. 사치품, 버터, 치즈, 도자기 접시, 은제 커피포트, 고급 서랍장 등등. 난파선에서 나온 보물을 아직까지 갖고 있는 집들도 많아. 그리고 카리브해의 해적들은 선원이 필요하면 뉴펀들랜드에 와서 구해 갔지. 해적질과 난파선 싹쓸이에 도가 튼 사람들의 땅이니까."

그들은 다시 게이즈 언덕으로 올라갔다. 걸으면서 코일은 자신이 사악한 해적이 되어 바다를 염탐하는 상상에 젖어들었다.

채 일 마일 거리도 안 되는 수평선에 소용돌이치는 거대한 벽이 생기고 적갈색 수면 위로 안개의 커튼이 드리우는 걸 보고 빌리가 외쳤다. "돌아가야겠어."

빌리는 미끄러지며 허둥지둥 해변 쪽으로 달려갔다. 그의 가방 안에 든 페인트 깡통들이 덜커덕덜커덕 소리를 냈다. 코일도 헉헉대면서 부지런히 그의 뒤를 쫓아갔다.

모터 시동이 걸린 후 얼마 안 되어 그들은 좁은 해협 안으로 들어섰다.

21
시적인 항해

"안개 (…) 고위도 지방까지 침투하는 멕시코 난류는 안개를 많이 만드는데, 특히 래브라도 한류와 만나는 그랜드뱅크스 주위는 수온 차가 커서 안개 현상이 두드러진다."
—『항해 사전』 중에서

그들이 바위 사이의 미로로 다시 들어섰을 즈음, 안개 바위는 이천 야드쯤 떨어진 곳에 있었다.

"안개가 십 분만 더 기다려준다면 이곳을 벗어나서 안전하게 킬릭클로 쪽으로 방향을 잡을 수 있을 텐데." 코일은 그저 짐작만 할 수 있을 뿐인 물길을 따라 요리조리 방향을 돌리며 빌리가 말했다.

"여기가 바로 코일 집안 사람들이 배를 숨겨놓았던 바위들이야." 그가 큰 소리로 외쳤다. 코일은 절벽들 사이를 휩쓸고 지나가는 거센 파도의 끌어당김을 느끼며 물속 깊이 잠긴 선체라도 찾듯 바닷속을 뚫어지게 응시했다. 금이 쩍쩍 간 바위를 돌아나가는데 빌리가 그물 바위라고 알려주었다.

"바다에 물건을 빠뜨리기만 하면 부유물이든, 통발이든, 낚싯줄이든 영락없이 이 바위에 걸려들거든. 그래서 그물 바위라고 하지. 이 바위 근처에 물건을 빨아들이는 소용돌이 같은 게 있는 모양이야. 빠뜨린 물건들이 죄다 이 바위틈에 걸려 있지."

"지금도 있는데요." 코일이 말했다. "상자 같은 건데, 잠깐만요, 빌리. 아, 여행가방이군요." 빌리는 콸콸 물소리를 내는 바위를 돌며 코일에게 갈고리를 건넸다.

"동작이 잽싸야 해."

이제 후퇴하는 조수에 떠밀려온 그 가방은 마치 사람이 올려놓은 것처럼 바위 선반에 달랑 올라앉아 있었다. 코일은 가방의 밧줄 손잡이에 갈고리를 던져 끌어당겼다. 가방이 무거워서 바다로 굴러떨어졌다. 가방이 물위로 떠오르자 얼른 갈고리를 당겨 가방 손잡이를 잡았다. 무겁긴 했지만 배 위로 끌어올릴 수 있었다. 빌리는 말없이 암초 사이로 천천히 배를 몰았다.

가방은 소금물 때문에 시커멓게 변색되어 있었다. 고급 여행가방인데 손잡이가 밧줄로 되어 있었다. 기분이 이상했다. 코일은 가방을 열어보려 했지만 잠겨 있었다. 두꺼운 안개가 그들을 감싸 아무것도 보이지 않았다. 배 뒤쪽에 있는 빌리조차 안개에 가려 보이질 않았다. 방향도 잡을 수 없고 수평선도, 하늘도 보이지 않았다.

"맙소사, 코일, 자네도 천생 난파선 싹쓸이로구먼! 갈고리 솜씨가 진짜배기 코일이야."

"가방이 잠겼어요. 돌아가서 열어봐야겠어요."

"돌아가려면 시간이 좀 걸릴걸." 빌리가 말했다. "이제부터 냄새로 길을 찾아야 하거든. 아직 바위의 미로를 빠져나가지 못했어. 미로를 빠져나갈 때까지 더듬더듬 가야 해."

코일은 눈이 쓰라려 아무것도 볼 수 없을 때까지 눈을 부릅떴다. 불안감이 엄습했다. 보이지 않는 것들에 대한 두려움. 그 무시무시한 미지의 세계는 해적 조상들에 대한 생각들로 물들어 있었다. 난파당한 사람들을 살해하고, 원치 않는 자식을 바다에 던지고, 서로 으르렁거리며 싸우고, 턱수염을 양 갈래로 뾰족하게 땋아내리고, 타오르는 양초를 머리에 쑤셔넣고, 불에 달구어 단단하게 만든 끝이 뾰족한 막대기를 들고 다니던 해적들의 더러운 피가 지금 자신의 몸속에 흐르고 있는 것이다.

우현 뱃머리 쪽의 몸부림치는 안개 속에 거대한 탑 모양의 바위가 어렴풋이 형체를 드러냈다.

"아, 됐어. 이게 바로 고향 바위야. 이제 똑바로 달리면 돼. 곧 킬릭클로의 연기 냄새를 맡을 수 있을 거야."

"빌리, 아까 섬으로 가는 길에 고향 바위를 봤잖아요. 그건 키가 일 피트도 채 안 되는 낮은 바위였는데 이건 거대하다구요. 이 바위가 그 바위일 리가 없어요."

"맞다니까. 썰물 때라 아까보다 물이 빠졌고 또 안개 속에서 봐서 그래. 안개 속에서 보면 실제보다 훨씬 커 보이거든. 착시 현상이지. 안개가 자욱하면 도리선이 유조선으로 보인다니까."

배는 웅웅거리며 희뿌연 안개를 헤치고 달렸다. 코일은 뱃전을 움켜쥐고 절망에 빠졌다. 빌리는 십오 마일이나 떨어진 킬릭클로의 굴뚝 냄새를 맡을 수 있다고 했지만 지금 코끝에 스미는 냄새는 뭔가 썩는 악취뿐이었다.

"냄새가 기분 나쁘군. 무더위가 삼 주나 계속돼서 고래 시체가 해변으로 떠밀려 올라왔나봐. 갈수록 악취가 더 심해질 거야. 어쩌면 안개 낀 바다 위에 고래 시체가 둥둥 떠다니고 있는지도 모르지. 숫양 바위와 새끼양 바위의 위치를 알려주는 벨 부표 소리가 들리는지 귀기울여 보게. 이런 안개 속에선 입구를 지나치기 쉬우니까."

한 시간 가까이 지나자 빌리는 해변의 파도 부서지는 소리가 들린다고 말했다. 그리고 어둑어둑해진 안개 속에서 바늘 모양의 바위 한 쌍이 모습을 드러냈다.

"후아," 빌리 프리티가 말했다. "뜨개바늘 바위구먼. 우린 킬럭클로에서 동쪽으로 약간 떨어진 지점에 있네. 데스퍼리트만에서 아주 가깝지. 어떻게 할까? 안개가 걷힐 때까지 거기서 기다리지 않겠나? 데스퍼리트만에는 작지만 괜찮은 식당이 하나 있는데. 가만있자, 어떻게 들어가더라? 물길로는 어렸을 때 와보고 처음이거든."

"세상에! 빌리, 여긴 바위투성이네요." 말이 떨어지기가 무섭게 안개 속에 솟아 있는 거무스름한 바윗덩어리가 보였다. 그러나 빌리는 옛날에 지도도, 나침반도, 불빛도 없이 기억에 의존해 항해하던 뱃사람의 직감으로 바다를 서서히 헤쳐나갔다.

뜨개바늘 바위와 나란히 있으면
데스퍼리트만이 정서쪽에 있다네.
뜨개바늘 바위 뒤에서
늙은이 구두 바위가 나타날 때까지 달리세.

늙은이 구두 바위를 지나면 바로 좁은 해협,
좁으니까 천천히 가야 한다네.

빌리는 뜨개바늘 바위 뒤로 돌아 해류와 조류를 따라 나아갔다.

"안개 속에서 길을 찾는 방법이 몇 가지 있지. 해변의 파도 부서지는 소리를 듣거나, 고함을 질러서 절벽에 부딪히는 메아리를 듣거나, 물의 흐름을 살피는 거지. 아니면 그 만 특유의 냄새를 맡을 수도 있고. 우리 아버진 해안에서 백 마일 떨어진 곳에서도 공기의 맛으로 육지 이름을 알아맞힐 수 있었다네."

혹처럼 솟은 바위, 바위를 날름날름 핥는 파도 소리, 갈라진 바위틈에 고였다가 천천히 흘러내리는 물소리. 코일은 자동차 문 닫는 소리, 시동 거는 소리, 달리는 소리를 들으며 경이감을 느꼈다. 그러나 눈에는 보이지 않았다. 잠시 후 부두의 불빛 하나가 보이자 빌리는 배를 부두에 대고 기어서 배에서 내려 계선용 말뚝에 밧줄을 묶었다.

"악취는 그 가방에서 나는 것 같은데." 빌리가 말했다.

"아마 가죽일 거예요." 코일이 말했다. "가죽이 썩기 시작했나봐요. 식당은 얼마나 멀죠? 가방을 여기 두고 싶지 않아서요."

"바로 길 건너야. 여름엔 관광객들이 카메라를 들고 와서 종일 여기 앉아 바다를 지켜본다네. 바다가 신비한 동물 같아서 잠시도 눈을 뗄 수 없는 것처럼."

"빌리도 서드베리나 뉴저지 출신이라면 그들의 심정을 이해할 거예요."

"여기야. 다 왔어. 이젠 가방의 고약한 냄새보다 요리 기름 냄새가 더 강하군. 가방은 밖에 두고 들어가세."

식당에는 손님은 없고 웨이트리스와 요리사가 테이블에 다정히 앉아 레이스 실로 꽃병 받침을 뜨고 있었다. 빵 굽는 냄새가 풍겼다. 날마다 다음날 먹을 빵을 굽는 것이었다.

"이봐요, 배고파 죽겠수." 빌리가 말했다.

"빌리 선장님! 그런 식으로 안개 속에서 나타나시다니, 놀랐잖아요."

요리사는 뜨개질하던 걸 밀어놓고 메뉴가 적힌 칠판 앞에 섰다.

그녀는 '대구 볼때기 요리'와 '새우 정식'을 메뉴판에서 지웠다. "지금 되는 건 오징어튀김과 미트볼뿐이에요. 빌리 선장님, 레일리가 잡은 무스 아시죠? 그걸 햄버거 고기처럼 갈아놨어요. 냉장고를 빨리 비우고 싶어서 오늘 아침에 그걸로 미트볼을 만들었죠. 그레이비소스를 넣어서요. 맛이 괜찮아요. 으깬 감자는 어때요?" 그녀의 모든 것이 세로줄이었다. 얼굴에도 세로 주름, 검정 치마에도 세로 주름.

빌리는 이쑤시개를 이 사이에 물고 벽에 기대어 터트 카드에게 전화를 걸었다.

"나 지금 코일과 데스퍼리트만에 와 있네. 안개에 갇혔어. 자네가 자동차로 데리러 온다면 배는 여기 그냥 두지. 코일은 거기에 차를 두고 왔고 내 트럭은 부두에 있으니까. 그래. 내일 와서 가져가면 돼. 이봐, 난파선 싹쓸이 코일이 그물 바위에서 여행가방을 건졌어. 모르겠어. 잠겼거든. 안개가 심하니까 서두를 건 없어. 우린 여기서 저녁을 먹을 거야. 그래. 아니, 레일리가 잡은 무스 고기로 미트볼을 만들었대. 아, 그렇게 전하지."

코일은 오징어와 양파 해시를 먹었다. 작은 분홍 새우로 속을 채운 오징어 요리는 바다 파슬리를 깔아놓은 접시에 담겨 나왔다. 빌리는 미트볼을 먹었다. 웨이트리스가 따끈따끈한 롤빵과 버터와 파트리지베리 잼을 내왔다.

요리사가 주방에서 기다란 얼굴을 내밀고 말했다.

"레일리 주려고 옛날식 무화과 푸딩을 만들었는데 조금 남아 있거든요. 입가심으로 드셔보실래요?"

"좋지. 터트 카드가 우리를 데리러 이리로 올 거예요. 터트도 미트볼이 먹고 싶다던데."

잠시 후 럼소스를 한 방울 떨어뜨린 무화과 푸딩 한 접시와 커피가 나왔다.

"가방을 열어봐야겠어요." 코일이 말했다.

"난파선 싹쓸이 코일, 자네 머릿속엔 저 우라질 놈의 가방 생각뿐이군. 가서 열어봐. 포크로 쑤셔서 열든지 돌멩이로 쳐서 열든지 맘대로 해. 게이즈섬의 보물이 가득 들어 있길 바라네." 빌리는 손가락을 들어 차 한 잔을 더 시켰다.

코일은 부두에 단 하나뿐인 불빛 아래로 여행가방을 끌고 갔다. 마침 쇠파이프가 눈에 띄어 그걸로 자물쇠를 쿡쿡 찔러보았다. 금속끼리 부딪치는 소리가 났다. 그러나 자물쇠는 끄떡도 하지 않았다. 코일은 드라이버나 끌 같은 게 없을까 해서 주위를 두리번거렸지만 돌멩이와 깨진 유리뿐이었다. 에라 모르겠다 싶어 쇠파이프로 자물쇠를 있는 힘껏 내려쳤다. 금속성의 울림과 함께 지독한 악취를 토해내며 가방이 열렸다.

불빛 아래로 해초에 누운 베이어닛 멜빌의 푹 꺼진 눈과 썩은 얼굴, 그리고 피 묻은 콧수염이 보였다. 그 젤라틴 질의 끔찍한 물체가 가방에서 부두로 미끄러져나왔다.

22
개와 고양이

*"그물코매듭은 그물용 바늘로 하는 '시트 벤드'*에 흔히 쓰는 매듭이다."*
—『애슐리 매듭서』 중에서

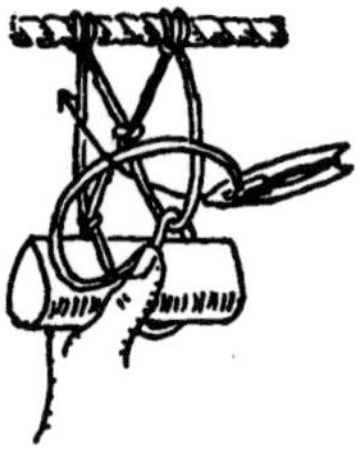

"애그니스는 남자 같아. 암, 그렇고말고." 고모가 줄자와 수첩을 들고 외출하자 메이비스 뱅스가 돈에게 말했다. "남자처럼 대담해. 미국에서 살다 와서 그런 거야. 미국 여자들은 대담하거든. 조카가 시체 머리를 보고 와서 초주검이 됐는데도 애그니스는 얼마나 침착했어! 애그니스가 그러는데 그 조카라는 사람 말이야, 충격이 얼마나 컸는지 이틀 동안 차도 못 몰았대. 하기야 나도 충격을 받았으니까. 경찰이 찾아와서 끝도 없이 질문을 퍼부어댔지. 가엾은 애그니스.

다른 이유도 있어. 애그니스는 성이 햄이지만 코일이기도 하거든.

---

* sheet bend. 굵기가 다른 두 개의 밧줄을 잇는 매듭.

죽은 내 남편 데즈먼드가 그 집안을 잘 알았지. 데즈먼드는 캡사이즈만 아래쪽 노네임만 출신이고 거기서 만 하나 건너에 코일곶이 있거든. 그리고 거친 파도 위의 부표처럼 정신 사나운 어린 딸은 진짜배기 코일이지."

돈은 듣는 둥 마는 둥 했다. 그녀는 애그니스 햄의 트럭이 빠져나가기만 하면 전동 타자기에 매달렸다. 타자기를 사용하기 위해 자진해서 야근도 했다. 편지 또 편지.

귀사의 자동차 판매직 채용에 관해 문의드리고 싶어 이 글을 씁니다. 제 전공 분야는 해상교통이지만……

귀사에서 스페인어를 구사하는 사무원을 채용한다는 광고를 보고 이 글을 씁니다. 저는 스페인어도 못하고 전공은 해상교통공학이지만 기회를 주신다면……

메이비스 뱅스의 수다는 그칠 줄 몰랐다. "남편과 나란히 고기잡이를 나가곤 했던 버깃 부인 얘기를 해줄게. 버깃 부인은 언니에게 아기들을 맡기고 남편과 고기잡이를 나갔지. 장정 못지않게 힘이 셌어. 하지만 요새는 빨래 널러 마당에 나가는 게 전부야. 스트레스성 요실금을 앓고 있거든. 오줌을 질금질금 싸는 병 말이야. 일어서거나 웃거나 기침을 하거나 하면 오줌이 질금질금 샌대. 오줌을 참았다가 누는 연습을 해왔지만 소용이 없더래. 그녀가 화장실에 들어가 있으면 개가 화장실 문 앞에 걱정스럽게 서 있대. 맏아들을 잃고 골병이 든 거지,

뭐. 제슨 말이야. 제슨은 잭을 빼닮았지. 고집불통이었어! 남의 말은 듣지도 않았다구. 그건 그렇고, 돈, 멜빌 부인이 범인일까? 멋진 청색 가죽의 주인. 그 여자가 남편의 목을 자른 걸까? 애그니스의 조카 말로는 부부가 개와 고양이처럼 서로 으르렁거렸다던데. 게다가 여자는 잔뜩 취해 있었대. 여자가 술에 취하다니! 애그니스한테 돈도 안 주고 밤중에 줄행랑을 쳤잖아. 이제 보니 여자가 남편을 죽이고 밤에 몰래 도망친 거였어. 하지만 남편의 목을 잘라 여행가방에 넣다니! 그러기 위해서는 누군가의 도움이 필요했을 거라던데. 늙고 약한 여자 혼자 어떻게 그런 짓을 할 수 있겠어."

"모르겠어요." 돈이 대꾸했다. 타자기에 자동 반복 장치를 해놓아서 수신자 이름과 직업만 바꿔주면 되었다.

최근 귀사에서 글로브 앤드 메일에 낸 조사보조원 채용 공고를 봤습니다. 저는 일본어를 못하지만 지금부터라도 열심히 배워……

최근 귀사에서 글로브 앤드 메일에 낸 플로리스트 채용 공고를 봤습니다. 저는 꽃을 다뤄본 적은 없지만 지금부터라도 열심히 배워……

최근 귀사에서 글로브 앤드 메일에 낸 주식중개인 채용 공고를 봤습니다. 제 전공 분야는 해상교통제어이지만 열심히 배워……

"사악한 인간들이 흘러들어오고 있어. 옛날과 완전히 달라졌어. 여기선 그런 끔찍한 일은 일어난 적이 없었어. 옛날이 좋았지. 요새 사람들이 들으면 비웃을지도 모르지만 옛날 방식이 옳은 것도 많아. 아직도 잊히지 않는 일이 하나 있는데, 요새 아가씨들은 그런 걸 모르지. 지금은 돗자리를 짜지 않으니까. 예전에는 새 돗자리가 완성되면 젊은 아가씨들이 모여 고양이를 데려와서 새 돗자리 위에 놓고 돗자리 가장자리를 들어올려 고양이를 가뒀지. 고양이는 지천으로 있었으니까. 뉴펀들랜드 사람들은 고양이를 좋아하거든. 돗자리에서 풀려난 고양이가 달려가는 아가씨는 제일 먼저 결혼하게 된다고 믿었지. 그건 해가 동쪽에서 뜨는 것처럼 틀림없는 사실이었어."

목표는 매주 스물다섯 통씩 써서 보내는 것이었다. 그중 하나 정도는 답장이 오겠지.

최근 귀사의 애견미용사 채용 공고를 봤습니다. 제 전공 분야는 해상교통제어이지만 기회만 주신다면 기꺼이……

"언니는 겨우내 돗자리를 짰지. 파란 바탕에 장미꽃과 대구 무늬를 넣었는데 참 예뻤어. 그때 난 열네 살이었지. 아가씨 다섯이 함께 봤어. 우리 언니 리즈와 케이트, 젠, 두 명의 메리. 돗자리가 완성되자 그들은 고양이를 데려왔어. 그런데 그 고양이가 나한테 곧장 달려와서는 무릎에 달랑 올라앉지 뭐야. 신기하게도 내가 제일 먼저 결혼했어. 리즈 언니는 여름도 되기 전에 결핵으로 죽었고, 케이트는 영영 결혼을 안 했고, 메리 젠지는 가족과 함께 보스턴으로 떠났고, 또 한 명의 메리는 어떻게 됐는지도 몰라. 아무튼 난 토머스 먼과 결혼했지. 열다섯번째 생일에. 그는 1957년에 바다에 빠져 죽었어. 참 잘생긴 남자였는데. 머리카락이 검었지. 그가 방에 들어오면 열기가 훅훅 이는 것 같았어. 난 슬픔으로 시들어갔어. 체중이 팔십칠 파운드까지 줄어 모두들 내가 견뎌내지 못할 거라고 생각했지. 하지만 난 견뎌냈어. 그래서 데즈먼드 뱅스와 재혼했지. 그런데 그마저 래브라도에서 비행기 사고로 죽었어. 난 결심했지. 더이상 결혼 같은 건 하지 않겠다고. 더는 슬픔을 견딜 수 없었으니까. 제 서방의 목을 잘라 가방에 넣는 여자와는 다르지."

다섯 통만 더 쓰면 이번주 분량은 채우는 셈이었다. 어떤 직장이든 취직만 되면 훌훌 떠나리라. 메이비스 뱅스의 수다도, 고깃배와 바위와 바다뿐인 이 섬도 지긋지긋하니까!

귀사의 시각디자이너 채용에 관해 문의드리고 싶어 이 글을 씁니다. 제 전공 분야는 해상교통제어이고 천갈이업에 종사했지만 기회만 주신다면……

"그때 여자들은 누구나 바느질 솜씨가 뛰어났지. 리즈 언니는 돗자리를 어찌나 야물게 잘 짰는지 소문이 자자했어. 우리 어머니는 양털을 얻기 위해 양을 키웠어. 저녁을 먹고 나면 양털을 잣거나 뜨개질을 하시던 모습이 아직도 눈에 선해. 어머닌 늘 저녁을 먹은 후에 뜨개질을 하셨어. 나무바늘을 달각거리며 손가락 없는 장갑을 짜던 어머니 모습이 눈에 선해. 어머닌 양털은 밤에 만져야 수월하다고, 양들이 밤에 잠을 자기 때문에 털도 밤에 더 부드럽다고 하셨지. 어머니가 쓰시던 물레를 내가 물려받았어. 귀한 물건이지. 값도 꽤 나갈 거야. 난 물레를 잔디밭에 내놓곤 했어. 데즈먼드가 빨강과 노랑으로 페인트칠을 해줘서 훌륭한 장식품이 됐지. 하지만 관광객이 훔쳐갈까봐 밤엔 집안으로 들여놨어. 관광객들은 도둑질도 한다니까. 남의 집 뜰에 있는 물레도 집어간다구. 그런 일을 당한 여자를 아는데, 나와 같은 교회에 다니는 트레버 히겐드 부인이야. 그런데 애그니스의 조카는 어때, 마음에 들어? 그 집에 가서 저녁 먹었잖아. 하지만 그런 물건을 발견하다니. 설마 그런 끔찍한 시체를 발견한 남자에게 마음이 있는 건 아니겠지? 코일 핏줄에겐 좋은 일이 일어난 적이 없었어."

"전혀요." 타자기 두드리는 소리. 이번주의 마지막 편지였다. 지금 그녀의 우편함에 답장이 와 있을 수도 있었다.

귀사의 건축제도사 채용에 관해 문의드리고 싶어 이 글을 씁니다. 제 전공 분야는 해상교통제어이지만 기회만 주신다면 건축제도를 열심히 배워서……

코일과 웨이비는 서로를 동정하며 나란히 앉아 있었고 헤리가 그들의 목덜미에 입김을 내뿜었다. 학교에서 나온 차가 빗줄기를 뚫고 언덕을 오르며 신음을 토해냈다. 그들은 언덕 꼭대기에 올랐다. 코일 쪽 창 밖으로 비에 젖은 희미한 빛 아래 잿빛으로 멍든 바다가 누워 있었다.

누런 빗줄기 속을 맹렬히 달렸다. 집집마다 서 있는 우편함. 페인트로 창문까지 그려놓은 집 모양의 우편함도 있었다. 오리 네 마리가 진흙길의 바큇자국을 따라 뒤뚱뒤뚱 걸어가고 있었다. 코일은 오리들이 도랑으로 내려갈 때까지 천천히 뒤를 따라갔다. 개미 버드 신문사와 버깃의 집을 지나쳤다. 바위땅에 용감하게 서 있는, 멋진 줄무늬 페인트칠을 한 네모진 집들.

웨이비의 작은 집은 민트그린색 페인트칠이 되어 있고 창틀은 빨간색이었다. 빨랫줄에 걸린 헤리의 주홍색 파자마 빛깔이 칠레 고추처럼 선명했다. 끝이 뾰족한 통나무 더미, 나무토막과 껍질이 흩어져 있는 톱질 모탕, 땔감으로 쓸 장작들.

도로변에는 라이플처럼 마르고 다부진 체구의 어부 둘이 빗속에서 그물을 고치고 있었다. 그들의 스웨터에 빗방울이 구슬처럼 매달려 있었다. 아일랜드인의 날카로운 콧날과 긴 목, 챙이 부리처럼 튀어나온 모자 속의 곱슬머리. 한 어부가 고개를 들었다. 그의 시선이 웨이비에게서 코일에게로 옮겨가 얼굴을 찬찬히 살폈다. 아는 얼굴이었다. 어부의 손에는 그물용 바늘이 들려 있었다.

"저기 케니 삼촌이 있구나." 웨이비가 낮고 구슬픈 목소리로 아이에게 말했다.

"개애!" 헤리가 외쳤다.

아치 스파크스네 마당에 처음 보는 개가 있었다. 합판으로 만든 백조들 한가운데에 서 있는 파란색 푸들.

"개애."

"그래, 처음 보는 개로구나." 웨이비가 대꾸했다. 밧줄 꼬리와 양철 깡통 목걸이를 한 나무 개가 막대기 위에 우뚝 서 있었다. 부스럼 같은 눈.

코일은 백미러로 웨이비의 남동생이 다가오는 걸 바라보았다. 다른 어부는 일손을 멈추고 멀찍이서 그 모습을 바라봤다.

웨이비는 헤리를 차에서 끌어내려주었다. 헤리는 안개비 속에서 얼굴을 쳐들고 눈을 감은 채 차고 가느다란 머리카락 감촉의 빗방울을 맞았다. 웨이비가 헤리를 집으로 데리고 들어갔다.

코일은 살그머니 다가오는 낯선 개라도 대하는 듯한 표정으로 웨이비의 동생에게 손을 내밀었다.

"코일입니다." 무슨 핑계처럼 들리는 이름. 어부는 그의 손을 꽉 쥐었다 놓았다.

웨이비의 여윈 얼굴과 닮았으면서도 선이 굵었다. 청년에게서 생선 비린내와 비 냄새가 풍겼다. 단단한 근육이 아흔 살까지 버팀직해 보였다.

"누님을 집까지 태워다주신 건가요?"

"예." 코일은 자신의 보들보들한 손이 민망했다. 나무 동물원 뒷집의 창문 커튼이 살짝 움직였다.

"아버지가 내다보시는 겁니다." 켄이 정중하게 말했다. "들어와서 차라도 한잔 하시죠."

"아니, 아네요." 코일이 말했다. "사무실에 들어가봐야 해요. 누님을 태워다만 드리고 바로 가려던 참이었어요."

"걸어야 건강에 좋은데. 시체 머리가 든 여행가방을 발견하셨다면서요? 생각만 해도 속이 뒤집히네요. 저 건너 곳에 사시죠?" 켄은 그러면서 턱으로 코일곶을 가리켰다. "화창한 날 아버지가 망원경으로 보시죠. 집에 새 지붕을 얹었지요?"

코일은 고개를 끄덕이고는 차로 돌아갔다. 하지만 그의 흐릿한 눈망울에 따스한 기운이 감돌았다.

"돌아가시는 겁니까? 그럼 그물 있는 데까지 좀 타고 가야겠네요." 켄은 차 앞쪽으로 돌아가 웨이비가 앉았던 자리에 털썩 앉았다.

코일은 후진을 해서 차를 돌렸다. 웨이비는 집안으로 사라져버렸다.

"아무 때라도 누님을 만나러 오세요." 켄이 말했다. "애가 참 딱해요. 하지만 착한 녀석입니다, 불쌍한 놈이에요."

돈은 오늘도 편지를 썼다. "저는 귀사에……"

23
흑마술

"매듭에는 신비한 힘이 들어 있다고 하는데 (…)
그 힘은 사람에게 이로운 것일 수도, 해로운 것일 수도 있다."
—『결승 문자와 마녀매듭』 중에서

코일은 페인트칠을 했다. 그러나 아무리 공을 들여도 집은 음산하기만 했다. 안개 속에 어렴풋이 보이던 처음 모습 그대로였다. 게이즈섬에 처음 지어놨을 때는 어떤 모습이었을까? 얼음길을 따라 끌고 올 때는? 끌고 오는 도중에 집의 모양새가 뒤틀려 희한한 기하학적 모양을 이루었으리라는 생각을 떨쳐버릴 수가 없었다. 그리고 가방 속에 들어 있던 백발 남자의 흐리멍덩한 눈을 생각하면 아직도 몸서리가 났다.

이제 집수리에 대한 열의가 식어버린 고모는 혼자 자기 방 침대에 누워 한 시간이 넘도록 멍하니 천장만 바라보는 일이 잦아졌다. 그러다가 하품을 깨물며 일어나서 피식 웃고는, 자, 보자, 하고 말하고 일상으로 돌아왔다.

주말. 고모는 방안에 틀어박히거나 무언가를 휘젓거나 산책을 나갔다. 코일은 바다로 이르는 오솔길의 잔가지를 쳐내고 아이들은 이끼 위에 쪼그려앉아 꿈틀꿈틀 나무줄기를 기어오르는 벌레를 구경했다. 코일은 다가올 추위에 대비하여 장작을 패기도 했다. 그는 파트리지 생각이 나서 새로운 요리를 해보기로 하고 아이들도 참여시켰다. 이따금 버니에게 과도를 맡기고서 옆에서 얼쩡거리기도 했다.

늦은 8월의 어느 날, 부엌 선반에 깨끗이 씻은 오징어가 담긴 그릇이 놓였다. 코일은 페인트칠을 끝내고 오징어 링귀니를 만들어볼 참이었다. 파트리지에게 편지를 보내야 하기 때문이었다. 야채라곤 시들어가는 양상추와 온실에서 재배한 푸르뎅뎅한 토마토뿐인데도 고모는 샐러드를 고집했다.

"우리도 작은 텃밭을 가꿔야겠어." 고모가 말했다. "샐러드라도 좀 만들어 먹게. 시장에 나와 있는 것들은 먹을 게 못 돼. 셀러리는 썩어서 변색되고 양상추는 삶은 거 같고."

"웨이비가 그러는데 알렉산더풀이 시금치보다 낫대요. 해변에 지천으로 깔렸잖아요."

"그런 말은 처음 듣는구나." 고모가 말했다. "그리고 난 야생풀을 안 좋아해."

"바다 파슬리와 비슷해요." 코일이 말했다. "오징어 소스에 좀 넣을까봐요."

"그래보든지." 고모는 그렇게 말해놓고도 돌밭에 텃밭을 가꿀 땅이 있나 찾아보러 나갔다. 아직 양상추 씨앗을 파종하기에 늦지 않았다. 온실을 만들어도 좋을 것이다.

날씨는 따뜻하고 산들바람이 바다 위를 스치며 여기저기에 잔물결을 일으켰다. 고모는 갈아엎은 흙의 우울한 냄새를 맡았다. 코일은 페인트 냄새에 머리가 지끈거렸다.

"누가 오네." 고모가 삽자루에 기대서서 중얼거렸다. "이쪽으로 걸어오고 있어."

코일 눈에는 아무도 보이지 않았다.

"어디요?"

"방금 가지가 부러진 가문비나무를 지나쳤어. 불도저에 가지가 부러졌잖아."

그들은 장갑 공장 쪽 진입로와 도로를 바라보았다.

"분명 누군가를 봤는데." 고모가 말했다. "모자와 어깨를 봤어. 남자였다구."

코일이 다시 페인트통 있는 곳으로 돌아가자 고모는 계속 의심스러운 눈길로 쳐다보다가 이윽고 삽을 땅에 꽂아놓고 가문비나무를 향해 걸어갔다. 아무도 없었다. 그러나 수풀 사이로 비스듬히 이어진 고기잡이용 장화 발자국이 보였다. 차茶 색깔 물이 고인 늪과 가죽 같은 관목숲으로 내려가는 무스들이 지나다니는 길이었다.

고모는 숨을 빨아들이고 길가에 개 발자국이 있나 찾아보았다. 그러나 특별히 눈에 띄는 흔적은 없었다.

"그 노인일 거예요." 코일이 말했다. "틀림없어요."

"어떤 노인?"

"빌리 프리티가 그러는데 우리 친척이래요. 보통 노인네가 아니라더군요. 캡사이즈만을 철거할 때 끝내 혼자 남았대요. 거기 혼자 사나봐요. 빌리 말로는 우리가 이 집을 차지해서 그가 화가 좀 난 것 같다던데요. 전에 말씀드렸잖아요."

"아냐, 처음 듣는 얘긴데. 도대체 누구지?"

"분명히 말씀드린 적이 있어요."

고모는 조심스럽게 기억을 더듬어보았다.

"아무튼 옛날 코일 집안 사람 중 하나래요. 이름은 기억이 안 나네요. 아일랜드식 이름이었던 것 같은데."

"믿을 수가 없어. 이제 아무도 안 남았는데. 조카도 알다시피, 코일 집안 사람들은 평판이 좋지 못했어." 그러면서 고모는 고개를 돌려버렸다.

"저도 들었어요." 코일이 말했다. "오말루어만도 코일들을 빗대서 붙인 이름이라면서요? '얼뜨기 연못'이나 '육손이 항' '살구 귀 개울'처럼 말예요. 코일 집안 사람들이 게이즈섬에서 이리로 쫓겨온 얘기도 다 들었어요. 집을 끌고 왔다면서요?"

"소문은 그렇지. 절반은 새빨간 거짓말이야. 코일 집안도 다른 사람들처럼 점잖은 사람들이었을 거야. 아무튼 네가 말하는 친척이라는 그 노인이 누군지 통 모르겠구나."

코일은 페인트 묻은 손을 씻고 외쳤다. "아빠랑 해변에 알렉산더풀 뜯으러 갈 사람?"

선샤인은 산딸기 두 알을 발견했다. 버니는 바다에 점점 더 큰 돌을 던지다가 결국 물벼락을 맞고 말았다.

"자아, 이제 됐어. 그만 집으로 돌아가자. 버니는 반바지를 갈아입고 선샤인은 나물을 씻고 아빠는 마늘과 양파를 볶아야지."

그러나 소스가 거의 완성되었을 즈음 집에 링귀니가 없다는 걸 깨달았다. 하는 수 없이 리본 모양의 달걀국수에 소스를 끼얹고 그 위에 고리 모양으로 자른 오징어를 올려놓았더니 오징어가 접시 가장자리로 미끄러졌다.

"조카, 무슨 일을 하든 계획성이 있어야지."

동이 트기 직전. 코일을 깨우는 것이 있었다. 눈을 뜨니 차가운 잿빛 공기가 빈방을 채우고 있었다. 버니가 비명을 지른 건가 해서 귀기울여보았지만 아무 소리도 들리지 않았다.

동그란 것이 천장을 가로질러 달려가더니 휙 사라졌다. 손전등 불빛이었다.

코일은 벌떡 일어나서 바다 쪽 창가로 걸어갔다. 날벌레의 허물이 맨발에 밟혔다. 무릎을 꿇고 앉아 열어져가는 밤의 어둠을 내다보았다. 한참을 지켜보아도 아무것도 보이지 않았다. 코일은 어둠 속에서 확대된 동공으로 진줏빛 광채가 스며드는 새벽하늘을 바라보았다. 바다가 은빛 사진 음화처럼 모습을 드러냈다. 저 아래 철사 같은 나뭇가지들 사이에서 섬광이 불안하게 흔들리더니 잠시 후 멀리 사라졌다.

"캡사이즈만에 내려가서 그 노인을 한번 만나봐야겠어요." 코일이 말했다.

"난 우리를 싫어하는 먼 친척을 만나러 가고 싶진 않아. 이제껏 아무 일 없이 잘 지내왔잖아. 내 생각엔 이대로 그냥 지내는 게 나을 성싶다."

하지만 코일은 가보고 싶었다. "아이들을 데려가죠. 사람 잡아먹는 귀신이라도 아이들 앞에선 마음이 약해질 거예요."

그 반대가 되기가 더 쉽지, 하고 고모는 생각했다.

"가봐요, 고모님." 코일이 졸라댔다.

그러나 고모는 냉담했다. "그 노인이 누굴까 생각해봤어. 캡사이즈만에 우리 어머니 사촌들이 많이 살았지만 모두 어머니 또래거나 그보다 나이가 많았지. 내가 십대였을 때 그들은 자식을 둔 어른들이었고 손자까지 본 이들도 있었어. 어머니 사촌이라면 지금쯤 나이가 여든 후반이거나 아흔이 넘었을 거고 늙어 꼬부라졌을 거야. 어제 내가 본 건 산책이나 사냥 나온 시내 사람일 거야. 우리가 여기 사는 걸 모르는."

코일은 손전등 불빛에 대해선 함구하고, 고모를 더 졸랐다.

"길이 갈라지는 곳까지 차로 가서 거기서부터 걸으면 돼요. 전 캡사이즈만을 구경하고 싶어요. 폐허가 된 마을이잖아요. 빌리를 따라 게이즈섬에 갔을 때 왠지 슬퍼지더라고요. 폐가들, 거기 서서 옛날 코일 집안 얘기를 들었죠."

"난 게이즈섬에 가보지도 않았고 그런 데가 그리울 것 같지도 않아. 그런 옛날 동네는 우울하기만 하지. 정부에서 왜 폐가를 그냥 두는지 모르겠어. 전부 태워버리든가 할 것이지."

코일은 바람 속에서 천여 채의 집이 불타는 광경을 상상했다. 화염에 휩싸인 지붕널들이 바위 위를 날아 쉬익 소리와 함께 바다로 뛰어들었다.

결국 그들은 노인을 찾아가지 않았다.

24
딸기 따러

"많은 사람들이 '감아매기'와 '두 매듭'을 혼동하는데,
그 이유는 이 두 매듭의 모양이 같기 때문이다.
그러나 감아매기는 다른 물체에 감아 묶는 것이고
두 매듭은 밧줄 자체에 감아 묶는 것이다."
—『애슐리 매듭서』 중에서

9월, 낮이 점점 짧아지면서 바다가 시리도록 차가워지는 달. 코일은 버니를 첫 등교 시켰다. 새 신발, 격자무늬 치마와 흰 블라우스. 버니의 손바닥이 축축했다. 겁이 나는 모양이었다. 그러나 아빠의 동행을 마다하고 왁자지껄한 장난꾸러기들 틈을 홀로 헤치고 나아갔다. 코일은 한쪽에 외톨이로 서 있는 버니를 바라보았다. 친구 마티 버깃을 찾는 모양인데 고개도 제대로 돌리지 못하고 있었다.

오후 세시가 되자 코일은 교문 밖에서 버니를 기다렸다.

"버니. 그래, 어땠니?" 자신이 삼십 년 전에 겪었던 따돌림과 비참한 기분을 버니도 똑같이 겪었으리라.

"재밌었어. 봐." 아이는 미완성의 글씨가 큼지막하게 적힌 종이를 내밀었다.

BUИ
Y

"네 이름을 썼구나." 코일이 안도하며 말했다. 딸이 자신과 너무 달라서 당황스러웠다.

"응." 버니는 늘 하던 일인 것처럼 대답했다. "그리고 선생님이 내일 휴지 한 통씩 갖고 오래. 학교에서 못 준다고."

아침이면 만 위에 뭉툭한 안개무지개가 걸렸다. 스콜에 이은 빛의 무리. 빌리 프리티는 달무리 얘기를 했다. 폭풍이 오락가락했다. 느닷없이 진눈깨비가 쏟아지다가 어느새 보랏빛 장대비로 변하기도 했다. 그러다가 사막에서 불어온 듯한 무더위가 이삼일 동안 지속되었다. 발광發光 뱀장어 같은 빛 오라기들이 만으로 기어내려갔다.

곶들과 늪지대엔 무르익은 산딸기가 지천이었다. 까치밥나무 열매, 구스베리, 블루베리, 크랜베리, 마시베리, 파트리지베리, 스쿼시베리, 늦은 야생딸기, 시로미, 그리고 밤색 이파리 위에 뭉게구름처럼 열리는 클라우드베리.

"이번 주말엔 딸기를 따러 가자." 고모가 말했다. "예전엔 저 위쪽에 유명한 딸기 지대가 있었어. 따다가 나중에 잼을 만들자. 딸기 따러 가는 건 누구나 좋아하지. 웨이비 프라우즈도 데려갈래?"

"그것도 좋은 생각이군요."

웨이비는 파티 초대라도 받은 듯 기뻐했다. "켄이 데려다줄 거예요. 당신 집 새 지붕을 구경하고 싶어하거든요."

그러나 켄은 지붕보다는 코일과 딸들을 더 유심히 지켜보고 고모와 농담을 주고받았다. 그러곤 헤리의 어깨를 잡고 작별인사를 했다. "가봐야겠어. 미스키만에 일이 있는데 오는 길에 여길 지나게 될 거야. 이따가 데리러 올까?" 그의 가시나무 같은 눈길이 한꺼번에 모두에게 날아와 박히는 듯했다. 단번에 모두를 보고픈 조바심.

"그래," 웨이비가 대답했다. "고맙다." 그녀가 들고 있는 통에는 들기에 편하도록 묶은 밧줄 손잡이가 달려 있었다.

모두들 함께 장갑 공장 너머로 딸기를 따러 갔다. 빈 통 부딪치는 소리, 자갈길 밟는 소리, 선샤인이 안아달라고 보채는 소리. 황무지 위로 황옥빛 햇살이 쏟아져내렸다. 질푸른 하늘. 넘실대는 바다.

웨이비는 황갈색 스타킹을 신고 있었다. 치마 솔기 부분에 수선한 흔적이 보였다. 코일은 몸에 꼭 맞는 격자무늬 셔츠 차림이었다.

"예전엔 사람들이 수마일 밖에서도 상자와 양동이를 들고 딸기 따러 이리 오곤 했지." 앞서 걷던 고모가 어깨 너머로 말했다. "그땐 따서 팔았거든."

“지금도 그래요, 애그니스.” 웨이비가 말했다. “지난가을에는 클라우드베리 일 갤런에 구십 달러씩 받았어요. 우리 아버진 작년에 딸기를 팔아 천 달러를 벌었죠. 도시 사람들이 사 가거든요. 파트리지베리로 술을 담가 먹는 사람들도 아직 많고요.”

“딸기주! 아주 지독하지. 아무튼 뭐가 있나 보자고.” 고모는 그러면서 곁눈질로 웨이비를 살펴보았다. 거친 손과 낡은 구두가 눈에 띄었다. 헤리의 얼굴은 쟁반처럼 동그랬다. 그러나 잘생긴 얼굴이었다. 마치 말랑말랑한 살을 억센 손으로 눌러놓은 것처럼 좀 일그러지긴 했어도 잘생긴 제 아빠 얼굴을 빼닮았다고들 했다.

햇살이 비쳐 투명하게 반짝이는 바다. 웨이비와 코일은 서로 가까이에서 딸기를 따고 있었다. 웨이비는 무릎걸음으로 걸으며 억센 손으로 넝쿨을 헤치고 딸기를 따서 한쪽 손에 모았다가 가득 차면 통에 쏟아부었다. 딸기가 통에 쏟아지는 둔탁한 소리. 으깨진 딸기의 쌉싸래한 향기. 코일은 겉껍질을 훅 불었다. 백 피트쯤 떨어진 푹신한 풀밭 위에서 헤리와 선샤인과 버니가 강아지처럼 뒹굴며 뛰놀고 있었다. 저만치서 돌아다니며 딸기를 따는 고모의 흰 머릿수건이 점점 작은 점으로 줄어들었다. 흩어져서 딸기를 따다보면 움푹 들어간 땅이나 고지에 가려 서로 모습이 잠깐씩 보이지 않을 때가 있었다. 바다가 철썩거렸다.

고모가 코일을 불렀다. “여어, 조카! 점심 바구니를 잊고 그냥 왔어. 장갑 공장 옆에 놔뒀으니까 얼른 가서 가져와. 아이들은 내가 볼 테니까.”

“같이 가시죠!” 코일은 다급하게 웨이비를 재촉했다. 웨이비는 헤리가 있는 쪽을 쳐다보았다.

"잘 놀고 있어요. 어서요. 해변으로 갑시다. 수풀을 헤치고 가는 것보다 돌 위를 걷는 게 더 빠를 거예요. 이십 분이면 다녀와요."

"좋아요."

웨이비가 튼튼한 두 다리로 성큼성큼 앞장서고 코일은 뛰다시피 그 뒤를 따라갔다. 바다는 꿈틀거리는 뱀의 무리 위에 광대한 천을 펼쳐 놓은 듯 요동치고 있었다.

코일은 점심 바구니를 흔들며 해변을 걸었다. 지난주 폭풍 때 밀려온 온갖 해초가 발아래 널브러져 있었다. 웨이비는 바위 위로 기어올라가거나 바위들을 껑충껑충 뛰어 건너거나 해초 더미를 헤치며 걸었다. 맥주병들이 맞부딪쳐 달그락거렸고 바구니를 든 코일은 천천히 조심스럽게 걸어갔다.

"저것 좀 봐요." 그가 만 입구의 쌍봉우리 빙산을 가리키며 말했다. "점점 기울고 있어요."

웨이비는 바위 위에 서서 손가락을 쌍안경 모양으로 만들어 눈에 붙이고 바라보았다. 거대한 얼음덩어리가 물에 비친 제 모습에 반한 듯 점점 앞으로 기울고 있었다. 이제 남쪽 봉우리는 손에 쥔 연필의 각도만큼 기울었고 북쪽 봉우리는 그 뒤에서 연인처럼 버티고 서 있었다. 그러다 두 봉우리가 소리도 없이 합쳐지더니 물로 뛰어들었다. 물이 분수처럼 솟았다.

바위 아래 있던 코일, 느닷없이 양손으로 웨이비의 발목을 잡았다.

웨이비는 갈색 스타킹을 통해 전해지는 그의 뜨거운 손길을 느끼며 미동도 하지 않았다. 바위 위의 포로. 아래를 내려다보았다. 코일이 그녀의 다리에 얼굴을 대고 있었다. 그의 헝클어진 붉은 머리카락 사이로 허연 두피가 보였고, 발목을 단단히 감아 쥔 그의 손에 가려 그녀의 구두는 빅토리아시대 사람들의 콧수염 모양으로 바늘구멍 점선을 낸 뾰족한 앞부리만 보였다. 그리고 그의 육중한 손목과 스웨터 소맷부리, 양털 스웨터에 붙은 깨진 조개껍데기, 소매에 묻은 개털이 보였다. 웨이비는 꿈짝도 하지 않았다. 마치 그들 앞에 장막이 드리워졌고 그 장막을 걷어줄 손이 있는 듯했다. 코일은 면 스타킹의 냄새를 들이마셨다. 소금기와 해초 냄새가 어우러진 여성의 냄새가 그를 무모하게 만들었다. 그는 웨이비의 발목을 감아쥐었던 손을 거두었다. 웨이비는 허전함을 느꼈다. 코일이 강렬한 눈빛으로 그녀를 올려다보며 말했다. "내려와요. 내려와요." 그러면서 손을 내밀었다. 웨이비는 그가 무얼 원하는지 알았다. 그녀는 온몸이 굳어서 숨도 제대로 쉴 수 없었다. 그는 눈 깜짝할 사이에 그녀를 정복하고 말 것이다. 그녀의 옷을 걷어올리고 갈색 스타킹을 벗기고 조약돌 위에 눕히고 해변의 날벌레들이 맨살 위로 기어다니는 사이, 저 거대한 턱을 그녀의 목에 붙이고 그녀 안으로 들어올 것이다. 그다음엔 무언의 합의와 고통스러운 공모, 배신. 웨이비는 갑자기 말을 쏟아냈다.

"그가 어떻게 죽었는지 알아요? 내 남편 말예요. 헤럴드 프라우즈. 말해주죠. 그는 바다에 있어요. 바다 밑바닥에요. 그래서 바닷가에만 오면 헤럴드가 저기 있다는 생각을 떨쳐버릴 수가 없어요. 빌리가 다 얘기해줬겠죠, 그렇죠?"

슬픔이라는 보호막으로 안전함을 느낀 그녀는 바위에서 미끄러지듯 내려왔다. 코일은 양팔을 내려뜨린 채 비켜서서 그녀를 바라보았다. 그녀의 입에서 봇물 터지듯 이야기가 쏟아져나왔다.

"헤럴드는 세븐시즈헥터호 잡역부였어요. 처음으로 가져본 일다운 일이었죠. 돈도 많이 받아왔고 일도 끊이지 않았어요. 그때 우리에겐 만사가 순조로웠죠. 세븐시즈헥터는 세계에서 제일 크고 안전한 유조선이었어요. 삼 주 일하고 삼 주 쉬곤 했었죠. 배가 침몰했을 때 남편은 거기 타고 있었어요. 전화가 왔어요. 새벽녘이었죠. 1981년 1월 29일. 난 일어나서 옷까지 입었다가 몸이 너무 안 좋아서 도로 자리에 누웠어요. 그때 헤리를 임신하고 있었거든요. 수화기 너머로 여자가 말했어요. '아, 프라우즈 부인. 세븐시즈헥터호가 폭풍에 침몰해서 선원들이 실종되었다는 소식을 알려드리려고 전화했어요.' 폭풍에 침몰했다는 거였어요. 그들은 처음엔 무서운 폭풍이 일으킨 사고라고 주장했죠.

하지만 그 배에서 십이 마일밖에 떨어져 있지 않은 곳에 다른 유조선도 있었는데 그 배들은 말짱했어요. 세븐시즈에이잭스호와 딥블루 12호, 그 배들은 아무렇지도 않았어요. 사실 그 정도의 폭풍은 겨울마다 오는 거였어요. 백 년에 한 번꼴로 닥치는 세기의 대폭풍이 아니었다구요. 아흔일곱 명이 실종됐는데 시체는 한 구도 건져내지 못했어요. 가라앉는 구명보트에 탄 채 파도에 휩쓸려 죽은 사람들도 있었죠.

사건의 전모가 조금씩 밝혀졌어요. 점점 더 무서워져가는, 그러나 깨어날 수 없는 악몽처럼 말이에요. 정부는 유조선에 대한 안전 규칙을 전혀 마련해놓고 있지 않았어요. 세븐시즈헥터는 설계부터가 엉망이었고 배에 탄 사람들은 책임자가 항해사인지 유전 굴착 작업 감독인지도 몰랐죠. 그들 대부분은 바다에 대해서는 전혀 아는 게 없었어요. 바다나 기상에 관해서는 관심조차 없고 석유에만 혈안이 된 지질학자, 시멘트공, 기중기 기사, 유정탑 관계자, 착암공, 용접공, 건설 인부들이었으니까요. 하다못해 기상예보도 제대로 이해하지 못했죠. 파도가 거세지면 현창 안뚜껑을 닫아야 한다는 상식조차 없었어요. 밸러스트룸*의 창문 유리가 약했어요. 계기반에 방수 장치도 안 돼 있었죠. 창문을 깨고 들어온 바닷물에 계기반이 젖었어요. 그런데 선원들은 제대로 훈련이 안 돼 있었어요. 조종 매뉴얼 같은 것도 없었고요. 계기반이 말을 안 듣자 그들은 작은 놋쇠 막대기 같은 걸 써서 바닥짐의 균형을 잡으려 했지만 뒤쪽으로 쏠려버려 배가 기울었어요. 저 빙산처럼 배는 물에 가라앉았죠. 구명보트도 도움이 못 됐어요. 계기반과 함께 방송 시설도 고장나서 대부분의 사람들은 구명보트로 달려갈 사이도 없이 바다에 빠졌던 거죠. 변호사 말이 도미노 같았다더군요.

당신 기분을 상하게 하고 싶진 않지만 사실 난 쓰러져가는 빙산을 바라보며 그 생각을 했어요. 아직도 바닷가에만 서면 두려움 반 설렘 반으로 해초와 함께 밀려 올라온 헤럴드의 시체를 찾게 돼요. 벌써 몇 년이 흘렀는데도."

코일은 잠자코 듣고만 있었다. 이 여자를 풀밭으로 데려가야 할까? 사랑의 열병을 예방하는 백신처럼 지금 이 순간에도 그의 혈관 속을 도는 페틀의 존재는 어찌할까? 지금 웨이비의 메마른 손을 잡은들 무슨 소용이 있을까?

---

* 배의 균형을 유지하기 위해 바닥짐을 싣는 곳.

그들은 오솔길을 따라 올라가서 황무지로 접어들었다. 희미한 점으로 보이는 고모의 머릿수건과 벼룩처럼 폴짝폴짝 뛰어다니는 아이들을 바라보았다.

코일은 웨이비 뒤에서 걷고 있었다. 웨이비는 뒤를 돌아보지 않고도 그가 정확히 어디쯤 있는지 알 수 있었다.

따스함, 짙푸른 하늘, 멀리서 들려오는 아이들의 목소리 외엔 아무 소리도 들리지 않는 정적. 갑자기 두통이 멎듯 웨이비의 긴 슬픔이 스르르 녹아내렸다. 그녀는 뒤로 돌아섰다. 코일이 너무도 가까이에 서 있었다. 그녀는 무슨 말인가를 하려고 했다. 주근깨 난 거친 얼굴이 금세 붉어졌다. 그녀가 쓰러졌다. 그가 쓰러뜨린 건지도 몰랐다. 그들은 부둥켜안고 푹신한 덩굴 위를 굴렀다. 뜨거운 팔과 다리, 산딸기와 이파리, 입, 눈물, 바보 같은 말.

그러나 아래쪽에서 일렁이는 바닷소리가 들리자 웨이비는 떠도는 그물에 걸린 헤럴드의 아름다운 시체가 생각났다. 코일을 밀어냈다. 벌떡 일어나서 고모와 코일의 아이들과 아빠 없는 불쌍한 헤리가 있는 곳으로 달려갔다. 소풍 바구니가 허벅지에 마구 부딪쳤다. 원하는 것이 있으면 그도 따라오겠지.

처음엔 도망치기 위해 달리던 것이 나중엔 무작정 달리다가 결국엔 달리 어쩔 수가 없어 내처 달렸다. 여기서 달리는 걸 멈추면 마음이 흔들리는 것처럼 보이리라. 그녀는 평생 의미 없는 연기를 하면서 살아온 듯한 기분이 들었다.

코일은 풀 위에 누운 채 달려가는 웨이비를, 그녀의 푸른 치마의 주름이 점점 멀어져가면서 지워지는 것을 바라보았다. 고모, 아이들, 웨이비. 그는 대지와 합쳐지려는 듯 사타구니를 황무지에 대고 눌렀다. 흥분된 감각에, 먼 풍경이 그에게 너무도 중요하게 다가왔다. 바다와 거대한 바위를 배경으로 한 작은 형체들. 복잡하게 뒤엉킨 삶이 허울을 벗자 그는 인생의 구조를 볼 수 있었다. 생이란 바위와 바다, 그리고 그것들을 배경으로 잠시 스쳐가는 작고 하찮은 인간과 동물에 지나지 않는다.

그의 예리한 시선이 과거를 꿰뚫어보았다. 그는 철새떼 같은 인간 세대들과 유령선이 점점이 흩뿌려진 만과 다시 활기를 되찾은 마을과 생선 비늘로 반짝이는 그물이 드리운 심연의 바다를 보았다. 코일 일가가 세월로 악을 씻어가는 모습도 보였다. 이제 고모는 죽어 땅에 묻힐 것이고 코일과 웨이비는 늙어 꼬부라지고 딸들은 먼 도시로 떠나가리라. 헤리는 머리가 반백이 되어서도 나무 개와 색실에 환희를 느끼며 지붕 밑 다락방이나 계단 아래 작은 방에서 잠을 잘 것이다.

코일은 순수에 대한 감각을 되찾고 떨리는 균형 속에서 세상사를 이해했다.

세상 모든 일이 전조라는 껍질에 싸여 있는 듯했다.

25
석유

“외부의 진동으로 벽에 걸린 액자가 비뚤어지는 경우에는 철사를 액자 뒷면 양쪽에 있는 고리 모양의 나사못에 연결해 못 두 개에 건다.”
—『애슐리 매듭서』 중에서

흰 거품을 물고 기어오르는 만의 파도가 마치 큰 상처 속에서 우글거리는 구더기떼처럼 보였다. 날씨가 거친 아침. 코일은 현관 계단을 뛰어내려갔다. 차로 출근할 작정이었다. 하지만 우선 선착장으로 내려가서 바다의 상태를 살피기로 했다. 그의 배가 타이어를 매단 선착장을 쾅쾅 들이받고 있었다. 해변으로 올라온 파도가 침울한 분노를 보였다. 코일은 손목시계를 보았다. 지금 배에 오르면 복스 네스트에 들러 차 한 잔과 토스트를 먹을 시간 여유가 있다. 그런 다음 석유 관련 기사를 끝내고 미스키만 해양 기록보관소에 들렀다가 항구에 나가 배를 둘러볼 참이었다. 서해안에서 스쿠너 한 척이 들어오기로 되어 있었다.

코일은 카운터 자리에 앉아 머그잔에 든 차에 토스트를 적셔 먹었다. 반으로 접은 토스트가 한입에 쑥 들어갔다.

"코일! 코일! 이리 오게." 뒤쪽 칸막이 자리에서 빌리 프리티와 터트 카드의 목소리가 들렸다. 포마이카 테이블 위에 접시와 컵이 흩어져 있고 터트 카드가 찻잔 받침에 눌러 끈 담배꽁초들도 보였다.

"아니, 여기서 만나다니!" 카드가 애프터셰이브 향처럼 진한 짜증을 발산하며 말했다. 그는 입병을 막는 매듭부적을 지니고 다니는데도 재수없이 구내염에 걸리고 말았다. 겨울이 오고서 얻은 병이었다. 삶은 돼지고기를 먹다가 입안을 깨물어 상처가 생긴 것이다. 그날 아침 입술을 까뒤집고 거울을 본 그는 상처에 감염이 된 것처럼 흰 종기 세 개가 생긴 걸 보고 부아가 치밀었다. 상처난 자리에 베이킹파우더를 발랐다. 며칠 동안 피클과 블랙커피를 삼갔다. 지금도 우유를 듬뿍 넣은 차를 앞에 놓고 있었다.

코일은 토스트를 추가로 주문했다. 포도잼을 두 겹으로 바른 것으로. 감자튀김도 시킬까 잠시 고민했다.

"넛범만 오면 군이 일하러 사무실까지 갈 필요도 없겠군." 빌리가 다진 생선 요리에 달걀을 잘게 부숴 넣으며 말했다.

"늘 하는 말이지만, 이 고장의 희망은 석유예요." 터트 카드가 새끼 손가락으로 귀지를 파내며 말했다. "1980년에 맥고니글 유전을 발견했을 때 그래서 내가 주식을 산 것 아닙니까. 그 유전이 개발되면 노다지가 쏟아질 거예요. 석유 달러요. 아아, 그때가 오면 난 플로리다로 떠날 거라구요."

"맥고니글이라뇨?" 코일이 물었다.

"그랜드뱅크스 아래에서 캐나다 최대의 유전지대가 발견된 걸 모르고 있었다니 믿을 수가 없군. 석유가 수십억 배럴은 묻혀 있다구. 그게 바로 맥고니글 유전 지대야. 우린 모두 부자가 될 걸세. 일자리도 지천으로 생기고 주식을 산 사람들은 배당금을 두둑이 챙길 거야. 제조업과 건축업이 활기를 띠고 공급도 원활해질 테고. 캐나다 최대의 개발계획이지. 이제 황금시대가 올 거야."

그들 앞자리에서 식사를 하고 있던, 콧수염을 바코드 모양으로 기른 비쩍 마른 남자가 어깨 너머로 카드를 흘낏 돌아보았다. 코일은 수산물 가공공장 감독들 중 한 사람일 거라고 생각했다. 그는 오트밀과 볼로냐소시지를 먹고 있었다.

빌리 프리티가 코웃음을 쳤다. "미안하지만, 일자리를 얻고 경제적인 이익을 볼 자들은 세인트존스인들뿐일세. 두고 봐. 석유를 퍼올릴 준비가 될 즈음엔 핵융합 발전소가 가동되어 물을 끌어다가 깨끗한 전기를 만들어낼걸. 뉴펀들랜드는 다시 좌절을 맛보는 거지."

코일은 포도잼을 듬뿍 바른 세모꼴 토스트 한 쪽을 빌리에게 권했다. 통통한 터트 카드와 나란히 앉은 늙은 빌리가 새삼 연약해 보였던 것이다.

"아니에요. 핵융합이 아니고 석유예요. 뉴펀들랜드는 세계 제일의 부자 땅이 될 거라구요. 새로운 시대가 도래하고 있어요. 우린 돈더미 위에서 굴러다닐 겁니다."

"자넨 지금 석유 히스테리 환자의 얘기를 듣고 있는 거라네." 빌리 프리티가 코일을 향해 그렇게 말하고 다시 터트 카드에게 말했다. "국제적인 석유 회사들이 알짜는 다 빼갈 거야. 석유를 가져가며 바다엔 얼마나 흘릴까? 노다지를 손에 쥘 자들은 따로 있어. 외지인들이지. 이곳엔 벌써 마약과 범죄와 빨간 엉덩이를 흔들어대는 매춘부들이 들어왔어. 이건 시작일 뿐이야. 폭력과 도둑질이 판칠 거라구."

"옳은 말씀입니다." 수산물 가공공장 감독이 오트밀과 볼로냐소시지를 다 먹어치우고 담뱃불을 붙여 물며 끼어들었다. "그들이 킬릭클로의 낡은 등대에 불을 지른 걸 보세요. 수산업 사무실을 때려부순 걸 보시라고요."

"어디 그뿐인가?" 빌리는 새로 나타난 동지에게로 몸을 돌리며 말했다. "알코올중독, 땅에 떨어진 도덕, 이혼, 잔혹 행위, 아이를 내팽개쳐 거리의 부랑아로 만드는 부모. 그리고 오염! 바다 밑바닥이 철사, 드럼통, 쇳조각투성이라 어망이 찢어지기 일쑤야. 앞으로 어떻게 될까? 바다에 석유를 흘려 그나마 남은 잔챙이 대구까지 죄다 죽이고 고기잡이는 영영 끝장나는 거지. 악취나는 검은 진흙이 해안을 뒤덮어 배고 항구고 다 망쳐놓고 항로엔 온통 유조선과 보급선만 우글거리겠지." 그러면서 떨리는 손으로 찔끔찔끔 차를 따랐다.

"무슨 말을 하는 건지." 터트 카드가 손톱 위의 검은 귀지를 들여다보며 빈정거렸다. "나일강이라도 보고 왔나요?"

빌리 프리티는 코일과 수산물 가공공장 감독을 보면서 다시 입을 열었다.

그 옆에서 터트 카드가 바이올린 켜는 흉내를 내고 있었다.

"감자튀김과 볼로냐소시지 좀 주세요." 코일이 웨이트리스에게 말했다. 빌리는 숨을 빨아들였다.

"예전엔 수백만 톤씩 잡히던 대구와 빙어가 요샌 겨우 두세 양동이가 다야. 철마다 연안에서 고기잡이를 하는 작은 어선들과 일 년 내내 깊은 바다로 원양어업을 나가는 큰 배들이 많았는데 이제 고기도 모두 사라지고 나무도 다 베어졌어. 전부 파괴된 거지! 귀신들이 나타나는 것도 놀랄 일이 아냐. 불도저가 무덤들을 마구 파헤치는 바람에 보금자리를 빼앗겼으니까!"

수산물 가공공장 감독이 다시 끼어들었다. "예전에는 돼지 한 마리, 고깃배 한 척, 감자밭 한 뙈기면 생활하기에 족하다고들 했는데 요새는 뭐라면서 사는지 모르겠어요. 다들 제 잇속만 챙기니."

"맞아." 빌리가 말했다. "모두들 돈독이 올랐어. 너나없이 플라스틱 쾌속선과 설상차와 육지의 우스꽝스러운 개를 사들이고 있지. 술집이나 어슬렁거리며 살인과 도둑질을 일삼고. 옷을 찢어 입고 미치광이 행세나 하고. 예전엔 행복이 있었어. 사는 게 즐거웠다구. 터트 카드, 자넨 내 말이 무슨 뜻인지 모를 거야. 플로리다에 가고 싶어 안달이 났으니까. 길게 말해야 내 입만 아프지, 뭐." 그는 찻주전자를 들어 따랐지만 한 방울도 나오지 않았다.

반박할 기회를 노리던 터트 카드가 이때다 싶어, 땀흘리고 있는 웨이트리스와 주방 창으로 고개를 내민 주방장까지 듣도록 큰 소리로 말했다. "프리티 씨, 지금이 예전 같았다면 이미 죽은 몸이셨을 거요. 몇 해 전 겨울에 중국독감에 걸려 입원했던 걸 벌써 잊으신 모양이네요. 그때 죽은 대구처럼 얼굴이 잿빛이 되어 병원에 누워 계신 걸 보고 난 이제 저분도 명이 다했구나 생각했지요. 하지만 병원에서 항생제와 산소호흡기로 살려냈죠. 그런데 이제 자신을 살려낸 손을 무는군요. 제 정신 박힌 사람이면 똥구멍이 찢어지게 가난했던 옛날로 돌아가고 싶어하진 않아요. 그때 인심이 좋았던 건 사는 게 하도 고달파서 적을 가질 여유가 없었기 때문입니다. 다 함께 헤엄치지 않으면 모조리 빠져 죽으니까. 사람들 사이에 인심이 넘칠 수밖에 없었던 상황이었다고요." 그는 이로 공기를 빨아들였다.

주방에서 주방장이 외쳤다. "그래요, 고기잡이는 가라 이겁니다. 이제는 석유 시대가 와야 해요. 여기서 더 나빠질 수는 없으니까." 그러곤 농담이라는 듯 웃어 보였다. 눈치 빠르게.

"공연히 손님 듣는데서 그런 말 말게. 잘못하다간 곤죽이 되도록 두들겨 맞을 테니까." 수산물 가공공장 감독이 그렇게 말하고 벌떡 일어나서 이쑤시개를 가지러 갔다.

"난 누구에게라도 말할 수 있어요!" 터트 카드가 버럭버럭 소리를 질렀다. "석유는 강하고 고기잡이는 약하다. 사실 비교도 안 되죠. 전 세계가 석유를 필요로 해요. 석유에는 큰돈이 걸려 있다구요. 고기잡이에는 너무 많은 사람들이 매달려 있고 고기는 충분치 않아요. 그 한마디로 요약할 수 있어요. 자, 이제 슬슬 편집실로 가서 지긋지긋한 신문이나 만듭시다. 코일, 자네 칼럼 다 썼나?" 그가 코일에게 외쳤다. 아직 잔뜩 열이 올라 있었다.

"그래, 가자구." 이미 코일의 칼럼을 읽었고, 코일이 일주일 동안 전화로 석유 얘기를 하는 걸 들었으며, 유조선에서 샌 석유가 바다를 뒤덮은 디스펀드곶 현장에 나갔다가 바닷새를 구조하러 온 사람들 옆으로 뛰어들어 수첩에 시커먼 기름을 묻혀 온 걸 본 빌리 프리티가 말했다. "코일, 자네가 쓴 칼럼을 터트 카드에게 보여주면 석유왕 터트 카드는 발작을 일으켜 죽을 거야. 자넨 그가 석유 주식을 한 백만 달러어치쯤 갖고 있는 줄 알겠지. 천만의 말씀! 모빌사社 주식 두 주를 갖고 있다구. 두 주!" 그러면서 뱀 대가리처럼 고개를 내밀었다.

"칼럼은 제 책상 위에 있어요." 코일이 말했다.

"두고 봅시다, 빌리 프리티." 카드가 얼굴이 시뻘게져서 말했다.

플라워색만까지의 짧은 행렬. 식당에서 들고 온 커피가 자동차 계기반으로 넘치고, 운전대에 도넛 설탕이 묻어 끈적거렸다. 십 분 뒤, 코일은 카드에게 말없이 칼럼을 내밀고는 그가 칼럼을 읽는 걸 지켜보았다. 기자, 편집장의 발작 기다려.

유조선 사진을 걸어놓는 사람은 없어

킬릭클로 공립도서관에는 1904년도 사진이 벽에 걸려 있다. 오말루어만에서 여덟 척의 스쿠너가 흰 날개 같은 돛을 활짝 펴고 고기잡이를 나가는 사진이다. 그들의 모습은 비길 데 없이 아름답다. 그런 배들을 조종하려면 고도의 기술과 바다에 대한 지식이 필요하다.

요즘 수평선에서 가장 흔하게 눈에 띄는 배는 납작한 검은 유조선이다. 이제 석유는, 원유와 정유 모두, 국제 무역에서 제일의 상품으로 자리잡고 있다.

요즘 흔히 볼 수 있는 또하나의 광경은 금주에 디스펀드곶 해안에 생긴 현상처럼 검은 기름 찌꺼기가 해안선을 따라 수마일에 걸쳐 퍼져 있는 것이다. 월요일 아침, 골든구스호의 기름 탱크가 새서 만사천 톤의 원유가 바다에 쏟아지는 모습을 수백 명이 목격했다. 수천 마리의 바닷새와 고기가 기름물 속에서 몸부림쳤고 많은 어선과 그물이 망가졌다. 젊은 시절 스쿠너 선단과 함께 도리선을 타고 고기잡이를 했던 리틀디스펀드에 거주하는 팔십칠 세 노인 잭 아이 씨는, 이 고장도 이제 종말을 맞았다고 한탄했다.

우리의 세계는 석유의 힘으로 움직인다. 삼천 척이 넘는 유조선이 세계의 바다 위를 느릿느릿 움직이고 있다. 그중 인간이 만든 움직이는 물체 가운데 가장 크다는 VLCC는 길이가 사백 미터에 달하고 무게는 이십만 톤이 넘는다. 이들 중 대다수가 홑겹 선체이며 일부는 노후로 부식되었고 구조적으로 약하다. 한 가지 분명한 사실이 있다. 바다에 기름이 새는 사건은 계속될 것이며 그중 일부는 끔찍한 피해를 초래할 것이다.

유조선 사진을 벽에 걸어놓는 사람은 없다.

터트 카드는 읽고 난 칼럼을 책상 구석에 밀어놓고 코일을 올려다보았다.

"자네도." 그가 말했다. "우라질, 자네까지!"

저녁이 되어 모두들 퇴근하고 편집실 안이 텅 비자 터트 카드는 창가에 서서 코일의 빈 책상을 향해 말했다. "우라질! 미국식 그린피스 자유주의는 여기서는 안 먹혀. 누가 자네한테 그런 개소리를 지껄이랬어? 오, 코일 기자의 염병할 귀중한 칼럼이라! 그건 우리의 개발과 경제 발전 노력에 역행하는 짓거리라구."

그는 칼럼을 다시 써서 대지 작업까지 마친 뒤 술을 마시러 나갔다. 술기운으로 짜증나는 구내염의 통증을 달래기 위해. 그가 고약하고 사적인 아름다움을 음미하기 위해 술을 마시고 또 마신다는 걸 남들이 어찌 알까?

하룬가 이틀쯤 뒤에 터트 카드는 해운 회사 달력에서 오려낸 사진을 액자에 끼워 자기 책상 뒤편에 걸어놓았다. 거대한 콰이엇아이호가 황혼의 바다를 헤치고 플라센셔만으로 들어가는 사진이었다. 세계 최대의 유조선. 그러나 편집실 문이 한 번 쾅하고 닫히자 단박에 액자가 비뚤어졌다.

정오에 카드가 인쇄소에서 잉크 냄새를 풍기는 개미 버드지 한 뭉치를 가지고 올 때까지 코일은 그 사진을 웃음거리로만 여겼다. 그런데 신문을 집어 해운 소식란을 펼치니 그가 쓴 칼럼은 온데간데없고 터트 카드가 벽에 건 유조선 사진과 짧은 사진 설명만 들어 있었다.

유조선 사진

삼천여 척의 유조선이 세계의 바다 위를 당당하게 달리고 있다. 그 거대한 유조선들은 뉴펀들랜드의 수심 깊은 항구와 정유소 덕을 보고 있다. 석유와 뉴펀들랜드는 햄과 달걀처럼 늘 함께하며, 햄과 달걀처럼 우리 모두의 앞날을 살찌울 것이다.

우리 모두 벽에 유조선 사진을 걸자.

코일은 머릿속의 피가 한꺼번에 빠져나간 듯한 현기증을 느꼈다.

"이게 무슨 짓입니까!" 그가 도끼 같은 목소리로 카드에게 외쳤다.

"알맞게 고쳐놓은 것뿐이네. 우린 그린피스 개소린 듣고 싶지 않아!" 터트 카드가 나지막이 웃으며 말했다. 기분이 좋은 모양이었다. 그는 비열한 얼굴을 쑥 내밀었다.

"당신은 내 칼럼에서 알맹이를 빼냈어요! 석유 산업의 썩어빠진 싸구려 선전물로 만들어놓았다구요. 당신은 나를 유조선 사업의 대변자로 만들었어요." 코일은 카드를 구석으로 몰아붙였다.

"내가 뭐랬나, 코일." 넛빔이 나섰다. "조심하랬지. 저 작자가 자네 기사를 엉망으로 고쳐놓을 거라고 말이야."

분노의 화염에 휩싸인 코일. 그의 분노는 힘없는 모래땅을 뚫고 거세게 분출하는 석유처럼 맹렬했다.

"이건 칼럼이에요." 그는 고래고래 소리를 질렀다. "빌어먹을! 칼럼은 마음에 안 든다고 해서 제멋대로 고칠 수 있는 게 아니란 말입니다! 잭이 내게 배와 해운에 관한 칼럼을 쓰라고 했어요. 그건 내가 보고 느낀 대로 쓰라는 거였어요. 이건," 그는 널빤지 같은 얼굴에 신문지를 갖다 대고 흔들었다. "이건 내가 쓴 게 아네요. 내가 보고 느낀 게 아니란 말입니다."

"내가 편집국장 자리에 있는 한," 터트 카드가 깡통 속에 든 돌멩이처럼 달그락대며 지껄였다. "개미 버드에 부합되지 않는 내용을 고칠

권리는 얼마든지 있는 거야. 그게 마음에 안 들면 잭 버깃 사장님과 직접 얘기해보라구."

그는 코일이 치켜든 팔 아래로 빠져나가 문을 향해 달려갔다.

"당신들 모두 나를 싫어한다는 걸 내가 모를 줄 알아?" 굵은 양초 같은 터트 카드가 바지직거리며 타오르는 불빛과 함께 어디론가 사라졌다.

"코일, 놀랐어." 빌리 프리티가 말했다. "난 자네 보일러가 그렇게 무섭게 끓어오를 줄은 몰랐다구. 터트 카드가 꽁지 빠지게 도망갔잖아."

"이제 좀 알겠지?" 넛빔이 말했다. "첫날 내가 자네에게 말했잖아."

"하지만 두고 보게. 터트 카드는 내일이면 평온하게 나타날 거야. 아무 일도 없었던 것처럼. 원래 비열한 인간이거든."

"나도 놀랐어요." 코일이 말했다. "잭에게 전화를 걸어 이 문제를 분명히 하겠어요. 칼럼을 계속 쓰든가 그만두든가 결판을 내겠어요."

"코일, 내가 충고하는데, 잭한테 전화하지 말게. 자네도 알겠지만 그는 지금 고기잡이를 나갔어. 그리고 그는 개미 버드 일을 집에까지 끌어들이는 걸 싫어해. 자넨 잠자코 있어. 내가 오늘밤이나 내일 밤에 슬쩍 귀띔하겠네. 잭에게는 게걸음으로 접근하는 게 더 잘 먹혀."

"개미 버드, 터트 카듭니다. 아, 네, 잭." 카드는 스웨터 가슴팍에 수화기를 대고 코일을 보았다. 아침부터 분위기가 심상치 않았다.

"자네 바꾸래." 그의 목소리 톤으로 보아 잭이 화를 내고 있는 모양이었다.

"여보세요." 코일은 욕지거리를 들을 각오를 단단히 하고 전화를 받았다.

"코일. 나 잭 버깃이야. 칼럼은 계속 써. 자네가 곤경에 빠지면 미국에서 자라서 그렇다고 핑계를 대겠네. 터트는 더이상 손대지 않을 거야. 터트 바꾸게."

코일은 카드에게 전화 받으라는 몸짓을 했다. 잭의 호통 소리가 다른 사람들 귀에까지 들렸다. 터트 카드는 천천히 몸을 돌려 바다 쪽 창을 보았다. 몇 분 후 그는 양다리에 번갈아 체중을 싣다가 끝내 책상 끄트머리에 엉덩이를 걸치고 앉아 귓구멍과 콧구멍을 후볐다. 몸을 이리저리 흔들며 수화기를 양쪽 귀에 번갈아 댔다. 이윽고 전화선이 조용해지자 수화기를 내려놓았다.

"좋아." 그는 얼굴이 시뻘겋게 달아올라 있으면서도 부드러운 목소리로 말했다. "잭은 코일의 칼럼을 계속 싣고 싶어해. 당분간은 말이야. 그러니 계속 가기로 하겠네. 계속 간다구. 하지만 잭은 자동차 사고 특집 기사에 대해서도 지시했어. 알다시피 쓸 만한 사진을 얻지 못해 서류철에 보관하고 있는 사진을 썼던 경우가 몇 번 있었지. 그래서 잭은 선박 사고도 포함시키고 싶어해. 어민 회의에서 지난해에 삼백여

건의 심각한 선박 사고가 있었다는 얘기가 나왔대. 코일, 자동차 사고처럼 선박 사고 기사도 쓰고 사진도 찍으라는 지시야. 사고는 많으니까 기삿거리는 충분할 거야."

"그건 확실하죠." 코일은 터트 카드를 쳐다보며 대꾸했다.

26
시체

"데드맨(Deadman). '아이리시 페넌트(Irish pennant)'라고도 불리며
돛이나 삭구 주위에 매달린 매듭이 풀린 밧줄을 말한다.
—『항해 사전』 중에서

9월의 끝자락, 조수가 빠져나가고 밤하늘에 하현달이 떴다. 코일은 처음으로 초록색 집에 혼자 남았다. 고모는 주말을 이용해서 단추와 모슬린 천을 사러 세인트존스에 갔다. 버니와 선샤인은 마티의 생일이라 데니스네 집에서 자겠다고 졸라대서 보내주었다.

"마티는 나랑 제일 친한 친구야, 아빠. 난 그애랑 자매간이었으면 좋겠어." 버니가 열띠게 말했다. "제발, 제발 마티네서 자게 해줘." 버니는 선물용품과 간단한 점심을 파는 '플라잉스퀴드' 상점에서 마티에게 선물할 진주조개 껍데기로 만든 반지를 고르고 점무늬 포장지도 샀다.

코일은 금요일 오후 자신의 천덕꾸러기 배에 식료품 꾸러미와 여섯 개들이 맥주 두 팩을 싣고 만을 건넜다. 취재수첩과 타자기, 19세기 해운 법규와 악폐에 관한 책도 한 무더기 실었다. 집으로 와서 부엌 싱크대 밑에 두는 아이스박스에 맥주를 넣으려고 몸을 굽히는데 그제야 얼음 생각이 났다. 아이스박스에 얼음을 채우려고 배에 싣고 나갔었는데 얼음 사는 걸 깜빡 잊었고 아이스박스도 배에 두고 온 것이다. 하지만 상관없었다. 저녁이 되자 맥주를 따서 마시며 가스등 아래에서 기사를 끼적거렸다.

토요일, 코일은 가구가 별로 없는 썰렁한 집안을 쿵쿵거리며 돌아다녔다. 그의 움직임에 따라 먼지 낀 공기가 물결치는 듯했다. 점심 때까지 장작을 패고 정어리 통조림 두 개와 리마콩 통조림을 안주 삼아 맥주를 마셨다. 오후에는 식탁에 앉아 타자기를 두드리며 기사 초안을 작성하다가 글자 키 사이에 손가락이 끼자 마구 욕지거리를 해댔다. 그는 새뮤얼 플림솔에 대한 기사를 쓰고 있었다.

"제발 저를 도와주십시오"

누구나 선박에 표시된 플림솔선線을 보았을 것이다. 그것은 해당 선박이 운송할 수 있는 안전한 선적량을 표시한 것이다.

이 선적량 표시제는 1868년 영국 더비에서 의원으로 선출된 새뮤얼 플림솔이라는 한 개인의 노력에 의해 탄생되었다. 부도덕한 선주들이 고의로 낡은 배에 짐을 잔뜩 실어 바다로 내보내던 그 시대에 플림솔은 선원의 안전을 위해 싸웠다. 플림솔이 쓴 『우리의 선원들』이란 소책자를 보면, 석탄이나 철강 같은 화물을 잔뜩 싣고 항해하다가 침몰한 불량 선박들에 관한 내용이 들어 있다. 선주들은 배가 침몰하리란 걸 알고 있었으며 선원들이 바다에 빠지리란 것도 잘 알고 있었다. 그러면서도 보험금을 타내기 위해 고의로 그런 짓을 했던 것이다.

당시 해마다 수천 척의 선박이 침몰했는데 그 주된 원인은 과도한 선적이었다. 플림솔은 모든 선박의 선적량 표시를 의무화하고 표시를 하지 않은 선박은 어떠한 경우에도 출항할 수 없도록 조처할 것을 호소했다.

그는 저서에서 독자들에게 직접적으로 이렇게 말했다. "제 주장이 믿기지 않습니까? 그렇다면 제발, 제발 진실을 파헤치도록 왕실의 허락을 받게 도와주십시오!" 그러나 막강한 해운업 관계자들이 매번 그의 앞길을 가로막았다.

다시 저녁이 가까워졌을 무렵 그는 작업을 중단했다. 새우 이 파운드를 올리브유와 마늘로 요리해 살을 쪽쪽 빨아먹었다. 그러곤 마지막 남은 맥주 깡통을 들고 선착장으로 내려가 극성스럽게 달려드는 모기떼를 견디며 황혼 속에서 킬릭클로의 불빛을 바라보았다. 곶들의 등대 불빛이 깜박이고 있었다.

한밤중, 마귀할멈이 나타나 그의 등에 안장을 얹고 굴레를 씌웠다. 그는 다시 고속도로 악몽에 시달렸다. 교각 아래에서 조그마한 형체가 살려달라고 양팔을 내뻗고 있었다. 피투성이가 된 페틀이었다. 그러나 코일은 너무 빨리 달리는 바람에 그냥 지나쳤다. 브레이크를 아무리 밟아도 듣지 않았다. 그렇게 용을 쓰다가 뻣뻣해진 오른발을 꿈속의 브레이크에 올려놓은 채 땀투성이가 되어 잠에서 깨어났다. 집밖 케이블 사이로 윙윙대는 바람이 그에게 체념이라는 감정을 불러일으켰다.

그러나 그는 슬리핑백을 귀 끝까지 끌어올리고 다시 잠을 청했다. 이미 악몽에 시달리는 데 익숙해진 것이다.

일요일 정오가 되자 플림솔 기사는 대충 윤곽이 잡혔고 산책을 하고 싶어졌다. 아직 곶 끄트머리까지는 가본 적이 없었다. 등뒤로 현관문을 닫는데 걸쇠에서 매듭진 끈이 떨어졌다. 주워서 주머니에 쑤셔넣고 땅끝을 향해 해변으로 내려갔다.

젖은 해초 바닥 위에 서 있는 집채만한 바위들 위로 기어올랐다. 바위틈에 너덜너덜한 홍합 껍데기와 해초가 박힌 그물 쪼가리들이 걸려 있었다. 개펄 웅덩이에서 갈매기들이 날아올랐다. 바위엔 아직 고동색 육질로 촉촉이 젖은 게 껍데기가 흩어져 있었다. 해안선이 좁아지며 절벽을 이루어 더이상 나아갈 수가 없었다.

그래서 오던 길을 되돌아가 히스가 오그라든 가발처럼 덮인 바위 언덕을 올랐다. 바다 쪽으로 혀를 쑥 빼 내밀고 있는 형상의 골 깊은 화강암. 순록들이 다니는 길을 따라 화강암 혀 위로 올라섰다. 오른쪽으로는 푸른 오말루어만이 둥그렇게 누워 있고 왼쪽으로는 수마일 밖의 미스키만까지 울퉁불퉁한 해안선이 그려져 있었다. 그리고 앞쪽으로는 탁 트인 대서양.

그의 장화가 돌바닥 위에서 저벅저벅 소리를 냈다. 갈라진 바위틈에서 자란 노간주나무 뿌리에 걸려 비틀거리다가 응고된 번개 같은 석영층을 발견했다. 그가 올라선 바위 언덕은 깊은 골과 융기부, 선반, 판판한 고원으로 이루어져 있었다. 그 앞쪽에는 누가 세운 것인지 알 수 없는 돌탑이 있었다.

탑까지 가는 데 족히 삼십 분은 걸렸다. 그는 남자 키 세 배 높이의 이끼 낀 돌탑 주위를 한 바퀴 돌았다. 오래전에 세워진 것이 분명했다. 어쩌면 지금은 멸종된 베오투크족의 작품인지도 몰랐다. 고래사냥꾼과 대구잡이들이 심심풀이로 죽여 멸종된 뉴펀들랜드 인디언 베오투크족. 아니면 바스크족 어부들이나, 타고 온 배를 바위 뒤에 감췄던 코일 일가가 만든 경계표인지도 몰랐다. 천둥 같은 파도 소리가 그를 끌어당겼다.

마침내 세상 끝에 선 듯한 느낌이었다. 심연의 입술 위에 자리한 듯한 황무지. 인간의 자취도, 배도, 비행기도, 짐승도, 새도, 부표도, 아무것도 없었다. 마치 이 행성에 홀로 서 있는 기분이었다. 광막한 하늘이 그에게 호령이라도 하는 듯해 코일은 본능적으로 손을 들어 머리를 가렸다. 삼십 피트는 됨직한 반투명 병 색깔의 파도가 바위에 부딪히면서 크림을 얹은 우윳빛으로 소용돌이치는 호수에 물거품을 일으켰다. 바다에서 수백 피트 위에 서 있는데도 짭짤한 물보라에 눈알이 쓰리고 얼굴과 재킷에 물방울이 맺혔다. 파도가 절벽에 부서지며 오븐이나 쥐구멍 같은 구멍들이 숭숭 뚫린 바위 특유의 공허한 베이스음을 냈다.

코일은 바위 비탈을 내려가기 시작했다. 축축하고 미끄러웠다. 조심조심 내려가면서도 거친 파도에 잔뜩 흥분하여 폭풍 속에 있으면 도대체 어떤 기분일까 상상했다. 해변의 파도는 연신 밀려왔다 빠졌다 해도 조수는 아직 썰물이었다. 지구의 한복판에 있는 거대한 심장은 하루에 단 두 번만 울리는 듯.

코일은 바다가 개 목구멍처럼 시커먼 입속에 삼킨 배와 어부와 탐험가의 망령이 짠물 속에서 아우성치며 이 주변을 떠돌고 있는 것은 아닐까 생각했다. 거센 바람 속에서 일장석의 편광으로 안개를 뚫고 나아갔던 바이킹. 가죽 보트를 타고 냉랭한 공기를 후욱후욱 들이켜며 꽁꽁 언 노를 저어 가다가 배가 암초에 부딪혀 소용돌이를 이루며 가라앉은 이누이트. 찰싹찰싹 부딪히는 파도 소리만 들릴 뿐 무시무시한 고요 속에 잠겨 있는 천년 묵은 빙산. 그 파도 소리는 해안에 부서지는 파도 소리와 흡사하여 뱃사람들을 현혹시키지만 반가이 달려가보면 해안은 없고 거대한 빙산뿐. 안개 경적, 해안을 따라 울리는 억눌린 총성. 땅과 바다를 하나로 잇는 얼음덩어리. 서리 안개. 얼음 평원에 뻥뻥 뚫린 구덩이들의 그림자로 얼룩진 구름. 차원과 원근감을 지워 온통 신기루와 환상만 보이게 하는 눈부신 얼음의 광채. 참으로 희한한 땅이었다.

바위 언덕을 내려오던 코일은 잡초에 미끄러지다가 가까스로 바위를 잡고 매달렸다. 바위 선반에 서서 목을 길게 빼고 저 아래 바다의 무시무시한 소용돌이를 내려다보았다. 더이상 갈 수가 없었다.

그의 시야에 세 가지가 들어왔다. 파도에 씻기는 벌집 모양 동굴과 거대한 개 형상의 바위와 신비한 바닷속 풍경을 구경하듯 물속에 머리를 처박고 둥둥 떠 있는 노란 옷의 몸뚱이. 불가사리 모양으로 사지를 벌린 시체는 바다가 줄로 조종하는 장난감처럼 작은 동굴 속으로 들어갔다 나왔다 했다. 시체들에 자석처럼 끌리는 듯한 신문기자.

포말 속으로 뛰어들지 않고는 시체에 접근할 길이 없을 것 같았다. 밧줄과 갈고리를 가져왔더라면…… 코일은 다시 절벽 위로 기어올랐다. 어쩌면 저 시체는 이 절벽 위에서 떨어졌는지도 모른다는 생각이 뇌리를 스쳤다. 아니, 배에서 떨어졌을 확률이 더 컸다. 아무튼 사람들에게 알려야 했다.

평지에 이르자 달리기 시작했다. 옆구리가 결렸다. 사람들에게 시체가 있다는 걸 알려야 했다. 집에 가서 자동차를 몰고 만을 빙 돌아가면 경찰서에 도착하는 데 족히 한 시간은 걸리리란 생각이 들었다. 배로 가는 게 빠르리라. 등뒤에서 불어오는 바람에 앞으로 쏠린 머리카락 끝이 세차게 눈을 때렸다. 처음엔 등줄기가 오싹했는데 달리다보니 열이 나서 재킷 지퍼를 내렸다. 선착장까지 가는 데에도 시간이 꽤 걸렸다.

동굴 속으로 들어갔다 나왔다 하던 노란 시체 생각에 황급히 배를 몰아 킬릭클로를 향해 달렸다. 마치 시체를 살려낼 수 있기라도 하듯. 바다로 나선 지 십 분 만에 바람이 불어가는 쪽 해안의 무풍지대에서 벗어난 코일은 아차 하는 생각이 들었다.

이런 거친 파도 속에서 배를 띄우기는 처음이었다. 만 입구 쪽에서 거대한 파도가 잔인한 미소를 머금고 달려왔다. 배는 파도에 휘말려 높이 솟구쳤다가 눈 깜짝할 사이에 아찔한 속도로 파도의 깊숙한 골짜기로 떨어졌다. 코일은 본능적으로 방향을 돌려 뱃머리의 파도를 비스듬히 탔다. 그러자 이번에는 킬릭클로 북동쪽에 있는 곶을 향해 배가 나아갔다. 항구로 들어가려면 동남쪽으로 다시 방향을 돌려야 했다. 조종이 미숙한 코일은 뱃머리의 바람과 파도로 길게 달린 다음 선미의 바람으로 짧게 달리는, 지그재그 형태로 만을 건너는 법을 몰랐다. 반쯤 건너서 갑자기 킬릭클로 쪽으로 방향을 돌리자 낮고 넓은 배꼬리 부분이 파도에 휩쓸렸다.

배가 마구 흔들리며 좌석 밑에서 짧은 줄이 미끄러져나왔다. 한쪽은 매듭이 지어졌고 반대쪽은 매듭이 풀린 듯 헐겁게 꼬여 있었다. 그제야 코일은 매듭의 의미를 깨달았다.

배는 아래위로 흔들리다가 곤두박질쳤다. 프로펠러가 계속 돌아가고 있는 뱃머리가 거친 파도 속을 파고들었다. 코일은 겁에 질렸다. 키를 놓칠 때마다 배가 마구 흔들렸다. 잠시 후 그의 항해는 막을 내렸다. 뱃머리가 도끼처럼 파도를 때리자 배꼬리가 높이 솟아올랐다. 동시에 성난 파도가 배를 옆으로 번쩍 들어 바다에 내팽개쳤다. 배는 구멍이 뚫려 뒤집히고 코일은 한순간에 물속으로 날아갔다.

그 짧은 공포의 십오 초 동안 그는 헤엄을 배웠으며 뒤집힌 배로 가서 정지된 프로펠러축을 잡을 수 있었다. 그의 체중에 눌려 뒤집힌 선미 한쪽이 내려가고 뱃머리가 약간 들려 몰려오는 파도를 막자 도로 똑바로 뒤집힌 배에 물이 가득 차올랐다. 코일은 다시 반투명의 바닷속에서 허우적거리며 배가 천천히 가라앉는 걸 쳐다보았다. 배가 점점 가라앉으면서 눈에 익은 구조와 페인트 색깔도 희미해지기 시작했다.

그는 씨근덕거리며 수면 위로 떠올랐다. 눈알이 쓰라려 반은 장님이 된 와중에도 핏물이 뚝뚝 떨어지는 게 선명하게 보였다.

"한심하긴!" 그는 속으로 한탄했다. "어린 자식들을 두고 물에 빠져 죽다니!" 구명조끼도, 물에 뜨는 노도, 분별력마저도 없었다. 코일은 뚱뚱한 몸과 허파에 가득찬 공기의 힘으로 둥둥 떠올랐다. 양쪽 해안에서 1.5마일 이상 떨어진 지점의 차디찬 바닷물 위에 떠 있었다. 바로 앞에 매듭진 끈이 떠다니고 약 이십 피트 전방에 빨간 상자가 물에 흔들리는 게 보였다. 깜빡 잊고 배에 두고 내린 빈 아이스박스였다. 그는 성냥개비들이 둥둥 떠다니는 바다를 첨벙첨벙 헤엄쳐갔다. 그러고 보니 성냥을 사서 식료품 꾸러미에 넣은 기억이 났다. 성냥개비들은 물에 머리통이 다 씻겨나간 채로 언젠가는 해변으로 밀려가리라. 그럼 나는?

코일은 아이스박스 손잡이를 움켜쥐고 아이스박스 뚜껑 위에 가슴팍을 올려놓았다. 피가 이마에서 나는 건지 머리에서 나는 건지 궁금했지만 아이스박스에서 손을 떼 상처를 만져볼 엄두가 나지 않았다. 부딪친 기억은 없었다. 배가 뒤집힐 때 찢긴 모양이었다.

산더미 같은 파도가 밀려왔지만 코일은 나무토막처럼 파도를 타며 그를 물속으로 밀어넣으려는 녹색의 무시무시한 파도와 그의 코에 짠물을 쏟아붓는 교활한 물마루를 바라보았다.

두 시간 전쯤 그가 시체를 발견했을 때는 바닷물이 거의 빠진 상태였다. 이제 곧 밀물이 되리라. 손목시계는 어디로 달아나고 없었다. 물이 다 빠지고 밀물이 시작되려면 한 시간가량 게조가 있지 않을까? 그는 만의 조수에 대해서는 잘 몰랐지만, 하현달이 뜰 때는 조수간만의 차가 작았다. 빌리가 서해안에는 모래톱과 암초가 많다고 했었다. 코일은 바람에 밀려 오 마일쯤 위쪽의 해협으로 흘러가서 큰 바다로 들어가게 될까봐 겁이 났다. 아이스박스를 타고 아일랜드로! 바람이 불어가는 쪽인 서쪽 해안에 가까워지면 파도가 잠잠해서 어떻게든 뭍까지 헤엄쳐갈 수 있을 텐데.

그렇게 몇 시간이 지난 듯했다. 이젠 다리에 감각조차 없었다. 파도에 높이 솟구치는 때를 틈타 현재 위치를 가늠해보았다. 서쪽 해안에 가까워진 듯했다. 하지만 바람과 밀물에도 불구하고 그는 곶 끝으로 흘러가고 있었다.

얼마나 더 지났을까, 코일은 아까 봤던 돌탑이 보이자 흠칫 놀랐다.

거센 조수에 휘말려 곶 끄트머리 쪽 해안, 시체와 동굴이 있던 곳으로 흘러온 모양이었다. 노란 옷의 시체와 나란히 동굴로 들어갔다 나왔다 하며 생을 마감하게 된다면 얼마나 아이러니한 일인가!

"이 뜨거운 박스만 있으면 난 안 죽어." 코일은 소리 내어 중얼거렸다. 이제 그는 빨간 아이스박스 안에 뜨거운 숯덩이가 가득 들어 있다는 생각을 하고 있었던 것이다. 뚜껑에서 턱을 떼면 이가 정신없이 딱딱딱딱 맞부딪치다가도 다시 얹으면 말짱해졌다. 뜨거운 열기가 아니고서야 그 무엇이 그런 효력을 지닐 수 있겠는가.

황혼이 가까워진 걸 깨닫자 다시금 놀랐다. 아니, 어쩌면 기쁜 일인지도 몰랐다. 황혼이 지면 잠자리에 들 수 있으니까. 그는 너무 피곤했다. 넘실거리는 파도는 포근한 잠자리가 되어주리라. 그러자 묘한 생각이 고개를 들었다. 왜 진작 깨닫지 못했을까? 노란 옷의 남자는 죽은 게 아니다. 잠든 것이다. 쉬고 있는 것이다. 자신도 곧 남자처럼 엎어져서 잠에 빠져들리라. 빛이 꺼지면 바로. 하지만 아직은 모진 빛줄기가 그의 퉁퉁 부은 눈을 찌르고 있었고 잭 버깃이 그를 뜨거운 아이스박스에서 떼어 차가운 생선더미 위에 눕혔다.

"아니, 이런 세상에! 어쩐지 누가 있는 것 같은 느낌이 오더라니." 그는 코일의 몸뚱이 위로 방수천을 던졌다.

"그 우라질 배에 타면 빠져 죽는다고 했지! 도대체 얼마나 오래 물속에 있었던 거야? 오래는 아니겠지. 이런 물속에서는 오래 못 버티니까."

하지만 코일은 대꾸할 기운도 없었다. 온몸이 어찌나 떨리는지 발꿈치가 생선더미 위에서 북을 치는 것 같았다. 잭에게 뜨거운 아이스박스를 달라고 하고 싶었지만 턱이 말을 듣지 않았다.

잭은 반은 끌고 반은 밀어서 코일을 버깃 부인의 완벽한 부엌에 들여놓았다. "저 아귀 같은 바다에서 코일을 낚았어." 그가 아내에게 말했다.

"잭이 사람들을 얼마나 많이 구했는지 아우?" 버깃 부인이 말했다. 단 한 사람만 빼고. 그녀는 코일의 젖은 옷을 벗기고 뜨거운 물주머니를 허벅지에 놓은 다음, 담요로 몸을 싸주었다. 그러곤 김이 무럭무럭 나는 차를 숙련된 솜씨로 그의 이 사이에 흘려넣었다. 잭이 옆에서 차보다는 럼주가 낫다고 웅얼거렸다.

이십 분쯤 지나자 코일은 턱이 풀리고 정신도 돌아와 배의 침몰과 뜨거운 아이스박스의 환상에 대해 가까스로 이야기하고 버깃 부부의 거처를 찬찬히 살펴볼 수 있었다. 그리고 설탕과 연유를 넣은 차를 한 잔 더 마셨다.

"좋은 우롱차라우." 버깃 부인이 말했다. 그녀는 원기를 돋우는 데 럼주 따위는 우롱차와 비교도 안 된다고 중얼거렸다.

집안은 온통 이 고장의 위대한 예술 작품으로 치장되어 있었다. 레이스 수예품들은 파도와 부빙, 고둥 껍데기와 해초, 바닷가재의 반원형 더듬이, 둥근 매듭 모양의 대구 눈깔, 곤두선 쉼표 모양의 새우와 균열된 바위 동굴, 검은 바위를 덮은 흰 눈, 바람개비 모양의 갈매기, 사선으로 내리긋는 은빛 빗줄기 따위의 무늬로 짜여 있었다. 조상들과 닻의 사진이 들어 있는 액자 틀은 단단히 꼰 매듭으로 테를 두르고 있었다. 성경책은 썰물의 포말 그림으로 싸여 있고 시계는 신부처럼 야생화로 엮은 화환을 쓰고 있었다. 그리고 스트립 댄서처럼 술장식을 단 부엌 서랍장 문고리들, 뱀 모양으로 골 지게 짠 주전자 손잡이, 팔걸이와 등판에 군도 문양의 덮개가 있는 안락의자. 그리고 선반 위엔 1961년판 온타리오주 전화번호부가 놓여 있었다.

푸른빛이 도는 초록색 벽을 배경으로 서서 스토브 위의 주전자에 물을 채우는 버깃 부인의 손이 팔목에 용접된 국자처럼 보였다. 툭툭 불거진 손마디와 흉터투성이의 손. 팔팔 끓는 물이 찻주전자로 쏟아졌다. 버깃 부인은 팔뚝이 드러난 면 원피스 차림이었다. 집안엔 남국의 열기와 나른한 안락함이 가득했다.

버깃 부인은 바람 많은 고장 사람답게 목소리가 우렁차고 자기주장이 강했다. 왁스로 문질러 닦아 반들반들 윤이 나고 꽃들이 폭포수처럼 장식된 이 집에서 잭은 인형처럼 작아지고 그의 아내는 거인처럼 보였다. 버깃 부인은 코일과 안면이 있는 것처럼 그의 얼굴을 자세히 뜯어보았다. 이제 그의 이가 찻잔에 부딪치는 정도가 훨씬 덜했다. 목에서 발등까지 비틀어대던 몸서리도 진정됐다.

"이제 따뜻해질 거유." 버깃 부인이 코일의 발을 녹여줄 뜨거운 벽돌을 들고 오며 말했다. 그러나 그녀의 시린 가슴은 그 무엇으로도 따뜻해질 수 없었다. 문간 매트 위에서 점박이 강아지가 부스럭대며 귀를 쫑긋거렸다.

잭은 고된 노동으로 낮 시간을 보낸 많은 남자들이 그렇듯이 안락의자에 축 늘어져 있었다. 호사豪奢가 몸뚱이 근육을 녹초로 만들어놓은 것처럼.

"자네가 물속으로 가라앉지 않았던 건 뚱뚱한 몸 덕이야. 마른 사람이었다면 벌써 죽었을걸."

그제야 코일은 노란 옷의 남자가 생각나, 곶 끝으로 산책 나간 얘기부터 구출되기 직전 눈을 찌르던 강한 빛줄기 얘기까지 했다.

"오븐 바위에?" 잭은 해안경비대에 신고하러 계단 밑 전화통으로 달려갔다. 코일은 아직도 귀가 웅웅 울리는 것 같았다.

버깃 부인이 그에게 이야기를 꺼냈다. "안경 쓴 사람은 개와 친해질 수 없지. 개는 사람 눈동자를 보고 마음을 알거든. 개는 사람이 먼저 웃어주길 기다린다우. 필요하다면 한 달이라도 기다리지."

"뉴펀들랜드 개군요." 코일은 녹초가 된 몸으로 진저리를 치며 대답했다.

"뉴펀들랜드 개! 뉴펀들랜드 개는 이제 없다우. 저건 진짜배기 이 고장 개가 아니야. 진짜 이곳 개는 세계에서 가장 우수한 고기잡이 개지. 우리 배치는 순종 고기잡이 개가 아니라우. 순종은 다 죽었지. 멸종된 지 수십 년은 됐어. 잭한테 물어봐요. 다 얘기해줄 테니. 사실 잭은 고양이를 좋아하지만 말이우. 개를 좋아하는 건 나라우. 배치는 빌리 프리티의 엘비스가 낳은 새끼라우. 잭은 고기잡이 나갈 때 자기가 키우는 고양이 올드 토미를 데려간다우. 웬만한 어부만큼은 도움이 되거든."

빌리 프리티와 터트 카드가 해안경비대에 연락을 취했다고 전해왔을 때 코일의 찻잔은 어느새 비어 있었다. 잭은 잡아온 생선을 씻어 냉동시키기 위해 부두로 나갔다. 일단 생명은 구해놨으니 나머지는 아내에게 맡긴 것이다.

코일은 버깃 부인을 따라 손님방으로 갔다. 부인이 뜨거운 물을 갈아 채운 주머니를 건네주었다.

"다음 배는 앨빈 야크에게 부탁하는 게 좋을 거유." 버깃 부인이 말했다.

코일은 잠에 빠져들기 전에 문가에 주름진 원통 모양의 물건이 놓여 있는 걸 보았다. 그것이 마지막으로 본 사물이었다.

이튿날 아침, 코일은 아우성치는 시장기와 삶의 환희를 느끼며 눈을 떴다. 어제 보았던 원통 모양의 물건은 우편 주문 카탈로그로 만든 문 버팀대였다. 찬바람이 처마끝을 스치고 눈이 내리고 얼어붙은 만이 쩍쩍 갈라지고 저 먼 북쪽에선 서리 안개가 몸부림치는 긴긴 겨울, 버깃 부인이 수천 장의 종이를 일일이 접어 풀칠하여 붙이는 광경이 눈에 선했다. 스토브 위의 주전자가 토해내는 김이 창을 뿌옇게 흐려놓는 가운데 버깃 부인은 참을성 있게 종이를 접어서 풀칠하고 접어서 풀칠하고. 코일로 말할 것 같으면, 여섯 시간 동안의 수영이 남긴 가장 눈에 띄는 흔적은 싸구려 양말에서 물이 빠져 발가락이 진청색으로 물든 것이었다.

코일이 떠나고 다시 집이 비자 버깃 부인은 찻주전자를 열탕 소독해서 선반에 올려놓고 바닥을 닦은 다음, 코일이 쓴 젖은 담요를 내다 걸고 어제 깜빡 잊고 그냥 둔 빨래를 걷으러 밖으로 나갔다. 아직은 따뜻한 9월인데도 제슨을 앗아간 차디찬 폭풍이 그녀를 에워쌌다. 강한 햇살에 눈을 깜빡거리며 뻣뻣해진 손으로 잭의 바짓가랑이를 잡아당기고 푸른 블라우스에 앉은 흰 모피 같은 서리를 쓸어내렸다. 걷은 빨래를 개켜서 다리기 위해 집안으로 들어왔지만 귓전엔 늘 곳 너머에서 얼음 갈라지는 소리, 거대한 빙산들이 무게를 가누지 못해 무너지는 소리, 하얀 달 아래 수백 피트 높이로 우뚝 서 있던 얼음덩어리가 산산이 부서져내리는 소리가 들렸다.

27
편집실

"주방 뉴스, 배 안에 떠도는 확인되지 않은 루머."
—『항해 사전』 중에서

코일이 바다에 빠지고 이틀 뒤 오후, 끈이 덜렁거리는 낡은 가죽 헬멧을 쓰고 회색과 검은색 사각무늬가 그려진 모직 재킷을 입은 빌리 프리티가 안갯빛 얼굴로 싱글거리며 편집실에 들어섰다.

"코일, 해안구조대가 자네가 발견한 시체를 끌어냈네. 동굴 속에서 말이야. 그런데 좀 실망이야." 그러곤 주머니에서 종잇조각을 꺼내 펼쳤다. "오는 길에 대충 머릿속에서 정리한 일면 기사야. 당연히 자네가 맡아야 할 기사지만 어쨌거나 이미 내가 썼네. 구명복을 입고 있어서 물에 뜬 거래. 물살에 밀려 오븐 바위까지 올라간 거야. 몇 년 전에도 노네임만의 어떤 사람이 거기까지 밀려 올라갔었지."

"그런데 실망했다는 건 뭐예요?"

"누군지 알 수 없었다는 거야. 처음엔. 그래서 좀 문제가 됐지."

"빌리 프리티, 사람 답답하게 만들지 말고 뭔지 말해요." 터트 카드가 소리쳤다.

"머리가 없어."

"그럼 여행가방?" 코일이 멍청하게 물었다. "여행가방에 들어 있던 머린가요? 멜빌 씨?"

"그래. 여행가방에 들어 있던 멜빌. 그렇게들 추정하고 있어. 지금 경찰과 해안경비대는 보름달을 보고 짖는 늑대 같다네. 미국에 전화를 걸어대느라 전화통에 불이 나고 게시문에, 비상 호출에 난리야. 하지만 별 소득은 없을 거야. 시체의 머리를 자른 뒤에 구명복을 입힌 것 같대."

"그걸 어떻게 알아요?" 터트 카드가 물었다.

"시체가 파이처럼 다섯 토막으로 잘려 있었거든."

빌리 프리티는 컴퓨터 앞에 앉아 키보드를 두드렸다.

오븐 바위에서

섬뜩한 남자 시체 발견

"나한텐 왜 근사한 기삿거리가 안 걸리는지 모르겠어." 넛빔이 입을 열었다. "온통 지저분한 사건들뿐이거든. 이 넛빔에겐, 도저히 그대로는 못 내고 슬쩍 흘리거나 대충 얼버무려야 하는 추악하기 짝이 없는 사건만 걸려. 아주 지긋지긋하다니까. 이번주 최고의 기사는 갤리엄빅의 시장 얘기야. 이 주 전에 애틀랜틱 복권으로 십만 달러를 벌어서 일주일 사이에 열네 명이나 되는 학생을 성추행하는 것으로 자축연을 벌였다네. 그래서 성추행, 중대 외설 행위 및 동성 성폭행 혐의로 체포됐지. 또 스물아홉 먹은 불량배가 골든베일 양로원에 찾아가서 일흔한 살 할머니를 미스키만에 있는 쇼핑몰까지 태워다준다고 꼬드겨 트럭에 태워 곧장 숲으로 끌고 가서 강간했대. 그 할머니 말이야, 어찌나 심하게 당했는지 수술까지 받았어. 그 불량배가 법정에서 어떤 짓을 했는지는 이미 다 아는 사실이지."

"제 옷을 홀랑 찢었지." 모두 합창하듯 동시에 말했다.

"이번주에도 사제가 고아원 원생들을 성폭행한 사건이 몇 건 있었어. 지금 재판을 기다리고 있는 사건이 무려 열아홉 건이야. 노네임 메디컬 클리닉의 의사도 한 명 걸렸는데 여자 환자 열네 명을 성추행했대. 그들 표현을 그대로 옮기면 '가슴과 음부를 도발적으로 만졌다'는 거야. 월요일에는 미스키만의 한 성가대 지휘자가 성폭행 및 추행 혐의로 재판을 받았는데 십이 년간 백 명이 넘는 소년들을 괴롭혔대. 또 미스키만에서 미국인 관광객이 시립 수영장에서 어린 소년들을 성추행하다가 구속됐는데 열 살짜리 피해자 말로는 '엉덩이와 앞을 자꾸 만졌다'는군. 킬릭클로에서도 아버지가 1962년부터 지금까지 아들 둘과 십대 딸을 성폭행한 혐의로 구속됐어. 동성 성폭행, 성추행, 성교. 또 서른다섯 살 어부가 네 살짜리 어린 딸을 해변으로 데리고 나가 오럴섹스와 자위행위를 가르친 사건도 있었지."

"아니, 일주일 사이에 그렇게나 많이요!" 코일이 놀라서 말했다.

"그렇게 놀랄 거 없어." 넛빔이 대꾸했다. "그 외에도 한 페이지 분량이 더 있으니까."

"그래서 우리 신문이 잘 팔리는 거라구." 터트 카드가 말했다. "칼럼이나 가정면 때문이 아냐. 가능하면 사건 관련자들의 이름과 날짜를 밝히는 넛빔의 성범죄 기사 때문이지. 잭의 천재성이 다른 게 아냐. 독자들이 그런 기사를 원한다는 걸 파악한 거라구. 이제 뉴펀들랜드의 모든 신문들이 그런 기사를 싣지만 관련자들 이름과 노골적인 내용까지 실은 건 개미 버드가 처음이었지."

"넛빔, 답답한 심정이 이해가 되네요. 그런데 여기가 유별나게 그런 사건들이 많은 건가요? 제 생각엔 그런 것 같은데."

빌리는 자기 자리에서 의자를 돌리고 앉아서 기사를 끼적였다.

"그런 건지 아니면 은폐하지 않고 까발리는 경우가 많아서인지 잘 모르겠어. 아마 성직자 성범죄는 여기가 다른 데보다 많을 거야. 이곳의 작은 항구에는 순진한 부모들의 신망을 등에 업고 추잡한 짓을 하는 성직자들이 많지. 그리고 어린이 성추행은 뉴펀들랜드의 오랜 전통이라는 얘기를 들은 적이 있어."

"별 거지같은 소리를 다 듣겠군. 그건 영국 전통이야." 터트가 발끈하며 머리통을 긁어대자 비듬이 키보드 위로 눈처럼 쏟아졌다.

"이곳에선 성범죄 사범들을 어떻게 처리하나요? 갱생 프로그램 같은 거라도 있나요? 아니면 그냥 감옥에서 썩다가 나오나요?"

"모르겠어." 넛빔이 말했다.

"그것도 좋은 기삿감이네요." 코일이 말했다.

"그래." 넛빔은 태엽이 다 풀린 듯한 음성으로 대꾸했다. "그럴지도 모르지. 떠나기 전에 쓸 수만 있다면. 하지만 안 돼. 보로고브호 수리가 거의 끝나서 얼음이 얼기 전에 떠날 거야." 그러곤 요란하게 하품을 하며 덧붙였다. "어쨌든, 이제 지쳤어."

"그럼 잭에게 미리 귀띔을 해야지." 터트 카드가 소리쳤다.

"아, 잭도 알고 있어."

"코일, 이번엔 자동차 사곤가 선박 사곤가? 둘 중 하나는 있어야 해. 자네 가만히 보니까 자동차 사고가 날 때마다 해운 소식 취재를 나가고 없던데. 아니면 프라우즈 부인 운전기사 노릇을 하러 나가거나. 그래도 되는 거야? 잭보다 더 자주 자리를 비워."

"해럴드 나이팅게일에 대한 기사를 썼어요." 코일이 말했다. "해럴드가 빈 부두에 서 있는 사진도 찍었고요. 편집장님 컴퓨터 위에 놨어요. 제목은 '그 모든 것과의 작별'이라고 붙였어요."

그 모든 것과의 작별

살다보면 허탕을 치는 날들이 있다. 앵기시 항구의 해럴드 나이팅게일은 그걸 누구보다도 잘 안다. 앵기시항 어부들에게 이번 고기잡이철은 재난이었다. 해럴드 나이팅게일이 이번 철 내내 잡은 대구는 정확히 아홉 마리였다. 그는 말했다. "이 년 전만 해도 범피뱅크스에서 만칠천 파운드의 대구를 잡아들였는데 올해는 완전히 빈 그물입니다. 앞으로 어떻게 살아야 할지 모르겠어요. 빨래나 걷어야죠."

나이팅게일 씨는 대구 아홉 마리를 잡기 위해 연료비 사백이십삼 달러, 허가비 이천백오십 달러, 배 수리 및 시설비 사천육백칠십 달러, 새 그물값 천이백 달러를 투자했다. 설상가상으로 그는 삼십일 년 어부생활 최악의 종기를 앓았다. "손목에서 팔꿈치까지 퉁퉁 부었어요"라고 그는 말했다.

지난 금요일, 해럴드 나이팅게일은 갈 데까지 가고 말았다. 그는 아내에게 이번이 마지막 고기잡이라고 말하고 배와 삭구를 판다는 광고문을 직접 써서 아내를 통해 개미 버드지에 전했다.

그는 선원 넷과 함께 오전 내내 그물을 끌어올렸는데 그물은 텅 비어 있었고 돌아오는 길에는 바람이 조금씩 강해졌다. 이어 바다가 거칠어지는가 싶더니 파도가 몇 차례 배를 때렸다. 결국 배는 앵기시항 어귀에서 오른쪽으로 기울어졌다. 나이팅게일 선장과 선원들은 간신히 도리선을 타고 빠져나왔고 배는 침몰했다. 배가 바닷속으로 가라앉는 사이 그들은 해변으로 향했다. 그 배는 보험에도 들어 있지 않았다.

"복장 터질 노릇인 건, 배가 빈 그물의 무게 때문에 가라앉았다는 겁니다. 고기라도 한가득 싣고 있었다면 이렇게 억울하지는 않았을 텐데." 나이팅게일 씨는 집에 오자마자 배를 팔겠다는 광고를 취소했다.

"하하," 터트 카드가 말했다. "그가 광고 때문에 전화했던 기억이 나는군."

코일은 책상에 엎드려 빗속에 서서 취재에 응하던 늙은 어부를 생각했다. 평생의 업을 너무도 싱겁고 허망하게 마감한 해럴드 나이팅게일.

그는 주머니에서 파트리지의 편지를 꺼내 다시 읽었다. 트럭을 몰고 해안을 오르내리는 요요 같은 생활. 새집의 가구. 머컬리아가 파트리지의 생일에 캠코더를 선물했다. 그들의 집엔 풀장과 이천 달러짜리

'얼티마 셰프 가스그릴'이 있다. 파트리지는 와인 맛에 심취하여 와인 저장고를 만들었다. 파티에서 스파이크 리를 만났다. 머컬리아는 비행을 배우고 있다. 파트리지는 장난으로 그녀에게 조종사용 가죽재킷과 흰 실크 스카프를 선물했다. 뒤뜰에 진흙 오븐을 하나 더 만들 계획이다. 컬럼비아강 연어 훈제요리를 해먹을 수 있도록. 주방에는 세 가지 온도의 워터 바를 설치했다. 근사한 디지털 오디오를 들여왔는데 비디오 레이저디스크와 콤팩트디스크를 동시에 다른 방에서 다른 볼륨으로 작동시킬 수 있다. 코일, 언제쯤 놀러올 거야? 언제라도 와. 아무때나 좋으니까.

코일은 편지를 접어 도로 주머니에 넣었다. 만은 종이배가 점점이 박힌 알루미늄 쟁반처럼 보였다. 낮이 점점 짧아지고 있었다. 무심코 시계를 본 코일은 그사이 몇 개월이 훌쩍 지난 것에 놀랐다.

"넛빔. 스키퍼윌 식당에 가서 오징어버거나 먹지 않을래요?"

"좋지. 이 단락만 다 쓰고 같이 가자구."

"나도 피시앤드칩스 좀 사다줘." 터트 카드가 레이온 바지에서 똘똘 말린 지폐를 꺼내 코일에게 건넸다.

그러나 빌리는 뚜껑에 가필드 고양이 만화가 그려진 도시락통을 꺼냈다. 그는 대구 스튜와 빵과 마가린을 싸왔다. 사먹는 것보다 도시락이 낫다는 생각에 손수 챙겨 온 것이다.

코일과 넛빔은 뒤쪽 테이블에 웅크리고 있었다. 뜨거운 기름 냄새와 차향이 코를 찔렀다. 넛빔은 티크색 페코 홍차를 잔에 따랐다.

"잭의 기사 배정이 섬뜩하지 않나? 그는 우리의 개인적인 공포를 들쑤시고 있다구. 자네 경우만 해도 그래. 자동차 사고로 아내를 잃었잖아. 그런데 자네한테 뭘 맡겼나? 자동차 사고 기사. 자동차가 화염에 휩싸이고 사람들의 피가 채 식지 않은 사고 현장의 사진을 찍도록 시켰어. 그리고 무슨 사연인지 평생 독신으로 지내는 빌리에겐 가정면, 여성면을 맡겼어. 그 노인네 분명 미묘한 고통이 있을 거야. 내 경우도 마찬가지야. 난 우라질 성폭행 사건을 다룰 때마다 어릴 적 악몽에 시달린다구. 학교 다닐 때 삼 년간, 처음엔 파렴치한 기하학 선생한테, 나중엔 그의 친구들한테 성추행을 당했거든. 그래서 지금 이 나이에도 미라처럼 담요를 대여섯 장씩 둘둘 말지 않으면 잠을 못 자. 난 잭이 자신이 하는 일의 의미를 알고 있는지 궁금해. 그렇게 자꾸 상처를 들쑤시면 고통이 무뎌지는 건지 아니면 고통은 원래의 상태 그대로 남는 건지. 난 고통은 그대로 남는다고 생각해."

코일은 롤빵을 더 시키고 찻잔 받침에 놓은 티백을 쑤셔댔다. 롤빵으로 충분할까?

"그는 자신에게도 똑같은 일을 하고 있는 게 아닐까요? 그의 부친과 조부, 두 형제, 맏아들, 그리고 막내아들까지 잡아먹을 뻔한 바다에서 살다시피 하잖아요. 난 고통이 무뎌진다고 생각해요. 자신뿐만 아니라 다른 사람들도 똑같이 그런 고통을 당하고 있다는 사실에서 위안을 받는 거죠. 그러고 보면 불행은 여럿이 함께 겪는 게 좋다는 옛말이 일리가 있어요. 주위 사람들이 함께 죽으면 죽기도 한결 쉬워지는 거 아니겠어요?"

"참 기운 나는 말이구먼. 그 보기 싫은 티백 좀 그만 쑤시고 차를 더 시켜. 오늘 아침 카드가 바지 뒷주머니에 뭘 꽂고 왔는지 아나?"

그러나 코일은 파트리지베리 파이 두 쪽과 바닐라 아이스크림을 시켜 먹을 생각에만 골몰해 있었다.

네시가 되자 웨이비를 태우러 갔다.

북쪽에서 찬 기후가 다가와 비가 진눈깨비로, 진눈깨비가 눈으로, 안개가 바늘 끝 같은 크리스털 결정체로 둔갑했다. 코일은 복잡한 일과를 수행했다. 아침에 선샤인을 비티네 집에 내려준 다음, 버니를 학교까지 태워다주고 웨이비도 태워다주었다. 네시에는 그 반대 과정을 밟았다. 기자에 운전기사 노릇까지 하는 남자. 네시까지 신문사 일을 모두 마친 날은 잔뜩 어질러진 웨이비네 부엌에서 차를 마셨다. 늦게까지 일을 해야 하는 날은 아이들을 웨이비에게 맡겨놓기도 했다. 웨이비는 그의 머리를 잘라주었다. 토요일 오전에 그는 웨이비네 장작을 쌓아올렸다. 두 사람은 가끔씩 식탁에 마주앉아 저녁을 먹었다. 점점 더 가까워졌다. 처음엔 서로 반대편 기슭에서 헤엄치다가 결국 연못 한가운데서 만나는 두 마리 오리처럼. 시간이 오래 걸렸다.

메이비스 뱅스 부인이 돈에게 속닥거렸다. "아니, 그렇게 매일 차로 실어나를 필요가 뭐 있어? 아이들은 스쿨버스를 타면 되잖아. 스쿨버스가 신문사 앞에서 내려주면 아빠가 일을 마칠 때까지 기다렸다가 같이 집으로 가면 된다구. 그런데 그 기자라는 직업 말이야, 글이나 쓰는 거잖아. 남자 일치고는 쉬운 거 아냐? 그리고 헤럴드 프라우즈 부인도 그렇지, 그 날씨에 꼭 그렇게 걸어다닐 필요는 없잖아. 그 여자가 애그니스 조카한테 꼬리를 친 거야."

"제 생각엔 남자 쪽에서 먼저 접근한 것 같은데요. 두 아이를 키우고 요리를 해줄 여자가 절실하게 필요한 입장이잖아요. 그리고 그것도 절실하겠죠. 덩치가 크니까 그것에 대한 갈망도 클 거 아녜요."

웨이비의 부엌 창가에는 작업대가 놓여 있고, 그녀는 거기서 아버지가 만들어준 미니어처 도리선에 노란 페인트를 칠했다. 도리선에는 플라워색만의 목공예품이라고 찍힌 작은 스티커가 붙어 있었다. 웨이비는 래브라도 사냥개 모양의 냅킨통과 관광객들이 집 측면을 장식하기 위해 사 가는 목공예 나비, 맞춤못으로 만든 외다리로 서 있는 갈매기들을 사포로 문지르고 페인트칠을 했다. 그리고 켄이 그 물건들을 해안에 있는 기념품점들에 배달했다. 위탁 판매이긴 해도 그런대로 잘 팔렸다.

"이것들은 관광객을 위한 기념품일 뿐이에요. 하지만 괜찮은 작품이죠. 밥벌이로도 괜찮구요." 웨이비가 말했다.

코일은 꼼꼼한 접합과 매끈한 마감 처리를 손가락으로 쓸어보며 훌륭한 작품이라고 말해주었다.

웨이비의 메마른 피부 속엔 방종에 대한 열망이 들끓고 있는 듯 좁은 실내가 온통 울긋불긋했다. 자주색 의자, 주황색과 청색을 섞어 짠

양탄자, 그림을 그려넣은 찬장, 줄무늬 테를 두른 문. 그런 여러 가지 색채 속에 선 그녀는 인간, 아니 여자의 형상을 한 지우개 같았다.

선샤인은 유리문이 달린 캐비닛을 좋아했다. 유리문 속에는 흰 수프 그릇이 하나, 테두리에 헤엄치는 고기가 그려진 접시들이 한 줄, 초록색 와인잔이 네 개 들어 있었다. 웨이비는 캐비닛 유리문 밑의 양쪽 문짝에 풍경을 그려넣었는데, 하나는 담장에 페인트칠을 한 자신의 집 풍경이었고 나머지 하나는 목상木像이 있는 아버지의 뜰 풍경이었다. 선샤인은 아버지 문을 열었다. 문이 끼익 소리를 냈다. 선샤인은 깔깔 웃었다.

28
스케이팅의 사슬잡기

"얼음 구덩이에 빠진 사람을 구하려면 구조자와 빠진 사람이 손가락을 구부려
서로 반대 방향에서 맞잡아야 한다.
사슬잡기를 하려면 먼저 손톱을 바싹 깎아야 한다."
—『애슐리 매듭서』 중에서

고모는 밖을 둘러보러 나갔다. 집에 있는 코일과 아이들에게서 벗어나 신선한 바람을 쐬고 싶었다. 선샤인의 흥얼대는 소리와 딸각거리는 구두 소리와 날카로운 질문에서 벗어나고 싶었다. 버니가 건전지가 다 닳도록 끝도 없이 틀어대는, 넛빔이 준 테이프 소리에서도 벗어나고 싶었다. 10월의 끝, 얼음에 앞서 물새떼가 찾아들자 해안을 따라 총성이 울렸다. 가자미떼가 동쪽으로 이동했다. 알을 낳은 연어들은 얼어가는 강바닥에 눕거나 바다로 흘러들었다.

고모는 작은 연못가에 이르렀다. 옛 기억이 떠올랐다. 들쭉나무와 월계수로 둘러싸인 타원형의 늪. 가을이면 산딸기 따는 여자들과 아이들이 늪지를 가로지르고, 사선으로 쏟아지는 빛줄기 속에서 클라우드베리가 꿀방울처럼 반짝거렸다. 물이 새서 질퍽거리는 장화. 사람들이 다가가면 푸드덕 날아오르는 새들. 그녀의 어머니는 모기에 물려도 늪지를 좋아했다. 늪지를 돌아다니다가 높은 평지를 발견하면 흘러가는 구름 아래 누워 잠시 눈을 붙였다. 그러곤 "아, 이렇게 평생을 잘 수도 있을 것 같아"라고 말했다. 어머닌 과연 얼마나 많은 잠을 잤을까? 폐렴을 앓던 어머니는 브루클린의 어느 병원에서, 북녘의 태양 아래 황무지에 누워 있다고 믿으며 영면에 들었다.

고모는 어느 10월의 기억에 자신을 내맡겼다. 꽁꽁 얼어붙은 연못. 다리미 밑바닥 색깔의 얼음. 필통 속에 든 회색 연필처럼 가늘게 말린 구름. 얼음 속에 갇힌 시로미 열매. 한풀 꺾인 바람. 깊은 정적, 그녀의 입에서 새어나오는 숨결. 멀리서 술렁이는 바닷소리. 시든 풀 한 포기 흔들리지 않고 갈매기 한 마리, 물새 한 마리도 날지 않았다. 진줏빛 풍경. 그녀는 열한 살인가 열두 살이었다. 청색 니트 스타킹과 어머니가 만들어준 원피스, 겨드랑이가 꽉 끼는 영국제 보일드 모직 코트 차림이었다. 그 코트는 누가 입다 버린 걸 오순절 교회 자선단체를 통해 얻었다. 그녀는 신발을 신은 채로 커다란 남자용 하키 스케이트를 신고 끈을 단단하게 졸라맸다. 끈이 끊어져서 세로매듭으로 묶은 다음, 끈의 금속 끄트머리를 구멍에 꿰고 나비매듭을 지었다.

얼음을 지치기 시작하자 얼음판 위에 처음엔 사선의 흰 자국이, 이어 실꾸리에서 실이 풀리듯 소용돌이와 고리 모양의 자국이 생겨났다. 바람도 없는 황혼 속에서 그녀는 찬 공기를 뚫고 돌진했다. 그녀의 숨소리와 스케이트 날 소리. 붉은 오후에 완벽한 얼음 위를 홀로 달렸다.

나뭇가지 같은 구름, 붉은 피를 흘리며 너울대는 덤불 같은 구름. 혼자. 호주머니엔 돼지고기 번bun이 들어 있었다. 문득 고개를 드니 그가 와 있었다.

그는 바지 단추를 끄르며 얼음 위로 내려섰다. 고기잡이 장화를 신고 조심조심 미끄러지며 다가왔다. 달아날 곳은 없고 그저 연못을 뱅뱅 돌아야 하지만, 결국 그에게 잡힐 걸 알지만, 그래도 그녀는 자꾸만 도망쳤다. 그렇게 십 분쯤을 달아났다. 긴 시간이었다.

고모는 다시 이곳에 서서 연못을 바라보고 있었다. 작고 볼품없는 연못. 굳이 내려가볼 이유가 없었다. 지금 하늘은 붉지 않지만 남서쪽이 시커멓다. 폭풍이 몰려오고 있는 것이다. 이제 곧 유리창에 성에가 끼고 창틀에 흰 털 같은 서리가 앉으리라. 이불 가장자리엔 입김이 하얗게 얼어붙고 북극의 밤 기온에 수축된 집 목재들이 요란한 삐걱거림을 토해내리라. 옛날에 그랬던 것처럼. 발이 미끄러지고 그녀의 얼굴에 와닿는 뜨거운 숨결. 밖에선 케이블 사이의 광풍이 굴뚝을 강타하여 스토브 뚜껑 위로 연기가 휘몰아쳤다. 2월의 비참한 삶. 그리고 3월과 4월. 늦은 5월까지 내리는 눈. 고모는 몸서리를 쳤다.

그런 삶 속에서 그녀는 강인해졌다. 거친 해안을 떠돌며 자기 손으로 돛을 수선하고 낡은 삭구를 튼튼하고 잘 맞는 것으로 갈았다. 그녀는 바위와 암초투성이의 물길을 헤치고 살아왔다. 용케 해냈다. 그리고 아직 건재하다.

얼얼한 추위. 먼 북쪽의 얼음이 가까워지고 있었다. 구름도 없는 하늘에서 깨끗한 비닐 조각 같은 눈발이 떨어졌다. 고모는 터벅터벅 집으로 향했다. 코끝의 한기가 탄내처럼 느껴졌다. 일기예보를 들어야겠다. 킬릭클로까지 출퇴근하려면 먼길을 달려야 하는데 이제 더이상 미루고만 있을 수 없었다.

집에 들어서서 코트와 모자를 벗어 걸었다. 그리고 안에 털을 댄 검은 장갑을, 손가락 부분이 안쪽으로 들어가고 손목 부분이 밖으로 늘어지도록 코트 오른쪽 주머니에 꽂았다.

조카는 아이들에게 책을 읽어주고 있었다. 이제 저녁 준비를 해야겠다. 간단한 것으로. 팬케이크. 반죽 그릇에 밀가루를 쏟으며 눈을 생각했다. 조카와 그 얘기를 해야겠다. 첫 폭풍에 길이 끊길 것이다. 조카는 아직 모르리라.

날카로운 신음을 내지르며 나뭇가지 위로 불어온 바람이 케이블 사이에서 윙윙거렸다.

"저녁 먹자!" 고모가 소리쳤다. 가구가 반쯤밖에 안 찬 집안에 쩌렁쩌렁 울리는 목소리.

고모는 코일의 차가운 접시에 팬케이크를 놓다가 느닷없이 선언했다. "지금 내가 간절히 바라는 건 근사한 레스토랑에서 저녁을 먹고 근사한 영화를 보러 가는 거야. 그리고 내일 아침 트럭을 몰고 만을 돌아가는 대신 난방 잘된 버스를 타고 출근하는 것. 솔직히 말하는데 겨울이 걱정되는구나."

마치 겨울이란 말이 나오길 기다렸다는 듯 눈이 내리기 시작했고 유리창에 눈발이 부딪혔다.

"보이지?" 고모는 동지라도 얻은 듯 창밖의 눈을 가리켰다.

코일은 입안 가득 팬케이크를 물고 차를 한 모금 마셨다. 그도 나름대로 생각이 있었다.

"그러잖아도 데니스의 친구인 불도저 기사와 얘기해봤어요. 눈이 삼 인치 이상 쌓이면 돈을 받고 치워주겠대요. 삼 인치 이하에서는 트럭을 몰 수 있어요."

"이십팔 마일이나 되는 길을 치운다구! 얼마나 달래?"

"한 번에 백 달러씩요. 그래봐야 기름값도 안 떨어져요. 폭풍의 빈도로 봐서 최소한 일주일에 두 번은 해야겠다더군요. 그러니까 오 개월이면 마흔 번이고 사천 달러죠. 데니스에게 부탁하는 방법도 있어요. 그가 만이 얼어붙기 전까지는 자기 배로 태워다줄 수 있다고 했어요. 연료비와 시간 수당, 그러니까 시간당 십 달러씩만 내면 말이에요."

"그럼 그 방법이 싸게 먹히겠군."

"그렇지도 않아요. 바다가 잔잔할 때도 만을 건너는 데 이십 분이 걸리니까 하루 두 시간씩은 잡아야 해요. 그러면 일주일에 백 달러니까 불도저비나 마찬가지예요. 그리고 1월이면 만이 얼어붙어요. 아이들이 설상차를 타고 만을 건너게 하고 싶진 않아요. 데니스 말이, 군데군데 얇은 얼음이 있어서 위험하대요. 겨울마다 얼음 웅덩이에 빠져 죽는 사람이 있대요. 그러니 길을 잘 알아야죠. 아무튼 전 아이들을 매일 먼 얼음길에 내보내고 싶지 않아요."

"여러 가지로 생각을 했구나." 고모가 냉담하게 말했다. 지금까지 앞일을 생각해서 결정했던 건 그녀였다.

코일은 배가 뒤집히기 전날 썰렁한 집안을 돌아다니며 고모의 가구가 올해 안엔 오지 않는 모양이라고 생각했던 걸 고모에게 말하지 않았다.

그는 선사인의 나이프 소리가 귀에 거슬려 포크를 옆으로 세워 팬케이크를 잘라주며 입을 열었다. "아니면 겨울 동안 만 건너로 옮겨가는 거예요. 이 집은 여름 별장으로 삼고요. 넛빔이 일이 주만 있으면 떠나요. 그의 트레일러를 쓰는 거예요. 넷이 다 들어가기엔 좁지만 저와 아이들은 지낼 수 있을 거예요. 고모님이 따로 방을 구하실 수만 있다면요. 뱅스 부인이 셋방을 좀 알아봐줄 수 없을까요?"

고모는 깜짝 놀랐다. 산책하러 나갔다가 연못을 보고 돌아온 것뿐인데 갑자기 모든 일이 어둠 속에서 불빛도 없이 질주하는 기차처럼 무모하게 치닫고 있었다.

"잠시 더 두고 보자."

아침이 되자 눈이 오 인치나 쌓였다. 눈을 뜰 수 없을 정도의 강렬한 햇살과 따스한 바람. 여기저기서 눈이 녹아내려 물방울이 뚝뚝 떨어졌다. 지붕 위의 흰 담요가 주름지고 갈라져 들쭉날쭉한 케이크 모양이 되었다가 쉬이이 소리를 내며 땅바닥으로 쏟아졌다. 정오쯤 되자 질척질척한 길과 황무지 웅덩이에만 눈의 섬들이 남았다.

"좋아," 고모가 말했다. "좀더 생각을 해봐야겠어." 겨울이 너무도 빨리 찾아왔다.

"무슨 일이 생겼나 했어요." 메이비스 뱅스가 걱정했다는 듯 말했다. 그녀의 검은 머리에 난 가르마가 마름모꼴 햇살을 받아 철사처럼 반짝거렸다. "어디 아프신가 했지요. 아니면 트럭에 문제가 생겼거나. 얼마나 걱정했는데요. 돈은 눈 때문일지도 모른다고 했지만 눈이야 오자마자 녹았잖아요. 그러니 눈 때문일 리는 없고. 아까 정오에 우체국에 가서 우편물을 찾아다놨어요." 뱅스 부인은 의미심장한 눈짓으로 고모의 테이블을 가리켰다. 그녀는 애그니스 햄에게 작은 친절을 베푸는 버릇이 있었다. 시키지도 않았는데 우편물을 갖다주거나 차를 따라주고 꼭 생색을 냈다.

고모는 편지를 그러모으며 대꾸했다. "눈 때문이었어. 눈이 녹아서 길이 엉망이었거든. 아무래도 겨울에 대비해서 가까운 곳에 거처를 구해야겠어. 곶에 있는 집은 별장으로 쓰고. 조카가 추운 겨울에 아이들을 위험한 길에 내보내는 걸 원치 않거든. 그래서." 그녀는 한숨을 토해냈다.

뱅스 부인이 단박에 눈치를 챘다. "그럼 집을 구하시나보네요. 버크씨가 집을 아주 팔고 플로리다로 떠난다는 얘기를 들었어요. 겨울마다 가거든요. 거기 친구가 있대요. 방갈로도 있고. 플로리다의 베란다가 있는 방갈로. 버크 부인 팬지가 그러는데 앞뜰에 오렌지나무 두 그루와 야자수가 있대요. 집에서 오렌지를 따먹을 수 있는 거죠. 꿈같지 않아요? 나도 죽기 전에 거길 꼭 가보고 싶어요. 플로리다에."

"난 가봤어요." 돈이 말했다. "당신도 가질 수 있어요. 내게 몬트리올을 주세요. 울랄라. 아름다운 옷. 시장. 당신은 평생 그런 음식을 구경도 못했을 거예요. 영화관. 부티크. 당신은 마이애미도 가질 수 있어요. 풍요의 땅을 한 무더기."

"버크 씨 집이 어디지?" 고모가 무뚝뚝하게 물었다.

"저 위쪽 산등성이에 있어요. 플라워색만으로 넘어가는 길 이쪽에요. 밖으로 나가면 언덕길이 보이고 그 언덕길을 올라가면 돼요. 집들을 지나서 가다보면 있어요. 청색 창틀을 댄 회색 집인데 아주 깔끔하게 해놓고 살아요. 버크 부인이 바지런하거든요. 낮잠 자는 침대가 있는 구식 부엌이지만 최신 시설은 다 갖춰놨어요. 기름 난방. 식기세척기. 지하실엔 세탁기와 건조기도 있어요. 지하실을 깨끗하게 치워놨죠. 방마다 새로 깨끗하게 도배도 했어요."

"흐음. 그들이 세를 놓을까?" 고모가 물었다.

"아니, 세는 안 놓을 거예요. 그런 문의는 있었어요. 팔려고 할걸요."

"사실 내 조카는 그 영국 남자의 트레일러에 들어갈 거야. 신문사에서 일하는 넛빔. 그가 곧 떠나거든."

"그럼 혼자 쓰실 곳을 찾는군요."

"그……렇지."

"버크 씨 집은 혼자 쓰기엔 너무 넓어요. 그 집을 살 여력이 된다고 해도요. 방이 아홉 갠가 열 개거든요."

"집수리에 돈을 너무 썼어. 잘못했어. 겨우 별장으로나 쓰게 될 걸. 출퇴근이 문제야. 옛말에도 있듯이 못 고치는 병은 그냥 견뎌야지. 대책을 세울 때까지 이번주까지만 시걸 여인숙에 방을 하나 얻었어. 조카와 애들은 비티와 데니스네서 지내기로 했고. 좀 복잡하겠지만 눈에 갇혀 꼼짝 못하는 것보다야 낫지. 지금 당장 걱정한다고 해결될 일이 아니니 일이나 하자구. 오늘까지 마쳐야 할 일이 뭐지? 애로헤드호의 검은 쿠션."

"그건 우리가 금요일 오후에 다 끝내서 오늘 아침에 배달했어요."

"나보다 한발 앞서가는군." 고모는 우편물을 보며 말했다. 그러곤 엽서를 읽더니 날이 선 목소리로 빈정거렸다. "자알됐군. 이번주에 버블호의 페이키 부부를 만나나 했더니 이런 날씨에는 위험해서 올 수가 없다고 엽서를 보냈어. 그들은 좋은 날씨만 가려서 항해하지. 이런! 더 나쁜 소식이야. 요트크래프터에 일을 맡겼대. 멍청이들!" 고모는 엽서를 던지고 작은 소포 꾸러미를 집었다.

"마카오엔 아는 사람이 없는데. 마카오에서 온 소포네." 그러면서 소포를 뜯었다.

"이게 뭐야?" 미국 달러 한 다발이 테이블에 떨어졌다. 연푸른색 끈으로 묶인 돈다발. 그 외엔 아무것도 없었다.

"그 푸른색은……" 메이비스 뱅스가 손을 내밀며 말끝을 흐렸다.

고모는 푸른색 끈을 바라보았다. 그걸 풀어서 의미심장한 눈길로 뱅스에게 건넸다. 그건 끈이 아니라 가느다란 푸른색 가죽띠였다.

29
앨빈 야크

"바이트(bight)는 (…) 매듭에서 두 가지 의미를 갖고 있다.
첫째, 밧줄의 양끝이나 고정된 부분과 구분되는 중간 부분을 의미한다.
둘째, 밧줄을 감았을 때 생기는 반원보다 좁지 않은 호 모양의 고리를 의미한다.
두번째 의미의 바이트는 지형학적으로는 해안의 만곡부를 뜻하며 이 만곡부는
배가 어떤 바람 속에서도 침로를 바꾸지 않고 항해할 수 있을 정도로 넓다."
—『애슐리 매듭서』 중에서

초록색 집의 유일한 장점이 금세 밝혀졌다. 아이들이 토스트와 코코아를 먹고 학교에 입고 갈 옷과 숙제를 찾느라 법석을 떨고 있는 비티네 부엌, 코일은 한쪽 구석에서 하품을 깨물며 면도도 하지 않은 채 선샤인의 엉킨 머리를 빗기고 있었는데 터트 카드가 들어와서 커피를 한 잔 따라 마셨다. 데니스는 벌써 한 시간 전에 나가고 없었다. 카드는 비티의 눈길을 똑바로 받으며 입술을 핥고 눈병 걸린 칠면조처럼 윙크를 했다.

그러고는 선샤인과 코일 앞에 버티고 서서 빨갛게 달아오른 팬티에

데기라도 한 듯 사타구니를 움켜쥐었다. "코일. 디디 쇼블한테 전화하라는 말 전하러 왔네. 선박 화재 사건이야. 지금 당장 달려가야 할걸. 자네 차에 카메라 넣어놨어. 기회 봐서 사진도 찍게. 역시 잭 버깃은 머리 회전이 빠르다니까. 말이야 바른 말이지, 뉴펀들랜드 사람이라면 자동차 사고보다는 선박 사고 기사를 더 읽고 싶어하니까." 그는 느긋하게 커피를 다 마시고 선샤인의 턱밑을 톡톡 친 다음 다시 한번 몸을 긁고 어슬렁거리며 나갔다.

"난 저 아저씨 싫어." 선샤인이 말했다. 빗질을 하는 아빠의 손길에서 분노를 느낀 것이다.

"그는 자아도취에 빠졌어요." 비티가 말했다. "늘 그랬죠. 그 점에서는 경쟁 상대가 없을 정도라니까요."

"이러잖아." 머치가 손이 안 보일 정도로 미친듯이 몸을 긁어대며 말했다.

"그만해라." 비티가 말했다. "꼭 벼룩투성이 개 같구나."

"저 아저씨가 그래." 선샤인과 머치가 까르르 웃었다. 그 바람에 머치의 목구멍에 토스트 조각이 걸려 코일이 등을 탁탁 쳐주었다.

그가 항무관에게 전화를 걸려는 차에 전화벨이 울렸다.

"전화 받으세요." 비티가 코일에게 말했다.

"여보세요?" 디디 쇼블의 음성을 기대하며 전화를 받았다.

"코일, 앨빈 야크한테 가서 배 얘기 했나?" 빌리 프리티였다.

"아뇨. 솔직히 그런 생각을 할 시간도 없었어요. 몇 주 동안 계속 바빴거든요. 그리고 그 일을 당한 뒤로는 배에 대해 회의적이에요."

"그럴수록 당장 다시 배를 타야 해. 이제 세례를 받은 거니까. 배 만들기엔 겨울이 최고야. 앨빈이 쓸 만한 배를 만들고 얼음이 녹으면 내가 배 모는 기술을 가르쳐주겠네. 자넨 배와 먼 곳에서 자랐으니까 위험하다구."

코일은 고마워해야 한다는 걸 알면서도 왠지 멍청이가 된 기분이었다. "고마워요, 빌리. 저도 배워야 한다는 건 잘 알아요."

"어서 앨빈이나 찾아가. 그의 작업장이 어디 있는지 아나? 웨이비한테 데려다달라고 해. 앨빈은 웨이비의 외삼촌이니까. 이미 저세상 사람이 된 그녀 어머니의 큰오빠지."

"앨빈 야크가 웨이비의 외삼촌이라고요?" 코일은 점점 폭이 좁아지는 소용돌이 위를 밟고 있는 기분이었다.

"그렇다니까."

코일은 수화기를 든 채로 디디 쇼블에게 전화를 걸었다. 무슨 화재죠? 기삿거리라도 있나요? 버니가 스웨터를 거꾸로 입은 채 구부정한 자세로 부엌으로 들어갔다. 코일이 스웨터를 바로 입으라는 시늉을 하자 버니는 베토벤처럼 우거지상을 했다.

"젊은이," 쩌렁쩌렁 울리는 목소리로 항무관이 말했다. "자네가 빈둥거리고 있는 사이 로마호는 불타고 있어. 육백 피트짜리 화물선이고 파나마 배인데, 아연과 납가루를 싣고, 가만있자, 이십 마일쯤 항해하다가 십삼시에 불이 붙었네. 사상자는 둘이야. 선장과 신원이 밝혀지지 않은 한 사람. 나머지 선원들은 헬리콥터로 구출됐네. 스물한 명의 미얀마 출신 사나이들. 자넨 미얀마가 어딘지 아나?"

"아뇨."

"옛날엔 버마라고 불리던 나라야. 대부분의 선원이 연기 질식 때문에 치료를 받으러 미스키만 병원으로 실려갔네. 배는 지금 예인선에 끌려 킬릭클로로 오고 있고. 나도 더이상은 몰라."

"어떻게 하면 그 배까지 갈 수 있을까요?"

"뭐하러? 예인선이 끌고 올 때까지 기다리게. 얼마 안 걸려."

하지만 세시 반이 지나도록 그 배는 해협에 들어오지 않았다. 코일은 다시 디디 쇼블에게 전화를 걸었다.

"다섯시까진 도착할 거야. 문제가 생겼나봐. 예인 케이블이 갈라져서 다른 걸로 교체한 모양이야."

웨이비는 집에서 만든 눈 녹은 진흙탕 색깔의 코트 소매를 끌어내리며 계단을 내려왔다. 차에 올라타서 흘낏 코일을 쳐다보았다. 엷은 미소. 그리고 외면.

그들의 침묵은 편안했다. 둘 사이엔 무언가가 있었다. 하지만 사랑은 아니었다. 상처 입고 뒤틀린 사랑은 아니었다. 평생 단 한 번 오는 사랑은 아니었다.

"항구에 내려가봐야 해요. 먼저 애들부터 데려오고 곧바로 당신과 헤리를 데려다주겠어요. 버니를 비티네 집에 한 시간 정도 맡기든지, 아니면 데려가야겠어요. 지금 불에 탄 배를 예인해 오고 있는 중이에요. 선장을 포함해서 두 명이 죽었대요. 나머지 선원들은 병원에 있고. 디디 쇼블한테 들었어요."

"얘기만 들어도 떨려요." 웨이비는 실제로 몸서리를 쳤다.

학교가 보였다. 버니는 종이 한 장을 들고 계단 발치에 서 있었다. 코일은 버니가 학교에서 가져와 입술을 삐죽 내밀면서 보여주는 것들이 두려웠다. 판지에 파스타 조각을 붙여 만든 사람 얼굴, 담배 파이프 청소 기구를 꼬아서 만든 꽃, 크레파스로 그린 정사각형 창이 달린 집, 뉴펀들랜드에서는 보지도 못한 브로컬리 머리가 달린 갈색 나무. 학교의 표현법인 모양이었다.

"그랜디 선생님이 이렇게 하랬어."

"버니, 너 갈색 나무를 본 적 있니?"

"마티도 나무를 갈색으로 만들어. 나도 그럴 거야."

코일이 웨이비에게 말했다. "빌리 말이, 겨울 동안 배를 만들라네요. 앨빈 야크에게 부탁하래요."

웨이비는 외삼촌 이름이 나오자 고개를 끄덕거렸다.

"그분은 배를 잘 만드세요." 그녀가 나직한 목소리로 말했다. "훌륭한 배를 만들어주실 거예요."

"토요일에 가서 부탁드려야겠어요." 코일이 말했다. "아이들을 데리고, 헤리를 데리고 함께 갈래요? 그날 괜찮아요?"

"그러잖아도 에비 숙모님께 가져다드릴 것들이 있었는데 잘됐네요. 가서 저녁 먹어요. 숙모님은 요리 솜씨가 좋으시거든요."

코일은 버니를 데리고 항구로 갔지만 로마호는 회사 명령에 따라 세인트존스로 예인되었다고 했다.

"대개는 나한테 보고를 하고 가는데." 디디 쇼블이 말했다. "몇 년 전 같았으면 주리를 틀어놨겠지만 지금은 신경도 안 써."

토요일, 솜 지스러기처럼 짙은 안개와 뼛속까지 스미는 추위. 뒷좌석에 나란히 앉은 아이들이 병아리떼 같았다. 옷차림에 좀 신경을 쓴 웨이비. 시트 위에 가지런히 놓인 검정 구두가 반짝반짝 윤이 났다. 코일은 눈을 부릅뜨고 안개 속에서 운전을 하느라 눈알이 얼얼했다. 코듀로이 바지가 아프도록 꽉 끼었다. 그는 살을 빼야겠다는 천번째 다짐을 했다. 길가의 집도 바다도 안개에 묻혀 보이지 않았다. 너니백만 갈림길까지 십 마일 거리를 가는 데 한 시간은 걸렸다. 반대쪽에서 기어오는 차들의 안개등이 지저분한 찻잔 받침 같았다.

너니백만에는 고리 모양의 길을 따라 새로 지은 단층집들이 모여 있었다. 안개 속에서 집 형체가 어렴풋이 보였다.

"육 년 전에 불이 났어요." 웨이비가 말했다. "마을이 다 탔죠. 모두 보험금으로 새집을 지었어요. 보험을 들지 않은 집이 대여섯 집 있었는데 마을 사람들이 돈을 모아주어 모두 새집을 지었죠. 앨 삼촌과 에비 숙모도 옛날 집처럼 큰 집이 필요하지 않아 보험에 안 든 이웃들을 위해 돈을 냈어요."

"그럼 보험금으로 받은 금액보다 작은 집을 지었다는 건가요?"

"삼촌은 보트 창고에 따로 보험을 들었거든요. 새로 만든 주낙어선이 보관된 경우에 해당되는 액수로요."

"진취적이시네요." 코일이 말했다.

"실제로 그렇게 될 수도 있었으니까요! 대비를 해두는 게 낫죠. 불이 났는데 건물만 보험을 들어 손해를 본 경우가 얼마나 많았겠어요."

쇠막대처럼 가느다란 팔다리를 가진 야크 부인이 그들을 식탁에 앉힌 다음, 동물 그림이 있고 금테를 두른 조그만 컵에 밀크티를 따라 아이들에게 주었다. 선샤인의 컵에는 글로스터올드스폿종의 돼지, 헤리의 컵에는 실버스팽글종 수탉과 암탉, 또 버니의 컵에는 뿔이 구부러진 도싯 양 그림이 있었다. 식탁은 젖은 행주로 닦아낸 자국이 남아 축축했다.

"다악, 다악, 다악." 헤리가 컵의 수탉을 가리키며 말했다.

"이 컵들은 내가 어렸을 때도 낡은 거였는데." 웨이비가 말했다.

"이것들이 얼마나 오래 묵은 건지 알면 놀랄 거야. 우리 할머니가 물려준 것들이니까. 정말 오래됐지. 다 영국에서 건너왔어. 원래는 열두 개짜리였는데 이제 네 개밖에 안 남았지. 말과 소가 그려진 컵은 깨먹었어. 받침은 아직 남아 있지만. 작은 유리 접시들도 있었는데 다 깨졌어." 야크 부인의 생강쿠키는 건포도 눈이 달린 날아가는 비둘기 모양이었다.

버니는 부엌에서 온갖 신기한 물건들을 발견해냈다. V자형의 장화 벗는 기구, 뾰족한 탑들이 세워진 성 모양의 양철 젤리 틀, 신사들이 차를 마실 때 콧수염이 젖지 않도록 컵 위에 도기로 된 다리를 만들어 놓은 꽃무늬 콧수염 컵.

"불이 났는데도 운좋게 이것들을 가지고 나오셨군요." 코일이 쿠키를 더 먹으며 말했다.

"그래요." 부인의 기색을 살핀 코일은 괜한 말을 했구나 싶었다.

코일은 여자들의 영역을 떠나 앨빈 야크와 작업장으로 나갔다. 야크는 작은 체구에 종이로 만든 듯한 얼굴을 하고 있었다. 오십 센트 동전 크기의 귀, 버들잎 같은 눈, 코와 턱 사이에 금이 간 것 같은 입.

"배를 만들고 싶다구? 모터보트?"

"예. 그냥 작은 걸로요. 만을 건너다닐 수 있는 배면 됩니다. 제가 직접 조종할 수 있는 걸로요. 전 배를 다루는 데 서툴러요."

앨빈 야크의 헝클어진 머리에 모자가 비딱하게 얹혀 있었다. 그는 두 개의 손잡이가 달린 지퍼로 상의와 하의를 연결한 작업복 차림이었는데 지퍼 손잡이 하나는 사타구니 근처에서, 다른 하나는 가슴뼈 부근에서 달랑거렸다. 작업복 속에는 격자무늬 셔츠를 입고 작업복 위에는 지퍼가 여럿 달린 카디건을 걸치고 있었다.

"배 바깥쪽에 모터를 단 배면 되겠군. 배 길이는 십오십육 피트에, 칠 마력짜리 작은 모터를 달고. 저런 걸로." 그가 한 쌍의 톱질모탕 위에 놓인 맵시 있고 튼튼해 보이는 배를 가리키며 말했다.

"예." 코일도 이제 좋은 배를 알아보는 안목이 생겼다.

"자네 아이들이 더 자라면 배에 태워 노 젓는 걸 가르치라구."

그들은 어둠침침한 작업장 안으로 들어섰다.

"마무리할 배가 한두 척 있어." 그러면서 야크는 나무로 만든 배의 뼈대와 판자를 대다 만 배 옆구리를 가리켰다. "올겨울에는 나이지 피언이 주낙어선 만드는 걸 도와야 해. 하지만 숲에 나갔다가 쓸 만한 목재를 발견하면 자네 배도 같이 만들겠네. 봄에 얼음이 풀리기 전까지는 만들어주지. 숲에 나갔다가 쓸 만한 나무가 있으면. 가문비나무 말이야. 튼튼한 목재를 써야 하네. 선수, 선미, 선수와 선미 끝에 대는 가로대, 모두 좋은 걸로 만들어야 해. 좋은 목재 말이네. 증기 건조 목재도 있지만 난 그런 건 안 써. 약하니까."

"미리 재료를 준비해놓고 계신 줄 알았어요."

"난 마른 나무로는 배를 안 만들어. 마른 나무로 만들어 띄우면 배가 물을 먹어 못 쓰거든. 생나무로 만들면 절대 물을 안 먹지. 난 마른 나무는 안 써."

30
구름에 가린 해님

대기는 축축하고 바다엔 잔물결이 이는 저녁, 코일과 두 딸은 비티와 데니스의 집에서 나와 고모가 묵고 있는 시걸 여인숙으로 향했다. 아빠의 손을 잡은 선샤인이 자꾸만 미끄러졌다. 재미로 그런다는 걸 눈치챈 코일이 그만하라고 말할 때까지 그걸 되풀이했다.

도로가 달빛을 받아 오토바이 헤드라이트처럼 빛났다. 냉랭한 12월의 안개가 검은 얼음으로 세상을 뒤덮고 있었다. 북쪽 해안의 얼얼한 추위. 지금은 차도 몰 수 없었다. 하지만 낮에는 석유 누출 사건 후속 기사를 쓰기 위해 차를 몰고 리틀디스펀드에 다녀왔다. 그곳은 폐쇄되었고 늙은 아이 씨는 폐렴으로 병원에 입원중이었다. 만에 시커먼 기름 테두리가 떠 있었다.

포푸리 꽃향기가 풍기는 로비를 지나 고모가 기다리고 있는 식당으로 들어갔다. 빈 테이블들을 지나쳤다. 버니는 차분하게 걷는데 선샤인은 고모를 보고 달려가다가 발이 걸려 넘어져서 울음을 터뜨렸다. 그래서 저녁식사는 눈물로 시작되었다. 창틈으로 찬 공기가 쏟아져들어왔다.

"딱해라." 고모가 선샤인의 빨갛게 멍든 무릎을 살피며 말했다. 웨이트리스가 낡은 카펫 위를 걸어 그들의 테이블로 다가왔다. 발걸음을 옮길 때마다 그녀의 한쪽 신발이 한숨소리를 토해냈다.

코일은 깡통냄새가 나는 토마토주스를 마셨다. 고모는 위스키와 진저에일을 마셨다. 그러고 나서 칠면조 수프가 나왔다. 코일의 수프에 실오라기 같은 목 심줄이 떠다녔다.

"조용하고 평화로운 하루를 지낸 심정을 고백해야겠구나. 너희가 그리웠어. 몹시." 고모의 얼굴은 평소보다 붉게 상기되어 있었고 푸른 눈엔 눈물이 글썽거렸다.

코일은 웃으며 대꾸했다. "저희도 고모님이 보고 싶었어요." 데니스의 집 지하실에서 자면서, 이제껏 늘 편안한 벗이 되어주면서도 문제가 닥치면 저돌적으로 부딪쳐 해결하는 고모가 그리웠다.

"아빠, 웨이비 아줌마네 숙모님 집에서 본, 그림 있는 빨간 컵들 생각나?"

"그럼, 버니. 아주 재미나고 귀여운 컵들이었지."

"산타클로스 할아버지께 그런 컵을 달라고 편지 쓰는 중이야. 학교에서 산타클로스 할아버지께 편지를 쓰거든. 산타클로스 할아버지가 다른 걸로 가져오지 않게 그림까지 그렸어. 푸른 구슬 목걸이도 갖고 싫어. 마티도 똑같은 걸 쓰고 있어. 그런데 아빠, 마티는 S자를 거꾸로 쓴다."

"난 막대기와 줄이 달린 배를 갖고 싶어. 물에 띄우고 막대기로 미는 거야. 그럼 움직인다구! 멀리 갔을 땐 줄을 잡아당기면 다시 온다!" 선샤인은 그러면서 지나치게 웃었다.

"아빠에게 필요한 배랑 똑같구나." 코일이 차가운 롤빵을 먹으며 말했다.

"그 작은 빨간 컵을 받으면 고모할머니께 차를 담아드릴게요." 버니가 말했다.

"아가, 그러면 기쁘게 마실게."

"조개 요리 시킨 분이 누구죠?" 웨이트리스가 파르스름한 조갯살과 쌀밥 한 덩어리, 흰 빵 한 조각이 든 흰 접시를 들고 물었다.

"내가 시켰어요." 고모가 그 파리한 색깔의 음식을 보고 인상을 쓰며 속삭였다. "스키퍼윌 식당에 가서 오징어버거나 먹는 건데."

"비티 아줌마가 가끔 대구 대가리와 알 요리를 해줬는데 얼마나 맛있다구요." 버니가 말했다.

"난 싫어." 선샤인이 진저에일 빈 잔을 쪽쪽 소리 나게 빨면서 말했다.

"아냐. 너도 다 먹었잖아."

곧이어 대구 볼때기 요리와 감자튀김이 나왔다.

"흐음." 고모가 말했다. "사실은 할 얘기가 있어서 불렀다. 좋은 소식도 있고 나쁜 소식도 있어. 좋은 소식은, 겨우내 작업할 큰 일거리가 생겼다는 거야. 그리고 나쁜 소식은 그 일을 하러 세인트존스로 떠나야 한다는 거고. 자초지종을 설명하자면, 난 그동안 요트 천갈이 일에 대해 고민을 해왔어. 사실 여긴 요트를 가진 사람이 롱아일랜드처럼 많질 않거든. 뉴펀들랜드는 요트가 즐겨 찾는 항구가 못 되지. 그래서 걱정이 많았어. 지난 육 주 동안 일거리가 뜸했거든. 마카오에서 온 수수께끼의 돈이 아니었다면—사실 수수께끼랄 수도 없지, 남편을 죽인 그 이상한 여자가 보낸 게 분명하니까—아무튼 그 돈이 아니었다면 몹시 궁색했을 거야. 그래서 이리저리 궁리를 해봤어. 뉴펀들랜드에는 상선이 많이 들어오는데 내가 간판을 잘못 내건 게 아닐까? 아마 그럴 거야. 그래서 새 이름을 생각해보기로 했지. '햄 요트 천갈이점'은 손님을 끌어모으지 못해. 그래서 메이비스 뱅스 부인에게 물었지. '햄 선박 천갈이점'은 어떨까? 그러면 요트도, 유조선도, 물에 떠다니는 건 모두 해당되는 거지. 뱅스 부인도 좋은 생각이라고 하더군. 그래서 세인트존스의 선박 정비소마다 전화를 걸어서 난 '햄 선박 천갈이점'의 애그니스 햄이란 사람인데 일거리 좀 없냐고 물었지. 아니나 다를까, 일거리가 있더군. 얼마 전에 심하게 불탄 로마호라는 화물선을 맡게 됐어. 선교, 사관실, 선원 휴게실 할 것 없이 몽땅 연기와 짠물로 엉망이 되어버렸대. 몇 달 걸릴 거야. 그래서 돈과 메이비스 뱅스 부인을 세인트존스로 데리고 가서 작업이 끝날 때까지 거기 머물 작정이야. 질은 버건디색 노가하이드 제품으로 해달라더군. 아주 세련된 감청색하고. 가죽은 아무나 쓰는 게 아니지. 곰팡이가 슬 수도 있거든. 돈은 세인트존스로 간다고 잔뜩 부풀어 있어. 버니, 그렇게 자꾸 케첩을 흘리려거든 목에 냅킨을 둘러라. 옷이 더러워지잖니."

"아빠," 버니가 말했다. "나 뭐 만들 수 있다. 앨프리드 선장님이 가르쳐줬어. '구름에 가린 해님'이란 거야."

"으음, 그래." 코일은 스테인리스 컵에 든 타르타르소스에 대구 볼때기 살을 찍으며 건성으로 대꾸했다. "고모님, 어디서 묵으실 건가요? 세인트존스 호텔에 몇 달씩이나 묵으면 숙박비가 엄청날 텐데요."

"봐." 버니가 끈으로 뭔가를 만들며 말했다.

"바로 그 점이 잘됐어." 고모는 조갯살을 씹으며 대꾸했다. "애틀랜틱 선박정비소는 이런 때 쓰려고 아파트 두 채를 갖고 있대. 나랑 통화한 몰트 씨 말이, 금속 응력이나 프로펠러 디자인, 점검 같은 전문 분야의 전문가들을 외지에서 초빙해 오는 경우가 많아서 그들이 묵을 숙소를 마련해놓은 거래. 그래서 그 아파트 하나를 무료로 쓸 수 있게 됐지. 침실이 두 개야. 그것도 계약의 일부지. 작업 공간도 있고. 돈의 오빠가 내 트럭에 짐 싣는 걸 도와준댄다. 지금 노가하이드를 들여오고 있어. 모르긴 해도 뉴저지에서 들여올 거야. 우린 다음 주말까지는 떠나야 해. 가게 이름을 바꾼 덕이지."

"아주 대단한 모험처럼 들리는데요."

"봄엔 돌아올 거야. 그럼 길이 뚫리자마자 초록색 집으로 돌아갈 수 있어. 기다리기가 한결 수월할 거야. 아직도 여기서 살 마음이 있다면 말이야. 혹시 뉴욕으로 돌아갈 생각을 하고 있는 건 아니겠지?"

"난 뉴욕에 안 가." 버니가 말했다. "마티 버깃은 내 영원한 친구란 말이야. 하지만 나중에 크면 돌아갈 거야."

코일도 뉴욕에 돌아갈 마음이 없었다. 인생이 어둠에서 시작해 어둠으로 끝나는 빛의 호弧 같은 거라면 그의 인생 전반부는 보통의 빛 속에서 지나갔다. 이곳에서 그는 인생을 보다 깊고 분명하게 보도록 해주는 편광렌즈를 발견한 기분이었다. 모킹버그에서 너무나 우둔했던 그는 자기에게 오는 것이면 무엇이든 받아들였다. 그러니 사랑이 그의 심장과 폐를 관통하여 내출혈을 일으킨 것도 당연한 일이었다.

"아빠," 버니가 눈물을 글썽였다. "두 번이나 만들었는데 아빤 보지도 않았어. 고모할머니도 안 봤어."

"난 봤는데 아무것도 안 보였어." 선샤인이 나섰다.

"너 안경을 써야 하는 거 아닌지 모르겠다." 고모가 말했다.

"미안해, 버니. 한 번만 더 해보렴. 아빠가 매의 눈으로 봐줄게."

"고모할머니도."

버니는 끈으로 손가락 뜨개질을 하여 무슨 모양을 만들더니 그 네 귀퉁이의 고리에 양손 엄지와 검지를 끼웠다.

"자, 해님을 봐. 가운데 있는 구멍이 해님이고 나머진 구름이야. 어떻게 되나 잘 봐." 아이가 천천히 네 귀퉁이의 고리들을 잡아당기자 가운데 구멍이 점점 작아지더니 사라졌다.

"이게 바로 실뜨기라는 거야." 버니가 말했다. "다른 것도 할 줄 알아. 앨프리드 선장님은 백 가지도 넘게 알아."

"그것 참 신기하구나. 그런데 그 끈은 앨프리드 선장님이 준 거니?" 코일은 매끄러운 끈을 받아들고 물었다. 작고 단단한 매듭이 일곱 개 있고 양끝을 모아 옭매듭으로 엉성하게 묶어놓은 끈이었다. "이 매듭을 네가 다 묶은 거니?" 그의 목소리가 경쾌하게 울려퍼졌다.

"이거만." 버니가 옭매듭을 가리켰다. "오늘 아침에 아빠 차 뒤에서 주운 거야."

31
가끔은 깜빡 실수할 때가 있다

*"바다를 항해하다가 바닷물에 물건을 빠뜨리면 다시 찾기가 어렵기 때문에
고정되지 않은 물건은 모두 매듭진 밧줄에 매달아야 한다. 밧줄 스파이크, 돛대 버팀 마개,
페인트 깡통, 갑판 청소용 양동이, 연필, 안경, 모자, 코담뱃갑, 잭나이프, 담배, 파우치형 가방,
부적, 호각, 시계, 쌍안경, 파이프, 열쇠 등은 모두 밧줄에 묶어 목이나 어깨, 손목,
혹은 단춧구멍, 허리띠, 멜빵에 걸어야 한다."*
—『애슐리 매듭서』 중에서

코일은 새벽같이 사고 선박을 둘러보고 돌아와 꽁꽁 언 몸을 녹일 사이도 없이 기사를 썼다.

11월 21일, 쌍둥이 키와 쌍둥이 가변 피치 프로펠러를 단 궤도차 운송선 걸랙틱블리저드호는 세인트존스를 떠나 몬트리올로 가고 있었다. 해안을 따라 얼음이 얼긴 했지만 화창한 날씨였다. 하늘은 푸르고 바다는 잔잔하고 시계視界도 양호했다. 세인트존스항을 떠난 지 한 시간 만에 배는 스트레인백섬의 남쪽 절벽에 정면충돌하고

말았다. 졸고 있던 당직 근무자는 충돌의 충격으로 놀라 깼다. 그는 해안경비대 조사관에게 말했다. "가끔은 깜빡 실수할 때가 있습니다."

터트 카드가 문을 쾅 닫고 들어왔다. 그는 살갗이 튼 손을 호호 불며 뒷걸음질로 커다란 엉덩짝을 가스히터에 들이대고 소리쳤다. "추위라면 진절머리가 나. 벌써부터 기온이 뚝 떨어지니 이곳에 정나미가 떨어지지. 아침에 절벽길을 달려오는 기분이 어땠는지 알아? 눈은 오지, 와이퍼는 꽁꽁 얼어붙었지, 차는 자꾸만 미끄러지지. 아직 11월밖에 안 됐는데 어떻게 이럴 수가 있나 싶더라구. 교통사고 통계가 생각나더군. 지난 1월에 뉴펀들랜드에서 발생한 교통사고가 수백 건이야. 죽고 다치고 망가지고. 한 달 동안에 말이야. 이렇게 추운 날 절벽길을 달리다보면 간절해지는 게 있어. 처음엔 속으로 생각하다가 끝내 소리내어 중얼거리게 되지. 그러곤 여행 잡지의 쿠폰을 오려 보내는 거야. 여행 안내책자가 오지. 그러면 그걸 자동차 계기반 위에 놓고, 돌아버릴 것 같을 때 야자수를 보는 거야. 2월은 서랍장에 비행기표가 들어 있다는 걸 위안으로 삼고 견디지. 3월까지만 견디면 천국으로 날아갈 테니까. 미스키만에서 비행기를 타는 거야. 비행기 날개가 꽁꽁 얼고 지옥바람이 불어서 과연 비행기가 뜰 수 있을까 불안하기도 하지만 비행기는 난다구. 그러곤 플로리다에 내려앉지. 비행기 문이 열리면, 아, 뜨거운 여름 냄새, 선탠오일 냄새, 배기가스, 사람 죽이지! 기뻐서 눈물이 솟구친다구. 오렌지가 있는 달콤한 땅." 그는 숨을 빨아들이고 콧물 섞인 콧바람을 내뿜으며 리큐어 같은 윤기가 나는 노란색 물을 생각했다. 그러곤 코일에게 물었다. "어이, 친구, 이번주에는 자동차나 선박 사고 기사 없나?"

빌리 프리티가 기사를 끼적이다가 어지러운 책상에서 눈을 들어 카드를 쳐다보았다. 포크로 구멍을 낸 페이스트리 같은 얼굴, 붉게 충혈된 눈. "난 거기 안 가. 난 그런 비행기는 절대 안 탄다구. 코일, 자네의 사고 기사가 많길 바라네. 내가 거의 빈손이거든. 신원불명의 시체 두엇과 법정에서 옷을 홀랑 벗은 두 남자에 관한 기사밖에 없어. 그리고 재봉틀, 전자레인지, 단파 라디오, 컬러텔레비전까지 잔뜩 훔쳐서 창문으로 나오다가 잡힌 친구가 있지. 그 집 주인과 마나님은 위층 침실에서 단꿈을 꾸며 곤히 잠들어 있었다더군. 그 도둑 말이야, 창틀 못에 옷이 걸려서 허우적대다가 순찰차한테 걸렸다는 거 아냐. 그래서 킬릭 클로 유치장에 갇혔어. 그런데 한밤중에 고래고래 소리를 질러대며 울고불고하다가 제 옷을 갈가리 찢었대요. 모두들 미쳤다고 했어. 그래서 정신감정을 위해 워터퍼드로 보냈지. 그런 일이 전염병처럼 퍼지고 있어! 하나 더 있어. 오프리죄르항의 어느 어부 아들 얘기야. 그 어부는 새우잡이로 떼돈을 벌어서 아들한테 말을 사줬대. 마구간을 지어주고 말 한 마리를 사준 거야. 아들이 사달라고 한 거지. 그동안 못 가져본 걸 다 갖고 싶다고 했겠지. 그런데 그 아들은 말에 대해 아는 게 없었어. 그냥 마구간에 매어놓고 구경만 한 거지. 그렇게 일주일쯤 지나자 싫증이 나서 말을 까맣게 잊었어. 결국 말은 굶어죽고 말았지. 그래서 경찰이 그 아들을 따끔하게 혼내고 그 아버지한테 벌금 천 달러를 물렸대. 그 아들이 어떻게 했는지 알아? 법정에서 판사 앞에 서서 제 옷을 홀랑 찢었어. 그래서 그 청년도 워터퍼드로 보냈다네.

그리고 실종자들과 신원불명의 시체들이 있는데 서로 일치하질 않아. 초만灣에서 한 남자가 사냥을 나갔다가 실종됐는데 장갑밖에 못 찾았어. 이 아래 푸딕턴에서는 어떤 부인이 부두에 둥둥 떠다니는 시체를 발견했는데 신원을 알 수 없고 초만의 실종자도 아냐. 실오라기 하나 걸치지 않은 시체야. 최근 법정에 선 일이 없나 몰라. 제일 끔찍한 사건은 개와 관련된 실종 사건이야. 이 사내도 오프리죄르항 새우잡이 어부인데 육지의 개들을 사들였지. 핏불, 로트와일러, 도베르만 핀셔를 두 마리씩 사서 개장에 넣었지. 그런데 개장을 둘러보러 나간 남자가 영영 돌아오지 않았어. 가족들은 모두 텔레비전 앞에 앉아 있었는데 몇 시간이 흐른 뒤 그의 아들 하나가 말했대. '그런데 아버진 어딜 가신 거지?' 그들은 개장에 불을 밝히고 아버지를 불렀어. 그런데 눈밭이 온통 핏자국이고 아버지의 옷이 갈가리 찢긴 채로 발견된 거야. 아버진 실종됐지만 가족들은 그가 어디 있는지 짐작할 수 있었지."

터트 카드는 창가에 서서 남쪽을 바라보고 있었다. "오프리죄르항 사람들은 짐승 기르는 걸 포기해야 해. 그 방면엔 재주가 없거든. 그냥 자동차와 마약에 매달리는 게 낫지. 코일, 우리 개미 버드지의 일면을 빛내줄 사고 기사 없나?"

넛빔이 고개를 들고 팔을 펴며 입을 열었다. "이게 내 마지막 주군. 물론 금주에도 외신은 풍부해. 첫째, 캐나다 보건장관이 제모 문제로 곤욕을 치르고 있지."

"넛빔, 이곳 주민 중엔 캐나다를 외국이라고 생각하지 않는 사람도 있다구." 카드가 말했다.

"상관없어." 빌리 프리티가 재촉했다. "계속하게, 넛빔."

"좋아요. 수백 명의 의사들이 여자들의 얼굴 제모 시술 의료보험금을 청구하고 있대요. 보건부 관계자 말이 제모 열풍이 일고 있다는군요. 아마도 전기분해 기계 때문인 것 같아요. 수백만 건의 전기분해 시술로 수백만 달러의 돈이 들어가는 거죠."

카드가 킬킬거렸다. 기름얼룩이 잔뜩 묻은 허기진 모습. 손톱은 마치 설탕 숟가락 같았다.

"자네가 낄낄거릴 줄 알았지." 넛빔이 말했다.

이때 빌리 프리티가 버럭 고함을 지르는 바람에 코일은 깜짝 놀랐다. "카드, 자넨 우스울지 몰라도 코밑에 거뭇거뭇 수염이 난 여자들은 심각하게 고민한다구. 여자처럼 가슴이 부푼 남자들이 가슴살을 베어낸다면 그건 동정이 가겠나?" 그러면서 카드의 불룩한 가슴을 쏘아보았다. 잠시 침묵이 이어진 뒤, 터트 카드가 비실비실 웃자 빌리도 따라 킬킬거렸다. 농담이었던 것이다. 코일은 여전히 농담과 진담을 구분하지 못했다.

카드가 휴지에 코를 풀더니 창가의 빛 속에서 그 휴지를 펴보며 입을 열었다. "사실 우리 누나한테도 그런 문제가 있었지. 얼굴이 아니라 팔이었지만. 누님은 구식이라 다른 방법을 찾았어. 마법사 스몰 선장을 찾아간 거야. 그는 종이에 부적을 써서 불 속에 던졌지. 그러곤 흰 재만 남을 때까지 지켜보다가 막대기로 잘게 부쉈어. 재가 굴뚝을 통해 날아갔지. 그러자 마법사가 말했어. '저기 네 불행이 날아간다.'"

"그래서 누님 팔을 고쳤나요?"

"그럼. 비단처럼 매끄러워졌어. 그래서 그 팔에 안기면 기분이 좋았지. 다들 그렇게 말했어. 그건 그렇고, 넛빔, 온타리오의 제모 열풍이 외신의 전부는 아니겠지?"

"그래, 페루에 콜레라가 번지고 있어. 그래서 아르헨티나와 파라과이가 페루에서 열리는 축구 경기에 불참하기로 결정했네. 지난 육 주 동안 총 만사천 명이 발병했다는 발표야."

"좋아. 최근 페루 이민이 몰려온 후 미스키만 사회복지과 직원들이 정체불명의 곤충에 물리는 일이 발생했다는 기사에 붙여서 실으면 되겠군." 카드는 코일을 향해 물었다. "친구, 사고 기사 있나?"

"예." 코일은 자세한 설명 없이 그렇게만 대꾸했다.

"어디서 일어난 어떤 사고지? 사진은 찍었나?"

"스트레인백에서 배가 절벽을 들이받은 사건인데요, 불타고 있는 사진도 몇 장 찍었어요. 사고 원인은 밝혀지지 않았어요. 그리고 장례식장 앞에 주차해놓은 트럭에 갑자기 불이 붙었어요. 가족들이 안에 타고 있었죠. 마치 프라이팬에 불이 붙은 꼴이었어요."

"코일, 그거 참 좋은 아이디어군. 현장 사진을 못 구하면 프라이팬에 기름을 붓고 불을 질러 그 사진을 찍어서 내면 되겠어. 사진 찍으면서 카메라를 좀 흔들어주면 누가 알아보겠어?"

"미스키만에서도 사건이 있었어요. 쌍둥이 형제 보일과 도일 캐츠의 불화로 인한 사건인 것 같아요."

"나도 그들을 알아." 빌리 프리티가 끼어들었다. "쌍둥이 중 하나가 택시를 몰지."

"맞아요. 보일이 택시 기사죠. 사건 전날 밤에 둘이 싸웠대요. 마약 거래 문제 때문이었던 것 같다더군요. 수요일 오후에 보일이 수산물 가공공장 앞에서 손님을 태우고 유턴을 하다가, 엔진덮개에 '사이코패스'라는 페인트 낙서가 있는 최신형 청색 야마하 설상차를 탄 복면 괴한에게 습격을 받았대요. 그의 쌍둥이 형제 도일이 그런 설상차를 갖고 있다나봐요. 설상차의 괴한은 택시에 엽총 한 발을 쏘고 도망쳤고 택시는 앞유리가 날아간 채로 도로에서 벗어나 공장 적재용 램프에 처박혔대요. 다행히 부상은 심하지 않고 몇 군데 찢어지기만 했대요. 설상차는 도망쳤고요."

"그때 눈이 왔었나?"

"아뇨."

그러자 넛빔이 말했다. "나중에 이곳을 떠나면 추억거리가 많겠어. 그중에서도 독창적인 폭력 범죄와 법정에서 옷을 찢는 짓거리가 제일 기억에 남겠지. 아마 뉴펀들랜드 특산품이라고 해도 될 거야. 아주 단순한 방화 사건이 있네. 어떤 인간이 자기 배에 불을 질렀지. 코일, 이 사건도 취재했겠지? 보험금을 노리고 한 짓이 뻔하지, 뭐. 그래서 며칠간 유치장에 처박혀 있었어. 오늘 아침에 법정에 섰는데 이 작자도 그 짓을 한 거야."

"제 옷을 찢은 거지." 모두들 동시에 웅얼거렸다.

"이건 내가 써먹어야겠군." 빌리가 키보드를 두드리며 말했다.

"터트," 넛빔이 물었다. "아까 말한 자네 누님 말일세, 바다늑대를 삼켰다는 그분인가?"

"바다늑대? 이런 얼간이 같으니라구. 바다늑대는 잠수함을 말하는 거야. 우리 누님은 바다의 허기를 마신 거라구. 캄캄한 밤에 바닷물 한 바가지를 떠서 마셨대. 어렸을 적에 말이야. 그런데 목구멍으로 뭔가 내려가는 것 같더래. 그뒤로 누님은 말처럼 먹어대기 시작했지. 먹고 또 먹었다구. 어머닌 단박에 눈치를 채시곤, '너 바다의 허기를 삼켰구나' 하고 말씀하셨지. 넛빔, 지금 자네 성범죄 기사를 컴퓨터에 불러내서 보고 있는 중인데 왜 이렇게 많아? 일곱, 여덟, 아홉…… 성범죄 기사가 열한 건이나 되잖아. 이걸 다 실으면 다른 기사가 들어갈 자리가 없다구."

"내 취재수첩을 보게. 아주 성범죄 열풍이라니까." 넛빔은 책상 뒤의 서류 캐비닛을 향해 몸을 돌리며 말했다. 그가 우격다짐으로 서랍을 열자 카키색 금속이 삐걱거렸다. "내가 와서 쓴 기사는 여기 다 들어 있어. 내가 떠나면 어쩔 거야?"

"그건 잭이 걱정할 문제야." 터트 카드가 흡족한 표정으로 말했다. "아직도 화요일에 떠날 생각인가?"

"그래. 눈 내리는 바닷길을 달려 카리브해로 갈 거야. 모험과 사랑을 찾아 카리브해의 섬들을 누비고 다닐 거라구."

"떠나기엔 늦었어. 하룻밤새에 폭풍과 얼음이 자네 발을 묶어놓을 걸. 벌써 얼음이 언 데도 있지. 항해하기엔 위험한 계절이야. 자네도 내키지 않을걸. 다음에 오븐 동굴에서 발견되는 시체는 자네가 될지도 모른다구." 그러면서 터트 카드는 봉투 모서리로 이빨을 쑤셨다. 종이가 찢어져 누런 앞니 사이에 꼈다.

"여기가 그렇다니까. 늦가을만 되면 모두 빠져나가. 모두 남쪽으로 가는 거지." 빌리 프리티가 말했다. "일 년 내내 여기 처박혀 있는 사람은 몇 안 돼. 우리 같은 사람들이야 겨울에 여길 뜬다고 해봤자 고작 바다로 고기잡이 나가는 거지. 그리고 여기 들어와서 사는 외지인은 코일뿐이야. 하지만 코일도 곧 떠나겠지."

"아뇨, 계속 살 겁니다." 코일이 말했다. "앨빈 야크가 내 배를 만들고 있어요. 버니도 학교에 잘 다니고 선샤인도 비티 집에 있는 걸 좋아해요. 애들한테 친구도 생겼고요. 고모님도 봄이면 세인트존스에서 돌아오실 거예요. 이제 우리에게 필요한 건 살 집뿐이에요."

"자네가 넛빔의 트레일러에서 사는 건 상상이 안 돼. 거기 가봤나?" 터트 카드가 무슨 비밀이라도 있는 듯한 웃음을 지었다.

"금요일에 볼 거야. 코일이 내 파티 준비를 거들어줄 테니까. 럼주에서부터 진저에일, 샴페인까지 술이란 술은 다 낼 거야."

"샴페인! 내가 즐기는 술이지." 터트 카드가 말했다. "잘 익은 복숭아 조각을 띄우고 마시면 기가 막히다구."

"어디서 읽은 거겠지. 뉴펀들랜드엔 잘 익은 복숭아가 없어."

"플로리다에 갔을 때 마셔봤어. 마이타이, 자메이카글로, 비치코머, 바나나다이커리, 피냐콜라다. 아, 발코니에서 수영복 차림으로 선탠을 하면서 마시는 술맛이란!"

"남자 혼자서 어린 딸을 둘씩이나 기를 수 있을까?" 빌리 프리티가 말했다. "욕지거리도 안 하고 신경질도 안 부리면서."

코일은 못 들은 체했다.

32
털북숭이 괴물

"헝클어진 밧줄을 풀려면 뒤엉킨 부분과 매듭진 부분을 느슨하게 해놓고 가장 긴 끝이 나오는 부분을 찾아 동그랗게 구멍을 낸다. 그런 다음 스타킹을 말아내리는 것과 똑같은 방식으로 그 끝을 말아간다. 그러면서 계속 뒤엉키는 부분을 느슨하게 해주고 절대 한쪽 끝을 잡아당겨서는 안 된다. 완력을 쓰지 말고 엉킴이 저절로 풀리도록 해야 한다."

—『애슐리 매듭서』 중에서

밤사이 따스하고 향기로운 대기의 갈라진 혀가 육지에서 바다로 핥아내려가 기어오르는 얼음 가장자리를 부드럽게 녹였다. 11월의 눈이 녹았다. 금요일 오후, 봄 같은 날씨에 잔뜩 흥분한 터트 카드가 사무실에서 법석을 떨며 짓궂은 장난을 치고 가성에 가까운 고음으로 전화를 받고 연신 화장실에 드나들었다. 그의 입에선 럼주 냄새가 풍겼다. 넛빔도 잔뜩 들떠서 목소리가 고음으로 올라갔다. 떠나는 때와 달이 차오르는 시기가 맞아떨어져 흥분이 고조된 것이다.

"버니를 비티네 집에 데려다놔야겠어요." 코일이 말했다. "그런 다음 돌아오죠."

비티의 부엌에 들어선 그는 서둘러 차를 마셨다.

"비티, 오늘밤 넛빔이 파티를 열어요. 파티 준비도 거들고 트레일러도 구경할 겸 일찍 가봐야겠어요. 아, 당신 빵 굽는 솜씨는 최고예요." 그러면서 빵을 게걸스럽게 먹어치웠다.

"내년 봄에 앨리 마블이 빵집을 열면 이제 그만 구울까봐요. 매일 빵을 구우려면 집에 매여 있어야 하거든요. 하고 싶은 일이 많은데." 그러곤 목소리를 낮추어 소곤거렸다. "데니스가 참아준다면 말예요."

"아빠," 버니가 말했다. "나도 파티에 가고 싶어."

"이번엔 안 돼. 남자들만 가는 파티거든. 너는 재미없을 거야."

"어이, 코일," 거실 텔레비전 앞에 앉은 데니스가 말했다. "그럼 오늘밤엔 못 들어오겠군."

"아니, 돌아올 거야." 넛빔의 트레일러로 옮겨갈 때까지 임시로 데니스네 집 지하 작업장 간이침대를 쓰고 있는 코일이 말했다. "내일 할 일이 많거든. 길이 뚫렸으니 아침에 곶에 있는 집에 가서 필요한 물건을 챙겨와야겠어. 그런 다음에는 앨빈이 배 만드는 걸 도와야 하고."

"집에 애들 장갑이 더 있으면 챙겨 오세요. 선샤인, 아빠께 네 장갑이 어떻게 됐는지 보여드리렴." 비티의 말에 아이는 숯덩이가 된 장갑을 코일에게 내보였다.

"아까 땔감으로 쓸 나무를 날랐는데 선샤인의 낡은 장갑이 나무 가시에 걸렸었나봐요. 선샤인은 그걸 몰랐고요. 데니스가 들어와서 불에 넣은 후 냄새를 맡고 알았어요. 털실 타는 냄새보다 더 지독한 건 없죠. 급히 꺼내긴 했지만 못 쓰게 됐어요. 제가 오늘밤에 한 켤레 떠줄 생각이지만 아이들에겐 장갑이 많을수록 좋거든요."

선샤인이 코일에게 달려가 그의 귀에 입술을 대고 비밀 얘기라도 하듯 입김을 불어넣었다. 간지럽기만 했지, 옆에 있는 사람에게 다 들렸다.

"아빠, 비티 아줌마가 뜨개질 가르쳐줬어. 아빠 크리스마스 선물을 뜨고 있어. 얼마나 어렵다구."

"세상에!" 코일은 깜짝 놀랐다. "넌 이제 겨우 네 살밖에 안 됐잖아."

"요술 같은 거야. 왜냐면 아주, 아주 길고 뚱뚱한 실이 목도리로 변하거든. 그치만 지금은 보여줄 수 없어."

"비밀 얘기 했니?" 비티가 물었다.

"네." 선샤인이 환하게 웃으며 대답했다.

"나중에 봐요." 코일이 말했다.

"이따 보자구!" 데니스가 열의에 차서 외쳤다.

코일과 넛빔은 한 시간 반 만에 트레일러에 도착했다. 도중에 물건을 사느라 지체된 것이다. 술 도매점에 들러 맥주와 럼주를 박스째 사서 스테이션왜건 뒤쪽이 묵직하도록 싣고, 킬릭클로의 유일한 슈퍼마켓에서 파티용으로 포장된 슬라이스 햄, 칠면조 고기, 냉육, 빨간 눈이 박힌 올리브를 사서 뒷좌석에 쌓고, 생선 공장에 들러 얼음을 한 통 사서 넛빔이 용케 차 지붕에 묶었다. 때 이른 어둠. 이제 몇 주만 더 있으면 동지였다.

"너무 많은 거 아녜요?" 코일이 말했다. "전부 너무 많이 산 것 같은데."

"기고자들과 광고주들도 와. 음식 칼럼을 쓰는 뛰어난 미식가 베니 퍼지와 어도니스 콜라드도 오고. 자네 그들이 최근에 쓴 칼럼 읽어봤어? '뉴펀들랜드 볼로냐소시지 튀김 소개'. 그리고 자네와 절친한 항무관과 내게 성범죄 기삿거리를 제공하는 법원 사람도 올 거야. 한밤중에 몰려올 사람들까지 쉰 명은 될 거라구. 이제 자네도 알게 되겠지만 킬릭클로는 파티의 고장이라네. 아니면 내가 왜 럼주를 육 갤런이나 샀겠나."

"사실 볼로냐소시지 튀김은 맛이 괜찮죠."

"자네도 원주민이 다 됐군."

그들은 킬릭클로 남단으로 달려가 일차선 다리를 건너 주택가 뒤에서 있는 트레일러로 향했다. 나지막한 말뚝 울타리 안에 있는 빛바랜 파스텔 핑크 트레일러엔 우산을 든 아가씨들 그림이 찍힌 띠 장식이 둘려 있었다. 계단 옆엔 넛빔의 고물 자전거가 기대어 있었다.

"주인 굿래드 가족은 주택에 살고 있어. 어부들이야." 넛빔이 말했다. "램비와 존과 그 어머니는 초록색 집에, 작은 아들 레이는 흰색과 빨간색 집에, 그 아래 새미는 파란색 집에 살지. 맏아들은 수산생물학자로 세인트존스에 살고. 이 트레일러는 맏아들 소유야. 작년 여름에 한 번 왔었는데 이틀 있다가 바로 갔어. 남반구의 게를 연구하러 뉴질랜드로 떠나는 길에 들렀던 거지." 넛빔은 게 요리에 관심이 많았다. 과식을 했다가 팔뚝에 두드러기가 나긴 했지만.

"들어와." 그가 문을 열며 말했다.

코일은 안을 둘러보며 전형적인 트레일러라고 생각했다. 합성섬유 카펫, 쥣구멍만한 침실, 네 구석에 경호원처럼 버티고 선 거대한 갈색 스피커를 빼면 1960년대 사진에서 흔히 볼 수 있는 거실, 소형 냉장고와 스토브가 있는 찬장만한 부엌, 코일의 양손이 들어가면 꽉 찰 개수대. 그러나 욕실은 좀 특이했다. 욕실 매트 위에는 분무기 호스가 사냥용 나팔처럼 똬리를 틀고 있고 샤워실에는 반으로 자른 플라스틱 드럼통이 놓여 있었다.

"이건 뭐예요?" 코일이 넛빔에게 물었다.

"난 욕조에서 목욕하는 걸 좋아한다네. 그래서 불편하나마 이렇게라도 해놨지. 원래는 당밀을 싣고 온 통이었어. 보다시피 톱으로 반을 잘라 여기 들여놨어. 웅크리면 들어앉을 수 있거든. 만족스럽진 않지만 찬 비닐 커튼이 몸뚱이에 감기는 것보단 훨씬 낫지."

다시 거실로 나와서 넛빔이 말했다. "자, 이걸 들어봐." 그는 탑처럼 우뚝 솟은 오디오세트를 켰다. 그러자 빨간색과 초록색 작동 등이 켜지고 디지털 표시등이 번쩍거리고 등고선 띠들이 고동치고 오렌지색 표시등에 불이 들어왔다. 스피커에서는 거인의 허파에서 들리는 듯한 소리가 흘러나왔다. 넛빔이 은빛 디스크를 밀어넣자 우레 같은 음악 소리로 트레일러가 진동했다. 소리가 너무 커서 코일은 무슨 악기 소리인지 식별할 수가 없었고 쿵쿵 울리는 소리에 혼이 쏙 빠졌다.

코일은 얼음통에 맥주병을 쑤셔넣고 넛빔을 도와 테이블을 벽으로 밀었다. 안주 접시들을 덮은 팽팽한 비닐 랩이 바르르 떨렸다.

"첫 손님이 도착하면 비닐을 뜯자구." 넛빔이 외쳤다.

그들은 무려 서른 봉지나 되는 포테이토칩을 담을 커다란 그릇을 찾으려고 찬장을 이리저리 뒤졌지만 마땅한 것을 찾지 못했다.

"샤워실에 있는 그 통은 어때요?" 코일이 목청껏 외쳤다. "오늘밤만 임시로요. 그게 꽤 크잖아요."

"좋았어! 맥주를 들자구. 지금부터 넛빔의 작별 파티가 공식적으로 시작된 거야!" 코일이 거품 찌꺼기가 묻은 통에 포테이토칩을 붓는 동안 넛빔은 밤의 어둠을 향해 울부짖었다.

연어살색 커튼 사이로 좁은 다리를 줄지어 건너오는 헤드라이트 불빛이 보였다. 요란한 음악소리에 코일의 손에 들린 맥주병이 바르르 떨렸다. 넛빔은 무슨 말인가를 하고 있었지만 알아들을 수가 없었다.

맨 처음 들어온 터트 카드가 비틀비틀 파티 테이블로 다가왔다. 한 손에 럼주 병을 틀어쥐고 리넨 베레모를 쓴 모습이 거대한 흰개미를 연상시켰다. 그는 비닐 랩을 뜯어내고 햄을 한줌 집어 입에 욱여넣었다. 한 무리의 남자들이 고래고래 소리를 지르며 비틀비틀 들어오더니 햄과 치즈 먹기 경연대회에라도 나온 듯 허겁지겁 음식을 먹어치웠다. 포테이토칩을 게걸스럽게 욱여넣는 모양새는 마치 새를 요리하기 위해 배를 갈라 속을 채우는 모습과 흡사했다.

트레일러가 콘크리트블록 위에서 흔들렸다. 갑자기 트레일러 안이 꽉 차서 술병도 머리 위로 돌려야 했다.

터트 카드가 코일의 옆에 서 있었다. "자네한테 할말이 있네." 그가 이 빠진 커다란 잔을 들어올리며 외쳤다. 그러나 말을 꺼내기도 전에 사라졌다.

코일은 아버지의 의무에서도 벗어나고 페틀과 웨이비도 잊은 채 방탕하고 거친 기분에 젖어들었다. 어른이 되어 파티에 가본 기억은 두

서너 번뿐이었고 남자들만의 파티는 이번이 처음이었다. 이 자리는 미묘한 성적, 사교적 배드민턴 게임 같은 다른 파티와는 사뭇 달랐다. 넛빔을 보내는 작별 파티라기보다는 선창가 술집 주차장의 싸움판 같은 거친 흥분이 트레일러 안을 가득 채우고 있었다. 담배와 럼주와 더러운 머리칼의 퀴퀴한 냄새. 앞에서 터트 카드가 무릎을 굽혔다 폈다 하는 운동이라도 하고 있는 것처럼 그의 모자가 오르락내리락했다. 그가 팔뚝으로 눈썹을 문질렀다.

"모두들 내게 털북숭이 괴물에 대해 묻지." 터트 카드가 외쳤다. "자네한테만 얘기해줄게."

코일은 그칠 줄 모르는 독백 같은 그의 이야기를 간신히 알아들었다. "우리 아버지가 젊어서 래브라도에 살 때 얘긴데…… 아버진 왼손잡이여서 별명이 왼손잡이 카드였지. 아버진 눈구덩이에 빠질까봐 늘 겁을 냈어. 조심조심 걷지 않으면…… 깊은 구덩이 속으로 떨어지는 줄로 생각한 거야…… 그래서 아버진 늘 벌벌 떨면서…… 조심조심 걸었어. 어느 날 아버진 앨폰스라는 친구와 함께…… 캠핑을 떠났어…… 앨폰스는 왠지 기분이 안 좋다고 돌아가자고 했지만…… 아버지가 날이 밝을 때까지 기다리자고 구슬려서…… 둘은 자리에 누웠지. 그런데 아침에 깨어보니 앨폰스는 없었어. 눈 위의 발자국을 따라가봤지만…… 어디쯤에선가 발자국은 뚝 끊긴 거야."

얼굴 생김새와 크기가 영락없이 십육 파운드짜리 햄덩이 같은 통통한 남자가 코일 앞에 섰다. 그는 큰 소리로 외쳤지만 멀리서 들리는 소리 같았다.

"안녕하세요, 코일. 저는 어도니스 콜라드예요. 음식 칼럼을 쓰는.

인사나 나누죠. 난 킬릭클로엔 자주 안 가요. 미스키만 음식점을 돌고 있죠." 마침 인파가 몰리는 바람에 코일은 맥주통 근처까지 밀려갔다. 넛빔의 오디오 시스템은 소름 끼치도록 낮은 코고는 소리와 톱질 소리를 내고 있었다. 어느 틈에 왔는지 터트 카드가 햄을 물고 나타났다.

"아버진 막대기를 갖고 있었지. 그 막대기로 발자국이 끊어진 근방을 쿡쿡 쑤셨다네. 그런데 갑자기 코르크 병마개 따는 소리가 나더니…… 시퍼런 우물이 나타났어…… 반짝거리는 강철 원통 같은. 그 속에 막대기를 던지자 썰매가 얼음을 가르는 듯한 소리가 들렸지."

누군가 둘 사이에 끼어들었고 코일은 양 팔꿈치로 노를 저어 앞문쪽으로 가려고 애를 썼다. 하지만 카드가 어느새 그의 앞에 서 있었다.

"갑자기 아버지 등뒤에 누가 나타났어. 눈이 시뻘건 털북숭이 괴물이 하키 퍽처럼 우물로 뛰어들었지. 괴물은 아버지에게 말했어…… '냄비와 프라이팬을 씻어놓고…… 너를 잡으러 오겠다.' 아버진…… 걸음아 날 살려라 사십 마일을 도망쳤지."

"내 아내는 죽었어요." 코일이 울면서 소리쳤다.

"알아. 그건 뉴스도 아니잖아." 터트 카드가 대꾸했다.

열시쯤 되자 코일은 잔뜩 취했다. 발 디딜 틈 없이 몰려든 손님들 때문에 도저히 화장실까지 갈 수 없었던 넛빔이 아직 포테이토칩이 남아 있는 푸른 통에 오줌을 갈기자 너나없이 그를 따라했다. 귀청이 떨어져나갈 듯한 음악소리가 광기를 부채질했다. 마당에선 싸움판이 둘씩이나 벌어지고 자줏빛이 된 디디 쇼블이 넛빔의 자전거를 바다에 던져버렸다. 그는 새끼손가락으로 매달릴 대들보를 찾아 두리번거렸다. 데니스가 럼주 병을 들고 비틀거리며 나타났다. 코일에겐 초면인 인상

험악한 남자가 바지를 벗고 진흙에서 춤을 추었다. 스무 명의 남자가 목이 터져라 노래를 불러대며 트레일러 한쪽을 들어올리고 콘크리트 블록을 차내자 트레일러가 심하게 기울었다. 잭은 데니스의 어깨를 껴안고 아들의 술을 나눠 마셨다. 트럭 한 대가 다른 차들을 마구 들이받아 땅바닥에 유리 파편이 우수수 떨어졌다. 빌리 프리티는 계단에 앉아 소리도 나지 않는 노래를 불러댔고 모두 그를 넘어 지나다녀야 했다. 취기와 광기가 고조되면서 고함소리와 욕지거리가 오디오의 요란한 음악소리에 뒤섞였다. 옛날 깡촌 시절의 걸쭉한 사투리가 난무했고 코일은 한마디도 알아듣지 못했다.

하관이 넓고 목이 없고 몸통은 드럼통 같은 모래 빛깔 머리칼의 이곳 남자들보다 키가 일 피트는 더 크고 비쩍 마른 검은 머리 남자가 계단에 앉아 있다가 벌떡 일어났다. 그러곤 넛빔의 장작더미에서 도끼를 집어들고 외쳤다.

"이보게들! 저 친구를 보내고 싶은가? 여기 붙들어놔야지? 그럼 도끼 들고 따라들 오게. 네디, 자네 사슬톱 있나?"

"안 돼! 안 돼! 내 배는 건드리지 말라구, 염병할! 내 배는 놔두란 말이야!" 넛빔이 외쳤다.

와아 하는 함성과 함께 여남은 명이 검은 머리 남자의 뒤를 따랐다. 코일은 영문도 모른 채 혼자 우두커니 있었다. 그만 남겨두고 모두들 어디론가 몰려간 것이다. 늘 그랬듯이 코일 혼자 남았다. 우라질, 아무것도 변한 게 없어. 그는 불끈해서 비틀비틀 걸음을 옮겼다. 어디를 향해?

"코일, 이 염병할 인간아, 이리 와서 나 좀 도와달란 말이야!" 그러나 넛빔의 절규는 함성에 묻혀버리고 말았다.

그들은 보로고브호가 정박되어 있는 부두로 몰려갔다. 몇몇은 자기 픽업에 가서 사슬톱을 가져왔고 나머지는 막대기와 큰 돌멩이를 들고 왔다. 검은 머리 남자가 앞장서서 외쳤다. "우리는 염병할 넛빔을 사랑한다!"

말끔히 수리하고 반짝반짝 광을 내고 연료까지 가득 채운 넛빔의 작고 소박한 배는 만반의 준비를 끝내고 부두에서 기다리고 있었다. 광란의 무리가 그 배를 향해 치닫는 동안 넛빔은 울며불며 비틀비틀 뒤쫓아갔다. 검은 머리 남자가 젖 먹던 힘까지 짜내어 도끼로 갑판을 내리쳤다. 사슬톱이 돛대를 잘랐다. 쾅쾅 부수고 찍는 소리와 함께 보로고브호의 파편이 첨벙첨벙 물속으로 뛰어들었다. 검은 머리 남자가 도끼를 들고 갑판 아래로 내려가 순식간에 배 바닥을 엉망으로 찍어놓았다.

"각자 알아서들 해." 그는 그렇게 외치고 부두로 뛰어올랐다. 십 분 만에 넛빔의 배는 가라앉고 선실 지붕만이 물에 잠긴 뗏목처럼 머리를 내밀고 있었다.

코일은 언제 아수라장을 떠났는지 기억조차 없었다. 어떻게 왔는지 그는 다리 건너 도랑 속을 양손과 무릎으로 엉금엉금 기고 있었다. 화염에 휩싸인 듯한 입속에서 공기가 물처럼 느껴졌다. 아니면 물속에 빠져서 키 없는 배처럼 떠돌고 있는 건가? 그는 비칠비칠 일어나 트레일러를 돌아보았다. 비스듬히 기운 창들의 불빛이 침몰하는 여객선 같았다. 오 마일 떨어진 바다 위에 떠 있는 배들도 넛빔의 스피커 소리를 들을 수 있으리라. 폭도들의 아우성도.

그는 길로 올라가 정적 속을 걸었다. 넛빔이야 어찌되건 상관없어. 난 내 문제들이 있으니까. 길가 집들을 지나쳐 킬릭클로의 가파른 길로 들어섰다. 걷다보니 머리가 좀 맑아지는 것 같았다. 그는 어디로 가는지도 모르면서 쉬지 않고 걸었다. 킬릭클로를 굽어보는 언덕. 매일 일터로 가면서 지나는 길이었다. 저 아래 항구 불빛과 느릿느릿 만을 내려가는 커다란 배가 보였다. 곶의 등대 불빛이 바다를 훑고 있었다. 코일은 계속 걸었다. 이대로 호주까지라도 갈 수 있을 것 같았다. 이제 긴 언덕길을 내려가 불 꺼진 개미 버드 사무실을 지나쳤다. 버깃 댁에서 새어나오는 차가운 텔레비전 불빛. 바람에 날려 쌓인 눈 같은 깔개들과 고독한 버깃 부인. 어둠에 묻힌 만 건너편의 코일곶을 바라보았다. 달님이 땅덩이를 비추고 바다에 한줄기 빛을 던졌다.

코일은 웨이비의 부엌 창문 밖에 서 있었다. 집안에서 뒤틀린 고음의 음악소리가 새어나왔다. 그는 창가에 무릎을 꿇고 앉았다. 부엌 천장의 둥근 네온등이 환한 불빛을 쏟아내고 있었다. 달가닥거리는 소리. 안을 들여다보니 식탁 의자에 앉아 다리를 벌리고 해먹 같은 치마 위에 빨간 아코디언을 올려놓은 웨이비가 보였다. 고른 박자가 왠지 슬프게 느껴지는 리듬에 따라 그녀의 발이 바닥에 탁탁 장단을 맞추고 있었다. 그리고 스토브 앞 텅 빈 리놀륨 무대에서 헤리가 박자를 맞추려고 파이 같은 얼굴을 잔뜩 찡그리고 뒤뚱뒤뚱 춤을 추었다.

코일은 다시 길까지 기어나갔다. 평평한 수면에 드리워진 달그림자가 마치 구멍 같았다. 터트 카드의 아버지가 봤다는 털북숭이 괴물이 냄비와 프라이팬을 씻은 그 얼음 우물 같았다. 웨이비의 아버지네 마당에 서 있는 페인트칠한 개들이 그를 지켜보고 있었다. 병뚜껑 개목걸이가 달빛을 받아서 마치 개들이 목구멍으로 음식을 삼키듯 부르르 떨렸다. 코일은 방을 얻기 위해 킬릭클로의 여인숙으로 향했다. 비티와 데니스의 집도, 지하실에 있는 간이침대도 까맣게 잊고서.

33
친척

"마법 그물, 올가미, 매듭은 예전에도 그랬지만
오늘날에도 여전히 치명적인 무기로 이용된다."
—『결승 문자와 마녀매듭』 중에서

아침 열시, 여인숙 여종업원이 코일의 방문을 노크하더니 머리를 쑥 들이밀며 외쳤다. "방 정리하러 왔어요."

"잠깐만요, 삼십 분만 기다려주세요." 잔뜩 취한 목소리.

"배를 침몰시킨 그 파티에 갔었군요! 해리엇이 빨리 아침식사 치우고 점심 준비해야 된대요. 달걀과 차를 좀 남겨놓으라고 할까요?"

그러나 코일은 변기 앞에 무릎을 꿇고 앉아 구토를 하며 자기혐오에 시달리고 있었다. 종업원의 목소리가 단지 속에서 윙윙대는 말벌 소리처럼 들렸다. 이윽고 샤워기를 틀고 바늘끝처럼 얼얼한 뜨거운 물줄기를 맞았다. 샤워 꼭지에 얼굴을 대다시피 하고 서 있으려니 두통이 좀 가시는 듯했다. 다리가 아팠다.

스팀을 꺼서 방이 썰렁했다. 코일은 옷을 챙겨 입었다. 천이 금속처럼 구겨져 있었다. 구두끈을 매려고 허리를 굽히자 잠시 멎었던 두통이 눈으로 쏠리고 위가 오그라들었다.

창밖의 하늘은 우중충하고 길엔 모래바람이 소용돌이쳤다. 트럭 몇 대가 배기관에서 꽈배기 매연을 뿜어내며 달려갔다. 추운 날씨. 재킷의 소매가 어깨부터 손목까지 찢어져 있었다.

아래층으로 내려가자 해리엇이 능청맞은 웃음을 지었다.

"대단한 파티였다고 들었어요." 그녀의 말에 코일은 고개를 끄덕였다.

"차 한잔 들어야겠수. 뜨거운 걸로."

"집에 가서 마실게요. 오늘 아침에 집에 가서 챙겨올 물건이 있어요." 선샤인의 부츠와 아이들 여분 장갑, 자신의 셔츠, 반납 기한을 몇 주나 넘긴 도서관 책들. 그리고 연장도 좀 가져와야 했다. 오후엔 앨빈 야크를 도우러 가야 하니까. 그제야 넛빔의 트레일러가 풍비박산이 난 게 기억났다. 거기서 살 수 있을까? 넛빔에게 전화를 걸기 위해 더듬거리며 구멍에 동전을 넣었다. 응답이 없었다.

"오늘밤에 눈이 온대요." 해리엇이 신문을 뒤적이며 말했다. "그런데 애그니스 소식은 들었수? 세인트존스에서 지낼 만하대요? 돈은 거길 좋아하지. 그앤 내 사촌 아키의 막내딸이라우. 지금쯤 아주 행복할 거야. 그앤 돌아오지 않겠다던데."

"아, 그래요." 코일은 부르르 몸을 떨었다.

여인숙에서 나오자 차가 보이지 않았다. 가까스로 기억을 더듬어보니 먼길을 걷고 또 걸어 웨이비의 집까지 갔던 생각이 났다. 창문으로 집안을 들여다봤지. 차는 분명 넛빔의 트레일러에 세워져 있을 것이다. 아니면 혹시 술김에 차를 몰다가 바다에 빠뜨린 건 아닐까? 도무지 기억이 나지 않았다. 캡 항구까지 걸어가서 택시를 타고 트레일러로 향했다. 정말이지 가고 싶지 않은 곳이었다.

"큰 파티가 벌어졌던 데가 바로 여기로구먼. 난 까맣게 몰랐네. 예전엔 파티가 한번 열렸다 하면 사나흘씩 갔었는데. 이젠 아냐. 좋은 시절 다 갔어." 기사는 푸념을 늘어놓고 떠났다.

코일의 스테이션왜건은 거기 있었지만 문짝이 움푹 들어가 있었다. 뒷좌석에 맥주 깡통 예닐곱 개가 뒹굴고 있었다. 펜더 위에 말라비틀어진 햄 조각이 붙어 있었다. 트레일러는 한쪽으로 기울어져 있었다. 마당에는 유리 파편이 가득했다. 넛빔은 온데간데없었다. 그의 자전거도 안 보이고 부두의 배도 보이지 않았다. 어젯밤 술에 취한 채 작별인사도 없이 떠난 건가? 그렇다면 지금쯤 극성스러운 두통에 시달리며 비틀비틀 대서양을 달리고 있으리라.

코일은 오줌이 그득한 통과 콧구멍만한 알루미늄 침실들을 떠올렸다. 트레일러에서 살고 싶지 않았다.

비티가 냉랭한 시선과 함께 뜨거운 차가 든 머그잔을 건넸다.

"난 어젯밤에 여인숙에서 잤어요, 분명히."

"꼭 개집에서 자고 온 것 같은데요. 코일, 당신이 그런 타입인 줄 몰랐어요."

"동감이에요. 그런데 데니스는 일어났나요?" 설탕 두 스푼과 우유를 듬뿍 넣은 뜨거운 차를 마시니 기운이 좀 나는 것 같았다.

"그래요. 밤을 새웠다고 할 수도 있겠죠. 새벽에 넛빔 씨와 함께 연장을 가지러 왔다가 지금은 배를 침몰시킨 나머지 사람들을 깨우러 갔어요. 불쌍한 넛빔 씨."

"배를 침몰시켜요? 난 못 봤는데. 지금 거기서 오는 길인데 아무것도 못 봤어요. 아무도 없었어요. 아무도."

"크레인을 가지러 갔어요. 데니스가 그러는데 어젯밤에 사람들이 너무 흥분했대요. 배를 부숴서 넛빔이 떠나지 못하게 하자고 장난삼아 그랬나봐요. 이제 배를 고쳐야죠."

"세상에!" 코일이 말했다. "난 넛빔이 어젯밤에 떠난 줄 알았어요."

"그는 길도 못 건널 것 같은 상태예요."

"아빠, 있잖아, 나 아파. 버니도 아파. 마티도."

선샤인이 늘어진 잠옷 바람으로 콧물을 흘리며 문간에 서 있었다. 손엔 종이 한 장을 꼭 쥐고서.

"가엾은 우리 아기." 코일은 선샤인을 안아올리며 아이에게 주려고 차에 토스트 한 조각을 적셨다.

"아이들이 모두 감기에 걸렸어요." 비티가 말했다.

"오늘 아침에 집에 갈 때 아이들을 데려갈 참이었어요. 일주일 내내 비티가 돌봤잖아요. 그러니 좀 쉬어야죠."

"버니와 선샤인은 우리 아이들이나 마찬가지예요. 그런데 토요일 오후에 시간 어때요? 잠시 아이들을 봐줄 수 있겠어요? 위니가 있긴 하지만 어른이 한 명 있었으면 해서요. 데니스와 함께 시부모님을 찾아

뵈려고요. 함께 저녁도 먹고 예배도 보자시네요. 아이들을 데려갈 생각이었는데 저렇게 재채기와 기침을 해대니."

"기꺼이 그러죠. 그동안 신세를 얼마나 많이 졌는데. 어젯밤에 잭과 데니스가 함께 있는 걸 봤어요. 둘 다 기분이 좋아 보이던데. 그래서 둘 사이의 냉전이 끝났구나 생각했지요."

"그건 사실 과장된 소문이에요. 냉전 같은 건 없었어요. 잠시 흥분했다가 금세 가라앉았죠. 남의 말 하기 좋아하는 사람들이 꾸며낸 얘기예요."

선샤인의 이마가 뜨거웠다. 코일은 아이의 그림을 들여다보았다. 선인장 귀와 소용돌이 모양의 꼬리가 달린 형상인데 긴 다리가 종이 끝까지 뻗어 있었다.

"이건 다리를 뻗은 원숭이야." 선샤인이 말했다. 코일은 아이의 뜨거운 이마에 입을 맞추며 이 아이도 학교에 다니면 갈색 브로컬리 나무를 그리도록 강요당하겠지 생각했다.

"아까 가서 보니까 넛빔의 트레일러 꼴이 말이 아니더군요. 어젯밤에 한쪽 토대를 뺐거든요. 아무래도 아이들을 트레일러보다는 집으로 데리고 들어가야겠어요. 집을 구할 수만 있다면. 어디 세놓는 집 없어요?"

"버크 씨네와 얘기해봤어요? 그 사람들, 플로리다로 갈 거예요. 좋은 집이죠. 그들은 팔고 싶어하지만 이젠 세를 놓을지도 몰라요. 처음엔 세는 안 놓겠다고 했는데 사겠다는 사람이 있어야죠. 플라워색만 가는 길에 있어요. 당신도 하루에 두 번씩 지나칠걸요. 집 팝니다라고 써붙인 회색 집 말예요. 모퉁이에 있죠."

"검은색과 흰색 말뚝 울타리를 친 집 말인가요?"

"맞아요."

코일도 그 집을 알고 있었다. 푸른색 창틀이 달린 깔끔한 집으로 항구가 한눈에 내려다보이는 위치에 우뚝 서 있었다.

"월요일에 알아봐야겠군요. 우리한테 꼭 맞는 집인지도 모르죠. 하지만 살 수는 없어요. 곶의 헌집에 돈이 많이 들어갔거든요. 그래서 남은 돈이 많지 않아요. 아이들 돈은 따로 저축해놨고. 좋아, 이러면 되겠네요." 코일은 반은 선샤인에게, 반은 비티에게 말했다. "지금 초록색 집으로 가서 나머지 물건을 챙겨오는 거예요. 그런 다음 앨빈 야크를 찾아가서 배 만드는 일을 돕고 넛빔에게 가봐야겠어요. 그의 배 수리가 됐는지 어떤지. 데니스가 일을 끝냈으면 우리가 피자 사올게요. 비디오도 빌려오고. 어때요, 비티? 〈스토커 색마〉 같은 영화 좋아하죠?"

"아뇨! 말도 안 돼요. 코미디로 빌려오지 그래요. 전에 봤던 그 호주 영화도 괜찮았는데."

코일은 문득 호주에서 레즈비언 흡혈귀 살인 사건을 영화화했는지 궁금해졌다.

코일곶까지 이어진 자갈길. 길바닥 웅덩이들의 가리비 모양 얼음이 이토록 비참해 보일 수가 없었다. 바람은 잠잠하고 먹구름이 바다 위에 낮게 걸려 있었다. 고요, 완전한 고요. 빌리라면, 파도 한 점 없다고 했으리라. 그래서 자동차 엔진 소리가 유난히 시끄럽게 들렸다. 자동차 바닥에는 빈 맥주 깡통들이 구르고 있었다. 캡사이즈만 갈림길과 가느다란 연기 한줄기를 지나고 장갑 공장을 지나 바위 위에 모자처럼 얹힌 으스스한 집에 이르렀다.

버려진 집의 정적. 퀴퀴한 냄새. 처음 봤을 때 같았다. 이곳에서 산 적이 없는 듯했다. 고모의 목소리와 열정이 금세 지워진 것이다.

집안 공기가 숨이 막힐 듯 무거웠다. 방마다 무취의 가스 같은 과거가 무겁게 들어차 있었다. 멀리에서는 바다의 숨소리. 이 집은 고모에게 의미가 있다. 내게도 그럴까? 집 주위의 해안은 아름답지만 집 자체는 글러먹었다. 애초부터. 수마일이나 되는 얼음길을 끌려왔으니. 그것도 신도들에게 쫓겨나면서 고래고래 저주를 퍼부은 추방자들의 손에 의해 끌려와 바위 위에 얹힌 것이다. 이 집은 바위에 묶인 채 벗어나고 싶어 필사적으로 발버둥치고 있다. 바람에 윙윙대는 팽팽한 케이블. 그 진동이 집으로 전달되어 마치 집이 살아 있는 듯 느껴졌다. 그래서 집에 들어와 있으면 꼼짝 못하고 묶여 있는, 말은 못해도 느낄 수는 있는 짐승의 뱃속에 앉아 있는 기분이 들었다. 아우성치는 과거에 삼켜진 것 같았다.

계단을 올라갔다. 누군가 문지방마다 매듭진 끈을 놓아두었다. 아이들이 잤던 방 문지방에 더러운 매듭을 놓아둔 것이다! 코일은 부아가 치밀어 문을 쾅쾅 닫았다.

그제야 캡사이즈만에서 피어오르던 연기가 생각났다. 거기 늙은 친척이 살고 있다고 빌리 프리티가 말했었지. 그 노인이 이 빌어먹을 끈들을 가져다놓은 거야! 코일은 옷걸이에 걸린 셔츠들을 잡아채고 버니의 부츠를 찾았다. 아이들 장갑은 도무지 눈에 띄지 않았다. 주머니에 매듭진 끈들을 쑤셔넣고 현관문을 거칠게 닫고 나왔다.

그는 캡사이즈만 갈림길에다 차를 댔다. 볼일이 있었다. 도로는 복구가 불가능한 지경이었다. 얼어붙은 진흙 위에 개 발자국이 나 있었다. 코일은 막대기 하나를 집어들었다. 개가 달려들면 때려서 쫓을 심산이었다. 아니면 매듭을 묶은 노인을 향해 흔들어대든지. 폐허가 된 마을이 눈에 들어왔다. 가파른 계단식 대지에 집들이 늘어서 있었다. 지붕도 벽도 없이 뼈대만 앙상한 집들. 청색 전면, 입방체를 이룬 대들보와 기둥. 아무것도 받치고 있지 않은 말뚝. 바닷물에서 썩고 있는 널빤지.

연기는 집이라기보다는 보트창고 같은 물가 오두막에서 피어오르는 것이었다. 개를 찾아 두리번거리던 코일은 물가로 끌어올린 고깃배에 육중한 돛천을 덮어놓은 걸 발견했다. 그물과 부표와 양동이도 보이고 집 뒤꼍의 옥외 화장실로 이어지는 길도 보였다. 낡은 대구 건조대와 오징어 건조대. 손바닥만한 마당에는 양이 세 마리, 장작더미가 있고, 물가에 빨간 별 모양 비닐백이 놓여 있었다.

코일이 다가가자 양들이 방울소리를 내며 달아났다. 개는 보이지 않았다. 문을 두드려봤지만 안에선 기척이 없었다. 그러나 늙은 친척이 안에 있다는 걸 직감으로 알 수 있었다.

자기가 자기를 부르는 듯한 묘한 기분을 느끼며 코일 씨, 코일 씨 하고 불렀다. 대답이 없었다.

걸쇠를 벗기고 안으로 들어갔다. 장작과 잡동사니가 엉망으로 흩어져 있고 악취가 코를 찔렀다. 어디선지 개가 으르렁거렸다. 구석 스토브 옆에 눈이 탁한 흰 개가 엎드려 있었다. 맞은편 구석에서 넝마뭉치가 움직이는가 싶더니 노인이 일어나 앉았다.

침침한 어둠 속에서도, 늙어서 송장 같은 얼굴에서도 코일은 닮은 점들을 금세 알아보았다. 고모의 제멋대로인 머리칼, 아버지의 얄팍한 입술, 코일 가문 특유의 말털처럼 억센 눈썹 밑의 푹 꺼진 눈, 형의 자세, 그리고 코일 자신의 흉측한 턱. 늙은 친척의 턱은 코일의 것보다는 조금 작고 뼈만 앙상했으며 희고 억센 수염이 빽빽이 나 있었다.

코일은 노인에게서, 지난 세기의 가난으로 가득찬 이 오두막에서 자신의 뿌리를 보았다. 노인은 실성했고, 그의 정신의 기계장치는 부서진 톱니바퀴를 단 원반들만 남아 제기능을 못하고 덜거덕거리게 된 지 오래였다. 고독 때문에, 혹은 사랑의 결핍 때문에, 혹은 유전적인 이유로, 혹은 모든 은둔자들이 겪는 주체할 수 없는 배신감 때문에 실성한 것이리라. 발아래 밟히는 낚싯줄 고리, 밟혀서 부스러기가 된 잡동사니, 나뭇조각, 모래, 비, 바다의 습기, 진흙, 잡초, 양털, 양 갈비뼈, 가문비나무의 뾰족한 이파리, 생선 비늘과 뼈다귀, 터진 부레, 물범 찌꺼기, 오징어 연골, 깨진 유리 조각, 찢어진 천, 개털, 손톱 부스러기, 나무껍질, 피.

코일은 주머니에서 매듭진 끈들을 꺼내 바닥에 던졌다. 노인이 쏜살같이 달려들었다. 뭉툭한 손가락으로 그것들을 집어 스토브 속에 넣었다.

"이제 저 매듭은 못 풀어! 불에 탔으니까!"

딸들의 문지방에 마녀매듭을 놓고 흰 개로 버니를 놀라게 한 노인이건만 코일은 고함을 지를 수가 없었다. "이럴 필요 없어요." 아무 뜻도 없는 그 한마디만 남기고 돌아섰다.

그는 도랑이 팬 길을 오르며 노인을 생각했다. 동물 시체와 끈을 사용하는 더러운 주술. 노인은 분명 달의 주기에 따라 살며, 이파리 위에 표시를 해놓고, 만에서 올라와 그를 덮치는 핏빛 비와 검은 눈雪을 보았을 것이며, 거위들이 매니토바주州의 늪에서 꽁꽁 언 채로 겨울을 난다고 믿을 것이다. 마음속의 적에 대한 최후의 방어라는 것이 고작 마녀매듭인 노인.

코일은 허리를 굽히고 작업장으로 들어섰다. 침침한 실내에서 앨빈 야크가 바큇살 대패로 구부러진 목재를 다듬고 있었다.

"훌륭한 선수재가 될 거야." 야크가 웅얼거렸다. "숲을 걷다가 이 가문비나무를 발견하고 나 혼자 중얼거렸지. 여기 코일의 배에 딱 맞는 좋은 선수재가 있구먼. 뱃머리가 알맞게 튀어나와서 앞머리가 뾰족한 배가 될 걸세. 한 십 년 전에 노아 데이에게 만들어준 배는 나무 자체는 보기 좋았는데 너무 곧아서 뱃머리가 알맞게 튀어나오지 못했지.

노아는 배가 한 척 더 있으면 이놈은 팔아먹어야지 하고 말했었지."

코일은 손으로 턱을 감싸쥐고 고개를 끄덕였다. 숙취에 시달리는 남자, 배 만드는 작업의 변수들에 대해 들어.

"어떤 목재를 쓰느냐에 따라 배의 모양이 정해지지. 나무마다 조금씩 달라서 선수재와 선미재도 약간씩 다르다네. 선체도 마찬가지고. 사람이 그렇듯이 배도 좋은 배가 있고 그렇지 못한 배가 있지." 설교에서 들은 말을 자기 것처럼 써먹고 있는 앨빈 야크. 그는 거칠고 낮은 소리로 노래를 흥얼거렸다. "오, 갠디 구스, 그래야 소용없다네."

코일은 갈빗대 모양의 목재 틈바구니에서 발목까지 올라오는 대팻밥을 밟고 선 채 추위에 떨었다. 장갑을 낀 앨빈 야크, 그의 재킷 지퍼가 반짝거렸다.

벽에는 주主목재들이 기대어 있었다.

"저건 지난주에 벤 것들이야. 지금 다 자를 건 아니네. 우선 선수 쪽과 중앙과 선미 쪽에 쓸 세 개만 자를 거야. 우리 아버지께서 물려주신 틀이 있지. 아버지는 틀을 가지고 목재들을 재고 자르셨어. 표시가 지워진 것도 많고 아예 표시가 안 된 부분도 있어서 자넨 뭐가 뭔지 모를 걸세. 주목재 셋과 선미의 볼록한 부분을 자를 거야. 그러면 배가 어떻게 만들어질지 감이 잡히지."

코일의 역할은 목재를 들어올리는 것이었다. 다시 두통이 기승을 부렸다. 이제는 두통의 형체와 색깔마저 느껴지는 듯했다. 뇌간에서 갈라져 양쪽 눈으로 이어지는 거대한 Y자 형체. 색깔은 그릴에 구운 고기 같은 검붉은색.

앨빈 야크는 엇걸이이음에 맞게 목재를 잘라 악수한 것처럼 꽉 끼워질 때까지 잘 다듬었다. 그 작업이 끝나자 선수재를 용골 접합부에 맞추었다. 코일은 상체를 숙이자 Y자의 양 갈래 부분에 생기는 통증으로 눈알이 빠질 듯했다.

"선미재를 올리게." 그다음 배 안쪽 접합선 위에 가로대를 댔다.

"자, 이제 맞추세." 야크는 사 인치 크기 대못을 박고 볼트를 조이며 노래를 흥얼거렸다. "오, 그래야 소용없다네, 갠디 구스."

"이게 자네의 등뼈야. 자네 배의 등뼈. 이제 다 이어졌어. 한번 보게나. 배를 아는 사람은 이걸로 전체를 알 수 있지. 하지만 물에 잘 뜰지는 띄워보지 않고는 아무도 몰라. 불쌍한 레스 아저씨는 빼고 말이야. 레스 버젤. 지금은 돌아가셨지. 지금 살아 계신다면 백하고도 서른 살은 되셨을걸. 내가 망치와 못을 구경도 하기 전부터 그분은 근동에서 유명한 배 기술자였지. 근사한 고깃배와 도리선을 많이 만드셨어. 특히 마지막 작품이 최고였지. 레스 아저씨는 술고래였다네. 럼주를 병째로 벌컥벌컥 들이켰지. 하지만 그분도 별수없이 늙었어. 인간은 누구나 늙는다는 건 묘한 일이야."

코일은 술 얘기만 들어도 머리가 지끈거렸다.

"부인은 먼저 세상을 떴고 자식들은 모두 호주로 떠났어. 그래서 장례식과 천국의 문으로 들어갈 준비도, 관 만드는 일도 스스로 해야 했지. 마침내 아저씨는 자기 관을 만들기 시작했다네. 찻주전자에 럼주를 반쯤 채워서 작업장으로 들고 가서는 망치질을 시작했지. 밤새도록 망치질과 톱질을 했다네. 그러곤 다시 집으로 기어들어와 부엌바닥에서 잤어. 우리 아버진 얼마나 멋진 관을 만들었을까 궁금증을 참지 못해서 그분의 작업장을 몰래 들여다봤지. 거기 뱃머리와 용골이 달린

관이 만들어져 있었네. 널빤지 사이사이에 뱃밥까지 채우고 깔끔하게 페인트칠까지 한 육 피트짜리 관이었어. 특히 나지막한 선미의 돌출부가 걸작이었다네. 거기 작은 선외 모터 하나만 달면 완벽한 배였지."

코일은 희미한 웃음을 지어 보였다.

야크는 에이프런이라고 불리는 구부러진 가문비나무 토막을 뱃머리 안쪽에 박았다. "이렇게 하면 뱃머리가 튼튼해지지. 널빤지를 잘 받쳐준다구. 널빤지를 댈 때까지 내가 산다면 말이야." 그는 웅크리고 앉아 용골 한쪽 끝 적당한 위치에 못을 박은 다음, 초크라인의 고리를 그 못에 걸어 청색 초크라인을 맞은편 끝까지 잡아당겨 탁 쳤다. 청색 가루가 안개처럼 피어오르며 목재를 댈 선이 표시되었다.

"차나 한잔 하세." 야크가 손등으로 코를 훔치고는 대팻밥 위로 몸을 구부려 톱밥과 콧물을 풀며 말했다. 그러곤 다시 흥얼거렸다. "오, 이젠 소용없다네, 나사가 다 풀렸으니까."

하지만 코일은 서둘러 넛빔의 트레일러로 가봐야 했다.

트레일러에 가보니 넛빔과 데니스와 빌리 프리티와 검은 머리 남자가 추위에도 아랑곳없이 계단에 앉아 맥주를 마시고 있었다. 코일은 술 생각만 해도 구역질이 났다. 크레인도, 배도 보이지 않았다.

"코일, 자네 꼬락서니가 말이 아니군."

"기분도 그래요. 그런데 어떻게 된 거예요?" 트레일러 밑에는 다시 토대를 받쳐놓았고 유릿조각도 한쪽으로 비딱하게 쓸어놓은 상태였다.

"배는 가라앉았어. 크레인은 못 구했지만 칼이 불도저를 몰고 왔어. 아주 엉망이더군. 선실을 뜯어냈네. 노네임만의 오바라는 잠수부가 케이블을 갖고 왔지. 배에 케이블을 묶어서 해변으로 끌어올리는데 두 동강이 나더군. 마침 빠른 물살이 밀려와서 지금쯤 바다를 떠돌고 있을 거야. 두 동강이 난 채로. 무엇보다도 말이야, 항해하는 배들에게 위협이 될걸." 데니스가 설명했다.

"내가 보기에도 혐오스럽더구먼." 빌리 프리티가 말했다. 그의 무릎엔 진흙이 묻어 있고 옆얼굴에 생채기가 나 있었다. 모자챙 아래의 파란 눈에는 핏발이 서 있었다. 그는 식전에 입맛을 돋우기 위해 마시는 와인처럼 맥주를 홀짝거렸다.

넛빔은 거품 많은 맥주를 한입 가득 삼키고 만을 바라봤다. 잔뜩 흐린 하늘이 낮게 드리워 있었다. 이제 겨우 세시인데 어둠이 스미고 있었다.

"어차피 떠날 수는 없었어. 폭풍이 오고 있으니까. 강풍 경보, 진눈깨비, 눈, 무시무시한 추위. 악천후란 악천후는 다 오는 거지. 그리고 화요일쯤이면 얼음이 꽁꽁 얼 거야. 항해는 불가능해."

"그럴지도 모르지." 빌리 프리티가 말했다. "하지만 봄까지 기다리면 됐을 텐데."

"이제 와서 울어야 무슨 소용입니까?" 넛빔이 대꾸했다.

조그만 눈송이들이 빌리의 무릎에 내려앉았다. 그는 그것을 빤히 노려보며 입김으로 녹이려 했다. 하지만 눈송이 몇 개가 넓은 간격을 두고 더 떨어졌다. "이게 바로 악마의 깃털이라구."

그러나 지금은 넛빔의 무대였다. "오늘 계획을 바꿨어요."

"그럼 더 있을 텐가? 기다렸다 크리스마스 파티나 보고 떠나게."

"난 이제 파티는 싫어요. 설탕을 한 숟가락씩 훔쳐 먹던 꼬마가 막상 할머니가 설탕통을 주면서 통을 다 비울 때까지 먹으라고 하면 질려서 그뒤론 설탕맛을 모르는 것처럼 말예요." 그는 볼을 부풀리며 쓴웃음을 지었다.

"그래도 웃어넘길 수 있으니 다행이군." 데니스가 웃을 듯 말 듯한 얼굴로 말했다.

"안 그러면 화가 나서 돌아버릴걸, 안 그런가? 아냐, 난 그냥 웃어넘기기로 했네. 다 잊고 브라질로 날아갈 거야. 따뜻하고 안개도 없는 곳. 바다색이 풀장처럼 초록색이지. 데이비드 호크니의 작품에 나오는 그런 색깔. 그리고 훈훈한 바람. 어쩌면 아직 몇 개월은 쾌적하게 살 수 있을지도 몰라. 그리고 생선 요리! 아, 생각만 해도 군침 도는 옐로테일 스테이크! 소스가 그 지방 명물인데 만들기도 아주 간단하지. 라임즙을 한 컵 짜서 소금을 듬뿍 넣고 몇 주일 두는 거야. 그러고는 걸러서 코르크 마개 병에 담아 쓰지. 생선 요리에도 뿌리고 다른 소스나 샐러드에도 쓸 수 있어. 냄새는 좀 이상해도 맛은 기막혀. 그릴에 구운 생선에 그 소스를 뿌려 바로 먹는 거지. 그리고 쿠바그린소스라는 게 있는데 라임과 마늘, 물냉이, 타바스코소스, 사워크림, 바닷가재 알로 만들어. 난 조개 카레도 만든다네. 코코넛밀크에 부글부글 끓여서 훈제 돛새치 조각을 넣으면 맛이 기가 막히지."

"그만해요." 코일이 말했다. 눈의 베일이 만을 훑고 그들의 어깨와 머리에 쌓이기 시작했다.

"이보게, 아직 스톤크랩 얘기는 하지도 않았어. 칠대양에서 나는 모든 게 중 최고봉인 영광의 황금색, 주홍색, 검은색 스톤크랩. 그건 식도락가에겐 영광의 시간이고 식탁의 절정이지. 나는 거기에 녹인 버터를 바르고 시큼한 라임소스와 호두절임 국물을 떨어뜨리고 마늘을 좀 넣어 먹는 걸 좋아하지."

"넛빔, 자넨 음식에 관해서는 시인이야." 빌리 프리티가 말했다. "지난번에 자네가 물범 지느러미로 카레 요리를 만들어줬잖나, 그건 한마디로 시였어."

"내 장담하건대, 그런 희귀한 요리를 먹어본 사람은 세상에 우리 둘뿐일 겁니다. 그리고 새우 요리. 브라질식 새우 요리도 기가 막히죠. 커다란 검정 무쇠 튀김 냄비에 올리브유를 두르고 뜨거워지면 마늘 몇 조각과 금방 잡아올린 싱싱한 새우를 넣지요. 단, 물기를 좀 말려서요. 새우가 주황색으로 맛깔스럽게 익으면 갈색 종이봉지에서 기름을 빼고 소금과 피망 간 것, 타바스코소스를 뿌려 봉지에 올려서 내죠. 대가리를 뜯어내어 살만 쏙 빼서 먹고 꼬리는 뱉어내면 돼요." 그들에게 눈발이 몰아쳤다. 바람을 맞고 있는 넛빔의 머리와 눈썹에 눈이 수북이 쌓였다. 나머지 사람들은 바람을 등지고 돌아앉았다.

"내 친구 파트리지도 새우 요리를 그렇게 하죠." 코일이 말했다.

침묵을 지키던 검은 머리 남자가 인상을 썼다. 그의 어깨 위에 소복하게 쌓인 눈이 견장처럼 보였다.

"난 잘 모르지만 노네임만의 넬 식당 새우 요리도 맛있어. 손톱만한 새우를 써. 우선 껍질을 벗겨서 반죽을 씌운 다음, 그레이엄 비스킷 가루에 굴려서 잘 튀겨서는 타르타르소스랑 내지. 맛이 그만이라구! 구운 콩요리에 나오는 플라워소스와 함께 먹어도 좋고."

"맞아, 내가 먹어본 새우 요리 중에 제일 맛있었어." 넛빔이 말했다. "작은 새우가 맛이 아주 좋아. 아무튼 나중에 해안을 떠돌다가 멕시코 연안의 상어잡이 마을들을 둘러보고 싶어. 거친 곳이지. 상어잡이가 거친 일이니까. 지금으로선 아무 계획도 없어. 그냥 여기저기 떠돌아 다닐 생각이야."

빌리는 손바닥을 세워 목 뒷덜미 트위드 모자 아래에 쌓인 눈을 쓸어냈다. "아, 나도 다시 젊어질 수만 있다면 자네와 함께 떠나는 건데. 상파울루에도 가보고 해안을 따라 여행도 하고. 그러면 아까 자네가 말한 라임소스도 먹어볼 수 있을 텐데. 다시 1930년대로 돌아간다면 말이야. 전쟁 전. 스톤크랩도 먹어보고 쿠바와 중국에도 가보고. 아, 뉴펀들랜드인들은 원래 여행을 즐기는 사람들이지. 요전에 내 조카가 걸프전에 참전하는 미군 병사들을 실은 군수송기를 타고 여기 왔었어. 세계 어디를 가나 뉴펀들랜드인을 만날 수 있을 거야. 하지만 이제 난 너무 늙었어. 라임이건 감자건, 생선이건 튀김이건 관심 없는 나이가 됐다구."

"넛빔, 언제 떠나요?"

"예정대로 화요일에. 마지막으로 한번 더 잭과 터트를 위해 터무니 없는 기사들을 모을 수 있게 됐지. '나이 많은 홀아비, 바닷가재와 사랑의 도피행', '수상이 수입 맥주로 목욕', '추악한 아버지가 자식의 말을 강간'. 어쩌면 개미 버드가 그리워질지도 모르겠어. 참, 코일, 자네에게 나쁜 소식이 있어. 트레일러 주인이 다시는 신문사 사람에게 세를 안 주겠대. 어젯밤 일 때문에. 그래서 내가 사정사정했어. 귀여운 딸이 둘이고 아주 점잖은 사람이고 살림도 곰상스럽게 잘하고 파티 같은 건 열지도 않을 것이며 등등. 하지만 안 먹히더라고. 이거 미안해서 어쩌나."

"다른 방도를 찾아보죠." 코일이 말했다. 숨을 쉴 때마다 눈발이 콧속으로 들어왔다. 다시 무지근하게 욱신거리는 두통.

"참 안됐구먼, 안됐어." 빌리 프리티가 한마디 거들었다. 모든 일을 싸잡아서 하는 말인 듯했다. 계절에 따라 색이 변하는 빌리 프리티. 이제 눈으로 덮여 온통 은빛이었다.

코일은 눈을 가늘게 뜨고 하늘을 올려다보았다. 거센 바람 속에서 수십억 개의 눈발이 춤추듯 맴돌며 떨어져내렸다.

"계모의 입김이야." 빌리가 말했다.

34
멋지게 단장하고

옛날 뱃사람들은 긴 머리를 두 가지 방식으로 땋았는데 끝이 뾰족하게 한 갈래로 땋는 방식과 네 갈래로 네모지게 땋는 방식이었다. 그리고 마지막 손질에는 소금물에 절인 뱀장어 가죽이 필요했다. 콘돔을 말아내리듯 조심조심 뱀장어 껍질을 뒤집어 벗겨서, 땋아내린 머리에 씌웠다. 멋을 낼 때는 그 위에 빨간 나비 리본을 묶기도 했다.

"코일, 그거 끝내면 내가 모퉁이 너머 '헤비웨더'에 데려가서 그로그주酒 한잔 사겠네." 침울해진 터트 카드가 창백한 얼굴로 창밖의 얼어붙은 만을 노려보며 말했다. 얼음에 갇힌 만은 정적 그 자체였다. 팬케이크 모양의 물속 얼음들이 한데 모여 거대한 얼음판을 이루었고 그 흐늘거리던 초록 얼음은 두꺼워지며 바다와 땅을 연결했다. 액체가 고체가 되고, 고체는 결정체들을 이룬 것이다. 그리하여 이제 얼음의 평원이 거의 만 입구까지 뻗어나갔다. 그는 쇄빙선이 얼음을 깨면서 들쭉날쭉하게 검은 물길을 내는 광경을 지켜보고 있었다.

"그러죠." 내키지 않는 목소리. 코일은 터트 카드와 술을 마시고 싶지 않았지만 자기 말고는 그의 술벗이 되어줄 이가 없을 것 같았다. 얼른 마시고 일어나야지. "비티에게 좀 늦는다고 전화 좀 할게요." 하지만 얼른 아이들을 데리고 세든 버크 씨 집으로 가고 싶었다. 뜻밖의 장소들에 많은 찬장이 놓인 삐걱거리는 편안한 집. 그 집에서 제일 이상한 물건은 전구가 뜨거워지면 탁탁 소리를 내는 전등갓이었다. 욕실엔 코일도 쓸 수 있을 만큼 큰 수제 구리 욕조가 있었다. 코일은 몸에 맞는 욕조를 처음 가져보았다. 그리고 손님용 빈방들도 있었다. 손님이 온다면.

"자, 가서 한 잔, 아니 두 잔 꺾세나." 터트 카드가 씨익 웃으며 말했다. 그의 목이 기타라도 되는 듯 술귀신이 목줄을 퉁기고 있는 것이다. "따라오라구." 차들이 신음을 토해내며 추위를 뚫고 달렸다.

헤비웨더의 길쭉한 실내엔 더러운 리놀륨이 깔려 있고 막힌 화장실 냄새, 토사물 냄새, 담배 연기, 술냄새가 코를 찔렀다. 터트 카드는 이곳에서 인사불성이 되도록 술을 퍼마시고 비틀거리며 집으로 돌아갔다. 코일은 그가 집에서 고함을 질러댈 거라고 생각했다. 아니, 어쩌면 그보다 더할지도 모른다. 그의 아내를 몇 번 봤는데 구부정한 모습이었고 아이들도 그가 알은체를 하자 움츠러들었다.

형광등 불빛. 바에 줄지어 앉은 등짝들. 귀마개 달린 모자를 쓴 남자들의 실루엣. 그들은 서로 배 사진을 보여주고, 보험과 실직, 일거리를 찾아 떠나는 이야기를 나누었다. 코일과 카드는 냅킨 뭉치가 흩어져 있는 구석 테이블에 앉았다. 재떨이에선 연기가 모락모락 피어올랐다. 뒤에는 오버코트를 입고 머플러를 두르고 베레모를 푹 눌러쓴 늙은 남자 둘이 있었는데 둘 다 무릎이 불편해서인지 지팡이를 지니고 있었다. 그들은 술잔을 들고 긴 의자에 바짝 붙어 앉아 있었다. 코일은 영락없는 시골 술집 풍경이라고 생각했다.

"자넨 뭐로 할 텐가?" 터트 카드가 테이블이 기우뚱하도록 상체로 누르며 물었다. "자네가 뭐로 할 거냐 하면, 말하지 말게, 말하지 말라구, 펩시를 탄 럼주로 할 거지." 그러곤 돈을 찾아 주머니를 뒤지며 일어섰다.

그러고는 어둠 속에서 다시 돌아왔다.

그들은 술을 마셨다. 터트 카드의 목구멍이 게걸스럽게 술을 들이켰다. 그는 재빨리 손을 들어 웨이터를 부르더니 손가락 둘을 펴 보였다.

"이보다 더 지독한 때도 있었어." 날씨 이야기였다. "이 년 전인데 해안에 얼음이 얼마나 두껍게 얼었는지 몰라. 쇄빙선들이 스물네 시간 꼬박 동원됐지. 폭풍은 우리네 가슴을 멍들게 해. 요 몇 년 전 일인데, 12월 첫째주에 매서운 강풍이 몰아치고 높이가 오십 피트나 되는 파도가 몰려왔어. 마치 바다가 바닥까지 뭍으로 달려 올라오는 것 같았다니까. 그때 빌리가 자기 자리에서 새파랗게 질려서 덜덜 떨던 꼴을 자네도 봤어야 했는데. 그리고 한두 주 후엔 역사상 유례없는 폭우가 내렸지. 홍수와 파괴. 로스트맨 둑이 무너졌네. 그때 피해액은 상상도 못할 정도였지. 12월의 폭풍은 제일 변화무쌍하고 잔인해. 십 분 만에 따스한 미풍이 북극의 맹렬한 눈보라로 변하니까."

벽에 마지막 한 장 남은 어부 달력이 동그마니 걸려 있었다. 빈 테이블들이 불빛을 받아 반짝거렸다. 터트 카드의 짜증스러운 하품. 밖은 캄캄했다. 긴긴 겨울밤. 바 뒤편 라디오에서 일기예보가 흘러나왔다. 이제 날씨가 따뜻해져서 정상 기온을 웃도는 날씨가 이어진단다.

"이곳 날씨는 늘 그 모양이지. 폭풍 뒤에 강추위, 그다음엔 더위, 최저

기온과 최고 기온과 가장 거센 강풍과 가장 높은 파도가 요요처럼 되풀이된다구. 마치 그 모든 것들을 선전하는 양키 광고 회사처럼 말이야."

나이가 여든 줄에 들었음직한 노인이 술을 날랐다. 그 나이에 아직도 일을 하고 있는 것이다. 하기야 안 될 것도 없지. 짧게 친 은빛 머리칼, 초승달 같은 은빛 눈. 코밑에 한 방울 매달린 콧물도 형광등 불빛을 받아 은빛으로 빛나고 있었다. 그리고 가문비나뭇잎처럼 삐죽삐죽한 콧수염, 해골의 입처럼 벌어진 입, 그 안의 허연 혀와 잇몸. 노인은 터트 카드가 찔러주는 돈을 멍청하게 보고만 있었다.

"내가 한 가지 말해주지. 잭과 빌리 프리티는 이미 알고 있는 일이네. 나도 떠나. 킬릭클로엔 신물이 나서. 새해 첫날 떠날 걸세. 세인트존스의 석유 장비 공급업체 사보 만드는 일을 할 거야. 어제 전화 연락을 받았네. 벌써 일 년 전에 이력서를 내놨지. 그 일을 하고 싶어하는 사람들이 줄지어 서 있지만 알짜만 뽑는 거지. 난 떠나는 게 기쁘네. 잘만 풀린다면 미국으로 갈 수도 있어. 텍사스 본사 말이야. 내가 좋아하는 곳은 플로리다지만. 코일, 그래도 자네가 여기 있을지 궁금하군. 새해에 내가 떠날 건데. 분명 자네도 내 뒤를 이어 뜰 거라고 봐. 미국으로 돌아가겠지. 잭과 빌리 둘이 개미 버드를 떠맡게 될 거야. 그럴 능력이 된다면."

"부인께서 도시생활을 좋아할까요?"

"마누라? 마누라는 안 가. 여기 그냥 살아. 자기가 속한 곳에 남는 거지. 가족이 있는 곳에. 여기 있을 거야. 여자는 집을 지켜야지. 여기 남는다구." 그렇지 않을 수도 있다는 사실에 터트 카드는 부아가 치밀었다. 그가 술을 더 시키자 코일은 그만 아이들에게 가봐야겠다며 일어섰다. 터트 카드가 마지막으로 한마디 던졌다.

"잭이 내 일을 빌리에게 맡길 거야. 그러면 코일 자네가 여성란을 맡고 해운 소식과 사고 기사를 쓸 새 기자를 채용할 걸세. 자네도 이제 얼마 안 남았어."

그러곤 손을 셔츠 속으로 넣어 벅벅 긁었다.

코일은 12월의 폭풍과 함께 이 지방을 휩쓴 열기가 놀라울 뿐이었다. 마치 바람과 파도에서 방출된 무시무시한 에너지가 이곳 사람들에게 스며든 듯, 어디를 가나 톱질 소리, 줄질 소리, 뜨개질 소리가 끊이지 않았다. 그리고 브랜디에 담근 커다란 푸딩을 만든다, 빨래집게로 만든 인형 얼굴에 페인트칠을 한다, 낡은 스타킹을 뭉쳐 고양이 인형을 만든다, 분주했다.

버니는 학교에서 열릴 축제 얘기를 했다. 마티와 함께 무대에 선다는 것이다. 크리스마스 시를 암송하는 거겠지. 코일은 크리스마스를 좋아하지 않았다. 형이 근사한 색깔의 정교한 미니카 세트를 선물받고 포장을 풀던 기억이 아직도 생생했다. 코일도 장난감 선물을 받고 싶었지만, 늘 그의 몫은 어머니가 사온 잠옷이나 갈색과 청색 니트 셔츠가 든 물컹한 포장이었다. "넌 너무 빨리 자라서 큰일이다." 어머니는 비난하듯 그렇게 말하고는 알파로메오 승용차를 빨간 이층 버스를 향해 굴려 보내는 보통 키의 형에게 시선을 보냈다.

코일은 아직도 그때의 울분을 잊지 못해, 쇼핑 날짜가 얼마 남지 않았다며 청취자의 충동구매를 부채질하여 빚더미에 올라앉게 만드는 라디오 방송을 증오했다. 하지만 전나무 향기는 좋았다. 그리고 학교 축제에 가야 했다. 사실 축제라고도 할 수 없겠지만.

강당 안은 사람들로 만원이었다. 제일 좋은 옷을 빼입고 나온 사람들의 물결. 겨드랑이에 좀이 슬고 나프탈렌 냄새가 지독한 검정 재킷 차림의 노인들. 낙타색, 주홍색, 고추색, 청동색, 주황색, 불그스름한 빛이 도는 푸른색, 진홍색 실크나 모직 옷을 차려입은 여자들. 이탈리아산 수입 펌프스 구두. 지지고 볶고 헤어스프레이를 뿌려 뻣뻣한 구름 모양이 된 머리. 립스틱. 빨간 연지. 깨끗이 면도한 남자들. 선물 포장지 같은 넥타이. 분홍색과 크림색 옷을 입은 아이들. 옷에 뿌린 향수 냄새. 붉은 들판에서 붕붕거리는 꿀벌 소리 같은 웅얼거림.

선샤인을 데려온 코일은 웨이비를 찾을 수가 없었다. 그는 세번째 줄에 혼자 앉아 있는 데니스 옆에 앉았다. 비티는 음식 만드는 일을 돕고 있는 모양이었다. 바로 앞줄에 헤비웨더의 늙은 웨이터가 앉아 있었다. 그리고 부두의 잡역부 둘이 황갈색 머리를 단정하게 빗고 취기와 흥분으로 부푼 얼굴로 앉아 있었다. 외지에서 일자리가 나기를 기다리는 총각 어부들도 한 줄로 나란히 앉아 있었다. 미꾸라지 같은 남자아이들. 가족은 물론 먼 친척들까지 트럭 가득 타고 와서는 접이식 의자에 엉덩이를 붙이고 앉아 있었다. 선샤인은 의자에 서서 모르는 사람들에게 손을 흔드는 놀이를 했다. 웨이비와 헤리를 찾을 수가 없었다. 얼굴 파우더 냄새. 웨이비도 분명 온다고 했는데. 코일은 계속 이리저리 두리번거렸다.

갈색 정장을 입은 교장이 무대로 나왔다. 스포트라이트가 그녀의 발치에서 너울대더니 어린이 합창단의 노래가 시작되었다. 맑고 새된 노랫소리가 강당 안에 아름답게 울려퍼졌다.

코일이 생각했던 것과는 사뭇 달랐다. 그는 아이들이 나와 혀짤배기 소리로 코믹하거나 종교적인 시를 암송하면 우레와 같은 박수갈채가 터져나오는 무대가 될 줄 알았다. 하지만 이 행사엔 학생들만 참여하는 것이 아니었다. 사이사이 킬릭클로와 외딴 만들의 어른들도 무대에 올랐다. 불쌍한 넛빔—이제 '불쌍한 넛빔'이라고 불렸다—의 배를 때려부순 다혈질의 검은 머리 베니 퍼지가 낭랑한 테너음으로 〈달은 밝게 빛나고〉를 노래하고는 손가락 끝을 튕기고 발을 구르는 것으로 마무리했다.

"나 어렸을 때는 밤중에 사람들이 집밖에 나와 노래를 불렀어." 데니스가 속삭였다. "베니의 할아버지 스파키 퍼지는 아주 명가수였어. 그런데 머미뱅크스 바다에서 실종됐지."

다음엔 버니와 마티가 무대 가장자리에 섰다.

"버니 언니! 마티 언니!" 선샤인이 소리치자 객석에 웃음의 물결이 일었다.

"이제 조용!" 코일이 속삭였다. 용수철 같은 아이.

버니와 마티는 똑같은 빨강 점퍼를 입고 있었다. 비티가 두 아이를 재봉틀 앞에 앉혀놓고 긴 옆 솔기를 박게 해주었다. 코일은 버니의 무릎이 후들거리는 것을 보았다. 주먹도 꼭 쥐고 있었다. 그들은 아프리카 노래인 듯한 외국 노래를 불렀는데 코일도 집에서 문틈으로 새어나오는 소리를 들었던 익숙한 곡이었다. 아이들이 저걸 어떻게 배웠을까? 그와 데니스는 쑥스러워서 공연히 눈을 문지르고 콧소리를 냈다.

"제법 잘 부르네." 코일이 목쉰 소리로 말했다.

"음, 그래." 데니스도 강도 두목 같은 목소리로 대꾸했다.

그제야 코일은 넛범의 테이프를 떠올렸다. 아이들이 그 테이프를 듣고 무슨 뜻인지도 모르는 노래를 배워서 부르는 것일까? 그랬으면 좋겠다.

일흔 살쯤 되어 보이는 여자가 반짝이는 은발에 그물 모자를 쓰고 미소를 지으며 무대에 등장했다. 미소로 뭉친 뺨이 계곡 위의 두 산봉우리 같았다. 눈에는 눈물이 가득 고여 있었다. 아이 하나가 뛰어나가서 그녀 뒤에 축구공을 놓았다.

"소피어 아주머니의 닭 연기야." 데니스가 코일을 쿡쿡 찔렀다. "아주 재밌다구."

그녀는 잠시 더 그대로 서 있었다. 긴 팔을 스웨터 속에 감추고 무릎까지 내려오는 트위드 치마를 입은 채였다. 그리고 노란 스타킹에 빨간 슬리퍼. 갑자기 그녀의 다리 한 짝이 무대를 긁는가 싶더니 양팔이 날개가 되면서 소피어 아주머니는 꼬꼬댁 소리를 내며 알을 지키려고 예민해진 암탉으로 둔갑했다.

코일은 목구멍이 아프도록 웃어댔다. 암탉이 이렇게 우스운 줄은 미처 몰랐다.

다음엔 웨이비와 헤리의 무대. 세일러복에 탭댄스용 구두를 신은 헤리가 탁탁 소리를 내며 무대로 걸어나왔다. 집에서 만든 회색 원피스 차림의 웨이비는 라디에이터 같은 아코디언을 가슴에 안고 의자에 앉았다. 몇 개의 틀린 음. 웨이비가 아들만이 들을 수 있는 작은 소리로 무어라고 속삭였다. 긴장된 정적. "하나, 둘, 셋." 웨이비의 신호에 맞춰 신명나는 혼파이프 춤곡이 울리자 수백 명의 관객들이 일제히 오른발 발꿈치로 장단을 맞추고 헤리는 깡충거리며 열심히 탭댄스를 추었다. 코일은 박수를 쳤다. 모두들 박수를 치며 열광했다. 춤이 끝나자 헤리는 앞으로 달려나와 엄마가 가르쳐준 대로 허리를 굽혀 절을 했다. 아이의 얼굴이 기쁨의 미소로 빛났다.

오늘의 하이라이트는 단연 비티의 무대였다.

커튼 뒤에서 검은 지팡이가 나타나자 관객들이 환호성을 질렀다. 비티가 거드름 피우며 경쾌하게 걸어나왔다. 그녀는 무용수 타이츠와 스팽글, 비즈, 모조 보석 등 온갖 반짝이 장식들로 수놓인 튜닉을 입고 있었다. 그녀가 숨만 쉬어도 튜닉이 부메랑처럼 빛을 반사하여 찬란한 광채를 발했다. 비티는 지팡이에 몸을 의지하고 모자를 손가락으로 빙빙 돌리다가 허공에서 두 번 공중제비를 시킨 뒤 머리에 똑바로 썼다.

"빌리 프리티가 어떤 분인지 모두들 아실 거예요." 코일로선 처음 들어보는 장난스러운 음성이었다. 데니스 쪽을 흘낏 보니, 그는 입을 헤벌린 채 상체를 앞으로 내밀고 다음에 무슨 말이 나올지 기다리고 있었다.

"한푼이라도 아끼려고 애를 쓰죠, 안 그래요, 빌리?"

관객들은 웃음을 흘리며 뒤쪽에 앉아 웃음을 참고 있는 빌리를 보려고 몸을 틀었다. 비티는 지팡이를 빙빙 돌렸다.

"그 점에 대해서는 모두들 알죠. 하지만 지난겨울에 일어난 사건에 대해서는 아시는 분이 많지 않을 거예요. 우빙雨氷이 얼었던 2월의 일이었죠. 빌리 아저씨네 부엌에 있던 고물 벽시계가 고장이 났답니다. 이런 식이었죠." 지팡이가 고장난 시계 흉내를 냈다. "그래서 빌리 아저씨는 리앤더 메셔에게 전화를 걸었죠."

관객들은 골동품 시계 수선이 취미인 식료품상 리엔더를 향해 의자를 삐걱거리며 몸을 돌렸다.

"리앤더는 자기 집 식탁에 앉아 손목시계를 몇 개 고친 적이 있죠. 매일 태엽을 감아줘야 하는 구식시계 말예요. 나이드신 어른들은 그런 시계를 아실 거예요. 매일 태엽을 감았지요. 정말이에요! 매일. 옛날엔 살기가 참 어려웠죠. 그건 그렇고, 빌리 아저씨는 리앤더에게 전화를 걸었어요. 요금이 안 나오는 시내 통화였죠." 비티는 어느새 빌리 프리티로 둔갑하여 수화기에 대고 씨근덕거리는 숨소리를 냈다.

"빌리 아저씨가 말했어요. '리앤더, 리앤더, 우리집 부엌에 있는 백년 묵은 벽시계를 고치는 데 얼마나 받겠나? 건전지를 넣는 게 아니고 태엽을 감는 시계야.' 그러자 리앤더가 대답했죠. '아, 백십 달러 정도요. 단, 직접 가져오셔야 합니다. 안 그러면 수거비와 배달비를 각각 오십 달러씩 더 내셔야 해요. 장정 둘 인건비에 트럭 기름값, 보험금, 타이어에 바람 넣는 비용까지 계산해서요.' 그러자 빌리가 말했죠. '여보게, 타이어에 바람 넣는 건 공짜잖아.'

'아저씨, 어디 갔다 오셨어요? 그게 바로 인플레이션*이라는 거 아닙니까?'

빌리 아저씨는 생각에 잠겼지요. 여러분도 아시다시피 빌리는 언덕

* 경제 용어인 '인플레이션'과 '공기를 넣어 부풀리다'의 이중적 의미.

꼭대기에, 리앤더는 언덕 아래 동네에 살고 있죠. 그 사이에 거리가 여남은 개 있고요. 생각다못한 빌리 아저씨는 직접 리앤더에게 시계를 가져다주기로 했어요. 오십 달러를 아끼려고요. 배달은 리앤더에게 맡기기로 했죠. 오르막길이니까. 빈 나무통에 시계추만 든 것이라 그다지 무겁진 않았지만 워낙 덩치가 커서 다루기가 까다로웠어요." 비티는 관객들 모두가 아는 빌리의 벽시계의 크기를 그려 보이고 지팡이를 들어 벽시계 꼭대기에 붙은 비둘기 조각상을 툭 쳐보인 뒤, 팔을 벌리고 엎드려서 시계 발치의 조각 장식에 쌓인 먼지를 떨어내는 시늉을 했다. 코일은 앉은 채로 몸을 틀어, 무대 위에서 자기 벽시계가 부활한 걸 보고 껄껄 웃어대는 빌리를 보았다. 관객 하나가 입으로 똑딱똑딱 소리를 냈다.

"빌리는 긴 밧줄을 가져와서 시계를 묶고 팔걸이도 멋지게 만들었지요. 그러곤 등에 짊어지고 문을 나섰어요. 리앤더의 집을 향해서!" 이제 비티는 미끄러운 언덕을 비틀비틀 내려가는 빌리가 되었다.

"우리의 빌리 아저씨는, 거 되게 미끄럽구먼, 하고 중얼거렸어요." 그러면서 조심조심 걸음을 떼는 흉내를 냈다.

"그런데 언덕 아래엔 아흔 살 잡수신 피자드 아주머니가 살고 계셨지요. 안 그래요, 아주머니?"

관객들은 일제히 앞줄에 앉은 노파를 향해 고개를 뺐고, 노파는 수전증 걸린 손으로 굵은 지팡이 두 개를 흔들어 환호성과 박수갈채를 끌어냈다.

"아흔 살의 피자드 아주머니는 뒤꿈치에 미끄럼 방지 못을 친 털신을 신고 검정 코트를 입고 털실로 짠 모자를 쓰고 끄트머리에 빨간 고무를 댄 지팡이를 양손에 하나씩 짚고 집을 나섰죠. 누가 밀어도 미끄러지지 않을 만큼 단단히 무장을 하고서요." 이제 피자드 아주머니가 된 비티는 아흔 살 노파를 밀 고약한 놈이라도 나타날까봐 매서운 눈초리로 두리번거리며 조심조심 걷는 흉내를 냈다.

"언덕 꼭대기에서는……" 관객들이 입을 모아 외쳤다.

"언덕 꼭대기에서는 문제가 좀 생겼죠. 빌리 아저씨는 오른쪽으로 몇 발짝 가다가 미끄러지고, 그다음엔 왼쪽으로 가다가 미끄러지고, 똑바로 가다가 미끄러지고 정신이 없었어요. 그러다가 경사가 더 심해지고 물처럼 반짝이는 빙판길이 나오면서 그만 뒤로 벌렁 넘어져 벽시계가 썰매가 되고 말았어요. 조종할 수 없는 커다란 썰매요. 벽시계가 무서운 속도로 미끄러져내려오는 소리를 들은 피자드 아주머니는 깜짝 놀라 올려다봤지만 이미 때는 늦어 벽시계와 부딪쳐 길 가장자리에 치워놓은 눈더미 속으로 나동그라졌답니다. 그리고 무시무시한 정적이 흘렀지요. 한참 뒤에 일어선 빌리는 귀중한 시계를 눈더미 속에서 끌어내 다시 짊어졌어요. 리앤더의 집까지는 아직 더 가야 했으니까요. 그런데 무심코 어깨 너머로 보니 피자드 아주머니의 신발이 눈더미에서 튀어나와 있는 거예요. 그 신발이 버둥거리더니 피자드 아주머니가 눈 속에서 나왔어요. 모자는 비뚤어지고 검정 코트는 눈이 묻어 흰 코트가 되고 말았죠. 지팡이 하나는 봄까지 눈 속에 묻혔고요. 피자드 아주머니는 고함을 쳤어요. '이보게! 빌리 프리티!'" 비티는 다시 지팡이를 흔들어대며 한참이나 뜸을 들인 다음 말했다. "피자드 아주머니는 말했죠. 뭐라고 했냐 하면, '자네도 다른 사람들처럼 손목시계를 차고 다니지 왜 벽시계를 들고 다니나?'"

강당이 들썩거리는 요란한 웃음소리. 청년들이 일제히 자기 손목시계를 공중으로 던져올렸다.

"아, 정말 대단해, 정말 대단하다구, 안 그래?" 데니스가 코일의 등을 치고는 앞줄에 앉은 피자드 할머니의 어깨를 토닥거렸다.

"저건 새빨간 거짓말이야." 피자드 할머니는 얼굴이 자줏빛이 되도록 웃으며 외쳤다. "그런데도 꼭 진짜 같다니까! 오, 비티는 대단한 재주꾼이야!"

그리고 며칠 후, 코일은 웨이비에게 투명한 유리 찻주전자와 블루베리 무늬가 찍힌 실크 스카프를 선물했다. 미국의 박물관 상점에서 우편 주문으로 산 것이었다. 웨이비는 그에게 검붉은 구두약 색깔 스웨터를 선물했다. 밤마다 정성껏 뜬 스웨터. 코일에게 많이 작진 않았다. 둘은 서로의 숨결이 섞일 만큼 얼굴을 가까이 댔다. 그러나 코일은 페틀에게서 받은 유일한 선물을 생각하고 있었다. 페틀은 코일이 준 여남은 개의 선물 포장을 풀었다. 터키옥 팔찌, 열대어 어항, 카나리아색 눈과 스팽글 입술의 엘비스 프레슬리 얼굴이 수놓인 조끼. 그녀는 마지막 포장을 풀고 나서 빈손으로 물끄러미 바라보고 있는 코일을 흘낏 보았다.

"잠깐만." 그녀는 부엌으로 달려갔다. 냉장고 문 여는 소리가 들리더니 그녀가 손을 등뒤로 감추고 나왔다.

"당신 선물을 살 시간이 없었어." 그러곤 꼭 쥔 두 손을 앞으로 내밀었다. 손을 펴자 양 손바닥에 갈색 달걀이 하나씩 있었다. 코일은 그것들을 집었다. 차가운 감촉. 그는 페틀의 행동이 다정하고 멋지다고 여겼다. 중요한 건 달걀이 아니라 그것이 그녀의 손으로 건네진 선물이라는 상징성이었다. 그에겐 그것으로 족했다. 그 달걀이 어제 슈퍼마켓에서 자기가 산 것이라는 사실은 문제가 되지 않았다. 그는 페틀이 자신의 속마음을 아는구나 생각했다. 나에게 진짜 중요한 건 선물을 주는 마음, 선물을 건네는 손길이라는 걸 알 만큼 그녀는 날 사랑하고 있어.

크리스마스엔 검은 구름이 몰려왔다. 고모는 세인트존스에 그대로 머물고 코일네는 버깃 가족과 함께 잭의 집에서 저녁을 먹었다. 사람들이 드나들고 장작불이 활활 타오르고 두런두런 옛날이야기들이 오갔다. 잭은 살금살금 돌아다니며 독한 럼펀치를 따랐다. 멀리서 축포 소리가 간간이 들려왔다.

데니스의 콧수염에 하얗게 서리가 내려앉았다. 크리스마스가 지난 토요일 아침, 데니스와 코일은 이듬해 겨울에 쓸 땔감을 베러 만 아래 가문비나무숲으로 갔다. 코일은 자신이 좋아하는 사슬톱을 들었고 데니스는 큰 가지를 잘라냈다. 선샤인이 떠준 청색 목도리는 코일의 목을 한 번 감지도 못할 만큼 짧았다. 정오가 되자 그들은 모닥불 앞에서 뜨거운 차를 마셨다.

"비티가 캡사이즈만의 놀런 노인을 들여다보랬어. 여기서 멀지 않으니까. 좀 일찍 끝내고 가보세. 초겨울이면 우리 아버지나 누가 음식과 땔감이 충분한지 들여다보곤 했거든. 올해는 좀 늦었어. 비티가 케이크와 빵을 좀 만들어줬어. 아침에 연기가 피어오르는 걸 보긴 했지만 혹시 또 모르지."

"난 생각도 못했는데." 코일은 죄책감에 젖었다.

설상차에 오른 그들은 커다랗게 커브를 그리며 만 위를 달렸다. 데니스가 큰 소리로, 술에 취한 채 이 위로 설상차를 몰고 가다가 길을 제대로 몰라 얼음 구덩이에 빠져 죽은 사람들 얘기를 들려줬다.

"거 더럽게 춥구먼." 데니스는 해안선에서 쑥 들어간 캡사이즈만을 곁눈질하며 큰 소리로 외쳤다. 폐허가 된 마을의 빈집들이 마치 거친 종이 위에 그린 목탄화처럼 보였다. 큰 원을 그리며 방향을 돌려 해변으로 향했다.

늙은 친척의 오두막 금속 굴뚝에서 연기가 피어오르고 있었다. 요란하던 설상차 엔진이 푸드덕푸드덕 공회전하며 소리를 낮췄다.

"시동을 켜두자구." 데니스가 말했다.

오두막은 코일의 기억보다 훨씬 더 고약했다. 악취로 속이 메슥거렸다. 노인은 기력이 쇠해선지 정신이 오락가락해선지 변소에도 못 가는 모양이었다. 노인은 해골바가지가 되어 그들 앞에서 떨고 있었다. 스토브 옆의 개는 움직임이 없었지만 살아 있었다. 코일은 어떻게 손을 쓸 수가 없었다. 구역질을 하며 비틀비틀 문간으로 갔다. 양 우리엔 눈덮인 작은 봉우리가 셋. 얼어붙은 양들의 시체였다.

"놀런 아저씨," 데니스가 입을 열었다. "저는 데니스 버깃이에요. 만 건너 잭 버깃의 아들. 제 아내가 빵을 좀 보냈어요." 그는 쇼핑백에서 빵을 꺼냈다. 구수한 빵 냄새. 해골바가지가 득달같이 달려들더니 빵 덩어리를 입에 쑤셔넣었다. 빵 껍질이 갈라지며 억눌린 신음이 터져나왔다.

밖으로 나온 데니스는 침을 탁 뱉었다. 그러곤 목구멍 속의 가래를 모아 카악 뱉어냈다.

"악취에 난장판이야. 저 불쌍한 노인네 굶어죽을 뻔했어. 세상에 이게 무슨 꼴이람. 아무래도 양로원으로 들어가는 게 낫겠어, 안 그런가? 저 노인네 제정신이 아냐. 저것 좀 봐. 벽을 다 태웠잖아. 벽널을 뜯어낸 거 보이지? 자네 친척이니까 자네한테 달렸어. 어쩔 텐가? 노인은 양로원에 보내고 늙은 개는 물에 던져야겠어. 어차피 반은 죽었으니까."

"난 어떻게 해야 좋을지 모르겠어."

"비티가 어디에 연락해야 할지 알 거야. 집 없는 여자들과 미혼모들을 돌보는 '세이빙그레이스'에서 봉사활동을 하거든. 그래서 그런 단체들을 다 알아. 웨이비도 그렇고."

"웨이비도?" 코일은 무안해 얼굴이 달아올랐다. 처음 봤을 때 비참한 늙은 친척을 구했어야 했는데 그 생각조차 못했던 것이다.

"세이빙그레이스는 비티와 웨이비가 시작했어. 몇 년 됐지. 이웃에 시의원이 살았는데 추운 겨울에 아내를 벌거벗겨서 내쫓았어. 그녀는 몸이 시퍼렇게 얼고 고막이 터진 채 비티를 찾아왔지. 이튿날 비티는 웨이비에게 전화를 걸었고. 웨이비는 특수교육 단체를 만든 경험이 있어서 주정부 도움으로 여성 보호시설을 만들 수 있었지."

"굉장한 여자들이네." 코일은 그러면서도 속으론, 자네도 우리 페틀을 봤어야 하는 건데, 내 예쁜 아내를, 하고 생각했다. 페틀이 킬릭클로에서 사는 상상을 하는 건 너무나도 터무니없는 짓이었다. 그녀가 여기 왔더라면 발작을 일으키며 다음 비행기로 서둘러 떠났으리라. 그리고 다시는, 다시는 돌아오지 않았으리라.

"이 사람아," 데니스가 대꾸했다. "자넨 아직 반도 몰라." 그들이 탄 설상차는 바람이 휩쓸고 지나간 만을 향해 달렸다.

35
하루 일과

*"하루 일과는 최소한 정오에서 다음 정오까지의 추측 항해와
오전과 오후 시간의 경도 관측, 위도를 알기 위한 자오선 고도 측정으로 이루어진다."
—『항해 사전』 중에서*

"코일, 자네한테 할 얘기가 있네." 잭이 전화로 외쳤다. "내일 아침에 내가 데리러 가지. 미스키만에 소개시켜야지." 성난 기침소리. 코일이 미처 뭐라고 대꾸할 사이도 없이 전화가 끊겼다. 대꾸할 말이 있었다면.

1월까지 내내 겨울이었다. 바다를 덮고 있는 무색의 얼음에 하늘이 스르르 녹아들었다. 해안 쪽은 꽁꽁 얼어붙었고 오십 마일 해상을 벗어나면 퍼즐 조각 같은 얼음들이 둥둥 떠다녔다. 매일 눈이 내렸다. 이따금 폭풍과 폭풍 사이에 빈둥거리듯 눈발이 느릿느릿 날리기도 했다. 눈은 점점 쌓여갔다. 오 피트, 팔 피트, 십일 피트, 도로 양쪽 가장자리에는 금속과 목재의 소리를 잠재우는 눈의 방음벽이 높이 쌓였다. 그리고 코일의 계산으로는 열흘에 한 번꼴로 폭풍이 왔다.

잭의 트럭 히터는 뜨거운 바람을 뿜어댔지만 옆 유리창에 두 사람의 숨결이 뽀얗게 얼어붙었다. 코일은 손톱으로 차창의 성에를 긁어내고 저멀리 얼음 위에 쉼표처럼, 혹은 세미콜론처럼 점점이 앉아 있는 하프물범을 바라보았다. 잭의 이야기는 듣는 둥 마는 둥, 물범 생각에 빠져 있었다. 웨이비의 오빠 오스카가 애완용 물범을 키우고 있었다. 이 지방 가리비를 뜻하는 이름을 가진 물범. 잭은 머릿속에 떠오르는 생각들을 따발총을 쏘듯 뱉어냈다. 바다 밑 물고기 철이 시작됐는데 엉망으로 정해놓은 할당량이 그를 좌절에 빠뜨린 것이다.

"오타와 얼간이 놈들이 정해놓은 할당량은 아인슈타인도 이해하지 못할 거야. 새알 고기와 제 엉덩이도 구분 못하는 인간들이 뒤죽박죽으로 만들어놨다구." 잭은 중간 정도로 화가 난 상태였다. 그는 손으로 머리칼을 쓸어 까치집처럼 곤두서게 만들었다. "일이 될 만하니까 그만 끝내라는 식이거든. 고생만 실컷 하고 건지는 건 없지."

코일은 거대한 밤색 방한복 차림으로 웅크리고 앉아 있었다. 오스카의 물범 이름을 기억해냈다. 퍼슬. 그건 이 지방 사람들이 가리비를 부르는 이름이었다.

"오케이, 코일, 빌리가 가정면을 계속 맡고 싶어하니까 자네가 편집장을 맡게. 터트 카드가 하던 일을 하는 거야. 편집, 전화 처리, 기사 할당, 회계, 광고, 인쇄. 특히 인쇄업자 놈을 잘 감시해야 해. 그래서 지금 자네를 미스키만으로 데려가는 거야. 실수가 생기면 필시 그놈 실수일 테니까. 그리고 해운 소식은 계속 맡게."

코일은 흠칫 놀라 턱으로 올라가던 손이 얼어붙고 말았다.

"베니 퍼지에게 법정 소식과 사고 소식, 성범죄 기사를 맡겨볼 작정이야. 음식점 탐방 기사와 외신은 뺄 거야. 이제 음식점 소개는 다 끝났고 다른 나라 일에 관심 갖는 독자도 없으니까. 그건 텔레비전에 맡기겠네."

트럭이 구불구불한 언덕길을 오르자 늘 눈이 얇게 덮여 있는 지대가 나타났다.

"가정면에 새 코너를 넣을 생각인데 어떻겠나? '라이프스타일'이라고 할 수 있겠지. 빌리와 내가 몇 년 전부터 생각해오던 거야. 우리 고장엔 두 종류의 생활 방식이 있지. 가족과 함께 고향에 남아 고기를 잡고 나무를 베고 텃밭을 가꾸며 사는 구식 생활. 외지에서 직장을 다니고 통근을 하고 형은 남아프리카에, 어머니는 리자이나에 뿔뿔이 흩어져 살고 미친듯이 일제 물건을 사들이는 신식 생활. 고향을 떠나는 거야. 일거리를 찾아 떠나는 거지. 타향에서 고달프게 사는 사람들도 있다구. 코일, 우리 개미 버드가 새장 만들기나 좋은 요리법을 소개하는 것으로 유명하다는 건 누구나 아는 사실이지만, 이제 그것만으론 충분치 않네. 이제는 슬로쿠커, 소비자 등급, 아스팔트 진입로, 복권, 프라이드치킨 체인점, 미식 상점의 박하향 로열 커피 같은 걸 실어야 해. 직장 때문에 먼 도시로 떠나는 사람들을 위해 그런 도시들의 생활 방식도 소개해야 하고. 빌리는 두 페이지면 충분하다더군. 그와 직접 얘기해보고 둘이 알아서 결정해."

"외지로 떠난 사람들이 가끔 칼럼을 쓰는 건 어떨까요? 편지 형식으로 말입니다. 호주에서 온 편지, 서드베리에서 온 편지." 코일이 제안했다.

"내가 스물한 살이고 고향을 떠나야 한다면 그걸 읽겠지. 지금까지와는 다른 신문이 될 거야. 여러 면에서."

"넛빔은 민감한 기사들을 아주 잘 다뤘었는데 베니가 성범죄 기사를 제대로 소화할 수 있을지 모르겠네요."

"그건 일단 베니가 하는 걸 지켜보고 결정하자고, 응? 해낼 수 있겠지, 코일?" 미스키만에 들어서자 이름 모를 거리들과 걸리적거리는 눈더미가 있는 가파른 일방통행 언덕길들이 원을 그리며 뻗어 있었다.

코일은 고개를 끄덕이며 성聖 퍼슬을 두고 맹세하건대 결코 오식은 내지 않으리라 다짐했다.

"이따가 밤에 부두로 나오게. 나머지 얘기는 그때 할 테니까. 좋아, 자, 여기서 꺾어야지. 그리고 소방서 뒷길로 질러가면 돼. 그게 지름길이야."

코일은 터트 카드의 책상에 앉아 있었다. 카드의 물건을 모두 치우고 벽에 걸린 유조선 사진도 떼어냈다. "자, 금주엔 어떤 기사들이 있는지 봅시다. 베니, 성범죄와 법정 기사는 어떻게 됐지?" 편집장답게 낮게 깔린 음성.

베니 퍼지는 산수 시간이라도 되는 듯 깨끗한 책상 위에 두 손을 모으고 앉아 있었다. 그의 부스스한 머리는 영화 〈이레이저헤드〉를 연상시켰다.

"넛빔이 성범죄 기사를 어떻게 다뤘는지 보려고 쉰 개나 읽어봤지만 도무지 감이 안 잡혀. 넛빔에게 빚진 기분이라 노력은 했다구. 그 배 사건 말이야. 하지만 잘 안 돼. 아무튼 최선을 다했네."

지난 화요일, 근친강간 혐의로 체포됐던 미스키만 남자가 풀려났다. 그의 열네 살 난 딸이 증언을 거부했기 때문이다.

디스턴트워터스의 닥터 싱글로 부티(71세)가 1978년 5월부터 1991년 7월까지 환자 일곱 명을 아홉 차례 성폭행한 혐의로 체포됐다. 그는 1월 31일 주 법정에 출두할 예정이다.

베니는 엄지손톱을 물어뜯으며 반응을 기다리고 있었다.

코일이 빌리에게 고개를 돌리자 빌리가 눈썹을 살짝 올려 보였다. 넛빔이라면 가슴을 쥐어짜는 기사를 써냈을 텐데.

"다른 기삿거리는 근사해. 다른 법정 이야기 어때? 멋진 이야깃거리가 있어."

"그 멋진 기삿거리가 뭐지?" 코일이 물었다.

"두 사내가 죄란 죄는 다 짓고 잡혀왔지. 야생동물 구조대와 한판 붙었어. 사냥 금지철 무기 소지에, 공무집행 방해에, 날카로운 가지와 바닷가재 통발로 구조대원을 구타하고 폴라로이드 선글라스를 깨뜨리고 협박까지 한 혐의야. 또 한 사건은 킬릭클로 친군데, 사천 달러어치나 되는 구리선을 소지했고 마약 밀거래까지 한 혐의로 체포됐어. 크라임스프리의 한 청년이 로스트올호프에서 자전거를 훔친 사건도 있는데, 이 친구가 말이야, 훔친 자전거를 타고 십일 마일 거리의 배드포천까지 가서 오토바이를 훔쳐 타고 네버원스로 달렸대. 야심만만한 이 청년은 오토바이를 버리고 차를 훔쳐서 해변으로 끌고 가 아침에 조이에서 해수욕을 했다는 거야. 마침 거기서 경찰관 둘이 순찰차를 세워놓은 채 도넛을 먹고 있었지. 실직 보험 사기 사건도 다섯 건 있네. 금지구역에서 연어잡이를 하다가 벌금 이천 달러를 문 트롤선 선장이 넷에, 내해에서 지그바늘로 낚시하던 노네임만의 사내가 삼십 일 구류형을 먹었고. 자동차 사고는 종류별로 다 있지. 사진도 많이 찍었구. 난 사진 찍는 걸 좋아해. 그래서 이중으로 뛸 수도 있다네. 취재기자인 동시에 사진기자로."

"아까 성범죄 기사들보다 좀더 자세히 쓰게." 코일이 그에게 퉁명스럽고 냉정하게 말했다.

"범죄 기사라면 종일이라도 쓸 수 있지. 하지만 성 관련 기사는 어려워." 그러곤 새침하게 입을 꾹 다물었다가 말했다. "범죄 기사와 사진으로 승부를 걸겠어."

뭔 승부를 건다는 건지, 원. 이제 코일은 터트 카드의 자리에 앉아 전화 받고, 컴퓨터로 기사를 정리하고, 대지 작업을 하고, 미스키만의 인쇄소로 달려갔다. 신문이 나오자 신문명, 발행인, 편집인 등이 찍힌 발행인란을 찢어 파트리지에게 보냈다. 편집장: R. G. 코일.

늘 그렇고 그런 기사들. 얼음에 갇힌 화물선, 전기로 움직이는 수밀격실 문에 낀 선원을 구조대가 공수작전으로 구출한 사건, 기관실 폭발 사고로 표류하는 트롤선, 모래톱에서 인양한 냉동 트롤선, 거친 바다에서 연구 조사 활동을 하다가 실종된 선원, 비행기 사고, 석유 누출 사건, 그물에 걸린 고래, 항구에서 일어나는 하치 생선 불법 덤핑, 소방관과 미인대회 여왕에게 상패 수여, 폭력을 휘두르는 남편들, 어린이 익사 사건, 실종되었다가 구조된 탐험가들, 성난 바다에 침몰한 배들, 쇄빙선에 충돌한 어선, 복권 당첨자, 무스 고기 불법 거래자 체포.

그는 경찰 발표 내용을 복사해서 고모에게 보냈다. 멜빌 부인이 터프베이비호 남자 승무원과 함께 하와이에서 체포됐다. 멜빌 부인보다 서른 살 연하인 미남 승무원은 조르조아르마니 옷을 입고 카폰까지 달린 렉서스 LS400 승용차를 몰고 있었다. 멜빌 부인은 사랑 때문에 그런 짓을 했다고 자백했다. 그 승무원은 아무 말도 하지 않았다.

그런 것들이 코일의 하루하루 일과였다.

36
구속복

구속복: 캔버스 천 같은 질긴 감으로 만든 옷으로 난폭한 정신병자나 죄수들이 거친 행동을 못하도록 몸을 단단히 구속한다. 따로 소매가 없이 몸통 부분에 팔을 넣는 것도 있고 끄트머리가 막힌 긴 소매를 단 것도 있다. 소매는 하나로 합쳐 묶기도 한다.

북쪽 지방이 태양을 향해 기울었다. 빛이 펼쳐지면서 멕시코만류와 래브라도해류가 만나는 연근해 얕은 바다에 우윳빛이 도는 녹청색 식물성 플랑크톤이 만발했다. 북극과 적도의 해류가 겹겹이 그물코 모양으로 뒤섞이고 성장과 변화와 짝짓기를 촉진하는 생명의 요소인 박테리아, 효모, 규조류, 균류, 조류, 거품, 물방울이 흰 포말을 이루었다.

금요일 오후. 코일은 집에서 헌옷으로 갈아입었다. 부엌 창문으로 잭의 고깃배가 들어오는지 살펴보았다. 그가 있는 곳에는 아무것도 내리지 않았지만 저멀리엔 비가 내리는 듯한 색깔이었다. 트롤어선 한 척이 수산물 가공공장에서 나왔다. 펑크아일랜드뱅크스로 향하는 것이리라. 선원 열네 명을 태운 열흘 동안의 고기잡이 항해. 트롤어망을 끌고 바다를 달린 뒤 천천히 그물을 끌어올린다. 그물 속 대구들이 보이면 짤막한 흥분이 스쳐가고 선창에 대구를 쏟아붓는다. 별로 걸린 게 없을 수도 있다. 대구의 내장을 제거하고 피를 뺀다. 다시 바다에 트롤어망을 던지고 끌어올린다. 그물을 수선한다. 다시 반복. 다시 반복.

이윽고 잭의 고깃배가 플라워색만 쪽으로 내려가고 있는 게 보였다. 비의 장막이 동쪽으로 밀리면서 푸른 얼룩을 남겼다. 코일은 수화기를 들었다.

"빌리? 지금 잭을 만나러 갈 거예요. 배가 들어오고 있어요."

"방금 미국에서 자네 찾는 전화가 왔네. 집 번호를 알려줬으니까 거기서 잠깐 기다려. 시송사社가 다음달에 수산물 가공공장 세 군데를 닫는다는 소문이 있네. 누구 입에서 나온 소문인지는 모르겠어. 아마 노네임만의 공장도 그중 하나일 거야. 잭에게 전해줘. 그 소문이 사실이라면 어떤 놈이 여기서 살려고 하겠나?"

"시송측에 직접 알아본 건 아니고요?"

"얼굴이 노상강도의 말처럼 생겨먹은 지배인이 있는데 그 작자는 분명 뻔뻔스럽게 발뺌을 할 거야. 하지만 노력은 해보지."

코일은 오 분만 기다리기로 했다. 오 분이 지나서 막 문고리를 잡는데 전화벨이 울렸다. 오천 마일이나 떨어진 곳에서 들려오는 파트리지의 음성이, 왠지 느리고 처량하게 들렸다.

"코일? 코일? 전화 상태가 거지같군. 이봐, 폭동 소식 들었어?"

"조금." 코일이 말했다. "뉴스에 십 초 정도 나오더군. 심각한 것 같던데."

"그래, 심각해. LA뿐만이 아냐. 미국 전체가 분노 바이러스에 감염된 것 같다니까. 여기선 시계를 차듯 아무나 총을 갖고 다녀. 모킹버그 레코드에서 함께 일했던 편집기자 에드너 기억해?"

"그럼. 나한테 한 번도 웃어주지 않았지. 단 한 번도."

"그건 자네 탓이었어. 들어봐. 에드너가 전화를 했는데 모킹버그 레코드에 비극이 닥쳤대. 어제 오후에 어떤 미치광이가 우라질 기관총을 들고 나타나서 펀치와 앨 캐털록, 그리고 셋인가 넷을 더 죽였대. 여덟 명이 다쳤고."

"세상에! 왜?"

"여기가 지금 그래. 그리고 독자 투고란 때문이라나봐. 믿기 어렵겠지만 말해주지. 그 작자가 익명으로 편지를 보냈었나봐. 썩어빠진 사회를 정화하고 부를 재분배하기 위해 폭동이 꼭 필요하다는 내용으로. 그런데 모킹버그 레코드에서 그걸 안 실은 거야. 그래서 기관총을 들고 쳐들어온 거지. 마침 에드너는 책상 밑에 엎드려서 종이 클립을 찾고 있었대. 그래서 화를 면한 거야. 늘 종이 클립이 부족했었던 것 기억나? 코일, 지난주에 머컬리아도 고속도로에서 당했어. 그때 난 LA식으로 사는 것에 대한 농담을 하고 있었으니 얼마나 기가 막힌 일이야. 그 빌어먹을 총알이 앞유리를 뚫고 머컬리아를 아슬아슬하게 스쳐갔어. 그녀는 잔뜩 겁에 질려 있는데 난 농담처럼 떠들고 있다니. 에드너의 전화를 받고 나니 우리가 얼마나 지독하게 미친 땅에서 살고 있는지 실감이 나더군. 집만 나서면 총에 맞거나 불에 타거나 몽둥이로 두들겨맞는 세상이야. 그런데도 난 웃고 있었으니." 코일은 대륙 저편에서 친구가 우는 소리를 들었다. 아니, 웃고 있는 건지도 몰랐다.

허공에 떠도는 아리송한 냄새. 코일은 그 냄새의 정체를 알아내려고 콧구멍을 벌름거렸다. 상처에서 흐르는 누런 고름 색깔의 하늘. 스테이션왜건 문짝이 불그죽죽하게 녹슬어 있었다. 뉴욕 모킹버그에 그대로 있었더라면 지금쯤 죽었겠지.

잭은 고깃배에 서서 대구를 찍어 부두로 올리고 있었다. 비옷을 입고 장갑을 낀 코일도 칼을 꺼내 대구를 찍었다. 처음엔 이런 식으로 편집회의를 하는 게 이상했었다.

“말하는 동안 손은 움직일 수 있어.” 잭이 말했다. “난 다 큰 남자 대여섯이 회의한답시고 테이블에 둘러앉아 입만 나불대는 건 눈꼴사나워서 못 봐. 공연히 애꿎은 종이나 찢고 발이나 흔들고 종이 클립으로 장난질이나 하고.”

코일은 종이 클립 생각은 하고 싶지 않았다. 기관총 세례를 받은 모킹버그 레코드 얘기, 고속도로에서 아무렇게나 총을 갈긴 폭도들 얘기, 폭동 얘기를 잭에게 들려주었다.

“미국이 얼마나 폭력적인지는 진작부터 잘 알고 있었지. 여긴 최악의 경우가 몽둥이찜질이나 차를 벼랑 끝으로 밀어버리는 정돈데.” 잭이 말했다. 그들은 묵묵히 손을 놀렸다.

잭은 대구가 너무 작다고 한탄했다. 온통 오륙 파운드짜리뿐이야. 예전엔 이백 파운드가 넘는 거대한 대구도 많이 잡혔는데 요샌 오십 파운드짜리도 찾아보기 힘들어. 지난 이십 년간 사정없이 잡아들여서 이제 다 동났어. 잭은 일손을 멈추지 않고 몸을 일으켰다.

입 귀퉁이에 담배를 물고 날랜 손놀림으로 대구의 배를 갈라 내장을 꺼내며 말했다. "난 고기잡이를 그만둘 수 없어. 그만두고 싶어도. 한 번 그만두면 다시는 바닷가재나 연어잡이 허가를 받을 수 없거든. 왠지 난 바닷가재잡이가 제일 좋아. 단 한 철만 허가를 못 받으면 영영 기회를 잃는 거야."

"빌리가 그러는데 시송이 다음달에 공장 세 군데를 닫는다는 소문이 있대요. 노네임만의 공장도 그중 하나일 거라고 하던데요."

"염병할! 이제 더이상 나빠질 수 없다고 생각했는데 더 나빠졌어! 감자 밭고랑을 나누듯 고기잡이 구역을 나눠놓으니 그 꼴이지. 고기가 없으면 구역을 나눌 수도 없고 고기를 잡을 수도 없고 못 잡으면 가공 공장도 필요 없고 그러면 모두들 일자리를 잃는 거야. 그 빌어먹을 법을 이해하는 사람은 아무도 없어. 전부 갈팡질팡이지. 이 지방에 어부들이 너무 많아서 고기가 동났다고 지껄이고들 있지만 고기들이 다 어디로 갔는데? 러시아, 프랑스, 일본, 독일, 폴란드, 포르투갈, 영국, 스페인, 루마니아, 불가리아, 세상천지 어선들이 다 몰려와서 잡아갔다고.

어획량을 제한한 것도 연안어업엔 도움이 안 돼. 오십 마일, 백 마일 해상 밖에서 저인망 어선들이 다 쓸어가는데 연안까지 들어올 고기가 어딨어? 게다가 주낙어선들이 이십 마일 해상 밖에 있는 건 다 잡고. 그러니 연안 어부들에게 뭐가 남겠냐구." 잭은 물에 침을 탁 뱉고 코일의 서툰 칼질을 지켜보았다. "그래, 그렇게 하는 거야. 침착하게 하라구."

"잭, 광고 말인데요. 이제 가짜 광고는 뺐으면 좋겠어요. 기사 면이 부족하거든요. 지난주엔 제재소 기사, 미스키만에 새로 지은 국립 역사공원 기사, 버진록스의 외국인 고기잡이 반대 시위, 전기 요금 인상 반대 시위, 새우 가공공장 파업 등 굵직굵직한 기사들이 많았는데 좁은 지면에 억지로 끼워맞추느라 애먹었어요. 사진도 못 싣고요. 진짜 광고라면 문제가 다르지만 지면도 없는데 가짜 광고를 계속 실을 이유가 없잖아요."

"그건 터트 카드의 아이디어였지. 세인트존스의 큰 업체들 광고를 가짜로 실어 그럴싸해 보이게 하고 이곳 광고주들도 자극하려고. 그래, 지면이 부족하면 광고를 빼게. 사실 처음 시작할 땐 기삿거리가 그다지 많지 않았거든. 광고가 가득한 게 보기도 좋았고."

깨끗이 다듬어진 생선이 한 마리씩 회색 플라스틱 상자에 던져졌다. 잭은 생선 내장과 간을 바다에 던졌다.

"어업난? 우라지게 심각한 문제지. 정부놈들이 우리 연안 어부들을 이민온 농장 노동자처럼 만들었어. 이리저리 옮겨다니며 시키는 대로 수확하는. 놈들이 허락하는 데서만 고기잡이를 하는 거지. 이제 우린 질질 끌려다니는 신세야. 결정권도 잃었고 그저 시키는 대로 할 뿐이지. 이곳 사정을 전혀 모르는 개새끼들이 정한 법에 따라 산다고." 그러곤 한숨이라기보다는 거친 날숨을 토해냈다.

그러나 코일은 생각했다. 그건 어디나 마찬가지라고. 그동안 그런 일을 당하지 않았던 걸 다행으로 여겨야 한다고.

2월 하순, 세인트존스에서 서류가 날아들었다. 늙은 친척의 영구 입원에 관한 서류로 가장 가까운 친척인 코일이 서명하게 되어 있었다. 노인은 망상과 치매, 정신분열 증세가 있으며 예후가 좋지 않다고 했다. 코일은 선뜻 결정을 내릴 수가 없어 점선으로 표시된 서명란을 바라보고만 있었다. 집에 마녀매듭을 던져놓았기에 찾아가 말 한마디 던진 게 전부인 타인의 여생을 어찌 선불리 결정할 수 있으랴. 코일은 세인트존스로 가서 노인을 직접 만나보고 결정을 내리리라 생각했다. 노인은 광기어린 눈으로 침을 질질 흘리고 있을까? 아니면 맑은 정신으로 비난의 눈초리를 보낼까? 둘 다 가능한 일이었다.

코일은 긴 망설임 끝에 웨이비에게 동행을 청했다. 기분 전환이 될 거라고. 둘이 외식도 하고 영화 구경도 하자고. 영화 두 편은 볼 수 있을 거라고. 하지만 자신이 다른 걸 말하고 있음을 알았다.

"재미있을 거예요." 막상 그렇게 뱉어놓고 보니 우스웠다. 그로 말하자면 애초에 '재미'와는 거리가 먼 인물이 아니던가! 갈라진 얼굴엔 벌써 중년의 주름살이 생기고 스토브 열기와 바람 탓에 메마른 피부를 가진 웨이비도 마찬가지가 아닐까? 도대체 '재미'가 뭘까? 그들은 다른 사람들이 흥겹게 춤추고 술집에서 즐기고 볼링공을 굴리는 모습을 억지 미소를 지으며 멀뚱히 구경이나 하는 그런 타입이었다. 하지만 코일이 영화 구경을 좋아하는 건 사실이었다. 영화관의 캄캄한 어둠이 좋고 앞에 앉은 관객들의 머리가 스크린에 검은 그림자를 던지는 것도 좋고 땅콩과 샴푸 냄새도 좋고 팝콘 씹는 소리도 좋았다. 그리고 무엇보다도 흉측한 턱과 거구의 육체에서 벗어나 스크린 위의 새하얀 옷과 날씬한 육체 속으로 들어갈 수 있는 것이 좋았다.

웨이비도 좋다고 했다. 헤리는 아버지께 맡길 수 있어요. 좋아요, 좋아요, 정말로.

이른아침, 모양과 색깔이 얇게 저민 연어살을 닮은 조각구름이 보였다. 코일과 웨이비가 눈더미 사이의 도로를 달리는 동안 푸르스름한 하늘이 밝아왔다. 햇살 한줄기가 떨어져 차를 물들였다. 청동색 털이 난 코일의 노란 손이 운전대를 잡고 있고 웨이비의 갈색 서지 옷은 황금빛이었다. 이윽고 정상적인 빛 속으로 들어서자 얼음과 눈과 바위와 하늘의 무채색 풍경이 펼쳐졌다.

코일은 이런저런 상념에 말을 잊고 무게를 더해가는 침묵을 깰 화제를 찾지 못했다. 그래서 앨빈 야크가 늘 흥얼거리는 노래에 대해 물었지만 그건 대화의 물꼬를 트기 위한 질문일 뿐 궁금한 건 아니었다.

“오래전부터 흥얼거리시는 노래죠. 침몰한 갠디구스호와 브루스호는 이곳으로 무스를 실어나르던 배였어요. 뉴브런즈윅에서 무스를 실어 왔죠. 잘은 모르겠지만 아마 1차세계대전 무렵이었을 거예요. 원래 뉴펀들랜드에는 무스가 없었죠.” 웨이비에게도 의미 없는 화제였지만 부릉거리는 차 안에서 서로의 목소리를 들을 수 있어 좋았다. 그녀는 학교에서 점심 도시락으로 싸온 흰 곰팡이가 핀 크래커를 앞에 놓고 울던 남학생을 생각했다. 그녀는 그 남학생에게 무스 고기 샌드위치를 주었다.

"이젠 충분히 많지요." 코일은 웨이비의 갈라진 손을 잡고 싶은 충동에 사로잡힌 채 웃으며 말했다. 그때 고속도로변의 얼어붙은 웅덩이에 무스 한 마리가 서 있는 게 보였다. 마치 무슨 징조처럼.

정오가 되자 폐쇄되지 않은 항구들이 나타났고 푸른 바다를 보자 그들은 더없이 행복했다. 몇 달씩이나 얼음만 보고 살다가 실로 오랜만에 푸름을 보았으니까.

웨이비는 새로운 가죽 냄새, 향기로운 잡지 냄새, 자동차 배기가스 냄새에 짜릿한 흥분을 느끼며 워터 스트리트의 상점 골목을 돌고 있었다. 헤리에게 줄 암소 인형과 아버지께 드릴 내복을 샀다. 행사 때마다 쓸 축하 카드도 세일 가격으로 한 상자 샀다. 부엌 싱크대 서랍에 든 몽당칼을 대체할 빨간 손잡이가 달린 과도도 한 자루 샀다. 여러 가지 보석 색깔의 꽃무늬 브래지어도 샀다. 페어아일 스웨터를 짤 수 있는 셰틀랜드산 고운 털실도 탐이 났지만 너무 비쌌다. 한 상점의 쇼윈도, 얼음판 위에 물고기로 멋진 풍경 장식품을 만들어놓은 것이 눈에 띄었다. 저민 가자미 살로 만든 고깃배가 새우와 푸르스름한 빛이 섞인 검은색 홍합의 파도 위를 달렸다. 연어의 등대에서 고등어가 빛을 발했다. 게 집게발이 테두리를 장식하고 있었다.

그녀는 코일의 쇼핑 목록과 봉투에 담긴 돈을 넘겨받았다. 아이들 타이츠와 코르덴 바지, 선샤인의 스웨터, 양말, 팬티. 꼬마 숙녀들의 물건을 사는 건 얼마나 즐거운 일인지! 웨이비는 코일이 적은 목록 외에도 머리핀과 물결 모양의 레이스가 달린 양말, 짙은 청록색과 밤색 예쁜 모직 베레모 두 개를 더 샀다. 그녀는 도시에 우글거리는 소매치기들에게 당하지 않으려고 조심했다. 점심은 로스트비프 샌드위치로 때우고 다시 고급 상점들을 돌며 구경을 즐겼다. 물론, 돈은 한 푼도 축내지 않고.

코일도 수용소 선물 코너에서 노인에게 줄 선물을 고르고 있었다. 그의 인생은 어떤 것이었을까? 가슴속에 어떤 추억을 간직하고 있을까? 노인은 어부였다. 배를 타고 나가 쇠고둥 통발을 끌어올렸다. 개를 한 마리 키웠다. 밤에만 나다녔다. 그리고 매듭을 묶었다.

코일은 레슬링 잡지와 기계자수가 놓인 향주머니를 진열해둔 곳에서 금속 액자 안에 든 예쁜 푸들 사진을 발견했다. 그게 좋을 듯했다. 그는 점원에게 셈을 치르고 포장할 필요는 없다며 액자를 재킷 주머니에 넣었다.

노인은 나무 팔걸이가 달린 플라스틱 의자에 앉아 있었다. 창가에 홀로. 제법 말끔해져서는 흰 잠옷과 가운을 걸치고 있었다. 정맥이 툭툭 불거진 발에 종이 슬리퍼를 신고 한쪽 벽 선반에 놓인 텔레비전을 올려다보고 있었다. 화면 상태가 나빠서 입이 둘로, 눈이 넷으로, 얼굴이 두 겹으로 보이는 텔레비전에서 대머리 남자가 당뇨병에 관해 이야기하고 있었다. 대머리 남자가 사라지자 하키 경기와 얼음 알갱이가 물보라처럼 튀는 장면으로 이루어진 부동액 광고가 파랗게 터져나왔다.

코일은 의자를 밟고 올라서서 볼륨을 낮췄다. 내려와서 의자에 앉았다. 노인이 코일을 쳐다보며 말했다. "자네도 여기 왔나?"

"면회 왔어요."

"염병하게 멀지, 음?"

"예. 하지만 웨이비 프라우즈와 함께 왔어요." 그 얘긴 왜 한 거지?

"아, 그 과부."

"예."

노인은 정신이 말짱해 보였다. 혹 매듭진 끈이라도 있나 살펴봤지만 그런 건 없었다.

"그래, 어떠세요?" 그가 조심스럽게 물었다. 어떤 의미라도 될 수 있는 질문이었다.

"오! 좋아! 음식도 좋구! 천장에서 목욕물이 비처럼 쏟아져. 비누거품은 흰 실크 같고. 따뜻한 물속에서 첨벙거리고 있으면 어린애가 된 기분이라니까. 그리고 매일 새 옷이 나와. 눈처럼 흰 옷으로. 텔레비전도 있고 카드놀이도 할 수 있어."

"좋겠군요." 코일은 노인이 다시는 악취 풍기는 돼지우리 같은 오두막으로 돌아가지 못하리라 생각했다.

"아냐, 아냐. 다 좋은 건 아냐. 미친놈들만 우글우글하거든. 여기가 어떤 덴지는 나도 알아. 그래도 워낙 편해서 미친 척 연극을 하지. 사람들이 '이름이 뭐예요?' 하고 물으면 '조이 스몰우드'나 '통발에 든 제일 큰 게'라고 대답해. 그러면 모두들 내가 미친놈인 줄 알고 여기 그대로 있게 해주거든."

"저, 킬릭클로에 '골든에이지'라는 양로원이 있어요. 거기서 받아줄지도……" 하지만 과연 그들이 받아줄까? 코일은 주머니에서 푸들 사진이 든 액자를 꺼내 노인에게 주었다.

"선물이에요."

노인은 떨리는 손으로 액자를 받아 들여다보았다. 그러더니 바다가 보이는 창 쪽으로 돌아앉아 왼손을 펼쳐 눈을 가렸다.

"난 자네에게 해로운 매듭을 만들고 바람을 일으켰어. 양이 죽었지. 흰둥이는 여기 못 들어오고."

고통스러웠다. 코일은 초콜릿이나 사올 걸 그랬다고 후회하면서도 내색은 하지 않았다.

"놀런 아저씨." 참으로 생소한 호칭이었다. 하지만 그런 호칭을 씀으로써 코일은 저 쭉정이만 남은 노인에게 자신을 속박하려 했다. "다 지난 일이에요. 자책하지 마세요. 골든에이지 양로원에 알아볼 테니 좀 기다려주시겠어요? 거긴 킬릭클로와 노네임만 출신들이 아주 많아요. 이제 캡사이즈만의 집으론 돌아갈 수 없어요."

"돌아가고 싶지도 않아! 난 파일럿이 되고 싶었지. 날고 싶었어. 린드버그가 대서양을 횡단했을 때 난 스물일곱 살이었지. 자네도 그때의 내 모습을 봤어야 하는 건데! 난 강한 사나이였어. 린드버그는 뉴펀들랜드에서 출발했지. 린드버그뿐 아니라 세인트 브렌던, 레이프 에릭손, 존 캐벗, 마르코니, 러키 린디도 왔었어. 이곳에서 위대한 사건이 일어났어. 난 모두 알고 있었지. 나도 언젠가는 그런 일을 할 운명이란 걸 알았어. 하지만 어떻게 시작해야 할지 몰랐어. 난 고기잡이를 했고 사람들은 나를 폭풍을 몰고 다니는 코일이라고 불렀지. 나만 나타나면 거친 바람이 일었으니까. 지지리도 운이 없었던 거야. 코일 치고 운좋은 사람은 없어. 결국 난 희망을 버리고 말았지."

코일은 골든에이지 양로원에 알아봐주겠다고 말했다. 서명은 그다음에 해도 늦지 않으리라.

노인은 코일 너머 문 쪽을 바라보았다.

"애그니스는 어디 있나? 한 번도 안 찾아왔어."

"솔직히 저도 그 이유를 모르겠어요."

"애그니스가 안 오는 이유를 난 알지. 창피해서야! 내가 안다는 걸 알기 때문에 창피해서 못 오는 거야. 어렸을 땐 우리집에 자주 들락거렸지. 우리 어머니를 찾아와서 고민을 털어놓고 도움을 청했어. 훌쩍훌쩍 울면서 말이지. 여자들만의 고통! 난 어머니가 나무뿌리를 캐는 걸 봤어. 덤불 속에서 내다보는 악마의 사악한 눈처럼 생긴 열매가 달린 나무였지. 그 뿌리를 달여서 악마의 검은 차를 만들어 부엌에서 애그니스에게 먹였어. 애그니스는 밤새 고통에 울부짖었고 난 한숨도 못 잤어. 이튿날 아침 그녀는 내 앞에서 고개를 못 들었어. 창백한 얼굴을 벽 쪽으로 돌리더군. 대야에는 핏덩이 같은 게 있었어.

내가 어머니에게 물었지. '이제 다 끝났나요?' 어머니는 그렇다고 했고 난 배를 타러 나갔어. 애그니스는 오빠한테 당했던 거야. 덩치만 큰 가이 코일에게. 어렸을 때부터 그런 일을 당했던 모양이야."

코일은 아랫입술의 튼 자리가 갈라지는 걸 느끼며 이마를 찌푸렸다. 고모도 지옥에 떨어진 적이 있었던 것이다. 아버지가 그런 짓을 했다니! 오, 하느님!

"아침에 다시 들를게요. 필요한 게 있으시다면요." 코일이 웅얼거렸다. 노인은 푸들 사진만 들여다보고 있었다. 문 쪽으로 돌아서던 코일은 노인에게서 번득이는 광기를 보았다. 빌리에게서 들은 그의 죽은 아내에 대한 흉측한 얘기가 떠올랐다. 그가 아내의 시체를 범했다는. 아, 코일들.

호텔 식당에서 코일은 와인을 주문했다. 시큼하고 코르크 냄새가 나는 이름 모를 보르도 와인이 나왔다. 웨이비가 우아하게 잔을 들었다. 금방 취기가 돌아서 둘 다 열심히 떠들어댔지만 알맹이 없는 이야기들이었다. 코일은 웨이비가 침묵하고 있을 때에도 그녀의 어두운 목소리를 들었다. 친척을 만났던 일은 까맣게 잊었고 그저 즐겁고 행복했다. 웨이비는 쇼핑하면서 구경한 물건들 이야기를 하다가 선샤인의 새 암청색 스웨터가 빨간 곱슬머리에 잘 어울릴 거라고 말했다. 그녀는 원피스와 슬립 속에 입은 새 브래지어가 자꾸 신경이 쓰였다. 그녀가 포크를 들어올릴 때마다 소매에서 향수 냄새가 물씬 풍겼다. 아까 향수 가게에서 샘플을 뿌린 것이다. 그들은 테이블을 사이에 두고 서로를 응시했다. 처음엔 짧게 마주치던 시선이 섹스를 예고하는 길고 강렬한 눈맞춤으로 변했다. 와인잔이 맞부딪치고 나이프에서 버터가 흘러내렸다. 코일이 새우를 떨어뜨리자 웨이비가 웃었다. 코일이 자기는 늘 새우를 떨어뜨린다고 말하면서 따라 웃었다. 둘 다 송아지고기 스칼로피네를 먹었다. 와인 한 병을 더 시켰다.

그런 저녁식사 후에 영화 구경까지 하는 건 좀 무리였다. 하지만 그들은 영화관으로 갔다. 어떤 프랑스인 은둔자가 베네치아식 블라인드 사이로 훔쳐보고 빵칼을 갖고 노는 내용의 영화.

그리고 마침내 잠자리에 들었다.

코일의 넉넉한 품에 안긴 웨이비는 황홀하면서도 울적한 기분이었다. "여긴 헤럴드와 신혼여행을 왔던 호텔이에요."

아침에 수용소로 찾아간 코일은 노인을 면회하지 못했다. 푸들 사진이 든 액자를 깨 유릿조각으로 사람들을 찌르며 발광을 하다가 겨우 잠잠해졌단다. 골든에이지 양로원에 가는 건 글러먹었다.

37
닻돌

"닻돌매듭은 (…) 바닷가재 통발을 고정시키는 데 이용된다.
밧줄의 구부러진 부분이나 끝에 묶을 수 있다.
양끝을 세게 잡아당기면 고정된 부분의 꼬임들이 고리들 안으로 말려들어간다."
—『애슐리 매듭서』 중에서

몇 주일이나 계속되는 매서운 강추위. 그러나 스웨터와 방한복으로 무장한 코일은 끄떡없었다. 털털거리던 낡은 스테이션왜건이 개미 버드 사무실이 보이는 곳에서 덜컥 서버렸다. 코일은 차에서 내려 한 손으로 운전대를 잡고 어깨로 차를 밀었다. 차가 움직이기 시작하자 얼른 올라타서 시동을 걸고 변속레버를 쳤다. 스테이션왜건은 천천히 빌리의 썩어가는 닷지 트럭 뒤로 굴러가다가 몇 초 만에 시동이 꺼졌다. 가스선이 언 모양이었다. 빌리에게 건성 가스가 좀 있을지도 모른다.

빌리가 전화 메시지 두 개를 전했다. 두 번 다 버니네 교장 선생님한테서 온 전화였다. 즉시 연락 요망. 다이얼을 돌리는데 심장이 입 밖으로 튀어나올 것만 같았다. 제발 버니가 무사하기를!

"코일 씨, 오늘 아침에 버니에게 문제가 생겼습니다. 쉬는 시간에요. 유감스러운 말씀입니다만, 버니가 럼불 선생님을 밀었습니다. 아주 세게요. 밀어서 넘어뜨렸죠. 버니는 나이에 비해 덩치도 크고 힘도 세니까요. 아뇨, 실수는 아니었어요. 고의가 분명합니다. 당연히 럼불 선생님은 몹시 화가 났고 아이가 왜 그랬는지 모르고 계세요. 버니가 이유를 말하지 않고 있으니까요. 지금 제 책상 앞에 앉아 있는데 한사코 입을 열지 않는군요. 코일 씨, 지금 오셔서 아이를 데려가시는 게 좋을 듯합니다. 사실 럼불 선생님은 버니가 누군지도 모르세요. 그 반 담임이 아니거든요."

"빌리, 트럭 좀 빌려주실래요? 내 차는 가스선이 얼었어요."

버니는 교장실 밖 대기실에 있었다. 외투를 입고 모자를 쓴 채 빨갛게 달아오른 고집스러운 얼굴로 팔짱을 끼고 앉아 있었다. 아빠에게 눈길도 주지 않았다. 아무 말도 하려 하지 않았다.

갈색 모직 정장을 입은 교장은 얼굴에 솜털이 많았다. 손톱은 기념품 순가락처럼 보였다. 그녀는 글씨를 쓰고 있었던 듯 손에 연필을 쥐고 있었다. 권위적인 말투가 몸에 배어 있었다.

"버니가 왜 그랬는지 이유를 말하고 럼불 선생님께 잘못을 빌 때까지 근신 처분을 내릴 수밖에 없습니다. 자, 버니, 이번이 마지막 기회다. 이제 아버지도 오셨으니까 속시원히 털어놓으렴. 왜 죄 없는 럼불 선생님을 밀었는지 말해봐."

묵묵부답. 코일은 아이가 분노와 설움으로 입이 붙어버렸음을 눈치챘다.

"자, 나가자. 빌리의 트럭에 타자." 그는 부드럽게 딸을 달래며 교장에게 고개를 끄덕여 보였다. 교장은 연필을 탁 소리 나게 내려놓았다.

트럭에 오르자 버니는 울음을 터뜨렸다.

"정말 선생님을 밀었니?"

"응!"

"왜?"

"제일 나쁜 사람이니까!" 그 이상은 말하려 하지 않았다. 코일은 비티의 집으로 향하면서 또 시작이구나 생각했다.

"럼불 선생님이라고?" 비티가 눈썹을 올리며 말했다. "그럼 분명 이유가 있었을 거야. 쿠키 세 개를 걸지."

"맞아요." 버니가 눈물을 삼키며 씩씩거렸다. 비티는 코일을 문밖으로 떠밀고 손을 흔들었다.

코일은 오후에야 사건의 내막을 알게 되었다. 마티의 말을 들은 비티를 통해서.

"럼불 선생은 임시 교사예요. 정교사가 아프거나 회의에 참석하기 위해 자리를 비우면 그녀가 대신 수업을 맡죠. 오늘은 럼불 선생이 특수 학급을 맡게 됐대요. 아이들을 모두 밖으로 데리고 나갔는데 헤리 프라우즈도 거기 있었어요. 가엾은 헤리는 찬바람을 쐬자 오줌이 마려워 깡충깡충 뛰면서 럼불 선생에게 말하려 했죠. 알다시피 헤리는 말을 똑똑히 못하잖아요. 럼불 선생은 헤리의 말을 알아듣지 못했고—어쩌면 알아들었을지도 모르지만—아무튼 시끄럽게 군 벌로 벽에 붙어서 있게 했어요. 헤리는 몇 차례 더 애원했지만 럼불 선생은 헤리를 흉내내면서 벽으로 밀었어요. 결국 헤리는 바지에 오줌을 쌌고 망신을 당하고 말았죠. 그때 정의의 화신 버니 코일이 분연히 떨치고 일어나 못된 럼불 선생의 뒷무릎을 들이받은 거예요. 그다음 얘기는 이미 알려진 그대로고요. 코일, 버니가 내 딸이라면 상을 주겠어요. 하지만 학교측과의 타협이 쉽지 않을 거예요. 교장 선생님은 교사에게 문제가 생기는 걸 원치 않거든요. 여기선 교사 구하기가 어려워요. 럼불 선생 같은 교사라도요. 그러니 이 사건을 그냥 넘기지 않을 거예요."

저녁에 코일은 고모에게 전화를 걸었다. 고모가 움직여주리란 확신은 없었다. 고모의 흥분된 고함소리가 갈매기 울음처럼 날아들었다. 고모는 새벽같이 비행기를 타고 왔고 그냥 돌아가려 하지 않았다. 그날 아침 교장 선생은 코일 삼대가 얼어붙은 학교 진입로를 걸어오는 광경을 목격했다. 고모는 세인트존스에서 유행하는 헬멧 같은 헤어스타일을 하고, 코일은 턱을 내밀고, 버니는 그 사이에 끼어서.

고모가 잔소리를 늘어놓았다. 하지만 사태를 해결한 건 코일로, 차분히 상황 설명을 하고 교장과 버니가 서로 사과하고 약속을 하도록 구슬렸다. 럼불 선생이 곧 그랜드폴스에서 기독교 서점을 낸다는 걸 아는 교장은 쉽사리 설득이 되었지만 아직 순수한 어린이의 눈으로 정의를 판단하는 버니는 설득하기 어려웠다.

어떤 일들은 잘 풀리고 어떤 일들은 복잡하게 꼬였다. 토요일 오후에 코일은 여느 때처럼 앨빈 야크에게 갔다. 웨이비와 아이들이 함께 타고 있었다. 웨이비가 뒷좌석을 돌아보았다. 버니를 향한 그녀의 눈길은 어른이 아이를 보며 아이가 잘못을 뉘우치거나 이해하고 있는지, 손톱이 깨끗한지, 옷 지퍼를 채웠는지, 모자를 바르게 썼는지 살피는 그런 눈길이 아니라 어른이 어른을 대하는 눈길이었다. 그녀는 말없이 눈으로 이야기했다. 버니의 손을 꼭 쥐었다.

"안녕하세요, 안녕하세요." 늘 연관을 짓는 헤리가 말했다.

스테이션왜건이 너니백만을 향해 달리는 동안 차 안에 일종의 내적 균형이 이루어졌다. 차에 탄 모든 사람들의 마음을 편안하게 만드는, 이루기 힘든 하모니.

웨이비와 에비는 스킬자수로 달력에 나오는 바닷새 그림이 들어간 바닥깔개를 만들고 있었다. 웨이비는 바다오리를 수놓았다. 버니는 동화책을 들고 창가 흔들의자로 갔다. 야크의 고양이가 창에 성에가 끼지 않을 때면 쥐를 바라보듯 바다의 배들을 구경하는 자리였다. 선샤인과 헤리는 헤리의 빨간 배낭에서 장난감을 꺼냈다. 그러다가 선샤인은 웨이비와 에비에게 이끌렸다. 스킬 바늘과 털실이 물새와 물고기를 만들어내는 게 신기하기만 했다. 삼베 바탕천의 자극적인 냄새에 금세라도 재채기가 터져나올 듯했다. 웨이비가 눈을 찡긋했다. 선샤인은 다가가서 바다오리를 손가락으로 만졌다. 해보고 싶어 죽을 지경이었다.

"이렇게 해봐." 웨이비가 선샤인의 손을 감싸쥐고 스킬바늘에 털실 거는 방법을 가르쳐주었다. 버니는 동화책을 넘기며 스타킹 신은 발로 고양이를 쓰다듬었다. 고양이가 시끄럽게 가르랑거렸다. 버니가 고개를 들었다.

"엄마는 뉴욕에서 차 사고가 나서 여기 못 와요. 깨어나지 못하기 때문에. 난 엄마를 깨울 수 있지만 너무 멀어서 못 가요. 그래서 어른이 되면 갈 거예요."

웨이비는 버니가 왜 갑자기 그런 말을 하는 걸까 의아했다.

작업장 안의 야크는 안달을 했다. 아직 눈도 두껍게 쌓여 있고 폭풍도 기승을 부리지만 바다엔 얼음이 풀려 물범들이 만으로 들어오고 있었다. 대구와 가자미가 알을 낳고 청어가 이리저리 헤엄을 쳤다. 계절의 변화와 약동하는 생명력이 느껴지자 이맘때면 늘 꿈틀대는 밖으로 나가고 싶은 욕망이 기지개를 켠 것이다. 물범 사냥도 하고 빙산에 대고 총도 쏴보고. 아무튼 움직이고 싶었다. 하지만 그러기엔 눈이 너무 약했다. 이십 년 전에 찾아온 설맹雪盲 때문에 밝은 데만 나서면 눈물이 고였다. 아내가 찻잎으로 눈에 찜질을 해줘도 별 효과가 없었다. 그래서 어둠침침한 작업실에서 일해야 했다.

지난 몇 주 동안 늑골과 용골을 결합한 뒤 수평을 맞추고 단단히 고정시켜 배의 등뼈를 완성했다.

"자, 이제 윤곽이 잡혀갈 거야. 오늘은 주목재를 표시할 걸세."

앨빈 야크는 너덜너덜해진 줄자로 선수재 끝에서부터 보이지 않는 선을 따라 재가며 중얼거렸다. 그는 선체 길이의 중간점을 산정한 뒤, 다시 용골에 중간점보다 몇 인치 앞에 표시를 했다. 그리고 닻의 위치를 표시하기 위해 선미재부터 치수를 재기 시작했다. 코일은 끌과 톱을 가지런히 한쪽으로 놓고 톱밥 묻은 유리창을 통해 얼어붙은 만을 내다보았다. 측량 작업은 아직도 끝나지 않았다. 야크는 머릿속 설계도에 따라 선미 돌출부 하단의 위치를 잡았다.

"그 톱 좀 집어주게." 그는 입에 눈을 한가득 물고 말하는 듯했다. 코일은 허리를 굽히고 서서 톱, 끌, 톱, 끌을 순서대로 건네며 야크가 짝을 맞추기 위해 목재에 새김눈 표시를 하는 걸 지켜보았다. 표시가 끝난 후엔 야크가 목재를 튼튼한 버팀목으로 바닥에 고정시키는 동안 움직이지 않도록 잡아주었다.

"이제 선미재에 새김눈 표시를 하세나."

끌의 쇠이빨이 나무를 파먹었다. 야크는 양손을 엉덩이에 대고 몸을 뒤로 젖히고 끙 소리를 냈다. "좀 쉬세. 웨이비도 왔나?"

"네. 아이들도요."

"애들이 곁에 있어야 해. 그래야 안 늙지." 노인은 대팻밥 위에 카악 가래침을 뱉었다. "그래, 둘이 언제쯤 할 건가?"

노인은 불을 끄고 어두운 작업장 안에서 코일을 바라보았다. 뭘 언제쯤 한단 말인가? 야크의 입술이 벌어진 건 미소 짓기 위해서가 아니라 갑작스러운 질문을 던지기 위해서였다. 코일의 입술을 열기 위해서. 코일은 무슨 말이라도 하지 않을 수 없었다.

그는 힘든 노동이라도 하듯 거친 숨을 토해냈다.

"모르겠어요."

"애 때문인가?"

코일은 고개를 저었다. 그는 웨이비가 아닌 페틀을 사랑한다. 그가 지닌 사랑의 능력은 한 번의 짧은 사랑으로 모두 소진되었다. 사랑의 순간이 찾아와 불꽃이 일었고 그 불꽃은 영원히 꺼지지 않았다. 코일에게 사랑은 곧 불행이었다. 웨이비에 대한 감정은 편안함과 잔잔한 기쁨뿐이었다.

그러나 엉뚱한 핑계를 대고 말았다. "헤럴드 때문이에요. 웨이비의 남편. 웨이비의 마음속엔 늘 남편이 있어요. 남편을 잊지 못하고 있어요."

"헤럴드 프라우즈!" 노인은 열려 있던 작업장 문을 닫았다. "내가 헤럴드 프라우즈 얘기를 해주지. 그가 죽자 안도한 사람들이 많았다네. 자네 수고양이 같은 사내를 아는가? 헤럴드가 그런 자였지. 세인트존스에서 고어그라운드까지 씨를 안 뿌려놓은 데가 없어. 그래서 미스키만에서는 아기가 태어나면 혹시 헤럴드를 닮았나 보려고 모두들 곁눈질을 했지. 그런 일이 실제로 종종 있었고."

"웨이비도 알았나요?"

"물론 알았지. 웨이비는 남편 때문에 불행했어. 남편 때문에 어지간히도 속을 썩였지. 한번 집을 나가면 몇 주, 몇 달씩 안 들어왔으니까. 그러니 헤럴드 걱정은 말게. 결국 비극의 주인공이 됐지만 좋은 기억을 남기진 못했으니까. 하지만 웨이비의 입장에서는 헤럴드를 나쁘게 말할 수 없지. 아이까지 있으니까. 아들에게 네 아비가 쥐새끼 같은 인간이었다고 말할 수는 없잖나. 웨이비가 헤럴드에 대해 호들갑을 떤다는 건 나도 아네. 하지만 어디까지가 진심이겠나?" 노인은 다시 작업장 문을 열었다.

"글쎄요, 말로만 그러는 것 같진 않아요." 코일이 수사적인 질문에 필요하지도 않은 대답을 했다.

"그거야 자네 보기에 달렸지. 에비가 바크세일 빵을 구웠네. 차와 함께 먹으면 좋을 거야." 야크는 코일의 팔을 툭 쳤다.

3월에 물범 사냥이 시작됐다. 하프물범이 얼음언덕 뒤에 숨어 새끼를 낳고 털갈이를 하는 래브라도 연안의 핏빛 프런트로 소수의 외국인들이 사냥을 나갔다. 지난 수세기 동안 인간들이 그곳에서 타죽고 얼어죽고 빠져 죽었지만, 몽둥이로 물범을 때려잡는 피비린내나는 사냥 장면이 텔레비전에 방영된 후 모든 게 중단됐다.

수천 마리의 물범이 만 안으로도 들어왔고 신바람이 난 주민들은 부빙을 헤치고 사냥에 나섰다.

새벽 네시, 잭 버깃은 형광등 불빛 아래서 마지막 찻잔을 비우고 스토브 뒤쪽에 걸린 재킷과 모자를 걸쳤다. 아내가 떠준 손가락 없는 장갑을 끼고 공기총을 들고 탄약통을 주머니에 쑤셔넣었다. 형광등을 끄고 어둠 속에서 더듬더듬 걸쇠를 찾았다. 살며시 문을 열고 나왔다.

찬 공기가 마치 얼음물처럼 목구멍에 가득 차올랐다. 반짝이는 별이 잔뜩 걸린 그물 같은 하늘.

부두로 내려가 서리가 하얗게 앉은 고깃배에 장비를 실었다. 공기총, 몽둥이. 얼음 구덩이에 빠질 경우 얼음 위로 올라오는 데 요긴한 쇠갈고리 달린 노르웨이제 몽둥이를 갖추지 못한 게 아쉬웠다. 하지만 어부란 모름지기 모험을 해야 하는 법. 그리고 물범 사냥용 칼, 황변방

지제, 도끼, 얼음 갈아놓은 것, 양동이, 나일론 비, 끈, 비닐봉지가 준비됐다. 그는 얼음 위에서 직접 가죽을 벗겼다. 가죽을 제대로 벗겨야지 잘못 벗기면 말짱 도루묵이었다.

연료를 점검했다. 그리고 얼음덩어리가 둥둥 떠다니는 만으로 달려 나갔다.

날이 훤히 밝았을 무렵, 그는 울퉁불퉁한 얼음판에 배를 깔고 엎드려 물범 무리에게 조심스럽게 다가갔다.

여덟시가 되기 전에 첫 총탄을 날렸다. 총 맞은 물범의 흐리멍덩한 눈을 흘낏 보고 튀어나온 동공을 만져본 뒤, 뚱뚱한 몸뚱이를 뒤집어 턱에서 꼬리까지 반듯하게 갈랐다. 육십 년 넘게 단련된 솜씨였다. 하지만 떼 지어 사냥을 나서는 게 보통이었고 홀로 쓸쓸히 나서기는 이번이 처음이었다. 아무리 큰 물범이라도 단 세 번의 칼질에 가죽을 홀랑 벗기던 가죽 벗기기의 명수 해리 클루즈가 생각났다. 그는 입냄새가 어찌나 고약했던지 한 지붕 아래서 살 수 없을 정도였고 여자들은 코를 싸쥐곤 했다. 그는 배 안에서 살았다. 거친 물범 사냥을 생업으로 삼았던 해리 클루즈, 잔인한 기술자였던 그는 사냥중에 찍힌 사진이 책 표지에 실려 전 세계인의 비난을 받았다.

잭은 칼로 두툼한 지방층을 파고들어가 지느러미발 동맥을 잘라내고 몸통을 굴려 갈라진 배가 깨끗한 얼음에 닿게 했다. 그러곤 흰 눈이 새빨갛게 물드는 걸 바라보며 담배를 피워 물었다. 살생은 반드시 피를 보게 되어 있다.

이제 지방층의 두께를 일정하게 유지하면서 맨손으로 가죽을 벗겨낸 뒤, 지느러미발을 모두 잘라 한쪽으로 치웠다. 지느러미발이 잘려

나간 구멍은 작고 크기도 똑같았다. 철분이 풍부한 피에 가죽이 상하지 않도록 바닷물에 가죽을 헹구고 깨끗한 눈 위에 겉쪽이 아래로 향하게 깔아놓았다. 흠집 한 군데 없는 완벽한 가죽이었다. 그는 다시 물범 몸통 쪽으로 갔다.

숨통과 허파와 위장과 창자를 자르고 골반뼈를 뚫고 들어가서 예리한 칼날로 얇은 내장을 베지 않도록 조심하며 항문 부위를 도려냈다. 그러곤 조심스럽게 내부기관을 통째로 들어냈다. 그 자리에 바닷물 몇 양동이를 길어다가 부어 고기를 식히고 깨끗이 씻었다. 사체 몸통 속의 물웅덩이.

그는 가죽을 이십 피트쯤 떨어진 곳에 있는 깨끗한 얼음 위에, 겉쪽이 위를 향하게 깔고 비로 물방울을 쓸어낸 다음, 털과 가장자리에 황변방지제를 뿌렸다. 완벽했다. 됐어, 하고 그는 중얼거렸다.

어느 날 저녁 무렵, 웨이비가 코일의 집으로 찾아왔다. 그녀는 바구니를 들었고, 헤리는 엄마 뒤에서 막대기로 길 가장자리를 긁으며 졸졸 따라왔다. 무지갯빛 꽃양배추 같은 구름 아래서 바다는 아직 환했다. 웨이비는 코일이 스파게티 물을 끓이고 있는 부엌문을 열었다. 물론 걸어왔다고 그녀가 말했다. 그녀가 들고 온 바구니 안에는 물범 지느러미발 파이가 들어 있었다.

"아직 한 번도 못 먹어봤다고 했죠? 맛이 좋아요. 사실은 지느러미발이 아니고 어깨 살이죠. 켄이 잡아왔어요. 이게 마지막이래요. 곧 토론토로 떠나거든요." 웨이비가 곧 돌아가겠다고 해서 코일은 서둘러 딸들에게 외투를 입히고 파이는 식탁 위에 그대로 둔 채 그녀를 집까지 태워다주었다. 그녀의 집 말뚝 울타리 앞에 차를 댔다. 코일은 바구니 손잡이를 잡은 웨이비의 손을 쥐고 있었다. 다시 차를 몰아 집에 도착할 때까지 그녀의 체온이 남아 있는 듯했다.

맛있는 검은 고기가 듬뿍 든 파이는 입에서 살살 녹았다. 하지만 선샤인은 그리다 만 그림을 어서 마저 그리고 싶어 껍질만 먹었다. 종이에 일렁이는 크레파스 선들이 그려져 있고 그 위에 아주 작은 십자가가 있었다. "버니 언니야. 물위를 날고 있는 거야." 선샤인은 입을 크게 벌려 조그만 이빨을 드러내고 깔깔 웃었다.

밤에 코일은 음식을 다 먹고 혀로 프라이팬을 핥았다. 혀가 행주라도 되는 것처럼. 그러고 서 있는데 부엌문이 열리더니 웨이비가 들어섰다.

"헤리는 아버지 집에서 자요. 난 여기서 잘래요." 뛰어와서 숨이 턱까지 차 있었다.

밤새 물범 지느러미발 파이 냄새가 풍기는 진짜 뉴펀들랜드식 키스가 이어졌다.

그로부터 사나흘쯤 뒤, 코일은 아직도 물범 지느러미발 파이를 생각하고 있었다. 문득 페틀이 준 날달걀 두 알이 떠올랐다. 그가 감상적인 의미를 부여했던 선물.

그는 웨이비에게 말했다. "페틀은 요리를 싫어했지요. 거의 안 했어요." 근사한 저녁을 차려놓고 식탁에 촛불까지 켜놓고 격식에 맞춰 냅킨까지 준비해놓고 페틀이 귀가하기를 기다리던 밤들이 머릿속을 스쳐지나갔다. 결국은 라디오를 벗삼아 혼자 꾸역꾸역 먹었지. 나중에 아이들이 태어나서는 스파게티 통조림을 허겁지겁 먹으며 아이들의 조그만 턱에 흘러내리는 이유식을 닦아내느라 바빴고.

"하루는 그녀가 내게 달걀 두 알을 줬어요. 날달걀을 선물로 준 거지요." 그때 코일은 그 달걀로 오믈렛을 만들어 어미 새가 새끼를 먹이듯 페틀에게 떠먹였다. 그리고 달걀 껍데기는 종이컵에 넣어 부엌 캐비닛 위에 올려놓았다. 아직도 그 자리에 있으리라.

"그래도 가끔 토스트 정도는 만들었겠죠."

"그녀는 집에 있는 시간이 별로 없었어요. 낮에는 직장에 나가고 밤과 주말에는 남자들을 만났으니까. 난 그 사람이 다른 남자들을 만나는 걸 알고 있었어요."

"다른 남자요?"

"그래요. 페틀은 다른 남자들을 좋아했어요. 많이."

마지막에 덧붙인 '많이'는 다른 남자들을 좋아한 정도를 의미하는 건지 남자들의 수를 말하는 건지 모호했다. 웨이비는 쯧쯧 혀를 찼다. 이미 짐작은 했던 일이었다. 그는 여간해서는 아내 얘기를 꺼내지 않았으니까. 이쯤 되면 웨이비도 솔직해지지 않을 수 없었다.

"사실 헤럴드도." 헤럴드가 새벽녘이 되어서야 담배와 술과 다른 여자의 살냄새를 풍기며 비틀비틀 들어와서 알몸으로 깨끗한 이불에 누울 때면 그의 음모가 분주했던 밤의 표시로 끈적끈적하게 뭉쳐 있던 기억이 떠올랐다. 그때 그는 말했었다. "그래, 여자랑 잤다. 그러니까 입 닥쳐."

"헤럴드도." 웨이비는 더이상 말을 잇지 못했다.

"흠."

"헤럴드도 바람둥이였어요. 내 몸을 설거지통 취급했죠. 다른 여자들과 놀아나고 돌아와서 더러운 찌꺼기를 씻어내는. 그가 사정할 때면 마치 내 안에 대고 토하는 듯한 기분이 들었어요. 이런 얘기는 당신에게 처음 하는 거예요."

긴 침묵. 코일은 헛기침을 했다. 웨이비의 얼굴을 봐도 될까?

"이제 와서야 깨달은 게 있어요." 코일이 말했다. "페틀은 좋은 여자가 아니었어요. 어쩌면 그래서 그녀를 사랑했는지도 몰라요."

"그래요," 웨이비가 말했다. "헤럴드도 마찬가지예요. 난 그게 내 운명이라고 여겼죠. 상황이 악화될수록 점점 더 그렇게 여겼어요. 그게 다 내 운명이고 내 탓인 것 같았어요. 무슨 소린지 알죠?"

코일은 고개를 끄덕였다. 계속 끄덕이며 마치 골똘히 생각에 잠긴 듯 입술을 휘파람 부는 모양으로 씰룩거렸다. 미남 헤럴드와 매혹적인 페틀이 기억의 쥐구멍 속을 분주히 드나들었다.

코일은 베니 퍼지의 뜨개질이 영 생소하기만 했다. 베니 퍼지는 샌드위치를 한입에 먹어치우고 뜨개질거리를 꺼내더니 삼십 분가량 고모 못지않게 빠른 손놀림으로 뜨개바늘을 움직였다. 청색 실이 다 떨어지기가 무섭게 흰 실을 꺼내 뜨개질을 계속했다. 코트 같은 걸 뜨는 모양이었다.

코일이 농담을 던졌다. "자네 글솜씨가 뜨개질 솜씨만큼만 된다면 얼마나 좋겠어." 베니는 기분이 상해서 고개를 들었다.

"어디 뜨개질뿐인가. 베니는 그물 수선에도 챔피언감이야. 자기 아내보다 바늘을 더 잘 알지, 안 그런가, 베니?" 빌리는 그러면서 코일에게 눈을 찡긋거렸다.

"그걸 어떻게 비교해요." 베니가 다시 뜨개질로 고개를 떨어뜨리자 그의 검은 머리칼이 얼굴로 쏟아졌다.

코일은, 베니는 글솜씨도 좋다고 달래기 시작했다. 빌리는 고개를 끄덕이며 뜨개질 얘기를 계속 물고늘어졌다.

"잭도 아직 뜨개질을 좀 하지만 예전만 못하지. 예전엔 솜씨가 좋았어. 하지만 베니는 못 따라가. 베니는 그 트럭 운전사 같다니까. 세인트존스에서 몬트리올까지 컨테이너 트럭을 몰던 그 친구 아나?"

코일은 문득 파트리지가 생각났다. 오늘밤엔 전화해야지. 전화해서 얘기를 좀 해야지. 그런데 무슨 얘기? 광고면과 인쇄비에 관한 회의를 하면서 대구를 다듬는다는 얘기? 사랑은 무無의 검정과 집착의 빨강만이 아니라 다른 색을 지니고 있을 수도 있다는 생각을 한다는 얘기?

"그 친구는 말이야, 노바스코샤와 뉴브런즈윅을 맹렬히 질주하며 운전대 속에 팔을 집어넣고 기계처럼 뜨개질을 했어. 그래서 몬트리올에 도착할 때쯤이면 훌륭한 스웨터 한 장을 짜서 뉴펀들랜드 어부의 진짜 수공예품으로 비싼 값에 팔곤 했지."

"그럴 수도 있겠네요." 베니 퍼지가 물었다. "혹시 얼마나 받았는지 아세요?"

"몰라. 그러던 어느 날, 그 친구는 트럭 속도만큼 빠르게 뜨개질을 하며 캐나다 횡단 도로를 질주하다가 경찰한테 걸렸어. 시속 백사십 킬로미터로 달려 간신히 트럭을 따라잡은 경찰은 트럭과 나란히 달리면서 정지 신호를 보냈지만 그 친구는 뜨개질에 몰두해서 알아차리지 못했어."

빌리의 엉뚱한 농담이 또 시작됐다. 코일은 엷은 미소를 지었다.

"경찰은 불빛을 비추며 차창 밖으로 외쳤지. '세워! 세우라구!' 그러자 그 위대한 트럭 운전사이자 뜨개질꾼은 고개를 저으며 말했지. '아닙니다, 경찰관님. 이건 카디건이라구요.'"*

베니 퍼지는 아무 반응이 없는데 빌리만 녹슨 쇳소리를 내며 요란하게 웃어댔다.

물범 사냥이 끝나자 잭은 청어잡이를 시작했다. 그는 청어 덫을 갖고 있었다.

코일은 조약돌이 깔린 해변에서 바람을 피해 바위 뒤에 불을 피워놓고 은빛 청어를 굽는 게 제일 즐거웠다. 바닷가로 떠나는 추운 피크닉. 웨이비는 파도에 밀려온 판자와 돌로 식탁을 만들었다. 헤리는 고무

---

* 차를 세우라는 뜻의 'pull over'를 머리부터 입는 스웨터 'pull-over'로 잘못 알아듣고 풀오버가 아닌 카디건이라고 말한 것.

같은 해초를 질질 끌고 다녔다. 버니와 선샤인은 따스한 햇살이 비치는 양 목초지 위를 팔랑팔랑 뛰어다녔다.

"웨이비 아줌마!" 선샤인의 날카롭고 새된 음성. "마시멜로 갖고 왔어요?"

"그래요, 아가씨. 작은 걸로."

코일은 딸들을 바라보며 초원의 아가씨들을 생각했다. 그러고 보니 빌리의 아버지가 한 말이 그의 인생과 딱 맞아떨어졌다. 악마의 연인, 용감한 여인, 초원의 아가씨들, 키 크고 조용한 여인.

버니가 양손을 오므리고 달려왔다. 과녁을 향해 날아가는 화살 같은 아이. 버니의 손에 돌멩이만한 새의 시체가 들어 있었다. 목이 꺾인 채 다리를 오그리고 죽어 있는 작은 새.

"죽은 새구나." 웨이비가 말했다. "가엾게도 목이 부러졌어." 그녀는 잠이나 천당 따위의 얘기는 꺼내지도 않았다. 버니는 새를 바위 위에 놓고 스무 번도 넘게 보러 갔다.

청어에서 연기가 피어올랐고 아이들이 몰려들어 "아빠, 아빠, 언제 익어요?" 했다. 헤리도 "아빠!" 하고 불렀다. 그러고는 자신의 영리함에 감격해서 파이 같은 얼굴을 쳐들고 환호성을 내질렀다.

"이런 염병할, 갈매기만도 못하군." 청어를 양동이에 퍼 담는 코일을 지켜보며 잭이 못마땅한 소리를 했다.

"그래도 먹으라면 한 배 가득도 먹어치울 수 있어요."

"신문 일이 잘 안 되면 어부로 전업하게. 자넨 고기잡이에 끌리고 있어. 난 알 수 있지. 고기잡이가 어째서 좋은지 아나? 배에 작은 스토브와 프라이팬과 소금에 절인 돼지고기만 갖추고 있으면 최고의 요리를 즐길 수 있거든. 그래서 도시락을 싸들고 배를 타는 어부가 없는 거지. 굶고서 바다에 나가기도 한다구. 바다에서 바로 잡아올린 것보다 맛난 건 없지. 언제 나랑 같이 나가세."

이 주 후 청어는 종적도 없이 사라지고 개미 버드는 임시로 지면을 대폭 줄였다. 빌리와 코일과 데니스가 잭을 도와 바닷가재 통발을 점검하고 새로 몇 개를 더 만들게 된 것이다. 베니 퍼지는 이빨을 몽땅 뽑으러 미스키만으로 갔다.

"이거 나 혼자 바닷가재잡이를 나서는 게 아니라 자네들까지 다 나가는 것 같군."

잭이 그렇게 말하자 빌리가 대꾸했다. "나도 같이 가고 싶어. 바닷가재는 돈이 되잖아. 하지만 허가증을 딸 수 있어야 말이지. 우리 중에 허가증을 가질 수 있는 사람은 데니스뿐이야. 자네 허가증을 물려받을 수 있으니까."

"저는 준비됐어요." 데니스가 말했다.

"당장은 그렇게 안 될걸." 잭이 매몰차게 대꾸했다. 그는 허가증이 아깝기도 하거니와 마지막 남은 아들을 육지에 묶어두고 싶었다.

"날씨 좋은 날 바닷가재 파티나 열자구. 노네임만에서 사와서라도 말이야. 그런데 축하할 건수가 없는 게 유감이군." 빌리는 그러면서 데니스에게 눈을 찡긋하고 코일에게는 눈동자를 굴려 보였다.

"축하할 일이 있어요." 코일이 말했다. "이번 토요일에 고모님이 돌아오시거든요. 집에서 환영 파티를 열기로 했는데 바닷가재 요리를 낼 수 있을지는 모르겠네요."

잭은 배 한쪽에 돌을 한 무더기 쌓아놓았다. 바닷가재 통발의 닻 역할을 할 닻돌이었다.

38
개썰매 레이서의 꿈

"큰 개를 묶는 생가죽 목줄 만드는 법. 가죽끈 네 개를 끝으로 갈수록 점점 가늘어지도록 다듬어 그중 제일 긴 끈의 가는 쪽 끝으로 고리를 만든 뒤, 네 가닥을 모아 사각매듭으로 꼰다. 그 끝에 커다란 단추매듭을 만든다. 가죽 구두끈 터번매듭으로 마무리한다."

—『애슐리 매듭서』 중에서

주머니에서 너덜너덜한 줄자를 꺼내는 앨빈 야크의 스웨터 지퍼가 달랑거렸다. 작업을 시작할 시간이었다. 어제 전나무 잎을 달여 먹고 변을 봐서 지구라도 번쩍 들어올릴 듯한 기분이었다. 몽당연필을 들고 용골에 만곡 판재에서 아직 잘라내지 않은 목재들을 댈 자리를 표시했다. 창밖을 내다보니 길은 텅 비어 있었다. 그는 콧노래를 부르며 작업장 높은 벽에 길게 달린 선반에서 대판*을 내려 배의 머리에서 꼬리 부

* 배의 늑골이 고정될 때까지 임시로 버티는 띠 모양의 판자.

분까지 흔들리지 않게 고정시켰다. 그러자 배의 모양새가 갖추어졌다.

"코일은 제일 중요한 걸 놓쳤어. 무無에서 배가 탄생되는 구경거리를 놓쳤다구." 그러면서 다시 창밖을 내다보았다. 살포시 미소 짓듯, 혹은 레이스 식탁보를 슬로모션으로 펼치듯 흰 줄무늬가 진 4월의 바다밖에 보이지 않았다. 포말덩어리가 부두의 말뚝들을 가볍게 두드렸다. 곶 너머로 일렁이는 바다 위에 빙산 조각과 부빙, 푸른 라디에이터 같은 붕괴하는 빙산이 보였다.

이윽고 코일의 스테이션왜건이 진흙을 튀기며 다가왔다. 코일은 웨이비가 떠준 검붉은 스웨터가 못에 걸리는 바람에 문간에서 멈칫했다. 스웨터 올이 풀리자 다른 사람 같았으면 그냥 확 잡아당겼을 걸 안달복달하면서 매만지며, 늦지 않게 집에 돌아가야 한다고 말했다. 고모를 환영하는 파티가 열리니까. 웨이비와 둘이서 오전 내내 유조선이 가라앉을 만큼 생선 차우더를 잔뜩 만들어놨으니 앨빈과 에비가 함께 와서 음식을 좀 처치해달라고 했다.

"나도 즐기는 시간을 조금은 갖지." 야크가 말했다. "애그니스는 아주 온 건가?"

코일은 아까 정오에 디어레이크에서 고모를 모셔왔다. 고모는 멋진 모습이었다. 기운이 넘쳐 보였고 이런저런 구상이 많은 듯했다.

코일은 잡념에 빠져 야크에게 엉뚱한 연장을 집어주었다.

"요샌 정신없이 바빠요." 그는 새로 만든 라이프스타일 면을 생각하고 있었다. 편지가 쇄도했다. 이제 새장 평면도는 아예 빼버렸다. 그런데 향수병은 과연 무엇으로 치유될 수 있을까? 타향으로 떠난 사람들은 모두 향수병을 앓는다. 그들은 언젠가는 꼭 고향에 돌아가겠노라고 편지를 쓰지만 아무도 돌아오지 않는다. 이제 소박한 옛날에 만족할 수 없게 된 것이다.

야크는 그칠 줄 모르는 노래를 흥얼거렸다. "오, 갠디구스, 그래야 소용없다네. 나사가 다 풀렸으니 브루스호처럼 바닥에 가라앉아, 갠디구스호, 뉴펀들랜드인을 죽이겠지." 그러면서 거친 판자에 줄자로 잰 치수를 적었다.

"다음주 토요일이면 자네도 배를 갖게 될 거야. 그때쯤이면 배가 완성될 테니까." 다행이군, 코일은 생각했다. 그칠 줄 모르는 노래에서 해방된 남자. 연갈색 거미 한 마리가 대판 위를 달음질치고 있었다.

"폭풍이 오고 있어. 종일 거미들이 부산히 움직이고 내 무릎도 쑤셔대거든. 자, 이제 목재를 자르세. 오, 무스를 들여온 건 브루스호였어. 무스들은 가문비나무숲에서 잘 자라지."

코일은 자신의 배를 바라보았다. 그는 사실을 관념으로 착각하고 저 목재들이 배의 진짜 본질이라고 생각했다. 배는 몇 달 전부터 야크의 마음속에 존재해왔는데.

야크가 톱질하고 다듬는 동안 코일은 목재를 벽에 세워놓았다. 목재의 굴곡을 보자 웨이비의 수금竪琴 모양 엉덩이와 중국의 교각 같은 단단한 허벅지가 생각났다. 웨이비와 결혼하면 잠자리에 페틀이 끼어들까? 헤럴드 프라우즈는? 그는 악마의 연인들이 짝을 이루어 으르렁거리며 달려들고 자기와 웨이비는 눈을 질끈 감고 손으로 귀를 막고 침대 발치에 웅크리고 앉아 있는 장면을 상상했다.

황혼이 밀려들고, 두 사람은 목재를 제자리에 고정시키며 하얀 입김을 토해냈다.

"그래야 소용없네, 그래야 소용없다네, 난 주방으로 차를 가져가야 했지." 야크는 코일과 함께 어둠침침한 작업장을 나와 초록의 저녁놀 속으로 들어서며 노래를 흥얼거렸다. 바다와 하늘이 색유리처럼 보였다. 곶의 등대가 불빛을 던지고 집의 창들이 엷은 오렌지색 꽃으로 피어났다.

"저 소리 들리나?" 야크가 길에서 멈춰 서며 경고하듯 팔을 뻗었다. 손가락이 부채처럼 벌어져 있었다.

"무슨 소리요?" 들리는 건 파도 소리뿐. 코일은 어서 집으로 돌아가고 싶었다.

"바닷소리. 큰 파도 소리. 큰 파도가 몰려오고 있어." 그들은 호박색 하늘 아래 서서 귀를 기울였다. 나뭇가지는 검게 뒤엉켜 있고 절벽은 묘석처럼 보였다.

"저기! 보라구!" 야크는 코일의 손목을 움켜쥐고 만의 북동쪽 방향을 가리켰다. 어둠이 내리는 물위에서 공 모양의 푸른 불빛이 희미하게 빛나고 있었다. 등대 불빛이 만을 가로질렀지만 아무것도 보이지 않았고 등대 불빛이 지나가자 다시 캄캄한 어둠 속에서 그 이상한 빛덩이가 물위를 굴러다니며 희미해졌다.

"저건 폭풍의 빛이야. 여러 번 봤지. 악천후의 징조야." 순 사기꾼인 하늘은 맑기만 했다.

코일의 집 앞 길가에 승용차와 트럭이 줄지어 서 있었다. 창밖에서 보니 부엌에 사람이 많았다. 코일은 음악이 흐르는 집으로 들어섰다. 웨이비는 아코디언으로 〈조 라드〉를 연주하고 데니스는 기타를 치고 있었다. 비티가 오븐에서 팬을 꺼내며 누가 노래하는 거냐고 농담을 던지자 한바탕 폭소가 터졌다. 메이비스 뱅스가 버깃 부인에게 세인트 존스의 유선염 걸린 여자 이야기를 들려주었다. 켄과 그의 친구는 가슴에 팔짱을 끼고 벽에 기대서서 구경만 했다. 그들은 토론토를, 이런 조촐한 부엌 파티가 아닌 도시의 근사한 파티를 꿈꾸고 있었다.

버니가 재킷을 벗는 아빠를 끌어당기며 다급하게 속삭였다. "아빠, 얼마나 얼마나 기다렸다구. 아빠, 나랑 같이 내 방에 올라가서 웨이비 아줌마가 갖다준 걸 봐. 얼른, 아빠. 지금. 제발." 뭔지 몰라도 단단히 흥분한 모양이었다. 제발 크레파스는 아니길. 이제 브로콜리나무라면 지긋지긋했다. 이미 냉장고가 브로콜리나무 그림으로 온통 뒤덮여 있으니까.

코일은 딸에게 질질 끌려가며 웨이비의 눈길을, 그녀의 미소를 보았다. 아, 그만을 위한 눈길과 미소! 계단을 오르는데 문득 하나의 이미지가 떠올랐다. 그렇다면 사랑은 돌아가면서 하나씩 꺼내 먹는 종합사탕 봉지 속의 다양한 사탕 같은 것이고 우리는 사탕을 맛보듯 사랑도 이것저것 맛볼 수 있는 것이 아닐까? 혀에 톡 쏘는 맛을 남기는 것, 밤의 향기를 일깨우는 것, 속이 쓸개처럼 쓴 것, 꿀과 독을 섞은 것, 금방 삼키게 되는 것. 그리고 평범한 눈깔사탕과 박하사탕 틈에 희귀한 것들도 섞여 있다. 독바늘로 심장을 찌르는 것들 한두 알과 평온과 부드러운 기쁨을 주는 것. 지금 그의 손은 그 평온과 부드러운 기쁨의 사탕을 집으려 하고 있는 것일까?

헤리와 선샤인은 바닥에 누워 있었다. 마티는 허스키 강아지에게 물그릇을 내밀고 있었다. 털이 희고 꼬리는 양치식물처럼 동그랗게 말린 강아지였다. 강아지는 버니에게 달려오더니 신발끈 고리를 물어 당겼다.

"흰 개로구나." 코일은 곁눈질로 딸의 눈치를 살피며 겨우 말했다.

"이건 썰매 끄는 개야. 아빠, 웨이비 아줌마가 썰매 개를 키우는 삼촌한테서 얻어다줬어."

"켄한테서? 켄이 썰매 끄는 개를 키우니?" 코일은 켄이 아니란 걸 알면서도 마음을 가다듬느라 그렇게 중얼거렸다. 딸의 방에 흰 개가 있는 걸 보고 깜짝 놀란 남자.

"아니, 켄 말고 오스카. 애완용 물범을 키우는 그 삼촌 말이야. 아빠도 그 물범 본 거 기억나지? 켄이 거기까지 태워다줬어. 강아지가 크면 오스카가 훈련시키는 법을 가르쳐준댔어. 그럼 경주에 내보낼 거야. 강아지가 좋다고만 하면. 그리고 앨 선장님께 코마틱을 만들어달라고 부탁할 거야. 코마틱은 썰매야. 우리가 오스카 집에서 본 그런 거. 난 커서 개썰매 레이서가 될 거야."

"나두." 선샤인이 말했다.

"야, 그것 참 멋지구나. 우리 개썰매 레이서들. 그런데 강아지 이름은 지었니?"

"워런이야." 버니가 대답했다. "워런 2세."

"워런 2세." 헤리가 되풀이했다.

코일은 아무래도 워런 왕조의 개들과 더불어 살 팔자인가 싶었다.

"아빠," 버니가 코일에게 속삭였다. "헤리도 강아지를 갖게 돼. 워런

2세의 형제야. 내일. 그치만 헤리한테 얘기하지 마. 비밀이거든."

코일은 아래층으로 내려가서 고모를 포옹한 뒤, 웨이비에게 갔다. 그리고 호기가 동해 감정이 시키는 대로 그녀에게 키스했다. 뜨겁고 진실한 포옹. 웨이비의 이가 그의 입술을 멍들게 했다. 두 사람 사이의 아코디언이 미친듯 울어댔다. 그러자 손님들이 환호성을 올리며 박수를 보냈다. 결혼 발표나 다름없으니까. 웨이비의 아버지는 테이블에 앉아 한 손은 허벅지에 붙이고 다른 손으로는 찻잔 받침에 담뱃재를 떨며 코일을 향해 미소 지었다. 그러면서 공모가 아닌 허락의 윙크를 보냈다. 아, 웨이비의 윙크가 아버지를 닮은 거로구나. 그러나 잭은 식료품실에서 어두운 창밖만 내다보고 있었다.

"아버님," 비티가 잭을 향해 외쳤다. "왜 거기서 그러고 계세요?" 그녀는 분홍색 당의糖衣를 입힌 커다란 흰 케이크를 내왔다. 케이크에는 사탕으로 '환영, 애그니스'라고 쓰여 있었다. 코일이 케이크 두 쪽을 먹어치우고 세 쪽째 집어드는데 빌리 프리티가 머리에 하얗게 눈을 맞은 채 도착하여 코일의 케이크를 빼앗아 입으로 가져갔다. 빌리는 스토브 옆에 서 있었다. 거드름을 피우면서. 모두의 시선이 그에게로 향했다. 그가 아무 말도 안 했는데도 말이다.

"아직 일기예보에는 별말이 없지만 무시무시한 폭풍이 다가오고 있어. 눈보라가 아주 심해. 바람이 시속 삼십 노트쯤 될 거야. 동풍이 불고 역전풍*이야. 밤새 시끄럽게 불어댈 거야. 잘 들어보라구." 아코디언의 작은 바람 소리가 잦아들자 집 모퉁이에서 울부짖는 바람 소리가

* 풍향이 시계 반대 방향으로 바뀌는 바람.

거세게 들려왔다.

"예고 없이 닥쳐와서 지나간 뒤에야 아는 북극 저기압일 거야. 난 그만 돌아가야겠네. 예감이 좋질 않아." 빌리가 케이크를 먹으며 말했다.

그건 모두 마찬가지였다.

"나도 집에 가봐야겠네." 잭이 외쳤다. "폭풍이 다가오는 게 느껴져. 어서 가서 배를 끌어올리지 않으면 풍비박산나겠어. 데니스, 어머니 모시고 와라." 그러면서 아내와 아들을 손가락으로 가리켰다.

아홉시쯤 되자 폭풍으로 도로와 배가 파손될 것을 염려한 손님들이 모두 자리에서 일어나 돌아갔다.

"고모님이 폭풍을 몰고 오신 것 같네요." 그들은 접시들에 둘러싸여 부엌에 앉아 있었고 고모는 위스키 잔을 들고 있었다. 개수대의 포크들이 뼈대 같았다.

"그런 말 마. 그런 말은 하는 게 아냐. 제일 심한 악담이지." 그러나 기쁜 기색이었다.

적도 지방의 추시계를 북쪽 나라에 옮겨놓으면 시계가 빨리 간다. 지구의 움직임에 따라 북극의 강은 오른쪽으로 치우쳐 흐르고 숲에서 길을 잃은 사냥꾼은 저절로 오른쪽으로 향하게 된다. 북쪽 지방에서는 서쪽에서 오는 무시무시한 폭풍이 동풍으로 시작되는 경우가 종종 있다. 이 모든 현상은 코리올리의 힘으로 설명될 수 있다. 즉, 지구의 자전에 의한 회전운동의 영향으로 바람이 일고 역류 및 폭풍의 회오리

현상이 생기는 것이다.

"역전풍, 악천후." 빌리가 차를 비스듬히 몰아 언덕길을 내려가며 중얼거렸다. 바람은 이제 북쪽으로 방향을 틀고 있었다.

그는 며칠 전 음산한 하늘에서 바람을 몰고 오는 마름모꼴 빛을 보았다. 그 빛을 목격하자 마음의 눈에 바람이 보였다. 옛 지도에 비대칭적 형태의 풍속풍위도로 표시된 바람의 방향이, 탁월풍을 나타내는 길쭉한 화살표들로 표시된 바람장미*가 그려졌다. 이곳 폭풍의 징후에는 북동풍에서 남서풍으로의 역전도 포함되었다.

자정이 되자 바람은 서쪽으로부터 곧장 불어오고 신음소리가 통곡소리로 높아졌다. 바람의 명단에도 들어 있지 않은 지독한 바람. 무시무시한 강풍 블루노더와 블라스트와 랜드래시의 친척. 한가운데가 불그레한 작은 구름으로 시작되는 불스아이 스콜의 사촌. 북유럽의 전설에 등장하는 빈드그니르와 뉴잉글랜드 해상에 사흘간 부는 노스이스터의 시어머니. 알래스카의 윌리워와 아일랜드의 도이니온의 아저씨. 러시아의 눈雪으로 유고슬라비아의 평원을 강타하는 코샤바, 슈테펜빈트, 중앙아시아의 광활한 스텝 지역에서 불어오는 부란, 크리베츠, 시베리아의 비우가와 푸르가, 북러시아의 먀텔의 이복자매. 프레리 블리자드와 그냥 노스윈드라고도 불리는 캐나다의 북극풍, 그린란드의 얼음 평원을 달리는 피타라크의 친형제. 이렇듯 어마어마한 세력을 지닌 저 이름 없는 바람은 예리한 금속 날처럼 바위섬을 깎아냈다.

---

* 각 방위별 풍향 출현 빈도를 방사 모양 그래프로 나타낸 풍배도는 장미 형태를 하고 있어서 '바람장미'라고도 불린다.

빌리는 잠자리에 누워 이 밤 폭풍 속에서 수마일 길이의 거품을 물고 달려드는 노도와 싸우고 있을 가련한 영혼들을 위해 기도했다. 튼튼한 유조선도 낡은 트롤어선도 파도에 산산조각나리라.

결국 그는 일어나야 했다. 전기가 나간 것이다. 어둠 속을 더듬어 손전등을 찾아서 창밖을 비추었다. 전광이 일 정도의 속도로 휘몰아치는 눈보라 외엔 아무것도 보이지 않았다.

조심스럽게 문을 열자 우악스럽게 달려드는 바람에 문짝이 춤을 췄다. 젖 먹던 힘까지 짜내어 겨우 문을 닫았다. 부엌바닥에 부채꼴 모양으로 눈이 들이쳤고 그 위에 자신의 맨발 발자국이 찍혀 있었다. 창마다 덜컹거리고 집밖에선 양동이 굴러다니는 소리, 밧줄 부딪치는 소리, 방수천 날리는 소리가 요란한 불협화음을 냈다. 집과 전신주 사이의 전선들이 토해내는 통곡소리에 머리털이 곤두섰다. 빙하로부터 안개 낀 바다 위를 곧장 질주해 내려온 추위. 난로에 장작을 던져넣었지만 굴뚝이 잘 통하지 않았다. 강풍이 모자처럼 굴뚝을 덮은 것이리라. 그런 일이 가능하다면.

"이런 바람엔 개가죽까지 벗겨져 날아가겠어." 그의 개 엘비스는 귀를 잔뜩 꼬고 등가죽을 덜덜 떨고 있었다.

코일의 집에서 고모는 침대 다리로 쿵쿵 올라오는 바다의 거친 고동소리를 듣고 있었다. 한편 버깃 부인은 아들이 바다에 빠지며 아우성치는 소리를 듣고 있었다. 헤리는 담요 속에서 뻣뻣이 굳은 채 드넓은 방안의 고독한 개미가 되어 광활함을 체험하고 있었다. 그리고 세인트 존스에서는 코일의 늙은 친척이 흰 침대에 누워 자신의 바람매듭이 몰고 온 광풍을 생각하며 전율하고 있었다.

버니는 울부짖는 굴뚝을 빠져나가 바람을 안고 만을 건너 초록색 집을 케이블로 묶어둔 바위로 갔다. 바위에 누워 위를 올려다보았다. 지붕널 하나가 들썩하더니 훽 날아갔다. 굴뚝 벽돌들이 카드처럼 후드득 떨어져 날아갔다. 팽팽한 케이블들은 각기 다른 불로러* 음을 연주하고 거친 베이스음이 바위에 휘몰아치자 집 대들보와 기둥이 흔들렸다. 덜컹거리는 벽이 울렁이는 바닥에 못들을 뱉어냈다. 집이 바다 쪽으로 기울었다.

딱 소리에 이어 휘파람소리를 내며 케이블이 끊어졌다. 유리창이 박살났다. 집이 삐걱거리며 문틀에서 뒤틀렸다. 케이블이 날카로운 비명을 내질렀다.

버니는 기둥에 묶인 죄수처럼 양팔을 벌린 채 바위에 똑바로 누워 집을 올려다보았다. 손가락 하나 까딱할 수가 없었다. 초록 집은 케이블이 끊어진 쪽이 자꾸만 들썩거렸다. 유리창이 깨졌다. 케이블이 또 하나 끊어졌다. 집 뒤쪽이 번쩍 들려 마치 절을 하는 모양이 되더니 다시 쿵 내려앉았다. 대들보가 갈라지고 유리창에도 낙서를 해놓은 듯 금이 갔다. 집안에선 그릇과 프라이팬과 침대와 옷장이 바닥에 뒤엉킨 채 미끄럼을 타고 숟가락과 포크가 담긴 서랍이 엎어지고 꼬여 있던

* bull-roarer. 갸름한 널에 끈을 꿰어 만든 악기. 웅웅 소리를 내며 고대에 의식용으로 사용되었다.

계단이 풀렸다.

한줄기 돌풍이 동쪽으로 집을 비틀었다. 마지막 남은 케이블이 끊어지면서 집이 심하게 흔들렸다.

비명. 잠이 깼다. 도망치려고 방바닥을 엉금엉금 기었다. 밖에서 부는 바람이 악몽의 사실성을 입증했다. 문을 열고 뛰어들어온 코일이 빠져나가려고 발버둥치는 아이를 꼭 껴안았다. 코일은 공포로 반미치광이가 된 딸을 보자 더럭 겁이 났다.

그러나 십 분 후 버니는 따뜻한 우유 한 잔을 마시고 바람소리 때문에 악몽을 꾼 거라는 코일의 이성적인 설명에 진정이 되었다. 워런 2세와 침대에서 함께 자게 해주면 잘 수 있을 것 같다고 했다. 아빠가 무슨 꿈을 꿨냐고 조심스럽게 물었지만 버니는 아무것도 기억하지 못했다.

코일은 개미 버드 호외판을 만들었다. '폭풍이 휩쓸고 지나간 우리 고장'이라는 제목 아래 길에 끌어올려진 배와 고립된 제설차 사진을 실었다. 기삿거리가 천 개는 된다고 빌리가 지친 음성으로 말했다. 선박이 침몰하고 그랜드뱅크스와 세인트로렌스 항로 사이에서 마흔 명이 넘는 남자와 여자 셋, 어린이 한 명이 실종되고 보트가 파손되고 화물이 유실됐다. 베니 퍼지는 흙더미에 묻힌 픽업을 꺼내고 있는 주민들의 사진을 찍어 왔다.

기상청에서는 이상 고온 현상을 예보했다.

드디어 월요일이 되자 더위가 찾아왔다. 햇살이 내리쬐자 곳곳에 녹은 눈이 개천을 이루고 지구온난화 현상 얘기가 나왔다. 구멍이 숭숭 뚫린 빙산 하나가 곶을 스쳐지나갔다. 와이셔츠 바람의 코일은 햇살이 눈부셔 눈을 가늘게 떴다. 버니 걱정을 한쪽으로 밀어놓을 수 있을 때는 희열이 솟구쳤다. 왜 이렇게 기쁜 것일까? 길어진 낮 때문에? 따스한 날씨 때문에? 아니면 숨쉬기를 처음 배운 듯한 기분을 느끼게 하는 맑고 달콤한 공기 때문에?

오전 느지막이 편집실 문이 열렸다. 웨이비가 온 것이다. 신문사까지 찾아온 적은 없었는데. 웨이비가 나오라고 손짓하더니 귀에 대고 소곤거렸다. 뺨에 와닿는 달콤한 숨결. 함께 사랑을 나누던 밤에 풀어헤쳤던 윤기 흐르는 다갈색 머리는 곱게 땋았고 손마디에는 노란 페인트가 묻어 있었다. 테레빈유 냄새도 살짝 풍겼다.

"아버지가 이따 점심때 오래요. 보여줄 게 있다고요." 하지만 그녀도 그게 뭔지는 모른다고 했다. 남자들만의 일이겠지. 그녀의 아버지 아치는 남자 일과 여자 일을 나누는 데 선수였다. 빈 찬장과 음식이 가득 담긴 접시는 남자 몫이고, 음식 재료가 가득한 찬장과 빈 접시는 여자 몫이었다.

차를 몰고 가서 보니 노인은 담에 기대서서 기다리고 있었다. 반 마일 밖에서 스테이션왜건이 시동 거는 소리를 들은 모양이었다. 배기장치가 닳아 소음이 심했다. 이 정도의 거리는 운동을 위해서라도 걸어야 한다는 걸 알지만 그래도 차가 빠른 걸 어쩌랴. 날씨만 좋으면 내일부터 걸어다니리라.

나무 동물원을 뒤로하고 선 아치는 구식 쌍안경을 들고 있었다. 입엔 담배를 물고 있었다. 그가 이 쌍안경으로 제일 먼저 본 건 책의 어린 아들들이 울퉁불퉁한 얼음판에서 어른 흉내를 내어 작은 부빙들을 폴짝폴짝 건너는 광경이었다. 아이들이 흘리는 콧물까지 보였다. 그렇게 한 시간 동안 눈도 깜박이지 않고 지켜보았다. 그런데 갑자기 제슨이 물에 빠져서 얼음 가장자리에 필사적으로 매달렸고 동생은 형을 끌어내려고 안간힘을 쓰는 게 보였다. 아치는 한달음에 배를 끌고 달려갔고 결국 아이를 얼음 구덩이에서 구해낼 수 있었다. 그때 그는 쌍안경을 갖고 있었던 걸 얼마나 다행스럽게 여겼는지 모른다. 그러나 나중에 알고 보니 그건 하나의 징조였다. 운명은 아무도 거스를 수 없는 법. 제슨은 바다에 빠져 죽을 팔자였다.

아치는 코일이 다가오는 걸 보고 쌍안경을 들어올려 먼 해안을 훑었다. 소식을 전하기에 앞서 다시 코일곶을 살폈다.

"이보게, 자네 집이 없어진 것 같네. 직접 보게." 그러면서 쌍안경을 내밀었다.

코일은 아직 군데군데 눈이 남아 있는 바위에 올라섰다. 쌍안경을 천천히 움직였다. 다시 움직였다.

아치는 담배 연기를 내뿜었다. 그의 얼굴은 수천 개의 잔주름으로 균열이 가 있고 귀와 콧구멍 밖으로 고불거리는 검은 털이 비어져나와 있었다. 손가락은 오렌지색이었다. 말할 때마다 기침을 쏟아냈다.

"아무리 찾아봐도 소용없어. 집은 없어졌으니까. 오늘 아침에 봤더니 없더라구. 가서 직접 확인해보게. 그냥 무너진 건지, 아니면 바람에 날아간 건지. 바람이 워낙 거세서. 케이블로 집을 지탱한 지가 얼마나 됐지?"

코일은 그때가 언제인지 알지 못했다. 고모가 태어나기 전부터 집은 바위 위에 있었으니까. 육십사 년이 훨씬 넘는 오래전, 옛 코일들이 얼음길을 따라 집을 끌고 온 때부터.

"고모님이 무척 상심하실 거예요. 얼마나 정성을 들였는데." 그의 은밀한 오솔길은 아직 그 자리에 있을 테지만 가문비나무 가지들이 이룬 터널을 따라 어치들이 날아다니던 그 길을 영영 잃어버린 기분이 들었다. 그 길을 따라 해변으로 달려 내려가곤 했었는데. 고요함을 잃은 듯했다. 이제 킬릭클로에서 지내야 한다. 코일 일가는 다시 떠도는 신세가 되었다.

코일은 아치에게 고맙다는 인사를 하고 악수를 나누었다.

"쌍안경이 있어서 다행이군." 아치는 담배를 빨며 이 사건에는 어떤 뜻이 숨겨져 있을까 궁금해했다.

비티 말이, 데니스는 친구 칼을 위해 나무를 베고 있다고 했다. 아직도 포크밖에 못 들고 목에 깁스를 하고 다니는 불쌍한 칼. 데니스에게 설상차가 있다고 했다. 이제 눈은 군데군데 조금씩밖에 안 남았지만. 고속도로 아래 푸른 표지판 옆, 길가에 트럭이 세워져 있었다. 크리스마스가 지나고 데니스와 둘이 나무를 베던 숲에서 멀지 않은 곳이었다. 숲에는 벌목길이 나 있다. 코일은 그 길을 찾을 수 있었다. 아무렴.

데니스는 방금 베어낸 나무 밑동들이 부채꼴을 이루고 있는 곳에 서 있었는데 헛도는 사슬톱 소리 때문에 코일은 목청을 높였다. 우리집이 없어졌어. 그들은 서둘러 도로로 올라가서 푹푹 빠지는 길을 따라 걸었다. 캡사이즈만 갈림길을 지났다. 자갈길과 장갑 공장을 지났다. 어치가 보였다. 수지와 자동차 배기가스 냄새. 녹은 물이 개천을 이루어 흐르는 소리.

커다란 바위는 헐벗은 채 누워 있었다. 볼트들은 아직 바위에 붙어 있었고 케이블 한 가닥이 굵은 밧줄처럼 말려 있었다. 하지만 그 외엔 아무것도 없었다. 집은 바람 때문에 바위에서 굴러떨어져 유리와 눈의 결정체들을 따라 바다로 가버렸으니까.

"그 많은 돈과 정성을 들였는데 그렇게 허무하게 가버렸어? 사십 년을 빈집으로 용케 버티다가 눈 깜짝할 사이에 사라지다니! 우리가 수리하자마자." 고모는 가게에서 휴지로 코를 풀면서 말했다. 침묵. "그럼 화장실은 어떻게 됐니?"

코일은 기가 막혔다. 집이 통째로 날아간 마당에 뒷간 걱정을 하다니.

"못 봤어요, 고모님. 굳이 찾아보지도 않았고요. 선착장은 아직 그대로 있어요. 거기 작은 별장을 지어 날씨 좋은 주말이나 여름에 묵을 수 있겠죠. 그리고 전 지금 살고 있는 버크 씨 집을 아예 살까봐요. 편하고 좋은 집이에요. 넓기도 하고요. 방이 아홉 개니까."

"난 끄떡없어." 고모가 말했다. "고난을 이겨내는 데는 이골이 났으니까."

"알아요." 코일이 말했다. "고모님이 어떤 고통을 겪어오셨는지 조금은 알아요."

"아니, 아니, 조카는 짐작도 못할 거야." 고모는 뻣뻣한 미소를 머금으며 고개를 가로저었다.

고모의 그런 태도는 이따금 코일을 짜증스럽게 했다. "우리 아버지가 한 짓을 알아요. 고모님께. 어렸을 때 말이에요. 놀런 코일이 다 얘기해줬어요."

알아버렸구나. 고모는 숨을 멈췄다. 평생 간직해온 비밀인데.

그녀는 무슨 말을 해야 할지 몰라 그냥 담담하게 웃었다. 그런 게 웃음이라면. 그러곤 손바닥으로 얼굴을 감싸고 흐느꼈다. 조카가 버니나 선샤인을 달래듯 그녀의 어깨를 가볍게 두드리며 자, 자, 하고 말했다. 코일은 고모에게 차를 따라주었다. 입 다물고 있을 걸 그랬다는 후회가 밀려들었다.

기운을 차린 고모는 다시 바지런히 손을 놀렸다. 마치 아무 일도 없었다는 듯. 잭이 물고기를 바다에 내던지듯 그 생각은 이미 멀리 던져버렸다.

"그래, 새집을 짓자. 여름 별장으로 말이야. 나도 여름이 아닌 때는 여기서 살 거야. 그러잖아도 그런 궁리를 했어."

"우선 돈을 모아야죠. 곶에 집을 지으려면 돈이 필요하니까. 전 집 짓는 데 돈을 많이 못 대요. 버크 씨 집을 살 작정이니까요."

"집 짓는 비용은 걱정하지 않아도 돼. 보험금이 나올 테니까."

"그 초록색 집에 보험을 들어놨단 말씀이세요?" 코일은 도무지 믿기질 않았다. 그는 투철한 보험 정신의 소유자가 아니니까.

"물론. 작년에 이사하면서 우선적으로 한 일이 그거였어. 화재, 홍

수, 얼음, 천재지변. 이번은 천재지변에 해당되지. 버크 씨 집을 사는 건 좋은 생각이야. 아이들도 있으니까 큼직한 집이 필요하지. 곧 웨이비와 합칠 거 아냐."

코일은 하마터면 고개를 끄덕일 뻔했다. 턱이 거의 내려갔다. 그는 고모가 이야기하는 동안 곰곰 생각에 잠겼다.

"하지만 난 달리 계획이 있어." 지금 굳힌 결심이었다. 이제 조카와는 한 지붕 아래 살 수 없으리라. 비밀을 알아버렸으니까.

"이 건물을 살 생각이야. 헐값으로 살 수 있어. 가게도 늘려야 하고 위층은 항구가 한눈에 내려다보이는 게 아늑하고 좋아. 아마 멋진 살림집을 꾸밀 수 있을 거야. 혼자 살 건 아냐. 메이비스—메이비스 뱅스, 메이비스 알지—가 동업을 하고 싶대. 그녀에게 저축해놓은 돈이 좀 있대. 사실은 겨우내 그 얘기만 했지. 둘이 가게 위층에 살면 아주 편리할 거야. 그래서 그런 궁리를 하고 있어. 어쩌면 옛집이 없어진 건 잘된 일인지도 몰라."

늘 그랬듯이 고모는 앞장서서 달려나갔다.

39
빛나는 휠캡

“아직 기록되지 않은 매듭도 있고, 밧줄의 용도가 새롭게 생겨나는 한
새로운 매듭은 계속해서 탄생할 것이다.”
—『애슐리 매듭서』 중에서

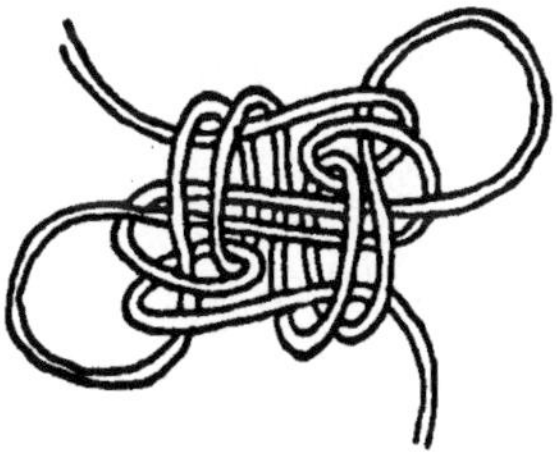

만에는 레스토랑의 깨진 접시 조각 같은 얼음 부스러기가 가득했지만, 그래도 배는 완성되었다. 야크는 마지막 대패질을 마쳤다. 물러서서 우아한 목조선을 탁 치자 손바닥만한 먼지구름이 일었다. 그 자신도 톱밥으로 만들어진 것처럼. 그는 콧노래를 불렀다.

“이젠 됐어. 페인트칠만 하면 돼.” 코일과 데니스가 낑낑거리며 무거운 배를 트레일러에 싣는 동안 그는 편안히 앉아서 구경만 했다. 그의 임무는 끝났으니까. 야크의 입이 벙긋 열렸다. 그 입에서 무슨 소리가 나올지 아는 코일이 선수를 쳤다. “오 갠디구스, 그래야 소용없네.” 코일은 구슬픈 선율이 목구멍 속에서 뜨거워질 정도로 목청을 높여 끝까지 노래를 불렀다. 노인 야크는 그걸 인사로 여기고 반시간 가까이 갠디구스호 침몰 사건을 윤색해서 이야기한 뒤에야 차를 마시러 들어갔다. 스토브 위에 걸어놓아 따뜻해진 모자처럼, 코일의 노랫소리가 노인의 귀에 따스하게 남아 있었다.

얇게 저민 베이컨과 해시포테이토를 곁들인 청어 튀김이 푸짐하게 담긴 접시. 겨자소스 그릇. 분주히 식탁을 오가며 음식을 내오던 비티가, 영원히 식탁 밑에 있고 싶은 욕구와 신발 곁에 있고 싶은 욕구 사이에서 우왕좌왕하는 워런 2세를 넘어갔다. 저녁식사 초대를 받은 코일과 웨이비는 상냥하게 웃으며 입에 침이 마르도록 음식 칭찬을 했다. 삶은 양배추. 그리고 마지막엔 크림을 얹은 블루베리 파이. 코일에겐 뭐든 곱빼기였다. 양배추를 많이 먹으면 방귀가 나오지만.

선샤인이 청어 등뼈를 구부리며 노래를 불렀다. "버치라인, 타르트와인, 체리와인, 터블타인." 버니와 마티는 의자 하나에 둘이 앉아서 팔짱을 끼고 밸런타인데이에 남긴 하트 모양 사탕 봉지를 하나씩 들고 나눠 먹었다. 사탕에 이런 글자들이 있었다. 애정운. 오, 이런.

데니스는 식탁에서 안절부절못하고 일어났다 앉았다 했다. 서랍을 열었다 닫았다 했다.

"당신 왜 그래?" 비티가 물었다. "오늘밤 내내 엉덩이에 불붙은 고양이 같잖아."

데니스가 기분 상한 표정이 되었고 코일은 입술을 깨물었다.

"나도 모르겠어. 뭘 찾고 있는데 그게 뭔지 모르겠다구. 그게 문제야."

"차 한 잔 더 할래?"

"아니, 아냐. 배불러."

데니스는 코일에게 고민을 털어놓았다. 벌써 몇 주째 일이 없어. 일거리가 생길 가망도 없고. 이 직업은 수입이 일정치 않아서 문제야. 가족 굶길까봐 조바심치는 것도 이제 진절머리가 나. 고기잡이를 겸할 수 있으면 이렇진 않을 텐데. 데니스는 다시 벌떡 일어나서 찻주전자를 집어들고 안을 들여다보았다. 코일은 안정된 직업이 있어서 다행이었다. 차가 아직 남았나?

"자네 아버지께서 운영하는 신문사니까 신문사 일을 해보지 그래. 자네가 들어오면 도움이 될 거야. 그러잖아도 일손이 많이 달리거든." 코일은 설탕 한 스푼을 떠서 옮기다가 깨끗한 식탁보에 반은 흘리고 말았다.

"싫어! 차라리 양팔을 잘라내는 게 낫지. 난 개미 새끼만한 글자 다루는 일은 질색이야. 읽는 거든 쓰는 거든. 파리 시체들을 헤치고 걷는 것 같다니까." 그러면서 투박한 손을 내보였다. "사실은 말이지." 그는 이야기의 운을 떼면서 비티에게 고개를 끄덕였다. 비티는 시선을 떨어뜨렸다. "한 일이 년 토론토에 가서 살까 해. 내키진 않지만 가서 돈을 벌어 다시 돌아오려고. 거긴 목수 일감이 많으니까. 여긴 일거리가 있어야지." 그가 손가락으로 두두둥 식탁을 두드리자 아이들도 그 소리를 내려고 고사리 손으로 식탁을 두드려댔다. 데니스는 아이들을 노려보았지만 눈빛에 위력이 없었다.

비티와 웨이비는 설거지를 하며 토론토 얘기를 했다. 비티는 뜨거운 걸레처럼 맥없는 음성이었다. 토론토 생활은 어떨까? 아이들은 좋아할까? 어쩌면 아이들이 그곳 생활을 좋아하지 않는 편이 나을지도 몰라. 어쩌면. 어쩌면.

코일은 가지 말라는 말은 못했지만 이번에 떠나면 영영 그들을 잃게 되리란 걸 잘 알고 있었다. 다시 고향으로 돌아오는 얼마 안 되는 사람들도 불타버린 집의 잿더미 속에서 나온 칼처럼 성질이 변해서 돌아오니까. 마티를 잃으면 불쌍한 버니는 어찌 살까. 데니스와 비티를 잃으면 불쌍한 나는 어찌 살까.

모두 하품을 해대기 시작하자 코일은 거실 양탄자 위에서 졸음에 겨워 어쩔 줄 모르는 헤리를 안아들었다. 아직 얼음이 남아 있어서 선샤인은 웨이비의 손을 꽉 붙잡고 걸었다. 제일 먼저 차에 오른 워런 2세는 이 자리 저 자리로 뛰어다녔다.

"웨이비 아줌마, 물고기를 다리미로 펴면 양탄자처럼 커질까요?" 선샤인이 물었다.

"아마 더 클 거야. 다 펼쳐놓으면."

데니스가 따라 나왔다. 코일이 웨이비가 탄 쪽 차문을 쾅 닫자 녹가루가 바닥에 떨어졌다.

"이 고물차는 언제 버릴 거야?" 데니스의 뚱한 음성. 그는 스테이션왜건이 출발할 때까지 차에서 손을 떼지 않았다. 그리고 코일네를 태운 차의 꼬리등이 사라질 때까지 지켜보다가 길을 건너가서 바다를 바라보았다. 바다를 더듬는 등대의 전깃불밖엔 아무것도 보이지 않았다. 널빤지처럼 판판한 바다.

집에 돌아온 코일은 목욕을 했다. 뜨거운 물이 담긴 욕조에 들어가 코를 꼭 쥐고 물속으로 잠수하며 운명에 감사했다. 넛빔의 당밀 드럼통 대신 근사한 욕조를 쓸 수 있게 됐으니까.

욕조에서 나와 수건으로 몸을 문지르다가 욕실문 뒤에 달린 전신 거울의 김을 닦아냈다. 그리고 김이 모락모락 나는 자신의 알몸을 바라보았다. 정말 거구였다. 굵은 목, 거대한 턱, 짧고 억센 구릿빛 털이 박힌 두둑한 뺨. 누르스름한 주근깨. 우람한 어깨와 탄탄한 팔뚝, 늑대인간 같은 털북숭이 손. 불룩한 배까지 내려온 젖은 가슴털. 불그레한 음모의 숲에 둘러싸인, 뜨거운 목욕물에 선홍색으로 익은 큼직한 성기. 허벅지, 나무밑동 같은 다리. 그러나 그 모습은 뚱뚱하다기보다는 힘센 장사처럼 보였다. 코일은 자신이 육체적 성숙의 정점에 이르렀다고 생각했다. 중년이 머지않았지만 두렵진 않았다. 이제 못생긴 부분들을 헤아리기가 어려워졌다. 그건 어쩌면 헤아릴 수 없게 서로 뒤섞였거나 희미해져서 전체적인 모습으로 합쳐졌기 때문인지도 몰랐다.

겨드랑이가 터진 회색 잠옷을 걸치자 젖은 등짝에 옷이 달라붙었다. 다시금 환희가 스쳐갔다. 까닭도 없이.

전화벨 소리에 잠이 깼다. 부엌으로 내려가 아까 바닥에 아무렇게나 벗어던진 더러운 셔츠에 걸려 비틀거리며 전화를 받았다. 데니스였다.

"자는 걸 깨워 미안하지만 자네에게 꼭 알려야겠어서. 조금 전에 우리 어머니가 전화하셨는데 아버지가 아직 안 돌아오셨대. 오늘 새벽 네시에 나가셨다는데. 저녁 먹을 때까지 돌아오셨어야 하는데. 지금 열시야. 무슨 탈이 난 거야. 해안경비대에 연락했어. 이 전화 끊고 바로 어머니께 갈 거야. 종일 심란하더니만. 마음의 준비를 단단히 해야겠어."

"소식 있으면 바로 연락줘." 코일은 부엌의 냉기 속에서 부르르 몸을 떨었다. 시계를 보니 열시 육분. 바다의 소리가 들리지 않았다.

한밤중 다시 걸려온 데니스의 전화, 긴 사투가 결국 수포로 돌아간 듯 잔뜩 쉰 기진맥진한 음성이었다.

"배를 발견했어. 아버지도. 익사하셨어. 인공호흡을 실시했지만 살려내지 못했어. 맥박도 호흡도 정지한 채 구조선 응급실에 누워 계신대. 바닷가재 통발을 던지다가 닻돌 밧줄에 발이 걸린 모양이야. 지금 배와 함께 이리로 오고 있어. 빌리에게 연락해주겠어? 난 어머니를 모시고 가야 해. 아버지를 마중나가고 싶어하셔."

아침이 되자 코일은 식사도 거르고 커피 일곱 잔을 연거푸 마셔 심장이 빠근하고 속이 쓰린 상태로 웨이비를 데리러 가는 길에 부두에 들렀다. 오렌지색 해안경비대 배 너머에 잭의 고깃배가 묶여 있고 트럭들과 승용차들, 익사한 사람의 배를 구경하는 사람들 무리가 보였다.

웨이비는 베인 어린나무처럼 코일의 품으로 쓰러지며 눈물로 그의 셔츠를 적셨다. 코일은 웨이비네 좁은 부엌의 싱크대에 기대서서 평소와 다름없이 헤리와 버니를 등교시키겠다고 말했다. 선샤인은 웨이비가 돌보기로 했다. 그녀는 잠시 코일의 어깨에 기대는 호사를 누린 뒤 부지런히 아이들 점심 도시락을 준비했다. 비티의 수고를 덜어주기 위해서.

정적. 바다에 한 뼘 두께의 안개가 깔려 복잡한 해안이 흐릿했다. 그 속에서 바위 턱이 마치 바다와 육지를 연결하는 검은 띠처럼 보였다. 코일은 길게 숨을 들이쉬었다. 찬 공기가 콧구멍으로 들어오자 잭은 죽었는데 자신은 아직 살아서 호흡하고 있는 것이 갑자기 죄스러웠다.

빌리는 종잇장 같은 얼굴로 일처리를 도맡았다. 지난밤 부두에 나가 버깃 부인을 부축했고 데니스의 어깨를 두드리면서 조의를 표했다. 잭의 시신이 집으로 들어오는 걸 지켜보았고, 시신의 젖은 옷을 벗기고 천으로 덮는 것도 거들었다. 시신의 왼쪽 젖꼭지 밑에 난 검은 사마귀는 눈어림으로 오른쪽 젖꼭지와 균형을 맞추어 가슴에 새길 문구의 마침표 구실을 하리란 것도 발견했다.

잭은 익사했다. 그는 어부 잭이었다.

버깃 부인이 자매들과 함께 잭에게 수의를 입히기 위해 대야와 가위를 준비해놓고는 시신의 수염과 머리털을 밀어내고 손톱, 발톱 깎는 것을 지켜보았다. 그의 항해는 끝났다라고 수놓은 시신의 베개도 트렁크에서 꺼내 와서 포장을 풀었다. 수십 년 전, 창으로 들어오는 북녘의 빛 속에서 수놓은 베개.

코일과 베니 퍼지는 책상에 기댄 채 반투명 물고기 뼈로 만들어진 듯한 빌리를 멍하니 바라보았다. 빌리의 이야기는 한 줌씩 던지는 조약돌처럼 그들을 때렸다.

"건초 바위 근처에서 배를 발견했대. 잭은 평생 그 근처에서는 바닷가재 통발을 내린 적이 없었는데. 도대체 거기서 뭘 하고 있었는지 모르겠어. 잭이 애지중지하며 선장이라고 부르던 고양이 알지, 톰 선장. 그 고양이는 배에 있었대. 해안경비대가 지나가면서 탐조등을 비추니까 톰 선장이 꼬리를 홱홱 치면서 배회하고 있더래. 주인에게 도움이 필요한데 방법을 찾지 못해 안타까워하고 있는 것처럼. 물속에 처박힌 잭이 똑똑히 보이더래. 밧줄이 배 밖으로 넘어가 있고 배 바로 밑에 잭이 거꾸로 처박혀 있었다는군. 바닷가재 통발의 닻돌 밧줄이 발목을 감아 끌어당긴 거지. 잭은 그 밧줄을 풀지 못했던 거야. 밧줄은 엉망으로 엉켜 있고 그의 손은 호주머니에 꽂혀 있고. 칼로 밧줄을 끊으려 했던 모양이야. 하지만 칼을 찾을 수 없었던 거지. 물에 처박히면서 빠뜨린 걸 몰랐던 거야. 잭은 칼을 그냥 주머니에 넣고 다녔는지 모르겠지만 나는 고기잡이 나갈 때 허리띠에 줄을 매달아 거기에 칼을 묶어서 오른쪽 주머니에 넣지. 칼을 줄에 매달지 않고 그냥 주머니에 넣고 다니다가 가엾은 잭처럼 물에 거꾸로 처박히는 날이면 꼼짝없이 죽게 되니까." 까마귀처럼 쉰 음성.

코일은 잭의 옷이 물속에서 실크처럼 일렁이고 그의 월장석 같은 얼굴과 목과 손이 바닷속에서 어른거리는 광경을 상상해보았다.

"아멘." 베니 퍼지가 말했다. "많은 바닷가재잡이들이 그렇게 죽어갔지."

"버깃 부인은 어떠세요?" 그녀는 지칠 줄 모르는 슬픔에 시린 가슴을 안고 파도 속을 떠돌고 있으리라.

"놀랍도록 차분해. 잭과 결혼하던 때부터 잭이 얼음 속에 빠져 죽을 걸 각오하고 살아왔다는 거야. 물범 사냥을 하다가 말이야. 그녀에겐 이것이 세번째 겪는 비통함이지. 그래도 한 가지 위안 때문에 꿋꿋이 버티고 있어. 시신을 찾은 것. 잭의 시신을 땅에 묻을 수 있으니까. 집에서 입관 준비를 할 수 있으니까. 오랜 세월 버깃 집안 남자들은 바닷속에 묻혔지. 시신을 찾지 못했으니까. 그녀는 시신을 찾은 걸 위안으로 삼고 있지."

킬릭클로 공동묘지의 묘비들은 다닥다닥 붙어 있는데 그건 시신이 없어 육 피트의 공간이 필요하지 않기 때문이었다.

"지금 입관 준비를 하고 있네. 오늘밤 경야를 지내고 내일 장례식을 치를 거야. 코일, 웨이비와 함께 저녁 일곱시까지 잭의 집으로 오게. 데니스가 그렇게 전해달랬어. 관을 들어주겠냐고 묻더군."

"그럼요." 코일이 말했다. "그리고 이번 호에는 잭에게 바치는 특집을 싣겠어요. 빌리, 일면에 실을 추모 기사가 필요해요. 가슴으로 쓴 글이요. 빌리보다 적임자가 있겠어요? 모든 이들과 인터뷰를 하세요. 잭의 사진이 있는지 모르겠네요. 내가 비티에게 물어보죠. 베니, 지금 하고 있는 일은 중단하고 해안경비대에 가서 잭의 시신 발견에 대해 자세히 취재해 오게. 그의 배 사진도 좀 찍고. 고양이도 함께. 이름이 뭐랬지? 그래, 톰 선장."

"그럼 개미 버드는 어떻게 되는 거지? 휴간인가?" 베니 퍼지가 찰랑거리는 검은 머리를 뒤로 젖히며 말했다. 그가 모처럼 잡은 인생의 좋은 기회가 무산되려 하고 있는 것이다. 하지만 그런 와중에도 끈을 뜨개실처럼 만지작거리고 있었다.

"아니. 신문은 발행인의 생사에 관계없이 고유의 생명력을 지니고 있어. 평소와 다름없이 내일 인쇄할 거야. 그러니까 데드라인에 맞추려면 죽어라고 써야 해. 빌리, 경야가 몇시부터라구요?" 코일은 작업해둔 일면 대지를 뜯어내기 시작했다.

빌리는 취재수첩을 집으려고 팔을 뻗었다. "일곱시. 데니스가 직접 관을 만들지 아니면 사서 쓸지 모르겠어."

새 휴대용 컴퓨터를 들고 우편 판매로 산 펠트 중절모를 쓰고 빠져나가는 베니 퍼지, 새로 해넣은 이와 야심으로 단호해진 얼굴.

짙어져가는 바다 안개. 몸부림치는 안개 속에서 다른 세계는 깔때기로 거른 듯 모두 사라지고 젖은 바위와 안개 낀 바다와 축축한 대기만이 남아 있었다. 봄에 풀밭에서 들리는 황소의 갈망어린 울음 같은 탁하고 둔중한 무적霧笛소리가 멀리서 들려왔다.

코일은 몸은 녹초가 되었는데도 마음은 잔뜩 긴장된 상태로 경야에 갈 준비를 했다. 몸에 꼭 끼는 검정 바지를 겨우겨우 끌어올렸다. 중간에 눈치껏 빠져나와 신문사로 가서 빌리가 쓴 긴 추모 기사 대지 작업을 마쳐야겠다는 생각도 했다. 십 년 전에 찍은 잭의 사진을 구했다. 지금과 다름없는 모습으로 새로 페인트칠한 고깃배 옆에 서서 찍은 사진이었다. 코일은 나중에 버깃 부인에게 주려고 그 사진을 9×12인치 크기로 확대해 액자에 넣었다.

레이스 실로 뜬 장식용 깔개들 천지인 거실에 누운 잭의 시신을 볼 생각을 하니 두려움이 엄습했다. 젖은 시신에서 바닷물이 뚝뚝 떨어져 반질반질한 마룻바닥에 흐르고, 버깃 부인은 근심스러운 표정을 하고 흰 걸레로 그 물을 닦고 있으리라.

헌 트위드재킷도 너무 작았다. 재킷을 들고 한참이나 씨름하다가 결국 포기하고 매일 입고 다니는 검붉은 스웨터를 입었다. 내일 장례식을 위해 재킷을 새로 사야겠다. 아침에 미스키만 인쇄소에 들렀다가 사오리라. 옷을 다 입고 구두끈을 매고 있는데 웨이비에게서 전화가 걸려왔다. 버니가 아빠에게 물어볼 것이 있다고 했다.

거친 목소리. 버니와 전화통화를 해보기는 이번이 두번째였다. 그런 목소리로는 나중에 보험판매원 노릇을 해먹기는 글렀다.

"아빠, 웨이비 아줌마가 아빠한테 허락받으래. 나도 잭 아저씨 어웨이크*에 가고 싶어. 웨이비 아줌마가 그러는데 아빠가 결정하래. 아빠, 아빠도 가고 마티도 가고 헤리도, 웨이비 아줌마도 가는데 나랑 선샤인만 바늘투성이 고모할머니 가게에 있는 건 싫어. 나도 어웨이크에 갈 거야."

"버니, 어웨이크가 아니고 웨이크야. 그리고 마티와 머치와 위니는 잭의 손자이기 때문에 가는 거야. 웨이비와 의논할 테니까 좀 바꿔주렴."

웨이비는 아이들을 데려가야 한다고 생각하고 있었다.

코일은 작년에 아이들이 죽음을 너무 많이 보았다고 말했다.

"하지만 사람은 누구나 다 죽어요." 웨이비가 말했다. "인생에는 슬픔과 상실이 있죠. 아이들도 그걸 이해해야 돼요. 그애들은 죽음을 잠이라고 생각하고 있어요."

그래도 아직 어린아이들인데. 아이들은 죽음으로부터 보호해야 하지 않을까? 그러다 버니의 악몽이 악화되면?

"하지만 죽음을 모르고서 어떻게 삶의 심오한 부분을 이해할 수 있겠어요. 계절과 자연과 창조와……"

코일은 그녀가 가끔씩 그러듯, 신과 종교 얘기까지 꺼내는 걸 원치 않았다.

"버니가 악몽을 꾸는 건 잠에서 깨어나지 못할까봐 두렵기 때문일 수도 있어요. 페틀과 워런과 할머니 할아버지처럼 말이에요. 그리고 고인을 봐도 그 기억 때문에 괴롭진 않아요. 그건 잘 알려진 사실이죠."

코일은 그 말에 수긍하고 아이들에게 잭이 잠들었다고 말하지 않겠다고 약속했다. 그리고 십오 분 내로 데리러 가겠다고.

---

* awake. 'wake(경야)'를 '깨어나다'라는 뜻을 가진 'awake'라고 말한 것.

길가에 승용차와 트럭이 즐비하게 늘어서 있었다. 코일네는 멀찌감치 차를 세우고 시끄럽게 떠드는 소리가 멀리까지 들리는 잭의 집으로 걸어들어갔다. 팔랑개비 모양의 레이스 장식품들이 가득한 거실, 검은 천을 씌운 톱질모탕 위에 잭의 관을 올려놓았고 조문객이 줄지어 서 있었다. 코일네는 게걸음으로 조문객 줄을 지나 거실로 들어갔다. 코일은 한 손으로 버니의 손을 잡고 다른 한 손으로 선샤인을 안고 있었다. 잭은 마치 사진처럼 창백한 얼굴로 생소한 옷을 입고 누워 있었다. 보랏빛 눈꺼풀. 코일은 그 모습이 정말 잠든 것처럼 보여 버니를 물러서게 했다.

케이크와 꽈배기빵, 김이 모락모락 나는 차, 위스키 병과 작은 잔이 마련된 부엌으로 들어가는 줄에 끼었다. 조문객들은 고인에 대한 얘기를 나누고 있었다. 고인이 생전에 이룬 일들에 대해.

빌리 프리티가 술잔을 들고 이야기하고 있었다. 술기운으로 얼굴이 불콰해져서는 자기 얘기에 도취해서 열변을 토했다. "모두들 알다시피 우린 스쳐가는 인생일 뿐이야. 우리도 이 바위땅을 잠시 더 걸어다니고 배를 몇 번 더 탈 뿐이지 모두 죽을 목숨들이라구. 바다는 검은 꽃이고 어부는 그 꽃 한가운데 있는 벌이지."

데니스는 소매 부분이 나팔꽃 모양으로 벌어진 서지 양복 차림이었고 비티는 시어머니의 떨리는 어깨를 잡고 있었다. 검정 실크에 레이스 칼라. 데니스는 잭의 배지를 찾으려고 서랍과 상자를 뒤졌다. 오래전에 잃어버렸는데 지금 필요해진 것이다.

아이들은 밖에서 놀고 있었다. 코일은 마티가 마당에서 닭모이를 주는 걸 바라보았다. 그러나 버니는 마티에게서 떨어져 살그머니 거실로 가 관 옆에 자리를 잡았다.

"내가 데려오죠." 웨이비가 코일에게 말했다. 아이의 눈빛이 심상치 않은 탓이었다. 그사이 데니스는 식품저장실 꼭대기 선반의 컵 안에서 배지를 찾아 어머니에게 보였다. 화환 모양의 장식에 에나멜 칠이 되어 있고 R라는 머리글자가 붙어 있었다. 버깃 부인은 배지를 받아들고 느릿느릿 거실로 향했다. 마지막 의식으로 잭의 옷깃에 배지를 꽂기 위해. 그녀는 남편의 시신에 상체를 굽혔다. 옷감을 뚫는 배지 핀 끝이 미세하게 떨렸다. 조문객이 숙연히 지켜보는데 비티가 갑자기 흐느끼기 시작했다. 웨이비는 버니의 손을 살며시 잡아끌었다. 버니는 시신에 눈길을 박은 채 웨이비의 손을 뿌리쳤다.

그 순간 시신이 고물 엔진처럼 기침을 뱉어내기 시작했다. 버깃 부인은 놀라서 배지를 떨어뜨리고 돌아서서 아들의 팔을 잡았다. 입이 얼어붙고 눈은 마치 목제 서랍의 손잡이처럼 커졌다. 웨이비는 버니를 잡아끌었다. 데니스가 외쳤다.

"아버지가 살아나셨어!"

그러곤 아버지의 어깨를 잡아 일으키려고 앞으로 튕겨져나갔다. 요란한 함성. 조문객들은 비틀비틀 뒷걸음질치거나 앞으로 몰려들었다. 부엌에서 뛰쳐나온 코일은 창백한 얼굴의 잭을 소생시키기 위해 내민 팔들을 쳐다보았다. 잭의 가슴을 누를 때마다 입에서 물이 줄줄 흘러나왔다. 저쪽에서 갑자기 버니가 외쳤다. "깨어났어!"

코일은 부들부들 떠는 데니스를 태우고 안개를 헤치고 병원으로 달렸다. 앞에 잭을 태운 앰뷸런스가 달리고 있었다. 울부짖는 앰뷸런스에 탄 버깃 부인의 옆모습이 보였다. 뒤에 남은 조문객들은 위스키를 돌리며 믿을 수 없다고 웅얼거리기도 하고 성스러운 기적에 환호하기도 했다. 데니스는 지금까지 일어난 일과 자신의 감회, 앰뷸런스를 타고 온 의사가 한 말을 코일이 모르기라도 하는 듯 연신 늘어놓았다.

"폐렴이 걱정이래! 뇌 손상도! 하지만 난 걱정 안 해!" 데니스는 미친듯이 웃어대며 자동차 시트를 쾅 치고는 어서 저 앰뷸런스를 따라가자고 외쳤다. 어디서 집어 왔는지 양손엔 종이 뭉치를 들고 있었다. 고음의 빙빙 도는 말이 풍차 같았다. 부스럭거리며 종이 뭉치를 분류하다가 코일의 어깨를 쳤다.

"아버진 일어나 앉으려고 했어. 관 속에 꽉 끼어서 반밖에 못 일어난 채 우릴 쳐다보셨지. 그러곤 또 기침을 하셨어. 바닷물이 콸콸 나오더군. 말은 못하셨지만 당신이 어디 있는지 아시는 것 같았어. 의사 말이 아버진 강하니까 회복될 거래. 보통 죽었다가 깨어나는 건 아이들이지 어른은 드물대. 하지만 그건 아버질 몰라서 하는 말이야. 물이 너무 차가워서 신체 기관이 정지하고 맥박이 아주, 아주 느려진 거라구. 일시적으로. 의사는 아버지가 물속에 오래 있었던 것 같진 않대. 그러니 회복되실 거라고. 어머닌 어땠는지 알아? 입이 풀리자 제일 먼저 나온 말이 '데니스가 당신 배지를 찾았어요, 잭. 오래전에 잃어버린 건데'였다니까."

코일의 눈앞으로 신문 일면을 장식할 잭의 부활 기사가 스쳐지나갔다. 데니스가 종이 뭉치를 자동차 바닥에 떨어뜨렸다.

"천천히 가세. 이 서류를 순서대로 정리해야 하거든."

"그게 뭔데?"

"아버지의 서명을 받을 거야. 아버지의 바닷가재잡이 허가증이지. 나한테 물려달라고 할 거야. 지금이 한창때지."

웨이비와 버니는 버깃 댁 손님방 침대에 걸터앉아 있었다. 전에 코일이 뜨거운 물주머니를 끌어안고 잤던 바로 그 방이었다.

"버니, 몇 주 전에 바닷가에서 네가 주웠던 죽은 새 기억나니? 아빠가 청어를 굽던 때 말이야." 웨이비가 말했다.

이제 모두가 코일을 아빠라고 불렀다.

"네." 버니는 침대보를 만지작거렸다.

"그 새는 잠든 게 아니고 죽은 거야. 몇 번씩 가서 봐도 움직이지 않았지? 죽어서 그런 거야. 죽으면 다시 깨어날 수 없단다. 잠든 게 아니니까. 사람도 죽으면 깨어날 수 없지."

"잭 아저씨는 죽었는데 깨어났잖아요."

"그건 진짜 죽은 게 아니기 때문이야. 사람들이 착각한 거지, 죽은 줄로. 그런 일이 처음은 아니란다. 내가 학교 다닐 때 어떤 남학생도 그랬어. 에디 번트라는 애였는데 물에 빠져서 죽은 줄 알았는데 알고 보니 혼수상태였어."

"혼수상태가 뭔데요?"

"의식이 없는 거야. 죽은 것도 아니고 잠든 것도 아닌. 몸이나 뇌의 일부가 손상되어 정상을 되찾을 때까지 움직이지 않는 거지. 아빠가 아침에 차 시동을 걸어놓고 워밍업하는 것처럼 말이야. 차 시동은 걸려 있어도 움직이지는 않잖아."

"그럼 엄마도 혼수상태예요. 아빠가 그러는데 잠들었는데 깨어나지 못한대요."

"버니, 내가 솔직하게 말해줄게. 엄마는 죽었어. 혼수상태가 아냐. 잠든 것도 아니고. 아빠는 너와 선샤인이 너무 슬퍼할까봐 그렇게 말씀하신 거야. 너희가 충격받지 않도록."

"혼수상태인지도 몰라요. 잭 아저씨처럼 사람들이 착각한 건지도 몰라요."

"오, 버니, 정말 안됐다만 엄마는 진짜로 죽었어. 목이 부러져서 죽은 작은 새처럼 말이야. 너무 크게 다치면 나을 수가 없단다."

"엄마도 목이 부러졌나요?"

"그래. 목이 부러졌어."

"데니스 아저씨 친구 칼은 목이 부러졌는데도 안 죽었잖아요. 그냥 목에 큰 칼라만 대고 다니잖아요."

"그건 목이 조금만 부러졌기 때문이야."

침묵. 버니는 코바늘로 뜬 침대보의 별무늬를 만지작거렸다. 웨이비는 아이가 오랜 시간 많은 질문을 해오리라 예상하고 있었다. 존재의 신비를 파악하려는 질문. 아래층에서는 왁자지껄 웃음이 터지고 위층에서는 어려운 질문들이 쏟아졌다. 왜 누구는 살고 누구는 죽어요? 왜 누구는 깨어나고 누구는 못 깨어나요? 아, 몇 해를 두고 얘기해도 다 설명할 수 없는 수수께끼. 그래도 시도는 해보리라.

"웨이비 아줌마, 그 새가 아직 있나 보러 갈 수 있어요?" 잔뜩 긴장한 고사리손이 코바늘로 뜬 침대보를 움켜쥐었다.

"그럼. 가서 보자. 하지만 거센 폭풍이 지나갔으니 그 가벼운 작은 새의 시체는 바람에 날려갔을 수도 있고 파도에 씻겨갔을 수도 있어. 갈매기나 고양이가 점심으로 먹었는지도 모르고. 그러니까 그 새를 찾지 못할 수도 있어. 켄에게 거기까지 태워다달라고 부탁해보자. 그런 다음 우리집에 가자. 코코아 만들어줄게."

바위는 그 자리에 있었지만 새는 어디로 갔는지 사라지고 없었다. 풀포기 위에 작은 깃털 하나가 떨어져 있었다. 그러나 다른 새의 깃털일 수도 있었다. 버니는 그 깃털을 집어들었다.

"새가 날아갔어요."

잭은 부활 후 몇 주가 흐르자 폐렴과 실어증에서 점차 회복되어 먼 바다까지 나갔다가 돌아오는 길에 사고를 당한 이야기를 약하고 쉰 음성으로나마 자세히 들려주었다.

그런대로 나쁘지 않은 날씨였다. 바닷가재도 그럭저럭 잡혔다. 그런데 돌아오는 길에 모터가 시원치 않더니 멈춰버렸다. 손전등 배터리도 다 떨어졌다. 어둠 속에서 두 시간씩이나 모터를 붙들고 씨름했지만 고칠 수가 없었다. 어선 두어 척이 지나가서 구조 요청을 했지만 듣지 못하고 그냥 갔다. 아무래도 바다 위에서 밤을 지새워야 할 것 같았다. 라이터를 켜서 시계를 보았다. 열시 오 분 전. 톰 선장이 옴이라도 오른 듯 야옹거리며 깡충깡충 뛰더니 바닷가재 통발 위에 똥을 한 무더기 쌌다. 잭은 통발을 헹구려고 바다에 던지다가 밧줄에 걸려 바다에 처박혔다. 칼을 매달아놓은 허리띠 끈을 잡아당겼다. 끈이 풀리면서 칼이 그의 옆머리를 치고 물에 잠겼다. 물을 벌컥벌컥 마셨다. 경련을 일으켰다. 오줌똥을 싸고 몸이 뒤틀렸다. 의식이 희미해지면서 거대한 피클 단지 속에 빠진 환상이 강렬해졌다. 누군가 꺼내주기를 기다렸다.

코일은 모든 색깔의 순간들을 체험하고, 재치 있는 말을 하고, 조약돌의 수를 헤아리는 낭랑한 파도 소리에 귀기울이고, 웃고 울고, 일몰을 바라보고, 빗속에서 음악을 듣고, 웨이비를 아내로 맞이하겠노라 서약했다. 그의 집 앞마당에는 빛나는 휠캡이 막대기에 꽂혀 일렬로 서 있었다. 신부 아버지의 결혼 선물이었다.

잭 버깃이 피클 단지에서 벗어났다면, 목이 부러진 새가 날아갔다면, 또 어떤 일이 가능할까? 물이 빛보다 먼저 생겼을 수도, 뜨거운 염소 피 속에서 다이아몬드가 깨질 수도, 화산이 차가운 불을 뿜어낼 수도, 바다 한가운데에 숲이 나타날 수도, 게 위로 손만 가져가도 그 손 그림자에 게가 잡힐 수도, 매듭 속에 바람이 갇힐 수도 있으리라. 그리고 고통이나 불행이 없는 사랑도 가끔은 있으리라.

감사의 말

『시핑 뉴스』를 쓰면서 많은 분들의 도움을 받았다. 우선 재정적인 지원을 해준 '국립예술기금'과 조용한 집필 장소를 마련해준 '와이오밍 유크로스 재단'에 감사드린다. 또 뉴펀들랜드에서 만난 많은 분들의 조언과 논평과 정보가 그곳 '바위섬'의 옛날과 오늘을 이해하는 데 큰 도움이 되었다. 뉴펀들랜드인들의 기지와 대화를 즐기는 성정 덕에 그들과의 가벼운 만남조차도 기쁨이었다. 특히 나 때문에 개에게 물리기까지 했고 뉴펀들랜드의 가정 요리를 맛보게 해준 거너만灣에 사는 벨라 하지의 친절과 동행에 감사한다. 캐럴린 레이버스는 소설가 윌리엄 고프가 1984년에 펴낸 『모드의 집*Maud's House*』을 통해 그랬듯이, 나로 하여금 뉴펀들랜드 여인들의 복잡성과 강인함에 눈뜨게 해주었다.

캐나다 해안 경비대와 구조대, 세인트앤서니의 신문사 노던 펜 스태프, 어부와 나무꾼, 캐나다 환경부 대기환경과에서도 전문적인 지식을 제공해주었다. 또 존 글루스먼의 고성능 안테나가 아니었더라면 뉴펀들랜드에 관한 귀중한 책을 많이 놓쳤을 것이다. 매사추세츠 원예학 도서관의 월터 펀치가 원예 분야의 모호한 내용들을 분명히해주었다. 애틀랜틱 캐나다 여행에 동행해준 이들에게도 감사한다. 톰 왓킨은 바람과 곰, 모기와 싸워야 했고 나의 아들 모건 랭은 내 옆에서 4월의 폭풍과 빙산과 순록을 함께 지켜보았다. 애비 토머스의 도움말과 우정에도 감사한다. 바버라 그로스먼은 내가 꿈에 그리던 편집자이며 짙은 안개 속의 시리도록 푸른 하늘 같은 사람이다. 그리고 운 좋게도 재고 도서 세일에서 단돈 25센트에 산 클리퍼드 W. 애슐리의 1944년작 『애슐리 매듭서*The Ashley Book of Knots*』, 그 작품에서 영감을 얻지 못했더라면 이 글은 아직도 그저 아이디어의 가닥으로만 남아 있을 것이다.

『시핑 뉴스』 집필 과정에서 뉴펀들랜드의 고립적인 삶의 다양한 면모를 보여주는 수백 권의 책과 정기간행물, 일기, 실록을 참조했다. 그것들을 모두 소개할 수는 없지만 그중 가장 중요한 자료를 꼽자면 풍부한 내용과 권위를 자랑하는 『뉴펀들랜드 영어사전*Dictionary of Newfoundland English*』(G. M. 스토리, W. J. 커윈, J. D. A. 위도슨 공편)이었다. G. M. 스토리는 『시핑 뉴스』 출간 직후에 고인이 되었으며 그가 세상을 뜨기 몇 주 전에 손수 보내준 『뉴펀들랜드 영어사전』 증정본은 이제 내가 가장 아끼는 책이 되었다. 캐나다 국립인간박물관 머큐리 시리즈에 속한 몇 권의 책에서 큰 도움을 얻었는데 특히 데이비드

A. 테일러의 뛰어난 작품 『뉴펀들랜드 트리니티베이 윈터턴에서의 선박 건조*Boat Building in Winterton, Trinity Bay, New Foundland*』가 대표적이다. 이 책에는 뉴펀들랜드 시골의 소형 선박 건조에 대한 자세한 설명이 담겨 있으며 근래에 뉴펀들랜드에서는 목조선 건조업자들이 폐업하는 사례가 늘고 있기에 소형 선박에 대한 관심을 갖고 있는 이들에겐 갈수록 귀중한 자료가 될 것이다. S. A. 고든의 『뉴펀들랜드 연안 민속음악*Folk Music in a Newfoundland Outport*』과 제럴드 L. 포시우스의 『동부 뉴펀들랜드의 전통 직물*Textile Traditions of Eastern Newfoundland*』도 다른 곳에서는 얻기 힘든 자료를 제공해주었다. 그밖에도 자료 조사를 통해 항해 사전, 항해 규칙, 뉴펀들랜드 연안 항해 안내, 『채프먼 항해 기술*Chapmen's Piloting*』, 도리선船의 역사, 대구, 스쿠너선船 건조 및 항해, 천갈이, 래브라도 연안의 삶 등에 대해 알게 되었다. 윌리엄 W. 워너의 걸작 『먼 바다, 북대서양 어부의 운명*Distant Water, the Fate of the North Atlantic Fisherman*』은 북대서양 어업의 비극적인 역사에 대한 귀중한 자료가 되었다. 마지막으로, 뉴펀들랜드 연안 지역의 근래 모습을 담은 사진집을 여러 권 참조했음을 밝혀둔다. 그중에서 가장 감동적인 작품은 캔디스 코크랜의 『뉴펀들랜드 연안의 모습*Outport, Reflections from the Newfoundland Coast*』이었던 듯하다. 그리고 물론 이름 모를 많은 뉴펀들랜드인들, 그곳에서 만난 선박 건조인, 어부, 아이들, 어머니들과의 오랜 대화가 출간 자료의 내용을 보강해주고 살아 숨 쉬게 해주었다.

단순히 불행하지 않은 것만으로도 눈부신 행복이 가능하다

논픽션의 리얼리티와 시인의 목소리

2017년 전미도서상 평생공로상은 『시핑 뉴스』와 「브로크백 마운틴」으로 우리에게 잘 알려진 애니 프루에게 돌아갔다. 미국문학에 탁월한 공헌을 한 작가에게 수여되는 이 상은 미국의 작가가 누릴 수 있는 최고의 영예로, 솔 벨로, 토니 모리슨, 존 업다이크, 오프라 윈프리, 아서 밀러, 필립 로스, 스티븐 킹, 노먼 메일러 등이 역대 수상자 명단에 자리하고 있다. 애니 프루는 이번 수상으로 미국문학계의 거장들과 어깨를 나란히 하게 된 것이다. 2016년에 다섯번째 장편소설 『바크스킨』을 출간한 후 자신은 진정으로 글쓰기를 사랑하기에 글은 계속 쓰겠지만 작가를 스타로 만드는 출판계의 관행이 싫고 사인회니, 인터뷰니, 북투어니 하는 요란한 활동을 견딜 수 없어서 이제부터 작품 발표는 하지 않겠노라고 선언한 은둔 성향의 작가인데, 이번 수상으로 일 년 만에 다시 떠들썩한 유명세를 치르게 되었다. 2017년 11월에 열린 시상식에서는 애니 프루의 단편소설 「브로크백 마운틴」을 원작으로 한 동명의 영화에 출연한 배우 앤 해서웨이가 시상자로 자리를 빛냈다고 하니, 사람들 앞에 나서기를 좋아하지 않는 작가 애니 프루는 아이러니하게도 그 어느 해보다 화려한 스포트라이트를 받으며 명예의 전당에 오른 셈이다.

애니 프루는 첫 단편집 『하트 송과 단편들』을 발표한 1988년에 이미 오십대 중반의 나이였으니 작가로서 꽤 늦게 빛을 보기 시작한 셈이다. 한 매체와의 인터뷰에서 그런 늦은 성공에 애석함은 없느냐는 질문에 그녀는 삶을 살아보고 세상에 대해 알게 된 후 그 경험을 바탕으로 글을 쓰는 건 오히려 커다란 장점이 된다고 답했다. 삶이 있고 그다음에 글이 따르는 건 어쩌면 당연하고 바람직한 수순으로, 애니 프루에겐 긴 준비 과정이 폭발적인 성공의 에너지가 되었다. 그녀는 1993년 첫 장편소설 『엽서』로 펜/포크너상을 받고 그해에 발표한 『시핑 뉴스』로 전미도서상과 퓰리처상을 수상하면서 단숨에 정상에 올라서게 된다.

시작은 결코 늦지 않았다. 애니 프루는 화가이자 아마추어 동식물 연구가였던 어머니의 영향으로 어린 시절부터 늘 경이와 호기심으로 주위의 모든 것들을 세밀하게 관찰하는 습관을 익혔다. 이러한 탐구자의 눈과 지칠 줄 모르는 탐욕스러운 독서가 일찌감치 그녀를 작가의 삶으로 이끌었고, 열 살 때 수두에 걸려 혼자만의 시간을 보내면서 첫 단편소설을 쓰게 되었다고 한다. 하지만 그녀가 처음 작가로서 재능을 인정받게 된 건 단편 「송어인간」이 '1983년 미국 최고의 단편소설들'에 선정되었을 때였고, 그로부터 몇 년이 더 지나 첫 단편집을 낸 후 출판사 선금과 국립예술기금, 와이오밍 유크로스 재단의 후원을 받게 되면서 난생처음 소설 쓰기에만 전념할 수 있었다. 갓 스물에 대학을 중퇴하고 결혼한 1955년부터 정식 작가로 데뷔하기까지 삼십 년 간 애니 프루에겐 삶이, 그녀 자신의 표현을 빌리자면 "와일드한" 삶이 있었다. 그 기간 동안 세 번의 결혼을 이혼으로 마감했고, 네 자녀를 두었으며, 역사학 교수가 되기 위해 박사과정까지 밟다가 교수직이 자신에게 맞지 않는다는 판단으로 중도에 포기하고 프리랜서 기자가 되었다. 그녀는 혼자서 세 아들을 키워야 했기에 버몬트주 시골에서 생활하면서 생계를 위해 잡문을 썼다. 『고메』 『호티컬처』 『그레이스 스포팅 저널』 『아웃도어 라이프』 『내셔널 와일드라이프』 『오가닉 가드닝』 『컨트리 저널』 같은 잡지들에 요리, 원예, 낚시, 카누 타기, 퓨마, 먹파리, 사과, 울타리 만들기 등에 관한 글을 기고하고 사과주 만들기, 포도 재배, 단열 덧창, 물물교환법 관련 논픽션과 소책자도 냈다. 얼핏 소설과는 무관해 보이는 이런 논픽션 작업과 십여 년의 역사 공부는 애니 프루 소설의 두드러지는 특징 가운데 하나로 꼽히는 치밀한 디테일과 생생한 리얼리티의 근간이 되었다. 그 두 가지 일에는 철저하고 방대한 탐구가 선행되는데 애니 프루는 역사학도로, 기자로 살면서 몸에 밴 탐구 방식을 소설 쓰기에도 그대로 적용한 것이다.

애니 프루의 탐구는 도서관이나 기록보관소에서 보내는 학구적인 시간으로 한정되지 않는다. 그녀는 작품을 준비할 때 먼저 그 풍경 속으로 들어간다. 뉴펀들랜드를 배경으로 한 『시핑 뉴스』와 와이오밍 이야기를 담은 단편집 삼부작이 그 단적인 예라고 할 수 있다. 그녀는 1980년대 중반에 처음 낚시 여행으로 뉴펀들랜드를 방문했는데, 도착 십 분 만에 그곳이 자신에게 어마어마하게 중요한 장소가 될 것임을 알았다고 한다. 뉴펀들랜드의 더 많은 모습들을 볼수록 그곳에 대한 그녀의 사랑은 커져갔고 그곳에 대한 이야기를 쓰고 싶어졌다. 애니 프루는 뉴펀들랜드에 아예 집을 사놓고 매년 일정 기간 거기서 생활했다. 뉴펀들랜드에서 혹독한 악천후를 견디며 몸소 그 바위섬의 공포와 아름다움을 체험했고, 그곳 주민들 틈에 섞여들어 그들의 언어를 익히고 그들의 이야기를 들었다. 와이오밍으로 말할 것 같으면 그 오지에 터전을 잡고 이십 년 가까이 홀로 살았다. 만년설을 머리에 인 산봉우리 아래 끝도 없이 펼쳐진 평원, 「브로크백 마운틴」으로 대표되는 와이오밍 삼부작의 장려하면서도 가혹한 대자연이 그녀의 생활환경이었다. 병원에 가거나 물건을 사려면 300킬로미터씩 차를 몰고 나가야 하는 로키산맥 깊은 곳에서 스스로 장작을 패고 자기 손으로 머리를 자르며 살았다. 가장 최근에 나온 다섯번째 장편소설 『바크스킨』은 벌목꾼들의 삶을 그리고 있는데, 이 작품을 준비할 때 그녀는 나무가 거의 없는 와이오밍을 떠나 시애틀 외곽의 붉은삼나무숲에 둘러싸인 오두막으로 거처를 옮겼다. 이렇듯 그녀는 어떤 장소와 사랑에 빠지고 그 다음에 그 장소에 관한 글을 쓴다. 그래서인지 애니 프루의 작품들에서 장소의 위력은 막강하다. 단순한 배경에 그치지 않고 생생하게 살아 움직이면서 등장인물들보다, 플롯보다 더 많은 걸 말해준다. 어찌 보면 뉴펀들랜드와 바다가, 와이오밍이, 붉은삼나무숲이 가장 거대하고 강렬한 존재감을 지닌 진짜 주인공들이다.

탐구자의 자세로 리얼리티를 구축한 후 애니 프루는 시인의 목소리로 이야기를 들려준다. 비유와 상징들이 가득한 그녀의 소설들은 시를 방불케 하고, 두번째 장편소설이자 대표작인 『시핑 뉴스』에서 이런 특징은 두드러진다. 애니 프루는 이 소설에서 인물이나 풍경을 묘사할 때 산문적으로 서술하기보다는 간결하고 강력한 이미지를 툭 던진다. 거구의 못난이 코일은 "거대하고 축축한 빵덩어리 같은 몸 (…) 겨울멜론 같은 머리통 (…) 비닐 빛깔의 눈동자 (…) 괴상한 선반이 툭 튀어나온 것처럼 흉측한 턱", 아름다운 악녀 페틀은 "일요일의 햇살 아래 은빛으로 빛나는 아이리스", 강인한 애그니스 햄은 "실내 사격연습장의 표적"을 연상시키는 옆모습, 빌리 프리티는 "그의 얼굴: 부채꼴의 선들이 새겨진 목판. 처진 눈 속의 푸른 눈동자, 무거운 눈꺼풀", 앨빈 야크는 "오십 센트 동전 크기의 귀, 버들잎 같은 눈썹, 코와 턱 사이에 금이 간 것 같은 입"으로 묘사된다. 그래서 과장된 특징을 지닌 캐리커처와도 같은 개성 넘치는 인물들이 탄생한다. 폭풍이 불면 "거대한 흔들의자처럼 흔들"리는 "바람의 화관"을 쓴 집, "흰 보석 속의 푸른 보석처럼 연청색 핵이 박힌 빙산들", "안개의 엄지손가락으로 쓱쓱 문지른 듯한 음울한 만", "하늘에 마구 휘갈겨진 구름" 등 시적인 풍경 묘사는 일일이 열거할 수 없을 정도로 많다. 또한 주어와 술어로 이루어진 산문식 문법에 얽매이지 않고 짧은 구句를 적재적소에 배치하여 독특한 리듬을 만든다. "그녀는 만을 내려다보았다. 해안선, 피오르, 매끄럽고 부드러운 수면 위에 높이 솟은 절벽들. 그 위를 옛날의 그 새들이 신호탄처럼 날카로운 울음소리로 공기를 찢어발기며 날아다녔다. 어두워지는 수평선." 이렇듯 산문과 시의 경계를 자유로이 넘나드는 서술 방식은 자칫 단조롭고 지루해지기 쉬운 긴 글에 긴장감과 입체감, 꿈틀거리는 생명력을 부여하는 효과적인 장치다. 애니 프루가 서정적 산문의 대가라는 찬사를 받는 건 놀라운 일이 아니다.

애니 프루식 해피엔딩

『시핑 뉴스』는 애니 프루가 작정하고 쓴 해피엔딩 스토리다. 그녀는 첫 장편소설 『엽서』가 너무 어둡다는 평을 듣고 독자들이 해피엔딩을 좋아한다면 다음 작품은 해피엔딩으로 쓰겠다고 결심했다고 한다. 해피엔딩은 글자 그대로 행복한 결말이다. 그렇다면 행복이란 무엇일까? 국어사전에는 1.복된 좋은 운수, 2.생활에서 충분한 만족과 기쁨을 느끼어 흐뭇함, 또는 그러한 상태로 정의되어 있다. 애니 프루는 2번의 의미에 가까우면서도 보다 냉소적인 뉘앙스를 주는 "고통의 부재"라는 정의를 붙인다. 그녀는 『시핑 뉴스』가 "단순히 불행하지 않은 것만으로도 눈부신 행복이 가능한 것처럼 보이도록 만드는" 이야기라고 말한다. 아무래도 이 소설의 주인공은 해피엔딩을 위해 험난한 불행의 바다를 건너야 할 모양이다.

"밧줄 한 사리"라는 의미의 '코일'이라는 이름을 가진 우리의 주인공, 그는 밧줄을 홑겹의 나선형으로 말아서 갑판 위에 던져두고 발판으로 사용하는 '플랑드르 사리' 같은 존재다. 어릴 적부터 뚱보에 대식가, 얼뜨기였던 그는 뉴펀들랜드 출신 이민자로 뉴욕주 북부에서 소시민적 성공을 거둔 냉혹한 아버지에게 실패의 상징이었다. 외모도 실패, 태도도 실패, 야망도 실패, 능력도 실패, 사실상 모든 것이 실패. 그래서 코일은 집에서 구박덩어리로 자랐고 처음 자의식이란 걸 갖게 되었을 때부터 가족은 근경에, 자신은 멀리 원경에 존재한다고 믿었다. 학교에선 늘 왕따였고 친구 하나 변변히 사귀지 못했다. 주립대에 진학하긴 했지만 강의를 따라가지 못해 결국 중퇴하고 시시한 직업을 전전했다. 그러다가 우연히 흑인 신문기자 파트리지를 만나 처음 우정이란 걸 나누고 그의 소개로 삼류 신문사에 임시직 기자로 취직까지 한다. 하지만 도무지 뉴스에 대한 감을 잡지 못하고 글솜씨도 엉망이라 천덕꾸러기 신세를 면치 못하고 신문사 사정에 따라 해고와 복직을 되풀이하며 세월을 보낸다. 그에게도 사랑이 찾아오지만 짧은 환희의 순간이 지나간 후 기나긴 고통이 이어지고, 그의 부정한 아내 페틀은 어린 두 딸을 남기고 처참한 교통사고로 세상을 떠난다. 그리고 부모님의 동반 자살. 영구적인 실직. 코일은 잇단 불행에 절망의 밑바닥까지 떨어지고 삶의 좌표를 잃는다. 그런 그에게 용감하고 강한 여인 애그니스 고모가 나타나 고향 뉴펀들랜드로 돌아가자고 손을 잡아 이끈다.

그렇게 코일은 서른여섯에 아버지의 고향 뉴펀들랜드에서 인생 제2막을 시작하게 된다. 캐나다 남동부의 척박한 바위섬 뉴펀들랜드. 지독한 악천후와 호시탐탐 인간을 집어삼킬 기회를 노리는 무시무시한 바다의 위협에 시달리는 그 바위섬은 인간다운 삶을 누리기에 적합한 땅이 아니다. 코일이 딸들을 데리고 고모와 함께 그곳에 도착한 때는 5월인데도 눈폭풍이 휘몰아쳐 도로가 끊기고 도시가 마비된다. 물이 무서워서 수영도 못 배운 코일, 그는 배를 몰고 출퇴근을 해야 한다. 아직 아내의 끔찍한 사고로 인한 악몽에 시달리고 있는데 그곳 신문사에서 교통사고 취재를 맡게 된다. 고향에서 알게 된 코일가의 부끄러운 역사는 자신의 뿌리를 부정하고 싶도록 만든다. 아무래도 그는 뉴펀들랜드에서도 실패자가 되어 더 깊은 절망의 나락으로 떨어질 듯하다.

하지만 해적 출신 조상들로부터 물려받은 끈질긴 생명력과 인내심으로 두려움과 고난을 하나씩 극복해가다보니 새로운 삶이, 새로운 사랑이 찾아온다. 우여곡절 끝에 자신의 배를 갖게 되고, 배에 대한 멋진 칼럼을 쓰는 유능한 신문기자로 거듭난다. 뉴욕에서는 무능력자의 표본처럼 보였던 코일, 그런 그가 신문기자의 가장 중요한 자질을 갖고 있었다. 사람들에게서 이야기를 끌어내는 힘. 사람들은 그를 만나면 자신의 인생 이야기를 구구절절 늘어놓고 싶은 유혹을 뿌리치지 못한다. 그리하여 잿빛 안개와 검푸른 바다와 흰 눈보라와 빙산들의 바위섬 뉴펀들랜드를 배경으로 무수한 인생 이야기들이 펼쳐지고 코일은 '들어주는 자'로서 자신의 가치에 처음으로 눈뜬다. 엉겁결에 개미 버드 편집장 자리에 앉자, 가짜 광고와 선정적인 기사로 허울뿐인 인기를 유지하고 끔찍한 오식을 개성으로 여기던 엉터리 지역신문을 배, 고기잡이, 실업, 석유, 오염 등 뉴펀들랜드의 실상과 고민을 다루는 진정한 언론으로 바꾸어간다. 그리고 어느 날, 그는 자신의 알몸을 보며 비만이 아닌 힘을 느끼고 자신이 인생의 절정기를 맞이했음을 깨닫는다. 더이상 못난이도, 실패자도 아닌 그에게 기적과도 같은 새 삶이 찾아오고 고통과 집착이 아닌 사랑, 부드러운 기쁨을 주는 평온한 사랑까지 하게 된다.

빛을 가장 밝게 빛나도록 해주는 것이 어둠이듯, 행복에 대한 감수성을 가장 강하게 만들어주는 건 불행이다. 결핍은 우리가 가진 것을 가장 효과적으로 사용하도록 주의력을 집중시키는 기능을 하기 때문이다. 코일이 뉴펀들랜드에서 얻은 새 삶이 그토록 빛나 보이는 건 그의 과거가 그만큼 어두웠기 때문이다. 그는 개미 버드에서 히틀러의 유람선이었던 배에 관한 칼럼을 써서 사장인 잭에게 칭찬을 듣는데, 서른여섯 살 먹도록 남에게 잘했다는 말을 듣기는 그게 처음이다. 평생 무능력자로 무시와 냉대만 당해온 그에게 일로 인정을 받는다는 건 세상을 다 얻은 것과도 같은 기쁨일 수밖에 없다. 물을 무서워하던 그가 처음 배를 몰아보며 좋아서 "픽업 화물칸에 탄 개처럼" 웃는 모습도 무척이나 인상적이다. 게다가 그는 자신을 사랑해주는 여자, 우정을 나눌 친구와 동료들까지 갖게 되었으니 무엇 하나 아쉬울 것 없이 모든 걸 가진 셈이다. 그래서 그는 누구보다 행복하다. 단순히 불행하지 않은 것만으로도 눈부신 행복이 가능하도록 행복에 대한 감수성을 끌어올리는 것, 이것이 바로 애니 프루식 해피엔딩이다. 그리고 우리는 독자로서 주인공에게 감정이입이 되기 마련이기에 작고 사소한 것들이 얼마나 큰 행복을 줄 수 있는지를 새삼 깨닫는 감동적인 체험을 하게 된다.

애니 프루의 『시핑 뉴스』는 1994년에 처음 '항해 뉴스'란 제목으로 국내 독자들에게 소개되었고, 2007년에 다시 번역되어 '시핑 뉴스'로 거듭났으며, 이제 세번째로 다시 독자들을 찾아가게 되었다. 이 세 번의 출간 과정에서 출판사는 매번 바뀌었지만 번역은 세 번 다 나에게 맡겨졌다. 몇 번이고 새롭게 선보여질 가치를 지닌 이 아름다운 작품을 십여 년의 간격을 두고 다듬고 다시 다듬을 수 있는 행운이 나에게 주어진 것이다. 하지만 자신의 과오를 적당히 외면하고 싶어하는 나에게 이미 두 번이나 번역한 작품에서 오역을 찾아내는 일은 무척이나 고통스럽고 불편한 것이었으며, 부끄러움을 무릅쓰고 진실을 고백하자면 꽤 많은 부분을 바로잡아야 했다(시대에 따른 번역 스타일의 변화에 맞추어 단순히 의역을 직역으로 바꾼 경우도 많지만 말이다). 그럼에도 나는 작업 과정에서 다시금 이 작품의 매력에 깊이 빠져들었고 코일과 뉴펀들랜드인들의 삶에서 강인함을 배울 수 있었다. 『시핑 뉴스』와의 세번째 만남은 정말이지 나에게 과분한 행운이었다. 귀한 기회를 준 문학동네에 감사하며 정성껏 다듬어진 이 작품이 많은 독자들에게 감동과 용기를 선사하기를 기대한다.

민승남

1935년 8월 22일 미국 코네티컷주 노리치에서 섬유회사 부사장 조지 나폴리언 프루와 로이스 넬리 길 프루의 다섯 딸 중 맏이로 태어남. 부계로는 프랑스계 캐나다인의 혈통을, 모계로는 영국인의 혈통을 이어받음. 아버지의 직업 때문에 어린 시절에 자주 이사를 다니며 버몬트, 노스캐롤라이나, 메인, 로드아일랜드 등지에서 자람. 어려서부터 글쓰기에 흥미를 보여 열 살 때 첫 단편소설을 썼고 이후 틈틈이 습작 활동을 이어감. 버몬트주 브룩필드의 교실 하나짜리 학교와 노스캐롤라이나주 블랙마운틴고등학교를 거쳐 메인주 포틀랜드 디어링고등학교 졸업. 메인주 워터빌의 콜비 칼리지 입학.

1955년 콜비 칼리지에서 만난 H. 리질리 불록 주니어와 결혼하면서 학업을 중단하고 웨이트리스, 우체국 직원 등으로 일함.

1960년 H. 리질리 불록 주니어와 이혼, 딸 실비아는 남편이 키우게 됨. 곧 재혼하여 두 아들 조너선과 길리스를 얻지만 다시 이혼.

1963년 『이프』 1963년 9월호에 E. A. 프루라는 필명으로 사이언스 픽션 「세관 라운지*The Customs Lounge*」 발표.

1964년 십대 잡지 『세븐틴』 6월호에 사이언스 픽션 「모든 예쁜 작은 말들*All the Pretty Little Horses*」 발표.

1969년 버몬트대학에서 우수한 성적으로 역사학 학사 학위 취득. 제임스 해밀턴 랭과 세번째 결혼. 이 결혼에서 셋째아들 모건 출생.

1973년 캐나다 몬트리올에 있는 서Sir 조지 윌리엄스 대학(현 컨커

디아대학)에서 역사학 석사학위 취득.

1975년 박사과정에서 이 년간 르네상스 경제사를 공부하다가 교수직을 포기하고 학업 중단. 이 시기에 세번째 결혼이 실패하여 홀로 세 아들의 양육을 책임지게 됨. 캐나다 접경지인 버몬트주 케이넌에 자리를 잡고 낚시, 사냥, 카누 타기를 즐기면서 생계를 위해 프리랜서 기자로 활동. 시간이 날 때마다 단편소설을 써서 스포팅, 아웃도어 잡지들에 발표했으며 『그레이스 스포팅 저널』에 주로 실림.

1980년 포도 재배에 관한 논픽션 『위대한 포도: 최고의 포도 키우기 *Great Grapes: Grow the Best Ever*』 출간. 친구 루 니콜스와 공저로 사과주 만들기에 관한 논픽션 『달콤하고 독한 사과주*Sweet and Hard Cider: Making It, Using It, and Enjoying It*』 출간.

1982년 루 니콜스와 공저로 논픽션 『유제품 요리의 모든 것*The Complete Dairy Foods Cookbook*』 출간. 『에스콰이어』 6월호에 단편소설 「송어인간*The Wer-Trout*」이 게재되면서 처음으로 일반 독자들에게 작품을 선보일 기회를 갖게 됨. 이후 『에스콰이어』 편집자 톰 젠크스는 애니 프루의 단편소설 두 편을 더 실었으며 찰스 스크리브너앤드선스 출판사로 이직 후에는 첫 단편집 출간을 권유, 1988년에 결실을 보게 됨.

1983년 단편소설 「송어인간」이 호튼 미플린 하코트사社에서 선정하는 '미국 최고의 단편소설들'에 선정되면서 소설가로서의 전망이 더욱 밝아짐. 논픽션 『울타리, 대문, 보도, 담장, 진입로 만들기*Plan and Make Your Own Fences and Gates, Walkways, Walls, and Drives*』 출간. 논픽션 『원예 일기*The Gardener's Journal and Record Books*』 출간. 버몬트주 버셔로 거주지를 옮김.

1984년 소규모 월간신문 〈더 버셔 비하인드 더 타임스〉를 창간하고 1986년까지 운영함.

1985년 논픽션 『샐러드 원예 기술*The Fine Art of Salad Gardening*』 출간.

1986년 논픽션 『원예 일기*The Gardener's Journal and Record Books*』와 『샐러드 원예 기술*The Fine Art of Salad Gardening*』로 미국 원예작가상 수상.

1987년 단편소설 「하트 송*Heart Songs*」이 '미국 최고의 단편소설들'에 선정됨. 논픽션 『고메 가드너*The Gourmet Gardner*』 출간.

1988년 첫 단편집 『하트 송과 단편들*Heart Songs and Other Stories*』 출간.

1992년 첫 장편소설 『엽서*Postcards*』 출간. 구겐하임 펠로십 수상.

1993년 두번째 장편소설 『시핑 뉴스*The Shipping News*』 출간. 『엽서』로 펜/포크너상 수상. 『시핑 뉴스』로 전미도서상, 시카고 트리뷴 하트랜드상, 아이리시 타임스 해외 문학상 수상.

1994년 『시핑 뉴스』로 퓰리처상 수상.

1995년 와이오밍으로 삶의 터전을 옮김. 이곳에서 이십 년 가까이 거주하며 와이오밍에 관한 단편 삼부작을 내게 됨.

1996년 세번째 장편소설 『아코디언 범죄*Accordion Crimes*』 출간.

1997년 존 더스패서스 문학상 수상. 『아코디언 범죄』로 오렌지상 최종 후보에 오름.

1998년 「브로크백 마운틴*Brokeback Mountain*」으로 오헨리상, 전미잡지상 수상. 「벌거숭이 소*Half-Skinned Steer*」가 '미국 최고의 단편소설들'에 선정됨.

1999년 두번째 단편집 『클로스 레인지: 와이오밍 스토리*Close Range: Wyoming Stories*』 출간. 「진창*The Mud Below*」으로 오헨리상 수상. 「세상의 끝*The Bunchgrass Edge of the*

World」이 '미국 최고의 단편소설들'에 선정됨.

2000년 미국 서부에 관한 뛰어난 작품을 낸 여성작가에게 주는 WILLA 문학상 수상. 『클로스 레인지: 와이오밍 스토리』로 뉴요커 북어워드 최고의 소설상, 보더스 오리지널 보이시스 문학상, 잉글리시 스피킹 유니언스 앰배서더 북어워드 수상. 「목마른 사람들*People in Hell Just Want a Drink of Water*」이 '미국 최고의 단편소설들'에 선정됨.

2001년 『시핑 뉴스』가 라세 할스트롬 감독 영화로 만들어짐. 케빈 스페이시, 줄리앤 무어 주연.

2002년 네번째 장편소설 『댓 올드 에이스 인 더 홀*That Old Ace in the Hole*』 출간. 『댓 올드 에이스 인 더 홀』로 중국 출판협회와 인민문학출판사에서 주는 최고의 외국어 소설상 최고의 미국 소설상 부문 수상.

2004년 세번째 단편집 『배드 더트: 와이오밍 스토리 2*Bad Dirt: Wyoming Stories 2*』 출간. 「웜서터 울프*The Wamsutter Wolf*」로 아가 칸 문학상 수상.

2005년 단편집 『클로스 레인지: 와이오밍 스토리』에 들어 있는 단편소설 「브로크백 마운틴」이 리안 감독 영화로 만들어짐. 히스 레저, 제이크 질렌할 주연. 이 영화는 아카데미 최우수 감독, 각색, 오리지널 스코어상과 골든글러브 최우수 감독, 작품, 각본, 영화음악상을 휩쓸며 선풍적인 인기를 얻음.

2008년 네번째 단편집 『그대로 좋아: 와이오밍 스토리 3*Fine Just the Way It Is: Wyoming Stories 3*』 출간.

2011년 논픽션 『버드 클라우드: 회고록*Bird Cloud: A Memoir*』 출간.

2012년 미국 예술가 펠로상 수상.

2013년 『뉴요커』에 단편소설 「거친 디드*Rough Deeds*」 발표.

2014년 시애틀로 거주지 옮김.

2016년 다섯번째 장편소설 『바크스킨*Barkskins*』 출간. 『뉴요커』에 단편소설 「단호한 남자*A Resolute Man*」 발표.

2017년 전미도서상 평생공로상 수상.

문학동네 세계문학전집 발간에 부쳐

세계문학은 국민문학 혹은 지역문학을 떠나 존재하는 문학이 아니지만 그것들의 총합도 아니다. 세계문학이라는 용어에는 그 나름의 언어와 전통을 갖고 있는 국민문학이나 지역문학의 존재를 인정하면서 그것을 넘어서는 문학의 보편적 질서에 대한 관념이 새겨져 있다. 그 용어를 처음 고안한 19세기 유럽인들은 유럽문학을 중심으로 그 질서를 구축했지만 풍부한 국민문학의 전통을 가지고 있는 현대의 문학 강국들은 나름의 방식으로 세계문학을 이해하면서 정전(正典)의 목록을 작성하고 또 수정한다.

한국에서도 세계문학 관념은 우리 사회와 문화의 변화 속에서 거듭 수정돼왔다. 어느 시기에는 제국 일본의 교양주의를 반영한 세계문학 관념이, 어느 시기에는 제3세계 민족주의에 동조한 세계문학 관념이 출현했고, 그러한 관념을 실천한 전집물이 출판됐다. 21세기 한국에 새로운 세계문학전집이 필요하다는 것은 명백하다. 우리의 지성과 감성의 기준에 부합하는 세계문학을 다시 구상할 때가 되었다.

문학동네 세계문학전집은 범세계적으로 통용되는 고전에 대한 상식을 존중하면서도 지난 반세기 동안 해외 주요 언어권에서 창작과 연구의 진전에 따라 일어난 정전의 변동을 고려하여 편성되었다. 그래서 불멸의 명작은 물론 동시대 세계의 중요한 정치·문화적 실천에 영감을 준 새로운 작품들을 두루 포함시켰다.

창립 이후 지금까지 한국문학 및 번역문학 출판에서 가장 전문적이고 생산적인 그룹을 대표해온 문학동네가 그간 축적한 문학 출판 경험을 바탕으로 새로운 세계문학전집을 펴낸다. 인류가 무지와 몽매의 어둠 속을 방황하면서도 끝내 길을 잃지 않은 것은 세계문학사의 하늘에 떠 있는 빛나는 별들이 길잡이가 되어주었기 때문이다. 우리가 자부심과 사명감 속에서 그리게 될 이 새로운 별자리가 독자들의 관심과 애정에 힘입어 우리 모두의 뿌듯한 자산이 되기를 소망한다.

지은이 **애니 프루**
1935년 미국 코네티컷주 노리치에서 태어났다. 역사학을 전공해 버몬트대학에서 학사학위를, 서sir 조지 윌리엄스 대학에서 석사학위를 받았다. 1982년 『에스콰이어』에 「송어인간」을 발표하며 작품활동을 시작했다. 「송어인간」과 「하트 송」이 각각 1983년과 1987년 '미국 최고의 단편소설들'에 선정되었다. 1992년 펴낸 첫 장편소설 『엽서』로 펜/포크너상을 수상하고 이듬해 펴낸 『시핑 뉴스』로 퓰리처상, 전미도서상, 시카고트리뷴 하트랜드상, 아이리시 타임스 해외문학상을 수상했다. 주요 작품으로는 '와이오밍' 삼부작과 장편소설 『댓 올드 에이스 인 더 홀』 『바크스킨』 등이 있다. 2017년 전미도서상 평생공로상을 수상했다.

옮긴이 **민승남**
서울대학교 영어영문학과를 졸업하고 현재 전문 번역가로 활동중이다. 옮긴 책으로 『사실들』 『솔라』 『넛셸』 『한낮의 우울』 『완벽한 날들』 『빨강의 자서전』 『밤으로의 긴 여로』 『멀베이니 가족』 『아웃 오브 아프리카』 『사이더 하우스』 『아틀라스』 『빌리 린의 전쟁 같은 휴가』 『상승』 『알렉산드로스 대왕』 『대기 불안정과 그 밖의 슬픈 기상 현상들』 등이 있다.

세계문학전집 179
시핑 뉴스

1판 1쇄 2019년 6월 10일
1판 2쇄 2021년 11월 23일

지은이 애니 프루 | 옮긴이 민승남

책임편집 김영수 | 편집 김봉곤 김정희 황도옥 오동규 | 독자모니터 장선아
디자인 김이정 이주영 | 마케팅 정민호 이숙재 우상욱 정경주
홍보 김희숙 함유지 김현지 이소정 이미희
제작 강신은 김동욱 임현식 | 제작처 영신사

펴낸곳 (주)문학동네 | 펴낸이 염현숙
출판등록 1993년 10월 22일 제406-2003-000045호
주소 10881 경기도 파주시 회동길 210
전자우편 editor@munhak.com | 대표전화 031) 955-8888 | 팩스 031) 955-8855
문의전화 031) 955-3578(마케팅), 031) 955-2679(편집)
문학동네카페 http://cafe.naver.com/mhdn
문학동네트위터 http://twitter.com/munhakdongne
북클럽문학동네 http://bookclubmunhak.com

ISBN 978-89-546-5651-1 04840
978-89-546-0901-2 (세트)

www.munhak.com

54 다니엘서 E. L. 닥터로 | 정상준 옮김
55 이날을 위한 우산 빌헬름 게나치노 | 박교진 옮김
56 톰 소여의 모험 마크 트웨인 | 강미경 옮김
57 카사노바의 귀향·꿈의 노벨레 아르투어 슈니츨러 | 모명숙 옮김
58 바보들을 위한 학교 사샤 소콜로프 | 권정임 옮김
59 어느 어릿광대의 견해 하인리히 뵐 | 신동도 옮김
60 웃는 늑대 쓰시마 유코 | 김훈아 옮김
61 팔코너 존 치버 | 박영원 옮김
62 한눈팔기 나쓰메 소세키 | 조영석 옮김
63, 64 톰 아저씨의 오두막 해리엇 비처 스토 | 이종인 옮김
65 아버지와 아들 이반 투르게네프 | 이항재 옮김
66 베니스의 상인 윌리엄 셰익스피어 | 이경식 옮김
67 해부학자 페데리코 안다아시 | 조구호 옮김
68 긴 이별을 위한 짧은 편지 페터 한트케 | 안장혁 옮김
69 호텔 뒤락 애니타 브루크너 | 김정 옮김
70 잔해 쥘리앵 그린 | 김종우 옮김
71 절망 블라디미르 나보코프 | 최종술 옮김
72 더버빌가의 테스 토머스 하디 | 유명숙 옮김
73 감상소설 미하일 조셴코 | 백용식 옮김
74 빙하와 어둠의 공포 크리스토프 란스마이어 | 진일상 옮김
75 쓰가루·석별·옛날이야기 다자이 오사무 | 서재곤 옮김
76 이인 알베르 카뮈 | 이기언 옮김
77 달려라, 토끼 존 업다이크 | 정영목 옮김
78 몰락하는 자 토마스 베른하르트 | 박인원 옮김
79, 80 한밤의 아이들 살만 루슈디 | 김진준 옮김
81 죽은 군대의 장군 이스마일 카다레 | 이창실 옮김
82 페레이라가 주장하다 안토니오 타부키 | 이승수 옮김
83, 84 목로주점 에밀 졸라 | 박명숙 옮김
85 아베 일족 모리 오가이 | 권태민 옮김
86 폭풍의 언덕 에밀리 브론테 | 김정아 옮김
87, 88 늦여름 아달베르트 슈티프터 | 박종대 옮김
89 클레브 공작부인 라파예트 부인 | 류재화 옮김
90 P세대 빅토르 펠레빈 | 박혜경 옮김
91 노인과 바다 어니스트 헤밍웨이 | 이인규 옮김
92 물방울 메도루마 슌 | 유은경 옮김
93 도깨비불 피에르 드리외라로셸 | 이재룡 옮김
94 프랑켄슈타인 메리 셸리 | 김선형 옮김
95 래그타임 E. L. 닥터로 | 최용준 옮김
96 캔터빌의 유령 오스카 와일드 | 김미나 옮김
97 만(卍)·시게모토 소장의 어머니 다니자키 준이치로 | 김춘미, 이호철 옮김
98 맨해튼 트랜스퍼 존 더스패서스 | 박경희 옮김
99 단순한 열정 아니 에르노 | 최정수 옮김
100 열세 걸음 모옌 | 임홍빈 옮김
101 데미안 헤르만 헤세 | 안인희 옮김
102 수레바퀴 아래서 헤르만 헤세 | 한미희 옮김
103 소리와 분노 윌리엄 포크너 | 공진호 옮김

104 곰 윌리엄 포크너 | 민은영 옮김
105 롤리타 블라디미르 나보코프 | 김진준 옮김
106, 107 부활 레프 톨스토이 | 백승무 옮김
108, 109 모래그릇 마쓰모토 세이초 | 이병진 옮김
110 은둔자 막심 고리키 | 이강은 옮김
111 불타버린 지도 아베 고보 | 이영미 옮김
112 말라볼리아가의 사람들 조반니 베르가 | 김운찬 옮김
113 디어 라이프 앨리스 먼로 | 정연희 옮김
114 돈 카를로스 프리드리히 실러 | 안인희 옮김
115 인간 짐승 에밀 졸라 | 이철의 옮김
116 빌러비드 토니 모리슨 | 최인자 옮김
117, 118 미국의 목가 필립 로스 | 정영목 옮김
119 대성당 레이먼드 카버 | 김연수 옮김
120 나나 에밀 졸라 | 김치수 옮김
121, 122 제르미날 에밀 졸라 | 박명숙 옮김
123 현기증. 감정들 W. G. 제발트 | 배수아 옮김
124 강 동쪽의 기담 나가이 가후 | 정병호 옮김
125 붉은 밤의 도시들 윌리엄 버로스 | 박인찬 옮김
126 수고양이 무어의 인생관 E. T. A. 호프만 | 박은경 옮김
127 맘브루 R. H. 모레노 두란 | 송병선 옮김
128 익사 오에 겐자부로 | 박유하 옮김
129 땅의 혜택 크누트 함순 | 안미란 옮김
130 불안의 책 페르난두 페소아 | 오진영 옮김
131, 132 사랑과 어둠의 이야기 아모스 오즈 | 최창모 옮김
133 페스트 알베르 카뮈 | 유호식 옮김
134 다마세누 몬테이루의 잃어버린 머리 안토니오 타부키 | 이현경 옮김
135 작은 것들의 신 아룬다티 로이 | 박찬원 옮김
136 시스터 캐리 시어도어 드라이저 | 송은주 옮김
137 고독한 산책자의 몽상 장자크 루소 | 문경자 옮김
138 용의자의 야간열차 다와다 요코 | 이영미 옮김
139 세기아의 고백 알프레드 드 뮈세 | 김미성 옮김
140 햄릿 윌리엄 셰익스피어 | 이경식 옮김
141 카산드라 크리스타 볼프 | 한미희 옮김
142 이 글을 읽는 사람에게 영원한 저주를 마누엘 푸익 | 송병선 옮김
143 마음 나쓰메 소세키 | 유은경 옮김
144 바다 존 밴빌 | 정영목 옮김
145, 146, 147, 148 전쟁과 평화 레프 톨스토이 | 박형규 옮김
149 세 가지 이야기 귀스타브 플로베르 | 고봉만 옮김
150 제5도살장 커트 보니것 | 정영목 옮김
151 알렉시·은총의 일격 마르그리트 유르스나르 | 윤진 옮김
152 말라 온다 알베르토 푸겟 | 엄지영 옮김
153 아르세니예프의 인생 이반 부닌 | 이항재 옮김
154 오만과 편견 제인 오스틴 | 류경희 옮김
155 돈 에밀 졸라 | 유기환 옮김
156 젊은 예술가의 초상 제임스 조이스 | 진선주 옮김
157, 158, 159 카라마조프가의 형제들 표도르 도스토옙스키 | 김희숙 옮김

160 진 브로디 선생의 전성기 뮤리얼 스파크 | 서정은 옮김
161 13인당 이야기 오노레 드 발자크 | 송기정 옮김
162 하지 무라트 레프 톨스토이 | 박형규 옮김
163 희망 앙드레 말로 | 김웅권 옮김
164 임멘 호수 · 백마의 기사 · 프시케 테오도어 슈토름 | 배정희 옮김
165 밤은 부드러워라 F. 스콧 피츠제럴드 | 정영목 옮김
166 야간비행 앙투안 드 생텍쥐페리 | 용경식 옮김
167 나이트우드 주나 반스 | 이예원 옮김
168 소년들 앙리 드 몽테를랑 | 유정애 옮김
169, 170 독립기념일 리처드 포드 | 박영원 옮김
171, 172 닥터 지바고 보리스 파스테르나크 | 박형규 옮김
173 싯다르타 헤르만 헤세 | 권혁준 옮김
174 야만인을 기다리며 J. M. 쿳시 | 왕은철 옮김
175 철학편지 볼테르 | 이봉지 옮김
176 거지 소녀 앨리스 먼로 | 민은영 옮김
177 창백한 불꽃 블라디미르 나보코프 | 김윤하 옮김
178 슈틸러 막스 프리슈 | 김인순 옮김
179 시핑 뉴스 애니 프루 | 민승남 옮김
180 이 세상의 왕국 알레호 카르펜티에르 | 조구호 옮김
181 철의 시대 J. M. 쿳시 | 왕은철 옮김
182 카시지 조이스 캐롤 오츠 | 공경희 옮김
183, 184 모비 딕 허먼 멜빌 | 황유원 옮김
185 솔로몬의 노래 토니 모리슨 | 김선형 옮김
186 무기여 잘 있거라 어니스트 헤밍웨이 | 권진아 옮김
187 컬러 퍼플 앨리스 워커 | 고정아 옮김
188, 189 죄와 벌 표도르 도스토옙스키 | 이문영 옮김
190 사랑 광기 그리고 죽음의 이야기 오라시오 키로가 | 엄지영 옮김
191 빅 슬립 레이먼드 챈들러 | 김진준 옮김
192 시간은 밤 류드밀라 페트루솁스카야 | 김혜란 옮김
193 타타르인의 사막 디노 부차티 | 한리나 옮김
194 고양이와 쥐 귄터 그라스 | 박경희 옮김
195 펠리시아의 여정 윌리엄 트레버 | 박찬원 옮김
196 마이클 K의 삶과 시대 J. M. 쿳시 | 왕은철 옮김
197, 198 오스카와 루신다 피터 케리 | 김시현 옮김
199 패싱 넬라 라슨 | 박경희 옮김
200 마담 보바리 귀스타브 플로베르 | 김남주 옮김
201 패주 에밀 졸라 | 유기환 옮김
202 도시와 개들 마리오 바르가스 요사 | 송병선 옮김
203 루시 저메이카 킨케이드 | 정소영 옮김
204 대지 에밀 졸라 | 조성애 옮김
205, 206 백치 표도르 도스토옙스키 | 김희숙 옮김

● 문학동네 세계문학전집은 계속 출간됩니다